Le Moineau de Dieu

Mary Doria Russell

Le Moineau de Dieu

ROMAN

Traduit de l'américain par Béatrice Vierne

Albin Michel

Illustrations de couverture :
Giotto di Bondone
Plafond de la chapelle Scrovegni (détail), c. 1340
Saint François d'Assise parlant aux oiseaux (détail)
San Francesco, Assise, c. 1305

Titre original :
THE SPARROW

22, rue Huyghens, 75014 Paris

ISBN : 2-226-09958-1

À Maura E. Kirby et Mary L. Dewing

Quarum sine auspicio hic liber in lucem non esset editas
Sans le concours de qui ce livre n'aurait pas vu le jour.

Prologue

Rétrospectivement, la chose était prévisible. Tout, dans l'histoire de la Compagnie de Jésus, montrait qu'elle alliait le savoir-faire au sens de l'efficacité, le goût de l'exploration à celui de la recherche. Au cours de ce que les Européens se plaisaient à appeler l'âge des Grandes Découvertes, les prêtres jésuites n'étaient jamais arrivés plus d'un an ou deux après ceux qui avaient noué les premiers rapports avec des peuples jusque-là inconnus ; ils étaient même, bien souvent, à l'avant-garde des explorateurs.

Il fallut des années aux Nations unies pour parvenir à une décision que la Compagnie de Jésus prit en dix jours. À New York, les diplomates multiplièrent les débats acharnés, ponctués d'innombrables suspensions et ajournements, afin de savoir s'il fallait consacrer des ressources humaines à une éventuelle prise de contact avec le monde que l'on connaîtrait ensuite sous le nom de Rakhat, alors qu'il y avait sur terre tant de besoins pressants, et pourquoi. À Rome, les questions que l'on se posa n'étaient pas si et pourquoi, mais dans quel délai la mission pourrait être tentée et qui envoyer.

La Compagnie ne demanda la permission d'aucun gouvernement temporel. Elle agit conformément à ses propres principes, avec ses propres capitaux et sous l'autorité du pape. Et la mission vers Rakhat fut entreprise non pas tant secrètement que confidentiellement – distinguo subtil, mais que la Compagnie ne se sentit nullement tenue d'expliquer ou de justifier lorsque la nouvelle fit les gros titres de l'actualité quelques années plus tard.

Les scientifiques jésuites partirent apprendre et non convertir. Ils partirent parce qu'ils voulaient connaître les autres enfants de Dieu, parce qu'ils voulaient les aimer. Ils partirent pour la raison qui a toujours poussé les jésuites vers les frontières extrêmes de l'exploration humaine. Ils partirent *ad majorem Dei gloriam*, pour la plus grande gloire de Dieu.

Ils ne pensaient pas à mal.

1

Rome : décembre 2059

Le 7 décembre 2059, au milieu de la nuit, Emilio Sandoz, autorisé à quitter le service des maladies contagieuses de l'hôpital Salvator Mundi, est transporté dans une fourgonnette de boulanger jusqu'au siège de la Compagnie de Jésus, la Curie généralice, qui se trouve au numéro 5, Borgo Santo Spiritù, à quelques minutes à pied du Vatican, de l'autre côté de la place Saint-Pierre. Le lendemain, sans paraître entendre les questions qu'on lui crie ni les hurlements scandalisés des journalistes qui l'écoutent lire, un porte-parole de la Compagnie émet un bref communiqué à l'intention de la presse, qui, frustrée et furieuse, se bouscule devant la lourde porte d'entrée.

« Pour autant que nous le sachions, le père Emilio Sandoz est l'unique survivant de la mission jésuite sur Rakhat. Une fois de plus, nous remercions les Nations unies, le Consortium d'entrée en contact, et le Service d'exploitation des astéroïdes de la société Ohbayashi, qui ont tous rendu possible le retour du père Sandoz. Nous n'avons aucune information supplémentaire concernant le sort de l'équipage envoyé par le Consortium d'entrée en contact ; nous prions pour lui. Le père Sandoz est trop souffrant pour qu'il soit actuellement possible de le questionner et son rétablissement demandera sûrement plusieurs mois. Jusque-là, aucun nouveau commentaire ne pourra être fait sur la mission jésuite ou sur les allégations du Consortium d'entrée en contact quant à la façon dont le père Sandoz se serait conduit sur Rakhat. »

Ce communiqué a pour seul but de gagner du temps.

Il ne ment pas, bien sûr, en disant que le père Sandoz est souffrant. Celui-ci a le corps couvert d'ecchymoses dues aux multiples hémorragies spontanées, qui se sont produites là où les parois de minuscules vaisseaux sanguins se sont rompues pour déverser leur contenu sous la peau. Ses gencives ne saignent plus, mais il ne remangera pas normalement avant longtemps. Et il faudra, bien sûr, s'occuper un jour ou l'autre de ses mains.

Pour le moment, cependant, sous les effets conjugués du scorbut, de l'anémie et de l'épuisement, il passe vingt heures par jour à dormir. Et lorsqu'il est réveillé, il gît immobile, recroquevillé comme un fœtus et presque aussi vulnérable.

Au cours de ces premières semaines, la porte de sa petite chambre reste ouverte pratiquement en permanence. Un après-midi, voulant éviter au père Sandoz d'être dérangé par le bruit de la cireuse sur le palier, le frère Edward Behr l'a fermée, en dépit des mises en garde qu'il a reçues du personnel de l'hôpital Salvator Mundi. Or Sandoz s'est justement réveillé, pour se retrouver enfermé. Le frère Edward n'a pas commis deux fois la même erreur.

Vincenzo Giuliani, général des Jésuites, passe chaque matin voir le patient. Il serait bien incapable de dire si Sandoz a conscience d'être observé ainsi ; c'est un sentiment familier, d'ailleurs. Dans sa prime jeunesse, au cours de ses dix années de formation à la prêtrise, Vince Giuliani, comme on l'appelait alors, avait été fasciné par Emilio Sandoz qui se trouvait dans la classe immédiatement supérieure à la sienne. Curieux garçon que ce Sandoz. Et devenu un homme déroutant. Vincenzo Giuliani a bâti sa carrière de dirigeant sur l'habileté avec laquelle il sait percer à jour ses semblables, mais celui-là, il ne l'a jamais compris.

En contemplant Emilio, malade et presque muet, Giuliani sait qu'il n'est sans doute pas près de livrer ses secrets. Cela ne le désole nullement. Vincenzo Giuliani est un homme patient. Il faut l'être pour réussir à Rome, où le temps se mesure non pas en siècles, mais en millénaires, où l'attentisme et le long terme ont toujours caractérisé la vie politique. La ville a même donné son nom à cette attitude – la *romanità*. La *romanità* exclut l'émotion, la hâte, le doute. Elle patiente, trouve le bon moment, et agit inexorablement à son heure. La *romanità* repose sur la conviction absolue de la victoire finale et elle est issue d'un unique principe : *Cunctando regitur mundis* – c'est en attendant qu'on conquiert le monde.

Donc, même après soixante années, Vincenzo Giuliani

n'éprouve aucun sentiment d'impatience à l'idée qu'il est incapable de comprendre Emilio Sandoz ; il ne songe qu'à la satisfaction qui l'habitera lorsque son attente, enfin, paiera.

Le secrétaire particulier du général se met en rapport avec le père John Candotti le jour de la fête des Saints-Innocents, soit trois semaines après l'arrivée de Sandoz à la Curie. « Sandoz est suffisamment remis pour vous voir à présent, annonce Johannes Voelker à Candotti. Soyez là à quatorze heures. »

Soyez là à quatorze heures ! se dit John avec irritation, en cheminant vers le Vatican depuis la maison de retraite où l'on vient de lui attribuer une petite chambre étouffante donnant sur des murs romains dont les pierres ne sont qu'à quelques centimètres de son inutile fenêtre. Candotti a déjà eu affaire à Voelker une ou deux fois depuis son arrivée et l'Autrichien lui a déplu, dès le premier instant. À vrai dire, rien dans son actuelle situation ne plaît à John Candotti.

D'abord, il ne comprend pas pourquoi il a été embringué dans cette affaire. N'étant ni juriste, ni érudit, ni scientifique, John Candotti se contente fort bien d'être placé du côté le moins prestigieux de l'alternative jésuite : professeur ou confesseur. Et lorsque son supérieur l'a contacté, afin de lui enjoindre de prendre l'avion pour Rome à la fin de la semaine, il était plongé jusqu'au cou dans ses préparatifs pour le spectacle de Noël des enfants. « Le général des Jésuites souhaite que vous alliez assistez Emilio Sandoz. » Voilà en quoi ont consisté ses instructions. John a entendu parler de Sandoz, bien sûr. Qui n'en a entendu parler ? Mais il ne voit pas du tout en quoi il pourra lui être utile. Lorsqu'il demande des explications, il ne parvient pas à arracher la moindre réponse directe à qui que ce soit. Il n'est pas rompu à ce genre d'exercice : la subtilité et l'équivoque ne figurent pas parmi les sports d'intérieur en vogue à Chicago.

Ensuite, il y a la ville elle-même. Lors du petit pot d'adieu improvisé, tout le monde était surexcité à l'idée de ce qui attendait Candotti : « Rome, Johnny ! » Ses siècles d'histoire, ses superbes églises, ses chefs-d'œuvre artistiques. Lui aussi était surexcité, quoi, merde. S'il avait su !

John Candotti est né dans un plat pays, aux lignes bien droites, aux pâtés de maisons carrés ; rien à Chicago ne l'a préparé aux réalités de Rome. Le pire, c'est quand, se croyant arrivé devant l'édifice où il veut aller, il s'aperçoit que la rue qu'il suit s'en éloigne et le mène une fois de plus vers une charmante place ornée d'une jolie fontaine, pour le lâcher finalement dans une allée qui n'aboutit nulle part. Encore une heure à errer, pris au piège exaspérant des collines, des courbes, de l'enchevêtrement de rues qui sentent le pipi de chat et la sauce tomate. Lui qui déteste être perdu, il est constamment perdu. Lui qui ne supporte pas d'être en retard, il est perpétuellement en retard. Il passe les cinq premières minutes de toutes ses conversations à s'excuser de ce retard, tandis que ses interlocuteurs romains lui assurent que ça n'a aucune importance.

Il n'empêche qu'il a horreur de ça, si bien qu'il se met à marcher de plus en plus vite, s'efforçant, pour changer, d'arriver à l'heure à la Curie généralice ; du coup, il se retrouve avec une ribambelle de gamins sur ses talons, lesquels se moquent de lui et prennent un plaisir odieux à voir se dépêcher ce grand bonhomme ossu et à demi chauve, avec son nez proéminent, sa soutane qui lui bat les chevilles et ses bras qui fouettent l'air.

« Je suis désolé de vous avoir fait attendre. »

John Candotti a répété ces paroles d'excuse à chacune des personnes qu'il a rencontrées en se rendant jusqu'à la chambre de Sandoz et, pour finir, à Sandoz en personne, après que le frère Edward Behr l'eut laissé seul avec lui. « Il y a encore une multitude de gens dehors, continue-t-il. Ils ne s'en vont donc jamais ? Je suis John Candotti. Le général m'a demandé de vous assister pendant les audiences. Ravi de faire votre connaissance. » Il tend la main sans réfléchir, puis la retire gauchement lorsqu'il se rappelle.

Sandoz ne se lève pas de son fauteuil près de la fenêtre et, tout d'abord, paraît ne pas vouloir ou ne pas pouvoir regarder dans la direction de son visiteur. John a vu de lui des images, d'archives, évidemment, mais Sandoz est nettement plus petit qu'il ne s'y attendait, et beaucoup plus décharné ; plus vieux aussi, et pourtant moins vieux qu'il ne devrait l'être. Quel est le calcul déjà ? Dix-sept années pour arriver à destination, près de quatre sur Rakhat, dix-sept autres pour en revenir, mais il faut tenir compte des effets de la relativité lorsqu'on voyage à une vitesse proche de celle de la lumière. Né un an avant le général des Jésuites qui va sur ses quatre-vingts ans, Sandoz a, selon les estimations des physiciens, dans les quarante-cinq ans, à quelques mois près. Des années difficiles, à en juger par son aspect, mais dont le nombre n'est pas si élevé.

Le silence se prolonge un long moment. Tout en s'efforçant de ne pas regarder fixement les mains de Sandoz, John se demande s'il ne vaut pas mieux repartir. C'est beaucoup trop tôt, se dit-il, Voelker est complètement maboul. Et puis, finalement, il entend Sandoz demander : « Anglais ?

– Américain, mon père. Le frère Edward est anglais, mais moi, je suis américain.

– Non, reprend Sandoz au bout de quelques instants. *La lengua*. Anglais ? »

Tout étonné, John se rend compte qu'il s'est mépris. « Oui. Je parle un peu l'espagnol si vous préférez.

– C'était de l'italien, *creo. Antes* – je veux dire, avant. À l'hôpital. *Sipaj – si yo...* » Il s'interrompt, au bord des larmes, mais parvient à se ressaisir pour articuler d'un ton délibéré : « Cela m'aiderait... si je pouvais n'entendre... qu'une seule langue pendant quelque temps. L'anglais fera l'affaire.

– Bien sûr. Pas de problème. Tenons-nous-en donc à l'anglais », dit John, bouleversé. Personne ne lui a dit que Sandoz était en si piteux état. « Ma visite sera courte, cette fois-ci, mon père. Je voulais simplement me présenter à vous et voir comment vous alliez. En ce qui concerne les audiences et leur préparation, rien ne presse. Je suis sûr qu'on pourra les différer jusqu'à ce que vous soyez suffisamment remis pour...

– Pour quoi faire ? » demande Sandoz en regardant Candotti droit dans les yeux pour la première fois. Il a un visage aux rides profondes ; son nez aquilin, ses pommettes larges, son stoïcisme trahissent ses origines indiennes. John Candotti ne parvient pas à l'imaginer en train de rire.

Pour vous défendre, a-t-il été sur le point de dire, mais cela semble méchant. « Pour expliquer ce qui s'est passé. »

Le silence qui règne à l'intérieur de la Curie est frappant, surtout près de la fenêtre, où l'on peut entendre l'incessant bruit de carnaval qui monte de la ville. Une femme est en train de gronder un enfant en grec. La rue grouille de touristes et de reporters qui hurlent par-dessus le sourd grondement des foules habituelles du Vatican et de la circulation des taxis. Des travaux sont entrepris en permanence pour empêcher la Ville éternelle de tomber en ruine, les ouvriers braillent, les machines vrombissent.

« Je n'ai rien à dire. » Sandoz se détourne de nouveau. « Je vais me retirer de la Compagnie.

– Père Sandoz... mon père, vous ne pensez quand même pas que la Compagnie va vous laisser partir ainsi, sans comprendre ce qui a pu se passer là-bas. Peut-être n'avez-vous pas envie d'affronter une audience ; ce qui s'y passera n'est pourtant rien en comparaison de ce à quoi on vous soumettra au-dehors, dès que vous aurez franchi cette porte, lui dit John. Si nous comprenions, nous pourrions vous aider. Vous faciliter les choses, peut-être ? » Il n'y a pas de réponse ; simplement, les traits du visage qui se détache de profil contre la fenêtre se durcissent. « Bon, très bien. Écoutez, je reviendrai dans quelques jours. Quand vous vous sentirez mieux, d'accord ? Y a-t-il quelque chose que je puisse vous apporter ? Quelqu'un que je puisse contacter de votre part ?

– Non. » Il n'y a aucune force derrière cette voix. « Merci. »

John réprime un soupir et se dirige vers la porte. Son regard glisse sur un croquis posé sur le petit bureau nu. Exécuté sur une matière qui ressemble à du papier à l'aide d'une autre matière qui ressemble à de l'encre. Un groupe de VaRakhati. Des visages doués d'une grande dignité et d'un charme considérable. Des yeux extraordinaires, ourlés de cils qui les protègent du vif éclat du soleil. Le plus curieux, c'est que, même sans être familiarisé avec leurs critères esthétiques, on voit très bien qu'il s'agit d'individus exceptionnellement beaux. John Candotti saisit le dessin pour l'étudier de plus près. Sandoz se lève et fait deux pas rapides dans sa direction.

Sandoz fait sans doute la moitié de sa taille et il est malade comme une bête, mais John Candotti, vieux grognard des rues de Chicago, bat en retraite sous l'effet de la surprise. Lorsqu'il sent le mur derrière son dos, il masque sa gêne par un sourire et repose le croquis sur le bureau. « C'est une belle race, n'est-ce pas ? hasarde-t-il pour essayer de désamorcer l'émotion, quelle qu'elle soit, qui agite l'homme dressé en face de lui. Les... gens qui figurent sur ce dessin – ce sont des amis à vous, j'imagine ? »

Sandoz recule et dévisage John pendant quelques instants, comme pour prévoir sa réaction. La lumière du jour, qui lui arrive dans le dos, nimbe sa chevelure et l'effet de contraste dissimule son expression. Si la pièce était mieux éclairée, ou si Candotti le connaissait plus intimement, peut-être saurait-il identifier l'espèce de fausse solennité précédant toute déclaration qu'Emilio s'attend à voir provoquer l'hilarité ou l'indignation de ceux qui l'écoutent. Sandoz hésite, puis il trouve exactement le mot qu'il cherche.

« Des collègues », dit-il enfin.

Johannes Voelker éteint son ordinateur, à la fin de sa séance de travail quotidienne avec le général, mais il ne se lève pas pour sortir. Il reste, au contraire, assis, à observer le visage de Vincenzo Giuliani, tandis que ce dernier paraît se concentrer sur le travail en cours, mettant à jour ses propres notes concernant les événements de la journée et les décisions dont ils viennent de discuter.

Trente-quatrième détenteur de sa charge, Giuliani est un personnage imposant. D'une stature herculéenne, la calvitie séduisante, il se tient droit comme un i et possède une force redoutable pour quelqu'un de son âge. Historien de profession, politique de nature, Vincenzo Giuliani a su guider la Compagnie de Jésus à travers une passe difficile, et il est parvenu à réparer en partie le mal fait par Sandoz. Il a aiguillé ses hommes vers l'hydrologie et les études islamiques – ce qui a restauré la confiance des gens à l'égard de son ordre. S'il n'y avait pas eu de jésuites en Iran et en Égypte, on n'aurait pas eu le moindre avertissement avant la dernière attaque. À chacun selon ses mérites, se dit Voelker, en attendant patiemment que Giuliani fasse attention à lui.

Le général soupire et lève les yeux vers son secrétaire, un homme de trente à quarante ans, au physique ingrat, avec une propension à l'obésité et des cheveux roussâtres plaqués contre son crâne. Voelker est toujours bien carré contre le dossier de son siège, les bras croisés devant sa taille épaisse, vivante et silencieuse incarnation d'une affaire en suspens. « Bon, allez-y. Dites ce que vous avez à dire, ordonne Giuliani, irrité.

– Sandoz.

– Qu'est-ce qu'il a, Sandoz ?

– C'est justement ce que j'allais vous demander. »

Giuliani reprend ses notes.

« Les gens commençaient à oublier, insiste Voelker. Il aurait sans doute mieux valu pour tout le monde que Sandoz soit tué en même temps que les autres.

– Voyons, père Voelker, c'est une pensée indigne », réplique sèchement Giuliani.

Voelker fait la moue et détourne les yeux.

Le général regarde par la fenêtre de son bureau pendant quelques instants, les coudes appuyés sur le bois poli de sa table de travail. Voelker a raison, bien entendu. Il ne fait aucun doute que la vie aurait été plus simple si Emilio n'avait été qu'un martyr parmi tant d'autres. À présent, sous les feux des médias, la Compagnie est bien obligée de faire une enquête sur les raisons pour lesquelles sa mission a échoué... Giuliani se frotte le visage et se met debout. « Cela fait des lustres que je connais Emilio, Voelker. C'est un homme vertueux.

– Il s'est prostitué, dit Voelker avec une tranquille précision. Il a tué une enfant. Il devrait être au fond d'un cachot. » Il suit des yeux Giuliani qui fait le tour de la pièce, saisissant divers objets, puis les reposant sans vraiment en regarder un seul. « Du moins lui reste-t-il encore assez de décence pour vouloir quitter la Compagnie. Qu'il s'en aille – avant de nous avoir nui davantage. »

Giuliani interrompt ses déambulations et contemple Voelker. « Il n'est pas question de le désavouer. Même si c'est lui qui le demande, ce serait mal. Et, qui plus est, cela ne servirait à rien. Aux yeux du monde entier, sinon aux siens, Emilio est des nôtres. » Giuliani gagne la fenêtre et observe la foule de commentateurs, de journalistes et de simples curieux. « Si les médias continuent à se livrer à des spéculations oiseuses et à des suppositions dénuées de tout fondement, nous appellerons tout simplement les choses par leur nom », dit le général de cette voix légère et ironique que des générations d'étudiants ont appris à redouter. Il se retourne pour sonder d'un regard froid son secrétaire qui, pendant tout ce temps, est resté assis, l'air renfrogné. Le ton de Giuliani ne change pas, mais Voelker est piqué au vif par les mots qu'il prononce : « Je ne suis pas le juge d'Emilio, père Voelker, et la presse non plus. »

Et Johannes Voelker, prêtre jésuite, ne l'est pas davantage.

L'entrevue s'achève sur quelques remarques ayant trait à leur travail, mais le plus jeune des deux hommes sort conscient du fait qu'il a outrepassé les limites de ses fonctions, tant sur le plan politique que sur le plan spirituel. Voelker est un garçon efficace, intelligent, mais, chose rare chez un jésuite, doué d'un esprit manichéen : pour lui, tout est blanc ou noir, péché ou vertu, c'est Nous contre Eux.

Cela dit, songe Giuliani, les gens de cet acabit peuvent être utiles.

Le général se rassoit à sa table et ses doigts jouent avec un stylet. Les journalistes estiment que le public a le droit de savoir. Giuliani, quant à lui, n'éprouve pas le moindre besoin de se prêter à ce jeu. D'un autre côté, il faut bien décider ce qu'il convient de faire à présent, concernant Rakhat. Et il se sent tenu d'amener Sandoz à prendre une résolution, quelle qu'elle soit. Ce n'est pas la première fois que les Jésuites se sont frottés à une culture différente de la leur, ni la première fois qu'une de leurs missions a mal tourné, et Sandoz n'est pas le premier de leurs prêtres à se déshonorer. Toute cette affaire est regrettable, certes, mais la rédemption est loin d'être impossible.

Il peut être sauvé, se dit Giuliani avec obstination. Nos effectifs ne sont pas si fournis que nous puissions nous permettre d'éliminer un de nos hommes sans rien tenter en sa faveur. Il est des nôtres, nom d'un chien. Et de quel droit décrétons-nous que la mission est un échec ? Peut-être des germes ont-ils été semés. Dieu seul le sait.

Néanmoins, toutes les allégations lancées contre Sandoz et contre ses camarades sont fort graves.

En son for intérieur, Giuliani est enclin à croire que la mission s'est fourvoyée dès le départ, avec la décision s'y inclure deux femmes. Elle a commencé par un effondrement de la discipline, se dit-il. Autres temps, autres mœurs.

Remâchant ce même problème, tandis qu'il regagne sa chambre sans lumière, dans l'est de Rome, John Candotti possède sa propre théorie quant à la façon dont le drame s'est noué. La mission, pense-t-il, a sans doute échoué par la faute d'une série de décisions logiques, raisonnables, soigneusement pesées, dont chacune a paru sur le moment être une bonne idée. Comme tous les plus gigantesques désastres.

2

Observatoire d'Arecibo, Porto Rico : février 2019

« Jimmy, je viens d'apprendre qu'on va t'envoyer un vautour ! chuchota Peggy Soong – ainsi fut fait le premier pas en direction de la mission sur Rakhat. As-tu l'intention de coopérer ? »

Jimmy continua à se déplacer le long de la rangée de machines distributrices, choisissant une portion d'*arroz con pollo*, une autre de soupe aux haricots et deux sandwiches au thon. Sa taille était si élevée qu'elle en frisait l'absurde ; à vingt-six ans, il avait enfin fini de grandir, mais il ne s'était pas encore complètement étoffé et il était constamment affamé. Il fit une nouvelle halte pour ramasser deux cartons de lait et deux desserts, avant de faire le total de ce qu'il devait sur la caisse enregistreuse.

« Si tu coopères, ça rend les choses d'autant plus difficiles pour nous tous, poursuivit Peggy. Tu as vu ce qui est arrivé à Jeff. »

Jimmy se dirigea vers une table où il ne restait qu'une seule place libre et il y déposa son plateau. Debout derrière le jeune homme, Peggy Soong foudroya du regard la femme assise en face de lui, laquelle s'empressa de décider qu'elle avait fini de déjeuner. Aussitôt Peggy contourna la table pour s'installer sur le siège encore chaud. Pendant quelques instants elle se contenta de regarder Jimmy enfourner de grosses bouchées de riz au poulet, toujours effarée par le volume de nourriture qu'il avait besoin d'ingurgiter. Depuis qu'elle l'avait vidé de chez elle, ses notes d'épicerie avaient diminué de soixante-quinze pour cent. « Jimmy, reprit-elle enfin, tu ne peux pas y couper. Si tu n'es pas avec nous, tu es contre nous. » Elle continuait à chuchoter, mais sa voix n'était rien moins que douce. « Si personne ne coopère, ils ne pourront pas tous nous lourder. »

Le placide regard bleu de Jimmy croisa celui de Peggy, noir et accusateur. « Je n'en sais rien, Peggy. À mon avis, ils pourraient sans doute renouveler entièrement le personnel en l'espace de deux semaines. Je connais un Péruvien qui serait prêt à prendre ma place pour la moitié de mon salaire. Quand Jeff est parti, ils lui ont filé une bonne recommandation.

– Moyennant quoi, il est toujours au chômage ! Parce qu'il a craché à son vautour tout ce qu'il avait dans le ventre.

– La décision ne m'appartient pas, Peggy, tu le sais bien.

– Mon cul ! » Plusieurs personnes levèrent les yeux. Elle se pencha vers lui, par-dessus la table, et reprit à voix basse : « Tu n'es pas un pantin. Tout le monde sait que tu es venu en aide à Jeff depuis qu'il s'est fait jeter. Mais l'important ici, ce n'est pas de secourir les victimes après coup, c'est d'empêcher qu'on nous vampirise. Combien de fois faudra-t-il que je te l'explique ? »

Peggy Soong se rejeta brusquement en arrière et détourna les yeux, cherchant à comprendre ces gens trop bornés pour s'apercevoir que le système les broyait en tout petits morceaux. Tout ce que Jimmy était fichu de se mettre dans le crâne, c'était qu'il fallait bosser dur et ne pas faire de vagues. Et ça lui servirait à quoi ? À se faire baiser en beauté, rien d'autre. « C'est à toi de décider si tu veux coopérer avec le vautour, dit-elle d'un ton froid. Ils peuvent t'en donner l'ordre, mais c'est à toi de décider de le suivre ou non. » Elle se mit debout et ramassa ses affaires éparses sur la table, gardant les yeux baissés vers lui encore un instant. Puis elle lui tourna le dos et se dirigea vers la porte.

« Peggy ! »

Jimmy se leva à son tour et s'approcha suffisamment d'elle pour lui tapoter légèrement l'épaule. Il n'était pas beau. Il avait le nez trop long et trop informe, les yeux trop rapprochés et trop enfoncés, comme ceux d'un singe ; son sourire en demi-lune et ses cheveux roux frisés faisaient penser à un gribouillis d'enfant. Pendant quelques mois, l'ensemble avait tenu Peggy sous le charme, pâmée.

« Peggy, laisse-moi une chance, d'accord ? Laisse-moi juste voir s'il n'y a pas moyen de contenter tout le monde. Les choses ne sont pas forcément toutes noires ou toutes blanches.

– Bien sûr, Jimmy », répondit-elle. C'était un brave gosse. Con comme un chou-rave, mais brave. Peggy contempla son visage sérieux, ouvert, quelconque, et comprit qu'il trouverait toujours un raisonnement plausible et méprisable pour justifier sa manie d'obéir docilement. « Bien sûr, Jimmy. Cherche donc un moyen. »

Une confrontation avec la redoutable Peggy Soong aurait pu couper l'appétit d'un homme de moindre envergure, mais Jimmy Quinn avait l'habitude des petites femmes crampon, et rien n'était capable de l'empêcher de manger ; sa mère s'était plainte, un jour, du fait que nourrir un adolescent tel que lui était comme d'alimenter une chaudière à charbon. Une fois que Peggy eut quitté la cafétéria d'un pas résolu, il retourna donc s'asseoir et engloutit systématiquement le reste de son repas, tout en laissant les arguments circuler à travers l'alambic de son esprit.

Jimmy n'était pas un imbécile, mais il avait été tendrement chéri par d'excellents parents et soigneusement instruit par de bons professeurs, deux faits susceptibles d'expliquer cette habitude d'obtempérer qui mystifiait Peggy Soong et la mettait hors d'elle. À d'innombrables reprises, au cours de sa vie, il avait pu constater que les autorités avaient raison et qu'en dernière analyse, les décisions de ses parents et de ses maîtres lui paraissaient sensées. En conséquence de quoi, il n'était pas ravi, bien sûr, de voir ses fonctions à l'observatoire d'Arecibo confiées à un système d'intelligence artificielle, mais, livré à lui-même, il n'aurait sans doute pas protesté. Il n'y travaillait que depuis huit mois : ce n'était pas assez pour se sentir des droits imprescriptibles sur un emploi qu'il n'avait obtenu que grâce à un incroyable coup de pot. Car enfin, il n'avait pas décroché ses diplômes d'astronome en s'attendant à débarquer ensuite sur un marché du travail en plein boom. Les astronomes gagnaient des clopinettes et la lutte pour l'emploi était féroce, mais désormais, c'était à peu près pareil dans tous les secteurs. Sa mère – une femme petite et crampon – avait insisté pour qu'il fît des études débouchant sur quelque chose de plus concret, mais Jimmy s'en était tenu à l'astronomie : quitte à ne pas avoir de travail, comme les statistiques le laissaient prévoir, autant ne pas en avoir dans la profession de son choix, avait-il déclaré.

Pendant huit mois, il avait pu s'offrir le luxe de se sentir justifié dans sa décision. À présent, il semblait que c'était en définitive Eileen Quinn qui avait eu raison.

Il rassembla les reliefs de son déjeuner, les déposa dans les diverses poubelles appropriées et regagna le petit réduit qui lui servait de bureau, en multipliant les embardées et les plongeons de chauve-souris, afin d'éviter les chambranles de porte, les luminaires et les tuyaux trop bas qui menaçaient, une centaine de fois par jour, de l'envoyer à terre. Amputée d'un tiroir, la table derrière laquelle il s'assit paraissait édentée, et cette bienheureuse infirmité, il la devait au père Emilio Sandoz, jésuite portoricain dont il avait fait la connaissance par l'entremise de George Edwards. Ce dernier était un ingénieur à la retraite qui travaillait à temps partiel à l'observatoire d'Arecibo, en qualité d'enseignant bénévole, animant des visites guidées à l'intention des écoles et des voyages organisés. Sa femme, Anne, était médecin et tenait le dispensaire que les jésuites avaient ouvert, en même temps qu'un centre social, à La Perla, un bidonville jouxtant le vieux San Juan. Jimmy les trouvait tous trois fort sympathiques et il se rendait à San Juan aussi souvent qu'il pouvait se résoudre à parcourir les soixante-dix kilomètres d'encombrements qui l'en séparaient.

Le premier soir où il avait dîné avec Emilio chez les Edwards, Jimmy les avait fait rire aux larmes en leur débitant la liste complète de tous les périls qui menaçaient un type normalement bâti dans un monde conçu par et pour des lilliputiens. Lorsqu'il s'était plaint de se cogner les genoux contre son bureau chaque fois qu'il s'y asseyait, le prêtre s'était penché vers lui, son beau visage insolite affichant le plus grand sérieux mais l'œil malicieux, et il avait chuchoté, avec un accent dublinois quasi parfait : « Faut retirer le tiroir du milieu, bougre de con. » Une seule réponse s'imposait et Jimmy avait rétorqué aussitôt, ses yeux bleus d'Irlandais écarquillés d'admiration : « Foutrement génial. » Cet échange avait eu le don de rendre hilares Anne et George, et depuis ils étaient tous quatre amis pour la vie.

Souriant à ce souvenir, Jimmy brancha son ordinateur et expédia un message vers l'unité centrale d'Emilio : « Bière chez Claudio, 20 heures. RSVP avant 17 heures. » Il n'était plus, désormais, stupéfait de se dire qu'il allait prendre un pot dans un bar avec un curé, et pourtant au début cette idée l'avait presque autant éberlué que de découvrir que les filles avaient elles aussi du poil au cul.

Emilio devait justement se trouver dans le bureau du centre social, car la réponse fusa presque aussitôt sur l'écran de Jimmy : « Foutrement génial. »

À six heures de l'après-midi, Jimmy se mit en route à travers les collines karstiques et la forêt qui environnaient l'observatoire d'Arecibo, afin de gagner la ville du même nom, et de là il partit vers l'est pour San Juan, le long de la route du bord de mer. Il était déjà huit heures vingt lorsqu'il trouva enfin un endroit pour se garer, à portée de regard d'El Morro, une énorme forteresse en pierre du XVIe siècle, renforcée ultérieurement par les remparts massifs qui encerclaient le vieux San Juan. Alors, comme aujourd'hui, les murailles laissaient les taudis de La Perla sans protection, cramponnés à une étroite bande de plage.

Quand on le regardait depuis les murs de la ville, le quartier de La Perla n'avait pas trop mauvais aspect. Les maisons, qui s'étageaient sur six ou sept niveaux, du haut de la butte jusqu'à la mer, paraissaient solides et assez grandes, tant qu'on ne savait pas qu'à l'intérieur elles étaient scindées en plusieurs appartements. Les « Anglos » tant soit peu raisonnables évitaient soigneusement de s'y rendre, mais Jimmy était un grand gaillard capable de se défendre et on le savait ami d'Emilio ; il fut même flatté de s'entendre saluer à plusieurs reprises, tandis qu'il dévalait la cascade d'escaliers menant à la taverne de Claudio.

Sandoz était assis dans le fond de la salle, sirotant une bière. Le prêtre n'était pas difficile à repérer au milieu d'une foule, même lorsqu'il n'était pas en tenue ecclésiastique. Il avait une barbe de conquistador, un teint cuivré, des cheveux noirs et raides dont le mouvement naturel était de se séparer au milieu pour encadrer des pommettees hautes et larges et des joues creuses qui se terminaient par un menton d'une délicatesse surprenante. Sa silhouette était frêle, mais harmonieusement proportionnée. Si Sandoz avait été nommé curé de l'ancienne paroisse de Jimmy Quinn, dans le sud de Boston, son physique avantageux et exotique lui aurait certainement valu le surnom dont des générations de jeunes filles catholiques avaient traditionnellement affublé les prêtres séduisants : père Quel-Gâchis.

Jimmy salua Emilio de la main, puis il fit signe au patron, derrière son bar, qui lui cria bonjour et envoya Rosa à leur table avec une autre bière, tandis que Jimmy empoignait la lourde chaise en bois qui faisait face à Sandoz, la retournait et s'y installait à califourchon, les bras repliés sur le dossier. Il sourit à Rosa lorsqu'elle lui tendit sa chope de bière et avala une longue gorgée, sous le regard paisible de Sandoz.

« Tu as l'air fatigué », fit remarquer Jimmy.

Sandoz eut un haussement d'épaules éloquent, qui le transforma momentanément en grand-mère juive : « Et à part ça, quoi de neuf ?

– Tu ne manges pas assez », affirma Jimmy. C'était un de leurs numéros classiques.

« Non, maman, répondit docilement Sandoz.

– Claudio, hurla Jimmy à l'intention du patron, donne donc un sandwich à cet homme. » Rosa arrivait déjà de la cuisine avec une assiette bien remplie pour chacun d'eux.

« Alors, comme ça, tu as fait soixante-dix kilomètres pour me commander un sandwich ? » demanda Sandoz. En réalité, c'était toujours Jimmy qui prenait des sandwiches au thon, curieusement accompagnés d'une double portion de *bacalaitos fritos* et d'une demi-goyave dans son écorce. Rosa savait pertinemment que le prêtre préférait les haricots en *sofrito*, sur une portion de riz.

« Il faut bien que quelqu'un s'en charge. Écoute donc, j'ai un problème.

– T'en fais pas, Sparky. J'ai entendu dire que ça se soignait à Lubbock.

– De Niro ! » s'écria Jimmy en engloutissant sa première bouchée. Emilio fit un bruit qui ressemblait au signal sonore d'un jeu télévisé. « Merde, c'est pas De Niro ? Attends voir. Nicholson ! Je les confonds toujours, ces deux-là. » Emilio, lui, ne confondait jamais personne. Il connaissait tous les acteurs et tous les dialogues de tous les films jamais tournés depuis *Plumes de cheval*. « Bon, d'accord. Je te demande dix secondes de sérieux. Tu sais ce que c'est qu'un vautour ? »

Sandoz se redressa, la fourchette en l'air. Le ton était docte à présent : « J'imagine que tu ne fais pas allusion à l'oiseau qui se nourrit de charognes. Oui. J'ai même travaillé avec une de ces bestioles.

– Sans blague, dit Quinn, la bouche pleine. Je ne savais pas.

– Ha ! ha ! y en a, des choses que tu ne sais pas, morveux », rétorqua Sandoz d'un ton traînant. Cette fois, c'était John Wayne, à peine gâché par la légère trace d'accent espagnol qui persistait au milieu de toutes ces transormations fulgurantes.

Jimmy, qui s'intéressait rarement aux petits jeux linguistiques auxquels s'adonnait Sandoz, continua à mastiquer. « Tu ne finis pas ? » demanda-t-il, une fois qu'ils eurent mangé en silence pendant quelque temps. Sandoz échangea son assiette contre celle de Jimmy, désormais vide, et se laissa de nouveau aller contre le mur. « Alors, c'était comment ? insista Jimmy. De travailler avec un vautour ? On va m'en envoyer un au boulot. Tu crois que je dois coopérer ? Si je dis oui, Peggy aura ma peau, et si je dis non, ce seront les Japs, alors ça ne change pas grand-chose. Peut-être que je devrais choisir l'immortalité intellectuelle et consacrer ma vie aux pauvres, dans les rangs desquels je me retrouverai moi-même, d'ailleurs, dès que le vautour m'aura nettoyé le cerveau et qu'on m'aura fichu à la porte d'Arecibo. »

Sandoz le laissa vider son sac. En règle générale, Jimmy arrivait à ses propres conclusions en parlant tout seul et Sandoz était habitué à ces confessions méditatives. Au lieu de répondre, il se demanda comment Jimmy parvenait à manger aussi vite et à parler quand même sans avaler de travers.

« Alors, qu'en penses-tu ? Tu crois que ça vaut le coup ? » reprit Jimmy en finissant sa bière et en sauçant son *sofrito* avec un morceau de pain. Il fit signe à Claudio de lui envoyer une seconde bière. « Tu en veux une autre ? » demanda-t-il à Sandoz.

Emilio secoua la tête et, lorsqu'il parla enfin, ce fut de sa propre voix. « Fais un peu traîner les choses. Dis-leur que tu veux quelqu'un de qualité. Tant que le vautour ne t'a pas vidé le crâne, tu peux encore faire pression. Tu possèdes quelque chose dont ils ont besoin, n'est-ce pas ? Une fois qu'ils auront tout enregistré, tu ne leur serviras plus à rien. Et si le vautour te rate, te voilà immortalisé sous les traits d'un médiocre. » Puis il se tut, gêné d'avoir donné un conseil.

« Qui est-ce qui t'a opéré, toi ?

– Sofia Mendes. »

Jimmy haussa les sourcils : « Amérique latine ? »

Curieusement, Sandoz se mit à rire : « De très loin.

– Elle était bonne ?

– Oui. Assez. Une expérience intéressante. »

Jimmy le regarda fixement, soudain soupçonneux. Quand Emilio disait qu'une expérience était « intéressante », il fallait souvent comprendre qu'elle était à vous glacer les sangs. Il attendit une explication, mais Sandoz se contenta de se pelotonner dans son coin avec un sourire énigmatique. Il y eut un court silence, au cours duquel Quinn reporta son attention sur son *sofrito*. Lorsqu'il leva de nouveau les yeux, ce fut lui qui sourit. Sonné pour le compte. Jamais il n'avait connu un homme capable de s'endormir plus vite que Sandoz. Anne Edwards prétendait que le prêtre n'avait que deux vitesses : plein pot et point mort.

Jimmy, insomniaque chronique dont le cerveau avait, la nuit, l'habitude de tourner en rond comme un hamster dans sa roue, enviait à son ami cette faculté de piquer des roupillons à tout bout de champ, mais il savait que ce n'était pas seulement une heureuse bizarrerie physiologique qui permettait à Emilio de s'effondrer ainsi à volonté. Sandoz travaillait généralement quatorze heures par jour ; alors, il s'écroulait parce qu'il était fourbu. Jimmy l'aidait dans la mesure de ses moyens et regrettait parfois de ne pas habiter plus près de La Perla, afin de pouvoir lui donner de plus fréquents coups de main.

À un certain moment de sa vie, Jimmy avait sérieusement songé à devenir lui aussi membre de la Compagnie de Jésus. Ses parents, qui avaient fait partie de la deuxième vague d'immigrants irlandais installés à Boston, avaient quitté Dublin avant sa naissance. Sa mère avait toujours su clairement préciser les raisons de leur départ. « La mère patrie était un pays arriéré du tiers monde, confit en dévotion et rempli de prêtres refoulés à l'âme de dictateurs, bien décidés à venir fourrer le nez dans les chambres à coucher des gens normaux », déclarait-elle à qui voulait l'entendre. Malgré tout, Eileen avouait être « de culture catholique » et Kevin Quinn avait tenu à ce que leur fils fréquentât des écoles de jésuites, ne fût-ce qu'à cause de la discipline qui y régnait et du niveau scolaire élevé. Ils avaient fait de leur enfant un être à l'âme généreuse, porté à soigner les blessures d'autrui et à alléger ses fardeaux, incapable de demeurer à regarder sans rien faire quand il voyait des hommes comme Emilio dépenser leur énergie au service de leurs semblables.

Jimmy resta quelques instants encore assis à réfléchir, puis il se dirigea sans bruit vers la caisse où il fit débiter sur son compte environ cinq fois ce qu'avait coûté le repas qu'ils venaient de consommer. « Je paie ses déjeuners de la semaine, d'accord ? Et surveille-le bien pendant qu'il mange, Rosa. Sans quoi, il va encore refiler sa portion à Dieu sait quel gamin. » Rosa opina, en se demandant si Jimmy se rendait compte qu'il venait de manger lui-même la moitié du repas de Sandoz. « Je vais vous dire, moi, quel est son problème, continua Quinn, béatement inconscient de la chose. Il a les idées d'un mec de cent kilos concernant tout ce qu'il faudrait faire par ici, mais il n'en pèse que soixante-cinq. Il va finir par se rendre malade. »

Seul dans son coin, Sandoz souriait, les yeux fermés. *« Sí, mamacita »,* murmura-t-il, mêlant le sarcasme à l'affection. Sans crier gare, il se remit sur ses pieds, bâilla et s'étira. Ensemble, les deux hommes quittèrent le bar pour sortir dans la douceur de l'air marin qui baignait La Perla en ce début du printemps.

S'il y avait un facteur susceptible d'inciter plus que jamais Jimmy Quinn à se persuader que les autorités savaient finalement toujours ce qu'elles faisaient, c'était le début de carrière du père Emilio Sandoz. Car cette période avait paru n'avoir ni queue ni tête, jusqu'à ce qu'elle eût atteint son terme et permis de voir que les facultés mentales collectives de la Compagnie de Jésus s'étaient patiemment employées à des fins que les simples individus étaient incapables de discerner.

Nombre de jésuites étaient polyglottes, mais Sandoz l'était plus encore que la plupart des autres. Natif de Porto Rico, il avait grandi en parlant aussi bien l'espagnol que l'anglais. Ses années de formation à la prêtrise avaient puisé dans les rigoureuses richesses des lettres classiques, et Sandoz en était venu à connaître presque aussi parfaitement le grec que le latin qu'il avait non seulement étudié, mais utilisé à titre de langue vivante : pour communiquer quotidiennement, pour ses travaux de recherche, ou pour le pur plaisir de lire une prose superbement structurée. Cela, néanmoins, n'était pas vraiment exceptionnel parmi les jésuites érudits.

Mais ensuite, travaillant à un mémoire sur les missions jésuites du XVIIe siècle vers le Québec, Sandoz avait décidé d'apprendre le français, afin de pouvoir lire les récits anciens dans le texte. Il avait donc passé huit longs jours avec un professeur, à assimiler la grammaire française, puis il avait étoffé son vocabulaire sans l'aide de quiconque. Lorsqu'il eut terminé son mémoire, à la fin du semestre, il lisait le français couramment, sans toutefois avoir fait l'effort d'apprendre à le parler. L'italien avait suivi, en partie pour se préparer à connaître Rome un jour, en partie par curiosité, pour voir comment une autre langue romane s'était développée à partir de la souche latine. Puis le portugais, tout simplement parce qu'il aimait ses sonorités et adorait la musique brésilienne.

Les jésuites ont une tradition d'études linguistiques. Il n'y avait donc rien eu d'étonnant à ce qu'Emilio fût encouragé à commencer un doctorat de linguistique, tout de suite après son ordination. Quatre ans plus tard, tout le monde s'était attendu à ce qu'Emilio Sandoz, jésuite et docteur en linguistique, se vît offrir une chaire de professeur dans une université jésuite.

Au lieu de quoi, le jeune linguiste avait été prié d'aider à lancer un projet de reboisement, tout en enseignant au lycée Xavier-de-Chuuk, dans les îles Carolines. Après treize mois d'une mission qui aurait dû normalement durer six ans, on l'avait transféré dans une école inuit, juste au-dessous du cercle arctique, où il avait passé une seule année à seconder un prêtre polonais chargé d'établir un programme d'alphabétisation pour adultes ; après quoi, on l'avait expédié dans une enclave chrétienne du Soudan méridional, où il avait travaillé dans un centre d'aide pour les réfugiés kenyans, aux côtés d'un prêtre érythréen.

Il s'était habitué à se sentir ignorant et dépassé par les événements. Il s'était forcé à tolérer la frustration qu'engendrait au début son incapacité à communiquer avec élégance, rapidité, humour. Il avait appris à faire taire la cacophonie de langues en lutte pour s'assurer la primauté dans ses pensées, à utiliser la pantomime et son visage si expressif pour franchir les barrières. En l'espace de trente-sept mois, il était devenu capable de s'exprimer couramment en langue chuuk, dans un dialecte inuit-inupik du Grand Nord, en polonais, en arabe (qu'il parlait avec un assez bon accent soudanais), en kikuyu et en amharique. Et, ce qui était peut-être encore plus important aux yeux de ses supérieurs, face à ces soudaines réaffectations et à son propre tempérament ombrageux, Emilio Sandoz avait commencé à apprendre la patience et l'obéissance.

« Il y a un message du provincial pour toi », avait annoncé le père Tahad Kesai, par un après-midi étouffant, lorsque Emilio avait regagné leur tente avec trois heures de retard pour ce qui portait le nom de déjeuner, quelques semaines après le premier anniversaire de son arrivée au Soudan.

Sandoz s'était immobilisé, les yeux écarquillés, vert de fatigue à l'ombre de la tente. « Pile poil à point nommé, avait-il dit en se laissant tomber avec lassitude sur un tabouret en toile et en ouvrant son bloc-notes électronique.

– Ce n'est peut-être pas une nouvelle affectation », avait hasardé Tahad, tandis qu'Emilio laissait échapper un ronflement de dérision : tous deux savaient bien que si. « Crotte de bique ! s'était écrié Tahad d'un ton irrité, dérouté par la façon dont leurs supérieurs traitaient Sandoz. Pourquoi ne te laissent-ils pas accomplir une seule mission jusqu'au bout ? »

Sandoz n'avait pas répondu, si bien que Tahad s'était affairé à balayer le sable qui s'était infiltré sous la tente et à le rejeter dans le désert, afin de laisser à l'autre prêtre la possibilité de déchiffrer la transmission en privé. Mais le silence s'était prolongé trop longtemps et, lorsqu'il s'était retourné pour contempler Sandoz, il avait été troublé de voir que le corps du pauvre garçon était secoué par un tremblement. Et puis Sandoz avait laissé tomber sa tête dans ses mains.

Tout ému, Tahad s'était approché de lui. « Tu as fait du bon travail ici, Emilio. Ça paraît dément de te traîner ainsi par monts et par vaux... » Sa voix s'était éteinte.

À présent, Sandoz s'essuyait les yeux en poussant d'affreux geignements. Sans rien dire, il avait fait signe à son collègue de se rapprocher de son écran, l'invitant à lire le message. Tahad l'avait parcouru, plus perplexe que jamais.

« Emilio, je ne comprends pas... »

Sandoz avait poussé une longue plainte, en manquant tomber de son tabouret.

« Emilio, qu'y a-t-il de si drôle ? » avait voulu savoir Tahad, dont la stupeur tournait à l'exaspération.

Sandoz était prié de se présenter à l'université John-Carroll, dans la banlieue de Cleveland, aux États-Unis, non pas pour y occuper une chaire de linguistique, mais pour coopérer avec un expert en intelligence artificielle chargé de codifier et d'informatiser la méthode qu'il avait mise au point en apprenant diverses langues sur le terrain, afin que les futurs missionnaires pussent bénéficier de sa vaste expérience, pour la plus grande gloire de Dieu.

« Excuse-moi, Tahad, mais c'est trop dur à expliquer, avait hoqueté Sandoz, désormais en partance pour Cleveland afin d'y servir de charogne intellectuelle à un vautour spécialisé dans l'IA, *ad majorem Dei gloriam*. C'est la chute d'une blague qui dure depuis trois ans. »

Trente ou dix ans plus tard, selon la façon de compter, étendu, immobile et à bout de forces, les yeux grands ouverts dans le noir, longtemps après le coucher des soleils de Rakhat, ne saignant plus, ayant surmonté ses vomissements incoercibles, suffisamment remis du choc pour pouvoir recommencer à penser, Emilio Sandoz devait se demander si par hasard cet après-midi au Soudan n'était pas destiné à préparer la chute d'une autre blague qui aurait duré toute sa vie.

Compte tenu des circonstances, c'était une curieuse pensée. Même sur le moment, il s'en rendit compte. Mais quand elle lui traversa l'esprit, il comprit avec une clarté effrayante qu'au cours de son voyage de découverte, en tant que jésuite, il n'avait pas seulement été le premier homme à poser le pied sur Rakhat, il n'avait pas seulement exploré plusieurs parties de son plus vaste continent, appris deux de ses langues, aimé certains de ses habitants. Il avait aussi découvert la limite extrême de la foi et, ce faisant, il avait pu situer la frontière exacte du désespoir. Ce fut à ce moment-là qu'il apprit véritablement à craindre Dieu.

3

Rome : janvier 2060

Dix-sept ans ou une seule année plus tard, John Candotti, en route pour aller voir Emilio Sandoz, quelques semaines après leur première entrevue, est à deux doigts de basculer au fond de l'Empire romain.

À un moment indéterminé, au cours de la nuit, une camionnette de livraison est venue fournir la dernière petite fraction de poids et de vibrations qu'est capable de supporter une rue pavée du XIXe siècle, construite au-dessus d'une chambre à coucher médiévale, elle-même bâtie en utilisant les murs d'une citerne romaine asséchée, et tout le petit édifice abracadabrant s'est effondré. L'équipe des travaux publics est parvenue à extraire la camionnette, mais elle n'a pas encore pris le temps de placer des barrières autour du trou. John, qui se dépêche, selon sa bonne habitude, a été fichtrement près de s'y engloutir, corps et biens. Seul l'écho anormal de son pas est venu l'avertir que quelque chose n'allait pas, si bien qu'il a ralenti, le pied en l'air, et qu'il a pu s'arrêter juste à temps pour ne pas se casser le cou, de façon fort intéressante sur le plan historique. C'est le genre de chose qui met ses nerfs à rude épreuve à Rome, mais qu'il sait rendre comique dans le courrier qu'il envoie chez lui. Tout ce qui lui arrive dans la Ville éternelle est davantage fait pour être raconté que vécu.

Cette fois-ci, John a décidé d'aller voir Sandoz le matin, espérant le trouver plus dispos après une nuit de sommeil et parvenir à le convaincre de se montrer un peu plus raisonnable. Il faut bien que quelqu'un fasse comprendre au pauvre bougre précisément entre quel Charybde et quel Scylla il se trouve coincé.

Peut-être Sandoz répugne-t-il à parler de la mission sur Rakhat, mais l'équipage du vaisseau des Nations unies, qui, en dépit des incroyables difficultés, a réussi à le renvoyer sur terre, a été bien loin d'éprouver de telles réticences. Ceux qui ont prétendu que les voyages interstellaires ne tenaient pas la route sur le plan financier n'ont pas su compter avec les immenses possibilités commerciales que pourrait offrir un récit s'adressant à un public de plus de huit milliards de consommateurs. Le Consortium d'entrée en contact a su exploiter le drame au maximum ; en le distillant sous forme de minuscules épisodes, il a su en extraire jusqu'à la dernière parcelle de substantifique moelle, jusqu'au dernier gros sou, même lorsqu'il est devenu évident que ses propres hommes avaient sans doute péri sur Rakhat.

Et, bien sûr, on a fini par en arriver à la partie du feuilleton où les envoyés du Consortium ont retrouvé Sandoz, et c'est alors que la merde a commencé à tout éclabousser. Considérée jusque-là comme un tragique mystère, la disparition des premiers missionnaires jésuites s'est aussitôt transformée en scandale sordide : place à la violence, au meurtre et à la prostitution, crachés par petites doses conçues tout exprès pour émoustiller le public et lui donner la chair de poule. L'admiration qu'avaient suscitée à l'origine la compétence scientifique et le rapide esprit de décision auxquels la mission devait son existence a aussitôt décrit un virage à cent quatre-vingts degrés, et la campagne de presse est devenue aussi impitoyable que féroce. Attirés par l'odeur du sang, les requins médiatiques ont débusqué toutes les personnes encore en vie qui avaient pu connaître l'un ou l'autre des membres de la mission. La vie privée de D.W. Yarbrough, de Marc Robichaux et de Sofia Mendes a été étalée au grand jour pour être livrée en pâture aux ricanements papelards de commentateurs dont personne n'a songé à examiner la propre conduite. Sandoz ayant seul survécu pour essuyer leurs foudres, c'est vers lui qu'ont convergé les invectives horrifiées, en dépit du fait que, dans l'ensemble, les gens qui l'avaient connu avant la mission se souvenaient de lui avec affection ou respect.

De toute façon, se dit John, même si Sandoz avait été, ici-bas, innocent comme l'enfant qui vient de naître, cela n'aurait rien changé à l'affaire. Sur Rakhat, il s'est prostitué et il a tué. Pas besoin d'autre scandale pour faire déborder la marmite.

« Je n'ai rien à dire. Je vais me retirer de la Compagnie, persiste à répéter Sandoz dès qu'on le presse de s'expliquer. J'ai simplement besoin d'un peu de temps. »

Peut-être pense-t-il que, s'il se tait assez longtemps, l'intérêt qu'il suscite mourra de sa belle mort; peut-être se croit-il capable de résister à ceux qui ne songent qu'à le traquer et à faire pression sur lui. Candotti en doute, quant à lui; cet homme-là, les médias vont le dévorer tout cru. Sandoz est célèbre sur toute la planète, et ses mains sont comme le signe de Caïn. Il ne lui reste plus un seul refuge sûr en ce monde en dehors de la Compagnie de Jésus, et même auprès d'elle, le pauvre mec fait figure de paria.

Un jour, John Candotti s'est interposé dans une bataille de rue, pour la simple raison qu'il trouvait le combat par trop inégal. Il s'est fait casser son grand nez pour sa peine, et le type à qui il est venu en aide ne lui en a pas paru notoirement reconnaissant. Cela dit, il estime avoir quand même eu raison de le faire.

Si gravement que Sandoz ait failli sur Rakhat, se dit John, à l'heure qu'il est il a besoin d'un ami, alors on ne va pas en faire tout un fromage. Autant que ce soit moi.

À ce moment précis, Emilio Sandoz ne songe pas à être dévoré tout cru, mais à dévorer lui-même. Il contemple le pain grillé posé sur le plateau du petit déjeuner que le frère Edward vient d'apporter dans sa chambre; Behr a dû se dire qu'il était temps pour lui d'essayer de mâcher. Les dents qui lui restent semblent un peu plus solidement ancrées dans ses gencives. D'ailleurs, il a honte de ne pouvoir manger que des purées, de ne boire qu'avec une paille, d'être invalide...

Des mots perdus lui reviennent, remontant du fond de sa mémoire comme des bulles d'air dans l'eau, pour jaillir à la surface de son cerveau. Le mot « invalide » peut avoir deux sens. Il peut aussi signifier nul et non avenu. Je suis invalide.

Il se raidit, attendant l'orage, mais il ne sent qu'un grand vide. C'est fini à présent, se dit-il, et il en revient à son pain grillé. Ne se faisant pas encore assez confiance pour s'exprimer sans avoir répété, il prépare sa phrase à l'avance. « Frère Edward, dit-il enfin, auriez-vous l'amabilité de rompre le pain en petits morceaux et de me laisser seul ?

– Bien sûr, mon père, dit Edward qui s'affaire autour du plateau, veillant à ce que Sandoz ait tout à sa portée.

– C'était bien de l'anglais, n'est-ce pas ?

– Mais oui. Et qui plus est, de l'excellent anglais, mon père.
– Si je mélangeais tout, vous me le diriez.
– Bien sûr, mon père. »

Cette désorientation, cette confusion entre les langues sont souvent des séquelles de la torture ou de la détention solitaire. Edward Behr a déjà eu à s'occuper d'hommes dans le même cas – le corps broyé, l'âme en perdition. Ayant fait le tour de la présente situation, ayant étudié l'homme qu'il y a découvert, il s'est métamorphosé en une espèce de clone de majordome britannique, ce qui paraît amuser Sandoz et lui permet de conserver un semblant de dignité, même aux moments les plus ignominieux. Il faut traiter Sandoz avec la plus extrême prudence. Son état physique est si lamentable, sa situation politique si épineuse que l'on oublie facilement combien d'amis il a perdus sur Rakhat, à quelle vitesse la mission si prometteuse a sombré dans le désastre, à quel point tout cela est encore récent pour lui. Veuf lui-même, Edward Behr sait reconnaître le chagrin chez autrui. « Tout finira par s'arranger, mon père, assure-t-il, en débitant le pain en petites bouchées et en rapprochant l'assiette de Sandoz. Tâchez d'être patient avec vous-même. »

Edward Behr se tourne vers la fenêtre et tend le bras pour ouvrir le rideau, étirant au maximum son corps replet. Sa femme l'appelait Teddy Behr, par affection et parce qu'il avait un physique de jouet en peluche. « Si vous avez besoin de quoi que ce soit, je suis tout à côté », dit-il avant de quitter la pièce.

Il faut une demi-heure à Emilio pour ingurgiter une seule tartine de pain grillé et l'opération n'est pas belle à voir, mais personne n'est là pour l'observer, alors il se débrouille. Après quoi – chose qui n'en finit pas de le surprendre –, il sent la léthargie s'emparer de lui et il se rendort au soleil, affaissé dans son fauteuil près de la fenêtre.

Un coup frappé à la porte entrebâillée le réveille au bout de quelques minutes à peine. Il est dans l'incapacité d'attacher un mouchoir à la poignée de la porte, vénérable coutume jésuite qui équivaut à : « Ne pas déranger, SVP. » Il aurait pu demander au frère Edward de le faire pour lui, mais il n'y a pas pensé. D'ailleurs, il ne pense guère ces temps-ci. Dieu merci. Les rêves, bien sûr, sont sans pitié... On frappe encore une fois.

« Entrez », lance-t-il, en s'attendant à voir Edward, venu reprendre le plateau. Au lieu de quoi, il reconnaît Johannes Voelker, le secrétaire curieusement doux et rigide du général.

Surpris, il se lève et recule, interposant son fauteuil entre lui-même et l'arrivant.

Johannes Voelker possède une voix aiguë et perçante qui résonne dans la petite chambre nue de Sandoz. John Candotti l'entend déjà, alors qu'il n'est encore qu'au milieu du couloir. La porte de la chambre est ouverte, comme toujours, ce qui lui évitera de faire intrusion sans frapper.

« Bien entendu, Dr Sandoz, déclare Voelker au moment où John pénètre dans la pièce, notre général aimerait vous entendre dire que vous avez décidé de rester parmi nous...

– Le général est trop bon », chuchote Sandoz, lançant à John un coup d'œil méfiant. Il se tient dans un coin de la chambre, le dos au mur. « J'ai besoin d'un peu de temps. Je ne vous dérangerai pas plus longtemps qu'il ne sera nécessaire.

– Ah ! Vous voyez, Candotti ? dit Voelker en se tournant vers John. Il est bien résolu. C'est fort dommage, mais il est des circonstances où le départ d'un de ses membres est à l'avantage de notre Compagnie, continue Voelker d'un ton guilleret, en s'adressant de nouveau à Sandoz, et je ne puis que vous féliciter d'avoir pris une décision si honorable. Naturellement, nous serons heureux de vous héberger jusqu'à ce que vous soyez tout à fait rétabli, Dr Sandoz. »

Tenez, voilà votre chapeau, se dit John Candotti, pourquoi partez-vous si vite ? Ulcéré, il est sur le point de dire à l'Autrichien d'aller se faire voir, lorsqu'il remarque les premiers tremblements. Il pense d'abord qu'ils sont dus à la maladie. Sandoz a frôlé la mort. Il est encore très fragile. « Asseyez-vous, mon père », dit doucement John, en s'approchant d'Emilio pour le ramener jusqu'à son siège. Derrière son dos, il foudroie le secrétaire du regard. « Père Voelker, je crois que le père Sandoz a besoin de repos. Tout de suite.

– Ah, mon Dieu, je vous ai fatigué. Pardonnez-moi. » Sans se faire prier, l'Autrichien gagne la porte.

« Voelker est un connard, déclare John Candotti d'un ton méprisant, tandis que le bruit de ses pas s'éloigne le long du couloir. Ne faites pas attention à lui. Vous pouvez prendre tout votre temps. Ce n'est pas comme si nous attendions pour louer votre chambre à quelqu'un d'autre. » Il se perche au bord du lit de Sandoz, car c'est le seul autre endroit de la pièce où l'on peut s'asseoir. « Ça va ? Vous avez l'air un peu... » – effrayé, songe-t-il, mais il se contente de dire « ... barbouillé.

– C'est... difficile. D'avoir tant de gens autour de moi.

– Je m'en doute, répond John automatiquement, mais il se reprend aussitôt. Excusez-moi. C'est imbécile de dire ça. Je ne me doute de rien du tout, évidemment. »

Sandoz a un sourire bref et glacé. « J'espère que non. »

Dégrisé, John abandonne toute intention de sermonner cet homme sur le chapitre de la vie et de ses réalités.

« Tenez, mon père, j'espère que vous ne m'en voudrez pas, mais j'ai réfléchi à ce qui pourrait vous aider pour vos mains », dit-il au bout d'un moment, sans trop savoir pourquoi il se sent tout gêné d'aborder le sujet. Sandoz lui-même n'a jamais tenté de les dissimuler. C'est sans doute parce qu'il s'est mis à penser à tout ce que le pauvre type ne peut pas faire tout seul : se couper les ongles de pied, se raser, aller aux waters sans l'aide de personne. Rien que d'y songer, ça vous colle les boules. Candotti fouille dans sa serviette et en sort une paire de fines mitaines de cuir, dont les bords ont été adroitement retournés et ourlés. « C'est-à-dire, sans doute qu'un chirurgien pourra, un jour ou l'autre, reconstruire vos deux paumes, mais, voyez-vous, je me suis dit qu'en attendant, des mitaines pourraient maintenir tout cela ensemble. Vous n'aurez encore que très peu de dextérité, à ce que j'imagine, mais avec leur aide, il vous sera peut-être possible de saisir certaines choses. » Sandoz le regarde avec de grands yeux. « Enfin, vous pouvez toujours essayer, en tout cas. Si ça ne marche pas, tant pis. Ce n'est jamais qu'une paire de gants, pas vrai ?

– Merci », dit Sandoz d'une drôle de voix.

Content et soulagé de constater que l'autre n'est pas offensé par son offre, John Candotti l'aide à insérer dans les mitaines ses doigts couturés et démesurément longs. Pourquoi diable lui a-t-on fait une chose pareille ? se demande John en s'efforçant d'éviter les tissus à vif qui viennent à peine de se refermer sur les os. Tous les muscles des deux paumes ont été soigneusement détachés des os, ce qui a doublé la longueur des doigts, et les mains de Sandoz rappellent à John les squelettes qu'on fabriquait pour la fête de Halloween, quand il était petit. « Maintenant que j'y pense, dit-il, peut-être des gants en coton auraient-ils mieux fait l'affaire. Ça n'a pas d'importance. Si cette paire-là vous convient, j'en ferai une autre. J'ai une idée pour fixer une cuiller ici, à l'aide d'une petite bride, afin que vous puissiez manger plus facilement; quelquefois, la solution la plus simple est la meilleure, voyez-vous? »

Ferme-la, John, tu parles à tort et à travers, se dit-il. Occupé à enfiler les mitaines, il n'a absolument pas remarqué les larmes qui coulent le long des rides sillonnant le visage las et inexpressif de Sandoz. Une fois qu'il a fini d'arranger le second gant, il lève les yeux. Consterné, il sent son sourire se figer sur ses lèvres.

Pendant cinq bonnes minutes, Sandoz pleure en silence, aussi immobile qu'une icône. John reste avec lui, assis sur le lit, attendant qu'il soit revenu de là où ses souvenirs l'ont emporté.

« Père Candotti, dit enfin Sandoz, sans prêter attention aux larmes qui ruissellent sur ses joues, si jamais j'ai besoin d'un confesseur, je ferai appel à vous. »

Pour une fois, John Candotti ne trouve rien à dire, et il commence à comprendre pourquoi on l'a appelé à Rome.

« Merci d'être venu », dit Sandoz.

Candotti opine une première fois, puis une deuxième, comme pour confirmer quelque chose, après quoi il sort sans faire de bruit.

4

Arecibo, Porto Rico : mars 2019

Jimmy Quinn eut son trait de génie pendant qu'il se rasait, tordu en deux bien entendu, afin de pouvoir se contempler dans un miroir accroché inévitablement trop bas pour refléter son visage. Il en allait presque toujours ainsi de ses meilleures idées. Quelquefois, elles lui venaient quand il prenait sa douche, accroupi de façon à pouvoir glisser sa tête sous la pomme. Il se demanda si d'une façon ou d'une autre le fait de se démancher le cou augmentait le flux sanguin en direction du cerveau. Anne Edwards saurait ça ; il faudrait qu'il pense à la questionner à ce sujet, la prochaine fois qu'il dînerait chez elle.

L'idée en question avait pris tout son temps pour germer. Jimmy avait promis à Peggy Soong de concevoir un moyen quelconque de servir à la fois les intérêts des employés et des patrons d'Arecibo, mais son cerveau était resté à sec. Ce qui l'avait étonné. D'habitude, il arrivait toujours à trouver le biais pour se faire plaisir, et pour satisfaire par la même occasion ses parents, professeurs, copains, et autres petites amies. Si l'on se mettait à la place de la personne d'en face, ce n'était pas très difficile. Jimmy préférait avoir de bons rapports avec les gens. Jusqu'à présent, cependant, il avait pu constater que la seule façon de bien s'entendre avec la direction japonaise du radiotélescope d'Arecibo, c'était de se tenir tranquille et de faire exactement ce qu'on lui disait.

Son poste à l'observatoire était, à peu de chose près, tout en bas de la hiérarchie scientifique. Chaque fois que personne n'utilisait le télescope pour un travail sérieux, Jimmy lançait les programmes routiniers de la SETI, surveillant le ciel afin d'y déceler des transmissions radio d'origine extraterrestre. Pour comprendre à quel point la SETI (ou Search for Extraterrestrial Intelligence, c'est-à-dire la recherche d'intelligence extraterrestre) comptait peu, il suffisait tout simplement de savoir que c'était Jimmy qui devait s'y coller. La plupart du temps, cependant, son boulot consistait à traiter des demandes le priant de recueillir des signaux radio à partir de coordonnées ciblées. Un spécialiste de l'astronomie optique remarquait quelque chose d'intéressant et demandait à l'observatoire d'Arecibo de contrôler la même région céleste, de façon à pouvoir comparer les deux types d'observations. Arecibo avait beau être automatisé au maximum, il fallait quand même quelqu'un de vivant pour recevoir la demande, programmer l'utilisation du radiotélescope, veiller à ce que le travail fût fait, jeter un coup d'œil aux résultats et expédier les données vers la personne qui les avait réclamées. Ce n'était pas du secrétariat à proprement parler; ce n'était pas non plus du bois dont on fait les Prix Nobel.

La question qui se posait était donc la suivante : pourquoi payer un vautour de première force comme Sofia Mendes, alors qu'un tâcheron suffirait parfaitement à automatiser le boulot de Jimmy pour beaucoup moins d'argent?

Outre sa maîtrise de l'université de Cornell, ce qui avait permis à Jimmy de décrocher son poste à Arecibo, c'était d'accepter d'être mal payé, d'avoir été assez malin pour apprendre le japonais et l'espagnol, et d'avoir des connaissances assez poussées aussi bien en astronomie optique qu'en radioastronomie. Il adorait son travail et le faisait fort bien. Ce qui ne l'empêchait pas de se rendre compte qu'une grande partie de ce qu'il faisait pouvait se prêter à l'automatisation. Il comprenait aussi que Masao Yanoguchi, le pistolet contre la nuque, devait réduire à tout prix les coûts de l'observatoire, parce que le programme d'exploitation minière de la Lune semblait en passe de se solder, finalement, par un fiasco, et que le moyen le plus sûr de limiter les frais était d'éliminer les êtres humains du fonctionnement des opérations.

Yanoguchi avait dirigé l'observatoire d'Arecibo depuis le jour où l'IESA, l'Institut (japonais) de l'espace et de la science aéronautique, avait acheté le radiotélescope au gouvernement américain. Dans le contexte plus vaste de l'industrie spatiale japonaise, Arecibo n'était guère qu'une fanfreluche, mais Jimmy savait que les Japonais éprouvaient une profonde satisfaction à l'idée d'en être propriétaires. Par deux fois, les États-Unis avaient essayé de forcer les Nippons à jouer le jeu selon les règles occidentales, en agissant de façon décisive pour leur interdire l'accès aux matières premières et aux marchés. Par deux fois, ils avaient été abasourdis par la violence de la réaction : la conquête de l'Asie dans le premier cas, la conquête de l'espace dans le second. Et cette fois, il n'y avait pas eu d'erreur fatale, comme par exemple d'avoir omis de bombarder les installations côtières à Pearl Harbor.

Jimmy avait fait deux stages pour se familiariser avec la culture japonaise, et il s'était efforcé de mettre ce qu'il avait appris en application, mais même après avoir travaillé pendant près d'un an à l'observatoire d'Arecibo, il avait beaucoup de mal à se représenter les Japonais sous les traits de joueurs et de risque-tout. Et pourtant, insistaient ses professeurs, leur histoire entière prouvait bien qu'ils l'étaient. À d'innombrables reprises, ces gens-là avaient tout misé sur un coup de dés titanesque. Les épouvantables conséquences de cette unique erreur à Pearl Harbor avaient fait d'eux les joueurs les plus calculateurs, les plus méticuleux, les plus appliqués de la planète, mais des joueurs néanmoins. Les Occidentaux qui comprenaient cela, avait fait remarquer un de ses profs, dans un aparté plein de cynisme, pouvaient à l'occasion proposer une partie de craps et la gagner.

Quand son trait de génie lui vint enfin, Jimmy se coupa la joue, puis il éclata de rire et esquissa un petit pas de danse, tandis qu'il tamponnait la légère entaille. Masao Yanoguchi ne le mettrait pas à la porte, en tout cas pas tout de suite. Peggy la Terreur n'allait pas l'étriper, et il était même possible qu'elle fût amenée à concéder qu'il n'était pas dénué d'intelligence. Peut-être obtiendrait-il d'avoir Sofia Mendes pour vautour, ce qui, pensait-il, ferait plaisir à Emilio. Et puis merde, maintenant qu'il y songeait, ne tenait-il pas là un sujet pour sa thèse de doctorat ?

« Quinn, tu as encore mis dans le mille ! » jubila-t-il à l'adresse de son reflet sanguinolent, et il se dépêcha de terminer ses ablutions, impatient de partir pour l'observatoire.

« Entrez, monsieur Quinn. » Masao Yanoguchi fit signe à Jimmy de franchir la porte ouverte de son bureau. « Asseyez-vous, je vous en prie. »

Chacun jouait le jeu de l'autre : Yanoguchi posait au patron amical à l'américaine, Quinn à l'employé japonais modèle, tout gêné de s'asseoir en présence de son supérieur et laissant percer sa nervosité. Ils échangèrent quelques menus propos sur la prochaine grande finale de base-ball, puis Jimmy finit par en venir au fait.

« Dr Yanoguchi, j'ai beaucoup réfléchi au programme d'IA, commença-t-il. Je sais bien que mon travail est assez mécanique et je comprends parfaitement que, d'un point de vue financier, il paraisse plus rentable de l'automatiser, alors j'ai songé à reprendre des études pour décrocher un doctorat, et je me suis dit que vous-même et l'IESA seriez peut-être intéressés par le sujet que j'espère être autorisé à choisir pour ma thèse. » Jimmy s'interrompit, haussant les sourcils pour demander la permission de continuer. Yanoguchi opina, apparemment soulagé de constater que Jimmy n'était pas venu ruer dans les brancards. Satisfait de la sincérité avec laquelle il interprétait son personnage, Jimmy reprit avec chaleur : « Eh bien voilà, monsieur, je voudrais tenter de mener à bien un petit projet pilote, à savoir la comparaison d'un programme d'astronomie mis au point par l'IA avec le sujet humain sur lequel il a été fondé. J'aimerais que l'IESA emploie un excellent analyste de systèmes d'IA pour créer ce programme. Ensuite, je ferais une comparaison point par point de la façon dont le programme a traité les données et de la façon dont je les traite, moi, pendant, disons, deux ans. » Yanoguchi se redressa d'un millimètre et Jimmy, mine de rien, rectifia aussitôt le tir. « Bien entendu, peut-être qu'un an ou même six mois suffiraient, et me permettraient de mettre au point une demande de subvention. Ensuite, je pourrais peut-être revenir travailler ici, grâce à cette subvention.

– Monsieur Quinn, dit enfin Yanoguchi, on pourrait faire valoir que les résultats d'une telle comparaison seraient douteux parce que le sujet en question aurait gardé par-devers lui des informations primordiales.

– Certes, monsieur, c'est exact. Mais cette critique pourrait s'appliquer à toute personne mécontente d'être le sujet d'une analyse d'IA. Pardonnez-moi, Dr Yanoguchi, mais tout le monde sait pertinemment que la plupart des gens espèrent bien que les programmes les concernant vont échouer. Il me semble qu'en employant un analyste de première force, on réduirait la possibilité de voir le sujet agir ainsi. En plus de quoi, puisque je traiterais moi-même les données dans les recherches liées à ma thèse, j'aurais un excellent motif de veiller à ce que les résultats soient fiables. » Yanoguchi ne dit rien, mais ses sourcils étaient loin d'être froncés, si bien que Quinn poursuivit : « Il me semble, monsieur, qu'il pourrait être dans l'intérêt de l'IESA de posséder des données comparatives dignes de foi, lui permettant d'évaluer chaque programme d'IA, vous ne croyez pas ? De voir si un programme laisse passer des choses qu'un être humain, lui, remarque. Et s'il n'en est rien, eh bien, l'Institut pourra continuer à utiliser l'intelligence artificielle pour éliminer les postes de moindre importance comme le mien, fort de la certitude que les programmes d'IA sont vraiment aussi compétents que les personnes qui ont servi à les mettre au point. Ce serait encore un autre aspect du système que l'on pourrait ainsi régler correctement, monsieur. » Jimmy attendit quelques instants, puis il ajouta d'un ton pensif : « Bien sûr, ce n'est qu'un petit projet pilote. S'il fait long feu, vous n'aurez risqué que six mois de salaire supplémentaires pour moi. Et s'il réussit, ce sera un joli coup pour Arecibo... »

Et pour Masao Yanoguchi. Lequel garda le silence. Quinn continua sur sa lancée : « Si vous n'y voyez aucune objection, monsieur, je me demande s'il serait possible de demander à Sofia Mendes de se charger de l'analyse. J'ai entendu dire qu'elle était excellente et...

– Très chère, fit remarquer Yanoguchi.

– Oui, mais j'ai un ami qui la connaît et qui dit qu'elle serait peut-être disposée à s'intéresser au projet à des fins publicitaires. Si son programme me bat, son agent pourra en profiter pour augmenter ses honoraires. Peut-être pourrions-nous conclure un accord avec lui. Si c'est elle qui gagne, l'IESA ne pourrait-il pas doubler ses honoraires habituels ?

– Et si elle perd, l'agent ne touchera rien ? » proposa Masao Yanoguchi, soudain songeur.

C'est une idée qui vaut la peine, insista mentalement Jimmy. Le risque est minime. Allez, laisse-toi faire. Mais il ne comptait pas sur une réponse immédiate et il se garda bien d'essayer de l'obtenir. Jamais Yanoguchi ne donnerait le feu vert avant d'avoir recueilli l'accord de toute la direction de l'IESA, et peut-être même d'autorités extérieures à l'Institut. Beaucoup de gens avaient misé gros sur l'intelligence artificielle. Et c'était bien là que résidait la beauté de la chose : plus les Japonais tarderaient à prendre une décision, plus longtemps il garderait son boulot. Et s'ils acceptaient, il aurait encore les quelques mois qu'il faudrait au vautour pour lui vider la cervelle, plus six mois de rab pour établir la comparaison. Si c'était lui qui triomphait du programme, il serait en mesure de rester, et si le résultat était incertain, peut-être l'IESA envisagerait-il au moins de changer sa politique, de façon qu'il y eût toujours une période d'essai après une analyse d'IA, ce qui devrait faire plaisir à Peggy, parce que cela donnerait un peu plus de temps aux employés, dont certains seraient peut-être capables de vaincre les programmes d'IA correspondants dans le cadre d'une lutte loyale. Et si le programme avait raison de lui, eh bien peut-être reprendrait-il en effet ses études...

Masao Yanoguchi contempla le visage ouvert et innocent et brusquement il se mit à rire. « Monsieur Quinn, murmura-t-il d'un ton plutôt bienveillant, votre machiavélisme montre le bout de son nez. » Jimmy, pris sur le fait, rougit. « Néanmoins, votre proposition est intéressante, ajouta le Japonais en se levant pour raccompagner Jimmy jusqu'à la porte. Ayez l'amabilité de la coucher par écrit, s'il vous plaît. »

5

Cleveland, Ohio : août 2014-mai 2015

S'il n'avait pas été aussi désorienté par son retour aux États-Unis, au sortir du Soudan et de son camp de réfugiés, peut-être Emilio Sandoz aurait-il beaucoup mieux supporté l'impact de sa première rencontre avec Sofia Mendes. En l'occurrence, il essuya le plus fort du choc alors qu'il se débattait en plein décalage horaire et culturel, et il lui fallut plusieurs semaines avant de pouvoir s'assurer la mainmise sur ses réactions vis-à-vis de la jeune femme.

En l'espace de vingt heures, il était passé d'une zone en guerre, dans la péninsule des Somalis, au campus universitaire de l'université John-Carroll, baignant dans la paix et la placidité d'une jolie banlieue où se dressaient des maisons anciennes et bien entretenues, où des enfants hurlaient et couraient, mais uniquement pour s'amuser, rieurs et robustes, plutôt qu'hébétés, désespérés, affamés ou terrifiés. Il fut surpris de constater à quel point il était abasourdi par ces enfants. Et médusé aussi par les jardins, pour diverses raisons – le sol, noir comme du marc de café, la luxuriante pagaille de fleurs d'été et de plantes ornementales, l'incroyable gaspillage d'eau de pluie et de fertilité...

Quelques jours de battement auraient bien fait son affaire, mais on avait déjà pris pour lui certaines dispositions. Il devait rencontrer Sofia Mendes dès le lendemain de son retour, dans un restaurant du campus où l'on servait du café turc – carburant dont elle avait besoin à intervalles réguliers, comme il devait l'apprendre plus tard. Le lendemain matin, Sandoz arriva en avance et s'installa dans le fond de la salle, d'où il pouvait surveiller la porte, enregistrant en silence les vagues d'hilarité et les conversations spirituelles et creuses qui fusaient tout autour de lui, tandis qu'il se réhabituait à l'anglais. Même s'il n'avait pas passé les trois années précédentes sur le terrain, et avant cela plus d'une décennie à se préparer à la prêtrise, il se serait senti déplacé parmi ces étudiants – des jeunes hommes vêtus de manteaux aux coloris vifs et aux plis compliqués, qui soulignaient les épaules et effaçaient les hanches ; des jeunes femmes fines et délicieuses, dans des robes qui leur faisaient une taille de guêpe et dont les tissus pâles et iridescents avaient des tons de pivoine ou de sorbet. Il était fasciné par le soin avec lequel toute cette jeunesse était apprêtée jusque dans les moindres détails : l'agencement de la chevelure, la délicatesse des chaussures, la perfection du maquillage. Il songea aux tombes du Soudan, à fleur de terre, et il maîtrisa sa colère, sachant qu'elle était due en partie à l'épuisement.

Traversant d'un pas décidé ce jardin des délices artificielles, Sofia Mendes fit irruption dans l'humeur peu clémente de Sandoz. Dès qu'il l'aperçut et qu'il devina, intuitivement, qu'elle était celle qu'il attendait, il se rappela les mots d'une femme qui enseignait la danse à Madrid, expliquant ce qu'elle cherchait dans la danseuse espagnole idéale : « La tête haute, un port de princesse. La taille loin au-dessus des hanches, les bras *suavamente articulados*. Le sein comme la corne d'un taureau, avait-elle continué avec une justesse absurde qui avait fait rire Emilio, mais *suave, no rígido.* » Sofia avait un maintien si parfait qu'il fut étonné de constater, en se levant, qu'elle mesurait à peine un mètre cinquante-cinq. Ses cheveux noirs étaient sévèrement tirés, à la façon traditionnelle des danseuses espagnoles, et elle portait un chemisier de soie rouge et une jupe noire très stricts. Le contraste avec les étudiantes qui les entouraient crevait les yeux.

Haussant les sourcils, elle tendit la main pour serrer brièvement celle d'Emilio, puis elle se retourna vers la foule qu'elle venait de fendre. « Aussi jolis qu'un bouquet de fleurs coupées », fit-elle remarquer, avec exactitude et détachement.

D'un seul coup, la vigueur des garçons, la beauté des filles devinrent éphémères. On voyait déjà lesquels vieilliraient mal, lesquels seraient bientôt avachis, et combien d'entre eux renonceraient à leur extravagance et à leurs rêves de gloire. Emilio fut surpris par la précision avec laquelle cette image correspondait à son état d'esprit, glacé par sa propre dureté, et par celle de Sofia.

C'étaient les derniers menus propos, si l'on pouvait dire, que devait lui adresser Sofia Mendes avant de nombreux mois. Ils se retrouvaient trois matinées par semaine, pour des séances que Sandoz ressentait comme des interrogatoires sans répit. Il s'aperçut qu'il ne pouvait pas supporter plus de quatre-vingt-dix minutes d'affilée, et qu'ensuite il était à peu près lessivé pour la journée entière, ayant même le plus grand mal à se concentrer sur les cours de latin élémentaire et les séminaires de linguistique pour étudiants de deuxième et troisième année dont il était chargé pendant son séjour à l'université John-Carroll. Elle ne lui disait jamais bonjour, ne parlait jamais de la pluie et du beau temps. Elle se contentait de se glisser en face de lui, d'ouvrir son bloc-notes électronique et de se mettre à le questionner sur les différentes étapes de son apprentissage d'une nouvelle langue, les petits trucs dont il se servait, les habitudes qu'il avait contractées, les méthodes qu'il avait mises au point presque par instinct, ainsi que les techniques plus structurées et scientifiques qu'il utilisait pour analyser et comprendre une langue au vol, sur le terrain. Lorsqu'il tentait d'alléger un peu ces entrevues par des plaisanteries, des apartés ou des histoires drôles, elle le dévisageait fixement, sans un sourire, jusqu'à ce qu'il laissât tomber et répondît à ses questions.

La moindre marque de courtoisie déclenchait une hostilité avouée. Une fois, aux tout premiers temps de leur collaboration, il s'était levé à son arrivée, tandis qu'elle s'installait sur son siège, et avait répondu à sa première question par un salut profond et ironique, digne de César Romero. « Bonjour, señorita Mendes. Comment allez-vous aujourd'hui ? Le temps qu'il fait vous convient-il ? Que diriez-vous d'une pâtisserie avec votre café ? »

Elle avait levé vers lui deux yeux opaques et rétrécis, tandis qu'il restait debout devant elle, attendant de sa part un petit signe de détente, ne fût-ce qu'un bonjour poli. « Votre numéro d'hidalgo est du plus mauvais goût », avait-elle articulé sans élever le ton. Elle avait laissé le silence se prolonger un bref instant, puis elle avait baissé les yeux vers son bloc-notes. « Mettons-nous donc au travail, voulez-vous ? »

Il n'y eut pas besoin de beaucoup d'accrochages de ce genre pour chasser de l'esprit d'Emilio la vision jungienne de la femme espagnole idéale. Dès la fin du premier mois, il était capable de voir en elle un être de chair et de sang, et il se mit aussitôt à essayer de cerner sa personnalité. L'anglais n'était pas sa langue maternelle, il en était sûr. Sa précision grammaticale était trop parfaite, ses consonnes dentales étaient un peu trop mouillées, ses sifflantes un peu trop longues. En dépit de son nom et de son physique, son accent n'était pas hispanique. Ni grec. Non plus que français, italien, ni rien qu'il pût identifier. Sandoz attribua son zèle acharné au fait qu'elle travaillait sous contrat : plus elle avançait vite, plus elle gagnait d'argent. Cette hypothèse parut confirmée lorsqu'elle se fâcha, un jour, parce qu'il était en retard.

« Dr Sandoz, dit-elle, car elle ne l'appelait jamais " père Sandoz ", vos supérieurs paient une fortune pour faire faire cette analyse. Cela vous amuse-t-il de gaspiller leur argent et mon temps ? »

La seule fois où elle parla tant soit peu d'elle-même survint vers la fin d'une séance qui plongea Sandoz dans un tel embarras qu'il lui arriva une nuit d'en rêver et de se réveiller moite de honte à ce seul souvenir. « Quelquefois, lui dit-il en se penchant par-dessus la table, sans mesurer la portée de ses paroles, je commence par des chansons. Elles fournissent une espèce de grammaire-squelette que j'enrobe ensuite d'un peu de chair. Des chansons pleines de désir pour le futur, de regret pour le passé, d'amour pour le présent. »

Il rougit en entendant ce qu'il venait de dire, ce qui ne fit qu'aggraver les choses, mais elle ne s'en formalisa pas ; à vrai dire, elle ne parut même pas avoir conscience du sens qu'on aurait pu donner à cette déclaration. Au lieu de cela, elle parut frappée par une coïncidence et regarda par la fenêtre, les lèvres entrouvertes. « Que c'est donc intéressant ! » s'exclama-t-elle, comme si rien de ce qu'il lui avait dit jusque-là ne l'avait été, puis elle continua d'un ton pensif : « C'est une chose que je fais, moi aussi. Avez-vous remarqué que les berceuses comportent presque toujours beaucoup d'impératifs ? »

Et le moment de gêne passa, ce dont Emilio Sandoz ne manqua pas de remercier Dieu.

Si les séances avec Sofia Mendes le laissaient vidé et vaguement déprimé, il découvrit, pour faire contrepoids, une extraordinaire étudiante en latin. Anne Edwards, bientôt sexagénaire, ses beaux cheveux blancs soigneusement tressés, à la façon des Africaines, était une femme décidée, vive et intellectuellement audacieuse ; elle possédait un rire ravissant et cristallin, qui résonnait souvent à travers la salle de classe.

Un jour, au bout de deux semaines d'apprentissage, elle attendit après le cours que ses condisciples eussent vidé les lieux. Emilio, occupé à rassembler ses notes sur le bureau, leva vers elle un regard intéressé.

« Est-ce qu'on vous laisse sortir tout seul le soir, demanda-t-elle, ou bien est-ce que les mignons petits jésuites comme vous sont soumis au couvre-feu jusqu'à ce qu'ils soient gâteux ? »

D'une pichenette, il expédia par terre la cendre d'un cigare imaginaire et fit onduler ses sourcils. « Qu'avez-vous donc en tête ?

– Écoutez, j'avais songé à vous proposer de manquer à nos engagements solennels pour filer passer un week-end coquin au Mexique, mais voilà que j'ai des devoirs, dit-elle en hurlant ce dernier mot, parce qu'un saligaud de prof de latin a décidé qu'il était nécessaire d'apprendre l'ablatif beaucoup trop tôt, à mon humble avis, alors pourquoi ne venez-vous pas tout simplement dîner à la maison ? »

Se renversant contre son dossier, il la regarda sans chercher à cacher son admiration : « Madame, comment résister à une pareille invitation ? » Puis il ajouta, en se penchant en avant : « Votre mari sera là ?

– Eh oui, bon Dieu de bois, mais c'est un homme tout à fait libéral et tolérant, lui assura-t-elle avec un grand sourire. Et qui s'endort très tôt. »

La maison des Edwards était un édifice carré et fonctionnel, entouré d'un jardin où – Emilio fut enchanté de le constater – les fleurs se mélangeaient aux tomates et aux citrouilles, aux laitues, aux carottes et aux poivrons. Retirant ses gants de jardinage, George Edwards l'accueillit dans le jardin de devant et lui fit signe d'entrer dans la maison. Un beau visage, se dit Emilio, plein d'humour et accueillant. Du même âge que sa femme, doté d'une chevelure argentée encore très fournie, mais affligé d'une maigreur alarmante, celle qu'on voyait soit chez les malades du sida, soit chez ceux qui souffraient d'hyperthyroïdie, soit chez les coureurs à pied d'un certain âge. Cette dernière explication était la plus vraisemblable, car le bonhomme paraissait en pleine forme physique. Pas du tout le genre à s'endormir de bonne heure, se dit Emilio en souriant dans sa barbe.

Anne se trouvait dans la grande cuisine lumineuse, où elle préparait le dîner. Sandoz reconnut aussitôt l'odeur, mais il lui fallut un moment avant de pouvoir mettre un nom dessus et, lorsqu'il y parvint, il s'écroula sur une des chaises en gémissant : « *¡ Dios mío, bacalaitos !* »

Anne éclata de rire. « Et de l'*asopao*. Avec des *tostones*. Et pour le dessert...

– Foin de vos devoirs, ma chère. Enfuyons-nous ensemble, supplia Sandoz.

– *¡ Tembleque !* annonça-t-elle triomphalement avec un grand rire, tout heureuse d'avoir fait plaisir à un invité. C'est un de mes amis portoricains qui m'a aidée à composer le menu. Il y a un merveilleux *colmado* dans le quartier ouest. On y trouve de la *yautía*, des *batatas*, de la *yuca*, des *amarillos* – tout ce qu'on veut.

– Sans doute ignorez-vous, reprit Sandoz d'un air sincère, les yeux brillants, qu'au XVIIe siècle, un hérétique portoricain a prétendu que Jésus avait utilisé l'odeur des *bacalaitos* pour faire revenir Lazare d'entre les morts. L'évêque l'a fait brûler vif, mais on a attendu qu'il ait dîné et il est mort content. »

En riant, George tendit à son invité et à sa femme des coupes évasées, joliment givrées, où flottait un nuage d'écume sur un liquide crémeux. « *¡ Bacardi añejo !* » souffla Sandoz avec révérence. George leva son verre et ils burent à la santé de Porto Rico.

« Alors dites-nous donc, reprit Anne d'un ton gourmé, haussant ses fins sourcils avec un air d'intérêt courtois, vivante incarnation de la dame comme il faut, bien qu'elle fût sur le point de siroter une gorgée de cocktail, que pensez-vous de la chasteté ?

– Une vraie saloperie », répondit Emilio avec autant de promptitude que de franchise, et Anne explosa. Il lui tendit une serviette pour s'essuyer le nez et, sans attendre qu'elle eût repris son souffle, il se leva et prit une expression pleine de ferveur pour s'adresser à l'assistance fantôme d'un séminaire sur la chasteté : « Bonjour, je m'appelle Emilio et, même si je ne m'en souviens pas, il est possible que l'enfant frustré que je porte en moi ait été un obsédé sexuel, alors j'ai recours à l'abstinence et je mets ma foi en une puissance suprême. Vous dégoulinez.

– Je suis une anatomiste hautement spécialisée, rétorqua Anne sur un ton de dignité empesée, tout en tapotant son chemisier avec la serviette, et je suis capable de vous expliquer très exactement grâce à quel mécanisme on en arrive à rejeter par le nez ce qu'on vient de boire.

– Ne la mettez pas au défi de le faire, avertit George. Elle en est vraiment capable. Vous n'avez jamais songé à organiser un séminaire pour les gens qui parlent trop ? On pourrait l'appeler " Blabla dessus, blabla dessous ".

– Ah, pitié, pitié ! geignit Anne. Les plus vieux sont les meilleurs.

– Vous parlez des calembours ou des maris ? » s'enquit Emilio d'un ton innocent.

Et ainsi de suite, pendant le reste de la soirée.

La deuxième fois qu'il vint dîner, Anne l'accueillit à la porte, lui posa une main sur chaque joue, se dressa sur la pointe des pieds et lui plaqua un chaste baiser sur le front. « La première fois que tu viens ici, tu es un invité, lui fit-elle savoir en le regardant droit dans les yeux. Après ça, mon chéri, tu fais partie de la famille. Va donc la chercher toi-même, ta bière. »

De ce jour, il couvrit au moins une fois par semaine la longue et agréable distance qui le séparait de chez les Edwards. Parfois, il était le seul convive. Bien souvent, il y en avait d'autres : des étudiants, amis, voisins ou autres inconnus intéressants qu'Anne ou George avaient rencontrés et ramenés chez eux. La conversation, portant sur la politique, la religion, le base-ball, les guerres au Kenya et en Asie centrale, et sur tous les autres sujets qui éveillaient la curiosité d'Anne, étaient tapageuses et drôles ; et les soirées s'achevaient toujours sur les ultimes bons mots que lâchaient les invités en disparaissant dans la nuit. La maison devint l'antre d'Emilio – c'était un foyer où un jésuite accueilli à bras ouverts pouvait se détendre et oublier ses devoirs de prêtre, où il pouvait s'imprégner d'énergie au lieu d'en être vidé. C'était le premier véritable « chez-soi » qu'Emilio Sandoz eût jamais connu.

Assis sur la terrasse de derrière, soigneusement abritée, sirotant un verre au crépuscule, il apprit que George était un ingénieur qui avait terminé sa vie active en mettant au point les systèmes de survie des opérations minières dans les fonds sous-marins, mais dont la carrière avait parcouru toute la distance technologique qui séparait les règles à calcul en bois des réseaux neutres, du rayonnement photonique et des nanomachines, en passant par ILIAC IV et FORTRAN. Récent retraité, George avait passé ses premières semaines de liberté à sillonner sa vieille maison de fond en comble, pour y découvrir toutes les petites réparations nécessaires, regardant avec tout l'orgueil d'un conservateur de musée les fenêtres en bois qui fonctionnaient impeccablement, le travail de la brique, l'ordre qui régnait dans son atelier. Il lut des piles de livres, qu'il dévorait comme du pop-corn. Il agrandit le jardin, construisit une tonnelle, réorganisa le garage. Il s'enfonça dans un moelleux coussin de satisfaction. Il s'emmerda à cent sous de l'heure.

« Tu cours ? demanda-t-il, plein d'espoir, à Sandoz.

– Je faisais du cross à l'école.

– Fais gaffe, mon chou, il essaie de t'entuber. Ce vieux croulant s'entraîne pour un marathon, intervint Anne, dont le regard admiratif contredisait le ton acide. Il va falloir lui refaire les genoux, s'il continue ses conneries. D'un autre côté, s'il casse sa pipe en courant comme un dératé, je serai une veuve coquettement nantie. Je suis de celles qui estiment qu'on n'est jamais trop assuré. »

Emilio découvrit qu'Anne suivait ses cours parce qu'elle utilisait le latin médical depuis des années et que cela avait excité sa curiosité pour cette langue. Elle avait toujours voulu être médecin, mais dans un premier temps elle s'était dégonflée, terrorisée par la biochimie, si bien qu'elle avait commencé à travailler en qualité d'anthropologue. Une fois qu'elle eut décroché son doctorat, elle trouva du travail à Cleveland, où elle enseignait l'anatomie générale à l'université. Plusieurs années passées à travailler en laboratoire avec des étudiants en médecine n'avaient rien fait pour entretenir la crainte respectueuse que lui avaient jadis inspirée les études médicales, si bien qu'à quarante ans, elle retourna sur les bancs de l'école et finit par se retrouver médecin qualifié dans un service d'urgences, spécialité qui nécessitait de savoir travailler dans la pagaille et d'avoir des connaissances suffisantes pour tout aborder, de la neurochirurgie à la dermatologie.

« C'est le côté violent qui me plaît, précisa-t-elle, très sainte-nitouche, en tendant une serviette à Emilio. Veux-tu que je t'explique le coup du liquide qui ressort par le nez ? Sur le plan anatomique, c'est vraiment passionnant. L'épiglotte est comme le siège d'une cuvette de W-C qui couvrirait l'œsophage...

– Anne ! » glapit son mari.

Elle lui tira la langue. « Quoi qu'il en soit, la médecine d'urgence, c'est quelque chose de merveilleux. Quelquefois, en l'espace d'une heure, on a droit à une cage thoracique enfoncée, une blessure par balle à la tête, et un enfant couvert de boutons. »

« Pas de progéniture ? leur demanda un soir Emilio, se surprenant lui-même.

– Non. Il s'est avéré que nous ne parvenions pas à nous reproduire en captivité », rétorqua George sans la moindre gêne.

Anne se mit à rire. « Écoute donc, Emilio, tu vas trouver ça suave. Pendant des années, on a pratiqué la méthode Ogino ! » Une lueur incrédule s'alluma au fond de ses yeux écarquillés. « Et on a cru que ça marchait ! » Fou rire général.

Sandoz adorait Anne, il avait eu entière confiance en elle dès le premier jour. À mesure que les semaines passaient et que ses émotions devenaient plus embrouillées, il éprouva de plus en plus fortement le besoin de la consulter, en ayant la conviction que ses conseils seraient excellents. Mais il ne lui était jamais facile de se livrer, et la moitié du premier semestre était déjà écoulée lorsqu'il trouva enfin le cran nécessaire pour l'inviter à venir se promener avec lui, un soir, après avoir aidé George à desservir.

« Pas de bêtises, leur cria ce dernier. Je suis vieux, mais je tire encore drôlement bien.

– T'en fais pas, George, lui lança Anne par-dessus son épaule en se mettant en route. J'ai sans doute loupé mes contrôles de milieu du trimestre et il m'emmène pour m'annoncer la chose avec ménagement. »

Ils jacassèrent amicalement pendant quelques centaines de mètres, la main d'Anne sur le bras d'Emilio, sa tête blanche presque au niveau de la tête noire du prêtre. Deux fois il commença une phrase mais s'interrompit, incapable de trouver ses mots. Amusée, elle soupira et lui dit : « Bon, d'accord, parle-moi d'elle. »

Sandoz poussa un petit jappement amusé et se passa la main dans les cheveux. « Ça se voit donc tant que ça ?

– Non, le rassura-t-elle, très douce à présent. Simplement, je t'ai aperçu à plusieurs reprises à la cafétéria du campus avec une ravissante jeune créature, et j'ai simplement additionné deux et deux. Alors. Dis-moi tout ! »

Il dit tout. Il lui parla de l'intransigeance avec laquelle Sofia Mendes refusait de se laisser détourner un instant de sa tâche. De son accent, qu'il était capable d'imiter à la perfection, mais qu'il ne parvenait pas à situer. De la réflexion concernant l'hidalgo, si disproportionnée par rapport à sa timide tentative d'adoucir un peu leurs rapports. De l'antagonisme qu'il sentait sans parvenir à le comprendre. Et finalement, terminant par là où il aurait dû commencer, de la secousse presque physique éprouvée la première fois qu'il l'avait vue. Ce n'avait pas été seulement la conscience de sa beauté, ni une simple réaction glandulaire, mais le sentiment de... de la connaître déjà, Dieu sait comment.

À la fin de cette tirade, Anne répondit : « Écoute, je ne fais que deviner, mais je me demande si elle n'est pas séfarade. »

Il s'arrêta net et resta cloué sur place, les yeux fermés. « Bien sûr. Une descendante des Juifs d'Espagne. » Il dévisagea Anne. « Elle doit croire que mes ancêtres ont chassé les siens d'Espagne en 1492.

– Ça expliquerait des tas de choses. » Elle haussa les épaules et ils reprirent leur promenade. « Pour ma part, j'aime beaucoup ta barbe, mon chéri, mais il faut bien dire qu'elle te fait ressembler à l'idée qu'un imprésario hollywoodien se ferait du Grand Inquisiteur. Il n'est pas impossible que tu correspondes justement à quelques-uns de ses pires fantasmes. »

Les archétypes jungiens étaient à double sens, comprit-il soudain. « Balkanique, dit-il au bout d'un moment. Ça pourrait être un accent balkanique. »

Anne hocha la tête. « Possible. Après l'expulsion, bon nombre de séfarades ont échoué dans les Balkans. Elle pourrait être roumaine ou turque. Ou bulgare. Quelque chose comme ça. » Elle émit un sifflement, en se rappelant la Bosnie. « Je vais te confier quelque chose à propos des Balkans. Si les gens là-bas ont l'impression qu'ils risquent d'oublier un tort qu'on leur a fait, ils écrivent à son sujet une épopée qu'ils font réciter aux enfants avant de les mettre au lit. Tu te heurtes à cinq cents ans de très mauvais souvenirs de l'Espagne impériale et catholique, soigneusement préservés. »

Le silence dura un petit peu trop longtemps pour que la remarque suivante d'Emilio sonnât tout à fait juste. « Je voulais simplement mieux la comprendre. » Anne fit une grimace qui voulait dire : « Tu parles, Charles ! » Emilio continua, opiniâtre : « Le travail que nous faisons est déjà assez difficile comme ça. Cette hostilité ne fait que rendre les choses encore plus dures. »

Une remarque de très mauvais goût traversa l'esprit d'Anne. Elle la garda pour elle, mais Emilio la lut sur son visage et il jeta : « Restons corrects ! », ce qui la fit pouffer comme une écolière qui vient de découvrir les blagues cochonnes. Elle lui empoigna le bras et ils reprirent le chemin de la maison, écoutant les bruits du quartier qui commençait à se pelotonner pour la nuit. Les chiens aboyaient sur leur passage, les feuilles bruissaient et chuchotaient. Une mère lança : « Heather ! Au lit ! Je ne te le répéterai pas trente-six fois !

– Heather ! Ça fait des années que je ne l'avais pas entendu, celui-là. Elle le tient sans doute de sa grand-mère. » Anne s'arrêta brusquement et Emilio se retourna pour la regarder. « Ah, merde, Emilio, je ne sais pas – peut-être que Dieu est aussi réel pour toi que George et moi le sommes l'un pour l'autre... On avait à peine vingt ans quand on s'est mariés, du temps où la croûte terrestre n'avait pas encore refroidi. Et tu peux me croire si je te dis que personne ne traverse quarante années de vie commune sans remarquer quelques séduisants autres candidats en cours de route. » Il voulut dire quelque chose, mais elle leva la main. « Attends. J'ai l'intention de te faire cadeau d'un conseil que tu ne m'as pas demandé, mon chéri. Je sais que tu vas trouver la formule toute faite, mais ne feins pas de ne pas éprouver ce que tu éprouves. C'est comme ça que tout sombre dans la merde. Les émotions sont des faits, dit-elle, la voix un peu dure, en se remettant en route. Regarde-les dans le blanc des yeux et règle son compte à chacune. Fais le tour de la question, aussi honnêtement que tu le pourras. Si Dieu ressemble de près ou de loin à une poulette blanche de la petite bourgeoisie banlieusarde, ce qui est peu probable, je le reconnais volontiers, c'est ce que tu fais pour te mettre en accord avec tes émotions qui compte. » À présent, ils apercevaient George qui les attendait, assis sur le perron dans une flaque de lumière. La voix d'Anne se fit très douce. « Peut-être Dieu ne t'en aimera-t-il que mieux si tu reviens vers lui plus tard, de tout ton cœur. »

Il prit congé d'Anne avec un baiser, de George avec un signe de la main, et il repartit en direction du campus, avec ample matière à réflexion. Anne rejoignit George sur le perron, mais avant qu'Emilio ne fût hors de portée de voix, elle cria : « Hé, dis donc, combien j'ai eu au contrôle ?

– Quatre-vingt-six sur cent. Tu t'es plantée pour l'ablatif.

– Ah, merde ! » hurla-t-elle. Et son rire en cascade déferla vers Emilio dans l'obscurité.

Le lundi matin, il en était arrivé à diverses conclusions. Il s'abstint de raser sa barbe, estimant le geste trop théâtral, mais il corrigea ses manières et se composa un personnage d'« Anglo-

Saxon » tout à fait neutre. Sofia Mendes se détendit très légèrement. Il ne se permit plus la moindre digression, se conformant au rythme des questions-réponses qui semblait convenir à la jeune femme. Il y eut moins de heurts dans leur travail.

Emilio prit l'habitude d'aller retrouver George Edwards sur son circuit d'entraînement et de lui faire un brin de conduite. Il décida de s'engager pour les dix kilomètres, lors de la grande épreuve de fond du printemps. George, qui devait couvrir les quarante-deux kilomètres et quelques du marathon, fut ravi de sa compagnie. « Dix kilomètres, c'est loin d'être ridicule », assura-t-il avec un grand sourire.

Emilio trouva, en outre, du bon travail à accomplir dans le lycée d'un quartier pauvre, dans l'est de Cleveland. Il consacra son énergie à Dieu.

Pour finir, il fut récompensé par quelque chose qui ressemblait fort à un vrai moment d'amitié. Sofia Mendes avait suspendu leurs séances pendant plusieurs semaines, puis elle lui fit savoir qu'elle avait quelque chose à lui montrer. Il la reçut dans son bureau et elle s'adressa au système informatique d'Emilio, afin de capter le dossier en question sur le réseau. L'invitant du geste à s'asseoir et s'installant à ses côtés, elle dit : « À présent commencez. Imaginez que vous vous préparez à rejoindre une mission où vous utiliserez une langue que vous n'avez encore jamais étudiée et pour laquelle il n'existe aucune méthode connue de formation. »

Il s'exécuta. Au bout de quelques minutes, il se mit à sauter du coq à l'âne, posant des questions au hasard, suivant les instructions à différents niveaux. Tout y était, il avait sous les yeux l'expérience entière de plusieurs années de travail, sans même oublier les chansons. Vu à travers le prisme du surprenant intellect de Sofia, tout ce qu'il avait fait de mieux était ordonné et systématisé. Au bout de plusieurs heures, il s'écarta de la table et chercha du regard les yeux de la jeune femme, qui brillaient. « Superbe, dit-il, volontairement ambigu, tout à fait superbe. »

Pour la première fois, il vit sur ses lèvres un bref sourire. Puis l'expression de farouche dignité revint et elle se leva. « Merci. » Elle hésita, puis continua d'une voix ferme : « Ce projet était excellent. J'ai pris grand plaisir à travailler avec vous. »

Il se mit debout, car il était évident qu'elle s'apprêtait à disparaître, sans plus de façons. « Qu'allez-vous faire à présent ? Toucher vos honoraires et partir vous détendre sur une plage, peut-être ? »

Elle le dévisagea un moment, interloquée. « Vous n'êtes vraiment pas au courant, hein ? demanda-t-elle. Vous avez dû mener une vie très protégée, j'imagine. »

Ce fut au tour d'Emilio de la regarder sans comprendre.

« Vous ne savez donc pas ce que signifie ceci ? » continua-t-elle en indiquant le bracelet de métal qu'elle portait toujours. Il l'avait remarqué, bien sûr, ce bijou plutôt passe-partout, en accord avec le goût de Sofia pour les toilettes sobres. « Je ne reçois que le strict minimum pour vivre. Mes honoraires vont à mon agent. Il m'a mise sous contrat quand j'avais quinze ans. C'est lui qui m'a payé mes études et, tant que je n'aurai pas remboursé tout ce qu'il a investi, il est illégal de m'employer directement. Je ne peux pas retirer ce bracelet d'immatriculation. Il est là pour protéger les intérêts de mon agent. Je croyais que tout le monde était au courant de ce genre d'arrangement.

– Mais enfin, ça ne peut pas être légal ! s'écria-t-il quand il eut retrouvé l'usage de la parole. C'est de l'esclavage.

– Peut-être serait-il plus exact de dire que c'est de la prostitution intellectuelle. Sur le plan juridique, cela ressemble plus à un contrat d'apprentissage qu'à de l'esclavage, Dr Sandoz. Je ne suis pas liée à lui pour la vie. Quand j'aurai remboursé ma dette, je serai libre de le quitter. » Tout en parlant, elle ramassa ses affaires, prête à s'éclipser. « Et sachez que je trouve cet arrangement préférable à la prostitution physique. »

Là, c'était plus qu'il n'était capable d'en absorber. « Où allez-vous, à présent ? demanda-t-il, toujours abasourdi.

– À l'École de guerre de l'armée américaine. Il y a un professeur d'histoire militaire qui part à la retraite. Au revoir, Dr Sandoz. »

Il lui serra la main et la regarda partir. La tête haute, un port de princesse.

6

Rome et Naples : mars-avril 2060

Au mois de mars, un homme porteur de papiers d'identité volés parvient à tromper les services de sécurité de la Curie généralice, en se faisant passer pour un jésuite, et à pénétrer dans la chambre d'Emilio Sandoz. Par bonheur, le frère Edward Behr est justement en route pour aller voir son malade et lorsqu'il entend de loin le journaliste harceler Sandoz de questions, il franchit la porte comme un boulet, plié en deux. L'élan de sa course catapulte l'intrus contre le mur où le frère Edward réussit à le maintenir, tout en appelant à l'aide entre deux respirations sifflantes.

Malencontreusement, l'incident est retransmis en direct à la télévision, grâce au matériel audiovisuel que l'homme a pris soin d'apporter. Néanmoins, se dit Edward *a posteriori*, il est réconfortant de penser que le monde entier en aura peut-être conçu quelque respect pour les capacités athlétiques des petits asthmatiques rondouillards.

Cette intrusion entraîne une rechute chez Sandoz, pour qui la mésaventure a été un véritable cauchemar. Mais dès avant l'effraction, il était évident qu'il ne faisait guère de progrès sur le plan mental, même si son état physique s'était stabilisé. Les pires symptômes du scorbut sont désormais jugulés, bien que l'intense fatigue et les meurtrissures persistent. Les médecins subodorent qu'une trop longue exposition aux rayons cosmiques a réduit sa faculté d'absorber l'acide ascorbique. Là-bas, dans l'espace, il y a toujours des dégâts physiologiques ou génétiques : les mineurs ne s'en ressentent pas trop parce qu'ils sont protégés par l'écran naturel de la roche, mais chez les équipages des navettes spatiales et le personnel des stations, on ne compte plus les cancers, ni les maladies carentielles.

Sandoz, en tout cas, cicatrise fort mal. Les implants dentaires sont hors de question ; on lui a installé deux bridges pour lui permettre de manger normalement, mais il n'a aucun appétit et son poids reste inférieur à ce qu'il devrait être. Quant à ses mains, les chirurgiens refusent d'y toucher. « Au point où il en est, ce n'est même pas la peine d'essayer, déclare l'un d'eux. Ses tissus conjonctifs sont comme des toiles d'araignées. Ils tiennent tant qu'on n'y touche pas. D'ici un an, peut-être... »

La Compagnie de Jésus fait donc venir le père Singh, un artisan indien réputé pour ses appareils orthopédiques fort complexes et ses membres artificiels, et le charge de fabriquer une paire de quasi-prothèses pour soutenir les doigts de Sandoz et l'aider à les contrôler. D'aspect aussi fragile que du sucre filé, on les enfile sur ses mains et on les tire loin en direction du coude. Sandoz se montre courtois, comme toujours, il admire le travail et remercie le père Singh de son aide. Et il fait ses exercices de rééducation tous les jours, avec une persistance obstinée qui commence par inquiéter le frère Edward, avant de le terrifier.

Au bout du compte, expliquent les spécialistes, Sandoz apprendra à ne se servir que des muscles fléchisseurs du poignet pour activer les servomoteurs qui fonctionnent grâce aux potentiels électriques engendrés dans les muscles de ses avant-bras. Mais, après un mois entier, Sandoz ne paraît pas capable d'isoler le mouvement nécessaire, et l'effort qu'il fait pour maîtriser ses mains mobilise tout ce qui lui reste de forces. Par conséquent, le frère Edward veille à ce que les séances restent courtes, afin de trouver le juste milieu entre les progrès que fait Emilio et le prix qu'ils doivent l'un et l'autre payer en larmes de frustration.

Deux jours après qu'un autre journaliste a été surpris en train d'escalader un des murs extérieurs, près de la chambre de Sandoz, le général convoque Edward Behr et John Candotti dans son bureau, juste après sa réunion de travail matinale avec son secrétaire. John est navré de constater que Voelker reste dans la pièce.

« Le père Voelker vient de me dire qu'à son avis, une retraite ferait du bien à Emilio, messieurs, commence Vincenzo Giuliani, en jetant à Candotti un coup d'œil qui signifie clairement : “ On se tait et on laisse flotter les rubans. ” Et il a bien voulu proposer de diriger lui-même les exercices spirituels. J'aimerais savoir ce que vous en pensez. »

Le frère Edward se dandine sur son siège et se penche en avant, hésitant à parler le premier, bien qu'il ait manifestement une opinion tranchée sur le sujet. Avant qu'il ne puisse articuler une phrase, Johannes Voelker prend la parole : « On nous a enseigné à ne jamais prendre de décision quand on traverse une période de désarroi. À l'évidence, cet homme est en ce moment perdu dans les ténèbres de l'âme, ce qui n'a rien d'étonnant. Il est spirituellement paralysé, incapable de faire le moindre pas en avant. Je recommande donc une retraite auprès d'un directeur qui l'aiderait à se concentrer sur la tâche qui l'attend.

– Peut-être que si le pauvre type ne se sentait pas continuellement harcelé par la meute qui le talonne, il s'en trouverait mieux, dit John avec un sourire bon enfant, tout en pensant : “ Espèce de faux derche. ”

– Pardonnez-moi, père général », se hâte de lancer le frère Edward. L'animosité qu'éprouvent l'un envers l'autre Candotti et Voelker va finir par devenir légendaire. « Avec tout le respect que je vous dois, les Exercices constituent une expérience très violente sur le plan émotionnel et je ne crois pas qu'Emilio soit en mesure de les supporter.

– Je dois dire que je suis de votre avis », renchérit John, toujours jovial. Et Johannes Voelker est bien le dernier homme que je choisirais pour être le directeur spirituel de Sandoz, ajoute-t-il *in petto*. Et si tu ne fais pas ta crotte, mon garçon, tu peux laisser ta place sur le pot.

« En revanche, d'un point de vue purement pratique, reprend Edward Behr, j'aimerais bien le savoir ailleurs. Ici, à Rome, il se sent en état de siège.

– Ma foi, c'est un peu le cas, sous certains rapports, dit le général. Je pense, comme le père Voelker, qu'Emilio doit faire face à sa situation, mais pas tout de suite et pas ici. Bien. Nous sommes donc tous d'accord pour dire qu'il faut évacuer Emilio de la Curie, même si ce n'est pas tous pour les mêmes raisons. Je ne me trompe pas ? » Giuliani se lève et se dirige vers une des fenêtres, d'où il peut voir une foule morose agglutinée sous des parapluies. Les conditions climatiques leur ont été très favorables, décourageant tout le monde sauf les journalistes les plus tenaces. « La maison de retraite située au nord de Naples lui offrirait un refuge plus sûr que ce que nous pouvons lui garantir ici.

– À mon avis, le problème, c'est de parvenir à faire sortir Sandoz d'entre ces murs sans être remarqués, déclare Edward Behr. La fourgonnette de boulanger ne marchera pas deux fois.

– La presse suit tous les véhicules », confirme Voelker.

Giuliani se détourne de la fenêtre. « Les tunnels », dit-il.

Candotti paraît dérouté. « Je vous demande pardon ?

– Nous sommes reliés au Vatican par une série de tunnels, lui explique Voelker. Nous pourrions le faire sortir par Saint-Pierre.

– Nous y avons encore accès ? s'étonne Behr, les sourcils froncés.

– Oui, si l'on sait quelle sonnette tirer, dit Giuliani d'un ton serein, et il se dirige vers la porte de son bureau, signalant ainsi la fin de la consultation. Jusqu'à ce que nos plans soient au point, messieurs, peut-être vaut-il mieux ne rien dire à Emilio. Ni à personne, du reste. »

Ayant terminé sa visite au numéro 5, Borgo Santo Spiritù, John Candotti s'arrête un instant sur le pas de la porte, le parapluie brandi, sottement irrité de constater qu'il fait aussi mauvais depuis aussi longtemps. *O sole mìo*, tu parles ! se dit-il avec un reniflement de mépris.

Il se fraie un chemin à coups d'épaule au milieu de la foule de reporters qui se sont rués sur lui dès qu'il a ouvert la porte, et il prend un malin plaisir à répondre aux questions qu'on lui hurle par des citations sans queue ni tête tirées des Saintes Écritures, en prenant un air confit en dévotion. Mais dès qu'il est délivré des journalistes, ses pensées se tournent vers la réunion qui vient d'avoir lieu. À l'évidence, Giuliani estime, lui aussi, que ce serait de la folie d'imposer les Exercices à Sandoz dans l'état où il se trouve, se dit John en regagnant sa chambre à pied. Alors, à quoi rimait cette petite scène avec Voelker ?

John Candotti n'est pas naturellement porté à soupçonner autrui de machiavélisme. Il y a des gens qui adorent traiter la vie comme une partie d'échecs, lancer une personne contre une autre, manœuvrer, intriguer et anticiper les trois prochains coups de tous les autres protagonistes ; mais John, en ce qui le concerne, n'a aucun talent pour le jeu, si bien qu'il est presque arrivé devant l'immeuble où il réside, lorsque l'explication s'impose enfin à lui, juste au moment où il trouve le moyen de marcher dans une crotte de chien toute fraîche.

Merde, se dit-il, ce qui est à la fois une observation et un commentaire. Il reste là sous la pluie, obnubilé par son soulier et la décoration qu'il porte, ainsi que par sa propre candide gentillesse. Cette entrevue, comprend-il, faisait partie d'une espèce de numéro d'équilibriste que le général veut encourager, le Gentil contre le Méchant. Fichtre, c'est bien vu, Sherlock ! se dit-il avec un humour mordant.

L'obéissance est une chose. Mais se faire manipuler, fût-ce par le général des Jésuites, en est une autre. John est vexé, bien sûr, mais en plus il est penaud de se dire qu'il lui a fallu si longtemps pour piger. Et le voici même méfiant, à présent, car il lui semble que Giuliani a accepté trop facilement de trouver un moyen de faire quitter la ville à Sandoz. Toutefois, tandis qu'il racle sa chaussure pour la débarrasser de l'étron, il considère la situation et s'aperçoit qu'il est aussi, en quelque sorte, flatté : on l'a fait venir, lui, John Candotti, de Chicago, à des milliers de kilomètres, parce que ses supérieurs hiérarchiques savent qu'il est presque génétiquement programmé, pourrait-on dire, pour mépriser les trous-du-cul tels que son frère dans le Christ Johannes Voelker.

John constate qu'il est lui-même si désireux de quitter Rome qu'il n'a aucune envie de se montrer trop regardant sur la permission d'en partir que vient de lui donner le général. Contente-toi donc de jouer les cartes telles qu'elles se présentent, se dit-il, et nourris-toi de l'espoir que Dieu en tient pour Emilio.

Pour le week-end de Pâques, le Vatican est bondé de fidèles : deux cent cinquante mille personnes s'y pressent, venues recevoir la bénédiction du pape, prier, flâner, acheter des souvenirs et se faire vider les poches. Le Jihad a promis des bombes et les consignes de sécurité sont strictement appliquées, mais personne ne prête attention à un homme maladif, recroquevillé sur lui-même et bien emmitouflé contre l'air froid du mois d'avril, quittant la place Saint-Pierre dans un fauteuil roulant que pousse un grand gaillard en blouson de touriste, sur lequel on peut lire « Vésuve 2 – Pompéi 0 ». Quiconque prendrait la peine de les observer serait simplement étonné de voir avec quelle facilité ils parviennent à héler un des taxis du centre-ville.

« Qui est au volant ? » demande Sandoz, installé à l'arrière, tandis que John lui attache sa ceinture. Il paraît au bord des larmes. C'est la foule, croit deviner John, et le bruit. La peur d'être reconnu et pris d'assaut.

« C'est le frère Edward », répond John.

Edward Behr, en uniforme de chauffeur de taxi, lève une main potelée pour le saluer depuis le siège du conducteur, avant de reporter son attention vers la rue. L'interdiction de la ville aux véhicules privés a réduit la densité de la circulation, mais elle a aussi agi comme une sorte de mode de sélection darwinien, au bénéfice des conducteurs les plus combatifs. Edward Behr est, pour une bonne raison, un automobiliste exceptionnellement prudent.

John Candotti s'installe à l'arrière à côté de Sandoz et se met à l'aise, ravi de lui-même, de la journée, du monde entier. « Une évasion sans bavure », lance-t-il tout haut, tandis qu'Edward s'engage sur l'autostrade embouteillée en direction de Naples. Il se tourne vers Sandoz, dans l'espoir qu'il a été contaminé par sa bonne humeur enfantine à l'idée de feinter tout le monde, de faire l'école buissonnière pour une journée entière de liberté volée... Au lieu de quoi, il voit un homme désespérément las avachi sur le siège arrière à côté de lui, les yeux clos pour ne pas voir s'accomplir un voyage heurté et épuisant à travers la ville, pour ne pas sentir de nouvelles douleurs venant s'ajouter à la sourde et constante souffrance qu'engendrent les hémorragies dues au scorbut, ainsi qu'à cette saleté de fatigue qui le pénètre jusqu'à la moelle des os et à laquelle aucun repos n'est capable de remédier.

Dans un profond silence, les yeux de John rencontrent ceux du frère Edward qui vient d'apercevoir le même homme dans son rétroviseur, et il regarde le sourire de Behr s'estomper, comme doit le faire le sien. Après cela, ils ne disent plus rien, afin qu'Edward puisse se concentrer au maximum sur l'art d'effacer les virages et d'éviter les cahots, tout en conduisant aussi vite qu'il l'ose.

La circulation normalement épouvantable, à travers les embouteillages qui s'étendent de Rome à Naples, est encore aggravée par des barrages de police, mais Giuliani leur a préparé la voie et ils les franchissent relativement vite, ne s'arrêtant que pour laisser de jeunes soldats examiner le dessous de leur châssis au moyen d'un miroir et faire une fouille de pure forme parmi leurs bagages. Ils arrivent à la maison de Naples entre chien et loup ; il s'agit d'un édifice dessiné par Tristano au début des années 1560 – peu inspiré, mais robuste et pratique. Ils sont accueillis à la porte par un prêtre miséricordieusement taciturne qui les escorte sans faire de chichis jusqu'à leurs appartements.

Le frère Edward accompagne Sandoz à l'intérieur de sa chambre et le regarde s'asseoir péniblement sur le lit, puis s'y allonger, inerte, un bras contre les yeux pour les protéger de la lumière qui brille au plafond.

« Je vais défaire vos bagages, voulez-vous ? » propose Edward.

Un petit murmure d'assentiment lui répond, si bien qu'il commence à ranger les vêtements de Sandoz dans la commode. Sortant les prothèses du sac de voyage, il hésite, sachant que c'est lui-même et non pas Sandoz qui commence à chercher des excuses pour éviter les séances de rééducation. « On laisse tomber pour ce soir, mon père ? » hasarde-t-il après les avoir déposées dans un tiroir, en se redressant et en se tournant vers le prêtre étendu sur le lit. « Je vais vous apporter votre dîner, comme ça vous pourrez dormir tout de suite. »

Sandoz émet un rire bref et dur. « " Dormir, rêver peut-être. " Non, Edward, ce n'est pas de sommeil que j'ai besoin ce soir. » Il fait passer ses jambes par-dessus le bord du lit et il tend un bras. « Débarrassons-nous de la corvée. »

C'est justement ce qu'Edward Behr en est venu à redouter : le moment où il doit aider Emilio à faire glisser ses doigts monstrueux dans leurs écrins de fil de fer, avant de serrer le harnais autour de ses coudes, en s'assurant que les électrodes sont solidement fixées contre les muscles qui s'atrophient et qui sont désormais obligés de travailler deux fois plus.

Les meurtrissures ne disparaissent jamais. Souvent, comme ce soir, maladroit à force de chercher à être doux, Edward met trop longtemps à remplir sa tâche et Emilio lâche des petits sifflements de douleur, le visage crispé par la souffrance, tandis que le frère convers chuchote d'inutiles excuses. Ensuite, un silence s'établit jusqu'à ce que Sandoz rouvre ses yeux humides et entame le processus méthodique consistant à activer les servomoteurs qui rapprochent le pouce de chaque doigt, du plus grand au plus petit, l'un après l'autre, d'abord la main droite, puis la gauche, encore et encore, dans un ronronnement spasmodique de micromécanismes.

J'ai horreur de ce truc, se dit interminablement le frère Edward en surveillant les opérations. J'ai horreur de ça. Et il observe la pendule de façon à pouvoir signaler la fin de la séance dès que possible.

Sandoz ne prononce jamais le moindre mot.

Après avoir défait ses bagages, John Candotti se met en quête du réfectoire. S'étant assuré que le frère Edward s'est d'ores et déjà occupé du repas de Sandoz et du sien, John avale un dîner léger dans la cuisine, en bavardant avec le cuisinier qui lui raconte l'histoire de la maison de retraite et lui décrit ce qu'il a éprouvé quand le volcan est entré en éruption.

« On a allumé un vrai feu de bois dans les communs, lui révèle le frère Cosimo, tandis qu'il termine son plat de pâtes aux moules. C'est illégal, bien sûr, mais nous ne risquons guère d'être découverts, ici, sur la côte. » Le vent se chargera de disperser les preuves. « Un petit cognac, mon père ? » propose Cosimo en lui tendant un verre, et comme John ne trouve pas d'objection raisonnable à opposer à cette idée remarquablement séduisante, il suit l'itinéraire que lui a indiqué le cuisinier pour gagner le coin de l'âtre où il a l'intention de se goberger sans vergogne, à la chaleur des flammes.

En dehors de la lumière vacillante qui émane de la cheminée, la salle est plongée dans l'obscurité. Il distingue malaisément des petits groupes de meubles disséminés au pourtour de la pièce, mais il se dirige droit vers l'un des deux fauteuils rembourrés à haut dossier qui font face au feu, se laisse tomber dans le plus proche et s'abandonne à son confort sans plus d'arrière-pensées qu'un chat. La pièce est superbe – de chaleureux lambris de noyer, un manteau de cheminée ornementé, sculpté plusieurs siècles auparavant, mais épousseté et ciré aujourd'hui même – et il se rend compte qu'il est tout à fait capable d'imaginer une époque où les arbres étaient si abondants que l'on pouvait se permettre d'utiliser ainsi le bois librement, pour se chauffer et décorer son intérieur.

Il vient tout juste d'allonger les pieds en direction des flammes, tout en se demandant distraitement si l'élection du prochain pape sera annoncée par un panneau où l'on pourra lire « Fumée blanche », lorsqu'il se rend compte, ses yeux s'étant accommodés à la pénombre, que Sandoz se tient près des grandes fenêtres à meneaux, en train de regarder le rivage loin au-dessous d'eux, avec ses rochers luisant au clair de lune, ses vaguelettes voilant le sable de leur dentelle.

« Je pensais que vous seriez déjà endormi à cette heure-ci, dit John doucement. Le voyage a été dur, pas vrai ? »

Sandoz ne répond pas. Il se met à faire les cent pas, agité malgré son évidente lassitude, s'assoit brièvement sur un siège éloigné de celui de Candotti, puis se relève. Il est au bord, se dit John. À l'extrême bord.

Mais lorsque Sandoz desserre enfin les dents, ce qu'il trouve à dire n'est pas ce qu'espère Candotti, ni même ce qu'il attend – ce n'est pas un effondrement libérateur, une confession susceptible de permettre au malheureux de se pardonner enfin ses fautes, le jaillissement d'un récit entremêlé d'appels suppliants à la compréhension de l'auditeur. Bref, une quelconque libération des émotions.

« Il vous arrive de faire l'expérience de Dieu ? » lui demande Sandoz sans préambule.

C'est curieux à quel point cette question met John mal à l'aise. La Compagnie de Jésus attire rarement les mystiques, qui se dirigent généralement vers le carmel ou vers la trappe, quand ils ne finissent pas dans les rangs des sectes charismatiques. Les jésuites ont tendance à être des hommes qui trouvent Dieu dans leur travail, que celui-ci relève de l'étude ou d'un service social plus terre à terre. Quelle que soit leur vocation, ils s'y consacrent, et ils le font au nom de Dieu. « Non, pas directement. Pas en tant qu'ami ou personnalité, je suppose. » John fait un examen de conscience. « Pas même, je crois, “ dans un infime chuchotis ”. » Il contemple les flammes un long moment. « Je crois pouvoir dire que je trouve Dieu en servant ses enfants. “ Car j'avais faim et tu m'as nourri, j'avais soif et tu m'as abreuvé, j'étais un étranger et tu m'as accueilli, j'étais malade et tu m'as soigné, j'étais nu et tu m'as vêtu, j'étais emprisonné et tu m'as visité. ” »

Ces paroles planent dans l'air tandis que le feu se consume doucement et qu'un nœud dans le bois crépite. Sandoz a cessé ses allées et venues et il se tient immobile dans un coin éloigné de la pièce, le visage dans l'ombre, la lueur des flammes étincelant sur les exosquelettes métalliques de ses mains. « N'en espérez pas davantage, John, dit-il. Dieu vous brisera le cœur. » Et il s'en va.

Il s'en va tout seul vers la chambre qu'on lui a allouée et s'arrête net en constatant que la porte est fermée. Il sent une colère volcanique monter en lui, tandis qu'il se débat contre ses mains, mais il s'oblige à refouler sa rage, à se concentrer sur la tâche toute simple qui consiste à ouvrir la porte, puis à la laisser juste entrouverte derrière lui, car à présent l'horreur à l'idée d'être en cage est à peine plus forte que l'envie de la claquer d'un coup de pied. Il a d'ailleurs terriblement envie de frapper dans quelque chose ou de vomir, et il s'efforce de contrôler ses impulsions, assis dans le fauteuil en bois où il se balance, recroquevillé autour de ses bras. Le plafonnier est toujours allumé, ce qui ne fait qu'aggraver son mal de tête. Il a peur de se mettre debout et de traverser la pièce jusqu'à l'interrupteur.

La nausée passe et son regard tombe sur un vieux périodique ROM [1] qui gît sur la table de nuit, à côté du lit étroit ; au milieu du texte est ouverte une fenêtre qui contient un mémorandum. Il se lève pour le lire : « Dr Sandoz, dit le mémorandum, pendant vos années d'absence, on a reconsidéré le personnage de Marie-Madeleine. Peut-être la nouvelle façon de la voir vous intéressera-t-elle. – V. »

Les vomissements continuent bien au-delà du moment où il a encore quelque chose à rendre. Lorsque le malaise se calme enfin, il se met debout, couvert de sueur et secoué de tremblements. Puis, au prix d'un gros effort de volonté, il oblige ses mains à saisir la tablette ROM et à la fracasser contre le mur, il s'essuie la bouche d'un revers de manche et se dirige vers la porte.

1. ROM : Read-Only Memory : mémoire morte *(N.d.T.)*.

7

Cleveland et San Juan : 2015-2019

Ayant terminé son travail à l'université John-Carroll, Emilio Sandoz fut prié de faire connaître ses préférences, et il demanda à être renvoyé dans le quartier de La Perla à Porto Rico. Pour des raisons administratives, la requête aurait dû passer par le provincial des Antilles, mais Emilio ne fut pas étonné de recevoir un coup de téléphone de Dalton Wesley Yarbrough, provincial de La Nouvelle-Orléans.

« Dis donc, 'Milito, tu es sûr ? On a une chaire de professeur pour toi à l'université Le Moyne, à présent qu'on a fini de te faire tourner en rond et en bourrique. Ray n'arrête pas de casser les oreilles à tout le monde, parce qu'il veut être sûr de t'avoir, toi, pour ce poste de linguistique », lança D. W. Son nasillement texan était quasi impénétrable pour qui ne le connaissait pas très bien. D. W. était tout à fait capable de parler un anglais normal quand il le voulait bien, mais, comme il l'avait dit un jour à Emilio : « Fiston, compte tenu des engagements que nous prenons en entrant chez les Jésuites, la gamme des excentricités qui nous sont offertes est des plus réduites. Moi, je me marre comme je peux. »

« Je sais, répondit Emilio, et le département des langues vivantes à Le Moyne est formidable, mais...

– Il ne fait pas si mauvais que ça à Syracuse », mentit joyeusement D. W., avant d'ajouter : « Et La Perla n'a rien oublié, fiston. Pas de danger qu'on y tue le veau gras.

– Je le sais bien, D. W., dit gravement Emilio. C'est justement pour ça qu'il faut que j'y retourne. J'ai besoin d'exorciser quelques vieux fantômes. »

Cette phrase fit réfléchir Yarbrough. Était-ce son affection qui le poussait à faire chorus, ou bien un sentiment de culpabilité ? D. W. s'était toujours senti en partie responsable de tout ce qui s'était passé, du bon comme du mauvais. C'était de l'arrogance, d'ailleurs ; ses décisions, Emilio les avait prises tout seul. Mais D. W. avait vu tout le potentiel que le gamin avait en lui et, quand il avait eu l'occasion de le sortir de La Perla, il n'avait pas hésité un seul instant. Ensuite, Emilio avait dépassé toutes ses espérances ; mais il y avait quand même eu un prix à payer. « Bon, dans ce cas-là, d'accord, finit par dire Yarbrough. Je vais voir ce que je peux faire. »

En pénétrant dans son bureau, deux semaines plus tard, Emilio vit clignoter la lumière annonçant qu'un message l'attendait sur son ordinateur. Sa main tremblait légèrement lorsqu'il ouvrit le fichier, et il imputa cette nervosité au café turc auquel il avait commencé à prendre un goût malsain, mais il savait bien qu'il n'en était rien. Dès qu'il l'eut admis, il parvint à reprendre son calme. *Non mea voluntas sed Tua fiat*, se dit-il. Il était prêt à faire ce qu'on lui ordonnerait.

Sa demande était agréée sans commentaire par les provinciaux concernés.

En décembre, il appela Anne et George Edwards depuis San Juan, se payant même le luxe d'une communication par vidéophone, parce qu'il voulait les voir et être vu d'eux. « Venez travailler avec moi », leur dit-il. Le dispensaire était sur le point de perdre son médecin du Service national, et personne ne se proposait pour le remplacer. Qu'en disait Anne ? Quant à George, avec une vie entière d'ingénieur et de bricoleur derrière lui, son omnicompétence lui permettrait de rénover des maisons, d'enseigner aux gosses une infinité d'arts pratiques, et de réactiver le réseau informatique grâce auquel Anne serait en liaison avec les grands hôpitaux et les gamins en rapport avec des enseignants extérieurs au quartier.

Sans leur laisser le temps de réagir, il leur expliqua ce qu'était La Perla, statistiques crues et détaillées à l'appui. Il ne se faisait aucune illusion et il refusait de laisser les Edwards en nourrir. Tout ce qu'ils pouvaient espérer, c'était de parvenir à sauver quelques vies du désastre, sur les milliers d'âmes entassées dans le bidonville.

« Écoute, je ne sais pas quoi dire, commença Anne d'un ton de doute, mais comme il pouvait voir ses yeux, il comprit tout de suite. Tu me promets qu'il y aura des tas de bagarres au couteau ? »

Levant la main droite, il dit : « Je le jure. Tous les week-ends. Et aussi des blessures par balle. Et des voitures en bouillie. » Ils savaient tous les trois que c'était de l'humour noir. Il y aurait des bébés mis au monde par des gamines de treize ans, venues au dispensaire parce qu'elles avaient « mal au ventre ». Des dos et des épaules esquintés, des poignets foutus, des genoux bousillés à l'usine de kapok. Des mains rendues opalines par les coupures infectées, pourries par les bactéries et les toxines que contenaient les viscères à la conserverie de poisson. Des septicémies, du diabète, des mélanomes, des avortements charcutés, de l'asthme, de la tuberculose, de la malnutrition, des maladies vénériennes. De l'alcool et de la drogue, du désespoir et de la rage pilonnés jusqu'au fond des entrailles. « Les pauvres, avait dit Jésus, vous les aurez toujours avec vous. » Était-ce un avertissement, se demandait Emilio, ou une accusation ?

Il vit Anne regarder George qui réfléchit un long moment. « Toute la foutue génération du baby-boom commence à se faire vieille. Nous sommes soixante-neuf millions de vieux cons, occupés à jouer au golf et à nous plaindre de nos hémorroïdes, ricana George. D'un jour à l'autre, quelqu'un va avoir l'idée d'ouvrir une chaîne de pompes funèbres qui s'appellera l'Obsèquerie.

– Je ne nous vois pas nous mettre au golf, ni toi ni moi, fit remarquer Anne. Autant partir là-bas, tu ne crois pas ?

– Bon, d'accord. On arrive », lança George.

Et ce fut ainsi qu'en mai 2016, Anne et George Edwards emménagèrent dans une maison qu'ils avaient louée au cœur du vieux San Juan, à huit volées de dix marches chacune au-dessus du dispensaire dont Anne venait de reprendre la direction. Emilio s'octroya quelques jours de congé pour les aider à s'installer. Une fois qu'ils eurent un lit, leur premier souci fut de trouver une grande table en bois et tout un assortiment de chaises à mettre autour.

Emilio commença sa propre besogne en toute simplicité, en nettoyant les locaux de la mission, en organisant et en supervisant les opérations, en refaisant tranquillement connaissance avec le quartier. Il travailla tout d'abord dans le cadre du programme existant – le championnat de base-ball, les activités d'après la classe.

Mais il ne perdait jamais de vue la possibilité de voir tel ou tel enfant se hisser hors de ce ghetto et s'en évader pour de bon, si l'on voulait bien prendre la peine de l'aider. Il achetait des monceaux de billets de *bolita*, dont il distribuait les numéros, mais il gardait l'œil sur les enfants doués pour les statistiques, les attirant chez George qui les laissait jouer avec son ordinateur et qui se mit même à donner des cours à un ou deux gamins capables de bien faire en maths. Emilio découvrit ensuite une petite fille qui sanglotait devant un chien heurté par une voiture, et ce fut ainsi qu'Anne vit débarquer sa première assistante, Maria Lopez, onze ans, un cœur d'or et une forte envie d'apprendre.

Il y avait aussi un petit monstre du nom de Felipe Reyes, qui revendait à la sauvette des marchandises volées, juste devant le dispensaire ; c'était le gamin au langage le plus ordurier qu'Anne Edwards eût jamais rencontré. Emilio l'écouta traîner dans la boue, en deux langues, les passants qui refusaient de lui acheter quelque chose, puis il lui dit : « Tu es le plus mauvais vendeur que je connaisse, mais, *'mano*, tu n'as pas ta langue dans ta poche ! » Il apprit à Felipe des gros mots en latin et finit par le persuader de servir la messe et de donner un coup de main au centre social des jésuites.

Anne passa ses premiers mois au dispensaire à examiner les dossiers, afin de se faire une idée – assez épouvantable – du genre de médecine pratiquée entre ses murs. Elle prit en main les inventaires et les inspections, améliorant l'équipement, renouvelant le stock, tout en faisant face aux urgences immédiates : les doigts sectionnés, les infections, les grossesses à haut risque et les naissances prématurées, les giardiases, les blessures par balle. Et elle apprit, petit à petit, lesquels, parmi ses collègues de l'île, étaient disposés à prendre en charge les clients qu'elle leur adressait.

George, lui aussi, prit ses habitudes : il compila des listes interminables, changea les serrures de toutes les portes, toutes les fenêtres et tous les placards du dispensaire, il révisa de A à Z les logiciels reliant le centre social des jésuites aux grands réseaux et aux bibliothèques, il installa l'équipement médical – d'occasion mais en très bon état – qu'Anne avait commandé. Et, pour sa propre satisfaction, il offrit ses services à l'observatoire d'Arecibo en qualité d'enseignant bénévole, s'adonnant enfin à son intérêt pour l'astronomie longtemps resté à l'état latent.

Ce fut là qu'il fit la connaissance de Jimmy Quinn qui devait tous les entraîner sur Rakhat.

« George, dit Anne un matin au petit déjeuner, quelques mois après leur arrivée à Porto Rico, est-ce qu'Emilio t'a jamais parlé de sa famille ?

– Non, à présent que tu me demandes ça, je ne crois pas.

– Il me semble qu'on aurait dû faire leur connaissance, depuis le temps. Je suis perplexe. Il y a dans le quartier des espèces de courants cachés que je ne comprends pas, reconnut Anne. Les gosses adorent Emilio, mais les gens plus âgés gardent leurs distances. » Ils étaient même plus que distants, ajouta-t-elle *in petto*. Carrément hostiles.

« Tu sais, il y a des tas de petites églises évangéliques à La Perla. C'est peut-être une histoire de rivalités religieuses. C'est difficile à dire.

– Si nous organisions une fête ? Au dispensaire, bien sûr. On arriverait peut-être à rompre la glace.

– Oui, pourquoi pas ? dit George avec un haussement d'épaules. Rien de tel que l'idée de bouffer à l'œil pour attirer du monde. »

En conséquence de quoi, Anne s'occupa du buffet, aidée par quelques femmes du quartier avec qui elle s'était liée. À sa grande surprise, George, que n'étouffait pas d'ordinaire l'instinct paternel, s'investit dans les préparatifs et dans la fiesta avec beaucoup d'enthousiasme : il distribua bonbons et joujoux, fit partir des fusées qu'il avait bricolées lui-même, gonfla des ballons et fit généralement le pitre avec les gamins. Et Emilio, lui aussi, fut étonnant : il fit – chose inimaginable ! – des tours de magie, mystifiant les foules d'enfants avec tout le savoir-faire d'un professionnel, déchaînant les cris et les éclats de rire, attirant par-dessus le marché mères et grand-mères, tantes, frères et sœurs aînés.

« Où diable as-tu appris à faire des tours de magie ? » lui chuchota-t-elle ensuite, tandis que des hordes de mouflets se faufilaient autour des adultes qui servaient la glace et même entre leurs jambes.

Il leva les yeux au ciel. « As-tu la moindre idée de la longueur des nuits près du cercle polaire ? J'ai découvert un bouquin là-dessus. Et j'ai eu amplement le temps de m'exercer. »

Quand les réjouissances eurent pris fin, Anne regagna le bureau, après avoir raccompagné le dernier lot de gamins, et elle tomba au beau milieu d'une véhémente discussion entre ses deux hommes préférés.

« Il t'a cru ? criait Emilio en balayant le papier crépon et les confettis.

– Eh non, bien sûr que non ! Il savait parfaitement que je blaguais, rétorqua George, en fourrant des détritus dans un sac.

– Qu'y a-t-il ? Qui croyait quoi ? demanda Anne en commençant à débarrasser les restes de glace. Il y a une assiette sous ce bureau, mon chou. Tu peux me la passer ? »

Emilio récupéra l'assiette et l'empila avec les autres. « Un des gosses a demandé à George quel âge il avait...

– Et j'ai répondu que j'avais cent seize ans. Il savait parfaitement que je blaguais.

– Enfin, George, il a cinq ans ! Il t'a cru dur comme fer.

– Ah, bravo ! Rien de mieux pour nous faire bien voir des gens du quartier, George. On raconte des craques à leurs chiards ! » s'écria Anne. Mais son sourire était fendu jusqu'aux oreilles, et elle se mit à glousser en écoutant les deux hommes se lancer dans une discussion dépourvue d'acrimonie concernant la distinction morale qu'il convenait d'établir entre mentir aux enfants et faire de l'esprit. Ils auraient dû l'un et l'autre être pères, se dit Anne en les voyant ainsi, tout émoustillés par la simple satisfaction d'avoir fait plaisir à des gamins. Cette pensée la rendit un peu triste, mais elle ne s'y attarda pas.

La première fiesta eut un tel succès qu'elle fut suivie de plusieurs autres, plus grandioses et encore plus amusantes. Elles étaient toujours rattachées à un quelconque problème de santé et d'hygiène. Anne distribuait des préservatifs et des dépliants sur le contrôle des naissances à tous ceux qui avaient plus de douze ans, ou bien elle vaccinait les gosses de moins de six ans, ou elle inspectait les chevelures, en quête de poux, ou elle prenait la tension. La semaine qui suivait une fiesta lui amenait toujours plus de patients que d'habitude, des gens venus poser des « petites questions » qui cachaient souvent de sérieux problèmes de santé dont ils souffraient depuis des années. George se mit à passer davantage de temps au centre pour les jeunes et à y retrouver deux ou trois nouveaux gamins. Ce n'était pas grand-chose, mais cela suffisait à leur donner l'impression de faire des progrès. Les gens avaient l'air contents qu'ils soient venus.

Le temps aidant, Anne entendit raconter des petits bouts de l'histoire d'Emilio, laquelle paraissait mettre en scène une famille de paumés gravement atteints et une assez importante quantité de fort vilaines affaires. Ce qui, tout bien considéré, n'avait rien de follement étonnant. En sa qualité de membre d'une génération toujours prête à vous déballer ses tripes en public, au cours de scènes peu édifiantes qui auraient pu permettre à leurs perpétrateurs de briguer la première place au championnat du monde des jérémiades, Anne éprouvait des sentiments mitigés concernant le silence d'Emilio. Les saloperies sur lesquelles personne ne se penchait pouvaient s'envenimer et empoisonner une existence ; d'un autre côté, elle admirait les gens capables de garder leurs problèmes pour eux et de continuer comme si de rien n'était. Emilio était sans aucun doute dans son bon droit, s'il préférait ne pas révéler les détails sordides de son enfance, même à ses amis. Ou peut-être surtout à ses amis, dont la bonne opinion, pouvait-il croire, ne survivrait pas à de telles révélations. Donc, malgré sa curiosité, elle avait l'impression que toute marque d'intérêt aurait été une intrusion et elle ne questionna jamais Emilio sur sa famille.

Ce qui ne l'empêchait pas, bien sûr, de chercher dans le quartier des gens qui lui ressemblassent. Pour son regard d'anthropologue, le visage d'Emilio avait une espèce de versatilité intrinsèque. Parfois, il ressemblait à un Espagnol revu et corrigé par Hollywood – barbe noire et regard impérial, visage tout pétri et éclatant d'intelligence ; et l'instant d'après, elle ne voyait plus que la structure sous la peau, l'endurance des Taïnos gravée dans l'ossature. Elle discernait ces mêmes qualités chez une marchande pleine de dignité du marché aux fleurs, qui aurait pu être une sœur aîné du jésuite. Mais celui-ci n'avait jamais seulement mentionné s'il avait des sœurs ou des frères, et Anne savait que lorsque quelqu'un se montrait à ce point réticent à propos de quelque chose d'aussi anodin, c'était en général pour de bonnes raisons. Elle ne fut donc pas totalement prise de court le soir où elle découvrit de façon inattendue qu'il avait bel et bien un frère. Ce qui la surprit, en revanche, ce fut sa propre réaction envers le prêtre.

Ce soir-là, elle était seule chez elle, en train de faire des recherches sur les pieds bots, dans ses livres, à l'intention d'un de ses patients, lorsque Emilio téléphona pour lui demander de venir le retrouver au dispensaire. Il s'exprimait d'une voix pâteuse, mais elle ne pouvait pas croire qu'il était pris de boisson. « Emilio, qu'est-ce qui t'arrive ? Qu'est-ce qui ne va pas ? demanda-t-elle, tout étonnée par son propre affolement.

– Ch'tespligrai t'à l'heure. Ch'ai du 'al à 'arler. »

George était à l'observatoire d'Arecibo pour une quelconque séance de nuit qui l'intéressait. Anne lui téléphona afin de le mettre au courant de ce qui arrivait – encore qu'elle n'en sût pas grand-chose elle-même – et pour lui demander de rentrer sans tarder. Après quoi elle dévala les quatre-vingts marches jusqu'au dispensaire. Lorsqu'elle arriva, l'endroit paraissait désert et elle se demanda si elle avait mal compris ce que lui avait dit Emilio, mais elle fut soulagée de constater que la porte n'était pas fermée à clef et que le prêtre l'attendait à l'intérieur, assis tout seul dans le noir.

Anne effleura l'interrupteur, laissa échapper un hoquet de surprise en apercevant Emilio, puis aussitôt elle enfila son détachement de praticienne aussi délibérément qu'elle enfilait sa blouse et ses gants de caoutchouc. « Eh bien, mon père, nota-t-elle sèchement, en lui prenant le menton et en inspectant son visage d'une oreille à l'autre avec une douceur qui démentait le ton de sa voix, je constate que vous avez tendu l'autre joue. Et plus d'une fois, encore. Ne rigole pas. Ta lèvre va se rouvrir. »

Elle avait vu ce genre de chose assez souvent pour se pencher et vérifier s'il n'avait pas aux mains des écorchures ou des os cassés. Elle n'y trouva pas la moindre marque. Elle le regarda, les sourcils froncés, sans lâcher ses mains, mais les yeux d'Emilio fuirent les siens. En soupirant, elle se redressa, déverrouilla la porte de la réserve et ouvrit une armoire d'où elle sortit ce dont elle avait besoin. Les pupilles d'Emilio avaient réagi normalement et il avait été capable de lui téléphoner ; sa voix pâteuse n'était donc pas due à une cause neurologique ; il n'y avait pas de commotion cérébrale, mais il avait la figure en compote. Tandis qu'elle réunissait son matériel, il dit doucement depuis la pièce voisine : « Je crois qu'une côte a dû se casser. J'ai entendu un craquement. »

Elle hésita un instant, puis elle revint auprès de lui avec le pistolet à piqûres chargé d'une dose de stimulant du système immunitaire. « À cause des coupures, dit-elle en le lui montrant. Tu peux déboutonner ta liquette ou tu as besoin d'aide ? »

Il parvint à défaire les boutons, mais fut incapable de sortir de son jean la chemise tachée de sang. Peut-être que son agresseur ne savait pas qu'il était prêtre, se dit-elle, en se demandant si cela aurait changé quelque chose. Elle l'aida à ôter sa chemise, en la faisant glisser le long de ses bras, veillant soigneusement à ne pas le toucher plus qu'il n'était nécessaire. Il avait la peau couleur de sirop d'érable, décida-t-elle *in petto*, mais elle se contenta de dire : « Tu as raison, pour la côte. » Elle voyait clairement l'hématome dans son dos, là où le coup l'avait atteint, faisant saillir l'os vers l'extérieur. Un coup de pied alors qu'il était déjà à terre. L'adversaire inconnu avait visé le rein, mais il avait frappé un peu haut. À l'oreille, les poumons ne paraissaient pas touchés. Elle l'aida à gagner le scanner portable et fit une radio du torse pour s'assurer qu'il n'y avait pas de dégâts internes. Tout en attendant la sortie du cliché, elle lui administra la piqûre avec le pistolet, avant de vaporiser un produit insensibilisant sur la coupure qu'il avait au-dessus de l'œil. « Pour celle-là, il va falloir des points de suture, mais je dois pouvoir refermer les autres avec du bioadhésif. »

La scannographie était rassurante. Fracture incomplète de la sixième côte droite, fêlure de la septième. Douloureux, mais pas dangereux. L'anesthésiant agit très vite. Il resta assis sans rien dire, tandis qu'elle lui nettoyait la figure et soignait les plaies l'une après l'autre.

« Bon, à présent on arrive au moment délicat. Lève les bras pour que je puisse te bander les côtes. Oui, je sais, dit-elle doucement en l'entendant réprimer un cri. Pendant toute la semaine qui vient, sinon plus, ça va te faire un mal de chien. Et je te recommande de ne pas éternuer d'ici un bon bout de temps. »

Elle fut réellement étonnée de constater à quel point leur proximité lui était pénible. Jusqu'à cet instant précis, elle aurait juré qu'elle s'était résignée depuis belle lurette à vieillir et à ne pas avoir d'enfant. Cet homme superbe lui fit reconsidérer ces deux idées préconçues. Il ne cessait d'osciller entre les deux, tantôt fils, tantôt amant. Ce n'était vraiment pas le moment, pourtant. Mais Anne Edwards n'était pas femme à se raconter des histoires et elle savait parfaitement ce qu'elle éprouvait.

Elle acheva son travail et le laissa reprendre son souffle, pendant qu'elle rechargeait son pistolet. Sans lui demander son avis, elle pressa l'embout contre le bras d'Emilio une deuxième fois, en disant : « Tu pourras faire l'offrande de ta souffrance à partir de demain. Ce soir, tu vas dormir. Nous avons environ une vingtaine de minutes pour arriver jusqu'à ton lit. » Il ne discuta pas. De toute façon, il était trop tard. Elle rangea le pistolet, aida Emilio à remettre sa chemise et le laissa la reboutonner, tandis qu'elle mettait de l'ordre dans le dispensaire.

« Tu veux me raconter ce qui s'est passé ? » finit-elle par demander en se perchant sur le bord de son bureau. Il leva les yeux vers elle à travers ses cheveux qui lui retombaient sur le front et qui paraissaient encore plus noirs avec les bandages. L'ecchymose qu'il a sur la joue promet d'être de toute beauté, se dit Anne.

« Non, je ne crois pas.

– Ma foi, dit-elle doucement en le soutenant tandis qu'il se mettait debout, j'imagine que tu ne t'es pas battu dans un bar pour une histoire de gonzesse, mais je peux quand même trouver des explications plus scabreuses, si tu refuses d'assouvir ma curiosité.

– Je suis allé voir mon frère », dit-il en croisant brièvement son regard.

Alors comme ça, il a un frère, se dit-elle. « Et il s'est écrié : " Quelle joie de te savoir de retour, Emilio ! ", avant de te réduire en bouillie.

– C'est à peu près ça. » Il y eut un silence. « J'ai essayé, Anne. J'ai vraiment fait de mon mieux.

– J'en suis convaincue, mon pauvre petit chou. Allez, viens, on rentre à la maison. »

Ils quittèrent le dispensaire et se mirent à gravir les marches ; le prêtre était déjà trop vaseux pour avoir conscience des regards curieux et des questions auxquelles Anne ne répondait qu'en secouant la tête. À mi-chemin, ils rencontrèrent George. Emilio avait beau être léger comme une plume, les deux Edwards ne furent pas de trop pour lui faire monter les dernières marches et le traîner à l'intérieur de leur maison. Il oscillait dangereusement, tandis qu'Anne préparait le lit de la chambre d'invité et que George le déshabillait. « Les draps ? demanda-t-il d'une voix indistincte, redoutant, semblait-il, de les tacher de sang.

– On s'en contrefout, des draps, lui dit George. Mets-toi donc au lit. » Il dormait avant même qu'ils n'eussent tiré la couverture jusqu'à son menton.

Anne ferma la porte de la chambre et, dans l'obscurité du couloir, elle chercha le refuge familier des bras de son mari. Ni l'un ni l'autre ne fut très surpris lorsqu'elle fondit en larmes. Il la serra contre lui pendant un long moment, puis ils gagnèrent la cuisine. Tout en réchauffant leur dîner, Anne lui toucha deux mots de ce qui s'était passé et il en devina bien plus qu'elle n'aurait sans doute pu le soupçonner.

Ils passèrent dans la salle à manger, poussèrent tout le foutoir qui encombrait la table, et mangèrent en silence pendant un bon moment.

« Sais-tu pourquoi je suis tombé amoureux de toi ? » demanda George à brûle-pourpoint. Elle secoua la tête, intriguée de l'entendre lui poser cette question après tout ce temps. « Le premier jour, juste avant d'arriver au cours d'espagnol, je t'ai entendue rire depuis le couloir. Je ne t'avais encore jamais vue. J'ai juste entendu ce rire merveilleux qui paraissait parcourir toute une octave, de haut en bas. Et je voulais absolument le réentendre. »

Ayant posé doucement sa fourchette, elle contourna la table et s'immobilisa à côté de la chaise de George. Il mit les mains sur ses hanches et elle attira sa tête vers son ventre, la berçant contre son corps. « Si on vivait éternellement, mon vieux, qu'en dis-tu ? » dit-elle, en écartant les cheveux argentés du visage de son mari et en se penchant pour l'embrasser. Il lui adressa un sourire épanoui.

« D'accord, convint-il jovialement, mais c'est juste parce que ça va drôlement faire chier ce mec des assurances d'avoir à te filer une rente viagère. »

Elle éclata de rire, descendant l'octave entière depuis le contre-*ut,* comme un carillon.

Le lendemain matin, Anne se leva tôt, après une mauvaise nuit, elle enfila un peignoir-éponge blanc et s'en fut regarder comment allait Emilio. Il était toujours profondément endormi, à peu près dans la même position que quand ils l'avaient quitté. Elle entendait George, déjà occupé à faire le café dans la cuisine, mais elle n'était pas encore prête à l'affronter. Elle préféra se réfugier dans la salle de bains, dont elle ferma la porte, puis, ayant laissé choir son vêtement, elle se tourna vers le grand miroir en pied.

Elle y étudia les résultats d'une vie entière de régime alimentaire équilibré et de plusieurs dizaines d'années de cours de danse classique. Son corps n'avait pas été épaissi par la moindre grossesse. À la ménopause, elle avait commencé des traitements hormonaux, sous prétexte qu'elle était menacée de troubles cardiaques et d'ostéoporose – n'était-elle pas une frêle blonde aux yeux bleus, qui avait passé vingt ans de sa vie à fumer avant de renoncer au tabac pendant ses études de médecine ? En réalité, n'ayant pas d'enfant pour compenser, elle s'était cramponnée à l'illusion d'une jeunesse relative que lui fournissait cette prolongation artificielle de l'âge mûr. Être vieille n'avait aucune importance, du moment que ça ne se voyait pas. Dans l'ensemble, elle était contente de l'image que reflétait le miroir.

Si bien qu'elle se força à imaginer les yeux d'Emilio sur son corps, à parcourir par la pensée tous les scénarios possibles et imaginables qui pourraient amener le prêtre à venir la trouver telle qu'elle était actuellement. Elle ne quitta pas le miroir des yeux : c'était une authentique preuve de volonté.

Finalement, elle se détourna, l'exercice enfin terminé, et fit couler la douche. Un gendre, se dit-elle, tandis que l'eau tambourinait contre ses épaules, un gendre d'une tribu sagadaise, avec qui une vieille bonne femme comme elle pourrait flirter et plaisanter de façon scandaleuse, par-dessus le fossé d'une bonne génération. C'était cette idée qui se rapprochait le plus du besoin qu'elle éprouvait. Sauvée par l'anthropologie, après toutes ces années.

Puis elle cessa de tournicoter sous la douche, et se demanda de quoi Emilio avait besoin, lui. Un fils, alors, se dit-elle. Il était comme son fils.

Elle coupa l'eau et quitta le bac pour se planter sur le tapis de bain, afin de se sécher et d'enfiler un jean et un tee-shirt. Tout occupée par les rites matinaux, elle oublia presque son désarroi de la soirée précédente. Mais, avant de quitter la salle de bains, elle se regarda une dernière fois dans la glace. Pas mal pour une vieille peau, se dit-elle sans apitoiement, et elle surprit George en lui mettant la main aux fesses quand ils se croisèrent dans le vestibule.

Quand Emilio se réveilla, la maison était vide. Il resta un long moment immobile, reprenant ses esprits, se rappelant pourquoi il se trouvait dans ce lit. Finalement, la sourde douleur qui lui martelait les tempes le convainquit qu'il se sentirait mieux debout. Se fiant aux muscles de ses bras et à ses abdominaux, s'efforçant de ne pas bouger le thorax, il s'assit. Puis il se leva, en se retenant à la tête de lit.

Il y avait un peignoir-éponge sur la chaise à côté de son lit, avec une brosse à dents neuve bien en vue dans la poche, où il ne pouvait pas manquer de la remarquer. Ses vêtements avaient été nettoyés et ils étaient empilés, soigneusement pliés, sur une commode. Anne avait posé un flacon plein de comprimés sur la table de nuit, avec un petit mot : « Deux au réveil. Deux au coucher. Ils ne te rendront pas groggy. Il y a du café dans la cuisine. » Il se demanda brièvement ce que voulait dire *« groggy »*. Barbouillé, crut-il deviner d'après le contexte, mais il nota mentalement qu'il lui faudrait chercher dans le dictionnaire.

Debout dans la salle de bains, il décida de ne pas prendre de douche, car il ne savait pas trop quoi faire au sujet du bandage adhésif qui maintenait sa côte cassée. Il se nettoya de son mieux et contempla sans ciller son reflet, remarquant les couleurs spectaculaires et la tuméfaction. Une brusque vague de panique l'engloutit, tandis qu'il s'interrogeait sur le jour et l'heure, affolé à l'idée qu'on était peut-être dimanche et que sa petite congrégation avait dû être déçue de ne pas le voir paraître. Non, se rappela-t-il, on devait être samedi. Le jeune Felipe Reyes avait sans doute été tout seul dans la chapelle, prêt à servir la messe. Il rit, en prévoyant l'invraisemblable engueulade en latin que devait lui mijoter son enfant de chœur, mais la douleur dans sa poitrine l'arrêta net et il se rendit compte qu'il aurait toutes les peines du monde, le lendemain, à brandir l'hostie au moment de l'élévation. Il se rappela ce qu'avait dit Anne la veille au soir : « Tu pourras faire l'offrande de ta souffrance à partir de demain. » Elle avait dit cela par sarcasme, mais elle comprenait.

Lentement, il se vêtit. Dans la cuisine, Anne et George avaient laissé du pain frais et des oranges à son intention. Il avait encore mal au cœur, si bien qu'il se contenta d'une tasse de café noir qui soulagea un peu sa migraine.

Il était environ deux heures de l'après-midi quand il se sentit prêt à partir. Il s'autorisa une obscénité bien sentie, puis il se blinda en prévision du trajet extrêmement public jusqu'à son petit appartement, en bas, près de la plage.

Il raconta une histoire différente à chacun de ceux qui l'arrêtèrent ; ses explications devenaient de plus en plus drôles et d'une invraisemblance de plus en plus échevelée au fur et à mesure qu'il se rapprochait de chez lui. Des gens qui ne lui avaient jamais adressé la parole auparavant se tordaient de rire en écoutant ses réponses et lui offraient timidement de l'aide. Les gamins vinrent à la rescousse et se chargèrent de diverses missions, lui proposant de la nourriture de la part de leurs mères. Felipe était jaloux.

Emilio ne put se servir que de son bras gauche pour élever le pain et le vin consacrés mais, depuis son retour à Porto Rico, jamais il n'y avait eu autant de monde à la messe du dimanche. Anne elle-même fit l'effort de venir.

8

Arecibo : mai 2019

Ce printemps-là, la proposition écrite que Jimmy Quinn avait soumise au Dr Yanoguchi suivit la filière hiérarchique de l'IESA, où elle fit l'objet de plusieurs discussions avant d'être entérinée. Sofia Mendes fut engagée, par le truchement de son agent qui fut séduit par l'aspect compétitif de la proposition. Ce fut Sofia en personne qui établit des critères irréprochables permettant de juger du succès ou de l'échec de l'entreprise. Les négociations se prolongèrent pendant un certain temps mais, pour finir, l'IESA accepta les clauses. Si elle l'emportait, son agent devait recevoir trois fois ses honoraires habituels, soit une somme suffisante pour liquider la dette qu'elle avait envers lui. Si elle perdait, en revanche, l'IESA serait en droit d'utiliser son programme, compte tenu de ses limites, sans bourse délier. L'agent de Sofia serait alors légalement habilité à prolonger son contrat du nombre de mois qu'elle aurait consacrés au projet de l'IESA multiplié par trois. Jimmy était aux anges.

Sofia Mendes, occupée à boucler un projet à Singapour à la fin du mois d'avril, tandis qu'elle se préparait à travailler pour l'IESA, était loin de l'être. Elle conserva une froide neutralité, se concentrant sur ce qui était et occultant ce qui pourrait être. Si elle avait survécu, c'était parce que, par atavisme et par expérience, elle avait une vision de la réalité qui n'était pas brouillée par les brumes de l'émotion. C'était un talent qui avait bien réussi à sa famille pendant des siècles.

Avant l'expulsion de 1492, ses ancêtres Mendes avaient été banquiers et financiers des souverains espagnols. Chassés de la péninsule Ibérique, ils avaient été accueillis à bras ouverts par l'Empire ottoman, tout content de voir s'installer sur ses terres les Juifs séfarades dont Leurs Majestés catholiques, Ferdinand et Isabelle, ne voulaient plus en Espagne : marchands et astronomes, médecins et poètes, archivistes, mathématiciens, interprètes et diplomates, philosophes et banquiers, comme les Mendes, les séfarades devinrent très vite la minorité ethnique la plus dynamique de l'Empire turc ; la communauté juive avait pour élite des notables qui servirent les sultans successifs, de même que leurs pères avaient servi les monarques espagnols. La culture qui avait donné au monde le Talmud et ce géant qu'était le physicien-philosophe Maimonide recouvra son influence et força de nouveau le respect.

Mais tout a une fin... L'Empire ottoman laissa place à la simple Turquie. Au XXe siècle, la famille Mendes était représentée par des hommes et des femmes discrets et raffinés, qui ne parlaient pas de leur gloire passée aux gens qu'ils ne connaissaient pas, mais qui ne laissaient pas pour autant leurs enfants oublier cet âge d'or. Ils ne perdaient pas leur temps à se lamenter sur ce qui avait été ; ils faisaient de leur mieux, dans les conditions qui s'offraient à eux, et leur mieux était en général exceptionnel. En cela, Sofia était leur digne héritière. L'argent et l'influence avaient disparu ; l'orgueil, la clarté d'esprit, l'intelligence étaient toujours là.

Lorsque les habitants d'Istanbul commencèrent à faire de leur ville un champ de ruines, happés dans la démence qui succéda à la seconde guerre kurde, Sofia Mendes avait treize ans. Avant d'atteindre ses quatorze ans, elle vit mourir sa mère, musicienne, victime un après-midi d'un obus vagabond. Quelques semaines plus tard, son père, économiste, fut porté disparu, sans doute mort lui aussi ; sorti pour tenter de trouver à manger, il ne devait jamais regagner ce qui restait de leur maison. L'enfance de Sofia, peuplée de livres et de musique, d'amour et d'érudition, s'acheva là. Il n'y avait aucun moyen de sortir de la ville, encerclée par un cordon de troupes des Nations unies qui laissaient ses habitants s'entre-dévorer dans le plus parfait isolement. L'adolescente se retrouva seule au monde et sans ressources, dans un univers de carnage gratuit. Selon une coutume séfarade vieille de huit siècles, elle était depuis l'âge de douze ans et demi *bogeret lereshout nafsha*, c'est-à-dire adulte responsable de son âme. Choisis la vie, enseignait la Torah. Donc, plutôt que de mourir par fierté, Sofia Mendes vendit ce qu'elle avait à vendre, et elle survécut.

Ses clients étaient principalement de très jeunes gens, rendus fous par la violence, et des hommes, qui avaient sans doute été naguère de bons maris et des pères dévoués, mais qui étaient désormais enrôlés dans une centaine d'abominables milices ; c'était là tout ce qui restait de la brillante société cosmopolite d'Istanbul, une ville qui s'était jadis fait une gloire de sa diversité, tout comme San Francisco, Sarajevo ou Beyrouth. Sofia apprit à exiger qu'on lui remît d'abord son dû, sous forme d'argent ou de nourriture, et elle apprit aussi à envoyer son esprit ailleurs pendant qu'on se servait de son corps. Elle apprit en outre qu'une peur mortelle débouche souvent sur une colère assassine, que les hommes qui pleuraient dans ses bras risquaient fort d'essayer de la tuer avant de repartir, et elle apprit donc à se servir d'un couteau. Elle apprit enfin ce que tout le monde apprend en temps de guerre. À savoir que l'important est de survivre.

Le Français la remarqua au milieu de toute la brochette de filles plantées au coin de la rue, parce que, même après un an et demi passé sur le trottoir, elle était encore belle. Jean-Claude Jaubert avait toujours été attiré par les contrastes : dans le cas de Sofia, la peau si pâle par rapport aux cheveux noirs et aux sourcils bien dessinés ; le maintien aristocratique dans un uniforme d'écolière crasseux ; la jeunesse côtoyant l'expérience. Il avait de l'argent et, du moment qu'on pouvait payer, on trouvait encore toutes sortes de choses à Istanbul. Il tint absolument à la vêtir convenablement, à prendre une chambre d'hôtel avec l'eau courante pour qu'elle pût se plonger dans un bain, à lui offrir un repas qu'elle ne dévora pas avec avidité, bien qu'elle fût à l'évidence affamée. Tout cela, ainsi que ce qui suivit, elle l'accepta sans gratitude ni honte. Il vint la retrouver une deuxième fois, et ensuite, pendant le dîner, ils parlèrent de la guerre, du monde extérieur et du métier de Jaubert.

« Disons que je spécule sur l'avenir, expliqua-t-il en s'écartant de la table et en arrangeant confortablement sa brioche par-dessus sa ceinture. Je représente un groupe d'investisseurs qui financent l'éducation de jeunes gens prometteurs dont la situation est particulièrement difficile. »

Il avait fait fortune dans les deux Amériques où il avait exploité le riche filon des bidonvilles et des orphelinats, afin d'y trouver des enfants intelligents et volontaires à qui des parents veules ou mourants ne pouvaient pas fournir l'environnement ou l'instruction nécessaires pour tirer parti de tout leur potentiel. « Le Brésil a été le premier, bien sûr, à privatiser ses orphelinats », dit-il à Sofia. Croulant sous le poids de milliers d'enfants, les uns abandonnés, d'autres rendus orphelins par le sida, la tuberculose ou le choléra, d'autres encore tout simplement livrés à eux-mêmes, le gouvernement avait finalement cessé de faire semblant de pouvoir s'occuper d'eux. Les commanditaires de Jaubert usaient d'une autre méthode.

« Tout le monde est gagnant, continua Jean-Claude Jaubert. Le fardeau des contribuables se trouve réduit, les enfants sont convenablement élevés, nourris et éduqués. Et en contrepartie, les investisseurs touchent à vie un pourcentage sur les gains de leurs protégés. »

Un marché secondaire des plus toniques s'était mis en place : une Bourse permettant d'investir dans l'avenir d'un enfant de huit ans chez qui des tests avaient décelé des dispositions extraordinaires pour les mathématiques, ou bien de troquer ses droits sur les honoraires futurs d'un étudiant en médecine contre d'autres droits sur le salaire à venir d'un talentueux jeune bio-ingénieur. Les libéraux étaient consternés, mais les Jean-Claude Jaubert de ce monde faisaient remarquer que ce système donnait aux enfants une valeur monétaire, ce qui les rendait moins susceptibles d'être exterminés lors des opérations de « nettoyage » lancées contre les bidonvilles.

« Et pourtant, dit Jaubert à Sofia, je crois que les jeunes gens les plus prometteurs et les plus vaillants sont déprimés à l'idée d'être liés par des contrats à vie. Leur talent se tarit, ils refusent de travailler. Vous comprenez sans doute quel gâchis cela représente. » Jaubert proposait donc d'établir un contrat plus équitable, s'étendant sur une durée d'environ vingt ans qui incluait les années de formation financées par les investisseurs. « Les agents tels que moi trouveront toujours du travail à leurs poulains qui recevront de quoi vivre convenablement. À l'expiration de votre contrat, mademoiselle, vous auriez une réputation professionnelle, de l'expérience et d'excellents contacts, c'est-à-dire des fondations solides sur quoi bâtir le reste de votre carrière. » Sofia devrait, bien sûr, subir divers examens, afin de s'assurer qu'elle n'était pas contaminée par des maladies risquant d'affecter son travail. « Si l'on détectait un mal quelconque, vous seriez soignée, dans toute la mesure du possible et avec votre consentement, bien entendu, ma chère, les frais médicaux s'ajoutant à la dette contractuelle. »

Ce fut Sofia elle-même qui négocia la clause lui permettant de racheter son contrat à Jaubert, si elle était en mesure de gagner en moins de vingt ans la somme investie par les commanditaires, plus les quatre pour cent au-dessus du taux d'inflation prévu, qui viendraient s'y ajouter chaque année pendant toute la durée du contrat. Jaubert en fut enchanté. « Mademoiselle, j'applaudis à votre sens des affaires. C'est un plaisir de travailler avec une personne aussi réaliste qu'elle est belle », lui dit-il. Cette clause fournissait à Sofia un excellent mobile pour chercher à gagner les honoraires les plus élevés aussi vite qu'elle le pourrait, ce qui irait dans le sens de leur intérêt commun.

À dater de ce jour, leurs rapports furent cordiaux. Après la poignée de main qui scella leur accord, jamais plus Jaubert n'eut le moindre contact physique avec Sofia : il avait sa propre éthique. Les professeurs et mentors de la jeune fille trouvèrent en elle une machine à apprendre. Polyglotte dès l'enfance, elle parlait le ladino, l'hébreu classique, le français littéraire, l'anglais commercial et le turc ordinaire de ses voisins et camarades d'école. À ces cinq langues, les commanditaires décidèrent qu'elle devait ajouter le japonais et le polonais, afin d'élargir son rayon d'action. Elle possédait un don inné pour l'analyse d'IA, que les investisseurs s'empressèrent de développer. Dans la grande tradition séfarade, les programmes qu'elle mettait au point se distinguaient par leur rigoureuse clarté logique, et les transitions d'un sujet au suivant brillaient toujours par leur élégance et leur simplicité.

Jaubert fut vivement félicité et sa prospérité s'accrut avec celle des financiers qu'il avait pour clients. Il eut le sentiment d'avoir sauvé un authentique chef-d'œuvre en péril, lorsqu'il avait découvert Sofia Mendes. Sous la crasse et la faim, il avait su reconnaître la maîtrise de soi et l'intelligence et sa perspicacité s'était révélée extrêmement rentable.

Ce que Sofia Mendes entrevoyait à présent, avec cette vision que ne brouillaient jamais les brumes de l'émotion, c'était la fin d'une période d'asservissement. Il ne lui restait plus qu'à apprendre le métier d'un certain astronome, puis à le pratiquer de façon plus rapide, plus économique et plus précise qu'il ne le faisait lui-même. Elle résista à la fois à l'espoir et à la crainte. L'un et l'autre étaient susceptibles de l'affaiblir.

Le Dr Yanoguchi la présenta à George Edwards le premier jour où elle vint travailler à l'observatoire. « M. Edwards est le plus savant de nos bénévoles, déclara le Japonais, tandis qu'elle serrait la main d'un homme maigre à la crinière blanche, de l'âge qu'aurait eu son père s'il avait survécu. Nous recevons pas mal de touristes et de groupes scolaires. Il va vous faire faire la visite type de nos installations, mais n'hésitez pas à poser des questions. George sait tout ! Et quand vous aurez fini, vous pourrez vous mettre au travail avec Jimmy Quinn. »

Elle fut étonnée par la taille du radiotélescope d'Arecibo – c'était un gigantesque paraboloïde en aluminium, de trois cent cinq mètres de diamètre, niché dans un creux du relief au milieu des montagnes. Au-dessus de cette soucoupe, des centaines de tonnes d'antennes orientables pendaient au bout de filins reliés à des tours ancrées dans les collines environnantes.

« Tout cela fonctionne exactement comme les anciennes paraboles de télévision, expliqua George en se demandant un bref instant si elle n'était pas trop jeune pour s'en souvenir. Un radiotélescope concentre toutes les ondes radio qui viennent le frapper vers un foyer central où elles sont collectées. Les signaux sont retransmis par la soucoupe vers un système d'amplificateurs et de convertisseurs de fréquences suspendus au-dessus d'elle. » Du doigt, il lui indiquait les divers éléments, tandis qu'ils suivaient le bord du paraboloïde. « De là, les signaux sont envoyés jusqu'au bâtiment où est installé le matériel de traitement. » Le vent empêchait Sofia d'entendre aisément et George était obligé de hurler. « Les astronomes utilisent ce qui est en fait un spectromètre ultraperfectionné pour analyser la polarisation, l'intensité et la durée des ondes radio. Jimmy Quinn vous expliquera comment tout cela fonctionne, ou bien vous pourrez me le demander à moi, si vous préférez. »

Avant de rentrer à l'intérieur, George se tourna vers elle. « Avez-vous déjà eu l'occasion de travailler sur un système de ce genre ?

– Non », avoua-t-elle en frissonnant. Elle aurait dû prévoir qu'il ferait froid en altitude. Et puis, on avait toujours l'impression d'être dépassé au début d'un projet. Elle n'arrêtait pas de repartir de zéro, et il y avait toujours le risque de ne pas comprendre, pour la première fois de sa vie, de tomber sur quelque chose qui serait trop fort pour elle. Sofia se redressa. Je suis une Mendes, se morigéna-t-elle. Rien n'est trop fort pour moi. « Mais j'en fais mon affaire », ajouta-t-elle tout haut.

George la contempla un instant du coin de l'œil, puis il tendit le bras devant elle pour ouvrir la porte du bâtiment principal. « Je veux bien le croire. Écoutez, si vous n'avez rien de particulier à faire ce week-end, pourquoi ne viendriez-vous pas dîner à San Juan... » Et ils pénétrèrent dans l'édifice.

La première fois qu'elle vit M. Quinn, Sofia remarqua en son for intérieur qu'il y avait des jours où on n'en finissait pas d'être surprise par la taille de son nouvel environnement. Elle était habituée à être la plus petite adulte de presque toutes les réunions auxquelles elle assistait, mais jamais elle ne s'était trouvée à côté d'un homme aussi démesurément grand. Elle dut lever le bras pour lui serrer la main et elle eut l'impression fugace d'avoir de nouveau dix ans et de faire la connaissance d'un ami de son père.

Elle le suivit jusqu'à son lieu de travail, le regardant plonger pour éviter les chambranles de porte et les tuyaux, tandis qu'ils arpentaient les couloirs bordés de minuscules bureaux, dont les murs étaient des panneaux mobiles à l'ancienne. Chemin faisant, il lui indiqua l'emplacement du distributeur de café et des toilettes, sans paraître remarquer qu'elle n'était pas en mesure de voir par-dessus les demi-cloisons qui ne lui arrivaient, à lui, qu'à hauteur de poitrine. Lorsqu'ils atteignirent son petit réduit, Sofia put constater qu'il avait enlevé le tiroir du milieu de sa table de travail, sans doute pour éviter de se meurtrir les genoux.

Jimmy, pour sa part, était déjà à moitié amoureux de Sofia Mendes avant même qu'ils ne se fussent assis. D'abord parce que c'était la fille la plus ravissante qu'il eût jamais vue au naturel. Et ensuite, parce qu'il lui avait déjà octroyé un bon point pour ne pas avoir fait la moindre réflexion sur sa taille. Si elle parvenait à tenir encore une minute sans poser des questions idiotes sur le basket-ball et sans sortir l'odieux « Il fait beau là-haut ? », il se jura de l'épouser. Toutefois, sans lui laisser le temps de faire sa demande en mariage, elle ouvrit son bloc-notes électronique et le pria de lui donner une vue d'ensemble de son travail.

Emilio avait averti Jimmy du fait qu'elle n'était pas portée sur les conversations oiseuses, si bien que ce dernier s'empressa de lui brosser un tableau simplifié du processus consistant à recueillir des données à partir d'une région brillante appelée 12-75. « Il y a une configuration stable près du moteur central du système, avec deux réacteurs très puissants, perpendiculaires au moteur central, qui rejettent le matériau à une vitesse deux fois plus petite que celle de la lumière. » Tout en parlant, il fit un croquis sur son écran, utilisant un affichage visuel afin qu'elle pût prendre des notes pendant qu'il parlait. « Elizabeth Kingery, une spécialiste de l'astronomie optique, pense avoir trouvé une nouvelle méthode pour découvrir s'il y a deux galaxies associées à deux trous noirs qui tournent en orbite l'un autour de l'autre, comme ceci, vous voyez ? Et elle veut comparer les données aux observations de quasars qui étaient jadis, à ce qu'on pense, des galaxies jumelles, telles que 12-75. Vous me suivez ? »

Sofia Mendes leva les yeux de ses notes et le foudroya d'un regard acéré. « Très futée, avait dit Emilio. Ne la sous-estime pas. » Jimmy se racla la gorge. « Donc, l'idée est de faire une carte de cette région du ciel en utilisant aussi bien la radioastronomie que l'astronomie optique, au moyen d'observations synchronisées. L'astronome qui est à l'origine de la requête fournit aux observatoires au moins deux ou trois horaires différents pendant lesquels il est possible de faire le travail. Nous sommes obligés de tenir compte des conditions célestes et du temps qu'il fait sur terre.

– Pourquoi ne pas utiliser des observatoires orbitaux ?

– Liz manque de financement, et elle n'a pas le bras assez long pour y avoir droit. Cela dit, on peut obtenir des tas de résultats avec des données recueillies au sol. Bon. Quoi qu'il en soit, il faut se mettre d'accord sur un horaire et puis espérer qu'il ne pleuvra pas ou Dieu sait quoi, parce que ça foutrait tout par terre. Quelquefois, s'il y a une étroite fenêtre, nous y allons au culot et nous faisons le boulot même si les conditions sont dégueulasses. Vous voulez que je vous parle de ça dès maintenant ?

– Non, plus tard, s'il vous plaît. Pour le moment, je veux juste une vue d'ensemble.

– Bien sûr. Voyons voir. Une fois que nous avons décidé d'y aller, il faut que je vérifie le bruit de fond. » Elle leva les yeux. « Ça veut dire que je dois m'assurer que la région ciblée émet un signal assez fort pour être détecté par-dessus le fond sonore. Tout matériau électrique engendre un bruit spécifique – ce sont les électrons qui interagissent dans le métal dont est fait le matériau lui-même. Nous gelons les récepteurs au moyen d'hélium liquide pour qu'ils restent vraiment très froids, parce que le froid ralentit le mouvement des électrons et réduit par conséquent le br... » Nouveau regard acéré. « Oui, bon. Vous savez tout ça. D'accord. Si le signal ciblé est vraiment très faible, je fais le tour du propriétaire en éteignant des trucs : les ordinateurs dont on ne se sert pas pour ce boulot, les lumières, la climatisation, tout ce que vous voudrez. Après quoi, je choisis un signal de calibrage – une source radio connue. Je l'envoie pour régler le système.

– Comment choisissez-vous la cible de calibrage ? Brièvement, s'il vous plaît.

– Nous sommes connectés à un énorme catalogue et nous en choisissons une près du signal ciblé. D'habitude je regarde simplement le signal en me servant d'un oscilloscope virtuel. Nous savons à quoi le signal d'une source de calibrage est censé ressembler.

– Et si le signal diffère de ce que vous attendez ? »

« Un vrai bourreau du travail », avait dit Emilio. Bon, il faut bien qu'elle mange...

« Monsieur Quinn. Si le signal diffère de ce que vous attendez ? répéta-t-elle, haussant les sourcils, le stylet en suspens.

– C'est là qu'intervient le côté... disons... artisanal de la chose. Chacune de ces soucoupes est, pour l'essentiel, fabriquée à la main. Elles ont toutes leurs petites bizarreries – des problèmes de câblage ou de mise à la terre. Les intempéries les affectent, ou bien l'heure de la journée, ou le bruit ambiant. Il faut apprendre à connaître un matériel comme celui-ci. Et puis, quand vous avez tout éliminé, il faut faire appel à votre intuition pour deviner ce qui pourrait causer des distorsions, ou des interférences, ou des parasites. Une fois, continua-t-il en reprenant sa vitesse de croisière, nous avons cru percevoir un signal extraterrestre. Nous le captions de temps en temps, mais personne d'autre ne parvenait à le confirmer. On a fini par découvrir que c'était l'allumage d'un vieil autocar scolaire et que nous l'entendions chaque fois que les mômes venaient ici pour une visite. »

Le Regard. Dans l'esprit de Jimmy, il avait déjà un R majuscule. « Écoutez, reprit-il gravement, je ne cherche pas à vous faire perdre votre temps en vous racontant des histoires idiotes. Il faut que vous soyez au courant de ce genre de trucs, sans quoi votre programme va annoncer qu'il a trouvé une forme de vie douée d'intelligence sur Mars. Or chacun sait qu'il n'y a que des Australiens là-bas, n'est-ce pas ? »

Elle sourit malgré elle. « Ah, s'écria Jimmy d'un air sagace, je vois que vous avez déjà travaillé avec des Australiens. »

Pendant un court instant, elle lutta pour reprendre son sérieux, puis elle finit par se mettre à rire. « Une bière trop chaude pour qu'on la boive, ça n'existe pas », dit-elle avec un excellent accent australien. Jimmy rit à son tour, mais préféra sagement ne pas insister.

« Comment vont les choses ? » demanda George Edwards à Sofia, environ un mois après son arrivée. Ils se retrouvaient souvent pour déjeuner, car Sofia dressait des listes de questions à lui poser les jours où il venait à l'observatoire.

« Lentement. M. Quinn est très coopératif, reconnut Sofia en levant les yeux de l'épaisse tasse de café qu'elle tenait dans ses deux petites mains, mais il se laisse facilement distraire.

– Par votre présence », hasarda George, pour voir comment elle réagirait, sachant fort bien que Jimmy était lamentablement gâteux d'une femme dont le seul intérêt semblait être l'impitoyable démantèlement de son cerveau, cellule par cellule. Sofia se contenta de hocher la tête. Sans rougir, sans la moindre compassion, nota George. Ce n'est pas une romantique, pour sûr !

« Ça complique les choses. Il est plus facile de se heurter à de l'animosité », dit-elle en jetant un coup d'œil à Peggy Soong, à l'autre bout de la cafétéria. George fit la grimace : Peggy pouvait être ultrachiante. « D'un autre côté, l'entichement est préférable à la condescendance. Je vous remercie de me traiter en professionnelle compétente, monsieur Edwards. Il est fort agréable de pouvoir travailler sans paternalisme. Et sans rentre-dedans.

– Ma foi, j'espère que vous n'allez pas prendre ça pour du rentre-dedans, répondit George sèchement, mais mon invitation à dîner tient toujours. Qu'en dites-vous ? »

Elle avait décidé, après mûre réflexion, d'accepter son offre s'il la renouvelait. Les gens accueillaient souvent fort mal le travail dont elle était chargée et, par extension, ils la boudaient, elle aussi ; depuis son enfance, personne ne l'avait jamais invitée à dîner. « Je serais enchantée d'aller chez vous, monsieur Edwards.

– Tant mieux. Anne a très envie de vous connaître. Dimanche après-midi ? Venez tôt. Vers deux heures ?

– Parfait. Merci. Et maintenant, si vous le voulez bien, j'ai quelques questions quant aux effets des intempéries, ou de leur absence, sur la réception radio », dit-elle en repoussant son assiette et en sortant son bloc-notes. Et ils passèrent aux choses sérieuses.

Le dimanche, elle partit en voiture vers San Juan, assez tôt pour tenir compte de la circulation cauchemardesque. Elle trouva difficilement à se garer, mais n'eut, en revanche, aucune peine à dégoter une marchande de fleurs à qui elle acheta un bouquet pour le Dr Edwards. À vrai dire, elle aimait bien Porto Rico, et elle avait été agréablement surprise de constater à quel point le ladino et l'espagnol étaient voisins. Il y avait des différences d'orthographe, des divergences au niveau du vocabulaire, mais les mots les plus courants et la grammaire étaient souvent identiques. Elle demanda son chemin à la marchande de fleurs et gravit les volées de marches jusqu'à la maison en stuc rose pâle que la femme lui avait indiquée. Les portes d'un balcon en fer forgé qui donnait sur la rue étaient ouvertes, de même que les fenêtres, et elle entendit clairement une voix de femme demander : « Dis donc, George, tu as réparé la pompe au dispensaire ?

– Non, j'ai complètement oublié. » Elle reconnut la voix de M. Edwards. « Merde, je vais m'en occuper. Elle est sur ma liste. »

Un éclat de rire résonna. « La paix mondiale aussi. J'ai besoin de me servir de cette pompe demain. »

Sofia frappa. Anne Edwards, de la farine jusqu'aux coudes, ses cheveux blancs ramassés n'importe comment en chignon, vint lui ouvrir. « Ah, non ! s'écria-t-elle. Non seulement elle est géniale, mais en plus elle a un visage de rêve. J'espère que vous avez une personnalité détestable, ma chère, observa Anne Edwards, sans quoi je perdrai ma foi en un Dieu de justice. »

Sofia ne savait trop quoi dire ni quoi faire, mais George Edwards cria depuis la cuisine : « Ne vous laissez pas avoir. Elle a cessé de croire en un Dieu de justice l'année dernière, quand Cleveland s'est planté dans le championnat de base-ball. Le seul moment où elle prie véritablement, c'est pendant les dernières minutes d'un match.

– Et pendant la soirée qui précède une élection présidentielle, encore que ça ne serve strictement à rien. Dieu est un républicain originaire du Texas, déclara Anne en faisant entrer Sofia dans le living. Venez donc nous tenir compagnie dans la cuisine. Le dîner est presque prêt. Ces fleurs sont ravissantes, mon petit, et vous aussi. »

Elles traversèrent le living, agréable pagaille de livres, d'aquarelles et d'estampes, avec quelques meubles dépareillés, mais visiblement confortables, et un tapis turc d'excellente qualité. Anne remarqua que Sofia enregistrait tout et elle agita une main farinée et découragée. « Ça ne fait qu'un an que nous sommes ici. Je me dis sans arrêt que nous devrions arranger un peu cette pièce, mais on n'a jamais le temps. Enfin, peut-être un jour.

– Elle me plaît telle qu'elle est, dit Sofia avec franchise. C'est le genre d'endroit où l'on s'endormirait volontiers sur le canapé.

– Mais vous êtes formidable ! » s'exclama Anne, enchantée. C'était justement ce que faisait assez souvent Emilio. « Ah, Sofia, c'est tellement mieux que de se dire que ce n'est ni plus ni moins qu'un foutoir ! »

Elles rejoignirent George dans la cuisine. Il indiqua à Sofia le siège qu'Anne appelait le tabouret de la mouche du coche, et lui tendit un verre de vin qu'elle but à petites gorgées, tandis que George finissait d'émincer des légumes pour la salade et que Anne en revenait à la recette pour les besoins de laquelle elle devait se plonger dans la farine jusqu'aux coudes. « C'est toujours George qui joue du couteau, expliqua Anne. Moi, je ne peux pas me permettre une coupure. Les risques d'infection sont trop grands. Je m'attife comme un astronaute chaque fois que je travaille au service des urgences ou au dispensaire, mais il vaut quand même mieux ne pas mettre mes mains en danger. Est-ce que ces petits gâteaux vous rappellent quelque chose ?

– Ma foi, oui. Ma mère en faisait, dit Sofia, un peu étonnée par le souvenir de ces friandises surmontées de meringue.

– Ah, j'ai bien deviné, quelle chance ! » murmura Anne. Le menu avait été facile à composer et Anne avait pris plaisir à l'exécuter. La cuisine séfarade était pour l'essentiel méditerranéenne – légère, raffinée, forçant sur les légumes et les épices. Elle avait trouvé une recette de *pandericas*, ou « pains des riches », que servaient les maîtresses de maison séfarades pour Rosh Haschana ou d'autres fêtes. Comme dessert, il y avait des pêches Melba avec les petits gâteaux. « Il faudra me dire ce que vaut cette recette. Je l'ai trouvée dans un livre. »

Après le dîner, ils prirent du café turc dans le salon et la conversation roula sur la musique. Ce fut George qui s'aperçut que Sofia regardait le vieux piano droit contre le mur. « Il n'est guère utilisé, lui dit-il. C'est l'ancien locataire qui l'a abandonné en partant. Nous avions l'intention de le donner, mais nous avons découvert que Jimmy Quinn sait en jouer, alors nous l'avons fait accorder la semaine dernière.

– Et vous, Sofia, vous jouez ? » demanda Anne. C'était une question toute simple. Ils furent surpris de la voir hésiter.

« Ma mère était professeur de musique, alors, bien sûr, j'ai appris quand j'étais petite, finit-elle par dire. Je ne me rappelle plus quand je me suis assise devant un clavier pour la dernière fois. » Elle se le rappelait très bien, pourtant. Elle se rappelait l'heure de la journée et la façon dont les rayons du soleil pénétraient obliquement par la fenêtre du salon de musique, elle se rappelait sa mère hochant la tête, faisant des commentaires, s'asseyant pour lui montrer un phrasé différent ; elle se rappelait le chat sautant sur le clavier, mais aussitôt renvoyé sur le tapis d'un revers de main ; elle se rappelait la séance d'exercices, ponctuée par des coups de feu de temps à autre, et par le bruit sourd d'un obus de mortier tombant quelque part, tout près. Elle se rappelait tout. « Je suis complètement rouillée.

– Essayez quand même, dit George.

– Quiconque est capable de taper sur des touches est déjà cent coudées au-dessus de moi. Je ne sais jouer que d'un instrument : la radio. Asseyez-vous donc, Sofia », lança Anne avec empressement, ravie d'avoir trouvé une activité susceptible de remplacer la conversation décousue. Sofia était une invitée sensible à leur hospitalité, mais peu diserte, et le repas, quoique fort agréable, avait été plus calme que ce à quoi Anne était habituée, trop calme pour qu'elle en fût entièrement satisfaite. « L'accordeur a-t-il fait du bon travail ou bien avons-nous tout simplement contribué à aggraver encore la corruption qui prévaut à Porto Rico ?

– Non, sincèrement, je n'arrive pas à me rappeler un seul morceau », supplia Sofia.

Ses protestations furent repoussées, avec gentillesse mais fermeté, et, bien qu'elle fût effectivement rouillée, quelques morceaux lui revinrent au bout des doigts. Elle s'abandonna pendant quelques minutes, refaisant connaissance avec l'instrument, mais pendant quelques minutes seulement. Puis elle se leva et elle aurait volontiers trouvé une excuse pour s'éclipser, mais George lui fit remarquer qu'il restait du café et elle décida de rester encore un peu.

Tandis qu'ils achevaient de déguster le breuvage épais et sirupeux, Anne la pressa de revenir quand elle aurait envie de se servir du piano mais, connaissant l'attitude de Sofia, elle continua : « Je dois vous prévenir que Jimmy Quinn vient dîner chez nous de temps à autre, alors il pourra vous arriver de le croiser en dehors des heures de travail. » Puis elle ajouta, comme si elle n'y avait pas pensé tout l'après-midi : « À propos, nous avons encore une autre connaissance en commun. Vous souvenez-vous d'Emilio Sandoz ?

– Le linguiste. Oui, bien sûr.

– Voyons, vous auriez dû vous écrier : “ Que le monde est petit ! ” C'est à cause de lui que nous sommes ici, figurez-vous », annonça George, et il lui expliqua brièvement comment ils avaient atterri à Porto Rico.

« Mais alors, vous êtes des missionnaires ! s'écria Sofia, en essayant de ne pas laisser paraître à quel point elle était horrifiée.

– Fichtre non ! Tout simplement des emmerdeurs de libéraux, confits en bienfaisance et le cœur sur la main, riposta Anne. J'ai été élevée dans la religion catholique, mais ça fait des années que je ne pratique plus.

– Quand elle a une ou deux bières dans le cornet, Anne parvient encore à mobiliser un vieux reste de catholicisme, avoua George, mais moi, je suis un athée pur et dur. Cela dit, les jésuites font beaucoup de bonnes œuvres... »

Ils parlèrent quelques instants du dispensaire et du centre social. Puis la conversation dériva vers le travail de Sofia à l'observatoire, et Anne garda un silence inaccoutumé, tandis que George expliquait à leur invitée toute une série de procédés techniques. Il y avait chez la jeune femme, dès qu'il était question de son métier, un éclat fulgurant qui formait un contraste intéressant avec la séduisante gaucherie dont elle faisait preuve dans sa vie sociale.

Oui, se dit Anne en les observant, nous y voilà. Maintenant, je comprends son attrait.

Plus tard ce soir-là, une fois au lit, Anne se pelotonna tout contre George qui se retrouva un peu à court de souffle. Zut, se dit-il, il faut que je me remette à la course à pied.

« Ah, doux mystère de la vie, enfin je t'ai découvert », chanta Anne. George se mit à rire. « Elle est ravissante », fit remarquer Anne en songeant brusquement à Sofia. C'était une des rares femmes de sa connaissance qui méritât l'épithète d'« exquise » : elle était minuscule et parfaite. Mais ô combien réservée. Ô combien réticente. Anne s'était attendue à trouver davantage de chaleur chez une femme qui avait séduit aussi bien Emilio que Jimmy. Et sans doute George, par-dessus le marché, si elle avait deviné juste, ce qui était le cas. « Et très intelligente. Je comprends pourquoi Emilio en est tombé à la renverse. Et Jimmy, ajoutat-elle après avoir réfléchi.

– Mmmm. » George était presque endormi.

« Je pourrais me transformer en mère juive, si je m'en donnais la peine. Le vrai problème avec Jésus, annonça-t-elle, c'est qu'il n'a pas su trouver une gentille petite Galiléenne avec qui se marier et faire des moutards, le pauvre garçon. Je suis probablement en train de blasphémer, hein ? »

George se releva sur un coude et la regarda dans le noir. « Ne fourre pas ton nez là-dedans, Anne.

– Bon, d'accord, d'accord. Je disais ça pour rire. Endors-toi. »

Mais ni l'un ni l'autre ne parvint à trouver tout de suite le sommeil, car chacun remâchait ses pensées dans l'obscurité.

9

Naples : avril 2060

John Candotti, déjà réveillé, est en train de s'habiller lorsqu'il entend frapper à sa porte, juste après l'aube.

« Père Candotti ? » C'est le frère Edward, dans le couloir, qui l'appelle à mi-voix, mais sur un ton pressant. « Auriez-vous vu Emilio Sandoz, mon père ? »

Candotti ouvre sa porte. « Pas depuis hier soir. Pourquoi ? »

Behr, dont le corps dodu est engoncé dans des vêtements fripés, paraît presque en colère. « J'arrive de sa chambre. Il n'a pas dormi dans son lit, il a vomi tripes et boyaux et je ne le trouve nulle part. »

Enfilant son chandail, John passe devant le frère Edward pour se diriger vers la chambre de Sandoz, ne pouvant croire que celui-ci ne s'y trouve pas.

« J'ai tout nettoyé. Il a rendu tout ce qu'il avait mangé hier, lance Edward derrière lui de sa voix sifflante d'asthmatique, tandis qu'ils foncent le long du couloir. Et Dieu sait qu'il n'avait pas avalé grand-chose. J'ai déjà regardé dans les toilettes. Puisque je vous dis qu'il n'y est pas. »

Candotti passe quand même le nez à la porte de la chambre et renifle les relents de vomi et de savon qui s'y attardent. « Merde, chuchote-t-il avec hargne. Merde, merde, merde ! J'aurais dû m'attendre à une réaction de ce genre. J'aurais dû rester tout près de lui. Je l'aurais entendu.

– C'était à moi d'être là, mon père. Je ne sais pas pourquoi je n'ai pas exigé d'avoir la chambre voisine. Mais à présent, il n'a plus besoin de moi la nuit, dit Edward qui s'efforce d'expliquer sa bévue aussi bien à lui-même qu'à Candotti. J'aurais dû m'assurer que tout allait bien hier soir, mais j'ai craint d'être de trop, s'il était... Il m'avait dit qu'il désirait vous parler. J'ai pensé qu'il allait peut-être...

– Je l'ai cru, moi aussi. Bon, écoutez, il ne peut pas être bien loin. Avez-vous essayé le réfectoire ? »

S'efforçant de ne pas céder à la panique, ils fouillent toute la demeure, et Candotti, en tout cas, s'attend plus ou moins à tomber sur le cadavre de Sandoz à chaque détour de couloir. Il commence à se demander s'il ne faudrait pas se mettre en rapport avec le général ou avec la police, lorsqu'il se rappelle soudain que Sandoz est originaire d'une île : peut-être est-il descendu au bord de l'eau. « Allons donc voir dehors », propose-t-il, et ils quittent le bâtiment principal par la façade ouest.

Le soleil commence à peine son ascension, et le balcon de pierre se trouve encore dans l'ombre, de même que le rivage loin au-dessous. Les arbres rachitiques, tordus par les vents dominants qui soufflent de la Méditerranée, sont nimbés d'une brume vert et or, et les agriculteurs sont déjà en train de labourer, mais le printemps a été gris et froid – à cause du Vésuve, déclare tout le monde. L'inquiétude et la fraîcheur matinale se conjuguent pour faire frissonner John, tandis qu'il se penche par-dessus le mur, balayant la côte du regard.

Lorsqu'il repère soudain Sandoz, le soulagement le submerge aussitôt, et il hurle par-dessus le bruit du vent : « Frère Edward ! Frère Edward ! » Edward, ramassé sur lui-même pour lutter contre le froid, ses bras replets croisés sur son torse robuste, est parti en direction du garage, afin de compter les bicyclettes. Il entend indistinctement la voix de Candotti et revient sur ses pas. « Je le vois ! hurle John en indiquant le rivage au-dessous d'eux. Il est sur la plage.

– Je descends le chercher ? lance Behr en revenant vers le balcon.

– Non, lui crie John, je vais y aller. Courez vite chercher un manteau pour lui, d'accord ? Il doit être gelé. »

Le frère Edward part en toute hâte chercher trois pardessus. quand il revient, quelques minutes plus tard, il aide Candotti à enfiler le plus grand, lui en tend un deuxième à porter à Sandoz, et revêt lui-même le troisième. Candotti commence à dévaler les longues volées de marches qui descendent en zigzaguant vers la mer. Avant qu'il ne soit bien loin, le frère Edward l'arrête en criant : « Mon père ? Faites attention. »

En voilà une drôle de chose à dire, songe John, en se demandant un bref instant si le frère Edward craint de le voir glisser sur les marches de pierre humides. Puis il se rappelle la façon dont Sandoz a avancé sur lui, le premier jour où il l'a vu, à Rome. « Oui, oui. Tout ira bien. » Le frère Edward fait une moue dubitative. « Je vous assure. S'il ne s'en est pas pris à lui-même, cela m'étonnerait qu'il s'en prenne à quelqu'un d'autre. »

Mais il parle avec plus de conviction qu'il n'en éprouve en réalité.

Le vent emporte le bruit de ses pas à l'opposé de l'endroit où se trouve Sandoz. Ne voulant pas lui faire peur, John se racle la gorge et fait le plus de vacarme qu'il peut en traînant les pieds sur le sable grossier. Emilio ne se retourne pas, mais il s'immobilise et attend près d'un gros affleurement de pierre appartenant à la formation géologique qui a payé en nature son denier du culte, comme en témoignent les bâtiments anciens qui se dressent sur la colline derrière eux.

John s'arrête en arrivant à hauteur de l'autre homme, et tourne lui aussi les yeux vers le large, observant les oiseaux aquatiques qui tournoient, plongent et se posent sur l'onde grise. « Je m'aperçois que je souffrais du manque d'horizon, commence-t-il sur le ton de la conversation. Ça fait du bien de pouvoir concentrer son attention sur un objet lointain. » Le froid mord Candotti au visage et aux mains. Il grelotte à présent et il ne comprend pas comment Sandoz peut rester si parfaitement immobile. « Vous nous avez fait une peur bleue, mon vieux. La prochaine fois, prévenez donc quelqu'un si vous sortez, d'accord ? » Il fait un pas dans la direction de Sandoz, tendant un bras désinvolte au bout duquel pend la veste. « Vous n'êtes pas gelé ? Je vous ai apporté une veste.

– Si vous vous approchez de moi, prévient Sandoz, vous le sentirez passer. »

John laisse retomber son bras, et la veste, dédaignée, effleure le sable rocailleux. Maintenant qu'il est plus près, il constate que ce qu'il a pris pour de l'immobilité est une espèce de tension comprimée comme un ressort, trop intériorisée pour être remarquée à distance. Sandoz se détourne et tend la main vers une rangée de galets gros comme le poing, alignés le long d'un rebord rocheux naturel ; sa prothèse étincelle soudain, lorsque le soleil se montre enfin par-dessus la falaise. Bandant ses propres tendons, par effet de contagion, John regarde les muscles du dos d'Emilio, soulignés par le tissu humide de sueur, se nouer convulsivement tandis qu'il s'acharne à refermer ses doigts sur un premier galet.

Sandoz se retourne vers la Méditerranée, qui scintille à présent dans la lumière du matin, puis, avec la grâce d'un ancien joueur de base-ball, il arme son bras et lance. Mais les doigts ne s'ouvrent pas assez vite et le galet s'écrase dans le sable avec un bruit sourd. Méthodiquement, il pivote vers le rebord, saisit un autre galet, se retourne face à la mer, vise et lance. Lorsqu'il a épuisé sa provision de galets, il s'en va les ramasser, se pliant en deux au niveau de la taille, les empoignant de la main gauche, suffoqué quelquefois par l'effort qu'il doit faire, mais les reposant soigneusement un par un, bien alignés sur le rebord rocheux.

John a le cœur serré de constater que la plupart des galets ne sont qu'à quelques pas de l'endroit où Emilio se tenait pour les lancer.

Le temps que le soleil soit monté loin au-dessus d'eux, Candotti a ôté son pardessus et s'est assis sur la plage, pour observer en silence. Le frère Edward est venu le rejoindre et regarde lui aussi ; les larmes roulent le long de ses joues rebondies et sèchent très vite dans le vent qui souffle de la mer.

Vers dix heures, quand la peau meurtrie s'est fendue pour laisser couler le sang, Edward Behr a essayé de raisonner Sandoz. « Emilio, je vous en prie, arrêtez à présent. Ça suffit. » Sandoz s'est retourné et l'a regardé sans le voir, comme si l'un d'eux n'existait pas, de ses yeux sombres insondables. John a compris aussitôt qu'il n'y avait rien d'autre à faire que d'être témoin, si bien qu'il a doucement tiré Edward en arrière.

Pendant deux grandes heures encore, le frère Edward et lui observent les douloureux progrès que fait Sandoz, s'aperçoivent que ses doigts lui obéissent avec plus de constance, remarquent que les galets commencent à tomber dans l'eau plus souvent que dans le sable, voient d'autres galets les remplacer sur le rebord de pierre. Pour finir, il est capable d'en lancer douze de suite, dont chacun s'enfonce dans l'eau nettement au-delà de la ligne de démarcation. Tremblant, le visage gris de fatigue, Sandoz s'attarde à contempler la mer encore un instant, puis il passe devant les deux hommes qui ont partagé la matinée avec lui. Sans s'arrêter, ni même leur jeter un coup d'œil lorsqu'il arrive à leur hauteur, il lance au passage : « Pas Marie-Madeleine, Lazare. »

Si Vincenzo Giuliani est ému par le spectacle auquel il a assisté ce matin, depuis le balcon, on n'en discerne pas la moindre trace sur son visage, tandis qu'il regarde le trio gravir les marches de pierre qui remontent de la plage. Par deux fois, Emilio trébuche violemment. La colère chauffée à blanc qui l'a soutenu jusqu'à l'aube s'est consumée pour n'être plus qu'un ressentiment dangereux, hargneux, et Giuliani le voit repousser avec des gestes de mauvaise humeur les mains secourables que lui tendent, lorsqu'il tombe, le père Candotti et le frère Edward.

Les trois hommes qu'il surplombe ne se doutent pas le moins du monde que le général n'est pas à Rome. En fait, il les a précédés dans la maison de Naples, où il s'est installé dans la chambre voisine de celle que l'on a donnée à Sandoz et où il a patiemment attendu de le voir craquer, victime de l'effondrement que lui-même s'ingénie à provoquer. Ce sont les Dominicains qui ont émis, au XIIIe siècle, l'idée que la fin justifie les moyens, songe Giuliani. Les Jésuites ont repris à leur tour cette philosophie, mais ils ont multiplié les moyens, faisant ce qui paraissait nécessaire au service de Dieu, pour le bien des âmes. Dans le cas qui l'occupe, il estime que la tromperie est excusable, qu'elle est même préférable à une confrontation directe. C'est pourquoi Vincenzo Giuliani a signé d'un « V » le message, sachant que seul Voelker appelle Emilio « docteur ». La réaction de Sandoz a paru confirmer les allégations du Consortium d'entrée en contact, quant aux événements survenus sur Rakhat. Et, comme l'a prévu Giuliani lorsqu'il a pris la décision de tenter son coup de dés, la simple idée que Voelker soit au courant a suffi à rompre le contrôle de soi si friable du rescapé.

Il faut près d'une demi-heure aux trois hommes pour escalader la falaise. À leur approche, Giuliani fait quelques pas en arrière, afin de s'enfoncer dans l'ombre, et il attend avant d'intervenir qu'ils soient assez près pour être surpris par les paroles inattendues qu'il murmure.

« Franchement, Emilio, dit Vincenzo Giuliani d'un ton sec et blasé, vous devriez trébucher encore une fois, au cas où le symbolisme aurait échappé à quelqu'un. Le frère Edward, j'en suis sûr, a dû méditer sur le Golgotha tout au long de la remontée, mais le père Candotti est un esprit plus terre à terre, et peut-être aura-t-il été distrait par le fait qu'il y a déjà plusieurs heures qu'il aurait dû prendre son petit déjeuner. » Il remarque, sans manifester une satisfaction de mauvais goût, la nouvelle poussée de colère que ces mots provoquent, et il continue sur le même ton d'ironique légèreté : « Je vous verrai dans mon bureau dans quinze minutes. Faites donc un brin de toilette. Les tapis de la pièce ont beaucoup de valeur. Ce serait quand même dommage de saigner dessus. »

L'homme que l'on introduit dans le bureau de Giuliani vingt minutes plus tard a certes fait sa toilette, remarque le général, mais il n'a toujours rien mangé depuis ses vomissements de la veille au soir, et il n'a pas fermé l'œil, après le trajet épuisant depuis Rome. Il est d'une pâleur cireuse, sur laquelle tranchent les cernes violacés qu'il a sous les yeux. Et ce matin, il s'est soumis de lui-même à une épreuve monstrueuse. Tant mieux, se dit Giuliani.

Il n'invite pas Sandoz à s'asseoir, préférant le laisser debout au milieu de la pièce. Lui-même reste assis, immobile, derrière l'immense table, se détachant dans la lumière de la fenêtre qu'il a derrière lui, le visage indéchiffrable. Hormis le tic-tac d'une pendule ancienne, il n'y a pas un bruit. Quand le général parle enfin, sa voix est tranquille et bienveillante.

« Il n'existe aucune forme de mort ou de violence que les missionnaires jésuites n'aient pas connue. Des jésuites ont été pendus et écartelés à Londres, dit-il d'un ton uni. Étripés en Éthiopie. Brûlés vifs par les Iroquois. Empoisonnés en Allemagne. Crucifiés en Thaïlande. On les a fait mourir de faim en Argentine, on les a décapités au Japon, noyés à Madagascar, abattus à la mitraillette au Salvador. » Il se lève et se met à faire lentement le tour de la pièce, vieille habitude qui remonte à l'époque où il était professeur d'histoire, mais il s'arrête un instant près de la bibliothèque pour choisir un volume ancien qu'il retourne distraitement à d'innombrables reprises entre ses mains tout en parlant, après avoir repris sa marche, sans donner de relief particulier à aucun de ses mots. « Nous avons été soumis à la terreur et à l'intimidation. Nous avons été vilipendés, calomniés et emprisonnés à vie. Nous avons été tabassés. Mutilés. Sodomisés. Torturés. Et brisés. »

Il vient à présent s'immobiliser en face de Sandoz, assez près pour voir luire ses yeux. L'expression du visage blême n'a pas changé, mais le corps est agité par un tremblement visible. « Et nous, qui sommes voués à la chasteté et à l'obéissance, continue Giuliani très bas, sans lâcher du regard celui de Sandoz, nous avons pris tout seuls et sans soutien des décisions qui ont fait scandale et qui ont débouché sur des tragédies. Seuls, nous avons commis des erreurs épouvantables qui n'auraient jamais pu se produire au sein d'une communauté. »

Il attendait le brusque saisissement que laisse transparaître un homme en reconnaissant une de ses expériences, l'expression qui survient quand on entend la vérité. Il se demande un instant s'il ne s'est pas fourvoyé dans son jugement. Mais il voit de la honte, il en est sûr, et du désespoir.

« Pensiez-vous être le seul ? Est-il possible que vous soyez si arrogant ? » interroge-t-il d'une voix stupéfaite. À présent, Sandoz cligne rapidement des paupières. « Pensiez-vous être le seul à vous être jamais demandé si ce que nous faisons vaut le prix qu'il faut payer ? Avez-vous honnêtement cru que vous seul, de tous ceux qui sont partis, aviez été l'unique homme à perdre Dieu ? Croyez-vous que nous aurions un nom pour le péché du désespoir, si vous seul en aviez fait l'expérience ? »

L'homme a au moins le mérite d'être courageux. Son regard ne se dérobe pas. Giuliani change de tactique. Il se rassoit derrière sa table et prend un bloc-notes électronique. « Le dernier rapport que j'ai reçu concernant votre santé me révèle que vous n'êtes pas aussi malade qu'il y paraît. De quel terme s'est donc servi le médecin ? “ Rétraction somatique psychogénique. ” Mon Dieu, que j'abomine ce jargon ! Il veut sans doute dire que vous êtes déprimé. Moi, je dirais les choses plus crûment. Je crois que vous n'en finissez pas de vous apitoyer avec délices sur vous-même. »

La tête de Sandoz se redresse d'un coup sec, son visage est sculpté dans de la pierre mouillée.

Un court instant, Emilio ressemble à un enfant éperdu que l'on vient de gifler parce qu'il pleure. L'expression est si fugace, si contraire à toute attente, qu'elle manque de passer inaperçue. Quelques mois plus tard, et pour le restant de sa vie, Vincenzo Giuliani se souviendra de cet instant.

« Pour ma part, j'en ai plus qu'assez », reprend le général d'un ton très naturel en se renversant dans son fauteuil et en dévisageant Sandoz avec un faux air de maître des novices. Qu'il est donc étrange d'avoir à la fois un an de moins et plusieurs dizaines d'années de plus que son vis-à-vis ! Il se débarrasse du bloc-notes et se redresse, les mains jointes sur la table devant lui, tel un juge qui va rendre sa sentence. « Si vous aviez traité qui que ce soit comme vous vous êtes traité vous-même au cours des six dernières heures, vous seriez coupable de voies de fait, déclare Giuliani sans ambage. Il faut que cela cesse. Dorénavant, vous témoignerez à votre corps tout le respect que vous lui devez en tant que création de Dieu. Vous permettrez à vos bras de se cicatriser, puis vous entreprendrez une rééducation raisonnable et modérée. Vous prendrez des repas réguliers. Vous vous reposerez convenablement. Vous soignerez votre corps comme vous le feriez de celui d'un ami envers qui vous êtes redevable. D'ici deux mois, vous comparaîtrez devant moi et nous examinerons dans le détail l'histoire de la mission dont vous avaient chargé vos supérieurs », énonce Giuliani, la voix brusquement durcie, tandis qu'il martèle chaque mot.

Puis, dans sa miséricorde, Vincenzo Giuliani, préposé général de la Compagnie de Jésus, reprend le terrible fardeau qui lui appartient de droit, comme il a appartenu à ses prédécesseurs. « Pendant ces deux mois et jusqu'à la fin de votre vie, dit-il à Emilio, vous cesserez de vous arroger une responsabilité qui incombe à d'autres que vous. Est-ce bien clair ? »

Il y a une longue pause, mais Sandoz finit par incliner la tête, presque imperceptiblement.

« Bien. » Giuliani se lève et va ouvrir la porte de son bureau. Il n'est pas surpris de voir le frère Edward qui attend dehors, sans chercher à cacher son inquiétude. Candotti est assis un peu plus loin, ramassé sur lui-même, les mains jointes entre les genoux, tendu et las.

« Frère Edward, lance le général d'un ton amène, le père Sandoz va prendre son petit déjeuner à présent. Peut-être aimeriez-vous lui tenir compagnie au réfectoire, ainsi que le père Candotti ? »

10

San Juan, Porto Rico : 2 et 3 août 2019

Chaque fois qu'elle songeait rétrospectivement aux événements de cette chaude nuit du mois d'août, Anne Edwards regrettait toujours de ne pas avoir dégotté des horoscopes pour tous les convives de son dîner. Cela lui aurait permis de soumettre l'astrologie à une excellente épreuve, se disait-elle. Quelque part, sous le signe de l'un ou de l'autre, on aurait certainement dû lire l'avertissement suivant : « Attention, soyez prêt. Ce soir, tout va changer. Tout. »

Emilio, quand elle l'avait invité à dîner le samedi soir, avait suggéré, avec une désinvolture qui en disait long, que George pourrait en profiter pour convier aussi Jimmy Quinn et Sofia Mendes. « Mais comment donc, avait dit Anne aussitôt, en refoulant ses appréhensions. Plus on est de fous, plus on rit. »

Emilio n'avait pas revu Sofia depuis Cleveland et on aurait pu commencer à croire qu'il faisait exprès de l'éviter, ce qui était sans doute une hypothèse inconfortablement proche de la vérité. Ma foi, Anne savait ce qu'il en coûtait de tranformer l'attirance physique en précieuse amitié, et elle croyait Emilio capable d'un tel effort ; elle était prête à lui fournir le terrain neutre nécessaire pour l'accomplir. Et Sofia ? Anorexique émotionnelle, tel était le diagnostic établi par Anne en son for intérieur. C'était d'ailleurs cela, peut-être, s'ajoutant à sa beauté, qui plaisait tant aux hommes. Cela faisait déjà longtemps que Jimmy avait avoué qu'il en était fou, sans se rendre compte que Sofia avait eu le même effet sur Emilio. Et sur George, par la même occasion. Et je suis mal placée pour me plaindre, se dit Anne. Bon Dieu, toute cette ardeur sexuelle mal placée ! La maison va déborder de phéromones ce soir.

Par conséquent, décida-t-elle en fermant le dispensaire, le samedi après-midi, mon boulot à moi, c'est de nimber la soirée d'une atmosphère de fête de famille, de donner à tous ces jeunots l'impression d'être des cousins, peut-être. Et par-dessus tout, pensait-elle, il fallait absolument éviter de traiter Emilio et Sofia, voire Jimmy et Sofia, comme un couple. Arrange-toi pour que ça reste gai, se dit-elle fermement, et ne te mêle plus de rien.

Ce vendredi-là, Jimmy Quinn avait commencé à expliquer à Sofia la partie de son métier qui concernait la recherche d'intelligence extraterrestre.

« Les travaux de la SETI s'apparentent au reste des observations, mais ils sont en veilleuse », lui dit-il. Équipés de visiocasques et de gants, ils avaient l'impression d'être assis devant un oscilloscope d'antan, ce qui représentait l'idée qu'un ingénieur spécialisé dans la réalité virtuelle devait se faire d'une fine plaisanterie. « Quand nous n'utilisons pas le radiotélescope pour autre chose, la SETI fait un balayage systématique pour déceler des impulsions radio en provenance d'autres planètes. Le programme signale tout ce qui pourrait s'apparenter à un message extraterrestre – tout ce qui possède une fréquence constante n'appartenant à aucune des sources connues, telles qu'émissions radio répertoriées ou signaux d'origine militaire, tout ce genre de choses.

– Si j'ai bien compris, des programmes très poussés permettant de reconnaître divers schémas sont déjà en place, nota Sofia.

– Ouais. Les programmes de la SETI sont vieux, mais ils sont bons, et quand il a pris la direction de l'observatoire d'Arecibo, l'IESA a modernisé l'équipement destiné à traiter les signaux. Ce qui fait que le système sait déjà comment éliminer d'office les signaux à la gomme, provenant d'éléments que nous savons être des sources dépourvues d'intelligence ; comme les atomes d'hydrogène qui vibrent ou les étoiles qui font du bruit. » Il sélectionna un exemple. « Vous voyez comme ce machin a l'air dingue ? C'est le signal radio d'une étoile. Il est complètement irrégulier et, sous sa forme audible, voilà à quoi il ressemble », ajouta-t-il en produisant entre ses dents une espèce de sifflement crépitant. Il afficha sur l'écran un nouveau document. « Bon. Or, la radio que l'on utilise à des fins de communication fait appel à une porteuse de fréquence constante, dont l'amplitude est modulée de façon aléatoire. Vous saisissez la différence ? » Sofia opina. « La SETI balaie plus de quatorze millions de canaux distincts, analyse des milliards de signaux, à la recherche de schémas dans tous ces bruits. Quand le système repère quelque chose d'intéressant, il note l'heure, la date, le lieu d'où émanent la source, la fréquence et la durée du signal. Le problème, c'est que le technicien de la SETI est obligé de consulter absolument toutes les données déjà enregistrées.

– Votre travail est donc d'infirmer l'hypothèse selon laquelle une transmission donnée représente une communication intelligente.

– Précisément.

– Par conséquent... » Le stylet brandi, relevant un de ses œilletons, elle s'installa pour emmagasiner la nouvelle fournée de données. Jimmy retira son casque et la contempla, jusqu'au moment où elle s'éclaircit la voix.

« Je peux vous demander quelque chose d'abord ? Ça ne sera pas long, lui assura-t-il en l'entendant soupirer. Pourquoi prenez-vous vos notes à la main ? Ce ne serait pas plus facile d'enregistrer nos séances ? Ou de les taper directement dans un dossier ? »

C'était la première fois que quelqu'un la questionnait sur ses méthodes. « Je ne me contente pas de transcrire ce que vous me dites. Tout en vous écoutant, j'organise les informations. Si j'enregistrais la séance, je serais obligée de passer ensuite autant de temps à l'écouter qu'en a demandé l'entretien original. Et, au fil des ans, j'ai mis au point ma propre sténo. J'écris plus vite que je ne tape.

– Ah bon ? » dit-il. Jamais elle n'en avait dit aussi long. Ce n'était pas précisément un rendez-vous d'amoureux, mais c'était une espèce de conversation. « Vous venez dîner chez George et Anne demain soir ?

– Oui. S'il vous plaît, monsieur Quinn, pourrions-nous avancer un peu ? »

Jimmy remit son casque et reporta à contrecœur son attention sur le document affiché. « D'accord. Bon, je commence par jeter un coup d'œil aux signaux sélectionnés par le système. De nos jours, on s'aperçoit que beaucoup d'entre eux sont des transmissions codées, qui émanent de fabriques de drogue à environ cinq cents kilomètres de la Terre. Elles n'arrêtent pas de bouger et changent sans arrêt la fréquence de leurs émissions. D'habitude le logiciel filtre ces signaux et les élimine parce qu'ils sont si proches de la Terre, mais quelquefois les signaux émis rebondissent de façon imprévisible contre un astéroïde ou Dieu sait quoi, ce qui donne l'impression que le signal arrive de très loin. »

Jimmy se mit à parcourir les données, se laissant petit à petit accaparer par le processus, parlant davantage pour lui-même que pour Sofia. L'observant du coin de l'œil, elle se demanda s'il arrivait jamais aux hommes de se rendre compte qu'ils étaient beaucoup plus attirants quand ils s'intéressaient à leur boulot que quand ils faisaient la cour à une femme. Un bonhomme en train de baver, ça n'avait rien de très appétissant. Et pourtant, elle fut étonnée de constater qu'elle s'était prise d'une véritable affection pour Jimmy Quinn. Elle refoula cette pensée pour laquelle il n'y avait pas de place dans sa vie, car elle n'avait aucune intention d'encourager les fantasmes qu'il pouvait nourrir à son égard. Sofia Mendes ne promettait jamais ce qu'elle ne pouvait pas donner.

« C'est intéressant, ça », dit Jimmy. Sofia se concentra sur l'image de son œilleton, où apparaissait un signal en forme de table. « Vous voyez ? Il y a un signal qui se détache sur le bruit de fond, qui se maintient pendant... attendez que je recherche la durée... Voilà ; il s'est prolongé pendant environ quatre minutes, puis il a disparu. » Il se mit à rire. « Écoutez, ce truc-là, c'est sûrement du bricolé maison. Cette partie-là. » Il indiqua la portion du signal qui correspondait au dessus de la table.

« Une porteuse de fréquence constante modulée en amplitude, dit-elle.

– Pan, dans le mille ! » Il rit. « C'est certainement local. Je parie qu'on est en train de choper une émission religieuse de la Terre de Feu, qui rebondit sur le nouvel hôtel que construit Shimatzu. Celui où il y a un stade en microgravité. »

Elle hocha la tête.

« Bon, en tout cas, ça me fournit une bonne occasion de vous montrer comment je ferais joujou avec un hypothétique signal extraterrestre. Vous voyez, le signal entier ressemble à une impulsion quand il est affiché comme ça, dit-il en suivant le dessin en forme de table d'un doigt électronique. Bien, alors je peux me concentrer juste sur cette section dans le haut de l'impulsion, comme ça, et changer l'échelle de l'amplitude. » Ce qu'il fit. À présent, la ligne horizontale précédemment droite paraissait dentelée. « Vous voyez ? L'amplitude varie... à vrai dire, elle varie assez nettement. » Sa voix s'éteignit. Les contours avaient un aspect familier. « C'est sûrement local, ça », marmonna-t-il.

Sofia attendit quelques minutes, pendant que Jimmy tripotait les signaux. Durée du contrat multipliée par trois, se dit-elle. « Monsieur Quinn ? » Il releva un de ses œilletons pour la regarder. « Monsieur Quinn, j'aimerais commencer par les détails du logiciel qui permettent de reconnaître les schémas existants, si vous le voulez bien. Peut-être y aurait-il une documentation à partir de laquelle je pourrais travailler ?

– Bien sûr, dit Jimmy en éteignant l'affichage, en ôtant l'équipement de RV et en se levant. Nous n'avons jamais transféré tous ces vieux dossiers. Les programmes de travail sont ici, mais on ne s'intéresse guère à la documentation, alors elle est toujours dans les archives. Venez, je vais vous montrer comme y accéder. »

Lorsque Sofia Mendes arriva chez les Edwards le samedi soir, pile à l'heure, tenant à la main une bouteille de vin rouge du plateau du Golan, Jimmy Quinn était déjà arrivé, surexcité et trop bruyant, arborant un pantalon vague dernier cri et une chemise de couleur vive qui aurait fait un excellent peignoir de bain pour Sofia. Elle sourit malgré elle en constatant à quel point il était visiblement content de la voir, le remercia des compliments qu'il lui faisait sur sa robe, puis sur sa coiffure, et, sans lui laisser le temps d'aller plus loin, elle tendit le vin à M. Edwards et se réfugia dans la cuisine.

« Emilio sera peut-être un peu en retard, annonça le Dr Edwards en lui faisant la bise. Un match de base-ball. Ne vous inquiétez pas si vous le voyez arriver plâtré jusqu'aux sourcils, mon chou. Son équipe est à la deuxième place du championnat, et quand le classement est serré à ce point, le père Sandoz ne fait pas semblant de jouer. »

Sofia, cependant, entendit la voix du prêtre à peine dix minutes plus tard, claironnant le score ; il était manifestement ravi du résultat. Saluant George et Jimmy au passage, il fonça droit dans la cuisine, les cheveux encore tout humides de sa douche, les pans de chemise au vent, armé d'un bouquet de fleurs pour le Dr Edwards sur la joue de qui il déposa un baiser rapide et galant. Visiblement chez lui, il tendit le bras sous le nez d'Anne pour prendre un vase sur une des étagères, le remplit d'eau et y logea ses fleurs qu'il arrangea brièvement, avant de quitter l'évier pour aller les poser sur la table. Au même instant, il aperçut Sofia, assise sur le tabouret dans le coin, et son regard se réchauffa, tandis que son visage conservait son expression grave et digne.

Sortant une fleur du bouquet d'Anne, il la tapota pour faire tomber l'eau et inclina la tête, dans un salut bref et cérémonieux. *« Señorita, mucho gusto. A su servicio »,* dit-il avec une courtoisie exagérée, véritable parodie de l'aristocrate espagnol qui avait naguère tant déplu à la jeune femme. Connaissant à présent la misère dans laquelle il avait grandi, elle saisit cette fois tout le sel de la plaisanterie et, en riant, elle accepta la fleur. Il sourit et, détachant lentement son regard de celui de Sofia, il se tourna vers Jimmy qui venait d'entrer dans la cuisine, donnant aussitôt l'impression que la pièce était bondée. Anne cria à tout le monde de vider les lieux pour qu'elle pût bouger, et Emilio repoussa Quinn hors de la pièce, en reprenant le fil d'une discussion que Sofia fut incapable de suivre, sur un sujet à propos duquel il était évident qu'ils se chamaillaient fréquemment, sans déboucher sur rien. Anne lui tendit une assiette de *banderillas* et elles se mirent à transporter les mets jusqu'à la table du dîner. La conversation devint très vite générale et fort animée. Le repas était bon et le vin avait un goût de cerise. Tout cela contribua aux événements ultérieurs.

Après le dîner, ils passèrent dans la salle de séjour et Sofia Mendes sentit qu'elle se détendait comme elle ne l'avait jamais fait encore depuis qu'elle était adulte. Il y avait dans cette maison une espèce de sécurité qu'elle trouvait aussi exotique qu'un cornouiller, et non moins belle. Elle avait le sentiment d'être tout à fait bienvenue, le sentiment que les habitants de cette demeure étaient disposés à la trouver sympathique, sans chercher à savoir qui elle était ni ce qu'elle avait fait. Il lui semblait qu'elle pourrait parler à Anne, ou même à George, des jours anciens d'avant Jaubert, sûre que George lui pardonnerait et qu'Anne lui dirait qu'elle avait été courageuse et raisonnable de faire ce qu'il avait fallu faire.

À mesure que le crépuscule s'intensifiait, laissant place à la nuit, la conversation s'éteignit, et Anne proposa à Jimmy de leur jouer quelque chose au piano, idée qui suscita l'approbation générale. On jurerait un enfant penché au-dessus d'un piano miniature, se dit Sofia, les genoux écartés presque au niveau des touches, les pieds tournés en dedans vers le pédalier. Il jouait néanmoins avec grâce et souplesse, ses grandes mains dominant aisément le clavier, et elle s'efforça de ne pas se sentir gênée, lorsqu'il se mit à fredonner une chanson d'amour qui manquait quelque peu de subtilité.

« Jimmy, je sais bien que tu m'adores, mais tâche d'être un peu plus discret, lança Anna dans un aparté théâtral, en jetant un bref coup d'œil à Sofia et en s'efforçant de détendre l'atmosphère avant que le pauvre garçon ne se fût trop profondément enferré. George est à deux pas de nous ! Et de toute façon, ta rengaine est vraiment trop bêlante.

– Allez, minable, dégage, ordonna George en riant et en faisant signe à Jimmy de quitter le piano. Sofia, c'est votre tour.

– Vous jouez ? demanda Jimmy en faisant tomber le tabouret dans sa hâte à le libérer pour elle.

– Un peu, répondit-elle avant d'ajouter en toute honnêteté : Pas aussi bien que vous. »

Elle commença par un petit morceau de Strauss, pas trop difficile, mais très joli. Puis, prenant confiance, elle essaya du Mozart, mais se perdit dans un des passages plus complexes et finit par renoncer, en dépit des encouragements auxquels se mêlaient des quolibets bon enfant. « Je dois être vraiment très nerveuse pour jouer aussi mal », dit-elle avec un sourire penaud, en se tournant vers l'assistance.

Elle avait eu l'intention de les prier d'excuser son manque de pratique, après la maestria qu'avait montrée Jimmy, et de convier ce dernier à reprendre sa place au clavier, mais son regard tomba sur Sandoz, assis dans un coin de la pièce, un peu à l'écart des autres, se retrouvant isolé soit par choix, soit à cause de son tempérament, soit par la faute des circonstances. Sans trop s'expliquer à quel mobile elle obéissait, réchauffée par le vin et la bonne compagnie, elle se mit à jouer un morceau qui serait, pensait-elle, familier au prêtre, une très vieille mélodie espagnole. À la surprise de tout le monde, et sans doute aussi à la sienne, Emilio quitta son coin pour venir s'accoter au piano, et il se mit à chanter d'une limpide voix de ténor léger.

L'ayant jaugé, Sofia changea de tonalité, puis aussi de tempo. Les yeux d'Emilio se plissèrent légèrement, mais il commença le deuxième couplet dans la tonalité mineure vers laquelle elle avait modulé, se pliant à son caprice. Contente de voir qu'il avait saisi ses intentions, plongeant son regard dans celui du prêtre, elle se mit à chanter un air différent, en contrepoint.

Elle possédait un contralto un peu rauque et leurs deux voix se mariaient voluptueusement, en dépit ou peut-être à cause de l'incongruité qu'il pouvait y avoir à entendre la voix masculine chanter les notes les plus aiguës, et pendant quelque temps il n'y eut plus au monde que la musique que faisaient ensemble Emilio Sandoz et Sofia Mendes.

Jimmy paraissait malade d'envie. Anne se glissa derrière lui et se pencha vers le canapé pour passer ses bras maigres et nerveux autour des puissantes épaules du jeune homme et appuyer sa tête contre la sienne. Lorsqu'elle sentit la raideur s'estomper, elle resserra brièvement son étreinte avant de le lâcher et de se redresser pour écouter sans bouger la fin de la chanson. C'est du ladino, se dit-elle, en reconnaissant des bribes d'espagnol et d'hébreu. Ce que chantait Sofia était peut-être une variation séfarade sur l'air espagnol.

Elle regarda George et le vit en arriver à sa propre conclusion, subodorer l'issue de toute cette affaire, mais pas grâce à la musique ; simplement à cause d'un sentiment d'inéluctabilité lié à ces deux personnes. Après quoi, les silencieuses réflexions d'Anne se désagrégèrent et elle écouta, en s'efforçant de ne pas frissonner, les deux parties diverger et s'entrelacer jusqu'au moment, tout à la fin, où l'harmonie et le contrepoint trouvèrent enfin une résolution : les paroles, les mélodies, les voix se rejoignirent toutes trois, à travers les siècles, sur le même mot et la même note.

Détachant à grand-peine son regard du visage d'Emilio, Anne fut la première à entonner le chœur des louanges, rétablissant un fragile équilibre. Jimmy fit de son mieux, mais dix minutes plus tard il prétexta un travail en retard et, criant ses adieux à la cantonade, il se dirigea vers la porte. Ce fut le signal d'un exode général, comme s'ils avaient tous besoin de mettre un peu d'espace entre eux-mêmes et une intimité que personne n'avait souhaitée, ni même prévue. Anne hésita, car il lui semblait qu'en bonne maîtresse de maison elle aurait dû attendre qu'Emilio et Sofia eussent eux aussi pris congé, mais il leur faudrait plusieurs minutes pour s'organiser, alors, après s'être retranchée derrière une excuse plausible, elle suivit Jimmy au-dehors.

Il avait déjà couvert la moitié du chemin qui le séparait de la plaza lorsque Anne le rattrapa, dans l'obscurité. Le quartier était paisible, bien que les brises marines portassent jusqu'à eux des bribes de musique en provenance de La Perla où les soirées se prolongeaient plus tard. En entendant ses pas, il se retourna et elle s'arrêta deux marches au-dessus de lui, de façon à pouvoir le regarder dans les yeux. Il ne faisait pas froid, mais Jimmy tremblait ; avec ses cheveux en tire-bouchon, qui ressemblaient à de la laine, et le croissant de lune de son grand sourire nigaud, on aurait dit une gigantesque poupée de chiffon.

« Crois-tu que le suicide soit une solution viable ? » plaisanta-t-il piteusement. Anne traita cette ânerie par le mépris, mais son regard débordait de compassion. « Pourquoi ne m'as-tu pas interrompu plus tôt, quand j'ai chanté ? Je ne sais pas si je vais pouvoir supporter de rester dans le même fuseau horaire qu'elle après ce soir, geignit-il. Bon Dieu, elle doit me prendre pour le roi des cons. Mais, nom d'un chien, Anne, s'écria-t-il à mi-voix, c'est un curé ! Bon, je sais, d'accord, c'est un très beau gosse de curé, pas un grand abruti d'Irlandais laid comme un pou avec de la merde dans le crâne... »

Anne l'interrompit en posant un doigt sur ses lèvres. Des dizaines de platitudes lui venaient à l'esprit : personne ne peut obliger quelqu'un d'autre à l'aimer, la moitié des habitants de la planète sont malheureux parce qu'ils sont amoureux de quelqu'un qui ne veut pas d'eux, l'indisponibilité est un puissant aphrodisiaque, tu es un amour de garçon, délicieux et intelligent – mais rien de tout cela ne le consolerait. Elle vint le rejoindre sur sa marche, posa la tête contre sa poitrine et l'entoura de ses bras, époustouflée une fois de plus par sa taille et sa carrure.

« Bon Dieu, Anne, chuchota-t-il au-dessus d'elle, c'est un curé. Ce n'est pas juste.

– Non, mon chéri, lui assura-t-elle, ce n'est pas juste. Ce n'est jamais, jamais juste. »

À cette heure de la soirée, il ne fallait qu'une heure de voiture pour regagner Arecibo. Lorsqu'il vint enfin se garer dans le parking de son immeuble, Jimmy avait fini de pleurer et presque complètement surmonté son désir de se saouler, estimant qu'il s'agissait d'une réaction trop mélodramatique face à la nouvelle situation. Jamais Sofia ne lui avait prodigué le moindre encouragement. Tout cela n'avait été qu'un pur fantasme de sa part à lui, et rien d'autre. Et, en définitive, que savait-il vraiment d'Emilio ? Les prêtres n'étaient que des hommes, lui avait toujours rappelé Eileen Quinn, chaque fois qu'il était rentré chez lui débordant d'adulation et de respectueux effroi. L'ordination ne vous transforme pas automatiquement en saint. Et, de toute façon, il y avait des tas de religions qui autorisaient leurs prêtres à se marier et à fonder une famille.

Merde, se dit-il. Ils ont juste chanté une chanson et je les vois déjà mariés, et avec des gosses en plus. Ça ne me regarde pas.

Mais il ne parvenait pas à chasser de son esprit l'écho de leurs voix réunies. C'était comme de regarder... Jamais il ne parviendrait à dormir, c'était hors de question. Il essaya quelques pages du livre qu'il était en train de lire, mais finit par le balancer à travers la pièce, incapable de se concentrer. Il fouilla dans ses placards et regretta de ne pas avoir accepté l'offre d'Anne, lorsqu'elle lui avait proposé d'emporter les restes du dîner. Il décida, en désespoir de cause, de tirer parti du prétexte qu'il avait avancé pour partir tôt de chez les Edwards et il se mit en liaison avec le système informatique de l'observatoire. Il ouvrit les archives du programme de la SETI, reprenant à l'endroit où il s'était arrêté avec Sofia le vendredi après-midi, et il résolut de se préparer à la perspective atrocement gênante de revoir la jeune femme en passant directement au sujet qu'il aborderait avec elle le lundi matin.

À trois heures cinquante-sept le dimanche 3 août 2019, James Connor Quinn enleva son visiocasque et se renversa dans son fauteuil, suant à grosses gouttes et suffoquant, désormais sûr de lui, mais à peine capable de croire ce qu'il était le seul être au monde à savoir.

« Nom de Dieu, souffla-t-il, en se rabattant sur le passé immémorial pour faire face au futur. Jésus, Marie, Joseph ! »

Il se frotta les yeux, passa les doigts dans sa chevelure emmêlée, qui faisait penser à un gribouillis d'enfant, et resta encore quelques instants assis les yeux dans le vague. Puis il téléphona à Anne.

11

Arecibo, Porto Rico : 3 août 2019

« Tu plaisantes ou quoi ? chuchota Anne. Mon petit poussinet, si tu m'as appelée à quatre heures du matin pour me raconter des craques, je te fiche mon billet...

– Je ne rigole pas.

– Tu en as parlé à quelqu'un d'autre ?

– Non. Tu es la première. Ma mère me tuera, mais c'est à toi que j'ai eu envie de l'annoncer. » Debout dans le noir, nue comme un ver, Anne sourit et demanda mentalement pardon à Mme Quinn. Elle entendit de nouveau la voix surexcitée de Jimmy. « Réveille George et dis-lui de se brancher sur le réseau de RV. Je vais aussi téléphoner à Emilio et à Sofia. »

Anne ne fit aucune remarque, mais Jimmy comprit son silence.

« C'est la chanson qui a tout déclenché. Je n'arrivais pas à me la sortir de la tête, et quand j'ai regardé ce signal, il m'a fait penser à de la musique. Alors, je me suis dit que si c'était en effet de la musique, je la reconnaîtrais, ce qui me permettrait de déterminer d'où venait le signal. Donc, je l'ai filtré à travers un programme sonore digital. Eh bien, Anne, ça ne ressemble à rien de ce que j'ai entendu à ce jour.

– Jimmy, tu es certain que ce n'est pas tout simplement un style de musique avec lequel tu n'es pas familiarisé – dans le genre ossète méridional, ou norvégien, ou que sais-je ? Enfin, notre planète est vaste, si tu vois ce que je veux dire.

– Anne, je viens de passer trois heures entières à vérifier, à contrôler, à m'efforcer d'infirmer, et je peux te dire que vrai de vrai, juré, craché, ce n'est absolument pas un son terrestre. Ce n'est pas un écho, ni une station pirate, ni un vaisseau transportant de la drogue, ni un signal militaire. C'est un son d'origine extraterrestre, et j'en ai eu la confirmation par les dossiers de Goldstone, mais pour le moment personne là-bas ne l'a encore étudié. C'est de la musique, Anne, de la musique extraterrestre, et tu sais quoi encore ?

– Nom d'un chien, Jimmy, ne me fais pas tourner en bourrique ! Quoi donc ?

– Ce sont des voisins. Nous captons le bruit d'une fête à tout casser du côté d'Alpha du Centaure. Ils ne sont qu'à quatre années-lumière de nous. La porte à côté, pour ainsi dire.

– Bigre de bigre ! Dis donc, Jimmy, tu ne devrais pas en parler à quelqu'un d'officiel ?

– Non, pas encore. Pour le moment, c'est mon secret. Je veux que mes amis l'apprennent en premier. Alors, pour l'amour du ciel, réveille-moi tout de suite ton George de mari et branchez-vous sur le réseau.

– Non, écoute. Si c'est vrai pour ton signal, la réalité virtuelle ne suffit pas. Moi, c'est la réalité réelle que je veux. Dis à Emilio de venir nous retrouver ici, chez nous. Nous ferons un crochet pour aller prendre Sofia et puis nous monterons tout droit à l'observatoire. Nous serons en route d'ici, disons, vingt-cinq minutes. Alors, nous devrions être avec toi vers... » Elle s'aperçut qu'elle était incapable de faire le calcul. Tout à coup, elle avait la tête complètement vide. Bon Dieu ! De la musique. À quatre années-lumière !

« Vers les six heures. » Jimmy termina pour elle. « D'accord, j'y serai. Et, dis donc, Anne !

– Ouais, je sais, “ apporte de quoi manger ”. On ira dévaliser le marchand de beignets avant de venir.

– Non. Enfin, si, oui, d'accord. Mais surtout, merci. C'est ça que je voulais te dire. Merci pour hier soir.

– Hé, si c'est avec ce genre de nouvelle que tu me remercies de t'avoir serré bien fort dans mes bras, je suis à ta disposition quand tu voudras, mon petit baigneur. On se voit dans deux heures environ. Et, à propos, Jimmy, félicitations ! C'est fantastique. »

Il faisait une matinée claire et glaciale, et le petit jour était encore blafard lorsque les Edwards et leurs passagers vinrent se garer devant l'observatoire. La modeste Ford de Jimmy était l'unique véhicule stationné sur le parking avec la voiture du gardien. « Visite privée, monsieur Edwards ? questionna ce dernier, tandis qu'ils signaient le registre d'entrée.

– Non, Jimmy Quinn veut nous montrer quelque chose et nous avons pensé qu'il valait mieux venir à une heure un peu creuse », répondit George. Anne, avec un sourire innocent, tendit au garde deux beignets au passage.

Après une nuit blanche, Jimmy avait les yeux rougis, mais il avait les nerfs encore trop tendus pour se rendre compte qu'il était vanné. Tandis qu'ils s'entassaient dans son petit réduit, il empoigna le beignet qu'Anne brandissait dans sa direction et l'engloutit en deux bouchées, rembobinant la bande pendant qu'il mâchonnait.

La musique était principalement vocale. Il y avait un soutien aux percussions, avec peut-être aussi des instruments à vent, mais il était difficile de se prononcer sur ce point – il y avait encore beaucoup de bruits parasites, même si Jimmy en avait déjà éliminé pas mal, par filtrage. Et il s'agissait incontestablement d'une musique inconnue. Le timbre des voix, les harmoniques étaient tout simplement différents, d'une façon que Jimmy ne trouvait pas de mots pour décrire. « Je peux vous afficher des échantillons sonores qui montreraient graphiquement les différences entre ces voix et des voix humaines, leur dit-il, tout à fait comme on peut voir qu'un violon ne sonne pas de la même façon qu'une trompette. Je n'arrive pas à exprimer ma pensée.

– Je sais bien que ce n'est pas scientifique de dire ça, mais on entend la différence, convint Anne en haussant les épaules. Exactement comme on reconnaît avec une seule note la voix d'Aretha Franklin. Elle est différente, un point c'est tout. »

Au début, ils se contentèrent d'écouter et de réécouter le fragment musical, poussant des grognements de frustration chaque fois que le signal était noyé sous les parasites juste au moment où la musique était en train d'atteindre son apogée. Puis, après la troisième audition, Anne demanda : « Bon, très bien. Que pouvons-nous dire de ces gens ? Ils chantent en chœur et il y a un soliste. Donc, ils possèdent une organisation sociale. Doit-on conclure qu'ils respirent de l'air du fait qu'on peut entendre leur musique comme nous l'entendons ?

– On peut juste en déduire qu'ils possèdent une forme quelconque d'atmosphère qui propage les ondes sonores, mais nous ne pourrions pas forcément y respirer, déclara George.

– Par conséquent, ils doivent avoir des organes proches de nos poumons et de nos bouches, et ils sont capables de contrôler l'air qu'ils expirent ou la substance en question, quelle qu'elle soit, continua Anne.

– Et ils doivent entendre aussi, sans quoi on se demande pourquoi ils chanteraient, pas vrai ? ajouta Jimmy.

– Je n'ai pas l'impression que leur langue soit tonale, dit Emilio, mais c'est difficile à dire quand les gens chantent. Il y a une structure syntaxique. Il y a des consonnes et des voyelles, et une espèce de son guttural, un peu comme un coup de glotte. » Il ne lui vint pas à l'idée de se demander s'ils avaient des glottes ou des gosiers. « Est-ce que je pourrais réentendre, s'il te plaît ? »

Jimmy lui passa encore une fois la bande. Assise à la périphérie du groupe, presque dans le couloir sur lequel ouvrait le petit bureau de Jimmy, Sofia regarda Emilio mettre en œuvre le processus dont elle avait fait l'abstraction lorsqu'elle avait travaillé pour les jésuites à Cleveland. Il commençait déjà à marmonner quelques sons, reprenant des phrases chantées par le chœur, essayant divers phonèmes. Sans un mot, Sofia lui tendit son bloc-notes électronique et son stylet. « J'ai l'impression que je pourrais l'apprendre », dit-il sans s'adresser à quelqu'un en particulier, déjà à demi convaincu. Il se mit à prendre des notes. « Tu permets, Jimmy ? » Ce dernier recula sur sa chaise à roulettes et libéra la console pour Emilio.

« Jim, as-tu beaucoup changé la fréquence ? demanda George. Est-ce que ça ressemble vraiment à ce que nous entendons, ou bien est-ce que, en temps réel, ce serait plus proche d'une stridulation d'insecte ou d'un chant de baleine ?

– Non, pour autant que je puisse en juger, ça ressemble exactement à ça. Bien sûr, ça doit dépendre de la densité de leur atmosphère », ajouta Jimmy. Il réfléchit un moment. « Écoute. Ils ont la radio. Cela sous-entend au moins des tubes électroniques, tu ne crois pas ?

– Non, déclara George. En réalité, les tubes électroniques ont été une espèce de coup de pot. Il serait tout aussi facile de passer directement à l'état solide. Mais ils doivent comprendre l'électricité. » Il y eut un bref silence, pendant que chacun remâchait toutes ces idées ; le seul bruit était celui de la musique qu'Emilio ralentissait, répétait par petits bouts, tout en corrigeant ses notes.

« Et la chimie, c'est certain, reprit George. Il faudrait qu'ils s'y connaissent un peu en matière de métaux et de non-métaux, de conducteurs. Pour les micros, il faut du carbone ou une forme quelconque de résistance variable. Pour les accus, du zinc et du plomb.

– Une théorie de la propagation des ondes, continua Jimmy. La radio sous-entend des tas de choses.

– Des communications de masse, avança Anne. Et un secteur de la population ayant assez de loisirs pour rester assis sur son cul à pondre une théorie des ondes. Ce qui nous donne, fort probablement, une société stratifiée avec des divisions économiques.

– De la métallurgie, dit Jimmy d'un ton pensif. Parce qu'on ne commencerait pas par la radio, hein ? On travaillerait d'abord le métal pour autre chose. Les bijoux, les armes, les outils.

– Tout cela est possible », convint George. Il se mit à rire et secoua la tête, toujours abasourdi. « Bon, eh bien, mes enfants, on tire son chapeau au Principe de Médiocrité. » Sofia haussa deux sourcils interrogateurs, et George s'expliqua. « C'est l'idée selon laquelle la Terre n'a rien de spécial, l'ADN est une molécule relativement facile à fabriquer et la vie est passablement abondante dans l'univers.

– Juste ciel, soupira Anne, quelle dégringolade ! Nous qui croyions être le centre de l'univers, et à présent, voyez donc ! Nous ne sommes guère qu'un groupe d'êtres conscients comme tant d'autres. Patatras ! » Son expression changea et elle se pencha pour serrer Emilio dans ses bras avec une jubilation mauvaise. « Qui croyez-vous que Dieu aime le mieux, mon père ? Hou, en voilà une vilaine petite pensée ! Rivalités parmi les espèces conscientes ! Tu imagines un peu la théologie de la chose, Emilio ? »

Le jésuite, qui n'avait pas cessé de réécouter inlassablement la musique, saisissant à chaque passage un nouveau fragment, découvrant un ou deux motifs sonores, se pétrifia brusquement. Mais, sans lui laisser le temps de dire un mot, Anne avait repris : « Jim, tu as dit que c'était Alpha du Centaure. Comment est le système, là-bas ?

– Vachement compliqué. Trois soleils. Un jaune qui ressemble beaucoup au nôtre, et deux autres, un rouge et un orange. Ça fait des années qu'on pense qu'un tel système se prêterait à merveille à une organisation planétaire. Seulement, ce n'est pas facile de démêler la situation quand on a trois étoiles sur les bras, alors j'ai l'impression que personne n'a voulu se donner la peine d'aller au fond des choses. Vingt dieux, vous pouvez être sûrs que ça ne va pas traîner, à présent ! »

La conversation se prolongea quelque temps entre George, Anne et Jimmy, tout occupés à extrapoler, déduire et discuter. Emilio, pensif, se replongea dans la musique qu'il réécouta encore une fois très doucement, après quoi il éteignit la machine.

Seule Sofia n'avait aucun commentaire à faire sur la musique, aucune hypothèse à avancer concernant les chanteurs, mais lorsque les autres ne trouvèrent enfin plus rien à dire, elle demanda : « Monsieur Quinn, comment avez-vous eu l'idée de faire passer le signal par une sortie audio ? »

Dans l'effervescence de sa découverte, Jimmy avait oublié sa gêne de la veille au soir, et à présent il se sentait trop heureux pour s'en soucier davantage. « Eh bien, il y a eu toute la musique d'hier soir, dit-il d'un ton uni. Et puis, quand j'étais étudiant, je faisais un petit boulot qui consistait à nettoyer les anciens enregistrements d'archives soviétiques, en vue d'une digitalisation. J'ai trouvé que le signal ressemblait à de la musique. Alors j'ai décidé de faire un essai.

– Il serait donc juste de dire que vous avez agi par intuition.

– Je pense que oui. Une espèce de sixième sens, si vous voulez.

– Un autre astronome aurait-il su à quoi ressemble un signal musical et aurait-il fini par en arriver à la même conclusion ?

– Difficile à dire. Sans doute. Oui – quelqu'un aurait sûrement fini par y penser.

– Vous serait-il jamais venu à l'esprit de me suggérer que le système d'IA devrait filtrer tous les signaux à travers une sortie audio, afin de déceler des transmissions comme celle-ci ?

– Uniquement pour les éliminer en tant qu'extraterrestres, reconnut Jimmy. Voyez-vous, nous nous sommes toujours attendus à recueillir une série de signaux sonores, une séquence mathématique sous une forme quelconque. Il me semble que j'aurais suggéré que tout ce qui ressemble à de la musique n'est certainement pas extraterrestre. Vous vous rappelez ? Hier ? » Il émit un bâillement caverneux et se leva pour s'étirer, ce qui obligea Anne à baisser la tête pour éviter un de ses bras et George à se réfugier dans un coin. « Enfin, avant-hier. À ce moment-là, j'ai plus ou moins compris qu'il s'agissait d'un signal musical, si bien que j'en ai déduit aussitôt qu'il était local. Si j'avais été sûr qu'il était extraterrestre, je n'aurais sans doute jamais songé à de la musique. Je ne sais pas pourquoi, mais dans mon idée, c'était toujours soit de la musique, soit un signal extraterrestre, mais jamais les deux à la fois.

– Oui. C'est curieux, hein ? Moi aussi, j'aurais réagi comme ça », remarqua-t-elle sans aucune émotion, mais en faisant tournoyer sans trêve le bracelet métallique autour de son poignet. La durée du contrat multipliée par trois. Elle aurait peut-être trente-sept ou trente-huit ans. Ce n'était pas pour toujours. Elle avait tenté le sort, en relevant le défi. « Monsieur Quinn, vous voici sûr de garder votre travail. Mon système n'aurait rien remarqué du tout. Je vais conseiller à vos employeurs de réduire notre projet. Je suis en mesure d'automatiser les opérations de demande et d'envoi de données. Ainsi que la coordination des programmes. Il devrait y en avoir pour un mois ou deux.

– On pourrait y aller, hein... si on voulait ? lâcha Emilio dans le silence qui suivit les remarques de Sofia. Enfin, je veux dire, il y aurait un moyen de se rendre là-bas, si on décidait d'essayer. »

Les autres le regardèrent sans comprendre, encore préoccupés par le triste sort de Sofia.

« On pourrait se servir d'un météore – non, d'un astéroïde, n'est-ce pas ? dit-il en se corrigeant de lui-même, tout en regardant Sofia droit dans les yeux. Ce ne serait pas pire que les petits bateaux en bois avec lesquels on a traversé l'Atlantique au XVIe siècle. »

Au début, seule Sofia comprit où il voulait en venir. « Oui, répondit-elle, contente pour une fois de se laisser distraire. À vrai dire, les astéroïdes ne sont pas mal du tout. Les cabines des mineurs sont souvent assez confortables...

– Mais oui, bien sûr ! s'écria George. Les accélérateurs de masse sont greffés dessus et la nacelle est déjà en place. Il suffit de choisir un astéroïde suffisamment grand et il ne reste plus qu'à alimenter les moteurs avec des scories. D'ailleurs, ça se fait déjà sur une petite échelle, pour rapporter les roches dans l'orbite de la Terre depuis la ceinture d'astéroïdes. Je m'étais dit il y a des années qu'on pourrait aller comme ça aussi loin qu'on voudrait, pourvu qu'on ait un rocher assez énorme. Seulement, il n'y avait aucune bonne raison de quitter le système solaire.

– Jusqu'à aujourd'hui, dit doucement Emilio.

– Jusqu'à aujourd'hui, convint George.

– Il y a quelque chose qui m'a échappé ? demanda Anne. C'est quoi cette histoire d'astéroïdes ? »

Mais George se contenta de rire, alors qu'Emilio prenait un air parfaitement béat. « Sofia, dit George, parlez donc à Anne de ce contrat que vous aviez signé avec la firme...

– Ohbayashi », acheva-t-elle. Elle regarda Anne, puis les autres, et fit entendre un petit rire étonné avant de continuer : « C'était juste avant de travailler avec le Dr Sandoz à Cleveland. J'ai mis au point un système pour le Service d'exploitation des astéroïdes chez Ohbayashi. Ils avaient demandé un programme d'IA capable de prendre en compte le coût d'une expertise à distance et les frais nécessaires pour capturer un astéroïde, exploiter et raffiner les minerais dans l'espace, par rapport aux valeurs marchandes estimées du produit à la livraison, sur terre. Aucun besoin d'intuition, sauf peut-être pour prédire les prix futurs des métaux, dit-elle d'un ton caustique. Vous avez raison, Dr Sandoz. On pourrait fort bien utiliser un astéroïde partiellement exploité comme vaisseau spatial. »

Emilio, qui l'avait écoutée attentivement, penché en avant sur son siège, frappa dans ses mains et se renversa contre son dossier, avec un large sourire.

« Mais ça prendrait quatre ans, non ? protesta Anne.

– Et alors ? Ce n'est pas si long que ça, quatre ans, rétorqua Emilio.

– Hé là, on se calme, lança Jimmy en regardant Sofia et Sandoz. Bon, d'abord, ce n'est pas quatre, c'est quatre virgule trois, et il s'agit d'années-lumière, pas de banales années solaires. Même un tiers d'année-lumière, c'est une distance qui n'a rien d'anodin. Et de toute façon, ça, c'est le temps qu'il faut à la lumière et aux ondes radio pour franchir la distance. Pour un vaisseau spatial, ce serait beaucoup plus long... mais quand même... », dit-il, en se mettant soudain à réfléchir.

George tendit la main vers le bloc-notes électronique et le stylet de Sofia. Emilio sauvegarda son fichier et les lui tendit. « Bon, alors, il suffit de calculer, dit George en vidant l'écran afin de pouvoir esquisser les grandes lignes du projet. « À dix mètres par seconde, on aurait un g de pesanteur. Disons qu'on accélère pendant la première moitié du trajet, qu'on fait décrire au rocher une rotation de cent quatre-vingts degrés et qu'on décélère, si vous me passez l'expression, pendant la seconde moitié. »

Pendant quelques instants, on n'entendit pas d'autre bruit

qu'une voix marmonnant des chiffres et le cliquetis d'un clavier, car Jimmy avait commencé à faire ses calculs sur l'ordinateur, laissant George continuer les siens à la main. Ce fut George qui termina son estimation le premier, au grand dam de Jimmy. « Il faudrait environ dix-sept ans pour arriver jusque là-bas, pas quatre. » Emilio parut à la fois consterné et surpris par cette différence. « Bon Dieu, lui dit George, les études supérieures de ma tendre épouse ont duré plus longtemps que ça ! » Anne fit entendre un petit grognement d'indignation, mais son mari continua : « Et si l'on conservait un cycle de sommeil et d'éveil tout à fait normal et qu'on monte les moteurs à deux g pendant que l'équipage est allongé dans son lit ? Ça diminuerait le temps passé en rapprochant le vaisseau de la vitesse de la lumière, ce qui lui permettrait de bénéficier dans une certaine mesure de l'aide de la relativité. Comme ça, les personnes à bord auraient l'impression que le trajet dure moins longtemps. »

Jimmy poursuivit ses propres calculs. « Non, attendez. L'équipage à bord aurait l'impression d'un trajet durant plutôt six ou sept mois.

– Six ou sept mois ! s'exclama Emilio.

– Mince alors ! dit Jimmy en contemplant ses chiffres avec des yeux ronds. En moins d'un an, *grosso modo*, même à un seul g, en accélération constante, on pourrait presque atteindre la vitesse de la lumière. On arriverait peut-être à quatre-vingt-treize pour cent. Y a-t-il ici quelqu'un qui veut en remontrer à Einstein ? Je me demande si on ne finirait pas par se retrouver à court de roche... Il faudrait prévoir un astéroïde de quelle taille, à peu près ? » se demanda-t-il. Et de se replonger dans ses calculs.

« Attends une seconde. Je ne comprends pas vos histoires d'équipage en train de dormir, protesta Anne. Il ne faudrait pas avoir en permanence quelqu'un qui reste éveillé pour piloter ?

– Non... la navigation serait presque entièrement automatique, en tout cas jusqu'à ce qu'on arrive à proximité du système, lui expliqua George. Il suffit de se lancer dans la bonne direction...

– Et de prier », dit Emilio avec un rire qui frôlait l'hystérie.

Ils se turent, ayant épuisé le sujet pour le moment. « Et maintenant, qu'est-ce qu'on fait ? » demanda Jimmy. Il était près de huit heures et il commençait à se rendre compte qu'il s'était peut-être mis dans de mauvais draps en n'appelant pas d'abord Masao Yanoguchi.

Ce fut Emilio Sandoz, le visage grave, l'œil pétillant, qui lui répondit : « On commence à préparer la mission. »

Il y eut un silence, puis Anne éclata d'un rire incertain. « Emilio, quelquefois je suis incapable de savoir si tu galèjes ou non. Tu nous parles d'une mission ou d'une Mission ? Il est question de science ou de religion ?

– Oui, dit-il simplement, avec une espèce de sérieux hilare qui interdit aux autres de se ressaisir. Sofia, George, Jimmy. Tout à l'heure, je me livrais simplement à des spéculations – mais la possibilité existe vraiment, n'est-ce pas ? On pourrait équiper un astéroïde pour un voyage pareil ?

– Oui, confirma Sofia. Comme l'a dit M. Edwards, c'est une idée qui traîne un peu partout depuis un certain temps.

– Ça coûterait la peau des fesses, déclara George.

– Non, je ne pense pas, dit Sofia. Je connais des sondeurs en faillite qui ne seraient que trop contents de bazarder des carcasses vides dont on n'a pas pu tirer le parti escompté, avec les moteurs déjà installés. Ce ne serait pas donné, c'est sûr, mais ce ne serait pas non plus inabordable, pour un certain type de grande entreprise... » Sa voix s'éteignit tandis que, à l'instar des trois autres, elle dévisageait fixement Emilio. Pour une raison connue de lui seul, il trouvait ce qu'elle venait de dire absolument tordant.

Aucun d'eux n'aurait pu deviner ce à quoi il pensait, à quel point tout ceci lui rappelait la fameuse soirée au Soudan, quand il avait lu l'ordre du provincial l'expédiant à l'université John-Carroll. Où il avait fait la connaissance de Sofia. Et d'Anne et de George, qui avaient trouvé Jimmy. Lequel les avait tous réunis ici même, à ce moment précis. Il passa les doigts dans les cheveux noirs et raides qui lui retombaient dans les yeux et s'aperçut que les quatre autres le regardaient tous fixement. Ils pensent que j'ai complètement disjoncté, se dit-il.

« Je n'ai pas écouté très attentivement la première fois, dit-il après avoir repris le contrôle de lui-même. Redites-moi comment il faudrait faire. »

Pendant l'heure qui suivit, George, Jimmy et Sofia lui tracèrent les grandes lignes de leur idée : les sondeurs choisissaient des astéroïdes qui paraissaient exploitables et s'en assuraient la possession, ils les équipaient d'un système de survie; les moteurs décomposaient des silicates qui servaient de combustible, afin de pouvoir déplacer les astéroïdes jusqu'à des raffineries situées dans l'orbite terrestre ; on expédiait ensuite des charges de métaux raffinés pesant vingt tonnes vers des sites de récupération dans l'Océan, au large du Japon, exactement comme les anciennes capsules Gemini. Or, tout ce système pouvait être amplifié pour des voyages au long cours. Ayant reçu une formation de linguiste et de prêtre, Emilio eut beaucoup de mal à comprendre la physique einsteinienne qui prédisait que pour les gens restés sur la Terre le voyage durerait environ dix-sept ans, alors que l'équipage à bord de l'astéroïde circulant à une vitesse proche de celle de la lumière aurait l'impression d'un trajet durant à peu près six mois.

« Personne n'est fichu de comprendre ce concept, la première fois qu'on l'entend énoncer, lui assura George. Et la plupart de ceux qui se donnent la peine d'y penser se contentent d'accepter le fait qu'on arrive mathématiquement à ce résultat. Mais disons que tu t'en vas sur Alpha du Centaure et que tu en reviens immédiatement. Quand tu arriveras chez toi, les gens que tu y auras laissés auront trente-quatre ans de plus, mais toi tu n'auras vieilli que d'un an environ, parce que le temps ralentit quand on atteint une vitesse proche de celle de la lumière. »

Jimmy expliqua de quelle façon on pouvait calculer la trajectoire, ce qu'Emilio trouva encore moins intelligible. Après quoi, on passa au problème de l'atterrissage. Il y avait toutes sortes de détails à régler, reconnurent volontiers George, Jimmy et Sofia. Moyennant quoi, à leur avis, l'expédition était tout à fait possible.

Anne écouta aussi attentivement qu'Emilio, mais elle resta sceptique au point de rejeter le projet tout entier, en décrétant qu'il était idiot. « Bon, admettons, finit-elle par dire. Personnellement, j'ai du mal à comprendre comment les trains qui font le grand huit restent en l'air. Mais enfin, réfléchissez un peu, il y a au moins un demi-million de choses qui risquent de déconner : vous aurez consommé tout l'astéroïde avant d'arriver là-bas – si bien que vous vous trouverez à court de combustible ; si vous vous gourez dans la façon d'extraire le métal, l'astéroïde volera en éclats ; vous entrerez en collision avec Dieu sait quelle saloperie de merde interstellaire et vous serez réduits en poussière ; vous tomberez dans un des soleils ; vous vous écraserez sur le sol de la planète en essayant de vous poser ; si vous y arrivez sains et saufs, vous ne pourrez pas respirer ; vous ne trouverez rien à bouffer ; les Chanteurs vous mangeront ! Emilio, laisse tomber. Je ne blague pas.

– Je sais, répondit-il en riant. Moi non plus. »

Du regard, elle fit le tour de la pièce, en quête d'alliés, et n'en trouva pas l'ombre d'un. « Je ne suis quand même pas la seule à voir que c'est complètement loufdingue ?

– “ Dieu ne nous demande pas de réussir, il nous demande seulement d’essayer ” », dit doucement Emilio. Il se tenait assis, parfaitement immobile, dans le coin le plus éloigné du petit réduit, les coudes sur les genoux, les mains mollement jointes, levant vers elle deux yeux pétillants de gaieté.

« Oui, oui, c’est ça. Balance-moi donc Mère Teresa dans les gencives, rétorqua Anne qui commençait à se fâcher. Tout ça est idiot. Vous êtes complètement cinglés, les gars.

– Non, insista George. C’est très réalisable, en tout cas théoriquement.

– Anne, nous avons, à l’intérieur de cette pièce, la majeure partie du savoir-faire nécessaire pour réussir ce coup, ou en tout cas pour le tenter, dit Emilio. Jimmy, serais-tu capable de diriger un astéroïde de ce genre en utilisant les connaissances dont tu te sers pour localiser des cibles astronomiques ?

– Pas ce matin, mais je pourrais commencer à y travailler sans plus tarder, et le temps qu’on ait tout préparé pour l’expédition, je devrais être au point. Il existe d’excellents programmes astronomiques que l’on pourrait utiliser. Il ne suffit pas de viser l’endroit où se trouve Alpha du Centaure en ce moment. Il faut viser l’endroit où se trouvera tout le système d’ici le nombre d’années nécessaire au vaisseau pour y parvenir. Mais tout ça n’est rien d’autre que de la mécanique céleste. Il suffit de décider que l’on va faire les calculs nécessaires pour résoudre le problème. Et une fois arrivés dans le système stellaire, il faudrait dégotter la planète. C’est peut-être ça qui sera le plus difficile, à vrai dire. »

Emilio se tourna vers Sofia. « Si vous étiez libre de choisir, verriez-vous la moindre objection à travailler de nouveau pour la Compagnie de Jésus ? Par exemple en qualité d’entrepreneur chargé d’acquérir et d’organiser tous les éléments matériels nécessaires à une mission de cet ordre ? Vous avez des contacts dans l’industrie minière, n’est-ce pas ?

– Oui. Un tel projet serait très différent des analyses d’IA que je fais d’habitude, mais pas plus difficile. Je serais certainement capable de réunir tout le matériel, si l’on m’y autorisait.

– Même si la mission était, au fond, de nature religieuse ?

– Mon agent n’y verrait aucune objection. Il est évident que Jaubert a déjà travaillé avec les jésuites.

– Je ne suis pas habilité à parler au nom de mes supérieurs, répondit Emilio dont les yeux sombres étaient désormais opaques, mais j’ai l’intention de leur proposer de racheter le contrat qui vous lie à Jaubert, de l'abroger et de travailler directement avec vous, en tant que conseillère indépendante. Ce serait à vous de choisir, pas à votre agent.

– À moi de choisir. » Cela faisait tant d'années qu'elle n'avait plus de choix. « Il n'y a aucune objection. Enfin, moi, je n'en ai pas.

– Parfait. George, à quel point le système de survie utilisé pour l'exploitation minière des astéroïdes est-il différent du système sous-marin que tu connais ? »

George ne répondit pas tout de suite. Tout le savoir technologique qu'il avait acquis, se disait-il, tous les kilomètres qu'il avait parcourus au pas de course, tout, sa vie entière n'avait été qu'un long apprentissage menant à ce projet. Il regarda Sandoz et dit d'une voix ferme : « Ils sont pareils. Seulement, au lieu d'extraire l'oxygène de l'eau, celui des astéroïdes l'extrait de la roche. L'oxygène est un sous-produit de l'exploitation minière et de la production de combustible pour les moteurs. Et, comme l'a dit Jimmy, le temps que tout soit prêt pour se mettre en route, je pourrais être dans la course.

– Non, écoutez, arrêtons-nous là, lança Anne carrément en regardant Emilio droit dans les yeux. La plaisanterie a suffisamment duré comme ça. Tu ne songes quand même pas sérieusement à mêler George à cette affaire ?

– Je songe très sérieusement à y mêler toutes les personnes ici présentes. Toi comprise. Tu possèdes des connaissances anthropologiques qui nous seront d'une utilité inestimable lorsque nous entrerons en contact...

– Tu es ravagé ! glapit Anne.

– ... et en plus, tu es médecin, et tu cuisines à merveille, continua-t-il en riant, sans même écouter sa protestation, ce qui constitue une palette de talents idéale, parce que nous n'aurions jamais les moyens d'emmener un docteur qui ne pourrait être utile que si quelqu'un se cassait la jambe.

– Mais c'est *Peter Pan.* Vous voilà tous prêts à mettre le cap sur le Pays imaginaire, et c'est moi qui joue Wendy. C'est chouette, les mecs ! Je ne sais pas pourquoi je pense irrésistiblement à un geste obscène, aboya Anne. Emilio, tu es le prêtre le plus sensé, le plus raisonnable que j'aie jamais rencontré. Et tout à coup, voilà que tu me dis qu'à ton avis Dieu veut nous voir partir sur cette planète. Nous et personne d'autre. Les cinq pékins ici présents. J'ai bien compris ?

– Oui. C'est en effet ce que je crois, je le crains, dit-il en faisant la grimace. Je suis désolé. »

Elle le dévisagea, paralysée par l'exaspération : « Tu es fou à lier.

– Écoute, Anne. Tu as peut-être raison. C'est un projet complètement dément. » Il quitta son coin pour s'approcher de la table sur laquelle elle s'était perchée, derrière l'ordinateur de Jimmy, lui prit les mains et plia un genou, non pas dans l'attitude de la prière, mais avec une espèce de curieuse espièglerie. « Mais voyons, Anne ! Nous vivons un moment extraordinaire, tu ne trouves pas ? Accepte, pendant ce moment extraordinaire, l'idée que nous sommes tous ici dans cette pièce, à l'heure qu'il est, pour une bonne raison. Non, laisse-moi finir ! George se trompe. La vie sur terre est invraisemblable, insista-t-il. Notre propre existence, en tant qu'espèce et en tant qu'individus, est improbable. Le fait que nous nous connaissions paraît dû entièrement au hasard. Et pourtant, nous voici tous les cinq. Et maintenant, nous avons la preuve qu'une autre espèce consciente existe non loin de nous et que ses membres chantent. Ils chantent, Anne. » Elle sentit les mains d'Emilio presser les siennes. « Nous devons absolument apprendre à les connaître. Il n'y a pas d'autre solution. Il faut les connaître. Tu l'as dit toi-même, Anne ! Songe donc à l'aspect théologique de la chose. »

Elle n'avait rien à répondre. Elle ne sut que le dévisager, puis dévisager les autres, un par un. Sofia, qui était un puits de science, d'une intelligence supérieure, et qui paraissait penser qu'il n'y avait aucune difficulté économique ou technique insurmontable empêchant de mettre sur pied une telle mission. Jimmy, qui était déjà occupé à résoudre les problèmes astronomiques. George, à qui elle avait donné son amour, sa confiance et sa foi, et qui estimait qu'ils devaient faire partie de l'expédition. Emilio, qui lui parlait de Dieu.

« Anne, ne devons-nous pas au moins essayer ? » supplia Emilio. Elle avait l'impression qu'il n'avait pas plus de dix-sept ans, qu'elle avait en face d'elle un adolescent cherchant à convaincre maman qu'il ne risquait rien en traversant le pays à moto. Mais il n'avait pas dix-sept ans et elle n'était pas sa mère. Il était prêtre, il approchait de la quarantaine, et il était animé par un souffle qu'elle parvenait à peine à imaginer.

« Laisse-moi donc soumettre cette idée à mes supérieurs », dit-il d'une voix raisonnable. Il se releva, mais garda les mains d'Anne dans les siennes. « Il y a des centaines, et même des milliers de rapports sous lesquels elle peut se révéler impossible. Je suis tout prêt à laisser Dieu en décider. Ou disons plutôt le sort, si cela te donne l'impression d'être plus rationnelle. »

Elle ne répondait toujours pas, mais il vit bien que son regard avait changé. Ce n'était pas une capitulation, mais il voyait se former une espèce d'assentiment inquiet, donné à contrecœur. Peut-être consentait-elle à suspendre son jugement.

« Il y aura bien quelqu'un qui ira, un jour, lui assura-t-il. Ils sont trop près pour qu'on n'y aille pas. Leur musique est trop belle. »

Il y avait, chez Anne Edwards, une partie de son être qui était transportée par la découverte, qui était fière d'assister de si près à un événement historique. Et plus loin, dans des profondeurs qu'elle sondait rarement, il y avait une partie d'elle qui voulait croire, comme Emilio paraissait le croire, que Dieu était dans l'univers et qu'il donnait un sens à toutes choses.

Une fois, il y avait bien longtemps, elle s'était laissée aller à réfléchir sérieusement à ce que feraient les hommes, directement confrontés à un signe de la présence de Dieu dans leur existence. La Bible, dépositaire de la sagesse occidentale, était instructive tant sur le plan du mythe que sur celui de l'Histoire, avait-elle décidé. Dieu s'était manifesté sur le mont Sinaï, et quelques semaines plus tard les gens dansaient devant le veau d'or. Dieu était entré dans Jérusalem, et quelques jours plus tard des habitants de la ville l'avaient cloué sur la croix, avant de retourner vaquer à leurs affaires. Face au divin, les hommes se réfugiaient dans le banal, comme s'ils répondaient à une des questions d'un test cosmique : « Si vous aperceviez un buisson ardent, que feriez-vous : (a) vous appelleriez police-secours ; (b) vous iriez chercher les brochettes ; ou (c) vous reconnaîtriez Dieu ? Le nombre des gens susceptibles de reconnaître Dieu devenait progressivement si petit qu'il risquait fort de disparaître, s'était dit Anne bien des années auparavant, et d'ailleurs, la plupart des gens en question avaient tout simplement oublié de prendre leur dose de tranquillisants.

Elle retira ses mains glacées des mains chaudes d'Emilio, et croisa les bras sur sa poitrine. « J'ai besoin d'un café », marmonna-t-elle en quittant la pièce.

12

La Terre : 3-4 août 2019

À neuf heures treize du matin, le dimanche 3 août 2019, le gardien du radiotélescope d'Arecibo fit signer le registre de sortie aux visiteurs de Jimmy Quinn. Quittant son bureau quelques minutes pour se dégourdir un peu les jambes, il s'avança jusqu'à la porte d'entrée et de la main rendit leurs saluts à George et à ses passagers. Masao Yanoguchi arriva à l'observatoire une demi-heure plus tard. Tandis qu'il signait le registre d'entrée, le gardien remarqua : « Vous avez dû croiser George en venant. » Yanoguchi opina aimablement, mais il se dirigea tout droit vers le bureau de Jimmy Quinn.

Dès dix heures, au moment où George Edwards quittait le parking de l'immeuble qu'habitait Sofia Mendes à Porto Rico, le Dr Hideo Kikuchi dut interrompre la partie de golf qu'il disputait juste à côté de Barstow, en Californie, pour répondre à l'appel de Masao Yanoguchi. Moins de quarante-cinq minutes plus tard, le personnel de l'observatoire de Goldstone était réuni et la découverte d'Arecibo était confirmée. Plusieurs membres de l'équipe de Goldstone envisagèrent de se faire hara-kiri. Le patron de cette équipe, qui aurait dû remarquer la découverte avant Jimmy, démissionna aussitôt et, même s'il n'alla pas tout à fait jusqu'à se suicider, la gueule de bois dont il souffrait le lendemain matin faillit bien lui être fatale.

À dix heures vingt ce dimanche matin, Sofia Mendes avait préparé toute une cafetière de café turc, tiré devant la fenêtre de son petit studio les vilains rideaux bon marché, afin d'éliminer toute distraction, et s'était mise à coder le système d'IA qui permettrait d'automatiser l'utilisation sur demande du radiotélescope d'Arecibo. Elle chassa de son esprit les élucubrations du Dr Sandoz. *Arbeit macht frei*, se dit-elle sévèrement. Tôt ou tard, son travail lui permettrait d'acheter sa liberté. Donc, elle travaillait, afin que ce fût tôt.

Emilio Sandoz, de retour à La Perla dès onze heures trois, appela D.W. Yarbrough à La Nouvelle-Orléans et lui parla assez longuement. Après quoi, il sprinta jusqu'à la chapelle qui faisait aussi office de centre social, où il enfila à la diable ses modestes vêtements sacerdotaux, et, à onze heures trente-cinq, il célébra la messe devant sa petite congrégation. Son homélie porta sur la nature de la foi. Anne Edwards brillait par son absence.

À dix-sept heures cinquante-trois, heure de Rome, une transmission vidéo de D.W. Yarbrough, provincial de La Nouvelle-Orléans, vint interrompre la sieste tardive de Tomás da Silva, trente et unième général de la Compagnie de Jésus. Le général ne regagna pas sa chambre à coucher, et il ne parut pas non plus pour son repas du soir. À vingt et une heures, le frère Salvador Rivera débarrassa les plats auxquels il n'avait pas touché, en ronchonnant amèrement devant un tel gâchis.

L'ambassadeur du Japon aux États-Unis quitta Washington à bord d'un avion privé à onze heures quarante-cinq, heure locale, et il arriva à San Juan trois heures et demie plus tard. Pendant son trajet, la nouvelle de la découverte vola d'ordinateur en ordinateur, à travers le monde de l'astronomie. Presque tous les radioastronomes abandonnèrent leur occupation du moment pour braquer leur télescope vers Alpha du Centaure, exception faite pour les rares personnes qui travaillaient sur l'origine de l'univers et que les planètes, habitées ou non, n'intéressaient guère.

En attendant que la presse mondiale convergeât vers Arecibo, un archiviste de l'IESA fit poser le personnel de l'observatoire avec divers dignitaires, à mesure que ces derniers se rassemblaient sur place, désireux de faire profiter l'événement de leur présence. Jimmy Quinn, quelque peu dépassé par tout ce qui arrivait, resta néanmoins capable d'apprécier l'humour de la situation, lorsqu'il se retrouva une fois de plus relégué en plein milieu du dernier rang. Il possédait une importante collection de photographies de groupe mais, ayant toujours été le plus grand de sa classe depuis la maternelle, il n'y en avait pas une seule dans laquelle il n'apparût point au beau milieu du dernier rang. Une fois que les clichés eurent été pris, Jimmy demanda la permission d'appeler sa mère. Mieux vaut tard que jamais.

La conférence de presse se déroula en direct et en mondovision, à vingt et une heures trente, heure de Greenwich. À Boston, Massachusetts, Mme Eileen Quinn, récemment divorcée, la regarda toute seule. Elle pleura, elle rit, elle se félicita, elle regretta que personne n'eût songé à dire à Jimmy de se faire couper les cheveux, ou tout au moins de les peigner. Et cette chemise ! se dit-elle, consternée comme toujours par les goûts vestimentaires de son fils. Dès que la conférence eut pris fin, elle appela tous les gens qu'elle connaissait, sauf Kevin Quinn, ce salaud.

Dès dix-sept heures cinquante-six, avant même que la conférence de presse, à Arecibo, n'eût pris fin, deux jeunes garçons de quinze ans particulièrement entreprenants parvinrent à s'introduire en fraude dans le système informatique personnel de Jimmy Quinn, chez lui, par le biais de son accès au réseau public, et ils piratèrent le code nécessaire pour reproduire la musique de façon électronique. Le système d'Arecibo était inviolable, mais il n'était même pas venu à l'idée de Jimmy, honnête de nature, de verrouiller sérieusement le sien. Plusieurs semaines devaient s'écouler avant qu'il ne comprît que son incapacité à imaginer qu'on pourrait le voler avait contribué à enrichir considérablement un groupement de presse opérant en toute illégalité hors des eaux territoriales, lequel avait acheté le code aux deux gamins.

Lorsque la conférence se termina, il était huit heures trente à Tokyo, le lundi. Presque aussitôt, l'IESA fut inondé d'offres pour la reproduction et la commercialisation de la musique extraterrestre. Le directeur de l'Institut de l'espace et de la science aéronautique en déféra au secrétaire général des Nations unies, faisant remarquer qu'il existait un très ancien accord selon lequel toute transmission reçue grâce au programme de la SETI appartenait à l'humanité entière.

En entendant cette information à la radio pendant qu'elle préparait le dîner en compagnie de George, Anne Edwards fut écœurée. « C'est nous qui l'avons payé, ce foutu programme. C'est nous qui avons fourni la majeure partie des fonds. L'idée de la SETI est américaine de A à Z. Si quelqu'un doit se remplir les poches avec cette affaire, ce devrait être les USA, et non pas les Nations unies, et encore moins le Japon. »

George émit un grognement moqueur. « Ouais, eh bien, on a à peu près autant de chances de palper quelque chose que Carl

Sagan, et ça fait des années qu'il est mort. Évidemment, ajouta-t-il d'un ton légèrement enjôleur, c'est bien pour ça que ce serait formidable si nous...

– Ne commence pas à me casser les pieds, George.

– Dégonflée. »

Très lentement, Anne se détourna de l'évier pour dévisager sans ciller celui qui était son mari tendrement aimé depuis plus de quarante ans. S'étant essuyé les mains avec un torchon, elle le replia soigneusement et le posa sur le plan de travail. « Bouffe de la merde, lui dit-elle avec un charmant sourire, et crève. » George éclata de rire, ce qui ne fit qu'achever de l'irriter. « Voyons, George, arrête de déconner ! Tu voudrais quitter tous les gens que tu connais et que tu aimes...

– C'est ça, air connu. Et même si nous revenions vivants, tous nos amis seraient morts ! reconnut-il d'un ton agressif. Et alors ? De toute façon, ils vont mourir. Tu préfères rester ici à les regarder disparaître ? » Anne cligna des yeux. « Écoute. Quand tes arrière-grands-parents européens se sont embarqués pour venir en Amérique, ils auraient tout aussi bien pu partir pour une autre planète. Eux aussi, ils ont tout laissé derrière eux ! Et de toute façon, Anne, on quitterait qui, nous deux ? Nos parents sont morts. On n'a pas de gosses. On n'a même pas de chat, bordel !

– Moi, je t'ai, et toi, tu m'as..., commença Anne, quelque peu sur la défensive.

– Je ne te le fais pas dire. Et c'est bien pour ça que ce serait génial.

– Oh, bon Dieu ! Arrête, je t'en prie. D'accord ? Arrête. » Elle se retourna vers l'évier. « De toute façon, ce n'est pas à deux vieux croulants de notre espèce qu'on va proposer une aventure pareille.

– On parie ? demanda George, et elle devina rien qu'à l'entendre qu'il arborait un sourire content de lui. Figure-toi que les prêtres qui partiront ne seront pas des gamins. Et puis, soixante ans, ce n'est plus ce que c'était.

– Nom de Dieu de merde, George ! J'en ai vraiment assez, cette fois-ci ! rugit Anne, furieuse, en faisant volte-face. Et je te préviens que si tu me dis que je suis belle quand je suis en colère, je t'étripe », gronda-t-elle en brandissant une fourchette à dessert. Il s'esclaffa et elle se calma aussitôt. « Bon, très bien. Savoure ton fantasme. Amuse-toi bien. Mais écoute, George, continua-t-elle, le regard grave, si par hasard on nous faisait une offre, en ce qui me concerne la réponse est non. Et ce n'est pas la peine d'y revenir. »

Ce soir-là, le dîner fut inhabituellement silencieux chez les Edwards.

À la fin de ce long dimanche, Jimmy fut convoqué dans le bureau de Masao Yanoguchi, qui, ayant pris bonne note de ses vêtements ridiculement froissés et de ses yeux ourlés de rouge, estima que le jeune homme n'avait pas dormi depuis près de trente-six heures. De la main, il lui indiqua un siège, et il regarda ce squelette d'une longueur comique se replier sur lui-même pour prendre la position assise. Le registre du gardien était ouvert sur la table du Japonais

« Monsieur Quinn, je connais les noms de Mlle Mendes et de M. Edwards. J'imagine que le Dr Edwards est l'épouse de M. Edwards. Mais qui est E.J. Sandoz, s'il vous plaît ?

– C'est un ami, monsieur, un prêtre. Ils sont tous de bons amis à moi. Je suis désolé. J'aurais dû vous appeler en premier, mais il était quatre heures du matin et je n'étais pas vraiment certain à cent pour cent... »

Yanoguchi laissa son silence emplir la pièce. Jimmy se mit à faire tournicoter sa montre autour de son poignet, imitant inconsciemment le geste de Sofia plusieurs heures auparavant. Il garda les yeux baissés pendant quelques instants, puis il les leva vers Yanoguchi, mais ce fut pour les détourner presque aussitôt. « J'avais peur de m'être trompé et je voulais faire écouter le signal à quelqu'un d'autre... » Il s'interrompit, et cette fois, quand il releva les yeux, il ne les détourna pas. « Non, ce n'est pas vrai. Je savais. J'étais certain. Je voulais simplement partager d'abord ma découverte avec mes amis. Pour moi, ils sont comme une famille, Dr Yanoguchi. Je sais bien que cela ne justifie pas une bévue pareille. Je vous présente ma démission, monsieur. Je vous prie de m'excuser.

– J'accepte vos excuses, monsieur Quinn. » Le Japonais ferma le registre du gardien et prit sur son bureau une petite feuille de papier. « Mlle Mendes a laissé ce mémo à mon intention. Elle recommande que le programme d'IA soit limité aux opérations de demande et d'envoi. Je crois qu'elle a raison. L'IESA pourra le mettre en application de façon particulièrement économique, grâce à votre idée d'en faire une espèce de gageure. » Yanoguchi mit la feuille de côté. « J'aimerais que vous continuiez à coopérer avec elle, bien que nous n'ayons plus besoin de vos services tels qu'ils étaient définis jusqu'à présent. » Il regarda Quinn maîtriser sa réaction, puis, satisfait de son autodiscipline, il poursuivit : « À partir de demain matin, vous serez chargé à plein temps de surveiller la source de la transmission. Vous aurez cinq personnes sous vos ordres. Il faudra rester en contact vingt-quatre heures sur vingt-quatre, par équipes de deux. J'aimerais en outre que vous coordonniez vos efforts avec ceux de vos homologues à Barstow et dans d'autres observatoires. »

Il se leva et Jimmy en fit autant. « Félicitations, monsieur Quinn, pour cette découverte historique. » Masao Yanoguchi, les bras le long du corps, inclina brièvement le buste ; par la suite, Jimmy devait se rendre compte qu'il avait été plus surpris par ce geste que par tout ce qui s'était passé ce jour-là. « Permettez-moi de vous raccompagner chez vous, proposa Yanoguchi. Il ne serait pas prudent que vous preniez le volant. Je demanderai à mon chauffeur de passer vous prendre demain matin. Vous n'avez qu'à laisser votre voiture ici pour la nuit. »

Jimmy était trop abasourdi pour répondre. Masao Yanoguchi eut un petit rire et l'entraîna jusqu'au parking.

Cette nuit-là, pour la deuxième fois de suite, Emilio Sandoz eut le plus grand mal à s'endormir.

Il occupait son logement gratis, parce que l'édifice qui l'hébergeait était situé trop près de l'océan et de ses empiétements ; personne d'autre n'osait s'y aventurer et le propriétaire avait fini par renoncer à le louer. Ce soir, seul comme toujours dans sa petite chambre, Emilio contempla fixement le plafond fissuré, que le clair de lune reflété dans la mer illuminait superbement, et il écouta le bruit hypnotique des vagues toutes proches. Il savait que le sommeil ne viendrait pas aisément, et il ne ferma pas les yeux pour l'encourager.

Il s'était préparé, dans une certaine mesure, à connaître des nuits telles que celle qu'il avait passée la veille. « Ce ne sont pas les gens qui manquent dans notre bon vieux monde, lui avait dit une fois D.W. Yarbrough, pour le mettre en garde. Il y aura forcément un jour un lieu où ça fera tilt avec un ou deux de tes semblables. Ça ne fait pas un pli, fiston. » Donc, avant même d'avoir rencontré Sofia Mendes, il avait compris qu'il lui faudrait compter avec quelqu'un comme elle. Il ne niait plus désormais le tumulte qu'elle faisait naître en lui ; il reconnaissait, tout simplement, qu'il lui faudrait du temps pour mettre sa réaction naturelle en accord avec ses vœux.

Des vœux qu'il n'avait jamais vraiment révoqués en doute. Il les acceptait en tant que partie essentielle de son apostolat – car ils permettaient d'être toujours disponible afin d'œuvrer pour le bien des âmes – et, le moment venu, il s'était engagé de tout son cœur. Mais à quinze ans, quand tout avait commencé ? Il aurait ri à se rendre malade, à l'idée de devenir prêtre. Oh, bien sûr, D.W. avait fait retirer les plaintes déposées contre lui et lui avait fait quitter l'île sans attendre que quelqu'un d'autre lui eût tiré dessus, et il lui en avait été reconnaissant à sa façon, même s'il n'avait guère su l'exprimer ; mais, au début, il avait simplement eu l'intention de se faire oublier jusqu'à ses dix-huit ans, jusqu'à l'âge où il pourrait n'en faire qu'à sa tête. Partir pour New York. Devenir joueur de base-ball professionnel. Boxeur, peut-être. Poids mouche. Poids welter, s'il devenait un peu plus épais. Ou se remettre à vendre, s'il le fallait.

Les premiers mois passés au collège de jésuites avaient été durs à encaisser. Il était aussi loin derrière les autres élèves sur le plan scolaire qu'il pouvait être en avance sur eux en matière d'expérience vécue. Rares étaient les camarades qui lui adressaient la parole, sinon pour lui balancer des vannes, et il ne se gênait pas pour leur rendre la pareille. D.W. lui avait fait promettre une chose : ne jamais frapper personne. « Apprends donc à maîtriser tes mains, *'mano*. Finie, la bagarre. Ressaisis-toi, fiston. »

Pas un membre de sa famille ne lui avait écrit ou téléphoné, et encore moins rendu visite. Son frère avait réussi à s'en tirer sans condamnation, lui avait révélé D.W. vers la fin du premier semestre, mais il continuait à dire que tout était de la faute d'Emilio. Bon, eh bien qu'il aille se faire foutre, qu'est-ce que j'en ai à branler ? s'était dit ce dernier avec fureur, en jurant que jamais plus il ne pleurerait. Ce soir-là il avait fait le mur, trouvé une pute, et il s'était défoncé. Il était revenu plein de défi. Si l'on s'était aperçu de son absence, personne ne le lui avait jamais dit.

Sa deuxième année de collège était aux trois quarts écoulée, quand la situation avait pris un tour différent. L'ordre paisible qui régnait dans l'établissement avait commencé à le séduire. Pas d'hystérie, pas de terreur soudaine, pas de coups de feu ni de hurlements dans la nuit. Pas de raclées. Chaque journée bien remplie, sans surprise. Presque malgré lui, il était fort en latin. Il avait même eu un prix. Un prix d'« excellence ». Le mot lui plaisait. Il le tournait et le retournait dans son esprit.

Il avait mieux réussi la troisième année, qu'il avait pourtant passée presque entièrement à se chamailler avec les prêtres. Une si grande partie de ce qu'il savait concernant la religion lui faisait l'effet d'un ramassis de conneries ; il avait été désarmé lorsque les pères avaient volontiers reconnu que certaines de ces histoires n'étaient en réalité que de pieuses inventions. Mais, ayant évalué son caractère, ils l'avaient mis au défi d'aller au-delà de ce qu'il appelait justement des conneries, afin de trouver derrière le noyau de vérité, soigneusement préservé et offert au tout-venant à travers les siècles.

À mesure que les mois passaient, il lui semblait que quelque chose avait commencé à se desserrer dans sa poitrine, qu'une force qui lui avait broyé le cœur d'une main de fer relâchait peu à peu son étreinte. Et puis une nuit, au cours d'un rêve, lui était venue l'image d'une rose dépliant l'un après l'autre ses pétales, et il s'était réveillé bouleversé, le visage trempé de larmes versées dans son sommeil.

Il n'avait parlé à personne de ce rêve, il avait fait de son mieux pour l'oublier lui-même. Mais lorsqu'il avait eu dix-sept ans, il avait commencé son noviciat.

Cela en avait surpris plus d'un, mais comme l'avait fait remarquer D.W. Yarbrough, Emilio avait pas mal de choses en commun avec le soldat basque qui avait fondé la Compagnie de Jésus au XVIe siècle. Tout comme Ignace de Loyola, Emilio Sandoz avait connu la brutalité, la mort, la peur qui pue, et lorsque les journées de silence de la Longue Retraite s'étaient écoulées, il avait eu un passé digne de ce nom à reconsidérer afin de s'en détourner.

Certaines réalités qui écartaient d'autres jeunes gens du chemin de la prêtrise lui mettaient du baume au cœur. L'*ordo regularis*, les cadences liturgiques, le calme et le sentiment d'un devoir à accomplir. Et jusqu'à la chasteté. Car quand il jetait un regard en arrière sur sa jeunesse chaotique, Emilio n'avait aucune expérience du sexe qui ne fût liée au pouvoir, à l'orgueil ou à un désir entièrement dénué d'affection. Il était aisé de croire qu'une vie de chasteté était un charisme – une espèce de grâce particulière. Et c'était ainsi que tout s'était enchaîné : après le noviciat, les études de lettres classiques et de sciences humaines, puis de philosophie. La régence, au cours de laquelle on envoyait le scolastique enseigner dans un des collèges de la Compagnie. Ensuite, plusieurs années de théologie avec au bout, enfin, l'ordination, et de là un nouveau parcours : le Troisième An et les vœux irrévocables. Sur dix garçons qui entamaient la formation de jésuite, il y en avait peut-être trois qui allaient jusqu'au bout. Emilio Sandoz, à la stupéfaction d'un grand nombre de ceux qui l'avaient connu enfant, avait été un de ces trois-là.

Et pourtant, pendant toutes ces années de préparation, la prière qui avait résonné le plus fort dans son âme avait été le cri : « Seigneur, je crois. Aidez-moi dans mon incroyance. »

Il trouvait la vie de Jésus profondément émouvante; les miracles, en revanche, lui apparaissaient comme une barrière dressée devant la foi, et il avait tendance à se les expliquer en termes rationnels. C'était « comme si » il n'y avait eu que sept pains et sept poissons. Le miracle, c'était peut-être que les gens eussent partagé ce qu'ils avaient avec des inconnus, pensait-il dans l'obscurité.

Il avait conscience de son agnosticisme et s'en accommodait avec patience. Plutôt que de nier l'existence de quelque chose qu'il était lui-même incapable de percevoir, il reconnaissait l'authenticité de son incertitude et poursuivait sa route, en priant face à ses doutes. Après tout, Ignace de Loyola, un soldat qui avait tué, couru la gueuse et traîné son âme dans la boue, disait que cela valait la peine de prier si l'on pouvait ensuite tout simplement agir de façon plus vertueuse, penser de façon plus claire. Pour reprendre le vert parler de D.W. Yarbrough : « Fiston, il y a des fois où il suffit simplement de se comporter un peu moins comme une tête de nœud. » Et selon ce critère, dont la bonté compensait l'inélégance, Emilio pouvait se prendre pour un homme de Dieu.

Ainsi, tout en espérant trouver un jour la voie d'un endroit dans son âme qui lui restait pour le moment fermé, il se contentait d'être où il était. Jamais il ne demandait à Dieu de prouver son existence au petit Emilio Sandoz uniquement parce que désormais il se comportait un peu moins comme une tête de nœud. À vrai dire, il ne demandait jamais rien. Ce qui lui avait déjà été donné suffisait amplement à exciter sa gratitude, que Dieu fût là ou non pour recevoir ses remerciements ou pour s'en soucier.

Allongé dans son lit, par cette chaude nuit du mois d'août, il ne sentait aucune Présence avec un grand P. Il n'entendait aucune Voix. Il se sentait aussi seul que d'habitude au milieu du cosmos. Mais il avait de plus en plus de mal à éviter de se dire que si jamais quelqu'un avait eu envie d'un signe de Dieu, Emilio Sandoz en avait reçu un en pleine poire ce matin, à l'observatoire d'Arecibo.

Après quoi, il s'endormit. À un moment donné, juste avant l'aube, il fit un rêve. Il était assis dans le noir, dans un endroit exigu. Il était tout seul et il n'y avait pas un bruit, si bien qu'il pouvait s'entendre respirer, entendre le sang lui bourdonner aux oreilles. Puis une porte dont il n'avait pas soupçonné l'existence commençait à s'ouvrir ; et, de l'autre côté, il apercevait une lueur fulgurante.

Ce rêve devait d'abord le soutenir, puis le hanter pendant de nombreuses années à venir.

13

La Terre : août-septembre 2019

Anne Edwards venait d'en terminer avec ses rendez-vous du matin, lorsqu'elle remarqua Emilio qui rôdait près de la porte ouverte du dispensaire. Elle s'arrêta net, mais presque aussitôt elle se remit en marche et quitta son bureau pour gagner la minuscule salle d'accueil.

« Tu es fâchée contre moi ? demanda-t-il doucement, sans entrer.

– Je suis fâchée contre quelqu'un, reconnut-elle d'un ton acerbe, en s'essuyant les mains et en s'avançant sur le seuil. Je ne sais pas exactement qui.

– Contre Dieu, peut-être ?

– Je t'aimais mieux quand tu ne mêlais pas Dieu à chacune de nos foutues conversations, marmonna-t-elle. Tu veux déjeuner ? Je monte à la maison pour une demi-heure. J'ai un reste de pâtes. »

Il haussa les épaules, opina et s'écarta pour la laisser fermer à clef. Puis ils gravirent les quatre-vingts marches jusque chez les Edwards ; Anne ne rompit le silence que pour répondre aux saluts des gens qu'ils croisaient. Une fois à l'intérieur, ils passèrent dans la cuisine où Emilio se percha sur le tabouret dans le coin, sans quitter Anne des yeux, tandis qu'elle s'activait pour leur préparer un déjeuner léger.

« En se fondant sur leur comportement, il est souvent bien difficile de savoir si les gens croient en Dieu ou non, fit-il remarquer sur le ton de la conversation. Tu y crois, toi ? »

Elle mit en route le micro-ondes vétuste, puis elle se tourna vers lui, s'accoudant au comptoir et le regardant dans les yeux pour la première fois depuis qu'elle l'avait aperçu à la porte du dispensaire. « Je crois en Dieu comme je crois aux quarks, dit-elle froidement. Des gens qui sont censés s'y connaître en matière de physique quantique ou de religion m'assurent qu'ils ont de bonnes raisons de croire que les quarks et Dieu existent. Et ils me disent que si je voulais consacrer ma vie à apprendre ce qu'ils ont appris, je trouverais les quarks et Dieu, exactement comme eux les ont trouvés.

– Et tu crois qu'ils disent la vérité.

– En ce qui me concerne, c'est une musique comme une autre », dit-elle en haussant les épaules et en se détournant pour sortir les assiettes du four et passer à table. Il sauta légèrement à bas de son tabouret et la suivit dans la salle à manger. Ils s'assirent et se mirent à manger, tandis que les bruits du quartier, portés par la brise, leur arrivaient par les fenêtres ouvertes.

« Et pourtant, dit Emilio, ton comportement est celui de quelqu'un de bon et de moral. »

Il attendait une explosion et il ne fut pas déçu. La fourchette qu'Anne venait de jeter tinta violemment contre son assiette et elle se carra contre le dossier de sa chaise. « Tu veux que je te dise quelque chose ? Je ne supporte pas l'idée que c'est uniquement parce qu'on est religieux qu'on se montre bon et vertueux. Je fais ce que je fais, dit-elle en scandant chaque mot, sans espoir de récompense, sans peur d'un châtiment. Je n'ai nul besoin d'être soudoyée par le ciel ou terrorisée par l'enfer pour me conduire correctement, je te remercie bien. »

Il la laissa se calmer suffisamment pour reprendre sa fourchette et se remettre à manger. « Tu es une femme d'honneur, observa-t-il, en inclinant la tête avec respect.

– Franche comme l'or, marmonna-t-elle la bouche pleine, en foudroyant son assiette du regard et en empalant un rigatoni au bout de sa fourchette.

– Nous avons davantage de choses en commun que tu ne pourrais le supposer », dit-il gentiment, mais lorsqu'elle releva la tête, il s'abstint de rien préciser. Tandis qu'elle s'efforçait de déglutir, il écarta son assiette et prit le taureau par les cornes. « Au cours de ces dernières semaines, un énorme travail a été accompli. Nos physiciens ont confirmé qu'il doit être possible d'utiliser comme moyen de transport un astéroïde aménagé, et que l'on peut, effectivement, atteindre Alpha du Centaure en moins de dix-huit ans. On me dit que si Jupiter et Saturne avaient été assez volumineux pour produire une fusion soutenue, notre système solaire aurait fort bien pu ressembler aux trois soleils d'Alpha du Centaure. On pense donc qu'il faudrait arriver au-dessus du plan où se situe le système en question et rechercher des planètes solides, dans la même orbite relative que la Terre ou Mars dans notre système solaire à nous, entre le Soleil et les géants gazeux. » Elle émit un grognement : ouais, ça paraît raisonnable. Observant soigneusement ses réactions, il continua : « George a déjà proposé un traitement d'images, qui nous aiderait à identifier le mouvement planétaire et qu'il serait en mesure de coordonner par contrôle radio une fois que nous aurions atteint le système. »

Il attendait de la surprise, de la colère. Il vit de la résignation. L'idée lui vint tout à coup que George allait peut-être quitter Anne et qu'elle était disposée à en prendre son parti. Cette possibilité lui fit froid dans le dos. Outre leurs vastes qualifications professionnelles, Anne et George Edwards possédaient une somme considérable de sagesse et, à eux deux, plus de cent vingt années d'expérience du monde, alliées à une grande résistance physique et à une indéniable stabilité émotionnelle. Jamais il n'avait pensé un instant qu'ils pourraient ne pas venir tous les deux.

Depuis qu'il avait proposé cette mission, il avait été confondu par la vitesse à laquelle tout s'était mis en branle. Ce qui avait commencé au milieu des éclats de rire, ce qui ressemblait presque à une blague, faisait à présent boule de neige, transformait des vies. Déjà, le temps et l'argent qu'on y consacrait atteignaient des proportions qui le laissaient abasourdi. Et si la précipitation des événements l'effrayait, la précision avec laquelle tous les morceaux du puzzle venaient s'encastrer chacun à sa place était plus terrifiante encore. Il n'en dormait plus, incapable de décider ce qui était le plus difficile à supporter : l'idée que c'était lui qui avait tout déclenché, ou la possibilité que ce fût Dieu. Le seul moyen qu'il avait de se rassurer, au cours de ses cogitations nocturnes, c'était de se dire que les intellects chargés de prendre les décisions étaient plus sages que le sien. S'il ne pouvait placer sa foi directement en Dieu, qui restait inscrutable, du moins pouvait-il la mettre dans la structure de la Compagnie de Jésus et dans ses supérieurs, notamment D.W. Yarbrough et le général da Silva.

À présent, il se sentait encore une fois ébranlé par le doute.

Que se passerait-il si cette entreprise, sans être davantage qu'une grossière erreur, détruisait le mariage des Edwards ? Et tandis que cette pensée lui traversait l'esprit comme un éclair, il eut avec la même fulgurance un nouvel aperçu de la sérénité qui s'emparait parfois de lui, ces temps derniers. Si la mission était vouée à s'accomplir, les Edwards devraient en faire partie, il en était sûr. Donc, lorsqu'il reprit la parole, Anne n'entendit que la voix du calme et de la raison.

« La Compagnie ne permettrait jamais une mission-suicide, Anne. Si le voyage ne pouvait pas être entrepris à l'heure qu'il est avec une chance valable de réussite, on nous demanderait tout simplement d'attendre jusqu'à ce qu'il paraisse raisonnable de la tenter. D'ores et déjà, le projet prévoit assez de provisions pour tenir dix ans, au cas où la durée subjective du trajet ne se contracterait pas autant que le prédisent les physiciens. L'astéroïde choisi devra être d'une taille largement assez importante pour fournir le combustible nécessaire au voyage de retour, plus une marge de sécurité de cent pour cent, lui révéla-t-il. Qui sait, peut-être l'atmosphère sera-t-elle irrespirable, ou peut-être sera-t-il impossible de se poser... Dans l'un ou l'autre cas, nous réunirions un maximum d'informations avant de revenir.

– Qui ça, nous ? C'est fixé à présent ? Tu y vas, toi ?

– Pour le moment, aucune décision n'a été prise concernant l'équipage. Mais le général, il faut bien le dire, est un homme religieux, dit-il d'un ton ironique, qui paraît croire que Dieu est mêlé à cette découverte. » Il vit que cela la faisait tiquer une fois de plus, et il rit. « De toute façon, il serait logique de désigner quelqu'un dans mon genre pour une telle mission. S'il s'avère possible d'entrer en contact avec les Chanteurs, on peut penser qu'un linguiste sera utile. » Il voulait lui dire à quel point il était important pour lui de pouvoir se dire qu'elle ferait partie du voyage, mais il avait l'impression d'être allé pour le moment aussi loin qu'il l'osait. Il repoussa sa chaise et se mit debout, afin de ramasser leurs assiettes et de les emporter dans la cuisine. Une fois hors de vue, il cria : « Anne. Tu veux bien me rendre service ?

– En faisant quoi ? demanda-t-elle, soupçonneuse.

– J'ai un vieil ami qui va venir me voir. Est-ce que je peux lui offrir ton hospitalité ?

– Oh, merde, Emilio. Il n'y a donc pas de restaurant à Porto Rico ? Entre toi et George, je finis par nourrir tous les chats errants de l'île. »

Il sortit de la cuisine et s'appuya contre le chambranle de la porte, les bras croisés sur la poitrine, souriant jusqu'aux oreilles, sans se laisser abuser un seul instant.

« Bon, d'accord, qui est-ce ? demanda-t-elle d'un ton revêche, refusant de se laisser charmer.

– Dalton Wesley Yarbrough, provincial de la Compagnie de Jésus pour La Nouvelle-Orléans, originaire de Waco, Texas, qui n'est autre que le Vatican des baptistes du sud des États-Unis », lança-t-il d'un ton cérémonieux, figé au garde-à-vous, tel un majordome annonçant un invité dans une salle de bal.

Elle laissa tomber sa tête dans ses mains, vaincue. « Un barbecue. Des galettes de maïs. Du chou vert frisé, des haricots rouges et de la pastèque. Le tout arrosé de bière mexicaine. On dirait que je ne peux pas me retenir, continua-t-elle d'un ton perplexe. J'ai comme un besoin maladif de faire la cuisine pour de parfaits étrangers.

– En tout cas, mâme, nasilla Emilio en prenant l'accent du Texas, permettez-moi de vous dire qu'en fait d'étrangers, vous trouverez difficilement plus étrange que D. W. Yarbrough. »

Elle se mit à rire, allongea le bras derrière elle pour prendre un livre cartonné dans la bibliothèque et le lui jeta à la tête. Il l'attrapa d'une main et le lui renvoya. Ils ne parlèrent plus de la mission, mais ils étaient parvenus à conclure une trêve.

« Dr Quinn, Elaine Stefansky prétend que la transmission extraterrestre est un canular. Qu'avez-vous à dire là-dessus ? »

Jimmy n'était plus surpris, désormais, de trouver des reporters qui faisaient le pied de grue devant chez lui à huit heures du matin, et cela ne l'amusait plus de les entendre lui donner systématiquement du « docteur » long comme le bras. Il fendit la foule pour se diriger vers sa Ford. Murmurant : « Rien à dire », il se glissa derrière le volant, tandis que l'attroupement se refermait autour du véhicule, hurlant des questions, tendant des micros dans sa direction. Jimmy baissa sa vitre. « Écoutez, je ne voudrais pas écraser les pieds de quelqu'un. Vous pourriez reculer un peu ? Il faut que j'aille travailler.

– Pourquoi n'y a-t-il pas eu d'autre transmission ?

– C'est eux qui n'envoient rien ou c'est nous qui n'écoutons pas ?

– Oh, si, nous écoutons », leur assura-t-il. Avec toute la

communauté scientifique sans exception, plus une bonne partie de la population du globe occupée à regarder par-dessus son épaule, Jimmy Quinn avait coordonné une tentative concentrée de la part des radioastronomes, afin de recueillir de nouvelles transmissions. Il n'y en avait pas eu. « Bon, écoutez, il faut que j'y aille.

– Dr Quinn, vous avez déjà entendu les chanteurs humi de Mongolie ? Stefansky prétend que leur musique a peut-être été trafiquée et introduite subrepticement dans le fichier de la SETI. C'est vrai ?

– Et les soufis, Dr Quinn, vous connaissez ? »

Les sceptiques avaient commencé à inonder les réseaux, en proposant toutes sortes d'explications parallèles, en se livrant à diverses expériences sur d'obscures traditions populaires, en faisant défiler l'échantillon à l'envers, ou en tripatouillant les fréquences, afin de démontrer à quel point une musique humaine pouvait sonner de façon inouïe, surtout lorsqu'elle subissait des manipulations électroniques.

« Oui, bien sûr, toutes ces choses sont très bizarres. » Jimmy avait encore beaucoup de mal à se montrer grossier au point de démarrer sans crier gare, mais il faisait des progrès. « Aucune, cependant, ne ressemble à ce que nous avons capté. Et je ne suis pas docteur, d'accord ? » Puis, en s'excusant, il réussit à faire sortir sa voiture de la foule, et il partit pour Arecibo où une autre meute l'attendait.

Les médias finirent par passer à autre chose. Les radiotélescopes à travers le monde en revinrent, un par un, aux projets qu'ils avaient eus en cours avant le 3 août. Mais à Rome, les transmissions codées continuaient à suivre la chaîne clairement établie de la hiérarchie jésuite, du général au provincial, du provincial au recteur, du recteur à chaque prêtre chargé d'une tâche à accomplir. Il y avait des décisions pratiques à prendre, de nombreuses équipes scientifiques à organiser.

Tomás da Silva, trente et unième général de la Compagnie de Jésus, resta convaincu de l'authenticité du signal. La raison d'être théologique de cette mission avait été établie plusieurs dizaines d'années plus tôt, avant qu'il n'y eût la moindre preuve qu'une autre espèce consciente existait dans l'univers : il suffisait de considérer l'échelle de la création pour subodorer que les êtres humains n'étaient pas son seul et unique but. Bien. À présent on en avait la preuve. Dieu avait d'autres enfants. Et lorsque le moment fut venu pour Tomás da Silva de prendre la décision d'agir conformément à ce que l'on avait appris, il cita les paroles simples et franches d'Emilio Sandoz à qui il avait parlé le soir de la découverte : « Il n'y a pas d'autre solution. Il faut apprendre à les connaître. »

Son secrétaire particulier, Peter Lynam, contesta ces propos le 30 août 2019, mais le père da Silva sourit et refusa d'attacher la moindre importance à la minceur du roseau qui soutenait tous les plans mûrement réfléchis et fort complexes qu'ils avaient échafaudés pour entrer en contact avec les Chanteurs. « Avez-vous remarqué, Peter, que toutes les musiques qui ressemblent le plus à la musique extraterrestre sont de nature sacrée ? » demanda le général. C'était un homme d'une grande spiritualité, presque entièrement dépourvu du sens des affaires. « Soufique, tantrique, humi. Cela m'intrigue énormément. »

Peter Lynam n'insista pas, mais il estimait, à l'évidence, que le général pourchassait des chimères. En réalité, face aux énormes frais à engager, Lynam commençait à se déballonner.

Remarquant les inquiétudes à peine dissimulées de son secrétaire, le général se mit à rire et, levant un doigt, didactique, il déclara : *« Nos stulti propter Christum. »*

Oui, bon, marmonna Lynam en son for intérieur, peut-être qu'une parfaite humilité exigeait que chacun se transformât en « sot pour le Christ », mais cela n'excluait pas la possibilité d'être un sot tout court.

Quatre heures plus tard, suscitant la stupeur déconfite de Peter Lynam et le pur ravissement de Tomás da Silva, une deuxième transmission était détectée.

En dépit du récent déclin de l'intérêt général, plusieurs radiotélescopes étaient prêts à recevoir le signal quand il arriva. Le mot « canular » disparut définitivement des débats ayant trait aux chants extraterrestres. Et les rares personnes de par le monde qui connaissaient l'étendue des plans conçus pour envoyer une mission jésuite vers la source de la musique furent profondément soulagées et commencèrent même à être en proie à une vive surexcitation.

En définitive, ce ne furent ni George ni Emilio qui convainquirent Anne d'adhérer au projet. Ce fut un accident d'autocar.

Un poids lourd qui roulait vers l'est, sur la route du front de mer, fit une brève embardée sur le bas-côté pour éviter un morceau de roc tombé sur l'asphalte, mais ensuite il ne parvint pas à maîtriser son retour sur la chaussée. Pendant quelques instants, il empiéta sur la voie réservée aux véhicules circulant en sens inverse et, à la sortie d'un virage, il percuta et sectionna le côté gauche d'un autocar roulant vers l'ouest. Le camionneur fut tué. Parmi les passagers de l'autocar, douze périrent sur le coup, cinquante-trois autres furent plus ou moins gravement blessés et une bonne partie sombrèrent dans l'hystérie. Lorsque Anne, appelée en catastrophe, se précipita à l'hôpital, le hall d'entrée grouillait déjà de familles affolées et d'avocats.

Elle aida tout d'abord à faire le tri, puis elle passa dans une salle d'opération, où elle s'intégra à une équipe qui s'efforçait de sauver une femme d'une soixantaine d'années souffrant de terribles blessures à la tête. Anne s'était entretenue avec le mari. Il s'agissait d'un couple de touristes du Michigan. « Je lui ai laissé le siège à côté de la fenêtre, pour qu'elle voie mieux. J'étais assis juste à côté d'elle. » Il n'arrêtait pas de toucher de la main le côté gauche de son visage, celui où sa femme avait été blessée. « C'était mon idée, ce voyage. Elle, elle voulait aller à Phoenix, voir nos petits-enfants. Je lui ai dit : “ Non, faisons donc quelque chose d'un peu différent. On va toujours à Phoenix. ” »

Pressée par le temps, Anne murmura qu'ils feraient tout leur possible pour sauver sa femme, et elle se mit au travail.

À l'aube, l'état de crise avait pris fin et les patients soignés au service des urgences avaient été répartis entre les familles qui les attendaient, les divers autres services de l'hôpital, les salles de réanimation, et la morgue. Tout à fait par hasard, Anne, en quittant l'établissement, passa le nez par une porte ouverte, et elle aperçut l'homme du Michigan assis au chevet de sa femme, le visage zébré et maculé de couleurs par le reflet de tous les écrans qui les environnaient. Anne aurait voulu lui adresser quelques paroles de réconfort, mais depuis des heures qu'elle était sur la brèche, elle commençait à être complètement sonnée, et la seule phrase qui lui vint à l'esprit fut : « La prochaine fois, allez donc à Phoenix », ce qui n'était évidemment pas indiqué. Et puis, curieusement, la scène finale de *La Bohème* lui traversa l'esprit et, suivant à la lettre les instructions des librettistes de Puccini, elle posa la main sur l'épaule du malheureux et chuchota : « Courage ! »

Quand elle arriva chez elle, George n'était pas encore au lit, ni même déshabillé, et il lui offrit du café, mais elle décida de prendre une douche et de grappiller quelques heures de sommeil. Debout dans le bac, occupée à se savonner, elle baissa les yeux vers son corps nu et une vision de la femme au traumatisme crânien lui revint en mémoire. Cette femme avait été en bonne forme physique ; son corps tiendrait peut-être le coup pendant encore plusieurs dizaines d'années, mais elle ne saurait jamais que ses petits-enfants avaient grandi. Elle était passée directement de l'État de Porto Rico à l'état de légume incurable. Bon Dieu ! se dit Anne, en frémissant.

Elle se rinça et sortit de la douche. Une serviette-éponge autour de ses cheveux trempés, son corps inusable de danseuse engoncé dans un peignoir, elle entra pieds nus dans la salle à manger et s'assit à la table, en face de son mari. « Bon, d'accord, dit-elle, j'en suis. »

Il fallut à George quelques instants pour comprendre de quoi il s'agissait.

« Enfin quoi, merde, ajouta-t-elle en voyant qu'il avait saisi, c'est quand même mieux que de ne pas tout à fait y rester dans un accident d'autocar pendant les vacances, non ? »

Le 13 septembre, Jean-Claude Jaubert reçut un message lui demandant un rendez-vous par vidéophone afin de discuter le rachat du contrat de Sofia Mendes. La personne qui lui adressait cette requête ne donnait pas son nom et, ne voyant aucune espèce de référence, Jaubert lui refusa l'accès vidéo, mais il consentit à amorcer une rencontre par ordinateur, pourvu qu'il lui fût possible de crypter son message et de l'envoyer selon un circuit détourné qui emprunterait plusieurs réseaux. Jaubert n'était pas un criminel, mais il faisait un métier où abondaient les jalousies, les rancœurs et les querelles assommantes ; on n'était jamais trop prudent.

Reprenant contact dans les conditions qui lui convenaient, il fit remarquer qu'il venait récemment de subir une perte sèche par la faute de Mlle Mendes. Leur association avait donc été prolongée d'une certaine durée pour le dédommager. Le négociateur était-il en mesure de racheter les droits sur sept ans et demi ? Oui. Jaubert stipula un prix et un taux d'intérêt, pensant que son interlocuteur chercherait à amortir le coût grâce à un paiement échelonné sur dix ans. On lui offrit en réponse un prix plus bas, payable cash. Les deux parties en présence finirent par se mettre d'accord sur une somme acceptable. Jaubert fit savoir qu'il préférait, bien entendu, des dollars de Singapour. Il y eut une légère attente. On lui proposa des zlotys. Cette fois, ce fut au tour de Jaubert d'hésiter. La Pologne n'était pas très stable, mais il y avait une possibilité intéressante de réaliser un profit éclair sur l'aspect monétaire de la proposition.

« Conclu », annonça-t-il. Et en contemplant le flot de chiffres qui vint bientôt inonder son écran, Jean-Claude Jaubert vit sa fortune s'arrondir modestement. *Bonne chance, ma chérie* [1], se dit-il.

Le 14 septembre, une troisième transmission d'Alpha du Centaure fut captée, quinze jours après la deuxième. Au milieu de la jubilation ambiante, les employés du laboratoire d'Arecibo oublièrent leurs réactions premières, face à la petite femme glaciale dont la profession menaçait leurs emplois, et ils inclurent parmi les réjouissances générales un petit pot d'adieu en l'honneur de Sofia Mendes. George Edwards se chargea de faire livrer quelques denrées à la cafétéria, et un assez grand nombre de gens passèrent grignoter un morceau de pizza ou de gâteau et souhaiter bonne chance à celle qui s'en allait. Ailleurs. Loin d'Arecibo, espéraient-ils ; ils le disaient en riant gentiment, mais ils n'en pensaient pas moins. Sofia accepta ces adieux ambivalents avec une gracieuse froideur, mais elle paraissait désireuse de s'éclipser au plus vite. Ayant rempli les termes du contrat qui la liait au Dr Yanoguchi, elle dit au revoir à Jimmy Quinn et remercia George Edwards, en lui demandant de transmettre son meilleur souvenir à sa femme et au Dr Sandoz. George, avec un mystérieux sourire, laissa entendre qu'ils se reverraient tous un de ces jours, d'une manière ou d'une autre.

En arrivant dans son appartement cet après-midi-là, épuisée par le travail intense des précédentes semaines, Sofia se laissa tomber sur son lit, luttant pour ne pas pleurer. Quelle sottise, se dit-elle, la vie continue. Mais elle reconnut quand même qu'elle avait besoin d'une journée de repos, avant de faire savoir à Jaubert qu'elle était prête pour un nouveau boulot. Il l'avait contactée au mois d'août en vue du projet d'astéroïde des jésuites. Ce

1. En français dans le texte. *(N.d.T.)*

serait un travail intéressant. Sa situation n'était pas sans compensations, se rappela-t-elle.

Au grand dam de Sandoz, les jésuites n'avaient consenti à engager Sofia que par l'intermédiaire de Jaubert. Elle avait été surprise par l'ampleur de son indignation. Les affaires sont les affaires, lui avait-elle dit, en lui faisant remarquer qu'il avait avoué lui-même ne pas être habilité à faire la moindre proposition. Elle lui avait assuré qu'elle n'avait nourri aucun espoir et qu'elle ne pouvait donc pas être déçue. Ce qui avait paru accroître le désarroi d'Emilio. Quel homme étrange, s'était-elle dit. Intelligent, mais naïf. Et lent à s'accommoder des changements de circonstances, lui semblait-il. Cela dit, c'était le cas de la plupart des gens.

Libérant sa chevelure de son sempiternel chignon, elle se fit couler un bain, dans lequel elle projetait de se prélasser jusqu'à ce que l'eau fût tiède. Distraitement, pendant qu'elle attendait que la baignoire se remplît, elle jeta un coup d'œil à son écran pour s'assurer qu'aucun message ne nécessitait son attention immédiate.

Elle lut la transcription des négociations deux fois, mais sans parvenir à y croire. Elle étouffait de rage devant la pure méchanceté de cette garce de Peggy Soong. Les mains tremblantes, sidérée par la violence de son indignation, elle ferma les robinets de la baignoire, rattacha ses cheveux et se mit en devoir de décoder le cryptage intermédiaire du fichier, dans l'espoir de remonter jusqu'à Peggy, tout en essayant de s'imaginer ce qu'elle pourrait faire à cette garce qui fût assez cinglant pour la punir de cette vacherie gratuite...

Il ne lui fallut que quelques minutes pour comprendre que Peggy Soong n'avait strictement rien à voir là-dedans. Il s'agissait en fait du code de Jaubert. C'était Sofia elle-même qui l'avait composé, aux premiers jours de leur association. Au fil des années, il avait été modifié, mais c'était bien son propre style, il n'y avait pas à s'y tromper.

Épluchant systématiquement la transcription, elle s'assura que la transaction avait bien eu lieu. Elle consulta le marché monétaire international et constata que Jaubert, en se cramponnant à ses zlotys, avait réalisé du jour au lendemain un gain de deux virgule trois points. Singapour était en baisse; la chance insolente de son agent ne l'avait pas abandonné. Mais elle fut incapable d'arracher au réseau l'origine de la somme. Qui, mais qui donc, avait pu faire une chose pareille ? se demanda-t-elle, à présent presque effrayée. Jaubert avait été un employeur correct, jamais il ne lui avait demandé de se charger de boulots illégaux ou douteux. Mais c'était une possibilité qui avait toujours existé.

Voyons, il y avait sûrement un transfert légal des droits la concernant. Elle se mit à passer au peigne fin les archives civiles afférentes à son contrat, lesquelles se trouvaient à Monaco. À qui est-ce que j'appartiens à présent ? Quel vampire sanguinaire est désormais mon propriétaire ? Ayant retrouvé le fichier en question, elle lut la dernière écriture et se renversa sur son siège, la main contre la bouche, la gorge tellement serrée qu'elle eut peur de suffoquer.

Contrat terminé. Travailleuse indépendante. Pour toute question, contacter directement l'intéressée.

Venant d'assez loin, lui sembla-t-il, elle entendit une longue plainte et, s'étant approchée de la fenêtre d'un pas mécanique, elle écarta le rideau et regarda au-dehors, à la recherche d'un enfant en larmes quelque part dans les environs. Il n'y en avait pas, bien sûr, il n'y avait personne d'autre à entendre, nulle part. Au bout d'un moment, elle passa dans la salle de bains pour se moucher, se rafraîchir le visage et réfléchir à ce qu'elle allait faire à présent.

En entendant sonner à sa porte, deux jours plus tard, Anne Edwards alla ouvrir et trouva sur le seuil Emilio qui, debout derrière un prêtre grand et maigre, d'environ cinquante-cinq ans, donnait l'impression d'être redevenu un petit garçon. En fin de soirée, enfin seule avec George dans leur chambre à coucher, Anne, les yeux exorbités, avoua à son mari d'une minuscule voix étranglée : « C'est le type le plus monstrueusement hideux que j'aie jamais rencontré de ma vie. Je ne sais pas trop à quoi je m'attendais, mais alors là, c'est le pompon !

– Écoute, merde, un jésuite du Texas ! Moi, je m'imaginais le cow-boy des cigarettes Marlboro sous la soutane de Don Camillo, chuchota George. Bon Dieu de bois ! Au fond de quel œil est-on censé le regarder ?

– De celui qui vous regarde, répliqua Anne sans hésiter.

– Je l'ai trouvé très sympathique, D. W., sans rigoler, mais tout au long du dîner, je n'ai pas pu m'empêcher de me demander s'il se vexerait si je lui collais un sac en papier sur la tronche », dit George, brusquement plié en deux. Le fou rire gagna sa femme et bientôt ils étaient cramponnés l'un à l'autre, horrifiés et honteux, incapables de contrôler leurs gloussements, mais s'efforçant de faire le moins de bruit possible, étant donné que l'objet de leur hilarité se trouvait dans la chambre d'amis, à deux pas d'eux.

« Ah, putain, quels salauds on fait ! s'esclaffa Anne, en faisant des efforts désespérés pour reprendre son sérieux. C'est dégueulasse. Mais merde, quoi ! Cet œil qui s'en va de son côté, faire sa petite reconnaissance !

– Le pauvre mec ! » dit George, momentanément calmé, d'un ton qui se voulait compatissant. Il y eut un bref silence, tandis que chacun se représentait D. W. Yarbrough, avec son long nez cassé, presque aussi de guingois que son œil bigle, et ses lèvres molles fendues dans un sourire qui laissait voir une denture tout aussi anarchique.

« Je ne crois pas être une femme cruelle, murmura Anne d'une voix contrite, mais j'avais tout le temps envie de remettre un peu d'ordre dans tout ça, si tu vois ce que je veux dire.

– C'est peut-être nous qui devrions mettre les sacs ! » remarqua George. Anne laissa échapper un gémissement, en se tenant le ventre, et se jeta sur le lit pour enfoncer son visage dans son oreiller. George, terrassé par une nouvelle crise, en fit autant.

De toute façon, la soirée entière avait été une franche rigolade, mais D. W. n'en avait absolument pas fait les frais avant que les Edwards ne se fussent retirés dans leur chambre, à minuit passé.

« Dr Edwards et monsieur Edwards, avait annoncé Emilio d'un ton cérémonieux sur le pas de la porte, j'aimerais vous présenter Dalton Wesley Yarbrough, provincial de la Compagnie de Jésus pour La Nouvelle-Orléans.

– Originaire de Waco, Texas, mâme, avait aussitôt glissé D. W.

– Oui, je sais, le Vatican des baptistes du sud des États-Unis », avait enchaîné Anne. Si l'aspect de son invité l'avait surprise, elle n'en avait rien laissé paraître à ce moment-là. Elle avait pris la main qu'il lui tendait, sachant ce qui allait suivre, mais prête à l'affronter.

« Je suis sincèrement enchanté de vous connaître, mâme. 'Milio m'a déjà beaucoup parlé de vous, avait commencé D.W., tandis que la plus pure malice dansait dans ses yeux dépareillés. Et je tiens à vous exprimer sans plus attendre la profonde sympathie de tout l'État du Texas, eu égard à la défaite humiliante que l'équipe de Dallas a infligée à celle de Cleveland dans le championnat de base-ball, l'année dernière.

– Que voulez-vous, mon père, nous avons tous notre croix à porter, avait soupiré Anne avec un petit air courageux. Je veux bien croire qu'il n'est pas facile pour un Texan de dire la messe alors que sa congrégation tout entière répète la même prière : " Ah, doux Jésus, donnez-nous aujourd'hui juste encore une petite ruée sur le pétrole. Cette fois, nous vous promettons de ne pas faire les cons. " »

D.W. avait poussé un rugissement de rire ; le ton était donné. Emilio, qui tenait absolument à ce que ces trois personnes qui comptaient tant pour lui sympathisent entre elles, lâcha un sourire aussi radieux qu'un lever de soleil, et partit s'installer sur son siège dans le coin, afin de profiter du spectacle. La conversation qui accompagna le dîner, aussi corsée et colorée que la sauce barbecue, ne tarda pas à tourner autour de la politique, car la campagne électorale pour les futures présidentielles battait son plein, campagne dans laquelle, comme à l'ordinaire, le candidat originaire du Texas – en l'occurrence une candidate – jouait un rôle de premier plan.

« Le pays a déjà essayé les Texans, protesta George.

– Et chaque fois, grands lâches, vous nous les avez renvoyés dans les pattes au bout d'un seul mandat, brailla D.W.

– Lyndon Johnson, George Bush, énuméra George d'un ton opiniâtre.

– Non, non, non, non. Vous ne pouvez pas nous coller Bush sur le dos, protesta D.W. Ce n'est pas un vrai Texan, on comprend ce qu'il dit. »

Sans un mot, Emilio tendit une serviette de table à Anne qui s'essuya le nez.

« Gibson Whitmore, continua George.

– Bon, d'accord. D'accord. Lui, je reconnais que c'était une erreur. Il n'aurait pas été foutu de vider une botte pleine d'eau, même si on avait collé le mode d'emploi sur le talon. Mais Sally est une chouette fille. Vous allez l'adorer, je vous le garantis.

– Et si vous croyez une chose pareille, intervint Emilio soudain loquace, D.W. a en sa possession un très joli morceau de la vraie croix que vous aimeriez peut-être lui acheter, histoire de placer vos économies. »

Ce ne fut que trois heures après qu'ils se furent assis pour manger que Yarbrough repoussa sa chaise à contrecœur, annonçant qu'il n'était pas rassasié, mais carrément comateux ; puis il raconta coup sur coup trois nouvelles histoires qui laissèrent les autres convives morts de rire, les côtes et les joues douloureuses ; une autre heure s'était écoulée, lorsqu'ils se levèrent enfin tous les quatre et se mirent à desservir. Mais dans la cuisine, sous la lumière vive et crue, la véritable raison de la visite de D. W. Yarbrough fut enfin révélée.

« Figurez-vous, braves gens, que chez nous au Texas, il n'y a jamais rien au milieu de la route qu'une ligne jaune et des tatous écrasés, déclara D.W. en s'étirant comme un gorille, les mains levées plus haut que le chambranle de la porte. Alors, je peux d'ores et déjà vous dire que j'ai l'intention de recommander au général – que Dieu bénisse son étroit petit cul portugais – qu'Emilio continue à organiser cette histoire d'astéroïde et que vous deux fassiez partie du voyage, si vous le voulez bien. J'ai parlé au petit Quinn ce matin, et il est d'accord, lui aussi. »

George, qui était en train d'installer les assiettes dans le lave-vaisselle, interrompit sa tâche. « Sans autre forme de procès ? Pas de tests, pas d'entrevues ? Vous êtes sérieux ?

– Aussi sérieux qu'une morsure de serpent. On s'est renseignés sur vous tous, je vous le garantis. Les archives nationales et ainsi de suite. » En réalité, des centaines d'heures de travail avaient été consacrées à l'examen de leurs qualifications professionnelles, et il y avait eu une discussion interne acharnée concernant l'inclusion de non-jésuites dans la mission. Les précédents historiques plaidant la cause d'une équipe mixte ne manquaient pas, et il paraissait d'une logique inattaquable de choisir des personnes offrant un vaste éventail de compétences ; mais une fois que la chose eut été établie, le général da Silva avait tout simplement tranché en faveur de ce qu'il considérait comme la volonté de Dieu.

« Et ce soir, c'était l'entrevue, dit Anne, perspicace.

– Oui, mâme. On peut considérer les choses ainsi. » Le nasillement et la loufoquerie diminuèrent quelque peu, tandis qu'il continuait : « Emilio a bien vu le coup dès le départ. Les talents sont presque tous déjà réunis. Les rapports humains sont bien en place. On pourrait, certes, perdre du temps à chercher des poux dans la tête à tout le monde et à envisager toutes les possibilités imaginables, mais à mon avis l'affaire est dans le sac. Pourvu que vous soyez tous assez coriaces pour supporter de me regarder pendant plusieurs mois de suite. »

Anne fit volte-face, s'apercevant soudain que les verres entassés dans l'évier nécessitaient son entière attention, et s'efforça de réprimer le rire qui la secouait.

« Parce que vous venez ? demanda George avec un sang-froid admirable.

– Ouais, m'sieur. C'est en partie à cause de cela que le général est convaincu que toute cette affaire relève de la volonté divine, si vous me passez l'expression. Vous comprenez, il faut bien que quelqu'un transbahute l'équipage à deux ou trois reprises. Si vous vous rappelez, il reste encore un problème majeur : se poser sur la planète. À supposer que nous la trouvions.

– Je me suis dit que ça serait presque forcément un avion spatial standard, remarqua George. Bien sûr, ce n'est pas parce que les Chanteurs ont la radio qu'il faut s'imaginer automatiquement qu'ils ont des aéroports...

– Donc, c'est à nous de repérer un plateau ou un désert quelconque où nous poser, étant donné que rien ne nous garantit l'existence de pistes. Il faut songer aussi que le train d'atterrissage risque de s'effondrer si nous nous posons sur un sol mou, si bien que l'équipage serait coincé sur la planète. » D.W. se tut un instant. « Donc, on aurait sans doute intérêt à utiliser un appareil à atterrissage vertical, vous ne croyez pas ?

– D. W. était dans les marines », lança Emilio en prenant un torchon pour essuyer les verres qu'Anne était en train de laver. Son ancienne impassibilité lui faisait défaut, ces temps-ci. De plus en plus souvent, le reste de son visage était à l'unisson de son regard. « Je ne crois pas vous l'avoir jamais dit.

– J'ai l'affreuse impression que vous n'allez pas nous révéler que vous étiez chapelain, dit Anne avec un regard en coin vers D.W.

– Non, mâme, pas du tout. C'était vers la fin des années 1980, début des années 1990, voyez-vous, avant d'avoir signé à vie avec la firme Loyola. Je pilotais des Harrier. Vous imaginez un peu ! »

Anne, qui ne voyait pas vraiment l'intérêt de ce renseignement, essaya néanmoins de s'imaginer la chose et se demanda aussitôt comment D. W. se débrouillait pour percevoir la profondeur avec son strabisme divergent. Puis elle se rappela LeRoy Johnson, un joueur de première division du championnat de base-ball, affligé du même défaut, qui réussissait régulièrement des scores étonnants à la batte, et elle se dit que leurs cerveaux devaient d'une façon ou d'une autre fournir la compensation voulue.

« Impossible d'utiliser un avion en stock, déclara George. Il faudra le commander spécialement, avec une protection biphasée, comme celle des navettes spatiales, de façon à ce qu'il puisse supporter la chaleur du retour dans l'atmosphère.

– Ouais, y a des gens qui planchent là-dessus, dit D.W. avec un grand sourire. En tout cas, il paraît que l'atterrissage d'un ADAV est très proche, sous certains côtés, de l'amarrage d'un module à un astéroïde, vu qu'il n'y a pas non plus de pistes sur les rochers de l'espace. Ce qui fait qu'un ancien pilote de Harrier est sans doute exactement l'homme qu'il faut pour ce genre de boulot.

Cette fois, Anne elle-même comprit à demi-mot.

« Ça fout un peu les jetons, hein, toutes ces putains de coïncidences, continua Yarbrough. Comme on dit chez nous : si vous trouvez une tortue juchée en haut d'un piquet de clôture, vous pouvez être sûr qu'elle n'est pas arrivée là toute seule. » D. W. nota qu'Anne et George échangeaient un regard, puis il reprit : « Tomás da Silva, notre général en personne, croit que Dieu s'est peut-être amusé, ces temps derniers, à décorer les clôtures avec des tortues. Je ne saurais pas dire ce qu'il en est, mais je dois bien reconnaître que j'ai passé pas mal de longues nuits blanches à réfléchir à tout ça. » D.W. s'étira encore une fois et leur adressa un sourire en biais. « Je suis encore officier de réserve et j'ai toujours veillé à faire les heures de vol nécessaires. Là, je vais passer un peu de temps à me spécialiser aux commandes d'un module. Ça devrait être vachement intéressant. C'est par où, la chambre d'amis que vous avez eu la gentillesse de mettre à ma disposition, Dr Edwards ? »

« Ça alors, je veux bien qu'on me les coupe ! s'écria Ian Sekizawa, vice-président du Service d'exploitation des astéroïdes de la société Ohbayashi, dont le siège se trouvait à Sydney. C'est Sophie ! Quel plaisir de te revoir, ma poulette ! Ça fait combien de temps ? Trois ans ?

– Quatre, répondit Sofia, assise devant son écran, en se reculant légèrement, comme si elle craignait, même à distance, de ne pouvoir échapper à l'étreinte meurtrière de son interlocuteur. Moi aussi, je suis ravie de te voir. Tu es toujours content de mon système ? Il est resté adapté à tes besoins ?

– Il me va comme un doigt dans le trou de balle d'un nouveau-né », dit Ian, en souriant de la voir écarquiller les yeux. Ses grands-parents étaient originaires d'Okinawa, mais lui-même et son vocabulaire étaient australiens bon teint. « Nos gars peuvent bien être bourrés comme des coings, ils rapportent quand même la marchandise. Les profits ont monté de près de douze points depuis que tu as fait ce boulot pour nous.

– Je suis ravie de l'apprendre, dit-elle, sincèrement heureuse. J'ai une faveur à te demander, Ian.

– Tout ce que tu voudras, ma beauté.

– C'est tout à fait confidentiel, tu sais. J'ai une affaire à te soumettre par fichier codé.

– Jaubert fait des coups foireux ? demanda-t-il, plissant les yeux d'un air pensif.

– Non, je suis indépendante à présent, dit-elle en souriant.

– Sans char ? Mais dis donc, Sophie, c'est génial ! Alors, c'est ton propre petit projet que tu m'apportes ?

– Je représente des clients qui préfèrent rester anonymes. Et à ce propos, Ian, ajouta-t-elle, si ça t'intéresse, j'espère que tu pourras prendre la décision sans en référer à quiconque.

– Envoie-moi ta proposition et je ferai tout mon possible, lui dit-il sans tergiverser. Si ça capote, je fous le code au panier et personne ne se doutera de rien. D'accord, ma poule ?

– Merci, Ian. Je te sais vraiment gré de ton aide », dit Sofia. Elle mit fin à la conversation vidéo et envoya le code.

En considérant la proposition de Sofia, Ian Sekizawa s'absorba dans ses réflexions. Elle voulait un rocher de taille moyenne avec des débris, porteur de glace, contenant beaucoup de silicates, plus ou moins cylindrique selon l'axe longitudinal ; de quoi loger huit membres d'équipage, moteurs et robots mineurs compris, usagés si possible, neufs s'il le fallait. Il essaya de deviner qui pourrait bien vouloir d'un engin pareil et pour quoi faire ? Un labo clandestin où on fabriquerait de la drogue ? Mais alors pourquoi réclamer du matériel minier ? De la glace, bien sûr, mais pourquoi tous ces silicates ? Il retourna la question dans son esprit pendant un certain temps, mais sans parvenir à trouver une réponse qui lui parût logique.

De son propre point de vue, c'était du nanan. Avant les miracles d'IA opérés par Sofia, les sondeurs australiens étaient passés de rocher en rocher, espérant décrocher le gros lot qui leur permettrait de régler les hypothèques sur l'équipement qu'ils devaient à Ohbayashi et de s'établir pour la vie. Quatre-vingt-dix-neuf sondeurs sur cent sombraient dans la faillite ou la folie, ou les deux à la fois, et abandonnaient leur dernier astéroïde en laissant l'équipement sur place. Les droits sur l'engin revenaient automatiquement à la firme Ohbayashi, qui récupérait le matériel chaque fois que cela pouvait lui être profitable. Ian avait donc à sa disposition une bonne douzaine de rochers susceptibles de convenir au client de Sofia.

« " Ah merde, ah bordel, ah zut alors ! s'écria la princesse des fées en agitant sa jambe de bois dans les airs " », récita-t-il d'un ton inexpressif, assis tout seul dans son bureau.

Sofia lui offrait un prix honnête. Peut-être pourrait-il enfouir la transaction tout au fond du dossier « Ventes d'équipements obsolètes ». Dans la situation actuelle, les rochers valaient peau d'zob. Pourquoi ne pas en vendre un ? Et on s'en fout pas mal de savoir à quoi il servira !

Par la fenêtre de sa petite chambre de location, où elle attendait la réponse de Ian Sekizawa, Sofia Mendes contemplait la vieille ville de Jérusalem et se demandait pourquoi elle y était venue.

Dès ses premières heures de liberté, elle avait décidé de continuer exactement comme avant. Elle fit donc connaître aux jésuites à Rome sa nouvelle situation, leur assura qu'elle était tout à fait disposée à agir en qualité d'entrepreneur général, selon les termes précédemment négociés, et prit les dispositions voulues pour que le contrat fût mis à son nom. Elle devait toucher une avance de dix pour cent, et, comprenant qu'elle pouvait remplir ses fonctions n'importe où dans le monde, elle avait acheté avec cet argent un billet pour Israël. Pourquoi ?

Sans sa mère pour allumer les bougies du sabbat, sans son père pour chanter les antiques bénédictions sur le pain et le vin, elle avait perdu de vue la religion de son enfance tronquée. Peut-être, après des années d'errance, avait-elle éprouvé le désir de rentrer chez elle, d'une manière ou d'une autre, peut-être même avait-elle voulu voir s'il lui était possible de se sentir chez elle quelque part. Il ne restait rien pour elle à Istanbul, désormais en paix, épuisée d'avoir mené à bien sa propre destruction. Et ses attaches avec l'Espagne étaient trop ténues, trop impalpables, trop historiques. Donc, direction Israël. Sa patrie par défaut, en quelque sorte.

Lors de son premier jour à Jérusalem, timidement, car elle n'avait encore jamais fait une chose pareille, elle se mit en quête d'un *mikveh*, lieu de purification rituelle. Elle en choisit un au hasard, sans se rendre compte qu'il avait une clientèle de jeunes mariées israéliennes se préparant pour leurs noces. La dame qui s'occupa d'elle crut tout d'abord qu'elle était sur le point de convoler et elle fut toute désolée d'apprendre que Sofia n'avait même pas de petit ami. « Vous êtes si belle ! Avec un si joli corps ! Quel dommage ! s'exclama-t-elle en riant de voir Sofia rougir. Alors, vous allez rester ici ! Faire votre *aliyah*, trouver un brave garçon juif et avoir des tas de beaux bébés, naturellement ! »

Cela ne servirait à rien de contredire ces conseils pleins de gentillesse et Sofia se demanda pourquoi elle en avait envie, tout en se laissant fourbir et nettoyer – les cheveux, les ongles, tout fut rincé, lissé, poli, son corps fut débarrassé de tous les cosmétiques, de toute la poussière, de tout le passé. Pourquoi ne pas rester ? se demanda-t-elle.

Enveloppée dans un drap blanc, elle fut ensuite escortée jusqu'au *mikveh* où elle resta seule pour descendre les marches carrelées, avec leurs dessins complexes de mosaïque, et s'enfoncer dans l'eau chaude et pure. La dame du *mikveh*, se tenant discrètement derrière une porte à demi fermée, l'aida à se remémorer les prières en hébreu et lui recommanda : « Trois fois. Et vous descendez jusqu'au fond, de façon à ce que toute votre personne soit immergée. Prenez votre temps, ma mignonne. Je vous laisse à présent. »

Remontant à la surface de l'eau pour la troisième fois, repoussant ses cheveux de son front et se pressant les yeux pour en éliminer les gouttes d'eau, elle se sentait en état d'apesanteur et suspendue dans le temps, tandis que les paroles de la vieille prière dérivaient dans son esprit. Il y avait une bénédiction à dire quand on goûtait le premier fruit après un hiver de pénurie, récitée à présent pour les nouveaux départs, se rappelait-elle, quand on était arrivé à un tournant de son existence. Béni sois-tu, ô Dieu, maître de l'univers, de nous avoir donné la vie, de nous soutenir, de nous permettre d'atteindre cette saison...

Peut-être fut-ce la dame du *mikveh*, avec ses histoires de mariage et d'enfants, qui lui fit penser à Emilio Sandoz. Depuis sa dernière nuit avec Jaubert, Sofia avait tenu les hommes à distance – elle en avait connu un trop grand nombre, trop tôt. Et pourtant, cela ne l'empêchait pas de trouver l'idée de la chasteté des prêtres tout à fait barbare. D'ailleurs, tout ce qu'elle savait du catholicisme était répugnant : ses persécutions, son insistance sur la mort, sur le martyre, son principal symbole qui n'était autre qu'un instrument de torture de la justice romaine, monstrueux dans sa violence. Au début, elle avait dû faire preuve d'une héroïque maîtrise de soi pour travailler avec Sandoz : un Espagnol vêtu de deuil, héritier de l'Inquisition et de l'expulsion, représentant d'une religion pirate qui avait pris le pain et le vin du sabbat pour en faire un rite cannibale de chair et de sang.

Un soir où ses inhibitions avaient été affaiblies par le ronrico, chez Anne et George, elle l'avait attaqué sur ce point : « Expliquez-moi donc cette messe ! »

Il y avait eu un silence, durant lequel il était resté immobile, occupé à contempler, selon toute apparence, les assiettes du dîner et les os de poulet. « Considérez l'étoile de David, avait-il dit doucement. Deux triangles, l'un pointé vers le bas, l'autre vers le haut. Pour moi, c'est une image très forte – le divin qui baisse la main vers nous, l'humanité qui lève les siennes vers le ciel. Et au centre, une intersection où le divin et l'humain se rencontrent. C'est là que la messe a lieu. » Il avait levé les yeux pour les plonger dans ceux de Sofia : un regard d'une candeur lucide. « Telle que je la comprends, c'est un endroit où le divin et l'humain ne font qu'un. Et une promesse, peut-être. La promesse que Dieu tendra la main vers nous, si nous tendons les nôtres vers lui, la promesse que nous-mêmes et les actes humains les plus ordinaires – comme de manger du pain et de boire du vin – peuvent être transformés et rendus sacrés. » Et puis un de ses lumineux sourires avait percé, métamorphosant le visage sombre d'Emilio comme une aurore. « Et voilà, señorita Mendes, tout ce que je peux faire pour vous après trois verres de rhum à la fin d'une longue journée. »

Il était possible, reconnaissait-elle en son for intérieur, de se méprendre. Par ignorance. Ou parti pris. Sandoz n'avait rien tenté pour la convertir. C'était un homme d'une intelligence impressionnante, qui lui paraissait limpide et épanoui. Elle ne savait absolument pas quoi penser de sa conviction que Dieu les appelait pour entrer en contact avec les Chanteurs. Il y avait des juifs qui croyaient que Dieu se trouvait dans le monde, actif, avisé. Après l'Holocauste, il avait été difficile d'entretenir une idée pareille. Sa propre vie, à coup sûr, avait appris à Sofia que c'était en vain que les hommes le priaient de les délivrer : il n'entendait pas. À moins, bien sûr, d'être prête à croire que Jean-Claude Jaubert agissait pour le compte de Dieu.

Et pourtant, Israël avait jailli des cendres des six millions de morts. Jaubert l'avait sortie d'Istanbul. Elle était vivante. Et à présent, elle était libre.

Ce jour-là, elle quitta le *mikveh* animée par un puissant sentiment d'avoir un but à atteindre, et lorsqu'elle eut regagné sa chambre, elle entra en contact avec Sandoz à San Juan et lui parla sans mâcher ses mots, sans fausse modestie et sans bravade : « Je voudrais faire partie de votre aventure. Je ne veux pas seulement régler les divers arrangements pour le voyage, mais être membre de l'équipage, lui dit-elle. Mon ancien agent, qui est en mesure de faire des comparaisons valables, peut me fournir des références établissant ma compétence intellectuelle pour un projet de ce genre. Je réagis vite aux situations nouvelles et je possède, sur les plans aussi bien technique que culturel, une expérience inhabituellement étendue. Et, en plus, je verrais sous une perspective assez différente les problèmes que pourrait rencontrer l'équipage, ce qui devrait être utile. »

Il ne parut pas du tout surpris. Avec beaucoup de correction et de respect, il lui annonça qu'il transmettrait sa candidature à ses supérieurs.

Vint ensuite une rencontre avec l'étrange Yarbrough. Il lui raconta des histoires, lui posa des questions sournoises et sagaces, réussit à la faire rire deux fois ; et, à la fin, il lui dit dans son dialecte insondable : « Écoutez, ma petite chérie, la Compagnie de Jésus vous a engagée il y a quelque temps parce que vous étiez plus maligne qu'une portée de singes et que vous pigiez tout au quart de tour ; nous savons déjà que vous trimez plus dur qu'une demi-douzaine de mules, et que vous vous entendez comme cul et chemise avec toutes les autres personnes qui partent, et j'imagine volontiers que vous êtes capable d'apprendre tout ce que vous avez décidé de savoir, ce qui sera d'une extrême importance si nous finissons jamais par faire la connaissance de ces Chanteurs. Mais l'élément déterminant, pour moi qui suis aussi vilain que deux crapauds pataugeant dans une mare de boue, c'est de savoir que le fait de pouvoir vous regarder pendant les six à huit mois que nous passerons enfermés dans un rocher empêchera probablement les autres de s'arracher les yeux par la racine. Il faut que je consulte le patron, mais en ce qui me concerne, vous êtes des nôtres, si vous avez le cran pour ça. »

Elle ouvrit de grands yeux : « Ça veut dire oui ? »

Il eut un large sourire : « Oui. »

À présent, debout à sa fenêtre, elle apercevait le Kotel, le mur des Lamentations. Trop loin pour entendre le murmure des prières, elle pouvait néanmoins voir le flux et le reflux de la grande marée de touristes et de pèlerins qui montraient du doigt, imploraient, pleuraient, plaçaient des petits morceaux de papier contenant des pétitions et des prières de gratitude dans les interstices entre les pierres antiques. Et elle sut pourquoi elle se trouvait là. Elle était venue en Israël pour prendre congé du passé.

Elle entendit le signal de son système annonçant un message ; elle ouvrit le fichier, lut les deux mots qui constituaient la réponse de Ian Sekizawa, et sourit.

« Ça gaze », proclamait l'écran.

Cette année-là, quelques superbes œuvres d'art de la Renaissance furent vendues sans aucune publicité à des investisseurs privés. Lors d'une vente aux enchères à Londres, on fixa un prix pour une collection de porcelaines orientales du XVIIe siècle considérée jusque-là comme inestimable. Certaines propriétés détenues depuis longtemps et divers portefeuilles d'actions furent discrètement mis sur le marché, à des intervalles soigneusement calculés et dans des lieux rigoureusement choisis, où des plus-values considérables pouvaient être réalisées à la vente.

Il s'agissait de faire des profits, de liquider certains avoirs, de redistribuer du capital. La somme nécessaire, comme l'avait prédit Sofia Mendes, n'était pas insignifiante, mais elle fut loin de mettre la Compagnie de Jésus sur la paille et elle n'affecta même pas les missions et les bonnes œuvres dont elle s'occupait sur la Terre, lesquelles étaient financées grâce aux revenus provenant d'établissements d'instruction et de recherche, de contrats de location et de brevets de fabrication. La somme ainsi réunie fut déposée dans une banque viennoise relativement discrète. Tout autour du globe, on ordonna à divers membres de la Compagnie de surveiller les médias et les réseaux de données, afin d'y déceler la moindre mention de l'activité financière des jésuites et de transmettre ces renseignements aux bureaux du général, à la Curie généralice. D'un bout de l'année à l'autre, personne ne remarqua rien.

14

Naples : mai 2060

Le Vésuve lui-même n'est pas capable de différer éternellement le printemps. À mesure que le temps se radoucit, Emilio Sandoz constate qu'il lui est plus facile de dormir au grand air, le dos contre le roc chauffé par le soleil, bercé par le bruit des vagues et les cris d'oiseaux. Il se dit que c'est peut-être la lumière du soleil contre ses paupières baissées qui bannit l'obscurité, même dans son sommeil ; il lui arrive moins souvent de se réveiller trempé de sueur, le cœur au bord des lèvres. Quelquefois ses rêves sont simplement déroutants, plutôt que terrifiants. Ou immondes.

Il est sur une plage, avec une fillette de La Perla. Il s'excuse parce qu'il n'est, semble-t-il, plus capable de faire ses tours de magie, bien que ses mains dans le rêve soient intactes. La petite fille le regarde, de ses beaux yeux étranges, à double iris, les yeux des VaRakhati. « Mais enfin, dit-elle, avec cet esprit pratique désarmant des enfants de neuf ou dix ans, apprends donc de nouveaux tours. »

« Padre, c'è qualcuno che vuol vedervi. »

Il se redresse en respirant bruyamment, désorienté. Il croit encore entendre les paroles de la petite fille du rêve, et il lui paraît important de ne pas les oublier avant d'avoir eu le temps d'y réfléchir. Il se frotte les yeux du revers du bras, résistant à l'envie irrésistible de s'emporter contre le petit garçon qui l'a réveillé.

« ...un uomo che vuol vedervi. »

Un homme qui veut vous voir, dit le garçon. Comment s'appelle-t-il, déjà ? Giancarlo. Il a dix ans. Sa mère est une agricultrice du voisinage qui vend ses produits aux restaurateurs de Naples. Quelquefois, lorsqu'il y a des convives supplémentaires au réfectoire, la maison de retraite se trouve à court de légumes, alors Giancarlo en apporte à la cuisine. Il reste souvent à traîner dans le coin, espérant qu'on lui confiera une course à faire – aller porter un message au prêtre malade, ou parfois l'aider à remonter l'escalier. « *Grazie* », répond Emilio en espérant que cela veut bien dire merci en italien, mais sans en être tout à fait sûr. Il voudrait ajouter, à l'intention du petit, qu'il est capable de négocier l'escalier tout seul, mais il ne trouve pas ses mots. Cela fait si longtemps, il y a eu tant d'autres langues depuis.

Se ressaisissant, il se met debout avec précaution et descend lentement de l'énorme rocher battu par les intempéries qu'il a choisi pour sanctuaire, se servant de ses pieds nus pour assurer ses appuis, sursautant violemment quand le garçonnet lâche tout d'un coup un flot d'italien suraigu. Il parle trop vite, utilise des mots trop compliqués ; Emilio est partagé entre la fureur à l'idée qu'on lui demande de comprendre quelque chose qui le dépasse, et le désespoir en constatant que tant de choses ne sont plus à sa portée.

Calme-toi, se dit-il. Ce n'est pas de sa faute. C'est un brave petit, juste curieux sans doute de voir quelqu'un porter des gants et pas de chaussures...

« Je ne comprends pas. Je suis désolé », finit-il par dire, et il reprend sa descente, espérant que le message passera. Le garçon opine, hausse les épaules et lui tend une main qu'il n'ose pas accepter, afin de le stabiliser après le dernier petit bond jusqu'au sol. Il se demande si Giancarlo est au courant pour ses mains, et s'il en aurait peur. Il doit attendre encore une semaine avant de pouvoir réessayer les prothèses. En attendant, il porte les mitaines offertes par Candotti, lesquelles ont été, comme l'a prédit John, une excellente solution à certains problèmes : celui de cacher ses mains, par exemple.

Emilio s'appuie contre le roc, puis il sourit et indique de la tête le long escalier de l'autre côté de la plage. Giancarlo lui rend son sourire, et ils avancent dans un silence plein de sympathie. Le garçon reste tout près de lui, tandis qu'ils remontent péniblement la falaise ; il tue le temps en sautant à pieds joints de marche en marche, galvaudant son énergie avec toute la prodigalité des êtres jeunes et en bonne santé, mal à l'aise en présence de l'infirmité. Ils progressent lentement, mais cette fois, ils parviennent à remonter tout l'escalier sans s'arrêter plus de quelques minutes, de temps à autre.

« *Ecco fatto, padre ! Molto bene !* » dit Giancarlo, sur le ton encourageant, quoique légèrement condescendant, que les adultes bien intentionnés prennent pour s'adresser aux petits enfants qui viennent de réussir quelque chose de très simple.

Reconnaissant à la fois les mots et l'attitude, Emilio se rend compte juste à temps que le petit va lui tapoter le dos ; s'attendant à ce contact, il parvient à le supporter et, gravement, il remercie encore une fois le jeune garçon, certain à présent que *grazie* est bien un mot italien. Et, une fois de plus, il se retrouve tiraillé entre deux émotions, réconforté par la gentillesse de cet enfant, dévoré de chagrin à la pensée d'une autre. Avec un geste et un sourire qui lui coûtent énormément, il donne congé à son petit guide. Puis il s'assoit sur un banc de pierre en haut de l'escalier, afin de prendre le temps de se ressaisir avant de pénétrer dans la demeure.

L'habitude d'obéir n'est pas éteinte chez lui ; quand on le convoque, il paraît, même si la peur fait cogner son cœur dans sa poitrine. Il lui faut plus de temps pour parvenir à maîtriser ses sentiments qu'il ne lui en faut pour se remettre de l'ascension depuis la plage. Le général lui a imposé une extrême régularité, dans ses horaires, son alimentation, ses exercices physiques. Et le corps d'Emilio, dès qu'il en a eu l'occasion, a commencé à se rétablir, à se réparer. La vigueur des hybrides, aurait dit Anne, en plaisantant à moitié. Les forces des deux continents.

Il songe parfois à la curieuse impression de paix qu'il a ressentie vers la fin du voyage de retour, en regardant le sang suinter de ses mains et en se disant : Je vais mourir, et comme ça je pourrai cesser de chercher à comprendre.

Il s'est demandé alors si Jésus s'était attendu à être remercié au moment où Lazare était sorti, tout puant, de son tombeau. Peut-être Lazare, lui aussi, avait-il déçu tout le monde.

Le petit homme trapu qui l'attend est presque aux portes de la vieillesse ; il porte une calotte noire et un costume noir très sobre. Un rabbin, se dit Sandoz, désemparé. Un parent de Sofia, un cousin issu de germains peut-être, venu lui demander des comptes.

L'homme se retourne, en entendant ses pas. Avec un sourire

un peu triste, au milieu d'une barbe fournie et bouclée, presque entièrement grise, il dit : *« ¿ No me conoces ? »*

Un rabbin séfarade s'exprimerait peut-être en espagnol, mais il ne se serait pas adressé à un parfait inconnu sur un ton aussi familier. Emilio se sent glisser au fond d'une frustration impuissante et détourne les yeux.

Mais l'homme voit sa perplexité et paraît deviner son fragile état mental. « Je suis désolé, mon père, dit-il. Bien sûr que vous ne me reconnaissez pas. Je n'étais qu'un gamin quand vous êtes parti, je ne me rasais même pas. » Il rit et indique sa barbe. « Et, comme vous le voyez, je ne me rase toujours pas. »

Gêné, Sandoz commence à s'excuser et à reculer, lorsque l'homme lâche tout à coup un torrent d'insultes et de quolibets en latin ; la grammaire est impeccable, le vocabulaire ordurier. « Felipe Reyes ! » souffle Emilio, bouche bée de stupéfaction. Il fait un pas en arrière, tant sa surprise est grande. « Je n'arrive pas à le croire, Felipe, tu es un vieux monsieur !

– Ce sont des choses qui arrivent, quand on attend assez longtemps, dit Felipe avec un large sourire. Et je n'ai que cinquante et un ans ! Je ne suis pas si vieux. Nous préférons dire un homme d'âge mûr, nous autres quinquagénaires. »

Pendant quelques instants, ils restent debout à se dévisager d'un air abasourdi, enregistrant les changements, visibles et implicites. Et puis Felipe rompt le sortilège. En attendant l'arrivée d'Emilio, il a tiré deux chaises de part et d'autre d'une petite table, près d'une fenêtre de la grande pièce ouverte, et, en riant de nouveau, il fait signe à Emilio de le suivre et tire un siège à son intention. « Asseyez-vous, asseyez-vous. Vous êtes trop maigre, mon père ! Il me semble que je devrais vous commander un sandwich ou quelque chose. On ne vous nourrit donc pas ici ? » Felipe est sur le point d'ajouter une remarque concernant Jimmy Quinn, mais il se ravise. Au lieu de cela, il se tait soudain, tandis qu'ils s'assoient l'un en face de l'autre, et sourit à Emilio de toutes ses dents, lui laissant le temps de se remettre du choc.

Emilio finit par s'écrier : « Je t'ai pris pour un rabbin !

– Merci, répond Felipe, tout à fait à l'aise. Pour tout vous dire, vous avez fait de moi un prêtre. Je suis jésuite, mon vieil ami, mais j'enseigne au Séminaire juif de théologie à Los Angeles. Moi ! Professeur agrégé de religion comparée ! » Et il rit, enchanté de voir la stupeur d'Emilio.

Pendant l'heure qui suit, ils échangent des souvenirs de La

Perla, dans la langue de leur enfance. Tout cela ne remonte guère qu'à cinq ou six ans pour Emilio et il constate, à sa vive surprise, qu'il se rappelle davantage de noms que Felipe, alors que ce dernier, en revanche, sachant ce qu'il est advenu à tout le monde, a cent histoires à lui raconter, les unes drôles, les autres tristes. Bien sûr, cela ne fait pas loin de quarante ans qu'Emilio a quitté l'endroit ; il ne devrait pas s'étonner si une grande partie du récit se résume à une litanie de décès, et pourtant...

Ses parents s'en sont allés depuis longtemps, mais il est curieux de connaître le sort de son frère. « Antonio Luis est mort deux ans après votre départ, mon père.

– Comment ? s'oblige-t-il à demander.

– Exactement comme on pouvait s'y attendre. » Felipe hausse les épaules et secoue la tête. « Il consommait de la came, mon vieux. Ça finit toujours par leur faire péter les plombs, au bout du compte. Il n'avait plus aucun discernement. Il piochait dans le tiroir-caisse et les Haïtiens l'ont descendu. »

La main gauche d'Emilio lui fait un mal de chien et sa migraine l'empêche de se concentrer. Que de morts !...

« ... alors Claudio a vendu le restaurant à Rosa, mais elle a épousé une espèce de *pendejo* qui a foutu l'affaire par terre. Au bout de quelques années, ils avaient tout perdu. Elle a divorcé, mais en fait elle n'a jamais pu reprendre le dessus. Mais vous vous souvenez de Maria Lopez ? Qui travaillait pour le Dr Edwards. Mon père ? Vous vous souvenez de Maria Lopez ?

– Oui, bien sûr. » Les yeux plissés, à présent, pour se protéger de la lumière, il demande : « Elle a fini par faire sa médecine ?

– Oh, que non ! » Felipe s'interrompt pour remercier d'un sourire un frère qui leur apporte des tasses de thé sans qu'ils aient rien demandé. Ni l'un ni l'autre ne le boivent. Les mains jointes sur ses genoux, Felipe reprend : « Mais elle s'en est sortie. Figurez-vous que le Dr Edwards lui a laissé de l'argent, un vrai paquet, vous le saviez ? Alors Maria a pu s'inscrire à l'École des hautes études commerciales de l'université de Cracovie, et pour finir elle a réussi à faire fortune. Elle a épousé un Polonais. Ils n'ont pas eu d'enfants. Mais Maria a créé des bourses pour les gosses de La Perla. Votre travail continue à porter ses fruits, mon père.

– Ce n'est pas moi qui ai fait tout ça, Felipe, c'est Anne. » L'idée lui vient, tout à coup, que ce sont sûrement les Edwards qui ont racheté le contrat de Sofia. Il se rappelle avoir entendu

Anne rire en disant que c'était formidable de distribuer tout l'argent qu'ils avaient mis de côté pour leurs vieux jours. Il se rappelle Anne en train de rire. Il voudrait que Felipe s'en aille.

Celui-ci remarque son désarroi, mais il continue, d'une voix paisible, insistant sur tout le bien que Sandoz a fait. Les arbres plantés sur l'île de Chuuk ont grandi ; un type qui a appris à lire et à écrire dans son adolescence grâce au programme d'alphabétisation parrainé par les jésuites, est devenu un poète honoré, dont l'œuvre entière est illuminée par la beauté arctique et par les âmes de son peuple. « Et vous vous rappelez Julio Mondragón ? Ce gosse que vous avez persuadé d'arrêter de gribouiller sur les immeubles pour peindre la chapelle ? Eh bien, on ne parle plus que de lui à présent ! Ses peintures se vendent à des prix incroyables, et elles sont si belles qu'il me semble parfois qu'elles valent les fortunes qu'on les paie. Les gens viennent même visiter la chapelle pour admirer ses œuvres de jeunesse, vous vous rendez compte ? »

Emilio reste assis, les yeux fermés, incapable de regarder l'homme que son exemple a incité à se charger des fardeaux de la prêtrise. Car de tout ce qu'il a fait, c'est surtout de cela qu'il ne veut pas être tenu pour responsable. Les paroles de Jérémie lui viennent à l'esprit : « Je ne mentionnerai pas Dieu et je ne parlerai plus en son nom. » et puis, voilà que Reyes s'agenouille devant lui, et, à travers le tumulte qui fait rage dans sa tête, il l'entend dire : « Mon père, laissez-moi voir ce qu'on vous a fait. »

Laissez-moi voir : laissez-moi comprendre. Emilio tend les mains, parce que, si hideuses qu'il puisse les trouver, il est beaucoup plus facile de les montrer que de révéler ce qui se passe au-dedans de lui. Doucement, Felipe repousse les gants et, tandis que la mutilation apparaît, on entend le vrombissement familier des servomoteurs et des micromécanismes, le susurrement métallique des articulations, étrangement assourdi par la couche de peau artificielle qui a l'air si incroyablement vraie.

Felipe prend les doigts de son compagnon dans ses propres mains mécaniques et sans chaleur. « Le père Singh est vraiment génial, hein ? Vous le croirez si vous voulez, mais pendant quelque temps, moi, j'ai dû me contenter de deux crochets ! Et même quand il a eu fabriqué les prothèses, je suis resté longtemps déprimé, reconnaît Felipe. On n'a jamais su qui avait envoyé la lettre piégée, ni pourquoi. Mais le plus étrange, c'est qu'au bout d'un certain temps, j'ai bel et bien fini par m'en féliciter. Voyez-vous, je suis heureux d'être où je suis aujourd'hui, alors je remercie Dieu de chacun des événements qui m'y ont amené. »

Un silence s'établit. Les hanches de Felipe Reyes commencent à subir les attaques de l'arthrose et brusquement, en se remettant debout et en regardant l'amertume transformer le visage de Sandoz, il a l'impression d'être déjà devenu le vieillard qu'il sera bientôt.

« Le salopard ! C'est Voelker qui t'a fait venir ? » Emilio s'est levé lui aussi, il s'est écarté de Felipe, il fait quelques pas, met de la distance entre eux. « Je me demandais comment ça se faisait qu'il n'ait pas laissé une biographie d'Isaac Jogues à côté de mon lit. Il avait encore mieux que ça sous la main, pas vrai ? Un vieil ami à moi qui est dans un état encore pire que le mien. Quelle ordure, ce mec ! » vitupère Sandoz, incrédule, que sa fureur rend soudain bavard. Puis il s'interrompt brutalement et se tourne vers Felipe. « Tu es venu ici pour me dire que je ne suis pas tellement à plaindre, Felipe ? Ton exemple doit m'inspirer, c'est ça ? »

Felipe Reyes se redresse de toute sa modeste taille et regarde bien en face ce Sandoz qui a été l'idole de sa jeunesse et qu'il veut encore aimer, en dépit de tout. « Ce n'est pas Voelker, mon père. C'est le général qui m'a prié de venir. »

Sandoz se fige complètement. Lorsqu'il parle enfin, sa voix possède l'intonation douce, presque calme, de la colère contrôlée. « Ah bon. Dans ce cas, tu dois être chargé de me faire honte parce que je fais toutes ces histoires. Parce que je m'apitoie sur moi-même. »

Felipe s'aperçoit qu'il n'a rien à répondre à cela et, dans son impuissance, il laisse le silence s'éterniser, tandis que Sandoz le dévisage fixement comme un serpent qui cherche à fasciner sa proie. Brusquement, une lueur dangereuse s'allume au fond de ses prunelles. Intuitivement, Felipe sait ce qu'il va dire.

« Et pour les audiences aussi ? » demande Emilio, d'une voix caressante à présent, les sourcils haussés, la bouche entrouverte, attendant confirmation. Felipe opine. Sandoz mâtine son amertume d'un peu de mépris amusé. « Et pour les audiences, bien entendu ! Bon Dieu ! s'écrie-t-il, invoquant directement le ciel. C'est vraiment parfait. C'est exactement le genre de petit détail créatif que j'en suis venu à escompter. Tu es donc venu jouer l'avocat du diable, Felipe ?

– Il ne s'agit pas d'inquisition, mon père. Vous le savez bien. Je suis simplement venu pour aider...

– Oui, dit Emilio doucement, avec un sourire qui n'atteint pas le regard. Pour aider à découvrir la vérité. Pour me faire parler. »

Felipe Reyes soutient le regard d'Emilio aussi longtemps qu'il le peut. Il finit par détourner les yeux, mais il n'y a pas moyen d'échapper à la voix douce et féroce.

« La vérité, tu ne peux pas l'imaginer. Moi, je l'ai vécue, Felipe. Et je dois continuer à vivre avec. Dis-leur donc : les mains, ce n'est rien. Dis-leur donc : ce serait déjà un progrès si je pouvais m'apitoyer sur moi-même. Peu importe ce que je dis. Peu importe ce que je te raconte. Pas un d'entre vous ne pourra jamais savoir ce que j'ai vécu. Et je peux vous garantir une chose : il vaut mieux que vous ne sachiez pas. »

Quand Felipe Reyes relève les yeux, Sandoz a disparu.

Vincenzo Giuliani, désormais de retour dans son bureau à Rome, est mis au courant du fiasco dans l'heure qui suit.

À vrai dire, le général n'a pas convoqué Felipe Reyes pour lui confier le rôle de procureur au procès d'Emilio. Il n'y aura pas de procès, ni d'avocat du diable, pas même au sens large qu'a utilisé Sandoz. Le but de l'enquête imminente est d'aider la Compagnie de Jésus à prendre une décision concernant Rakhat. Reyes est un spécialiste respecté de religion comparée et Giuliani s'attend à ce qu'il leur soit d'une grande utilité, à mesure que Sandoz en viendra à leur révéler tous les détails de la mission sur Rakhat. Mais il serait vain de le nier : le général a aussi espéré que Felipe Reyes, qui a bien connu Sandoz en des jours meilleurs et qui a lui-même été mutilé alors qu'il étudiait dans une université pakistanaise, pourrait donner à Emilio une perspective plus saine sur le caractère apparemment unique de son expérience. Il est donc passablement déconfit d'apprendre à quel point il s'est mépris sur la réaction de Sandoz à cet égard.

En soupirant, il quitte sa table de travail pour gagner la fenêtre d'où il regarde fixement le Vatican à travers le rideau de pluie. Quel fardeau les hommes comme Sandoz emportent donc sur le terrain ! Plus de quatre cents des nôtres pour fixer les critères, se dit-il, et il se rappelle le temps de son noviciat, au cours duquel il a étudié les vies des bienheureux et vénérés jésuites. Quelle était donc cette phrase merveilleuse ? « Des hommes astucieusement formés aux lettres et à la force d'âme. » Des hommes capables de supporter les épreuves, la solitude, l'épuisement et la maladie avec autant de courage que de ressources. Des hommes prêts à affronter la torture et la mort avec une joie qui défie à première vue l'entendement, fût-ce celui des hommes et des femmes qui partagent leur religion, sinon leur foi. Que d'histoires homériques ! Que de martyrs de la trempe d'Isaac Jogues qui a franchi péniblement à pied plus de mille kilomètres vers l'intérieur du Nouveau Monde – une contrée aussi étrange pour un Européen de 1637 que Rakhat peut l'être pour nous à l'heure actuelle, comprend soudain Giuliani. Craint pour ses pouvoirs de sorcellerie, tourné en ridicule, vilipendé pour sa douceur par les Indiens qu'il espérait amener vers le Christ. Régulièrement rossé, les doigts tranchés, phalange après phalange, avec des lames faites de coquillages – comment s'étonner que son cas soit venu à l'esprit d'Emilio ? Sauvé, après des années de mauvais traitements et de privations, par des marchands hollandais qui se sont arrangés pour le faire rapatrier en France où il s'est rétabli, contre toute attente.

Et le plus stupéfiant, c'est de se dire qu'il y est retourné. Il devait savoir pourtant ce qui arriverait, mais il est reparti travailler parmi les Mohawks, dès qu'il a pu. Et à la fin, ils l'ont tué. De façon horrible.

Comment pouvons-nous comprendre de tels hommes ? s'est jadis demandé Giuliani. Comment un individu sain d'esprit a-t-il pu reprendre une pareille existence, en sachant le sort qui l'attendait sans doute ? Souffrait-il d'une psychose, était-il poussé par des voix ? Était-ce un masochiste qui recherchait l'avilissement et la souffrance ? Pour un historien moderne, même jésuite, de telles questions sont inévitables. Et Jogues n'était qu'un cas qu'un parmi d'autres. Ces hommes-là étaient-ils fous ?

Non, a fini par décider Giuliani. Ce qui les poussait, ce n'était pas la folie, mais les mathématiques de l'éternité. Pour sauver quelques âmes des tourments perpétuels et d'une brouille éternelle avec Dieu, pour aiguiller ces âmes vers une joie impérissable et les rapprocher du Seigneur, aucun fardeau n'était trop lourd, aucun prix trop élevé. Jogues lui-même avait écrit à sa mère : « Tous les efforts d'un million de personnes ne vaudraient-ils pas la peine d'être faits s'ils gagnaient ne fût-ce qu'une seule âme pour Jésus-Christ ? »

Oui, se dit-il, les jésuites sont bien préparés au martyre. La survie, en revanche, peut être pour eux un problème insoluble. Quelquefois, subodore Vincenzo Giuliani, il est plus facile de mourir que de vivre.

« Je commence vraiment à prendre ces escaliers en grippe », lance John Candotti en traversant la plage. Sandoz est assis sur les rochers, comme d'habitude, adossé contre l'un d'eux, les mains exposées, ouvertes, pendant entre les genoux qu'il a ramenés contre sa poitrine. « Vous ne pourriez pas broyer du noir dans le jardin, par hasard ? Il y a un endroit impeccable pour ressasser ses griefs, juste à côté de la maison.

– Fichez-moi la paix, John. » Emilio a les yeux fermés et son expression, John commence à le savoir, est celle d'un homme affligé d'une épouvantable migraine.

« Che ne feussait qu'opéir à mes zubérieurs. C'est le père Reyes qui m'envoie. » Il s'attend pour le moins à un juron mais Sandoz a repris le contrôle de lui-même, ou alors il se contrefiche de tout. John reste debout sur le sable, à quelques pas de lui, et passe un moment à contempler le large. Il y a des voiles au loin, éclatantes dans les rayons obliques du soleil, ainsi que les habituels bateaux de pêche. « C'est à des moments pareils, poursuit-il d'un ton philosophe, que je me rappelle ce que mon vieux père disait toujours. »

Sandoz relève la tête et il regarde John Candotti d'un air las, résigné à subir un nouvel assaut.

« Mais qu'est-ce que tu fous dans la salle de bains, jour et nuit ? hurle brusquement John. Sors donc de là et laisse un peu la place aux autres ! »

La tête d'Emilio se renverse contre le rocher et il rit, il rit à perdre haleine.

« Eh bien, voilà un bruit fort sympathique, dit John avec un grand sourire, ravi de son petit effet. Vous savez quoi ? Je ne crois pas vous avoir jamais entendu rire avant, rire franchement.

« *Frankenstein Junior !* C'est tiré de *Frankenstein Junior !* » Sandoz manque s'étrangler de rire. « On connaissait le film presque par cœur, mon frère et moi. On a bien dû le regarder une centaine de fois quand on était mômes. J'adorais Mel Brooks.

– Un grand bonhomme, renchérit John. L'*Odyssée, Hamlet, Frankenstein Junior.* Il y a des œuvres vraiment impérissables. »

Emilio se remet à rire, s'essuyant les yeux sur sa manche et hoquetant à moitié. « Je croyais que vous alliez me dire que je verrais les choses d'un autre œil demain matin ou quelque chose comme ça. Je m'apprêtais à vous trucider. »

Candotti hésite un instant en entendant ces mots, puis il décide qu'il s'agit sans doute d'une façon de parler. « Juste ciel ! Dans ce cas, j'imagine que ma présence a bien failli vous fournir l'occasion de pécher, mon fils, dit-il d'une voix onctueuse, en imitant Johannes Voelker. Puis-je venir vous rejoindre sur votre rocher, cher ami ?

– Faites comme chez vous. » Emilio se pousse pour lui faire de la place, s'arrachant un peu à la morosité qui s'est emparée de lui depuis qu'il a revu Felipe.

Précédé de son nez comme d'une figure de proue, John grimpe jusqu'à lui, dans un déploiement de coudes, de genoux et de grands pieds, enviant à Sandoz son élégance compacte, sa grâce athlétique qui même à présent reste en évidence. Candotti s'installe dans un confort relatif sur la surface inélastique du rocher et les deux hommes admirent pendant quelque temps le coucher de soleil. Ils devront remonter l'escalier dans l'obscurité, mais ils en connaissent toutes les marches par cœur.

« Telles que je vois les choses, dit John, en rompant le silence, tandis que l'éclat lumineux du jour prend une profondeur bleutée, vous avez trois choix possibles. *Primo :* vous pouvez partir, comme vous avez dit que vous vouliez le faire, au début. Quitter la Compagnie, renoncer à la prêtrise.

– Pour aller où ? Et y faire quoi ? » demande Sandoz, dont le profil est aussi rigide que l'arête des roches sur lesquelles ils sont assis. Depuis le jour où le journaliste a fait irruption dans sa chambre, où la réalité de la vie à l'extérieur de la Compagnie est venue lui exploser au visage, il n'a plus parlé de ce départ. « Je suis pris au piège. Et vous le savez.

– Vous pourriez être riche. On a offert à nos supérieurs des sommes énormes uniquement pour avoir l'autorisation de vous interviewer. » Emilio se tourne vers lui dans la pénombre crépusculaire, et John croit presque sentir le goût de la bile qui remonte à la gorge de son compagnon. Il attend, pour lui laisser tout loisir de parler, mais Emilio reporte son attention sur la mer qui s'assombrit. « *Secundo :* vous pouvez participer activement aux audiences. Expliquer ce qui s'est passé. Nous aider à décider ce qu'il convient de faire à présent. Nous serons avec vous, Emilio. »

Les coudes sur ses genoux relevés, Sandoz porte les mains à sa tête et il appuie les longs doigts osseux, blancs et squelettiques, contre sa chevelure. « Si je commence à parler, vous n'aimerez pas ce que vous entendrez. »

Il croit que la vérité est trop laide pour nous, s'est dit John en descendant l'escalier après un conciliabule hâtif avec le frère Edward et le père Reyes. Edward pense que Sandoz ne se rend peut-être pas compte de tout le battage qu'on a déjà fait autour de son histoire. « Emilio, nous sommes au courant pour l'enfant, dit John tranquillement. Et aussi pour le bordel.

– Personne ne sait rien, répond Sandoz d'une voix étouffée.

– Tout le monde sait cela, Emilio. Pas seulement Edward Behr et les gens de l'hôpital. Le Consortium d'entrée en contact a révélé toute l'histoire... »

Brusquement, Sandoz se met debout et descend du rocher. Il se met en route le long de la plage plongée dans l'ombre, vers le sud, les bras croisés sur sa poitrine afin de garder ses mains coincées sous ses aisselles. John saute sur le sable à son tour et se lance à sa poursuite. Ayant rattrapé son compagnon, il l'empoigne par l'épaule et le tourne vers lui, en criant : « Mais enfin, combien de temps croyez-vous que vous pourrez vous retenir de parler ? Combien de temps avez-vous l'intention de garder le fardeau pour vous tout seul ?

– Le plus longtemps possible, John, dit Sandoz d'un ton lugubre, en s'arrachant à la poigne de Candotti et en s'écartant de lui. Le plus longtemps possible.

– Et puis ensuite ? » hurle Candotti tandis qu'Emilio lui tourne le dos. Sandoz fait volte-face pour le regarder.

« Et ensuite, articule-t-il d'un ton posé et menaçant, j'opterai pour le troisième choix. C'est cela que vous souhaitez m'entendre dire, John ? » Il se dresse devant lui, tremblant légèrement, l'œil morne, la peau tendue à craquer sur les os de son visage.

John, dont la colère retombe aussi vite qu'elle est montée en lui, ouvre la bouche pour répondre, mais Sandoz reprend la parole. « Ça fait des mois que j'y pense, mais je crains d'être encore assez orgueilleux pour priver Dieu du plaisir de savourer la chute de la blague malsaine qu'il est en train de me jouer », dit-il d'un ton léger, alors que son regard fait peur à voir. « Voilà ce qui ne maintient en vie, John. Voilà tout ce qui me reste, un vieux fonds d'orgueil. »

D'orgueil, certes. Mais de crainte aussi : *Car dans ce sommeil de la mort, quels rêves viendront nous visiter ?*

15

Dans le système solaire : 2021
À bord du *Stella Maris* :
2021-2022, référentiel terrestre

« Anne, ma petite Anne, c'est génial ! Attends un peu d'avoir vu notre astéroïde. On dirait une pomme de terre géante. Et quand je l'ai vue, la première chose qui m'est venue à l'esprit c'est le *Muppet Show*. Les patates de l'espa-a-ace ! »

Anne éclata de rire, amusée par cette image et soulagée de savoir George de retour chez eux, même si ce n'était que pour quelques jours, le temps que D.W. et lui réunissent un nouveau stock de matériel. Pour une femme dont la foi en la technologie existait davantage par défaut que par la grâce de la conviction habitant une scientifique bien informée, les quatre dernières semaines avaient été pleines d'inquiétude, mais George lui était revenu débordant de joie de vivre et de confiance, et il avait enseveli ses craintes sous une avalanche d'enthousiasme, pendant qu'elle le reconduisait chez eux depuis l'aéroport de San Juan.

« Les moteurs sont à un bout et les caméras automatiques et ainsi de suite à l'autre, mais elles sont en retrait et elles louchent, si tu vois ce que je veux dire, de façon à ne pas être dirigées exactement dans l'axe que nous suivrons...

– Pourquoi ça ?

– Pour leur éviter d'être rayées par la “ merde interstellaire ”, pour reprendre une de tes délicates expressions, ma chérie. Les caméras sont braquées sur un jeu de miroirs – les miroirs, eux, sont exposés, mais nous pouvons enlever les couches une par une à mesure que les images se dégradent, un peu comme on fait tomber les couches de la visière d'un casque de motard, quand on court dans la boue. Bon Dieu, tu es superbe ! » Elle garda les yeux fixés sur la route, mais le délicat éventail de ridules autour de ses yeux se plissa de plaisir. Elle avait les cheveux empilés sur le sommet du crâne, arborant une coiffure que George n'aurait su caractériser autrement que par le mot « relevée », et elle portait des perles et une robe de soie crème. « Bon, en tout cas, continua-t-il, si tu songes à notre pomme de terre, nous venons nous amarrer sur le côté le plus long, là où on mettrait le beurre en quelque sorte...

– Ou plutôt la substance beurroïde sans matière grasse à base de soja qui a le goût de vraie margarine, grommela Anne sans quitter la route des yeux.

– On entre en volant dans une espèce de tube, et puis ensuite il y a un sas, mais il faut s'équiper pour passer du module dans le sas. Après quoi, on suit un petit couloir rocheux, dont toutes les parois sont hermétiquement étanches, et il y a un autre sas, juste pour être sûr...

– Sûr de quoi ? voulut savoir Anne, mais il l'entendit à peine.

– ... Et ensuite, on déboule dans la partie habitable, qui est en plein milieu, là où on est le mieux protégé, et, ma petite Anne, à l'intérieur c'est ravissant. Ça fait un peu japonais. La plupart des murs sont en réalité des panneaux lumineux, pour nous empêcher de devenir dingues à force d'être toujours dans le noir. Ils ressemblent assez à des écrans shoji. » Elle hocha la tête. « Bon. Alors, à l'intérieur, figure-toi qu'il y a quatre cylindres concentriques. Les chambres à coucher et les toilettes sont autour du cylindre extérieur. Les chambres sont un peu en forme de petits pâtés...

– Vous en avez réservé une pour l'exercice physique et l'équipement médical ?

– Oui, docteur. J'ai mis tous tes trucs dedans, mais ce sera à toi de les arranger à ton idée quand tu iras t'installer. » Il ferma les yeux, pour se représenter le reste, puis il les ouvrit et regarda droit devant lui : ce n'était pas la circulation de San Juan qu'il voyait, mais le merveilleux vaisseau qui serait bientôt leur foyer et qui, dans son esprit, dégageait déjà une impression douillette et nautique, chaque chose à sa place, impeccable, bien organisé, et d'un confort surprenant. « Dans le cylindre qui suit il y a une vaste pièce commune, avec des tables et des bancs incorporés, ainsi que la cuisine qui est vachement bien, elle te plaira. Sais-tu que Marc Robichaux fait très bien la cuisine ? Française, bien sûr. Des tas de machins en sauce, à ce qu'il m'a dit...

– Je sais. Marc est un amour. On a beaucoup papoté sur Internet.

– ... mais on mangera des machins en tube jusqu'à ce qu'on ait retrouvé la pesanteur. Ah, et puis j'ai chargé les robots de creuser une pièce de plus avec une baignoire en pierre, tout à fait comme une salle de bains japonaise, où on peut se savonner et se rincer dans très peu d'eau, avant de faire trempette.

– Hooouuu, ça alors, ça me paraît du tonnerre ! ronronna Anne. C'est grand comment ? »

Il se pencha pour lui planter un baiser dans le cou. « Bien assez grand. Bon. Au centre, il y a encore deux autres cylindres concentriques pour le tube de Wolverton, d'accord ? Une colonne de plantes coincées dans des trous tout autour du cylindre extérieur. Les feuilles sortent dans la pièce à vivre, les racines convergent vers le centre, tu vois le topo ? Tout l'air et presque tous les déchets sont filtrés par le cylindre des plantes. J'en ai déjà vu d'autres mais, bon Dieu, ce que celui-là est beau ! Ça fait des mois que Marc travaille au mélange des végétaux... »

George s'étendit encore un peu sur les plantes, puis il se mit à lui parler du poste de pilotage et à lui expliquer la façon dont les robots mineurs alimentaient les accélérateurs de masse. Anne crut comprendre que son mari, Sofia et Jimmy allaient collaborer à des programmes d'IA qui permettraient à l'astéroïde d'effectuer tout seul son trajet de retour, en captant les émissions radio de la Terre et la fréquence radio du Soleil, de façon à ce que le système fût capable de faire le genre de calculs dont Jimmy devait se charger pendant le voyage aller, au cas où il serait tué. Et il y avait aussi, pour le module d'amarrage et d'atterrissage, un simulateur de vol en réalité virtuelle sur lequel ils apprendraient tous à piloter, au cas où D.W. serait...

Sur ces mots, Anne faufila sa voiture dans une place de parking et coupa le moteur. Il y eut un long silence, car ils étaient tous deux un peu refroidis à l'idée de se dire qu'il y aurait sans doute des victimes en cours de route. Ils suivaient tous une formation diversifiée, afin d'avoir le plus de redondances possible parmi l'équipage définitif de huit personnes.

« Le vaisseau sera pour ainsi dire sur pilotage automatique, quand nous reviendrons, lâcha enfin George.

– Ça, c'est la partie que j'aime le mieux, fit remarquer Anne. Le “ quand nous reviendrons ”. »

Anne continuait à tenir le rôle du sceptique de service, mais les dix-huit mois qui venaient de s'écouler avaient opéré en elle un changement surprenant. À d'innombrables reprises, tout avait paru indiquer que l'ensemble de la mission était sur le point de capoter ; chaque fois, Anne s'était émerveillée, en voyant l'acharnement des jésuites à résoudre les problèmes, tant par leur zèle que par leurs prières.

Il s'avéra que le premier astéroïde choisi possédait une ligne de faille susceptible de céder brusquement à partir d'un g d'accélération. Le deuxième paraissait parfait, jusqu'à ce qu'une analyse à distance eût révélé une teneur trop élevée en fer, qui à long terme détraquerait les moteurs. Quelques jours plus tard, les prières du soir d'un physicien jésuite furent interrompues, lorsqu'il se rendit brusquement compte que ses calculs sur les éléments porteurs étaient indûment limités par la spécification d'un rocher à peu près cylindrique. Il termina ses prières, repassa rapidement en revue ses postulats, et réveilla des collègues jésuites dans différentes zones horaires. Douze heures plus tard, Sofia Mendes fut autorisée à contacter Ian Sekizawa pour lui demander d'élargir ses recherches, de façon à inclure des astéroïdes de n'importe quelle forme ou presque, pourvu qu'ils fussent plus ou moins symétriques autour de l'axe longitudinal. Au bout de quelques jours à peine, Ian répondait à sa requête : il avait repéré un rocher de forme ovoïde. Est-ce qu'il ferait l'affaire ? Mais oui, c'était parfait.

Il y eut une crise du même genre concernant la protection thermique du module d'atterrissage de D.W. Le matériau utilisé pour gainer les avions spatiaux devait pouvoir fonctionner dans le froid inimaginable de l'espace aussi bien que dans la chaleur digne d'un haut fourneau qu'il fallait traverser pour entrer dans une atmosphère et en sortir. Or, les commandes militaires, représentant les contrats les plus lucratifs, avaient priorité sur les projets civils. De ferventes prières, bien soutenues par une subtile habileté technique et diplomatique, furent consacrées à ce nouveau problème. De façon tout à fait inattendue, le gouvernement militaire de l'Indonésie fut renversé et l'aviation indonésienne annula sa commande d'avion spatial, ce qui libéra le matériau nécessaire à la commande privée passée plusieurs mois auparavant par Sofia Mendes pour le compte d'un groupe d'investisseurs anonymes.

Au bout de quelque temps, il devint difficile de ne pas remarquer de quelle façon les dés, contre toute attente, s'obstinaient à rouler en faveur de la mission. Les membres de l'équipage poursuivirent leur formation, sans laisser les hauts et les bas que traversait leur confiance affecter leur travail, mais ils connurent tous divers degrés de stupéfaction. Il n'y avait pas jusqu'aux quatre jésuites qui ne fussent divisés. Marc Robichaux et Emilio Sandoz souriaient et disaient : « Vous voyez ? *Deus vult* », alors que D.W. Yarbrough et Andrej Jelacic secouaient la tête, abasourdis. Lorsqu'il s'agissait de savoir si l'on avait affaire à des miracles de moindre importance ou à des coïncidences majeures, George Edwards, Jimmy Quinn et Sofia Mendes restaient résolument agnostiques.

Anne ne disait rien, mais, à mesure que les mois passaient, elle avait de plus en plus de mal à résister à la beauté de la foi.

Et ainsi, selon la volonté du sort ou de Dieu, dix-neuf mois et douze jours après qu'Anne eut commencé à établir sa liste en écrivant : « 1. Une pince à ongles », elle fut enfin en mesure d'en biffer la dernière ligne sardonique : « Le vomi à zéro g. » Elle qui, dans son enfance, avait été incapable de supporter les balançoires de l'aire de jeux, elle s'était résignée à l'idée que le contenu de son abdomen, lorsqu'il commencerait à dériver vers ses poumons, suffirait probablement à déclencher le mal de l'espace qui affectait encore quinze pour cent de tous les voyageurs, en dépit des progrès de la médecine. N'étant pas totalement pessimiste quant à ses chances d'éviter cet inconvénient, elle essaya le patch transdermique antinausée préconisé par D.W. Yarbrough, qui ne jurait que par lui ; Anne, lorsqu'elle eut repris sa respiration, jura plutôt *contre* le patch.

Dans l'ensemble, cependant, elle avait toutes les raisons de se congratuler. Tout le monde s'était attendu à ce qu'elle eût peur, si bien qu'elle décida, évidemment, de décevoir cette attente en prenant plaisir au voyage. Ce qu'elle fit. Le décollage vertical était incroyablement bruyant, mais on avait à peine l'impression de bouger. Puis il y eut le frisson ressenti en accélérant progressivement jusqu'à quatre g, l'impression d'être plaquée comme un sparadrap contre sa couchette, tandis qu'ils fonçaient dans un rugisement en direction de Mach 1, après quoi ils abandonnèrent brusquement le vacarme derrière eux. Très vite, le ciel s'assombrit de plus en plus, puis D.W. éteignit le dispositif de postcombustion, et elle fut projetée en avant contre ses ceintures si brutalement qu'elle crut que son cœur avait explosé. Mais presque aussitôt, par la fenêtre de l'habitacle, droit devant elle, elle aperçut la Lune et le bord turquoise de la Terre contre le noir intense. En contemplant l'Asie qui se déroulait au-dessous d'eux en dérivant vers un coucher de soleil d'une beauté grandiose et mémorable, elle sentit qu'elle se détachait de sa couchette et se mettait à flotter.

Ce fut alors qu'elle connut un instant de clarté sans précédent, un moment de certitude tout à fait inattendue quant à la réalité de Dieu. La sensation s'évanouit presque aussi vite qu'elle était venue, mais elle laissa dans son sillage la conviction qu'Emilio avait raison, qu'ils étaient destinés à se trouver réunis ici même, afin de tenter cette aventure impossible. Elle le regarda avec stupeur, violemment émue, et elle fut, malgré elle, exaspérée de constater qu'il dormait à poings fermés.

Ils avaient décollé depuis deux heures et demie, environ, lorsque Sofia passa près d'elle en flottant, pour aller accomplir une manœuvre nécessaire à la navigation. Sans doute le fait de tourner la tête pour la suivre des yeux causa-t-il la perte d'Anne. Ce furent ses oreilles internes, et non ses tripes, qui la trahirent. Sans crier gare, son corps se rebiffa contre son étrange situation, et elle passa les heures suivantes à vomir et à se moucher. Quand ce fut fini, elle se rendit compte qu'elle mourait de faim, et, dégrafant ses ceintures, elle partit en direction de l'habitacle, avec le sentiment d'être suspendue au bout d'un fil, jusqu'au moment où elle se cogna si fort contre une cloison qu'elle lâcha sans réfléchir un « Aïe ! » et un « Merde ! » retentissants. Elle jeta un coup d'œil à Emilio derrière elle, en espérant qu'elle ne l'avait pas réveillé, mais il ouvrit les yeux et lui adressa un sourire verdâtre ; elle comprit alors qu'il n'était pas endormi du tout : il était à deux doigts de restituer son petit déjeuner.

Ce fut le moment que choisit D.W. pour leur brailler depuis l'avant de l'appareil : « Hé, z'avez donc pas les crocs, vous autres ? » L'effet de cette question sur Sandoz fut immédiat et spectaculaire.

À sa demande, très ferme, quoique bredouillée, Anne laissa Emilio affronter tout seul sa détestable expérience, comme elle l'avait fait elle-même, sans l'aide d'un public plein de sollicitude. Elle alla rejoindre D.W. et Sofia pour le déjeuner qui leur permit de goûter une excellente soupe vichyssoise, conditionnée dans des emballages qui ressemblaient à des tubes de pâte dentifrice. L'estomac calé et rempli d'un repas étonnamment savoureux, Anne sentit sa bonne humeur remonter à la vitesse grand V. L'amélioration fut suffisante pour lui permettre de décider, non sans morosité, que même quand elle souffrait du syndrome de la grosse figure et des pattes de poulet, qui n'épargnait personne à zéro g, Sofia était plus belle à trente-deux ans qu'elle-même ne l'avait été le jour de son mariage, dans tout l'éclat de ses vingt ans. La redistribution radicale du plasma sanguin et de la lymphe ne parvenait pas à occulter tout à fait la perfection physique de la jeune femme ; les fluides qui lui étaient remontés au visage en faisaient un ovale bien lisse, couleur d'ivoire, ses sourcils sombres s'arquaient sereinement au-dessus de paupières ovoïdes, ses lèvres, avançant dans une moue involontaire, révélaient le calme et le contrôle de soi : c'était un portrait byzantin où ne transparaissait aucune émotion.

D.W., en revanche, était encore plus horrible à voir que d'habitude.

La Belle et la Bête, se dit Anne en les regardant travailler presque joue contre joue à un problème de navigation. C'était une amitié qu'elle trouvait incongrue, pure, touchante d'une façon qu'elle ne comprenait pas tout à fait. Quand il était avec Sofia, D.W. laissait tomber presque complètement son personnage de bon vieux Texan et paraissait déplacer nettement moins d'air ; et Sofia, de son côté, avait l'air moins sur son quant-à-soi en sa compagnie, elle semblait mieux dans sa peau. Extraordinaire, se disait, Anne pensive. Qui l'eût cru ?

À mesure que le rôle de Sofia au sein de la mission prenait de l'importance, il y avait eu pas mal de résistance, non pas de la part du reste de l'équipage, mais des bureaux du préposé général, où l'on avait été tout disposé à faire appel à ses services d'entrepreneur, mais où l'on renâclait à l'idée de la laisser participer au voyage. Il fallut l'intercession directe de D.W. pour lui assurer une place à bord de l'astéroïde, et il n'était d'ailleurs pas peu fier de cette réussite.

Ne fût-ce que parce que Sofia s'était découvert, en cours de formation, un don naturel pour le pilotage : elle avait des nerfs d'acier et le sens de la précision, elle abordait les systèmes complexes avec une logique infaillible, elle assimilait le savoir-faire de ses instructeurs avec un calme et une compétence qui avaient naguère fait l'affaire de Jean-Claude Jaubert et qui faisaient dorénavant les délices de D.W. Yarbrough. « Elle apprend avec une facilité qui fait penser à la trajectoire d'un ADAV – elle décolle pratiquement à la verticale », déclara D.W., avant de continuer joyeusement : « À présent, je pourrais bien tomber raide mort, elle serait capable de vous transbahuter dans tous les sens sans aucun problème. Je peux vous dire que ça m'enlève un sacré poids. »

Mais ce n'était pas tout. D.W. ne se prenait aucunement pour un saint, mais il croyait posséder un certain talent pour aider les gens à se réaliser – pour dénicher Dieu tout au fond d'eux. Lui-même passé maître dans l'art du déguisement, D.W. n'était pas homme à se fier aux apparences. Même si cette mission à la con ne devait pas donner d'autre résultat, confia-t-il d'abord à lui-même, puis au général des Jésuites, il avait bien l'intention d'en profiter pour aider cette âme en peine à retrouver sa santé et sa plénitude. Bien des années auparavant, John F. Kennedy avait proposé aux Américains d'essayer de se poser sur la Lune, non pas parce que ce serait facile, mais parce que ce serait difficile, et tel était le cadeau que D.W. Yarbrough entendait offrit à Sofia Mendes : l'occasion d'accomplir quelque chose de si difficile qu'elle devrait aller jusqu'à l'extrême limite de ses capacités, découvrir tout son potentiel, trouver une bonne raison d'être satisfaite d'elle-même.

Et si ce fut pour lui un véritable choc de s'apercevoir que Sofia lui avait rendu la pareille et l'avait complètement percé à jour, il se disait que ce n'était peut-être pas plus mal. Sous ses faux airs de cow-boy, D.W. était, à cinquante-neuf ans, un chef prudent et compétent, dont les façons de faire quelque peu bordéliques masquaient un souci implacable et maniaque du détail. Jadis commandant d'escadrille, il était bien placé pour savoir que, lorsqu'on se trouvait lancé dans un combat, il n'y avait que trop de choses qui échappaient à votre contrôle, et cette certitude le poussait à insister avec une volonté de fer pour que tout ce qui pouvait être maîtrisé fût porté à une quasi-perfection. Or, sur ce point, Mendes le valait amplement.

En leur qualité de généralistes de l'équipe, D.W. Yarbrough et Sofia Mendes s'étaient colletés avec tous les problèmes de coordination et de supervision afférents au plus grand voyage vers l'inconnu depuis le jour où Magellan avait quitté l'Espagne en 1519. Ensemble, ils avaient passé au crible les moindres détails de la mission, synthétisant et assimilant les résultats du travail de plusieurs centaines d'équipes indépendantes, aplanissant les différences, prenant les décisions de commandement, exigeant toujours un surcroît de réflexion, des solutions toujours meilleures, des projets étudiés toujours plus à fond. Ils devaient être prêts à faire face à toutes les éventualités possibles et imaginables : la chaleur du désert, la pluie tropicale, le froid polaire, les plaines, les montagnes, les fleuves, et ce avec le maximum de recoupements au niveau de l'équipement, afin de réduire son volume au strict minimum. Ils étudièrent les systèmes de stockage des aliments, réfléchirent aux moyens de transport utilisables sur la planète, eurent des discussions féroces pour savoir s'ils devaient emporter du café ou apprendre à s'en passer, évoquèrent l'impact écologique que pourraient avoir les graines qu'ils emporteraient dans l'espoir de créer des jardins ; ils se creusèrent les méninges pour trouver des denrées susceptibles de servir de monnaie d'échange, ils haussèrent le ton, se disputèrent, se rabibochèrent, rirent aux éclats bien souvent et, en dépit de tout le poids du passé que leurs deux vies avaient accumulé pour s'opposer à un tel résultat, ils en vinrent à s'aimer énormément.

Le jour arriva enfin où l'on fut prêt à commencer à charger l'astéroïde pour le voyage. Dans un premier temps, D.W. et Sofia y transportèrent George Edwards et Marc Robichaux, afin qu'ils pussent inspecter et peaufiner le système de survie qui se trouvait à bord et ranger la première cargaison de vivres et de fournitures.

Marc Robichaux, prêtre de la Compagnie de Jésus, était un naturaliste et aquarelliste de Montréal. À quarante-trois ans, sa toison d'or tirant désormais sur l'argent, il était un de ces hommes à l'aspect éternellement juvénile, avec autant de douceur dans la voix que dans le regard. « C'est la quintessence du grand timide irrésistible », avait décrété Anne, le genre de garçon qui est à la fois le chéri de toutes ses copines de lycée et le chouchou du professeur, un être adorable, mais doué néanmoins d'une insupportable propension à rendre ses interros écrites avant tout le monde et à obtenir des vingt sur vingt à tout bout de champ. Marc était responsable du tube de Wolverton, garni d'une colonie de plantes, et de l'aquarium peuplé de tilapies, lesquels fourniraient à eux deux des aliments frais pour compléter les rations en conserve qu'ils emportaient. George Edwards était chargé de contrôler le logiciel du tube de Wolverton, ainsi que les aspects informatiques et mécaniques des systèmes couplés d'extraction d'air et d'eau. Les deux hommes avaient passé les douze mois précédents à apprendre chacun les spécialités de l'autre ; la tranquille circonspection de Marc faisait un excellent contrepoids à l'exubérance avec laquelle George, toujours prêt à tout essayer, abordait la vie.

Embarquèrent ensuite James Connor Quinn, vingt-huit ans, spécialiste de la navigation et des communications au sein de la mission, et le musicologue Alan Pace, prêtre jésuite. Âgé de trente-neuf ans, le père Pace était un Anglais longiligne, dont le regard endormi donnait l'impression qu'on se trouvait en présence d'un homme qui avait tout vu et peut-être bien tout essayé aussi. C'était une caractéristique qui inquiétait D.W. ; Pace était venu remplacer à la dernière minute Andrej Jelacic, victime d'une crise cardiaque au cours d'un test d'endurance, et il fallait bien dire qu'il n'était pas facile de prendre la succession d'Andrej, que tout le monde pleurait encore. Mais Alan était tout à fait qualifié – c'était un musicien remarquable, même si c'était aussi un emmerdeur patenté. Comme beaucoup de musiciens, il possédait un esprit précis et ordonné, et il avait d'ailleurs fait des études de mathématiques assez poussées. Il avait suivi des stages de formation avec Jimmy Quinn, bon pianiste amateur, et ils avaient passé les mois de préparation à étudier le corpus croissant des chants extraterrestres, ainsi que le savoir-faire technique nécessaire à la navigation de l'astéroïde jusqu'à Alpha du Centaure.

Ce qui laissait Emilio Sandoz, quarante ans, et Anne Edwards, qui en avait soixante-quatre comme son mari, clore la marche pour monter à bord du vaisseau spatial. Ils étaient restés à Porto Rico, pendant que les autres s'éparpillaient pour suivre leurs différents stages de formation. Le travail d'Emilio à La Perla fut confié à un nouveau prêtre, tandis qu'il se consacrait au dispensaire, où Anne supervisa son stage officiel d'auxiliaire médical, en insistant sur le genre d'urgences qu'ils pourraient avoir à affronter loin de la Terre, hors de portée des pharmacies, des hôpitaux et de leur matériel perfectionné. Pour sa part, Emilio redevint professeur de langue, et il utilisa cette fois le système d'IA mis au point par Sofia pour aider Anne à se préparer à apprendre l'idiome des Chanteurs. Ensemble, soir après soir, ils transcrivirent et étudièrent les transmissions que l'on avait captées. Ils étaient bien sûr handicapés par l'absence totale de références, mais ils reconnurent certaines phrases qui revenaient souvent et ils s'accoutumèrent au rythme de la langue.

Tout comme Alan Pace, ils avaient un assez grand nombre de documents à étudier. Une fois établi, en effet, le schéma de réception devint tout à fait fiable. Dès juin 2021, les radio-astronomes avaient reporté leur attention sur d'autres travaux et les opérateurs de télescope se contentaient de tourner leurs instruments vers Alpha du Centaure tous les vingt-septièmes et quinzièmes jours, afin de se mettre à l'écoute de ce qui semblait être des concerts régulièrement programmés. La musique ne durait jamais très longtemps et les signaux dégénéraient en simple bruit au bout de quelques minutes à peine. Les chants étaient toujours différents, même si un thème fut répété en une occasion. Quelquefois on retrouvait le modèle d'antiennes et de répons de la première transmission, d'autres fois il y avait un soliste, d'autre fois encore il s'agissait de chant choral.

Le plus grisant, d'une certaine façon, ce fut qu'au bout d'un certain temps, on en vint à reconnaître certains Chanteurs. Parmi eux, le plus admirable possédait une voix d'une puissance et d'une douceur à couper le souffle, d'une ampleur digne d'une scène lyrique, mais utilisée avec tant de simplicité, dans une sorte de mélopée hypnotique et gracieuse, que l'auditeur remarquait à peine sa splendeur voluptueuse, si ce n'était en se mettant à penser à la beauté et à la vérité.

C'était la voix de Hlavin Kitheri, reshtar de Galatna, qui devait un jour détruire Emilio Sandoz.

Les patchs antinausées n'éliminaient peut-être pas complètement le mal de l'espace, mais ils paraissaient quand même écourter sa durée. Lorsque D.W. leur cria, quelque douze heures après le décollage : « Voilà l'objet, m'sieurs dames ! », Anne et Emilio étaient tous les deux parfaitement remis. Flottant avec circonspection jusqu'aux fenêtres de l'habitacle, ils eurent leur premier aperçu de l'astéroïde.

Emilio, qui lui aussi avait eu droit aux épanchements enthousiastes de George à son sujet, fit la moue : « Comment ? Pas de crème fraîche ? Pas de ciboulette ? »

Anne pouffa et reprit le chemin de sa couchette dans la

cabine. « Et pas non plus de gravité », lança-t-elle par-dessus son épaule. Elle avait un sourire jusqu'aux oreilles.

« Ça change quelque chose ? demanda Emilio à mi-voix en la rejoignant à l'arrière de l'appareil.

– Attachez vos ceintures, tous les deux, ordonna D.W. On a encore de la masse et vous pouvez toujours vous rompre le cou si je me plante à l'amarrage.

– Merde alors ! Qu'est-ce qu'il nous chante avec son " si je me plante à l'amarrage " ? Il n'en a jamais été question jusqu'ici ! » marmonna Anne en s'installant sur sa couchette et en assujettissant les courroies qui l'y maintenaient.

Emilio, qui en faisait autant, n'avait pas oublié l'expression d'Anne un peu plus tôt. « Dis donc, c'est quoi cette histoire de gravité ? insista-t-il. Allez, accouche. C'est quoi ? Allez !

– Comment formuler la chose ? » Elle rougissait, mais elle continua très doucement, d'un ton extrêmement comme il faut : « George et moi sommes mariés depuis près de quarante-cinq ans et nous avons fait ce que tu penses à peu près de toutes les manières possibles, mais jamais en apesanteur. »

Il se mit la main sur la bouche. « Bon sang, mais c'est bien sûr ! L'idée ne m'avait pas effleuré, mais il est évident que...

– Toi, l'idée n'est pas censée t'effleurer, interrompit Anne d'une voix sévère. Tandis que moi, je n'ai pratiquement pensé qu'à ça depuis que j'ai arrêté de gerber. »

La manœuvre d'amarrage se déroula sans anicroche. D.W. et Sofia se rendirent presque aussitôt chacun dans sa chambre, car ils avaient travaillé sans interruption pendant tout le vol. Le trajet avait même fatigué Emilio et Anne, qui n'étaient pourtant que passagers, et bien qu'ils fussent tout excités de voir pour la première fois l'endroit où ils allaient vivre, ni l'un ni l'autre ne protesta quand on les expédia au lit, si l'on pouvait qualifier de lit un sac de couchage suspendu dans l'air.

Tandis que les arrivants dormaient, George, Marc, Alan et Jimmy sortirent les quelques dernières centaines d'articles du module. On avait énormément réfléchi à la géométrie des zones de stockage ; il était difficile de prévoir comment la cargaison se comporterait au moment de l'accélération. D'ailleurs, tous les aspects de l'espace habitable avaient été aménagés pour fonctionner d'abord en apesanteur, et ensuite avec un en bas bien défini, qui se trouverait à l'arrière, près des moteurs, une fois que ceux-ci auraient été mis à feu. Il fallait donc tout assujettir avec beaucoup de soin avant les premiers essais d'allumage que D.W. projetait de faire le lendemain.

Cela demanda de nombreuses heures, et ce fut en partie pour cela que Jimmy Quinn fut si long à se lever le lendemain matin, mais en partie seulement. Eileen Quinn avait remarqué un jour que la tâche de sortir son fils du lit, les jours où il allait à l'école, tenait davantage de la résurrection que du simple réveil ; Jimmy, qui n'avait jamais aimé se lever tôt, découvrit que, même dans l'espace, il détestait les petits matins. Donc, lorsqu'il arriva en flottant dans la salle commune, après s'être heurté aux agaçantes complications de l'hygiène en apesanteur, il était tout prêt à s'excuser d'avoir retardé d'autant l'essai d'allumage. Mais il constata, à sa vive surprise, qu'Anne et George n'étaient pas encore venus prendre leur petit déjeuner et qu'il n'était par conséquent pas le dernier. Il se mit en devoir de se nourrir, en silence selon son habitude à cette heure de la journée, en vidant un tube de café et un autre de bisque de homard, qu'il avait découverts dans les réserves. Ce ne fut que quand la caféine commença à faire son effet qu'il s'aperçut que tous les autres avaient l'air d'attendre qu'il se passât quelque chose.

Au moment où il ouvrait la bouche pour demander à D.W. à quelle heure l'essai était prévu, les rires qui émamaient de la chambre d'Anne et de George devinrent clairement audibles et il se retourna pour demander : « À quoi croyez-vous qu'ils jouent ? » Il posa la question en toute innocence, mais Emilio s'écroula aussitôt et D.W. cacha son visage dans ses mains. Alan Pace faisait visiblement tout son possible pour ne rien remarquer, mais Marc riait ouvertement et les épaules de Sofia étaient agitées de soubresauts, même si Jimmy n'était pas en mesure de voir son visage parce qu'elle s'était réfugiée dans un coin de la cuisine.

« Mais enfin... ? » reprit-il ; à présent les éclats de rire d'Anne résonnaient à travers les cloisons et presque aussitôt la voix de George s'éleva : « Écoutez, chers amis sportifs, nous venons d'essuyer une cruelle déconvenue ici même, au Pays des Fantasmes. »

D.W. se tordit de rire. Alan, cependant, gardait toujours un sérieux imperturbable et il observa : « Ah, j'imagine qu'il s'agit d'une difficulté que l'on pourrait d'une façon ou d'une autre attribuer à la troisième loi de Newton. » Jimmy, du fond de son brouillard matinal, dut réfléchir un instant avant de marmonner d'un ton vague : « Pour chaque action, il existe une réaction opposée... » Soudain, la lumière commença à se faire dans son esprit.

« Ce bon vieux George a sans doute un peu de mal à trouver une bonne prise », lança D.W., ce qui fit rire tout le monde, même Alan Pace. Mais Marc Robichaux flotta d'un air inspiré vers un des placards et revint quelques instants plus tard, avec un sourire séraphique, tel un archange Gabriel sur le retour, brandissant un rouleau de ruban adhésif argenté de cinq centimètres de large. Il le livra à bon port en entrouvrant à peine la porte de la chambre des Edwards et en le passant à l'intérieur du bout des doigts, comme on pourrait tendre un rouleau de papier hygiénique à un invité indisposé. Au même instant, les accents enthousiastes d'un annonceur publicitaire, à peine teintés d'un imperceptible accent espagnol, lancèrent le slogan : « L'amour avec du papier collant, c'est encore plus mirobolant ! »

Anne hurla de rire, mais George brailla : « Dites donc, on ne pourrait pas avoir un peu de gravité, si ça ne vous dérange pas ? » ; ce à quoi D.W. répliqua du tac au tac : « Désolé, on n'a que de l'hilarité en rayon. »

Ainsi commença la première matinée de la mission jésuite vers Rakhat.

« Mesdames et messieurs, le *Stella Maris* est sur le point de quitter le système solaire », lança Jimmy depuis le poste de pilotage, au bout d'un temps de vol incroyablement court.

Les hourras fusèrent, les uns après les autres. Ses mains noueuses jointes autour d'une tasse de café, D.W. se pencha pardessus la table et dit d'un ton malicieux : « Ma foi, mademoiselle Mendes, voilà qui fait de vous, j'imagine, la championne toutes catégories des Juifs Errantissimes de l'histoire. » Sofia sourit.

« Celle-là, ça fait des mois qu'il attend de pouvoir la placer, ricana George en observant les pendules, ce qui lui permit de voir apparaître les premiers décalages.

– On arrive bientôt ? » demanda Anne d'un ton enjoué. Il y eut des « Hou ! » et des sifflets.

« Écoute, Anne, moi je la trouve très marrante, ta question, dit Emilio d'un air débordant de sincérité, tout en mettant la table, mais il faut dire que j'ai des critères particulièrement bas. »

Dès le moment où les moteurs avaient été mis à feu, ils s'étaient retrouvés en état de pesanteur totale, et très vite il leur parut tout à fait normal de voyager à bord d'un astéroïde en direction d'Alpha du Centaure, malgré tout ce qu'une telle idée pouvait avoir de loufoque dans l'absolu. Seuls deux affichages date/heure, bien en vue dans la salle commune et contemplés bouche bée par George, fasciné, venaient rappeler ce que leur situation avait d'extraordinaire. L'horloge du vaisseau, au-dessus de laquelle le mot NOUS était écrit à la main sur une étiquette, paraissait normale. L'horloge indiquant le référentiel terrestre, au-dessus de laquelle on pouvait lire EUX, était calibrée en tant que fonction de leur vélocité estimée.

« Regardez, dit George, on voit déjà la différence. » Les secondes s'égrenaient beaucoup plus vite sur l'horloge terrestre.

« Dans ce domaine, je patauge toujours », déclara Emilio en jetant un coup d'œil aux deux cadrans, pendant qu'il distribuait les serviettes au sujet desquelles Anne et D.W. avaient eu une sérieuse prise de bec plusieurs mois auparavant. « Je refuse de passer la moitié d'une année à vous regarder vous essuyer la bouche sur vos manches, tous autant que vous êtes. Il n'y a aucune raison de faire de ce voyage une espèce d'atroce épreuve d'endurance pour machos purs et durs. Nous aurons tout le temps voulu pour nous vautrer dans les difficultés quand nous serons arrivés à destination, avait protesté Anne.

– Ce serait vraiment trop con d'encombrer nos aires de rangement de linge de table », avait rétorqué D.W. Pour finir, Sofia avait fait remarquer que les serviettes en coton pèseraient dans les huit cents grammes en tout et ne méritaient pas une engueulade. « Le café, en revanche, la mérite amplement », avait-elle continué. Et Dieu merci, se dit Emilio, c'étaient les femmes qui l'avaient emporté dans les deux cas.

« Plus nous allons vite, plus nous nous approchons de la vitesse de la lumière, expliqua George pour la centième fois d'un ton patient, et plus il s'écoule de temps sur la pendule terrestre. À notre vitesse de pointe, quand nous serons à peu près à la moitié du voyage, nous aurons l'impression qu'une année s'écoule sur cette pendule tous les trois jours passés sur le vaisseau. Bien entendu, sur terre, si quelqu'un savait ce que nous fabriquons, il aurait l'impression, lui, que le temps à bord du vaisseau s'est ralenti au point que chaque jour met quatre mois à s'écouler. Voilà ce que c'est que la relativité, mon vieux. Elle dépend de ton point de vue.

– D'accord, ça j'ai compris. Mais pourquoi ? Pourquoi est-ce que ça marche comme ça ? insista Emilio.

– *Deus vult*, mes amis, lança gaiement Marc Robichaux de la cuisine. Ça lui plaît, à Dieu.

– J'imagine que cette réponse en vaut bien une autre, dit George.

– Des éloges ! Nous exigeons des éloges dithyrambiques ! » annonça Anne, tandis que Marc et elle apportaient à table le premier repas cuisiné normalement dans l'espace : des spaghettis accompagnés d'une sauce rouge, une salade de crudités Wolverton et du concentré de chianti reconstitué. « Dieu, que je suis contente d'en avoir fini avec l'apesanteur !

– C'est vrai ? Moi, j'aimais bien le zéro g », déclara Sofia en prenant place à table. George se pencha vers sa femme pour lui murmurer quelques mots inaudibles. Tout le monde sourit quand elle lui envoya une tape.

« Simplement parce que ça ne vous a pas rendue malade ! rétorqua Emilio, sans prêter attention aux Edwards, ce qui n'empêcha pas Anne d'entendre et d'approuver tout haut sa remarque.

– Ouais, c'est peut-être un peu vrai, reconnut Sofia, mais ce que j'ai adoré surtout, c'est de pouvoir faire la taille qui me plaisait. »

Arrivant du poste de pilotage à point nommé pour entendre ces mots, Jimmy Quinn se laissa tomber sur un siège avec un empressement comique. Même assis, il dominait la jeune femme de la tête et des épaules. « Nous avons un accord, Sofia et moi, expliqua-t-il aux autres. Elle ne mentionne jamais le basket-ball et moi, je ne fais aucune allusion au golf miniature.

– Réjouissez-vous, mademoiselle Mendes, nous aurons sans doute encore un long moment à passer à zéro g, annonça D.W. Vous allez pouvoir rallonger quand nous aurons atteint notre but et que nous devrons nous arrêter pour étudier un peu les environs.

– Et aussi quand nous inverserons les moteurs à mi-chemin, fit remarquer George. Le temps d'effectuer la manœuvre, nous serons en chute libre.

– Vous allez faire une seconde tentative, Anne et toi ? » s'enquit Jimmy. Anne lui assena une claque sur la nuque en passant derrière lui pour aller chercher le poivre dans la cuisine. « Tu sais, George, si tu n'as pas l'intention de partager, ce n'est pas chic pour nous tous. »

À ces mots, Alan Pace prit l'air offusqué, mais les autres firent entendre un chœur de huées et, tandis qu'ils s'installaient autour de la table en riant et en s'asticotant mutuellement, il leur aurait été facile de croire qu'ils étaient tout simplement venus dîner une fois de plus chez Anne et George. D.W. laissa la conversation partir un peu à la dérive, fort satisfait de la façon dont leur petit groupe prenait corps, d'une manière générale, avant de lever la main. « Bon, ce n'est pas tout ça, gentils membres et membrettes. Que je vous donne l'*ordo regularis*, à compter de demain matin. »

Les jours étaient divisés heure par heure. Les quatre civils, comme les baptisa D.W., auraient campo pendant que les quatre jésuites se réuniraient pour la messe quotidienne, mais ceux qui voudraient assister au service seraient les bienvenus. Des cours étaient prévus pendant trois heures par jour, dimanches exceptés, pour approfondir encore leur formation, maintenir une discipline mentale, et veiller aussi à ce que chaque membre de l'équipage acquît au moins une connaissance rudimentaire des spécialités de ses camarades. En outre, chacun avait à son programme une heure d'exercice physique. « Faut être prêt à tout, voyez-vous, assura l'ancien chef d'escadrille. Pas de tire-au-flanc. »

Il y avait aussi des opérations de maintenance quotidienne et un tour de garde pour les corvées. Même dans l'espace, il fallait bien faire la vaisselle et la lessive ; et on avait beau fendre les airs à une vitesse qui n'était plus si éloignée de celle de la lumière, en direction d'on ne savait trop quoi, il y avait des filtres à changer, des plantes et des poissons à soigner, des cheveux, des miettes et des détritus en tout genre à aspirer. Mais ils auraient aussi du temps pour vaquer à des occupations personnelles. Les ordinateurs du vaisseau avaient en mémoire la somme presque totale du savoir occidental, ainsi qu'une assez imposante quantité de données non occidentales, si bien qu'ils auraient largement de quoi faire. Et chaque jour après le déjeuner, proposa D.W., ils travailleraient ensemble à un projet commun. « J'ai consulté là-dessus Mlle Mendes, ici présente, dit-il en tournant vers elle un de ses yeux. Le père Pace va nous faire apprendre et chanter une version intégrale du *Messie* de Haendel.

– C'est une musique agréable, dit Sofia en haussant les épaules devant la réaction de surprise générale, et je ne vois aucun inconvénient à l'apprendre en prévision de la venue du

Messie. Je me permets simplement d'avancer l'idée que Haendel est allé un peu trop vite en besogne. »

Il y eut un nouveau chœur de huées et de sifflets, ponctué par le « Vas-y, Sofia ! » de George et par le cri extasié d'Anne : « Chic, on a une autre duelliste autour de la table ! » Et D.W. eut un sourire épanoui, couvant Sofia d'un regard approbateur, comme si elle était un de ses triomphes personnels, ce qui, se dit Anne, n'était pas tout à fait faux, à certains égards.

« Non, mais sérieusement, c'est bien à cause de la musique que nous sommes ici. La seule chose dont nous soyons certains concernant les Chanteurs, c'est qu'ils chantent, fit remarquer Alan Pace avec exactitude et non sans cuistrerie, en s'efforçant de donner un tour un peu plus grave à la conversation. La musique nous fournira peut-être notre unique moyen de communication. »

Le cliquetis des fourchettes contre la vaiselle devint soudain audible, au milieu du silence, et Anne était sur le point de répondre vertement, lorsque Sofia Mendes la devança. « Oh, ça m'étonnerait quand même. Le Dr Sandoz a réussi à maîtriser treize langues, dont six en à peine plus de trois ans, dit-elle d'une voix détachée, en passant la salade à Jimmy, que la réflexion de Pace avait laissé bouche bée. Que diriez-vous d'un petit pari ? Si nous parvenons à établir un contact, je suis prête à parier qu'il parviendra à comprendre les bases de leur grammaire en moins de deux mois. » Elle sourit à Pace d'un air avenant et resta à le dévisager, les sourcils haussés avec intérêt, tout en avalant une nouvelle bouchée de spaghettis.

« Voilà qui me paraît une excellente idée, Alan, ajouta D.W. d'un ton jovial, les yeux tournés dans la direction générale d'Alan Pace, mais regardant peut-être plutôt Sofia ou Emilio. Si vous perdez, nous aurons le droit de vous appeler Al pendant un mois.

– Ah, non. L'enjeu est trop élevé pour moi, répondit Pace en faisant machine arrière, sans avoir l'air d'y toucher. Sandoz, je reconnais mon erreur.

– N'en parlons plus », dit Emilio, non sans raideur, et il quitta la table en emportant dans la cuisine son assiette à moitié pleine, ayant, semblait-il, fini de manger.

Il fut reconnaissant à Anne de en entendant poursuivre la conversation après son départ, et il se mit en devoir de nettoyer les casseroles et les marmites. Tout occupé à maîtriser ses réactions, il sursauta violemment en entendant derrière lui la voix de Sofia Mendes, ce qui ne fit qu'aggraver son irritation.

« Qu'est-ce qui est pire, demanda-t-elle d'un ton uni, en tendant le bras devant lui pour poser quelques plats sur le plan de travail, de se faire insulter ou d'être défendu ? »

Il cessa de fourbir, peu habitué à ce qu'on devinât aussi clairement ses pensées, et il posa les mains sur le bord de l'évier avant de reprendre résolument sa tâche au bout d'un moment. « N'en parlons plus, répéta-t-il en refusant de la regarder.

– On a dit que c'étaient les séfarades qui avaient instillé l'orgueil aux Espagnols, dit-elle. Excusez-moi. Mon intervention ne s'imposait pas. Cela n'arrivera plus. »

Lorsqu'il se retourna, elle avait disparu. Il cracha un juron entre ses dents, en se demandant, et ce n'était pas la première fois, ce qui avait bien pu lui faire croire qu'il avait le tempérament d'un prêtre. Pour finir, il se redressa, passa les mains dans ses cheveux et regagna la salle commune.

« Je ne suis pas le roi des cons », fit-il solennellement savoir à la tablée, puis, ayant ainsi attiré l'attention générale, il ajouta : « Mais je pourrais le devenir si je m'en donnais la peine. » Au milieu des éclats de rire étonnés, il demanda pardon au père Pace d'avoir pris la mouche et ce dernier lui réitéra l'expression de ses regrets.

Emilio se rassit à table et attendit que les autres eussent l'air accaparés par la conversation d'après-dîner pour se pencher légèrement vers Sofia, assise à sa gauche. « *Dere'h agav*, dit-il doucement, *yeish arba-esrei a'hshav*.

– Je reconnais mon erreur », dit-elle en faisant écho à Alan Pace. Ses yeux étincelaient, bien qu'elle évitât de regarder Emilio directement. « Vous roulez un peu trop les *r*, mais autrement votre accent est plutôt bon. » « À propos, avait-il dit d'un ton dégagé dans un hébreu séfarade qui aurait presque pu passer pour celui d'un natif d'Israël, j'en suis à quatorze à présent. »

Et si Jimmy Quinn, Anne Edwards et D.W. Yarbrough remarquèrent tous trois le visage de Sofia, parce que, pour des raisons différentes, ils étaient tous sur le qui-vive, ils se rendirent compte aussi, *a posteriori*, que ce fut la dernière fois qu'Emilio Sandoz s'assit à côté d'elle pendant plusieurs mois.

16

À bord du *Stella Maris* : 2031, référentiel terrestre

Ce fut au bout de cinq mois de voyage qu'Emilio entendit frapper à sa porte, un soir après le dîner. « Oui ? » lança-t-il doucement.

Jimmy Quinn passa la tête par l'entrebâillement : « Tu aurais une minute ?

– Attends que je vérifie mon emploi du temps. » Emilio se redressa pour s'asseoir en tailleur sur son lit et consulter un agenda imaginaire. « Mardi à onze heures quinze, ça t'irait ? »

Avec un large sourire, Jimmy pénétra dans la pièce, refermant la porte derrière lui. Du regard, il fit le tour de la petite chambre. « Juste comme la mienne », nota-t-il. Une étroite couchette, un bureau et sa chaise, un moniteur relié au système informatique du vaisseau. Une seule différence : le crucifix accroché au mur. « Vingt dieux, il fait bougrement clair chez toi ! Et chaud, par-dessus le marché. J'ai l'impression d'être à la plage. »

Le prêtre plissa les yeux d'un air sensuel et haussa les épaules : « Que veux-tu que je te dise ? Nous autres, latinos, on aime le soleil et la chaleur. » Il baissa néanmoins les panneaux lumineux pour mettre Jimmy plus à l'aise, et il éteignit l'écran de la tablette ROM qu'il était en train de lire, avant de la repousser dans un coin. « Assieds-toi. »

Jimmy fit pivoter la chaise du bureau et resta assis quelques instants, à regarder autour de lui. « Emilio, dit-il enfin, je peux te demander quelque chose ? C'est une question personnelle.

– Bien sûr que tu peux demander, répondit Sandoz d'un ton légèrement circonspect. Mais je ne te promets pas de répondre.

– Comment tu tiens le coup ? explosa soudain Jimmy dans un

chuchotement étranglé. Moi, je suis en train de devenir dingue ! Bon, écoute, j'espère que ça ne va pas t'embarrasser, parce que je peux te dire que, moi, je suis foutrement gêné, mais au point où j'en suis je commence même à trouver D. W. assez appétissant ! Sofia m'a fait clairement comprendre que ça ne l'intéresse pas et... »

Emilio leva la main, peu désireux d'entendre un surcroît de détails. « Enfin, Jim, tu connaissais la composition de l'équipage quand tu t'es porté volontaire. Et je suis sûr que tu ne t'es pas imaginé qu'on y avait inclus Mlle Mendes pour te rendre service...

– Bien sûr que non ! coupa Jimmy, d'autant plus indigné qu'il avait en effet nourri quelques vagues espoirs concernant certaines possibilités naturelles à cet égard. Seulement, je ne savais vraiment pas que ce serait aussi dur.

– Si l'on peut dire, murmura Sandoz en détournant les yeux, un petit sourire aux lèvres.

– Si l'on peut dire. Bon Dieu, c'est nul ! » gloussa Jimmy en repliant ses longs bras autour de sa tête et en se contractant pour former un véritable colimaçon de mortification. Puis ses membres se détendirent, son regard revint se poser sur le prêtre et il demanda franchement : « Dis, sans char, comment tu fais, toi ? Enfin, je veux dire, qu'est-ce que je dois faire ? »

Il s'attendait à une réponse mettant en cause le zen, la maîtrise de soi ou la récitation de chapelets, si bien qu'il faillit ne pas comprendre quand Emilio le regarda droit dans les yeux et lui dit : « Donne-toi du bon temps, Jim. » Au début, étant donné la façon dont Emilio avait dit cela, sur le ton que l'on prend pour dire au revoir à quelqu'un, Jimmy crut qu'il le mettait à la porte. Il lui fallut un instant pour décoder. « Oh. Oui, bien sûr, c'est ce que je fais, mais...

– Eh bien, fais-le un peu plus souvent. Jusqu'à ce que tu sois capable de penser à autre chose.

– C'est comme ça que tu fais ? Enfin, j'imagine, qu'après un certain temps, le besoin finit par disparaître, hein ? »

Le visage d'Emilio se ferma. « Même les prêtres ont une vie privée, Jim. »

Pour la première fois depuis qu'ils avaient fait connaissance, Jimmy eut le sentiment d'avoir franchi une frontière interdite et il se dépêcha de faire machine arrière : « Je suis désolé. Sincèrement. Tu as raison. Ce n'est pas une question à poser. Quel con ! »

Sandoz soupira, visiblement mal à l'aise. « Je veux bien croire que dans notre situation... Bon, écoute. En réponse à ta première question, je peux te dire qu'une étude portant sur cinq cents personnes ayant fait vœu de chasteté a révélé que quatre cent quatre-vingt-dix-huit d'entre elles ont reconnu qu'elles se masturbaient.

– Et les deux autres ?

– Élémentaire, mon cher Watson. Nous pouvons déduire d'après leur réponse qu'il s'agissait de deux manchots. » Avant que Jimmy n'eût repris son sérieux, Emilio continua d'un ton sec : « Quant à ta seconde question, je ne peux te dire qu'une chose : au bout de vingt-cinq ans le besoin est toujours là.

– Bon Dieu ! Vingt-cinq ans !

– Ta première exclamation explique la seconde. » Emilio passa les doigts dans sa chevelure ; c'était un tic nerveux dont il n'avait jamais pu se défaire. Il laissa ses mains retomber sur ses genoux. « À vrai dire, tu es dans une situation plus difficile qu'un prêtre ou une religieuse. La chasteté et la privation sont deux choses bien différentes. La chasteté est un choix, et non pas seulement l'absence de possibilité. » Jimmy ne dit rien, si bien qu'Emilio continua, à mi-voix, le visage et le regard sérieux : « Écoute, autant être honnête avec toi. Les prêtres diffèrent pas mal dans leur faculté de rester fidèles à leurs vœux. Tout le monde le sait, n'est-ce pas ? Un prêtre qui va trouver une femme en douce une fois par mois peut très bien aller jusqu'à l'extrême limite de son empire sur lui-même, et il peut aussi très bien faire l'amour plus souvent que certains hommes mariés. Et pourtant, l'idéal de la chasteté continue d'exister pour lui. Et à mesure que le temps passera, ce prêtre sera peut-être de plus en plus près de consolider sa chasteté. Ce n'est pas que nous n'éprouvons pas de désir. C'est plutôt que nous espérons atteindre un certain point, spirituellement parlant, qui donnera un sens à notre lutte. »

Jimmy resta silencieux. Il contempla le visage grave et insolite de l'homme assis en face de lui et, lorsqu'il parla enfin, on aurait dit, d'une certaine façon, qu'il avait soudain pris de l'âge. « Et toi, tu as atteint ce point ? »

De façon tout à fait inattendue, le visage d'Emilio s'éclaira et il parut sur le point de dire quelque chose, puis ses doigts remontèrent se perdre au milieu de ses cheveux sombres et son regard prit la tangente. « Même les prêtres ont une vie privée », se contenta-t-il de dire.

Cette nuit-là, allongé sur sa couchette, Jimmy se rappela une conversation qu'il avait eue avec Anne, un soir, à Porto Rico. Il était allé dîner chez les Edwards, et George, qui paraissait toujours savoir intuitivement qu'un invité avait besoin de parler avec Anne seul à seule, était allé se coucher tôt. C'était trois semaines après que Jimmy eut capté le premier signal radio extraterrestre et il avait le moral à zéro parce que tout le monde pensait qu'il s'était fourré dedans, ou qu'Elaine Stefansky avait raison en prétendant qu'il avait été victime d'un canular ou, pis encore, que c'était lui qui avait tout manigancé lui-même. Il voyait Sofia assez souvent, à l'observatoire, et il éprouvait une espèce de malaise en présence d'Emilio, ne pouvant s'empêcher de se demander s'ils couchaient ensemble. Il se sentait jaloux et réprobateur. C'était un mélange qui le troublait.

Il tourna autour du pot pendant un certain temps, mais Anne savait parfaitement où il voulait en venir. « Non, je ne crois pas qu'il y ait quoi que ce soit entre eux, finit-elle par dire sans ambages. Ce n'est pas que j'y verrais la moindre objection, note bien. Je crois que cela ferait du bien à Emilio d'aimer Sofia, et je crois que ça lui ferait beaucoup de bien à elle d'être aimée, si tu veux mon opinion.

– Mais enfin, c'est un curé ! protesta Jimmy comme si cela réglait la question une fois pour toutes. Il a fait vœu de chasteté !

– Oh, bon Dieu, Jimmy ! Pourquoi sommes-nous toujours si sacrément intraitables avec les prêtres, quand ils trouvent une âme sœur ? De quoi sont-ils coupables exactement ? demanda-t-elle. C'est si épouvantable que ça d'aimer une femme ? Ou même d'avoir tout simplement besoin de s'envoyer en l'air une fois de temps en temps, nom d'un chien ! »

Jimmy était resté muet de saisissement. Quelquefois, Anne avait un franc-parler qui le choquait. Elle prit son verre de vin, mais se contenta de le faire tournoyer en le tenant par le pied et de regarder l'éclat rouge sombre du bourgogne dans la lumière tamisée. « Nous prenons tous des engagemnents, Jimmy, et il y a quelque chose de beau, touchant et noble à vouloir que ses envies de vertu soient éternelles, déclara-t-elle. La plupart d'entre nous jurent d'aimer, d'honorer et de chérir leur conjoint. Et sur le moment, on le pense sincèrement. Mais au bout de deux, douze ou vingt ans, on se retrouve avec deux avocats en train de négocier les clauses du divorce.

– Vous n'avez pas renié vos serments, George et toi. »

Elle rit. « Laisse-moi te dire une bonne chose, mon petit chou. J'ai été mariée au moins quatre fois, à quatre hommes différents. » Elle le regarda ruminer cette déclaration pendant quelques instants avant de continuer : « Ils s'appelaient tous George Edwards, mais tu peux me croire si je te dis que l'homme qui m'attend dans la chambre à coucher est un paroissien qui n'a pas grand-chose à voir avec le gamin que j'ai épousé à l'époque où saint Joseph était encore jeune homme. Oh, on retrouve certaines constantes, bien sûr. Il a toujours été marrant, il n'a jamais su gérer son emploi du temps convenablement et – bon, le reste ne te regarde pas.

– Mais les gens changent, dit-il doucement.

– Exactement. Les gens changent. Les cultures changent. Les empires s'édifient et s'écroulent. Merde, enfin, la géologie change ! Tous les dix ans, environ, George et moi avons dû faire face au fait que nous avions changé et qu'il fallait décider si c'était une bonne idée de contracter un nouveau mariage entre les deux nouvelles personnes que nous étions devenues. » Elle se laissa aller contre le dossier de sa chaise. « Et c'est bien pour ça que les vœux sont des saloperies aussi compliquées. Parce que rien ne reste toujours pareil. Bon, d'accord, d'accord, je suis en train de comprendre quelque chose en ce moment même ! » Elle se redressa, le regard ailleurs, et Jimmy se rendit compte qu'Anne elle-même n'avait pas toutes les réponses, ce qui était soit la nouvelle la plus réconfortante qu'il eût apprise depuis longtemps, soit la plus décourageante. « C'est peut-être parce que si peu d'entre nous seraient capables de renoncer à quelque chose d'aussi fondamental pour quelque chose d'aussi abstrait que nous nous protégeons contre la noblesse des engagements du prêtre en nous foutant de lui quand il ne parvient pas à les respecter à tout jamais, tous les jours de sa vie. » Brusquement, elle frissonna et s'avachit de nouveau. « Voyons, Jimmy ! Ils sont antinaturels, ces mots. À tout jamais, tous les jours de sa vie ! Ce n'est pas humain, Jim. Les rocs eux-mêmes ne sont pas là à tout jamais. »

Il avait été déconcerté par sa véhémence. Il pensait qu'une femme mariée depuis si longtemps au même homme imposerait des critères élevés à tout le monde. Il aurait voulu l'entendre dire : « Un serment est un serment », afin de pouvoir être furieux contre Emilio, afin de pouvoir en vouloir à mort à son père qui avait plaqué sa mère, afin de pouvoir s'imaginer que pour lui ce ne serait pas pareil, que jamais il ne s'abaisserait à mentir, à tricher, à quitter sa femme ou à la tromper. Il voulait croire que l'amour, quand il le trouverait enfin, serait bel et bien l'amour de toute une vie.

« Tant que tu n'auras pas pris la mesure de ton âme à toi, Jim, ne sois pas si prompt à condamner un prêtre, ou n'importe qui d'autre, d'ailleurs. Je ne t'engueule pas, mon petit lapin, s'empressa-t-elle d'ajouter. Simplement, tant que tu n'y es pas passé toi-même, tu ne peux pas savoir ce que c'est que de tenir un serment que tu as fait de bonne foi il y a très longtemps. Faut-il se cramponner à tout prix, ou au contraire sauver les meubles ? Continuer vaille que vaille, ou admettre la défaite et s'efforcer de faire contre mauvaise fortune bon cœur ? » Elle eut soudain l'air un peu penaud. « Tu sais, avoua-t-elle, dans le temps j'étais une vraie chieuse intransigeante pour ce genre de trucs. Genre la garde meurt et ne se rend pas ! Mais maintenant, Jimmy, je ne saurais franchement pas dire si le monde serait meilleur ou pire si nous nous en tenions tous aux serments de notre jeunesse. »

Il essaya de réfléchir à tout cela, allongé sur sa couchette. Le divorce de ses parents avait été atroce, mais ensuite sa mère avait trouvé Nick, qui l'aimait à la folie, et à présent elle vivait entourée des gosses de Nick qui la trouvaient tous géniale. Tout s'était arrangé.

Il pensa aussi à Emilio et Sofia. Il ne savait presque rien de Sofia, sinon qu'elle avait perdu sa famille à Istanbul, pendant la quarantaine imposée par les Nations unies, et qu'elle s'en était sortie en signant un contrat avec un agent. Et, bien sûr, qu'elle était juive, ce qui l'avait énormément surpris quand il l'avait découvert. Apparemment, ça ne posait aucun problème à Sofia d'être la seule non-catholique de l'équipage ; elle respectait les engagements des prêtres, même si elle avait attrapé une bonne dose d'irrévérence au contact d'Anne. Sofia, comprit-il soudain, était presque devenue l'élève d'Anne au cours de ces longs mois de préparation, étudiant toutes les nuances de l'affection : la façon de serrer quelqu'un dans ses bras en vitesse, de lui prendre le menton dans sa main, de lui rejeter les cheveux en arrière tout en lâchant quelque remarque acerbe et comique, les yeux plissés. Et si Sofia était encore un peu guindée, il était évident qu'elle s'efforçait de ressaisir quelque chose qu'elle aurait pu avoir tout naturellement, si sa vie avait tourné autrement. Il y avait chez elle une chaleur prometteuse, ce que Jimmy avait pris, à tort, pour une invite. Il comprenait à présent qu'elle lui avait simplement offert son amitié.

Bon, eh bien, il avait tout saboté en recherchant plus que ce qu'elle était prête à lui donner. Il allait donc rectifier le tir. Si jamais Sofia retrouvait assez de confiance pour lui offrir encore une fois son amitié, décida-t-il, il saurait s'en contenter. Ce n'était pas impossible. Quand on vit les uns sur les autres pendant des mois, une certaine familiarité est inévitable. Et il se demanda soudain dans quelle mesure cette promiscuité était pénible pour Emilio.

Après leur premier vrai repas à bord du *Stella Maris*, Emilio s'était mis à les appeler tous, sauf Anne et D.W., par leur nom de famille et à les tutoyer. « Dis donc, Mendes, s'écriait-il, c'est toi qui as nettoyé ce filtre ? Je croyais que c'était à mon tour de m'en occuper cette semaine. » Sofia avait d'abord persisté à donner du « monsieur » et du « docteur » à qui de droit, mais peu après qu'Emilio eut pris ces nouvelles habitudes, elle suivit son exemple, si bien qu'on l'entendait répondre : « Figure-toi qu'il faut purger certains dossiers, Sandoz. Nous commençons à être à court de mémoire. » Cela leur permettait de se parler et de parler l'un de l'autre sans utiliser leurs prénoms, mais sans se montrer non plus trop coincés. C'était sans doute pour Emilio un moyen de diminuer l'intensité de leurs rapports, de les ravaler davantage au niveau de la camaraderie.

Ce qui n'empêchait pas la tension sexuelle de subsister, Jimmy en était persuadé. Alors que deux personnes travaillant ensemble auraient pu s'effleurer la main en accomplissant une tâche, ou se tenir tout près l'un de l'autre, Emilio prenait soin d'éviter le moindre contact ; il y avait toujours un mouvement un peu gauche du poignet, un léger recul. Par pur hasard, il aurait pu leur arriver d'être assis ensemble de temps à autre ; le fait que cela n'arrivait jamais était donc lourd de signification. Et, en dépit de toute la musique, de toutes les séances de chant qui avaient lieu à bord du vaisseau, ils n'avaient jamais répété leur chanson, jamais recherché l'intimité poignante de cette soirée du mois d'août.

Emilio pouvait être si détendu, si drôle que l'on oubliait parfois qu'il était prêtre, et l'on était soudain tout surpris en remarquant l'expression de son visage pendant la messe, ou en le regardant faire quelque chose d'ordinaire extraordinairement bien, conformément à cette habitude qu'ont les jésuites de faire de leurs tâches quotidiennes une forme de prière. Jimmy lui-même, d'ailleurs, voyait bien qu'Emilio et Sofia se feraient mutuellement beaucoup de bien et que leurs enfants seraient beaux, intelligents et tendrement chéris. Et emboîtant le pas à de nombreuses générations de catholiques apitoyés, Jimmy se demanda à son tour pourquoi des types comme Emilio étaient obligés de choisir entre aimer Dieu et aimer une femme telle que Sofia Mendes.

Il se demanda aussi ce qu'il éprouverait s'il découvrait un jour qu'Emilio avait respecté son vœu de chasteté à tout jamais, tous les jours de sa vie. À sa grande surprise, il eut l'impression que ça l'attristerait. Et il savait qu'Anne, qui était dans le temps une chieuse intransigeante pour ce genre de trucs, aurait été de son avis.

Emilio Sandoz n'aurait pas été étonné d'apprendre que sa vie sexuelle faisait l'objet de discussions aussi franches et aussi pleines d'affectueuse sollicitude parmi ses amis. Le plus dingue de tout quand on devenait prêtre, avait-il découvert, c'était que votre chasteté était tout la fois l'aspect le plus privé et le plus public de votre existence.

Un de ses professeurs de linguistique, du nom de Samuel Goldstein, l'avait aidé à comprendre les conséquences de cette vérité toute simple. Sam était coréen de naissance, donc il suffisait d'apprendre son nom pour savoir qu'il était adopté. « Ce qui m'horripilait, quand j'étais môme, lui avait dit Sam, c'était que les gens savaient quelque chose de fondamental sur ma famille et moi, rien qu'en nous regardant. J'avais l'impression d'avoir au-dessus de la tête une grande enseigne au néon clignotante où l'on pouvait lire ENFANT ADOPTÉ. Ce n'était pas que j'avais honte d'être adopté, mais j'aurais aimé avoir le choix de le révéler à mon heure. Eh bien, pour vous autres, c'est sûrement un peu comme ça. »

Et Sandoz s'était rendu compte que Sam avait raison. Lorsqu'il était en tenue ecclésiastique, il avait effectivement l'impression d'avoir au-dessus de la tête une enseigne clignotante annonçant PAS DE VIE SEXUELLE LÉGITIME. Les laïcs croyaient automatiquement savoir quelque chose de fondamental sur son compte. Ils avaient des opinions sur sa vie. Sans rien comprendre à la chasteté, ils trouvaient son choix grotesque, ou malsain.

Curieusement, c'étaient les hommes ayant renoncé à la prêtrise pour se marier qui se montraient les plus éloquents sur le chapitre de la chasteté. C'était un peu comme si, après avoir refusé de lutter plus longtemps, ils se sentaient plus libres de reconnaître la valeur du combat. Et c'était dans les paroles d'un de ces prêtres qu'Emilio avait découvert la description la plus limpide de la « perle d'un grand prix » : une humanité au-delà de la sexualité, un amour au-delà de la solitude, une identité sexuelle fondée sur la fidélité, le courage, la générosité. Et, en dernier ressort, une conscience transcendante de la création et du Créateur...

Il y avait autant de façons de perdre son équilibre et son sens du devoir qu'il y avait de gens engagés dans la lutte. Lui-même avait traversé une période où l'abstinence sexuelle l'avait consumé à tel point qu'il ne pouvait penser à rien d'autre, comme un homme mourant de faim rêve de nourriture. Pour finir, il avait tout simplement accepté la masturbation comme un pis-aller, car il connaissait désormais des hommes empêtrés dans des compromis qui n'apportaient que du chagrin aux femmes qui les aimaient, ou d'autres hommes noyant leur solitude dans l'alcool, ou, pis encore, des hommes si acharnés à nier le désir qui les obsédait que leur vie sombrait dans la schizophrénie : parangons de vertu au grand jour, prédateurs dans l'obscurité.

Afin de persister, de trouver un chemin au milieu et au-delà de la rigueur, des chausse-trapes et de la confusion, Emilio s'était, avec un soin douloureux, forgé une conscience de soi et une honnêteté intraitables. Il avait trouvé un moyen de vivre avec son isolement, de répondre « Oui » quand il se demandait si la perle valait le prix qu'il fallait payer. Jour après jour. Nuit après nuit. Année après année.

Qui était capable de parler de telles choses ? Pas Emilio Sandoz, toujours, qui, en dépit de ses facilités pour apprendre les langues, restait coi et incapable de s'exprimer lorsqu'il était question du centre de son âme.

Car il ne parvenait pas à sentir Dieu, ni à l'approcher en tant qu'ami, à lui parler avec la familiarité pleine d'aisance des dévots, à le louer avec poésie. Et pourtant, à mesure qu'il prenait de l'âge, le sentier sur lequel il s'était engagé presque dans l'ignorance avait commencé à lui paraître plus clairement délimité. Il devint plus évident pour lui qu'il était véritablement appelé à parcourir ce chemin étrange et difficile vers Dieu, ce chemin si peu naturel, si ineffable, ce chemin qui n'exigeait ni poésie ni piété, mais tout simplement de l'endurance et de la patience.

Nul ne pouvait savoir tout ce que cela signifiait pour lui.

17

Naples : juin 2060

En voyant Sandoz pénétrer dans le bureau du général, le premier jour de l'enquête sur la mission vers Rakhat, Johannes Voelker fait la grimace et se félicite de savoir que tout ceci se déroule à huis clos, loin de Rome, à l'abri de la curiosité malsaine de ces médias qui se repaissent de beauté et de vice. Combien des autres membres de l'équipage cet homme malfaisant a-t-il corrompus avant leur mort ? se demande Voelker avec amertume. Les a-t-il tués eux aussi, comme il a tué l'enfant ?

Candotti et Behr sont entrés avec Sandoz. Behr lui a ouvert la porte, Candotti lui a avancé une chaise. Ils ont pris son parti, c'est évident, ils sont sous le charme. Giuliani lui-même semble fermer les yeux, semble dorloter ce Sandoz qui a fait un mal incalculable à la réputation et à la position matérielle de la Compagnie de Jésus – Voelker lève les yeux et s'aperçoit que le général le regarde fixement.

« Bonjour, messieurs, lance aimablement Vincenzo Giuliani à l'entrée des trois hommes, en ordonnant implicitement à son secrétaire de changer d'attitude. Emilio, je suis ravi de vous voir une si belle mine.

– Merci, mon père », murmure Sandoz.

Mince et élégant, tout de noir vêtu, sa chevelure sombre un peu longue à présent et parsemée de fils d'argent, il paraît moins fragile qu'il ne l'était deux mois plus tôt, plus solide sur ses pieds, le teint nettement moins cireux. Quant à son état mental, Giuliani n'en a pas la moindre idée. Depuis l'arrivée de Felipe Reyes, Sandoz n'a presque pas ouvert la bouche, en dehors des civilités d'usage et de la conversation la plus superficielle qui soit à table. Même John Candotti a été incapable de le faire parler. C'est dommage, se dit Giuliani. Il aurait été bien utile de savoir ce qui se passe dans son crâne.

Le général quitte son petit bureau pour venir prendre sa place à l'extrémité de la splendide table du XVIIIe siècle autour de laquelle ils se réuniront pour les audiences. Les grandes fenêtres de la pièce sont ouvertes, afin de laisser entrer l'air du mois de juin, et les légers voilages frémissent joliment dans la brise. Après un printemps pluvieux et gris, l'été promet d'être plus frais que d'habitude, plus humide aussi, mais néanmoins fort délectable, se dit-il, en attendant que les autres soient tous confortablement installés. Felipe Reyes, ayant quitté sa chaise dans un coin de la pièce, a hésité avant de s'asseoir, comme s'il se demandait quelle position occuper par rapport à Sandoz. Voelker s'est levé et il a tiré la chaise voisine de la sienne, si bien que Reyes s'est retrouvé juste en face de Candotti, qui est assis à côté d'Emilio. Edward Behr s'est réfugié sur un siège près de la fenêtre, d'où il peut observer sans se faire remarquer, et être vu d'Emilio.

« Messieurs, commence Giuliani, j'aimerais dès le départ stipuler clairement qu'il ne s'agit ici ni d'un procès ni d'une inquisition. Notre but est de nous faire une idée claire des événements survenus lors de la mission sur Rakhat. Le père Sandoz a là-dessus une perspective unique et une vision dont la profondeur nous aidera, nous l'espérons, à compléter notre connaissance partielle de l'affaire. Pour notre part, nous avons des informations à partager qui, à ce que je crois, seront peut-être nouvelles pour lui. » Incapable depuis toujours de parler assis, Giuliani se lève et se met à faire le tour de la pièce. « Certains d'entre nous sont assez âgés pour se rappeler qu'un an, à peu près, après que le *Stella Maris* a eu quitté le système solaire, M. Ian Sekizawa, de la société Ohbayashi, a fait savoir qu'il soupçonnait la Compagnie de Jésus d'avoir envoyé un vaisseau vers Rakhat. Ce qui a suscité un énorme tollé, Emilio, comme on pouvait s'y attendre. Sekizawa est d'abord allé trouver ses propres patrons, et ce sont eux qui ont proposé aux Nations unies un plan détaillé pour suivre le *Stella Maris* dans l'espace, en utilisant en grande partie une technologie analogue. Mise devant un fait accompli, l'ONU a autorisé un consortium d'intérêts commerciaux à prendre contact directement avec les Chanteurs. Un élément diplomatique est venu compléter l'équipage réuni par le Consortium d'entrée en contact, afin de représenter l'humanité entière. »

Giuliani interrompt sa déambulation pour regarder Sandoz. « Vous vous rappelez sans doute Wu Xing-Ren et Trevor Isley, Emilio ?

– Oui. »

Si Giuliani s'est attendu à le voir réagir, il est déçu. « Le vaisseau du Consortium, le *Magellan*, est parti pour Rakhat trois ans environ après le *Stella Maris*. Et c'est là, je le crains, que tout commence à s'embrouiller passablement. En effet, alors qu'il faut dix-sept ans à des êtres humains pour faire le trajet jusqu'à Rakhat, si l'on compte depuis la Terre, les signaux radio ne mettent que quatre ans et quatre mois, si bien que le temps se chevauche de façon très confuse et qu'il est difficile de démêler le déroulement des événements. Je dois vous rappeler, Emilio, que nous avons cessé de recevoir le moindre message de votre groupe environ trois ans après votre arrivée sur Rakhat. » Toujours rien. Aucune réaction. « Quand le *Magellan* est arrivé à son tour à proximité de la planète, son équipage ne savait pas que vous étiez tous portés disparus. Ils ont essayé de vous contacter par radio. N'obtenant aucune réponse, ils sont montés à bord du *Stella Maris* et ils ont obtenu accès à toutes ses archives, ce qui leur a donné tout lieu de croire que vous étiez parvenus à entrer en contact avec l'espèce consciente... »

Sandoz continue à regarder par la fenêtre. Irrité, Giuliani réagit, malgré lui, comme s'il avait affaire à un étudiant occupé à rêvasser au lieu d'écouter. « Veuillez m'excuser, père Sandoz, si je ne parviens pas à retenir votre attention... »

Emilio hausse les sourcils et tourne la tête pour regarder le général. « Je vous écoute, mon père », dit-il. Sa voix est calme et ferme, sans nulle trace d'insolence. Ses yeux, néanmoins, repartent aussitôt vers les collines qui s'élèvent au-delà de la cour.

« Tant mieux. Parce que ce que je dis est important. À ce que nous avons cru comprendre, le *Magellan* s'est posé près des dernières coordonnées notées par votre groupe avant la fin de vos transmissions. Son équipage vous a retrouvé au bout de douze semaines environ, et ils se sont donné un mal considérable pour vous tirer de votre fâcheuse situation et soigner vos blessures. » Toujours pas de réaction. « Il semble qu'on vous ait alors transporté à bord du *Stella Maris*, qui était programmé pour vous ramener dans l'orbite du Soleil, et qu'on vous ait renvoyé sur terre tout seul. » Giuliani fait une pause et change de ton. « Je suis sûr que le voyage a dû être très pénible. »

Pour la première fois, Emilio Sandoz éprouve le besoin de faire un commentaire. « Il a été inimaginable », dit-il presque pour lui-même, tout en continuant à regarder par la fenêtre.

Les mots semblent planer dans la pièce, distants et grêles comme un chant d'oiseau.

« Je veux bien le croire, dit enfin le général, momentanément déconcerté. Quoi qu'il en soit, les transmissions radio de l'équipage du *Magellan* ont continué pendant encore trois mois et demi. Au bout de ce laps de temps, on a perdu tout contact avec eux. Nous n'avons aucune idée de ce qui leur est arrivé, et nous ne comprenons pas non plus pourquoi les transmissions de nos envoyés se sont arrêtées au bout de seulement trois ans. Et nous espérons que vous serez capable d'expliquer certains de ces mystères, Emilio. »

Le général fait un signe de tête à Voelker qui place devant Sandoz une tablette dont l'écran est vide. Voilà, se dit le secrétaire, qui va être extrêmement intéressant à observer.

« Mais notre premier devoir, j'en ai peur, est de faire face aux allégations fort troublantes de Wu et d'Isley. » Emilio lève les yeux, si bien que Giuliani est obligé de s'interrompre un moment pour le dévisager. Sa perplexité ne paraît pas feinte. « Nous avons, bien sûr, attendu que vous ayez repris assez de forces pour pouvoir vous défendre vous-même. Rakhat est bien au-delà de toute juridiction civile et vous n'avez été inculpé d'aucun crime, mais les accusations portées contre vous sont embarrassantes et elles ont eu de sérieuses répercussions, même en l'absence du moindre procès ou de la moindre preuve. » Voelker se penche par-dessus la table et fait apparaître le document sur l'écran. Giuliani reprend la parole. « Ces allégations ont été envoyées par radio, si bien qu'elles sont arrivées et qu'elles ont été rendues publiques voilà plus de douze ans. Prenez tout votre temps, si vous le voulez bien, pour les lire avec soin. Nous espérons beaucoup vous entendre les réfuter. »

Il faut une dizaine de minutes à Emilio pour parcourir le document dans son entier. Vers la fin, il a du mal à y voir clair et il est obligé de relire certains passages pour être sûr d'avoir bien compris, ce qui ne fait qu'accroître son désarroi.

Les propos tenus par le Consortium d'entrée en contact ne le prennent pas totalement au dépourvu. « Nous sommes au courant pour l'enfant, lui a dit John, et aussi pour le bordel. » Mais c'était tellement absurde, tellement injuste, qu'il n'a pas vraiment saisi les implications. Sans doute notre esprit s'efforce-t-il ainsi de nous protéger, se dit-il. Jusqu'à ce jour, il a ignoré ce que tous les autres hommes présents dans la pièce, ce que les habitants du monde entier ont appris plus de douze ans auparavant, et jamais il n'aurait pu imaginer que toutes ces révélations sonneraient de façon si accablante pour lui.

Tout cela, pourtant, lui explique beaucoup de choses et il s'en félicite. Il avait commencé à se demander si ses migraines n'étaient pas dues à une tumeur au cerveau, car il y avait tant de choses qui n'avaient pour lui aucun sens. Ce qu'il vient d'apprendre lui permet au moins de comprendre l'animosité et la révulsion : la façon dont Isley et Wu le regardaient, ce qu'ils devaient penser de lui... Mais certaines autres parties du rapport le mystifient et le scandalisent tout à la fois. Il essaie à nouveau d'y mettre un peu de logique et il se demande s'il a eu un mot malheureux ou si on l'a mal compris. Il doit y avoir un indice quelque part dans ce document, se dit Emilio, en espérant se le rappeler plus tard, quand il ne sera plus autant sous pression. Puis le mal de tête se resserre autour de son crâne et ses pensées deviennent insaisissables.

Souvent, au cours de ces derniers mois, il s'est trouvé écartelé, hésitant entre les hurlements d'hystérie forcenée et l'humour noir. Les hurlements, a-t-il décidé pendant le voyage de retour, ne font que rendre les migraines plus épouvantables encore.

« Ça pourrait être pire, dit-il enfin. Au moins, il ne pleut pas. »

L'humour noir, en revanche, a le don de mettre tout le monde en colère. Giuliani et Reyes ne trouvent pas sa réflexion drôle du tout. Voelker est ulcéré. John saisit le comique de la remarque, mais même lui trouve le moment mal choisi. Emilio, dont la vision des choses est à présent complètement déformée, cherche Edward Behr du regard, mais il voit seulement que ce dernier n'est plus à son poste près de la fenêtre.

« Il est temps que quelqu'un vous explique, Sandoz, qu'il n'est pas uniquement question ici de votre ignominie personnelle, lance Voelker d'une voix qui martèle les oreilles d'Emilio. Quand ces accusations ont été rendues publiques, elles ont été à deux doigts de détruire la réputation de notre Compagnie. Désormais, nous ne possédons plus que quatorze noviciats dans le monde entier ! Et il y a à peine assez de jeunes gens pour les remplir...

– Ah, non, vous exagérez, Voelker ! C'est trop facile de tout mettre sur le dos d'un bouc émissaire ! » C'est la voix de John qui retentit à présent. « Vous ne pouvez quand même pas rendre Emilio responsable de tous les problèmes que nous avons eus depuis... »

Sandoz entend la voix de Felipe se joindre au vacarme et il a soudain l'impression que sa tête va exploser, que les os de son crâne vont voler en éclats. Il cherche à échapper d'une façon ou d'une autre à ces voix tonitruantes, à rentrer à l'intérieur de lui-même, loin de tout cet esclandre, mais il ne trouve aucune cachette. Pendant des semaines, il s'est préparé sans penser à rien d'autre, il a construit sa défense brique après brique, il a décidé à quelles questions il répondrait, quelles autres il éluderait, et comment. Il était sûr de pouvoir affronter ces audiences, sûr d'avoir mis à présent assez de distance entre lui et tous les événements, mais les murs si soigneusement édifiés se fissurent de toutes parts, et il se sent aussi nu, aussi écorché vif, aussi exposé que si tout était en train de recommencer.

« Assez ! » L'intervention de Giuliani interrompt net la dispute et le silence s'abat brusquement dans la pièce. La voix du général est très douce lorsqu'il reprend la parole : « Emilio, y a-t-il la moindre parcelle de vérité dans ces accusations ? »

Le frère Edward, qui a repéré le cerne blême autour des yeux d'Emilio, signe inéluctable d'une violente migraine, se dirige déjà vers Sandoz, dans l'espoir de réussir à lui faire quitter les lieux avant qu'il ne se mette à vomir. Mais il s'immobilise et attend la réponse d'Emilio.

« Oui, je suppose que tout est vrai », dit ce dernier, mais le sang qui lui rugit aux oreilles l'empêche presque d'entendre sa propre voix. Aussitôt, tout le monde se remet à hurler, si bien que personne sans doute ne l'entend ajouter : « Mais en même temps, tout est faux. »

Il sent le frère Edward l'empoigner sous les bras, le mettre debout. Les autres continuent à parler, la voix d'Edward est tout contre son oreille, mais il ne comprend plus ce qui se dit. Il lui semble que ce doit être John Candotti qui le porte à moitié hors de la pièce et il essaie de protester que ses jambes fonctionnent parfaitement. Les deux hommes parviennent à le traîner jusqu'au vestibule pavé avant qu'il ne perde le contrôle de lui-même. Il est content de ne pas avoir bousillé les tapis. Lorsque la crise est passée, il sent la piqûre d'une seringue et la brève et terrible sensation de tomber, tomber toujours plus bas, alors même qu'on le monte jusqu'à sa chambre.

Tout est vrai, se dit-il, tandis que le calmant commence à faire son effet, et pourtant tout est faux.

Le module d'atterrissage du *Magellan* s'était posé près du village de Kashan, où les membres de la mission jésuite avaient vécu pendant plus de deux années rakhati. L'équipage y avait trouvé non pas des prêtres, mais une bande terrifiante d'êtres qu'ils avaient appris par la suite à appeler des Runa. Les Runa étaient gigantesques et très agités, et Wu s'était attendu à être massacré séance tenante. Les hommes du *Magellan* étaient sur le point de battre en retraite jusque dans leur module, lorsqu'une petite créature qui était, leur avait-il semblé, assez jeune, s'était faufilée à travers la foule et avait marché droit vers Trevor Isley à qui elle s'était adressée, chose incroyable, en anglais.

Elle avait dit qu'elle s'appelait Askama et avait demandé à Trevor s'il était « venu chercher Milo ». Askama paraissait convaincue que Trevor était apparenté au père Emilio Sandoz, ou à Milo comme elle l'appelait, qu'il était un membre de sa famille parti à sa recherche. Quand ils l'avaient questionnée sur les compagnons de Sandoz, elle avait dit que les autres étrangers n'étaient plus là, mais elle leur avait répété à d'innombrables reprises : « Milo n'est pas mort », et leur avait appris qu'il se trouvait à présent dans la ville de Gayjur. Peu à peu, l'équipage du *Magellan* avait fini par comprendre qu'Askama avait l'intention de les y emmener. Il leur avait paru sage de la suivre. Ils espéraient que Sandoz serait en mesure de leur expliquer la situation, une fois qu'ils auraient atteint Gayjur.

Ils avaient remonté un fleuve en barge, pour gagner la ville. En cours de route, ils avaient entendu des villageois runa crier depuis la rive et, une fois, on leur avait lancé des pierres. Trevor Isley, qui se trouvait être vêtu de noir, était à l'évidence la cible de cette attaque et il paraissait clair que, d'une façon quelconque, les missionnaires avaient empoisonné l'atmosphère, ce qui était justement ce que l'équipage du *Magellan* avait escompté et redouté.

La population citadine n'avait pas été ouvertement hostile, mais on avait observé les humains en silence, tandis qu'ils marchaient dans les rues. Askama les avait amenés auprès de Supaari

VaGayjur qui était, à ce qu'ils avaient découvert, une espèce d'érudit. Supaari, avaient-ils appris, avait étudié avec Sandoz pendant assez longtemps et sa maîtrise de l'anglais était incroyable, même si son accent étranger était plus prononcé que celui d'Askama. Il était en outre membre de la race dirigeante des Jana'ata, paraissait fort riche et les avait reçus avec générosité, bien qu'il eût congédié Askama de façon assez brusque. Elle n'avait pas été autorisée à s'attarder auprès d'eux, mais elle avait néanmoins eu le droit de rester quelque part à l'intérieur du palais et les deux hommes la voyaient très souvent. Tout en confirmant les dires d'Askama et en reconnaissant qu'Emilio Sandoz avait naguère fait partie de son entourage, Supaari avait fait savoir à l'équipage du *Magellan* que désormais le prêtre ne résidait plus chez lui. Pourquoi ? avaient-ils demandé. Où était-il donc ? Supaari avait biaisé. D'autres arrangements avaient été faits pour l'Étranger Sandoz, « plus conformes à sa nature », leur avait déclaré Supaari, avant de changer de sujet.

Au cours des semaines suivantes, les hommes du *Magellan* avaient été somptueusement reçus par Supaari qui leur avait fait la démonstration de son excellente connaissance de leur langue universelle et avait fait de son mieux pour répondre à leurs questions. À leur demande, il les avait présentés à d'autres Jana'ata influents, mais tous leur avaient paru assez froids et distraits, ne manifestant guère d'intérêt pour d'éventuels échanges commerciaux ou culturels. Il était devenu évident que de très vilains troubles couvaient. Un après-midi, Supaari lui-même, toujours si courtois, s'était énervé en leur déclarant que les Runa avaient attaqué et tué plusieurs Jana'ata le long d'un fleuve proche de la ville. Jamais il ne s'était rien passé de tel auparavant. Supaari leur avait assuré que les rapports entre les Runa et les Jana'ata avaient toujours été excellents jusque-là. Il pensait quant à lui que les Étrangers, comme tout le monde appelait les jésuites, étaient responsables de cet état de choses. Un équilibre avait été rompu. Des traditions perdues.

L'équipage du *Magellan* avait mentionné à de nombreuses reprises le nom de Sandoz, espérant obtenir une explication plus complète, mais Supaari ne paraissait pas pressé de les mettre en présence. Pour finir, ce n'avait pas été Supaari VaGayjur, mais la petite Askama qui avait retrouvé Sandoz et qui avait amené Wu et Isley auprès de lui.

Ils avaient découvert le père Emilio Sandoz dans un état

d'atroce dégradation, à l'intérieur de ce qui était à l'évidence une maison close, où il était employé comme prostitué. Son premier geste avait été de tuer Askama, une enfant qui lui avait, de toute évidence, été très dévouée. Dès qu'ils avaient commencé à le questionner, le prêtre était devenu incohérent, puis il avait refusé de parler. Les Jana'ata, préoccupés par des soucis plus importants, n'avaient pas voulu l'inculper de quoi que ce fût et l'avaient remis entre les mains de ses congénères. Wu et Isley n'était pas en mesure de faire la moindre enquête, si bien qu'ils avaient décidé de renvoyer Sandoz sur terre et de laisser les autorités statuer sur son cas. Le prêtre avait donc été transporté à bord du *Stella Maris*, en même temps qu'une cargaison d'étonnants cadeaux offerts par Supaari VaGayjur, puis l'équipage du *Magellan* s'était mis en devoir d'améliorer les relations avec les VaRakhati.

Au cours des semaines suivantes, ils avaient signalé dans leurs rapports de nouvelles attaques des Runa contre des Jana'ata, non loin de la ville. Redoutant d'être happés dans la guerre civile qui paraissait imminente, Wu et Isley avaient remercié Supaari de son hospitalité et de son aide, et s'étaient préparés à regagner avec leurs hommes le *Magellan*, où ils pourraient soit attendre la fin des troubles, soit tenter de se poser dans une autre région de la planète. La dernière transmission de Wu avait rendu compte de leur projet de retourner jusqu'à leur module, protégés par une escorte fournie par Supaari VaGayjur. On n'avait plus jamais eu la moindre nouvelle d'eux.

Et c'était ainsi que la seule personne qui fût rentrée vivante de Rakhat n'était autre qu'Emilio Sandoz, prêtre, prostitué et assassin, qui aurait tant voulu mourir.

La respiration est devenue plus régulière à présent, ce qui permet à Edward Behr de savoir que le médicament agit enfin. Il est beaucoup plus efficace si l'on parvient à l'administrer par voie orale, dès le début des migraines, si bien qu'Edward s'efforce toujours d'être sur le qui-vive, mais Emilio arrive à lui cacher beaucoup de choses. Cette fois-ci, la douleur a fondu sur lui avec une soudaineté stupéfiante, ce qui n'a rien d'étonnant si l'on songe que le malheureux a été obligé de lire de pareilles accusations alors qu'il était implacablement épié, que la plus infime de ses réactions était analysée dans l'espoir qu'elle pourrait fournir un indice.

Edward Behr a déjà vu ce genre de chose – le corps puni pour ce que l'âme est incapable d'appréhender. Quelquefois, ce sont des maux de tête, comme chez Emilio. D'autres fois des douleurs de dos insupportables, ou des aigreurs d'estomac chroniques. On rencontre cela, bien souvent, chez les alcooliques qui boivent pour émousser leur sensibilité, pour faire taire leur souffrance. Tant de gens ensevelissent la douleur de l'âme au fond du corps. Même les prêtres, que l'on pourrait pourtant croire plus raisonnables.

Le frère Edward a passé bien des heures ainsi, assis au chevet d'Emilio à le regarder dormir, en priant pour lui. Bien sûr, avant même d'être chargé de s'occuper de lui, il avait entendu raconter des tas d'histoires sur son compte. Et il a soigné le corps du rescapé, il sait parfaitement à quoi s'en tenir sur ses blessures qui ne sont pas seulement celles qu'il a aux mains, et qui narrent silencieusement toute la sordide aventure. À l'époque où le récit des événements a été publié, Edward était encore marié ; c'était bien avant qu'il eût songé à son existence actuelle ou imaginé qu'il pourrait côtoyer un des principaux protagonistes, ce qui ne l'avait pas empêché d'être intéressé, évidemment. C'était quand même l'affaire du siècle, n'est-ce pas ? Il se rappelle encore les insinuations salaces, les révélations dramatiques, les réactions horrifiées qui avaient rejeté dans l'ombre l'importance scientifique et philosophique de la mission vers Rakhat. Après quoi étaient survenues, la seconde mystérieuse interruption des transmissions et la longue attente du retour de Sandoz, rapportant avec lui l'unique espoir d'obtenir le moindre début d'explication.

Le fait qu'il eût survécu avait été tout à fait improbable, pour ne pas dire miraculeux. Seul pendant des mois, dans un véhicule rudimentaire dont les ordinateurs à peine moins grossiers assuraient la navigation, il avait été découvert dans le secteur Ohbayashi de la ceinture d'astéroïdes, lorsqu'un vaisseau de survie, alerté par le signal de détresse automatique, était allé voir ce qui se passait. À ce stade de son aventure, il était dans un tel état de malnutrition que les cicatrices de ses mains s'étaient rouvertes, le tissu conjonctif étant parti en lambeaux. Il se serait entièrement vidé de son sang si le personnel d'Ohbayashi ne l'avait pas retrouvé juste à temps.

Le frère Edward se rend bien compte qu'il est peut-être la seule personne au monde à penser du fond du cœur que c'est une bonne chose que l'on ait retrouvé Emilio vivant. John Candotti lui-même éprouve des sentiments ambivalents, ne serait-ce que parce que la mort aurait sans doute été plus douce et que Dieu est miséricordieux.

Edward ne sait pas quoi penser de l'assassinat de la petite Askama, ni de la violence prétendument déclenchée par les missionnaires jésuites. Mais, en revanche, si Emilio Sandoz, mutilé, misérable, désespérément seul, s'est livré à la prostitution, qui a le droit de lui jeter la pierre ? Pas Edward Behr, toujours, qui sait à quoi s'en tenir sur la force de caractère de cet homme et sur tout ce qu'il a fallu lui infliger pour le ravaler à l'état dans lequel on l'a retrouvé sur Rakhat. Johannes Voelker, par contre, est convaincu que Sandoz n'est qu'un dangereux voyou qui a sombré dans de monstrueux excès en l'absence d'autorité extérieure. Nous sommes ce que nous redoutons chez les autres, se dit Edward, et il se demande à quoi Voelker emploie ses loisirs.

Un coup discret est frappé à la porte. Edward se lève sans bruit et sort dans le couloir, tirant la porte derrière lui, mais sans la fermer tout à fait.

« Il dort ? demande le général.

– Oui. Il en a pour plusieurs heures, dit doucement le frère Edward. Une fois que les vomissements commencent, il faut lui administrer la Prograïne par injection, et ça l'assomme complètement.

– Le repos lui fera du bien. » Vincenzo Giuliani se frotte le visage des deux mains et pousse un long soupir étranglé. Il regarde le frère Edward et secoue la tête. « Il reconnaît que tout est vrai. Et pourtant, j'aurais juré qu'il était abasourdi.

– Mon père, puis-je vous parler franchement ?

– Bien sûr. Je vous le demande, même.

– Pour le meurtre, je ne peux rien dire. J'ai vu de la vraie colère chez lui. Pour être parfaitement honnête, j'ai vu une violence potentielle, même s'il l'a toujours tournée contre lui-même. Mais pour le reste, mon père, vous, vous n'avez fait que lire les rapports médicaux. Moi, j'ai vu... » Le frère Edward s'interrompt. Jamais il n'a parlé de ceci à quiconque, pas même à Emilio, obstinément silencieux au cours des premiers jours où il était trop malade pour quitter son lit. Peut-être les rapports étaient-ils trop cliniques. Peut-être le général n'a-t-il pas compris les conséquences de la sodomie, le désespoir qui devait habiter Sandoz...

« Il y a eu beaucoup de brutalité, dit le frère Edward sans

mâcher ses mots, en dévisageant Giuliani jusqu'à ce que ce dernier se mette à cligner des paupières. Or, il n'aime pas souffrir. S'il s'est prostitué, ça ne lui a donné aucun plaisir.

– J'imagine que ce n'est pas un travail qui donne souvent du plaisir, Ed, mais je comprends à quoi vous voulez en venir. Emilio Sandoz n'est pas un libertin dépravé. »

Giuliani s'approche de la porte et hésite avant de faire un pas à l'intérieur de la chambre. La plupart des hommes sont simples. Ils recherchent la sécurité, ou le pouvoir, ou l'occasion de se rendre utiles, un sentiment de certitude ou de compétence. Une cause pour laquelle se battre, un problème à résoudre, une niche où s'insérer. Il y a d'infinies possibilités, mais une fois qu'on a compris ce que recherche un homme, on peut commencer à le comprendre. Perplexe, il contemple le visage exotique, à demi caché derrière les cheveux bruns et les draps du lit, et il chuchote : « Mais alors, au nom du ciel, qu'est-il ? » C'est une question à laquelle, d'une façon ou d'une autre, il a beaucoup réfléchi par intermittence, depuis soixante ans. Il ne s'attend pas à recevoir une réponse, mais elle lui arrive pourtant.

« Une âme qui cherche Dieu », dit Edward Behr.

Vincenzo Giuliani regarde fixement le petit homme grassouillet debout dans le couloir, puis Sandoz, qui dort, drogué pour l'empêcher de s'en prendre à son propre corps, et il se demande : Et si c'était ça, depuis le début ?

La nuit est déjà fort avancée quand Emilio bouge enfin. Il prend conscience du fait que la petite lampe d'appoint à côté du fauteuil est allumée et il dit doucement, la voix encore engourdie de sommeil : « Ça va aller, Ed. Vous n'avez pas besoin de rester là. Allez vous coucher. » N'obtenant pas de réponse, il se réveille complètement et se retourne, en se dressant sur un coude, et il aperçoit non pas Edward Behr, mais Vincenzo Giuliani.

Avant que Sandoz ne puisse cracher les mots qui se forment dans son esprit, Giuliani parle, et la conviction sereine de sa voix masque le risque calculé qu'il est en train de prendre. « Emilio, je vous demande pardon. Vous avez été condamné *in absentia*, par des hommes qui n'avaient aucun droit de vous juger. Je ne parviens à trouver aucune excuse valable à vous offrir. Je ne m'attends pas que vous me pardonniez. À ce que vous pardonniez à qui que ce soit. Je suis sincèrement contrit. » Il regarde ses paroles s'enfoncer dans l'esprit d'Emilio comme de la pluie sur un terrain desséché. Ainsi, se dit-il, c'est comme cela qu'il voit les choses. « Si vous vous sentez capable de le supporter, j'aimerais que nous recommencions de zéro. Je sais que ce ne sera pas facile, mais je crois que vous avez besoin de nous faire connaître votre version des événements, et je sais que nous, nous avons besoin de l'entendre. »

Le visage se ferme, l'orgueil guerroie contre un épuisement qui n'a rien à voir avec le sommeil.

« Sortez, dit enfin Emilio. Et fermez la porte derrière vous. »

Giuliani obéit et il est sur le point de gagner sa propre chambre, lorsqu'il entend un bruit qui l'arrête net. Il a tout simplement tenté un coup de bluff : il a cherché à deviner ce que pouvait éprouver Sandoz. Mais en entendant ce bruit, Vincenzo Giuliani s'oblige à demeurer dans le couloir. La tête contre le battant de bois, les mains cramponnées au chambranle, il écoute jusqu'à ce que la crise de larmes soit passée, et il apprend à connaître le son de la désolation.

18

À bord du *Stella Maris* : septembre 2039, référentiel terrestre

« Rien pour moi, merci, dit Emilio.

– Trois, soupira Sofia.

– J'ai une main telle qu'on dirait plutôt un pied, déclara D.W., en contemplant fixement ses cartes.

– Je suis un chirurgien qualifié, lança Anne. Je dois être en mesure de t'aider à arranger ça. » Emilio pouffa.

« Rien ni personne ne peut arranger une merde pareille. Je m'écrase.

– Une pour moi, dit Anne à Alan.

– Et trois pour le donneur. Sais-tu, Sandoz, que c'est au poker classique que nous jouons ? Tu n'es pas obligé de garder ce qu'on t'a servi, expliqua patiemment Alan Pace en se distribuant trois cartes. Tu as le droit de prendre des cartes.

– Robichaux est l'artiste de service, répondit Emilio d'un ton serein, c'est lui qui s'occupe des cartes et de la cartographie. Moi, je reste sur mes positions.

– Ne me mêlez pas à cette affaire, hurla Marc depuis le petit gymnase qui donnait dans la salle commune.

– C'est quand même chouette que vous n'ayez rien de mieux à fiche qu'à taper le carton, les mecs ! leur cria Jimmy depuis le poste de pilotage où George et lui traitaient des images séquentielles de l'immense région qui s'étendait entre le soleil central et les deux soleils latéraux, dans l'espoir de déceler quelque différence révélatrice – une ligne floue ou un point mal placé – qui indiquerait une planète se déplaçant dans une orbite. Depuis des semaines, ils décrivaient des cercles, à un quart de g, au-dessus du système d'Alpha du Centaure, et ils s'enquiquinaient collectivement à cent sous de l'heure. « Figurez-vous qu'il y a des pauvres gens qui travaillent, ici.

– Si tu veux, on peut t'opérer de l'appendicite, Anne et moi », proposa Emilio en haussant légèrement la voix. Puis il reporta son attention sur ses cartes. « Deux pour voir et je monte de deux. »

Sofia et Anne s'écrasèrent. Alan avança deux autres cacahuètes du tube Wolverton. George, ayant décidé de faire une petite pause, déboula d'un pas alerte dans la salle commune et tendit le bras par-dessus l'épaule d'Anne pour retourner les cartes qu'elle venait de jeter. « Dégonflée ! dit-il. Moi, je serais monté au créneau avec ça ! » Elle le foudroya du regard, mais il lui planta un baiser sonore dans le cou. C'était tout à fait folichon, un quart de g.

Emilio ajouta quatre cacahuètes, puis quatre autres, et se renversa sur sa chaise, en plissant les yeux derrière un écran de fumée imaginaire. « Va falloir aligner huit légumes pour voir ce que j'ai, Pace. »

Sans prêter la moindre attention à cette imitation de Bogart, Alan releva le défi. Sandoz était capable de jouer avec tout ou sans rien. « Des cinq ? Avec une paire de cinq, tu n'as même pas repris de carte ? s'écria Pace lorsqu'ils abattirent leurs jeux. Sandoz, jamais je ne te comprendrai. Pourquoi n'as-tu pas demandé trois cartes ? »

Emilio sourit, enchanté, et haussa les épaules. « Les cinq sont meilleurs que les quatre, n'est-ce pas ? À moi de donner. Il faut mettre au pot, mesdames et messieurs, il faut mettre au pot. » Les cartes voltigèrent une fois de plus, et la gaieté contagieuse d'Emilio se répandit tout autour de la table, tandis que chacun découvrait la main qu'il venait de distribuer.

« La parfaite impassibilité du joueur de poker, déclara D.W. en secouant la tête. Il rit comme un malade de tout ce qu'on lui donne. Les bonnes mains sont désopilantes et les mauvaises aussi.

– C'est vrai, convint Emilio aimablement. Alan, juste pour te montrer. Enlève une de mes cartes au hasard et j'en prends une autre. »

Pace retira la carte du milieu de la main de Sandoz, lequel s'en distribua aussitôt une autre prise sur le dessus du paquet. Comme on pouvait s'y attendre, il trouva le résultat gondolant, et il était absolument impossible de deviner s'il venait de tirer la quatrième carte d'un carré ou au contraire de voir disparaître une quinte flush. Quand ce fut à lui de parler, il poussa sa pile entière de cacahuètes au centre de la table. « Tapis au vainqueur. Allez, Pace », lança Emilio.

De nouveau, ils abattirent leurs cartes et Alan rugit d'indignation : « Ah non, ce n'est pas vrai ! Une suite ! »

Emilio pleurait presque de rire. « Et le pire, c'est que c'est toi qui me l'as donnée. Je n'avais rien du tout au départ ! » Il poussa les cacahuètes en direction d'Alan et leva une main, se transformant sous leurs yeux en une véritable incarnation du Bouddha indifférent. « Le secret, c'est de s'en fiche. Cela m'est complètement égal de gagner. »

« Menteur ! » cria-t-on du côté d'Anne, de Sofia et de D.W., qui avaient tous eu l'occasion de voir Emilio, une lueur fanatique dans le regard, se mettre en sang en jouant au base-ball. Alan écarquilla les yeux, stupéfait de les entendre réagir ainsi.

« Il déconne à plein tube, Alan, lui assura George. Il se contrefout du poker, parce qu'il n'aime pas les cacahuètes. Mais sur un terrain de base-ball, il serait prêt à t'arracher le cœur pour t'empêcher de voler une base.

– Ça aussi, c'est vrai, reconnut paisiblement Emilio, en ramassant les cartes sous les lazzis de l'assistance. Et d'ailleurs, si nous jouions avec des raisins secs, ce serait autre chose. J'adore les raisins secs.

– Oui, mais ça salope les cartes, fit remarquer Sofia.

– Tu n'en as jamais marre d'avoir l'esprit pratique ? demanda Emilio.

– Tilt ! entendit-on Jimmy dire doucement, tout seul dans son coin.

– Mais non, on joue au poker, dit Emilio. C'est au flipper que ça fait tilt... » Il se tut en voyant Jimmy pénétrer dans la salle commune. Un à un, les autres se retournèrent pour le regarder, s'immobilisèrent, et attendirent.

« Une planète, dit Jimmy, hébété. Nous l'avons trouvée. Nous avons trouvé une planète. Ce n'est peut-être pas celle des Chanteurs, mais nous en avons trouvé une. »

Depuis qu'ils avaient fait pivoter l'astéroïde sur lui-même, à mi-distance, afin d'inverser les moteurs et de commencer la décélération, les voyageurs s'étaient arrêtés toutes les deux semaines pour capter périodiquement des images sur spectre large, moteurs coupés, et pour guetter les signaux radio qui étaient devenus relativement puissants, tout en restant curieusement intermittents. Toutefois, à mesure que le *Stella Maris* quittait le plan du système d'Alpha du Centaure en s'élevant « au-dessus », afin de pouvoir prendre des images à angle droit, les signaux radio donnèrent une cause d'inquiétude beaucoup plus troublante que cette intermittence : ils disparurent complètement. Le désarroi fut général à bord, même si les réactions allaient de la confiance de Marc, qui pensait que tout finirait par s'arranger, à la frustration presque tangible de George, incapable de trouver la moindre explication au phénomène. Emilio, en revanche, paraissait étrangement soulagé, presque euphorique, et il déclara joyeusement qu'il ne leur restait plus qu'à faire demi-tour et à rentrer chez eux ; l'idée fut repoussée par de véritables hurlements.

À présent, ils étaient tous agglutinés dans le poste de pilotage, autour du tableau de bord, tandis que Jimmy faisait défiler les images dans l'ordre, en avant, puis en arrière, de façon à leur faire voir un petit point lumineux dont l'éclat variait d'une image à l'autre et qui bougeait légèrement. « Regardez, dit-il, on peut même voir la différence dans la lumière reflétée. Ici, c'est un peu gibbeux. »

Marc Robichaux, qui était sorti du petit gymnase en entendant le tumulte, se pencha par-dessus l'épaule de Jimmy et indiqua une espèce de tache, un peu plus proche du soleil central. « Et là, il y en a une autre.

– Bien vu, mon pote, dit Jimmy. En effet, c'est aussi une planète.

– Tu peux faire des agrandissements de ces régions, Jimmy ? demanda Marc, la serviette-éponge autour du cou, le souffle toujours un peu court, mais plus à cause de la machine à courir sur place.

– Ça ne servirait à rien. Mes enfants, c'est l'heure de l'observation en temps réel. Nous pouvons tout simplement les regarder à travers le télescope. » Quelques minutes plus tard, ils voyaient directement la première planète, qui leur apparaissait maintenant sous forme de boule duveteuse, grisâtre et pleine de bosses. Puis la seconde, celle que Marc avait remarquée, beaucoup plus grande, flanquée de deux masses subalternes d'une certaine taille.

« Des lunes, dit George doucement, en passant le bras autour des épaules d'Anne et en l'attirant contre lui. Des lunes, bon Dieu !

– Bon, on oublie la première. C'est celle-là qui nous intéresse, déclara Marc avec une absolue certitude. Une lune de bonne taille régularise suffisamment la précession d'une planète pour permettre à des schémas climatiques stables de se développer. S'il y a des étendues d'eau à ciel ouvert, les lunes créent des marées, et les marées engendrent la vie. » Anne le regarda, haussant les sourcils, sans poser sa question. Le naturaliste sourit. « Parce que Dieu le veut ainsi, chère madame. »

Aussitôt, tout le monde se mit à parler en même temps, félicitant Jimmy, George et Marc, essayant d'évaluer combien de temps il faudrait pour arriver jusqu'à la planète aux deux lunes, et la surexcitation engloutit la trouille qui les avait tenaillés à mesure que s'écoulaient les précédentes semaines, interminables et stériles. Le brouhaha de leur conversation s'interrompit net quand D.W., cherchant Emilio du regard, lança brusquement : « Assieds-toi donc avant te casser la figure, fiston » et fendit le petit groupe massé autour de l'écran pour zigzaguer au milieu des bancs et des tables de la salle commune. Il ne fut pas tout à fait assez rapide pour rattraper Emilio avant qu'il ne touchât le sol.

Il y eut tout d'abord un éclat de rire général, parce que sa chute était si comique à voir : il s'effondra comme une marionnette dont on vient de couper les fils, mais au ralenti, en raison de la faible pesanteur. Alan Pace, impatienté, crut qu'il s'était laissé tomber pour rire et fut irrité, comme il l'était toujours, par la frivolité continuelle de son collègue.

Anne avait foncé sur les talons de Yarbrough. « Ce n'est pas grave, dit-elle d'un ton calme, tandis que le rire cédait la place à la consternation. Il est simplement évanoui. » Elle aurait pu soulever Emilio toute seule car, à un quart de g, il ne pesait guère que quinze kilos. Mais, toute égalité intellectuelle mise à part, Anne conservait une certaine déférence envers la susceptibilité masculine, si bien qu'elle leva les yeux vers D.W., prête à lui demander de porter Emilio jusque dans sa cabine. Elle fut sidérée de voir que Yarbrough tremblait comme une feuille. Puis le déclic se fit et beaucoup de choses lui parurent soudain plus claires.

« Jimmy, tu pourrais le transporter dans sa chambre, s'il te plaît ? » lança-t-elle d'un ton blasé, pour minimiser le côté dramatique de la situation. D.W. ouvrit la porte de la cabine et s'effaça pour laisser passer Jimmy portant Emilio, mou comme une poupée de chiffon dans les bras de son gigantesque camarade. Anne réfléchit environ trois secondes, puis elle serra D.W. dans ses bras fermes et rassurants pour une petite étreinte brève, mais sans détour, et elle se faufila devant Jimmy afin d'entrer dans la petite cabine. Jim sortit et elle ferma la porte derrière lui.

Déjà Emilio commençait à revenir à lui. Anne entendait D.W., juste derrière la porte, dans son numéro de cow-boy texan, qui déchaînait les rires avant de remettre la conversation sur la nouvelle planète. Les voix s'éloignèrent et Anne tourna de nouveau le regard vers Emilio qui s'était à présent assis sur son séant, les pieds pendant hors de la couchette, clignant des yeux.

« Qu'est-ce qui s'est passé ? demanda-t-il.

– Tu as tourné de l'œil. De surprise, en voyant la planète, probablement. C'est le genre de tour que peut jouer le système nerveux autonome. Tu as l'impression que tes membres sont brusquement glacés, et puis tout devient blanc. »

Il hocha la tête. « Ça ne m'était jamais arrivé. Quelle drôle de sensation ! » Il secoua la tête pour s'éclaircir les idées et ses yeux s'écarquillèrent aussitôt.

« Hé là, du calme. Reste donc assis sur ton lit un petit moment. Il faut laisser à ta pression sanguine le temps de revenir à la normale. » Elle était adossée à la cloison, les bras croisés, fixant sur lui un œil détaché de clinicienne, mais sans cesser de réfléchir à ce qu'elle venait de voir. Il eut un petit rire, puis il resta immobile en attendant que son équilibre naturel eût repris le dessus.

« Moi, dit Anne d'un ton sagace, je suis étonnée que tu aies été si surpris.

– Par la planète ?

– Oui. Parce que, enfin, c'est ton idée, tout ça. Je croyais que tu étais en prise directe avec Dieu sur ce coup-là. » Elle ne se montra pas aussi sarcastique qu'elle aurait pu l'être. À vrai dire, elle prononça ces mots en gardant un visage presque inexpressif, avec juste un manque infime de sincérité, pour protéger ses arrières.

Il resta silencieux un long moment, commençant par deux fois à dire quelque chose avant de s'interrompre. Finalement, il parla : « Anne, je peux te dire quelque chose ? Strictement entre nous ? » Elle se laissa glisser le long du mur, s'affaissant jusqu'au sol d'une façon parfaitement contrôlée, à l'opposé de la chute désarticulée d'Emilio quelques instants auparavant, et s'assit en tailleur, les yeux levés vers lui. « Je n'ai jamais confié ça à personne, Anne, mais figure-toi... » Il s'arrêta encore une fois, avec un rire nerveux. « Je dois être en train de battre un record, n'est-ce pas ? C'est quand même fort d'être incapable de trouver ses mots en quatorze langues.

– Écoute, ne me dis rien, si tu n'en as pas vraiment envie.

– Si. Il faut que je parle de ça à quelqu'un. Non, pas à quelqu'un. À toi. J'ai besoin de t'en parler à toi, Anne, je commence tout juste à arriver à un point où tout le monde croit que je suis depuis toujours. »

Il y eut un autre silence, tandis qu'il s'efforçait de décider jusqu'où il pouvait aller dans ses confidences, par où commencer. Elle attendit, sans le quitter des yeux, d'abord satisfaite de voir ses couleurs revenir, puis touchée de comprendre qu'il rougissait. Parler de soi, c'est presque comme faire l'amour, se dit-elle. Ce n'est pas facile de mettre son âme à nu.

« Il faut bien comprendre, Anne, que je ne suis pas un de ces types qui décident de devenir prêtres à l'âge de sept ans. Moi, j'ai commencé dans la vie... Bon, tu connais La Perla, je le sais. Mais tu ne peux pas t'imaginer ce que c'est que de grandir dans un trou pareil. » Il y eut une nouvelle pause tandis que les souvenirs affluaient. « Quoi qu'il en soit, les jésuites, et surtout D.W., m'ont permis de découvrir un autre genre de vie. Je ne dis pas que je suis devenu prêtre parce que j'étais reconnaissant. Bon, d'accord, oui, j'admets qu'il y avait sans doute un peu de ça. Mais je voulais être comme eux. Comme D.W.

– Il y a plus moche, comme ambition », dit-elle en soutenant son regard.

Il inspira profondément. « Ouais. C'était une ambition valable. Et ce n'était pas seulement le culte du héros. Je voulais cette vie et je n'ai aucun regret. Mais... dis, Anne, tu te rappelles que je t'ai dit un jour qu'en se fondant sur leur comportement, il était difficile de savoir si les gens croyaient en Dieu ou non. » Il la regardait attentivement, guettant le premier signe indiquant qu'elle était choquée ou qu'il la décevait, mais elle ne paraissait pas horrifiée, ni même particulièrement surprise. « Tu ferais un bon prêtre, tu sais.

– S'il n'y avait pas ces foutus vœux de chasteté, dit-elle en riant. Et ces papes qui soutiennent mordicus que j'ai trop de chromosomes X. N'essaie donc pas de changer de sujet.

– D'accord, d'accord. » Il hésita encore une fois, mais finalement les mots commencèrent à sortir. « J'étais un peu comme ces physiciens dont tu as parlé. J'étais comme un physicien qui croit aux quarks avec son intellect, mais pas avec ses tripes. J'étais capable de sortir tous les arguments thomistes concernant Dieu, capable de discuter Spinoza et de dire tout ce qu'il fallait dire. Mais Dieu, je ne le sentais pas. Pour moi, il ne venait pas du cœur. Je savais défendre l'idée de Dieu, mais en me fondant uniquement sur du ouï-dire, pour reprendre le jargon juridique. Rien de tout cela n'avait pour moi la moindre vérité émotionnelle. Comme on peut en voir chez des gars tels que Marc. » Il referma les bras sur sa poitrine et se pencha en avant sur ses genoux. « Ce que je veux dire, c'est qu'il y avait en moi un endroit qui aurait voulu être rempli par Dieu, mais qui restait vide. Alors, je me disais : Bon, eh bien, pas encore, peut-être que ça viendra un jour. Et, pour être tout à fait honnête, je trouvais ça tarte, ce genre de truc. Tu sais, il y a des gens qui t'expliquent que Jésus est ton meilleur copain. » Il murmurait presque et fit une grimace qui voulait dire : Ça trompe qui, ces bobards ? « Moi, je me dis toujours : Mais bien sûr, et vous voyez sans doute Elvis régulièrement à la laverie automatique.

– Non mais, dis donc ! Et pourquoi pas ! s'écria Anne, offusquée. Figure-toi que moi qui te parle, j'ai vu, de mes yeux vu, Keith Richards dans une épicerie de Cleveland. »

Il rit et se recula un peu sur la couchette, de façon à pouvoir s'adosser au mur. « Si tu me le dis... Alors, un jour, je reçois un coup de fil à quatre heures et demie du matin. Et une heure après, on est tous assis dans le bureau de Jimmy, en train d'écouter cette musique incroyable et je dis : “ Je me demande si on ne pourrait pas y aller ? ” Et George, Jimmy et Sofia répondent : “ Mais comment donc, bien sûr, pas de problème, il suffit de faire les calculs. ” Et toi, tu nous prenais tous pour des barjos. Eh bien, moi aussi, Anne. Je veux dire, au début, c'était comme une espèce de jeu ! En réalité, je faisais joujou avec l'idée que c'était la volonté de Dieu. » Anne se rappela l'attitude espiègle d'Emilio. Sur le moment, elle l'avait trouvée étrange. « J'attendais tout le temps que le jeu se termine et que tout le monde puisse se foutre de ma gueule un bon coup, après quoi je pourrais retourner auprès d'Ortega pour essayer de le persuader de me filer la bicoque que je guignais pour la maternelle, retourner me colleter avec Richie Gonzales et le conseil municipal au sujet des égouts du quartier est, et ainsi de suite, tu vois ? Mais le jeu se prolongeait indéfiniment. Il y a eu le général des Jésuites, l'astéroïde, le module, et tous ces gens occupés à s'échiner pour cette idée complètement dingue. Je pensais sans arrêt que quelqu'un allait finir par dire : Écoute, Sandoz, pauvre abruti, tu vois un peu tout le mal qu'on s'est donné pour rien ! Mais il se passait toujours quelque chose.

– Pour reprendre la formule de D.W., une sacrée ribambelle de tortues perchées sur une sacrée ribambelle de piquets de clôture.

– Ouais ! Alors, moi, dans mon lit, nuit après nuit, je n'arrivais plus à dormir, et pourtant tu me connais – d'habitude je m'assoupis au milieu d'une phrase. Toute la nuit, je me disais : Mais qu'est-ce qui se passe, bordel ? Et une partie de moi répondait : C'est Dieu qui essaie de te dire quelque chose, espèce de connard. Et une autre partie répliquait : Dieu ne parle pas aux minables de Porto Rico, figure-toi.

– Qu'est-ce qui te fait dire ça ? Si je te pose la question, vois-tu, c'est parce qu'on est deux agnostiques à moitié convaincus.

– Bon, d'accord. Je retire ce que j'ai dit au sujet de Porto Rico, mais ce n'est pas juste que Dieu ait des chouchous. Qu'est-ce que j'ai de tellement spécial, que Dieu se donne la peine de me dire des choses, hein ? »

Arrivé là, il tomba un moment en panne sèche, et Anne le laissa regarder dans le vide, en rassemblant ses pensées éparses. Puis il tourna les yeux vers elle, sourit, et descendit de la couchette pour venir s'asseoir par terre à côté d'elle, épaule contre épaule, les genoux relevés. Leur différence d'âge semblait avoir moins d'importance que l'égalité presque parfaite de leur corpulence. Anne se revit, en un éclair, assise ainsi avec sa meilleure copine, quand elles avaient treize ans, occupées à se raconter des secrets en essayant de comprendre la vie.

« Donc, il se passait toujours quelque chose de nouveau, exactement comme si Dieu était vraiment là pour tout organiser. Et chaque fois, je m'entendais dire : *Deus vult*, comme Marc, mais sans perdre l'impression qu'il s'agissait quand même d'un énorme canular. Et puis une nuit, je me suis tout bonnement laissé aller à envisager la possibilité que l'événement était bien tel qu'il paraissait être. Que quelque chose d'extraordinaire était en train de se passer. Que Dieu avait une idée derrière la tête à mon sujet – enfin, autre que les problèmes d'égouts, bien sûr... Mais la plupart du temps, encore maintenant, je me dis que je dois être complètement zinzin et que toute cette affaire est de la folie pure et simple. Mais quelquefois – écoute Anne, il y a des fois où j'arrive à croire, et alors, continua-t-il dans un murmure, tandis que ses mains, posées sur ses genoux, s'ouvraient, comme pour atteindre quelque chose, alors c'est stupéfiant. Au-dedans de moi, tout devient logique, tout ce que j'ai fait, tout ce que j'ai pu connaître – c'était pour en arriver là, là où nous sommes en ce moment précis. Mais en même temps, Anne, ça me fout la trouille, et je ne sais pas trop pourquoi... »

Elle attendit de voir s'il avait encore des secrets à lui confier, mais, constatant qu'il se taisait, elle décida de tenter un coup à l'aveuglette. « Sais-tu ce qu'il y a de plus terrifiant quand on avoue qu'on est amoureux ? lui demanda-t-elle. C'est qu'on est tout nu. On s'expose volontairement au danger et on baisse toutes ses défenses. Plus de vêtements, plus d'armes. Pas d'endroit où se cacher. On est complètement vulnérable. La seule chose qui rend l'expérience tolérable, c'est la conviction que l'autre t'aime aussi et que tu peux lui faire confiance, qu'il ne te fera pas de mal. »

Il la dévisagea, abasourdi. « Oui. Exactement. C'est ce qui se passe quand je me laisse aller à croire. C'est comme si je tombais amoureux et que j'étais tout nu devant Dieu. Et, comme tu dis, c'est terrifiant. Mais à présent, je commence à avoir l'impression d'être grossier et ingrat, tu vois ? À force de m'obstiner à douter. À douter que Dieu m'aime. Moi, personnellement. » Il émit un petit grognement, moitié d'incrédulité, moitié de stupeur, et il posa les mains sur sa bouche un instant, avant de les retirer. « Tu trouves ça arrogant ? Ou simplement dingue ? De croire que Dieu m'aime.

– Moi, ça me paraît tout à fait raisonnable, dit Anne en souriant, avec un petit haussement d'épaules. C'est très facile de t'aimer. » Et, en le disant, elle fut ravie d'entendre comme la phrase sonnait de façon naturelle, sans aucune arrière-pensée.

Il s'écarta d'elle pour mieux la regarder et ses yeux s'adoucirent, car il oubliait ses doutes en faveur d'une vérité dont il était sûr : « *Madre de mi corazón*, dit-il paisiblement.

– *Hijo de mi alma* », répondit-elle d'une voix aussi douce et certaine. Un ange passa et ils se retrouvèrent côte à côte, les yeux fixés sur leurs genoux, comme deux bons copains. Puis le charme se rompit et Emilio se mit à rire. « Si nous restons encore longtemps enfermés ensemble, ça va faire jaser.

– Tu crois ? demanda-t-elle en ouvrant de grands yeux. Que c'est donc flatteur pour moi ! »

Il se mit debout et lui tendit la main. Elle se redressa avec aisance, compte tenu du quart de g, mais elle garda la main d'Emilio dans la sienne un instant de plus qu'il n'était strictement nécessaire, et ils s'étreignirent et se mirent à rire une fois de plus parce qu'ils avaient du mal à décider qui devait passer ses bras autour des épaules de l'autre. Puis Anne ouvrit la porte et lança d'une voix basse : « Parfait, que quelqu'un apporte un sandwich à cet homme. »

Jimmy glapit : « Hé, Sandoz, crème d'andouille ! Depuis quand t'as pas mangé ? Il faut donc vraiment que je m'occupe de tout, ici ? » et Sofia renchérit : « Peut-être qu'on ferait mieux de jouer des raisins secs la prochaine fois ! » Mais Jimmy et elle lui avaient préparé un repas. Et la situation revint vite à la normale, ou à ce qui passait pour tel à bord d'un astéroïde au-dessus d'Alpha du Centaure, en attendant que Dieu voulût bien leur faire signe.

« Dans le temps, mon papa avait une Buick qui réagissait tout pareil, grommela D.W. Yarbrough à un moment donné. Quand on était au volant, on avait l'impression de piloter une truie dans sa bauge. »

Personne n'osa rire. Au cours des deux semaines qui venaient de s'écouler, Yarbrough et Sofia Mendes avaient travaillé sans interruption pour amener le *Stella Maris* de plus en plus près de la planète. Le processus était dangereux et exaspérant, si bien que D.W. envoyait quelquefois paître les autres avec une brusquerie inhabituelle.

Tout le monde était de mauvais poil, d'ailleurs, et une fois que D.W. fut parvenu à faire entrer le vaisseau de force dans une orbite acceptable, ils passèrent en chute libre, et la situation empira. Depuis plus de trois ans, ils s'étaient échinés comme des bêtes de somme pour en arriver là, à portée de vue de la planète qu'ils étaient venus découvrir. Enfermés pendant plus de huit mois tous ensemble dans un espace réduit, ils s'étaient remarquablement bien entendus ; il y avait néanmoins eu une accumulation de tensions, d'inquiétudes et une nervosité usante, qui remontaient rarement à la surface sous forme de violentes empoignades mais que révélaient clairement les brusques silences qui s'établissaient, tandis que chacun ravalait ses rosseries.

De tout l'équipage, c'était D.W. qui se fichait en rogne le plus souvent et qui morigénait tout son monde, reprochant à tel ou tel les petites erreurs, le manque d'attention aux détails, ou les remarques déplacées. Emilio, qui n'était pas pire que les autres, en prenait néanmoins pour son grade plus souvent que n'importe qui. Lorsque Yarbrough leur secoua les puces afin de rétablir l'ordre à bord, Emilio hasarda une petite boutade concernant le *discordo irregularis*. D.W. le regarda fixement jusqu'à ce qu'il eût baissé les yeux, puis il aboya : « Si tu ne peux pas être sérieux, tu ferais mieux de te taire. » Ce qui réduisit Emilio au silence pendant plusieurs jours. Une autre fois, après que le père supérieur eut pris tout le monde à rebrousse-poil en proférant d'un ton abrupt, au petit déjeuner, une véritable litanie d'ordres divers qu'il termina par un décret particulièrement féroce à l'intention d'Emilio, ce dernier chercha à désamorcer la situation en demandant : « Est-ce que je vous sers ça avec des frites ? » Yarbrough riposta par une véritable rafale d'argot espagnol, teinté d'un fort accent américain, que personne d'autre ne saisit mais dont le sens ne faisait aucun doute, à en juger par son effet sur le coupable.

Anne aurait peut-être pu aller trouver D.W. pour essayer de lui remettre les idées en place sur le chapitre de la surcompensation, mais moins d'une heure après, c'était elle qui se faisait remonter les bretelles pour avoir oublié de couvrir une salière dont le contenu s'était envolé pendant plusieurs jours par les petits trous du couvercle. Lorsque D.W. avait ouvert le placard, il s'était cru pris dans une tempête de neige en miniature. Il en résulta quelques échanges verbaux fort acrimonieux, auxquels George vint se mêler, et il fallut l'intervention de Sofia et de Jimmy pour calmer les esprits.

Au bout de quelque temps, cependant, l'équipage se réhabitua à la vie en apesanteur, les nausées disparurent, l'*ordo regularis* régna de nouveau et chacun se remit à travailler avec une efficacité acceptable. Ils commencèrent par faire une étude en profondeur, lançant plusieurs satellites pour encercler la planète, recueillant toutes sortes de données atmosphériques et géographiques. À la distance où ils se trouvaient, la délimitation des océans et des masses terrestres était très nette. Ils avaient une impression globale de verts et de bleus virant au violet, interrompus par des zones rouges, marron et jaunes, givrées par le blanc des nuages et par de toutes petites calottes de glace. Ce n'était pas la Terre, mais c'était très beau, et le spectacle agissait puissamment sur leurs émotions.

La plus grosse surprise fut la brusque réapparition des signaux radio. Chaque fois qu'ils circulaient entre les lunes et la planète, le vaisseau captait des bribes d'ondes radiophoniques incroyablement fortes. « Ils visent les lunes ! » s'écria soudain Jimmy en faisant un schéma du système et en comprenant ce qui se passait sur le plan de la physique. Or, il n'y avait pas trace de vie indigène ni de colonies sur les lunes. « Pourquoi diable envoient-ils des émissions radio vers les lunes ? »

« C'est parce qu'il n'y a pas d'ionosphère ! » annonça George triomphalement, un après-midi, en flottant jusque dans la salle commune depuis sa cabine où il était occupé à passer en revue les données atmosphériques. L'idée lui était venue tout à fait à l'improviste, à un moment où il ne pensait pas du tout au problème radio. « Ils se servent des lunes pour répercuter les signaux.

– Oui, c'est ça ! » brailla Jimmy qui se trouvait dans le poste de pilotage. Il fonça dans la salle commune, agrippa d'une main un des poteaux de soutènement, comme un gigantesque orang-outang, et tourna autour de son support jusqu'à ce que la friction l'eût immobilisé. « C'est pour ça que nous ne recevions les signaux que tous les vingt-septièmes et quinzièmes jours sur terre !

– Là, je suis complètement larguée, lança Anne depuis la cuisine où Sofia et elle préparaient le déjeuner.

– Sans ionosphère pour contenir les ondes radio, on ne pourrait utiliser que des signaux orientés dans la ligne de vision, comme les fours à micro-ondes sur terre, lui expliqua George. Donc, si tu voulais émettre vers une zone plus vaste, tu pourrais expédier un signal vraiment très puissant vers les lunes et il rebondirait sous forme de cône qui couvrirait une grande partie de la superficie de la planète.

– Donc, ce que nous captions sur terre, c'était la dispersion autour des lunes, chaque fois qu'elles se retrouvaient dans l'alignement de la Terre, termina Jimmy, qui jubilait à l'idée d'avoir éclairci ce petit mystère.

– C'est quoi une ionosphère ? » demanda Anne. Jimmy la regarda, le menton tombant. « Excuse-moi, mon vieux, je connais le mot, mais je ne sais pas vraiment ce que c'est. Je suis médecin, Jim, pas astronome ! » George éclata de rire, mais Jimmy, qui était trop jeune pour avoir vu le premier épisode de *Star Trek*, ne comprit pas ce qu'il y avait de drôle.

« Bon, voilà : la radiation solaire fait jaillir des électrons des molécules atmosphériques situées tout en haut de l'atmosphère. Tu me suis ? Ce qui les transforme en ions, commença Jimmy.

– Écoutez-moi tous, coupa D. W. en arrivant du poste de pilotage. Que chacun de vous soit prêt à me donner un résumé de tout ce qu'il a appris demain à neuf heures. J'ai des décisions à prendre. »

Et aussitôt il disparut dans sa cabine, laissant ses sept compagnons secouer la tête et maugréer tout bas. Anne le regarda partir et se tourna vers Sofia. « C'est quoi, à ton avis ? Un syndrome prémenstruel ?

– C'est une certaine forme d'affection, répondit Sofia en souriant. Le commandant d'escadrille est de retour à son poste. Il ne veut pas voir ses hommes succomber à l'enthousiasme et à la claustrophobie, mais cela dit, personne n'a envie de venir d'aussi loin pour repartir sans avoir visité la surface, surtout pas D. W. Il est soumis à une pression terrible.

– Je vois ce que tu veux dire », reprit Anne, impressionnée par cette analyse qu'elle considérait comme fort complète à un petit détail près, et elle se demanda si Sofia n'en avait pas conscience ou si elle était au contraire très discrète. C'était de la discrétion, décida-t-elle. Peu de chose échappait à la jeune femme et elle connaissait D. W. sur le bout des doigts. « Vers quoi penche-t-il ? Tu le sais ?

– Il n'est pas très bavard. À ce que j'ai cru comprendre, nous pourrions survivre à la surface. Peut-être D. W. descendra-t-il tout seul ou avec seulement un ou deux autres et préférera-t-il laisser le reste de l'équipage dans le vaisseau. »

Anne ferma les yeux en s'affaissant autant que la chose était possible en apesanteur. « Oh, Sofia, je crois que j'aimerais mieux mourir, littéralement, que de rester enfermée ici une minute de plus qu'il n'est vraiment nécessaire ! »

Sofia fut sidérée de voir sa camarade faire pour une fois aisément son âge et, pendant quelques affreuses secondes, elle crut qu'Anne allait éclater en sanglots. Elle l'attira contre elle pour une de ces brèves étreintes grâce auxquelles Anne l'avait encouragée des centaines de fois. Ce n'était pas un geste impulsif, car Sofia Mendes ne faisait pour ainsi dire jamais rien d'impulsif. Mais maintenant, enfin, elle avait absorbé suffisamment d'affection pour pouvoir en restituer.

« Oh, ma Sofia, je vous aime tous beaucoup, dit Anne avec un petit rire, en se passant furtivement la manche sur les yeux. Et j'en ai par-dessus la tête de voir vos binettes, toutes autant qu'elles sont. Viens. Allons nourrir tous ces bonshommes. »

La séance du lendemain matin fut une des plus tendues et des plus épuisantes auxquelles Anne eût jamais assisté. Elle avait eu l'intention de tout suivre avec attention, mais elle se laissa distraire par une furieuse envie de bouger au cours d'une discussion interminable sur le carburant du module, dont certains se demandaient s'il entrerait convenablement en combustion dans l'atmosphère de la planète. L'air était respirable et il faisait une chaleur torride, mais à laquelle ils survivraient sans problème. Il y avait énormément d'orages et de cyclones qui se déchaînaient à tout moment, lesquels étaient peut-être dus à la saison, ou peut-être à la quantité d'énergie que déversaient dans le système ses trois soleils.

Quoique fort complète, la présentation de Marc les laissa sur leur faim. Il était en mesure d'établir des limites entre diverses régions écologiques, mais comment savoir ce qu'était réellement cet élément de teinte principalement lavande ? Ce pouvait être une forêt d'arbres à feuilles caduques en plein été, ou bien des pâturages, ou encore une forêt de conifères, voire même un gigantesque tapis d'algues. « Ce qui est sûr, dit Marc en haussant les épaules, c'est qu'il y en a de vastes étendues. » Le terrain était plus facile à interpréter sans trop craindre de se tromper. Les étendues d'eau à ciel ouvert crevaient parfois les yeux, mais Marc les avertit du fait qu'on pouvait les confondre avec des régions marécageuses. L'amplitude des marées était très forte, ce qui n'avait rien d'étonnant avec plusieurs lunes. Il y avait des bras morts nettement visibles et de nombreux bassins fluviaux. Il croyait avoir identifié des zones de terre cultivée, mais, là encore, il émit des réserves : « On peut aisément confondre des plantations agricoles avec des forêts d'essences mixtes », fit-il remarquer.

Allons-y, au lieu de jacasser, se disait Anne pendant que Marc pérorait interminablement. Il nous fait chier avec toutes ces conneries. Allons-y. On fait les sandwiches, on monte dans le foutu module, on va se poser sur la planète, on ouvre les portes à toute volée et on vit ou on meurt, on verra bien.

Sidérée par sa propre fébrilité, elle regarda ses compagnons et vit la même chose chez eux, mais au même instant, Marc annonça : « Et voici la source des transmissions radio. » Un long soupir, suivi d'un murmure, parcourut l'assistance. Marc délimita une zone près de la côte. « Il semble que nous ayons ici une ville, dans une haute vallée environnée par plusieurs montagnes. On ne remarque pas la convergence de routes à laquelle je me serais attendu, mais les lignes que voici pourraient être des canaux en provenance des deux fleuves que vous apercevez ici et là. C'est peut-être un port. Il me semble que cette zone semicirculaire pourrait être un excellent bassin portuaire. »

Il y avait d'autres régions, ailleurs sur le continent, où l'on remarquait des éléments qui faisaient songer à des villes, mais ils étaient venus à cause de la musique, donc il ne fut pas vraiment question d'aller regarder ailleurs. En dépit de cette unanimité, une discussion éclata lorsqu'il s'agit de décider à quelle distance de la ville émettrice ils devaient se poser pour commencer.

Alan Pace paraissait étonné que l'on soulevât la question. Il voulait entrer en contact immédiat et direct avec les habitants de la ville. « Avec tout le respect que je dois à Sandoz, nous pourrions dès le premier instant compter sur la communication musicale, exactement comme nous nous sommes servis de la musique pour attirer les Indiens du Paraguay au XVIIIe siècle. Il y a aussi les précédents de saint François Xavier et de Ricci, qui ont résolu de se rendre au plus tôt dans les villes du Japon et de Chine, afin de travailler d'abord avec les classes instruites.

– Tu ne crois pas qu'on va leur foutre une pétoche de tous les diables, en se pointant comme des fleurs, un après-midi, dans toute notre gloire d'espèce inconnue ? demanda D. W.

– Il n'y aura qu'à leur dire qu'on arrive de France », proposa Emilio d'un air inspiré. Alan lui-même se tordit de rire.

« Peut-être qu'ils ne seront pas si étonnés que ça. Ça fait des centaines d'années que les hommes se perdent en conjectures sur des espèces extraterrestres, dit Jimmy Quinn, hilare, mais sans relever la remarque d'Emilio. Avec toutes leurs lunes et tous leurs soleils, ces types s'intéressent sûrement à l'astronomie.

– Tu le crois vraiment, Jim ? demanda Anne en prenant part à la discussion pour la première fois. Avec trois soleils, il n'y a guère qu'un petit bout de la planète qui se trouve dans l'obscurité à un moment donné, et jamais pour très longtemps. Peut-être qu'ils ne prêtent aucune espèce d'attention au ciel nocturne.

– Ils lancent des émissions radio en direction des lunes ! » s'écrièrent en même temps Sofia et Jimmy. Tout le monde rit ; Anne haussa les épaules et hocha la tête, reconnaissant qu'elle avait tort.

« En tout cas, moi, il me semble que nous ferions mieux d'aller là où se trouve la technologie avancée. Et je suis prêt à parier que ce machin-là, déclara George en indiquant un lac dans une zone montagneuse proche de la ville, est un barrage hydroélectrique. Vous voyez ? Ce truc-là ressemble assez à un déversoir. S'ils sont capables de bâtir des ouvrages pareils et de comprendre ce qu'ils obtiendront en faisant rebondir des signaux radio contre leurs lunes, ils sont forcément aussi avancés sur le plan technologique que les terriens du XIXe, voire du XXe siècle. Donc, ils sont sans doute relativement évolués. Alors, moi, je dis : En avant toutes ! Posons-nous en plein centre de la ville. »

Ce genre de raisonnement perturbait considérablement Marc, qui en appela directement à D. W. « Mon père, il me semble que nous devrions apprendre à connaître un peu la planète avant de nous frotter à l'espèce intelligente, ne serait-ce que pour pouvoir transmettre à la Terre des données écologiques fondamentales en vue de la prochaine mission, au cas où il nous arriverait quelque chose. Nous devons d'abord prendre nos repères. »

D. W. se tourna vers Anne. « Combien de temps crois-tu qu'il nous faudra pour nous réhabituer à la pesanteur ?

– George dit que la planète est un peu plus petite que la Terre, donc il faut nous attendre à ce que la gravité soit un peu plus faible que ce dont nous avons l'habitude. Ça, c'est un plus. En revanche, nous avons tous perdu de la masse musculaire et de la densité osseuse, et nos pieds sont trop ramollos pour marcher beaucoup. Et, très franchement, tout le monde est raplapla, dit-elle. Alan, je sais bien que tu meurs d'envie de mettre la main sur les instruments et de chanter avec les Chanteurs, mais l'entrée en contact va quand même être très risquée. Te crois-tu honnêtement capable de faire face à n'importe quelle crise en ce moment précis ? »

Pace fit la grimace. « Sans doute que non.

– Moi non plus, dit Anne. Il me semble que nous pourrions prendre deux ou trois semaines pour nous habituer aux conditions ambiantes à la surface de la planète, reprendre des forces et nous réadapter à la lumière solaire.

– Ça nous donnerait aussi le temps d'étudier la flore et la faune, au moins dans une région délimitée, ajouta Marc. Et nous pourrions découvrir s'il nous est possible de manger ou de boire quoi que ce soit sans danger... »

La discussion se prolongea pendant des heures, mais, pour finir, D. W. décida qu'ils tenteraient de se poser dans une région qui paraissait inhabitée, avec assez de provisions pour tenir un mois, afin d'évaluer les conditions et de préparer leur prochaine étape. Et, par la suite, tout le monde se rendit compte qu'en dernier ressort, c'étaient, une fois de plus, les paroles d'Emilio Sandoz qui l'avaient emporté.

« Je suis de l'avis de Marc et d'Anne quant à la nécessité de procéder avec prudence, mais il y a des arguments logiques en faveur des deux méthodes et aucun moyen empirique de choisir entre les deux, dit-il. J'imagine donc qu'à un moment donné, il va falloir nous lancer dans l'inconnu en nous disant qu'il n'y a que la foi qui sauve. » Et puis, se surprenant peut-être lui-même, il ajouta : « Si Dieu nous a amenés jusqu'ici, je ne pense pas que ce soit pour nous y abandonner. »

Et si cette déclaration n'était pas tout à fait inconditionnelle, Anne fut la seule à le remarquer.

19

Mise au sol, Rakhat : 13 octobre 2039, référentiel terrestre

Les jours qui suivirent furent ce qu'ils avaient connu de pire, tant sur le plan physique que sur le plan mental. Parmi les tonnes de matériel emmagasiné dans le vaisseau, ils durent choisir l'équipement, l'habillement et les vivres qui paraissaient devoir être le plus utiles dans l'immédiat, et les charger dans le module. Pendant leur absence, les systèmes de l'astéroïde seraient verrouillés, les émetteurs-récepteurs radio réglés de façon à recevoir, coder et transmettre leurs rapports jusqu'à la Terre, et l'ordinateur de bord programmé afin qu'il leur fût possible d'y accéder à distance.

D. W. repassa derrière tout le monde, remarqua des bévues, rectifia des erreurs. Anne, qui avait nourri un certain ressentiment contre son autoritarisme, fut bien obligée de revenir sur son opinion. D. W. avait eu raison de prendre les choses en main au moment où il l'avait fait, car malgré son influence stabilisatrice, vers la fin, leur activité frôlait la frénésie. Ils étaient tous secrètement morts de peur d'avoir oublié quelque chose, d'avoir fait une bêtise susceptible de tourner à la catastrophe ou d'entraîner la mort de l'un d'entre eux. Si bien que lorsque D. W. mit finalement un terme à leur agitation et les réunit tous ensemble, chacun eut le sentiment d'avoir été récupéré au bord de l'hystérie.

« Finissez tout ce que vous avez à faire pour cinq heures de l'après-midi, leur ordonna-t-il. Et après, laissez tomber. Cessez de penser à tout ce qui pourrait mal tourner. Le plus important, pour le moment, c'est de se calmer. Vous êtes tous beaucoup trop énervés. Couchez-vous tôt ce soir. Comme ça, si vous ne pouvez pas dormir, au moins vous vous reposerez. Nous dirons la messe à neuf heures. Et ensuite nous descendrons nous poser. » Avec un sourire, D. W. regarda dans les yeux chacun des membres de son équipage fatigué. « Tout ira bien. Je confierais à n'importe lequel d'entre vous, ensemble ou séparément, ma vie et mon âme. En vous mettant au lit ce soir, je voudrais que vous pensiez tous à ce qu'Emilio a dit : Dieu ne nous a pas amenés aussi loin pour nous laisser tomber maintenant. »

Cette nuit-là, abandonnant George, Anne traversa la salle commune, à la force du poignet, pour gagner la porte de D. W. Elle frappa doucement, espérant ne pas le réveiller s'il dormait déjà, mais désireuse de lui parler en tête à tête s'il n'était pas encore assoupi.

« Qui est là ? demanda-t-il à mi-voix.

– Anne. » Au bout d'un petit instant, la porte s'ouvrit.

« Bonsoir. Entre. Je t'offrirais bien une chaise, mais... »

Elle sourit et s'efforça de trouver, pour y flotter, un endroit convenablement situé. Voilà un bon sujet pour des étudiants de troisième cycle, se dit-elle : *Le maintien des normes de distanciation imposées par notre culture à zéro g.* « Ce ne sera pas long, D. W. Toi aussi tu as besoin de repos. Je voulais juste te demander si tu accepterais qu'Emilio soit le premier à sortir du module demain. »

Dans le silence qui s'abattit, Anne le regarda tourner et retourner cette idée dans son esprit. Il n'était pas question, ici, de laisser son nom dans l'Histoire, rien n'étant prévu pour immortaliser l'événement. Il n'y avait ni journalistes, ni photographes, ni caméras permettant d'alimenter le réseau audiovisuel. Issu d'une culture qui avait sombré dans un délire de documentation, d'archives, de publicité, de radiodiffusion et de télévision en tout genre, une culture où le moindre geste de la vie publique ou privée paraissait accompli pour un auditoire, le voyage du *Stella Maris* avait commencé dans l'anonymat et sa mission serait menée à bien dans l'obscurité. Les Jésuites, étant ce qu'ils étaient, ne songeraient même pas à signaler qui avait le premier posé le pied sur la planète, pas même dans le rapport interne transmis au général, quelle que fût son identité lorsque la nouvelle arriverait jusqu'à lui. Néanmoins, D. W. étant par tempérament et par décision de l'ordre leur chef reconnu, c'était à lui de prendre le risque et de revendiquer le privilège. Certes, Emilio Sandoz avait été le premier à proposer l'aventure, mais elle n'en était pas moins devenue la mission de D. W. Yarbrough. Personne n'y avait travaillé aussi dur ni aussi longtemps, personne n'y avait autant réfléchi, personne ne s'était échiné avec une telle constance sur ses moindres détails. Anne le savait, et elle l'admirait pour cela.

Au bout d'un long moment, il releva les yeux vers elle et la dévisagea avec tant d'intensité que son strabisme en disparut presque. Elle voyait bien qu'il avait une décision difficile à prendre et elle resta parfaitement neutre, afin de ne pas l'influencer. Lorsqu'il parla enfin, sa voix n'était entachée d'aucun accent, son visage n'avait plus de défenses. « Et tu crois que ce serait une bonne chose ? Qu'il n'y aurait aucun soupçon de... », commença-t-il en hésitant, avant de dire enfin : « ... de favoritisme ?

– Voyons, D. W., jamais je ne te l'aurais demandé si j'avais pensé qu'il y eût le moindre risque de ce genre. » Ne t'inquiète pas, avait-elle envie de dire. C'est très facile de l'aimer. Je comprends très bien. « Je crois que les autres approuveraient et, pour lui, cela aurait beaucoup d'importance. Sur le plan spirituel. » Elle s'éclaircit la gorge, toute gênée d'avoir seulement prononcé le mot « spirituel ». « J'espère que tu ne m'en veux pas de m'être aventurée dans ton domaine... »

Il fit un geste de déni. « Bon Dieu, non. Bien sûr que non. Je me fie à ton jugement. Tu es beaucoup plus proche de lui que je ne l'ai jamais été, Anne. » Il le regarda pour voir si elle acceptait cette idée, puis il frotta ses yeux, rougis de fatigue et injectés de sang dans son visage pâle et biscornu. « Bon, d'accord. Ça me va très bien. Il descendra en premier. Enfin, pourvu qu'il n'y ait aucune menace apparente. Il n'est pas impossible qu'une fois arrivés, nous décidions que l'endroit paraît trop dangereux pour qu'un seul de nous s'y hasarde.

– Ah non, D. W ! Ah, que non, mon trésor de saint homme ! s'écria Anne. Si tu envisages de ne pas nous laisser sortir du module, je te garantis que je creuserai moi-même un trou dans la porte avec les dents. Tu verras si tu peux m'en empêcher. »

Il rit et elle décida de ne pas le serrer dans ses bras, mais elle lui tendit la main. Il la prit et, à sa grande surprise, il la porta à ses lèvres et la baisa, sans détacher des siens ses yeux divergents. « Bonne nuit, mâme Edwards, dit-il, avec une parfaite galanterie de grand propriétaire sudiste, en dépit du fait qu'il était en survêtement et flottait dans l'espace. Dormez bien, c'est compris ? »

Cette nuit-là, chacun des huit se prépara à sa manière aussi bien à la mort qu'à une sorte de résurrection. D'aucuns se confessèrent, d'aucuns firent l'amour, d'aucuns s'endormirent, épuisés, pour rêver de leurs amis d'enfance ou d'instants passés auprès de leurs grands-parents et oubliés depuis longtemps. Chacun, selon sa nature, s'efforça de se libérer de sa peur, d'accepter l'existence qu'il avait vécue jusqu'à cette nuit, et ce qui pourrait arriver le lendemain.

Pour certains, il y avait eu un tournant qui paraissait à présent justifié, si douloureuse qu'eût été la décision. Pour Sofia Mendes, c'était une façon de se réconcilier avec ce qui restait pour elle, encore maintenant, l' « avant-Jaubert ». Jimmy Quinn, quant à lui, cessa de se tourmenter à l'idée qu'il avait mal agi en quittant sa mère et se sentit enfin le droit d'estimer que son existence lui appartenait.

Pour Marc Robichaux et Alan Pace, il y avait le sentiment d'avoir mené leur vie comme ils le devaient, la conviction que Dieu avait su reconnaître dans leur talent artistique la prière que leur travail avait toujours représenté pour eux, et l'espoir qu'il leur permettrait à présent de le servir.

Pour Anne et George Edwards, pour D. W. Yarbrough, pour Emilio Sandoz, ce voyage avait donné un sens à des actes fortuits, à tous les moments où ils avaient fait ceci au lieu de faire cela, choisi telle chose plutôt que telle autre, à toutes leurs décisions, qu'elles eussent été mûrement réfléchies ou tout à fait malavisées.

Je referais la même chose, se disait chacun.

Et le moment venu, alors même que le vacarme, la chaleur et les secousses atteignaient un degré de violence terrifiant, alors même qu'il paraissait de moins en moins probable que le module allait résister à la pression au lieu de voler en éclats, alors même qu'il était de plus en plus évident qu'ils allaient tous être brûlés vifs dans l'atmosphère d'une planète dont ils ne connaissaient même pas le nom, chacun des huit procéda en son for intérieur à la calme ratification de ce long examen de conscience. Je suis là où j'ai voulu être, se dirent-ils. Je suis content d'y être. Chacun à sa façon, ils s'en remirent à la volonté de Dieu et se sentirent convaincus que ce qui arriverait à présent était écrit. Pour le moment, tout au moins, ils tombèrent tous amoureux de Dieu.

Mais ce fut Emilio Sandoz qui s'en éprit le plus éperdument, rejetant de façon presque physique sa peur et ses doutes, ouvrant les mains alors que tous les autres les crispaient sur des manettes de contrôle, des courroies, des accoudoirs ou sur une main amie. Et lorsque le hurlement abrutissant des moteurs diminua et céda enfin la place à un silence presque aussi assourdissant, il parut tout naturel que ce fût lui qui passât dans le sas, ouvrît la trappe et descendît tout seul dans la lumière solaire d'étoiles qu'il n'avait jamais remarquées quand il était sur terre, lui qui emplît ses poumons des exhalaisons de plantes inconnues et tombât à genoux en pleurant de joie lorsque, après des années de cour empressée, il sentit le vide se combler et crut de tout son cœur que sa liaison amoureuse avec Dieu venait enfin d'être consommée.

Ceux qui virent son visage, où le rire côtoyait les larmes, quand il se remit debout et se retourna vers eux, incandescent, les bras grands ouverts, surent aussitôt qu'ils étaient les témoins de la transcendance d'une âme, et qu'ils se rappelleraient ce moment pendant tout le reste de leur vie. À leur sortie du module, lorsqu'ils jaillirent hors de leur matrice technologique, sur des jambes flageolantes, en clignant des paupières, chacun d'eux éprouva un peu de cette même exultation étourdissante, chacun eut l'impression de renaître dans un monde nouveau.

Anne elle-même, Anne toujours si raisonnable, se laissa aller à savourer cette sensation et s'interdit de la gâcher en demandant tout haut si ce qu'ils ressentaient n'était pas tout simplement un profond soulagement à l'idée d'avoir trompé la mort, conjugué à une brusque chute de la pression sanguine vers le cerveau, à la suite de l'inversion du syndrome grosse figure-pattes de poulet. Aucun des huit, pas même George, qui n'avait aucune envie de croire, ne fut entièrement exempt d'un sentiment de transcendance.

Suivirent alors des jours entiers de ravissement et d'hilarité. Tels des enfants en excursion au jardin d'Éden, ils donnèrent des noms à tout ce qu'ils voyaient. Les mangez-moi et les oiseaux-éléphants, les au-trot et les au-pas, les jésuites tout noirs et les franciscains tout bruns, les écumeux et les rampants, les nasotrompes et les queues-d'écureuil, les petits-mecs-en-vert, les bleu-noirs et les tronches-de-corolle, sans oublier les richard-nixons qui marchaient penchés en avant à la recherche de nourriture. Il y avait aussi, pour étoffer leur collection d'ordres religieux, des dominicains noir et blanc. Il y avait les arbres-tortues dont les glands avaient l'air d'être en écaille ; les buissons-cacahuètes dont les fleurs brunes possédaient deux lobes ; les pieds-de-bébé, dont le feuillage était aussi doux que des pétales de rose ; et les grosses-cochonnes dont les feuilles ressemblaient à des oreilles de truie.

Aucun élément ne manquait à l'appel. L'air pour voler, l'eau pour nager, la terre pour s'enfouir, la végétation pour se nourrir et se cacher. Les principes étaient les mêmes : la fonction crée la forme, on pousse en hauteur pour capter la lumière du soleil, on se dandine et on se pavane pour attirer un partenaire sexuel, on disperse à tous vents des ribambelles de rejetons ou au contraire on veille jalousement sur quelques rares et précieux petits, on avertit les prédateurs du fait qu'on est vénéneux par des couleurs criardes ou on se fond dans le paysage pour éviter d'être repéré. Mais la pure beauté, la pure ingéniosité des adaptations de la faune étaient à couper le souffle et la splendeur de la flore laissait pantois.

Anne et Marc, dont le regard était aiguisé par l'étude qu'ils avaient faite de l'évolution et de la sélection darwiniennes, étaient hors d'eux, fous de bonheur à la vue d'un tel spectacle. Les inflexions de leurs voix étaient différentes, mais l'un et l'autre s'exclamaient à tout bout de champ : « Mon Dieu, c'est fantastique ! » Et bien après le moment où tous les autres ne songeaient plus qu'à se laisser choir sur le sol, épuisés, on entendait la voix d'Anne ou celle de Marc qui lançait d'un ton doux mais pressant : « Il faut absolument que vous voyiez ce truc ! Venez vite, avant que ça bouge ! », jusqu'au moment où ils furent tous rassasiés de beauté, de nouveauté, d'étonnement.

D. W. avait survolé l'océan, puis il était descendu aussi bas qu'un trafiquant de drogue, juste au-dessus de ce qu'on aurait pu tout à fait appeler des arbres. Remarquant une clairière, il décida tout à coup de s'y poser plutôt que d'aller plus loin, jusqu'à la plaine que Marc avait choisie. Entourés par la haute végétation aux lourdes tiges qui tenait lieu d'arbres, ils se sentaient en sécurité et hors de portée des regards indésirables. Si le temps promettait d'être doux, ils dormaient à la belle étoile, sans armes, trop ignorants ou trop confiants pour s'inquiéter d'être surpris par de grands carnivores ou des espèces vénéneuses agressives. Ils avaient des tentes où s'abriter en cas de brusque orage, ce qui ne les empêchait pas d'être souvent trempés. Personne ne s'en souciait. Les nuits étaient si brèves et les journées si chaudes qu'ils séchaient très vite et faisaient des siestes dans la lumière du soleil tamisée par les feuillages, somnolant dans la chaleur, aussi satisfaits et paresseux que des chiens devant l'âtre.

Même quand ils sommeillaient ainsi, ils étaient inondés par tout ce qui les environnait. Le parfum, porté sur les ailes des vents, d'un millier de plantes aussi variées que le stéphanotis, le pin, le chou, le citron, le jasmin, l'herbe, mais ne présentant avec eux aucune ressemblance ; la lourde et déplaisante odeur d'une végétation décomposée par les bactéries d'un autre monde ; les notes graves et musquées, rappelant le chêne, que dégageaient les herbes écrasées sur lesquelles ils reposaient, tout cela dépassait leur faculté de percevoir ces choses et de les ranger en catégories. Tandis que trois aurores et trois crépuscules survenaient et repartaient, les bruits de la longue journée changeaient, on passait d'un chœur à un autre, entonnés par des créatures qui gazouillaient, hurlaient ou vrombissaient. Quelquefois, les arrivants parvenaient à associer un son à l'animal qui le produisait : par exemple, la stridulation qui émanait des bestioles assez proches du lézard qu'ils appelaient les petits-mecs-en-vert, ou bien l'espèce de grincement incroyablement sonore qu'émettait un drôle de petit bipède à écailles lorsqu'il délimitait son territoire sur le sol de la forêt. Le plus souvent, les bruits restaient entourés de mystère, tout comme le Dieu qu'adoraient certains d'entre eux.

Leurs sorties au-delà de la clairière étaient limitées : il fallait les faire deux par deux, en restant toujours à portée de vue et de voix du module et du camp. Cependant, après toutes les semaines qu'ils venaient de passer ensemble, chacun enfreignit de temps à autre l'ordre de D.W. et rechercha un isolement momentané, afin de faire le point sur toutes ses expériences, de réfléchir, d'absorber, puis de reprendre sa route vers l'émerveillement. Cela étant, Sofia ne fut pas étonnée de découvrir Emilio assis tout seul, adossé à un rocher qui s'était formé par strates, comme du calcaire. Il avait les yeux fermés. Il pouvait être endormi.

Il y a des moments, se dit-elle plus tard, où la réalité paraît soudain changer de place, comme les morceaux de verre coloré d'un kaléidoscope. En baissant les yeux vers Sandoz et en le trouvant au repos, inconscient de sa présence, elle se rendit compte, très simplement, qu'il n'était plus jeune. Et elle fut étonnée par la brusque vague d'émotion qui l'engloutit alors.

Il était toujours occupé à travailler, à rire, à étudier, et son intensité, son humour le faisaient paraître sans âge. Ayant collaboré avec lui, elle connaissait un peu sa vie, et identifiait en lui un être de son espèce : un éternel néophyte, qui recommençait indéfiniment de zéro dans un nouvel environnement, dans des circonstances différentes, affrontant de nouvelles langues, un nouvel entourage, de nouvelles missions. Ils avaient plusieurs choses en commun : la confrontation continuelle au changement ; l'impression d'être une plante de serre obligée de fleurir au plus tôt ; la griserie épuisante qu'il pouvait y avoir à accomplir des prouesses déraisonnables non seulement passablement, mais bien et avec élégance.

Il était souple donc, sachant s'adapter, mais jamais autoritaire. Il avait le sentiment d'être un ouvrier, peut-être un artisan spécialisé, travaillant à la commande. Elle se demanda s'il avait jamais donné un ordre direct de sa vie, et elle se dit que si elle avait dû compter sur Emilio Sandoz pour lui apprendre une langue, elle n'aurait peut-être jamais soupçonné l'existence du mode impératif. Tout ceci contribuait, sans doute, à cette espèce de côté « débutant » qu'elle avait toujours perçu chez lui, rendu plus frappant encore par sa promptitude à se soumettre à l'autorité, incongrue chez un homme adulte intelligent et énergique, mais qui faisait partie intégrante de la formation jésuite. Ce n'était pas infantile, certes, mais enfantin à coup sûr. Et pourtant, elle voyait à présent la peau autour de ses yeux qui se fripait, la bouche encadrée par des sillons plus profonds qu'ils ne l'étaient la première fois qu'elle l'avait vu. La moitié de sa vie, se dit-elle, sacrifiée à ce Dieu jaloux qu'il vénérait.

Et un tiers peut-être de ma propre vie sacrifié à Jaubert, pensa-t-elle aussitôt, et avant cela... Qui suis-je donc pour juger qu'une vie est gâchée ?

Elle s'approcha de lui, l'humus et les herbes amortissant son pas et absorbant le bruit de sa marche, et elle se laissa tomber en silence presque à genoux. Sa main fut attirée vers une mèche de cheveux près du visage d'Emilio, argentée contre la masse sombre, et elle la tendit d'un geste hésitant, comme pour saisir un papillon. Devinant peut-être ce mouvement, il ouvrit les yeux et elle se réfugia derrière les leçons qu'Anne lui avait données à son insu.

« Sandoz ! s'écria-t-elle en saisissant la mèche d'une main légère et en la tirant espièglement vers les yeux d'Emilio. Regarde-moi ça ! Tu grisonnes, mon vieux. »

Il rit. Elle répondit par un sourire et se redressa, regardant autour d'elle comme s'il y avait dans ce monde quelque chose, n'importe quoi, de plus intéressant pour elle que l'homme dont elle venait de se détourner.

« Alors ? Tu es contente de ton choix ? » Comme elle ne disait rien, il insista : « Heureuse d'être venue ici ?

– Oui, je suis heureuse de mon choix. » Elle contempla la forêt, ses mains décrivant un vaste geste vers ce qui les environnait, avant de se retourner vers lui. « Tout cela en valait vraiment la peine, tu ne trouves pas ? » Elle avait conscience, en permanence, du fait qu'il savait ce qu'elle avait été, et elle se demanda, avec un intérêt renouvelé, de quelle façon cela nuançait ce qu'il pensait d'elle.

« J'ai fait un rêve la nuit dernière, lui confia-t-il. Je flottais dans les airs. Et dans mon rêve, je me disais : Je me demande vraiment pourquoi je n'ai pas essayé plus tôt. C'est si facile.

– Excitation des dendrites par l'intermédiaire du sommeil paradoxal. Ton cerveau essaie d'organiser une réaction à l'apesanteur prolongée, suivie par toutes les nouvelles expériences sensorielles que tu viens d'absorber. »

Il la dévisagea, les yeux rétrécis. « Toi, tu passes vraiment trop de temps avec Anne. Mais qu'est-ce qu'elles ont, les femmes de notre mission ? demanda-t-il brusquement. Si je regardais le mot " prosaïque " dans le dictionnaire, je lirais probablement : " Imperméable à la poésie. Voir aussi Mendes, virgule Sofia. " Figure-toi que moi, je pense que mon rêve était une révélation religieuse. »

Il était en train de prier, comprit-elle soudain, pas de dormir. Sa voix était légère et ironique, mais elle avait vu son visage le premier jour et elle savait qu'il pensait ce qu'il disait. Elle fit un gros effort pour identifier ce qu'elle éprouvait, pour donner un nom à l'émotion qui la balayait, et elle comprit que c'était de la tendresse. C'est impossible, se dit-elle, je ne peux pas laisser une chose pareille arriver.

« Mis à part le besoin de m'exaspérer, continua-t-il, avais-tu une raison pour venir… ? »

Elle cligna des paupières. « Oh ! Mais oui, au fait, c'est l'heure de se mettre au travail. Anne m'a envoyée te chercher.

– Personne ne s'est blessé ? demanda-t-il en se levant.

– Non, mais Robichaux est prêt à commencer les expériences sur les aliments indigènes. Anne a besoin de toi pour l'aider à surveiller nos réactions. »

Ils regagnèrent le camp, en devisant aimablement sur le ton du badinage, mais Sofia veilla soigneusement à tenir ses distances, et elle crut bien n'avoir pas laissé voir qu'elle venait enfin d'endosser le fardeau qu'Emilio portait depuis longtemps pour eux deux, sans qu'elle en eût conscience. N'avait-elle pas, somme toute, réussi à survivre en faisant le black-out et en mettant sous scellés toute espèce d'émotions, les siennes et celles des autres ? C'était un savoir-faire acquis de longue date, utilisé par le passé pour se protéger, et exercé à présent, de façon fort honorable, pour le bien d'un de ses semblables. Je suis une Mendes, se dit-elle. Rien n'est trop dur pour moi.

Anne leva les yeux de son calepin au moment où Emilio et Sofia rejoignaient les autres. Ça y est, c'est arrivé, se dit-elle, mais elle reporta aussitôt son attention sur la tâche qui les attendait.

« Nous allons commencer par un peu de viande, annonça-t-elle à la cantonade. Marc voudrait être le premier à goûter, mais il vient juste d'être malade comme un chien à zéro g, alors j'aime autant ne pas l'exposer à de nouveaux risques. Jimmy est un grand gaillard en pleine santé, prêt à avaler tout ce qui passe à portée de ses lèvres. J'imagine volontiers qu'il est de trempe à survivre si les denrées que voici s'avèrent être toxiques pour nous. » Jimmy s'esclaffa, mais il paraissait quand même un peu nerveux. Anne ne plaisantait pas. « Emilio, nous allons le surveiller, toi et moi, pendant les vingt-quatre heures qui viennent, en prenant des tours de garde, continua Anne. Je ferai les trois premières heures et puis ce sera à toi de jouer.

– Quels sont les symptômes possibles ? demanda Emilio en s'asseyant par terre, entre Alan et George.

– Des vomissements pendant la première heure. Puis des douleurs abdominales. Puis d'autres, intestinales, suivies de diarrhées, d'abord simplement gênantes avant de devenir hémorragiques et peut-être mortelles. À part ça, poursuivit-elle d'un ton grave sans quitter Jimmy des yeux, il y a la possibilité d'épanchements de sang dans le cerveau, qui ressemblent à des attaques, et tout un assortiment de dégâts du côté des intestins, du foie ou des reins, qui pourraient être soit passagers, soit permanents.

– Jamais un Institut national de la santé ne te permettrait de tenter une expérience pareille, fit remarquer Jimmy.

– Non, même si les rats du labo me signaient une décharge avec un authentique talent de calligraphes, reconnut-elle. Cela dit, notre but ici n'est pas d'obtenir une subvention pour des recherches. Tu connais les risques, Jimmy. Marc et moi avons fait une centaine de tests, mais il y a une infinité de composantes chimiques dans un organisme aussi compliqué que celui d'une plante ou d'une animal. Alan s'est porté volontaire pour goûter le premier, si tu préfères te désister. »

Jimmy assura qu'il était partant, et ils commencèrent par une faible quantité de petit-mec-en-vert rôti, car c'était un gibier abondant et facile à attraper. Tout le monde avait les yeux fixés sur le cobaye lorsqu'il se prépara à ingurgiter la première bouchée.

« Pour le moment garde-la simplement dans ta bouche trente secondes, puis recrache-la, s'il te plaît, lui dit Marc. Éprouves-tu le moindre picotement ou le moindre engourdissement sur les lèvres ou à l'intérieur de la bouche ?

– Non. Ce n'est pas mauvais, leur annonça Jimmy. Ça manque un peu de sel. On dirait du poulet. » Cette remarque déclencha chez ses camarades le murmure désabusé qu'il escomptait, et il leur adressa un sourire rayonnant.

« Bon. Dans ce cas, prends une autre bouchée et cette fois-ci, avale », lui dit Marc. Aussitôt, Jimmy suça ce qui restait de viande autour de la petite paire de pattes. Ce qui, à la surprise générale, lui attira le courroux instantané de Marc que personne n'aurait cru capable d'un tel geste de colère. « Ne recommence jamais ça, c'est compris ? hurla le jésuite. Un protocole a été établi et tu es prié de le respecter ! »

Tout penaud, Jimmy s'excusa, mais, en dépit du risque qu'il venait de prendre, il ne souffrit pas du moindre trouble, ni immédiatement, ni à aucun moment au cours des vingt-quatre heures suivantes. Tout comme l'eau de pluie qu'ils avaient bue, la viande de petit-mec-en-vert paraissait inoffensive.

Ils continuèrent sur leur lancée, Jimmy goûtant le premier tous les aliments qu'ils avaient décidé d'essayer. Si ça ne le rendait pas malade, Alan et D.W. en mangeaient ensuite, puis George et Marc, et pour finir Sofia, tandis qu'Anne et Emilio assuraient les fonctions de groupe témoin, dressant la liste des articles ingérés et notant toutes les réactions, prêts à intervenir aussitôt si jamais un des autres réagissait mal. Après la première imprudence de Jimmy, on respecta à la lettre le protocole de Marc. Si l'un ou l'autre des mangeurs signalait la sensation de picotement ou d'engourdissement qui indiquait un poison en puissance, l'aliment incriminé était décrit avec soin dans les archives et on n'y touchait plus. S'il n'y avait rien de ce genre et si l'aliment était tant soit peu agréable au goût, on en prenait une deuxième petite bouchée qu'on avalait. On attendait quinze minutes, et on recommençait. Après quoi, une heure plus tard, on en ingurgitait un échantillon de bonne taille et on espérait avoir autant de chance que Jimmy.

Beaucoup de ces nouvelles denrées furent rejetées pour des raisons de saveur. La plupart des feuilles étaient trop amères, et nombre de fruits trop aigres ; en revanche, un fruit qui avait un goût exquis fila la courante à tout le monde, y compris à Jimmy. Une fois, Alan fit une espèce de crise d'urticaire, et Marc vomit après un de ses repas. Cependant, lentement, ils parvinrent à mettre au point une liste d'aliments qui ne paraissaient pas leur faire de mal, même s'il n'était pas encore évident qu'ils en retirassent les substances nutritives dont ils avaient besoin. Pour le savoir, il faudrait du temps et un passage progressif d'un régime composé principalement de denrées apportées de la Terre à un autre régime à base d'éléments indigènes.

La planète paraissait si accueillante et leur propre contentement était si extrême que les semaines passèrent sans le moindre retour jusqu'au *Stella Maris*. Ayant admiré la beauté foisonnante des lieux, réchauffés par les trois soleils, à l'abri de la forêt qui pourrait en outre leur fournir, le cas échéant, la subsistance nécessaire, ils commencèrent à se sentir chez eux sur cette planète dont ils ne connaissaient pas le nom ; ils se fièrent à sa bienveillance et s'y sentirent les bienvenus.

Il n'y eut donc pas la moindre inquiétude, jusqu'au matin où Alan fit la grasse matinée. Eu égard à la discipline assez relâchée qui s'était installée, D.W. le laissa dormir, mais il décida quand même de le tirer du lit pour le petit déjeuner. D'abord hilare, puis angoissé, il titilla Alan du bout du pied, avant de le secouer par les épaules. N'obtenant aucune réaction, il appela Anne qui comprit au son de sa voix qu'elle devait apporter son matériel d'urgence.

Tout en criant le nom d'Alan et en lui parlant constamment, elle fit le tour de la situation. Les voies respiratoires n'étaient pas bloquées. La respiration et les battements cardiaques étaient irréguliers. « Alan, mon chou, réveille-toi. Allez, mon garçon, nous savons que tu es là », dit-elle d'un ton qu'elle espérait maternel, tandis que D.W. commençait le rite de l'extrême-onction. Les pupilles étaient dilatées et fixes. « Père Pace ! hurla-t-elle. Vous allez être en retard pour la messe ! » N'importe quoi. Il fallait essayer d'attirer son attention, découvrir le chemin de l'endroit où il se trouvait à présent, l'en ressortir. Le pouls s'affaiblissait. En salle de réanimation, toute une équipe se serait affairée autour de lui, intubant, déclenchant le respirateur artificiel. D'après ce qu'elle avait pu voir au fil des ans, la mort n'était jamais paisible. Sa formation de médecin l'incitait à résister jusqu'à ce que toutes les fonctions fussent à plat, et même au-delà. Au bout de quinze minutes, quelqu'un la prit par les épaules et l'éloigna d'Alan Pace, mettant fin au massage cardiaque par lequel elle s'efforçait de relancer le cœur. Comprenant que tout était fini, elle n'insista plus, mais garda néanmoins la main inerte dans la sienne jusqu'à ce que D.W. la lui retirât pour la croiser sur la poitrine immobile d'Alan, qui commençait déjà à refroidir.

« Tu veux sans doute une autopsie », dit-elle, et D.W. opina d'un air hébété. Il fallait savoir. « Il vaut mieux que je m'y mette tout de suite. En l'absence du moindre conservateur et par cette chaleur...

– Je comprends. Vas-y. »

George, qui en savait plus qu'il ne l'aurait voulu sur le travail d'Anne, bricola pour elle une table qui lui arrivait à la taille et l'isola dans une espèce de petite cabine, à l'aide de bâches qui se trouvaient dans le module. Puis il remplit des récipients d'eau dans un ruisseau tout proche, de façon à ce qu'elle pût rincer les saletés à mesure qu'elle avançait dans sa tâche ; il remplit aussi tous les sacs à douche en plastique noir ultrarésistant et les mit à chauffer au soleil, car il savait qu'elle voudrait se laver de la tête aux pieds quand elle aurait fini. Sofia sortit enfin de son immobilité accablée et s'en fut aider George, tandis qu'il démontait la tente qu'il partageait avec Anne avant de la remonter à l'écart des autres. Il la remercia et lui expliqua à mi-voix, tandis qu'ils s'activaient : « Elle n'est pas à prendre avec des pincettes quand elle perd un patient de cette façon. On ne s'y habitue jamais. Ce sera mieux si nous pouvons nous isoler ensuite pendant quelque temps. »

Emilio, de son côté, aida les autres à hisser la dépouille d'Alan sur la table rudimentaire, puis il s'attarda après que D.W., Jimmy et Marc eurent quitté la cabine. « Veux-tu que je t'assiste ? demanda-t-il, plein de bonne volonté mais déjà tout pâle.

– Non », répondit-elle d'un ton abrupt. Puis elle se radoucit : « Tu n'as pas besoin de t'encombrer le cerveau d'un pareil spectacle. Ne reste même pas assez près pour entendre les bruits. J'ai fait des centaines de cadavres, mon chéri. Je suis habituée. »

Mais pas des cadavres comme celui-là. Pas un cadavre tout frais, le cadavre d'un ami. C'était, il fallait bien le dire, une des pires, une des plus horribles tâches qui lui fussent échues, dans une vie peuplée d'expériences passablement macabres. Et, en outre, une des plus inutiles. Quelques heures plus tard, elle rendit à la dépouille un aspect présentable et appela les prêtres qui vêtirent Alan de ses habits sacerdotaux avant de l'envelopper dans une autre bâche, lui offrant un suaire d'un jaune criard, aussi inconvenant et inacceptable que la mort qu'il dissimulait.

Désormais, le crépuscule était tombé. Assis autour du feu de camp, le petit groupe écouta le bruit d'eau courante, tandis qu'Anne s'acharnait à débarrasser son corps du sang, de la cervelle, des excréments et du contenu de l'estomac qui l'avaient éclaboussé, à neutraliser leur odeur à grand renfort de savon, et s'efforçait sans succès de chasser de son esprit les images et les bruits. Lorsqu'elle parut enfin, les cheveux mouillés, mais vêtue et apparemment calme, il faisait déjà trop sombre pour que D.W. pût voir à quel point elle était fatiguée et malheureuse. Peut-être croyait-il que tout cela n'était pas si pénible pour elle, qu'elle était une professionnelle endurcie, peu susceptible de s'effondrer. Si bien qu'il l'appela auprès de lui et lui demanda les résultats.

« Fiche-lui la paix, dit George en passant son bras autour des épaules d'Anne et en l'entraînant vers leur tente. Il sera bien assez tôt demain.

– Non, ça va, dit Anne, bien que ce fût tout à fait faux. Ça ne prendra pas longtemps. Il n'y a pas de cause évidente à ce décès.

– Il y avait cette urticaire, Anne. C'était peut-être une réaction allergique au fruit qu'il avait mangé, dit doucement Marc.

– Ça fait déjà plusieurs jours, répondit-elle patiemment. Et l'éruption n'était sans doute qu'une dermatite de contact. Rien n'indiquait des doses d'histamine élevées dans le sang, mais peut-être vaut-il mieux retirer de notre liste ce qu'il a mangé hier. » Elle s'apprêta de nouveau à se diriger vers sa tente, pour s'y coucher avec George et se rappeler dans les bras de ce dernier qu'elle était en vie et contente de l'être.

« Et si c'était une rupture d'anévrisme ? dit Emilio. Peut-être qu'il avait une artère près de péter depuis des mois et que c'est un pur hasard. »

Ils se réfugiaient dans le concret. Anne s'en rendait parfaitement compte. Confrontés à la mort, les gens cherchaient toujours des bonnes raisons, afin de se protéger de son côté arbitraire et stupide. Cela faisait vingt heures qu'elle était debout. Les autres aussi, mais ils s'étaient contentés d'attendre. Elle mit les mains sur ses hanches et garda les yeux rivés au sol, respirant à fond pour contrôler sa colère. « Emilio, dit-elle d'une voix douce mais ferme, je viens de terminer une autopsie aussi complète que possible dans les conditions actuelles. Il n'y avait nulle part la moindre trace d'hémorragie interne. Pas de caillot dans le cœur ni dans les poumons. Pas d'inflammation des viscères ni de l'estomac. Pas de liquide dans les poumons. Le foie était en excellent état. Les reins et la vessie ne souffraient d'aucune infection. Il n'y a pas eu d'attaque. Le cerveau, continua-t-elle en faisant un gros effort pour empêcher sa voix de trembler car le cerveau avait été le plus difficile à extraire et à inspecter, était impeccable. Il n'y avait aucun signe physique me permettant de nommer une cause connue à laquelle attribuer ce décès. Il est mort, un point c'est tout. Je ne sais pas pourquoi. Les hommes sont mortels, c'est vu ? »

Encore une fois, elle fit mine de s'éloigner, cherchant des yeux un endroit où s'asseoir toute seule pour y pleurer à son aise, et elle faillit hurler lorsqu'elle entendit D.W. demander : « Et cette piqûre qu'il avait à la jambe ? Ça n'avait pas l'air bien méchant et nous avons tous été piqués, mais peut-être... Enfin, Anne, il faut bien qu'il y ait une raison...

– Tu veux une raison ? » demanda-t-elle en faisant volte-face. Il cessa de parler, brutalement arraché à ses propres considérations par le ton de la voix d'Anne. « Tu veux une raison ? *Deus vult, pater.* Dieu voulait qu'il meure, d'accord ? »

Elle dit ces mots pour choquer D.W., pour les choquer tous, pour les faire taire, et elle éprouva une joie amère en constatant qu'elle avait réussi. Elle vit D.W. s'interrompre au milieu de sa phrase, s'immobiliser, la bouche entrouverte ; Emilio, les yeux écarquillés ; Marc, dont les yeux papillotaient face à tant de violence contenue, face à la manière dont elle avait retourné contre eux tous l'exclamation par laquelle il exprimait d'ordinaire sa foi.

« Pourquoi donc est-ce si difficile à accepter, messieurs ? demanda-t-elle en les regardant sans ciller. Pourquoi attribue-t-on à Dieu tout le mérite quand tout va bien, alors que c'est toujours de la faute du médecin s'il y a une merde ? Quand le patient s'en tire, c'est invariablement " Merci, mon Dieu ", et quand il meurt, c'est toujours " Ce con de médecin ". Une fois, une seule fois dans ma vie, ne serait-ce que pour la nouveauté de la chose, ça me botterait bien si quelqu'un avait l'idée d'accuser Dieu au lieu de m'accuser moi, quand il y a mort d'homme.

– Anne, D.W. ne t'accusait de rien... » C'était la voix de Jimmy. Elle sentit George lui prendre le bras et elle se dégagea impatiemment.

« Mon cul, qu'il ne m'accusait pas ! Vous voulez une raison ? Je vous donne la seule que je trouve, et si elle ne vous plaît pas, je n'en ai rien à foutre. Je ne sais pas pourquoi il est mort. Ce n'est pas moi qui l'ai tué. Merde, à la fin, il y a des fois où ils meurent, et puis voilà ! » Sa voix se brisa sur les derniers mots, ce qui la rendit plus furieuse que désolée. « Même avec toute la technologie médicale du monde, même quand on se casse le cul pour les sauver, même si c'étaient des musiciens de génie, même s'ils étaient en parfaite santé pas plus tard qu'hier, et même quand ils sont beaucoup trop jeunes pour mourir, bordel ! Il y a des fois où ils meurent, c'est compris ? Allez demander pourquoi à Dieu. Pas à moi. »

George la serra dans ses bras, pendant qu'elle épanchait sa rage en sanglotant, et il lui dit doucement : « Il ne t'accusait pas, Anne. Personne ne t'accuse. » Elle savait bien que c'était vrai, mais pour le moment, elle avait vraiment l'impression que tout était de sa faute.

« Ah, merde, George ! chuchota-t-elle en essuyant son nez sur sa manche et en tâchant, sans succès, d'arrêter de pleurer. C'est trop con. Il ne m'était même pas particulièrement sympathique. » Elle se tourna, impuissante, vers Jimmy et Sofia qui s'étaient approchés d'elle, mais c'étaient les trois prêtres qu'elle regardait. « Il est venu jusqu'ici à cause de la musique et il n'a même pas eu l'occasion de l'entendre une seule fois. Ça vous paraît juste, ça ? Il n'a même pas vu les instruments. Ça veut dire quoi de lui permettre d'arriver jusqu'ici uniquement pour le tuer maintenant ? Ça l'amuse, Dieu, de jouer aux gens de pareils tours de salaud ? »

Au cours des longs mois passés à bord du *Stella Maris*, ils s'étaient raconté des tas de choses. Chacun avait encore quelques secrets qu'il préférait garder pour lui, mais ils avaient partagé divers souvenirs d'enfance, parmi eux ceux de Marc Robichaux.

Marc n'était pas un de ces hommes qui à sept ans savent déjà qu'ils veulent être prêtres, mais il n'en était pas très loin. Il n'avait que cinq ans quand on avait diagnostiqué chez lui une leucémie aiguë à lymphoblastes, mais il avait eu la chance d'être canadien à une époque où les soins médicaux étaient universels. « Ce n'est pas si terrible, la leucémie, leur avait-il expliqué. La plupart du temps, on se sent simplement très, très fatigué, et on a l'impression d'avoir besoin de mourir comme un enfant épuisé a besoin de dormir. Par contre, la chimio, ç'a été monstrueux. »

Sa mère avait fait de son mieux, mais elle avait plusieurs autres enfants dont il fallait s'occuper. Alors, peut-être pour compenser la façon dont son fils avait laissé tomber sa famille sous prétexte que la maladie du petit était trop dure à supporter, c'était la grand-mère paternelle de Marc qui était venue s'asseoir à son chevet, pour le gaver d'histoires du vieux Québec, pour prier avec lui et lui assurer avec une foi inattaquable qu'une nouvelle opération, une greffe de moelle osseuse autologue, allait le guérir. « Quelques années auparavant à peine, je serais sûrement mort du genre de leucémie dont je souffrais. D'ailleurs, l'opération a bien failli avoir ma peau, avait-il reconnu. Mais au bout de quelques semaines, c'était presque miraculeux. Ma grand-mère était convaincue que c'était un authentique miracle, que c'était la main de Dieu.

– Et toi, Marc, avait demandé Sofia, tu croyais aussi que

c'était un miracle ? C'est à ce moment-là que tu as décidé de devenir prêtre ?

– Oh, non ! Moi, je voulais être une star de hockey sur glace », leur avait-il confié, déchaînant une tempête de rires étonnés. Et, comme ils refusaient de le croire, il avait insisté : « J'étais un vachement bon gardien de but quand j'étais au lycée ! » De là, la conversation avait dévié vers le sport pour ne plus jamais revenir sur l'enfance de Marc Robichaux. Mais Sofia n'avait pas été si loin de la vérité, même s'il avait fallu dix ans à Marc pour analyser clairement ce sentiment que sa vie était un don de Dieu, lequel était libre de l'accorder ou de la reprendre.

Le chapelet de sa grand-mère l'avait suivi jusque sur Rakhat, ainsi que la conviction que toute vie est fragile et évanescente, et que Dieu seul perdure. Et pourtant, il savait qu'Anne trouverait insuffisante une telle réponse à son imparable question, et qu'elle ne s'en satisferait pas. Pourquoi ? insisterait-elle. Pourquoi faut-il qu'il en soit ainsi ?

Au cours des brèves heures qui précédaient la première aurore sur Rakhat, tandis que Marc Robichaux veillait la dépouille d'Alan Pace, il regarda Jimmy Quinn passer sans faire de bruit d'une tente à l'autre, écoutant, opinant, trouvant un terrain d'entente et transmettant des messages. À différents moments, Marc en avait conscience, chacun des membres de la mission s'était dit, en son for intérieur, qu'Alan Pace allait peut-être leur causer des problèmes, mais aucun n'avait prévu que ce serait de cette façon-là, ni qu'Anne serait, parmi eux tous, la première à semer la zizanie.

Finalement, à mesure que les rumeurs nocturnes s'éteignaient et que le chœur saluant le soleil orange commençait ses vocalises, Jim traversa la clairière en direction de Marc. « Bienheureux ceux qui procurent la paix, dit Marc doucement. La diplomatie a-t-elle porté ses fruits ? »

Les yeux tournés vers ce qu'ils appelaient l'est parce que c'était là que naissait le jour, Jimmy compta sur ses doigts les résultats de ses activités : « George pense que tout est la faute de D.W. parce qu'il a soumis Anne à une épreuve trop dure pour elle. Anne a honte de s'être mise en colère et dit qu'elle a tout d'un coup laissé exploser vingt années de frustrations. D.W. le comprend très bien et regrette de ne pas avoir attendu qu'Anne ait pris un peu de repos. Emilio comprend aussi ce qui est arrivé à Anne, mais il craint que tu n'aies été blessé. Sofia dit que Job lui-même n'a pas trouvé de réponse à la question d'Anne, et pourtant il a pu la poser à Dieu en personne. »

Contre toute attente, Marc sourit. En venant effleurer sa chevelure argentée, la lumière orange qui filtrait à l'extrémité orientale de la forêt lui rendait l'éclat doré de sa jeunesse. Il avait été un enfant d'une beauté spectaculaire et même à près de cinquante ans, alors que les superbes traits de son visage commençaient à s'affaisser, ce pouvait être un plaisir ineffable de le contempler. « Dis au père Yarbrough que j'aimerais beaucoup célébrer le requiem, si tu le veux bien. Et veille à ce que le Dr Edwards y assiste, d'accord ? »

Jimmy attendit un instant pour voir si Marc avait autre chose à dire, mais le jésuite s'était déjà détourné. Les grains d'un chapelet très ancien se remirent à glisser entre ses doigts, selon un rythme paisible que seul Marc – et peut-être Dieu – pouvait entendre.

Il y eut une discussion brève et serrée, juste avant le requiem, pour décider s'il fallait inhumer Alan ou l'incinérer, ou encore ramener sa dépouille à bord du *Stella Maris*. L'important était de savoir si oui ou non les bactéries que contenait le corps risquaient de contaminer l'écosystème local. Au grand soulagement d'Anne, Marc et elle se retrouvèrent dans le même camp.

« Dès le moment où nous sommes descendus de notre module, nous avons agi sur cet écosystème, déclara Anne d'une voix rauque à force d'avoir pleuré. Nous avons respiré, vomi, uriné, déféqué, perdu des cheveux et des cellules cutanées. Nous avons d'ores et déjà inoculé à la planète les bactéries que nous portons en nous.

– Ne vous faites pas d'illusions, ajouta gravement Marc Robichaux. Notre présence fait désormais partie de l'histoire de cette planète. »

On creusa donc une tombe, et la bâche jaune et son contenu furent emportés jusqu'au bord de la fosse. Commença alors la liturgie de la Résurrection et quand le moment fut venu, Marc parla d'Alan Pace et de la beauté de sa musique, du plaisir qu'il avait pris, à peine quelques semaines auparavant, à entendre en entier plusieurs chants des musiciens de la planète.

« Notre voyage n'a pas été entièrement dépourvu de bienfaits pour Alan, dit Marc. Mais nous n'en restons pas moins confrontés à la question d'Anne. Pourquoi Dieu l'a-t-il fait venir aussi loin pour le laisser mourir maintenant ? » Il se tut et regarda Sofia avant de continuer : « Les sages juifs nous disent que toute la Torah – les cinq premiers livres de l'Ancien Testament – dans son intégralité est le nom de Dieu. Avec un tel nom, demandent-ils, qu'est-ce que Dieu peut bien être de plus ? Les Pères de l'Église nous assurent que Dieu est mystère, qu'il est insondable. Dieu lui-même, dans les Saintes Écritures, nous révèle : “ Mes voies ne sont pas vos voies, mes pensées ne sont pas les vôtres. ” »

À présent, le murmure de la forêt s'apaisait. Dans la chaleur de midi, au moment où la lumière conjuguée des trois soleils poussait de nombreux animaux à s'abriter, la sieste était de mise. Ils étaient tous, prêtres et laïcs, écrasés de fatigue et de chaleur, et ils avaient envie que Marc en finît. Mais ce dernier attendit qu'Anne eût levé les yeux vers lui. « C'est notre condition humaine que de poser des questions comme celle d'Anne hier soir et de ne pas recevoir de réponse claire et nette, dit-il. Peut-être en est-il ainsi parce que nous ne parvenons pas à comprendre les réponses, parce que nous sommes incapables de connaître les voies du Seigneur et ses pensées. Nous ne sommes, après tout, que des primates sans queue très intelligents, qui font du mieux qu'ils peuvent mais qui sont néanmoins limités. Peut-être devons-nous tous avouer que nous sommes agnostiques, incapables de connaître l'insondable. »

Emilio releva la tête pour regarder Marc, le visage figé. Marc s'en aperçut et sourit, mais il continua : « Les sages juifs nous disent aussi que Dieu danse quand ses enfants triomphent de lui dans une discussion, quand ils prennent leur destin en main et se servent de leur intelligence. Donc, les questions comme celle d'Anne valent la peine d'être posées. Ceux qui les posent se comportent en hommes et en femmes dignes de ce nom. Si nous persistons à exiger que Dieu nous livre ses réponses, peut-être un jour les comprendrons-nous. Et alors, nous serons davantage que des singes intelligents, et nous danserons avec Dieu. »

20

Naples : juin 2060

« Reyes, détendez-vous ! Nous courons beaucoup moins de danger ici, au large.

– Beaucoup moins ne veut pas dire aucun », répond Felipe Reyes au général, d'un ton rogue. Ils sont hors de portée de vue de la côte à présent, et ne risquent guère de heurter les écueils qui, Giuliani est bien placé pour le savoir, constituent le véritable péril quand on navigue dans la baie, mais Reyes n'est pas convaincu. « J'étais beaucoup plus à mon aise quand on apercevait la terre. »

Giuliani sourit, le soleil dans les yeux, tandis qu'ils voguent au plus près, tribord amures. Il a confié la barre à Reyes, en se disant qu'il serait capable de la contrôler avec le haut du bras et le coude. D'ordinaire, il préfère apprendre aux néophytes le maniement du foc et l'art d'empêcher la voile de faseyer, de façon à pouvoir barrer lui-même, mais Reyes n'a pas les mains assez sûres pour manier les écoutes.

« Depuis dix ans, je crois bien que c'est le premier jour, dimanches compris, où je n'ai pas dû assister à au moins quatre réunions », déclare le général. Il est torse nu, bronzé, large d'épaules, dans une forme remarquable pour un homme de son âge. Felipe Reyes, replet et peu athlétique, a gardé sa chemise. « J'en suis au point où je fais toujours un sincère acte de contrition avant de me rendre à une réunion. Si l'on se fie aux statistiques, il y a de fortes chances pour que je meure pendant l'une d'elles. Paré à virer de bord. »

Reyes plonge beaucoup plus bas qu'il n'est nécessaire tandis que la bôme lui passe au-dessus de la tête. Il a une vision, au moins aussi vive que toutes celles qu'a pu connaître sainte Thérèse d'Avila, dans laquelle il se voit heurté de plein fouet et projeté par-dessus bord jusque dans les flots où il coule comme une pierre.

« Je suis désolé qu'Emilio fasse les frais de ma liberté, continue Giuliani, mais je suis ravi d'une si belle occasion de faire un tour sur l'eau.

– Vous adorez ça, hein ? dit Reyes en l'observant.

– Oh, oui ! Tout à fait. Et je peux vous dire, nom de Dieu, que quand j'aurai quatre-vingts ans, je prendrai une année sabbatique pour faire le tour du monde à la voile ! » annonce le général. Le vent fraîchit légèrement, il y a un peu de gros temps à bâbord. « La navigation est l'antidote rêvé de la vieillesse, Reyes. Tout ce qu'on fait sur un bateau à voiles doit être fait lentement, en réfléchissant bien. La plupart du temps, un corps âgé est parfaitement capable d'accomplir tous les gestes nécessaires à une croisière de plaisance. Et si la mer est décidée à vous donner une bonne leçon, ma foi, un jeune dos ne résistera pas mieux qu'un vieux à un océan démonté, donc l'expérience est plus précieuse que jamais. On vire de bord. »

Ils voguent en silence pendant quelque temps, croisant et saluant deux hommes sur un bateau de pêche. À force de virer de bord à tout bout de champ, Reyes ne sait plus trop dans quelle direction ils avancent, mais il a l'impression qu'ils sont peut-être en train de faire le tour de la baie. Il y a des tas de bateaux de pêche sur l'eau. C'est curieux, si tard dans l'après-midi.

« Hier, j'ai essayé de persuader Sandoz de m'accompagner. Je pensais que ça lui plairait. Il m'a regardé comme si je lui proposais un suicide collectif.

– Il a sans doute peur dans un bateau, dit Felipe, en espérant que le général ne va pas s'apercevoir qu'il est lui-même passablement mort de trouille.

– Mais enfin, vous venez d'une île, tous les deux ! Comment se fait-il que vous ayez peur de la mer ? »

Tous les deux, note Felipe. Tu parles si on ne voit pas que j'ai la pétoche ! « C'est tout simple. Ouragans et pollution, marées noires et requins. Rien de tel que de vivre sur une île pour vous convaincre que l'homme est fait pour rester à terre. » Felipe contemple l'horizon et s'efforce de ne pas remarquer l'orage qui monte. « Je n'ai jamais appris à nager, moi qui vous parle. Et j'imagine qu'il en va de même pour Emilio. De toute façon, c'est trop tard à présent, ajoute-t-il en brandissant ses prothèses.

– Vous n'aurez aucun besoin de nager, Reyes », lui assure le général. Il garde le silence un moment, puis il dit sans avoir l'air d'y toucher : « Parlez-moi un peu d'Emilio. Moi, je l'ai connu tout gamin – figurez-vous qu'il était un de mes *secundi*, pendant mes années de formation. Nous autres, les *primi*, nous l'appelions le bien-aimé de Dieu. On pensait qu'à tout moment il allait prendre la tête d'une révolte des anges... Il fallait qu'il soit le meilleur en tout, du latin au base-ball. » Sandoz avait retourné la plaisanterie contre ses camarades en se laissant pousser une barbe qui le faisait ressembler aux Satans des mauvaises peintures religieuses ; à la réflexion, Giuliani se dit que c'était une excellente réponse aux quolibets. « Et plus tard, j'ai continué à le suivre de loin, en tant que linguiste. Il était brillant dans sa spécialité, à ce que j'ai cru comprendre. Comment était-il en tant que curé d'une paroisse ? »

Reyes expire bruyamment et s'immobilise. C'est bien ce qu'il a subodoré. Voilà pourquoi le général l'a invité à faire du bateau. « C'était un très bon curé. Un type hypersympathique. Jeune. Débordant d'humour. Athlétique. » C'est difficile de penser qu'il s'agit du même homme. Toute la chaleur, toute la gaieté ont disparu. Ce qui n'a rien d'étonnant, compte tenu des circonstances. Les audiences ne se passent pas bien. Emilio répond aux questions par monosyllabes ou s'égare en essayant de se rappeler les discussions techniques qu'il dit n'avoir écoutées que d'une oreille. Reyes en est tout gêné pour lui. Par moments, il paraît incapable de s'exprimer correctement, tant les choses sont embrouillées dans sa tête, et si on le presse de questions, il se fâche et se met sur la défensive.

Ils virent de bord une nouvelle fois et se dirigent vers un autre bateau de pêche. Cette fois, le pêcheur hèle le général. Felipe parvient à réunir suffisamment d'italien pour comprendre que ce dernier confirme qu'il assistera à un mariage au mois de juillet. Le général a l'air de connaître un grand nombre de pêcheurs.

« Est-ce que vous avez entendu parler de la Brigade de Basura ? demande brusquement Felipe.

– Non. C'était quoi ? *Basura*, ça veut dire « ordures » en espagnol, non ?

– C'est ça. Du Sandoz tout craché, maintenant que j'y pense.

C'était tout au début, quand il est revenu à La Perla. Le quartier – bon, c'était un bidonville, voyez-vous, avec des myriades de squatters. Du côté est, il y avait tout un tas de taudis. Et l'ensemble n'avait jamais été incorporé à la ville, si bien qu'il n'y avait pas de collecte des ordures. Les gens jetaient leurs saletés dans la mer ou les balançaient du haut des falaises. Emilio a tout simplement commencé à ramasser les détritus dans la rue. Il en ramassait des sacs et des sacs. Et puis il les emportait jusqu'au vieux San Juan et les déposait devant chez les Edwards pour que les éboueurs les évacuent. Il a eu des ennuis avec le conseil municipal, mais les Edwards ont prétendu qu'il s'agissait de leurs ordures. Alors pendant quelque temps, ils ont eu gain de cause.

– On vire de bord. »

Felipe plonge une fois de plus sous la bôme, qu'il laisse passer à quelques centimètres de sa tête, l'esprit accaparé par son récit. « Au début, les gosses se sont contentés de suivre Emilio – il était génial avec les gamins. Quoi qu'il en soit, ils ont commencé à le suivre, alors il leur a donné un sac à chacun, et, très vite, il y a eu un véritable défilé de mômes, avec de gros sacs d'ordures, qui montaient les escaliers derrière Emilio et qui empilaient un incroyable tas d'ordures devant chez les Edwards. Et comme ils habitaient un quartier très chic et très touristique, les plaintes ont afflué de tous les côtés.

– Laissez-moi deviner. La municipalité a fini par décider qu'il valait mieux ramasser les ordures de La Perla plutôt que de se mettre à polémiquer avec un prêtre extrêmement télégénique.

– Exactement. Il pouvait être absolument charmant, voyez-vous, mais tout le monde savait qu'il continuerait à monter ses ordures devant chez les Edwards jusqu'à perpète. Et il n'a pas manqué de faire remarquer que les gosses se livraient à une occupation constructive, laissant le conseil municipal finir par se dire que ces mêmes enfants auraient pu passer leur temps à vider les poches des touristes à San Juan, alors... »

Giuliani salue de la main un autre pêcheur. « Vous savez, je n'ai jamais été fichu de faire cadrer toutes les histoires que j'ai entendu raconter sur Emilio avec l'homme que je connais. " Charmant " est bien le dernier mot que j'emploierais pour le décrire. À l'école, c'était le garçon le plus sinistre que j'aie jamais côtoyé. Il ne souriait jamais. Il travaillait comme une bête. Et sur un terrain de base-ball, il était féroce.

– Voyez-vous, les garçons d'Amérique latine sont toujours

obnubilés par les trois F, comme on dit. Ils veulent être *feo, fuerte y formal.* » Il regarde le père général pour voir s'il parle assez bien l'espagnol. « Laids, forts et sérieux. L'idéal du macho. J'imagine qu'enfant, Emilio a dû se faire souvent malmener parce qu'il était petit et mignon, alors il a cherché à compenser en étant très sérieux, très correct.

– Ouais. Moi, j'aurais dit mal embouché et hargneux plutôt que sérieux et correct. Mais, même adulte, je ne l'ai pour ainsi dire jamais vu sourire. Ou entendu prononcer plus de trois mots d'affilée. Quand on m'assure qu'il est charmant ou drôle, je me demande si nous parlons bien de la même personne. On vire de bord. » Il indique de la main un autre bateau, et Felipe opine et modifie la position de la barre. « Et puis, tout à coup, on me dit qu'il fait des imitations et des tours de magie, et qu'il est merveilleux avec les enfants... » Il se tait, mais Reyes ne trouve rien à ajouter, si bien que le général reprend d'un ton pensif : « Je l'ai toujours trouvé guindé et distant, mais il possède une incroyable faculté de se faire des amis ! Candotti et Behr se feraient hacher menu pour lui.

– Est-ce que je peux m'asseoir de l'autre côté de ce machin ? demande Reyes. Mon bras commence à fatiguer un peu.

– Oui, bien sûr. Voulez-vous que je vous remplace ? Je navigue tout seul assez souvent, dès que j'en ai l'occasion. »

Felipe est surpris de constater qu'il n'a aucune envie de cesser de barrer. « Non. En fait, si je peux simplement changer de côté, ça ira très bien », dit-il, et il se lève avec circonspection pour contourner la barre. Il se rassoit assez brusquement, car une grosse vague l'a déséquilibré, mais il reprend aussitôt ses fonctions. « Je commence à percevoir les charmes de la marine à voile, reconnaît-il. C'est la première fois que je monte sur un bateau, figurez-vous. À quel âge avez-vous commencé à naviguer ?

– Tout petit. Ma famille avait un cotre de onze mètres. J'avais à peine huit ans que mon père me faisait déjà résoudre des problèmes de navigation céleste.

– Mon père, est-ce que je peux vous parler franchement ? »

Il y a un silence. « Voulez-vous que je vous dise, Reyes ? répond enfin Giuliani, en contemplant l'horizon, les yeux plissés. Une des choses que je déteste le plus dans mon boulot, c'est que tout le monde me demande toujours la permission de parler franchement. Dites donc ce que vous avez envie de dire. Et appelez-moi Vince, d'accord ? »

Déconcerté, Felipe émet un petit rire, sachant qu'il est parfaitement incapable d'appeler Vince l'homme qu'il a en face de lui, puis il reprend son sérieux et demande : « À quel âge avez-vous eu votre première paire de chaussures ? »

C'est au tour de Giuliani d'être déconcerté : « Je n'en sais rien du tout. Quand j'ai commencé à marcher, j'imagine.

– Moi, j'ai eu ma première paire à dix ans. C'est le père Sandoz qui me les a procurées. Quand vous étiez petit, a-t-il jamais été question que vous n'alliez pas à l'école ? Je ne parle pas d'études supérieures, hein. Je veux dire : quelqu'un a-t-il jamais trouvé que vous n'aviez rien à faire au lycée ?

– Je vois où vous voulez en venir, dit Giuliani doucement. Non, la question ne s'est jamais posée. Il était acquis d'avance que je ferais des études poussées.

– Bien sûr », dit Felipe en haussant les épaules sans acrimonie, conscient de ce que, dans une famille comme celle de Giuliani, une telle attitude était tout à fait naturelle. Il n'a pas besoin d'ajouter : vous aviez une mère qui savait qui était votre père, vous aviez des parents instruits, assez d'argent pour posséder un bateau à voiles, une maison, des voitures. « Bref, si vous n'étiez pas devenu prêtre, vous auriez été banquier, ou directeur d'hôpital, ou quelque chose de ce genre, n'est-ce pas ?

– Oui, c'est fort possible. Quelque chose comme ça, sans doute. Travailler dans l'import-export ou la finance m'aurait été très facile.

– Et vous vous seriez senti pleinement habilité à exercer le métier que vous auriez choisi ? Vous êtes intelligent, instruit, travailleur. Vous méritez d'être qui vous êtes, ce que vous êtes, là où vous êtes. » Le père général ne répond pas, mais il ne nie pas la vérité de ces observations. « Vous savez ce que je serais, moi, si je n'avais pas été prêtre ? Voleur. Ou pire encore. Je volais déjà quand Emilio a commencé à s'intéresser à moi. Il était au courant de certaines choses, mais il ne savait pas que je forçais déjà les portières des bagnoles. À neuf ans. Je serais passé au vol de voitures avant mes treize ans.

– Et si D.W. Yarbrough ne s'était pas intéressé à Emilio Sandoz ? demande Giuliani d'un ton uni. Il aurait été quoi, Emilio ?

– Vendeur, dit Reyes, en observant Giuliani pour voir s'il connaît le code. D'opium noir, en provenance du Mexique, via Haïti. C'était de famille. Ils ont tous été au taule. Son grand-père a été assassiné en prison. La mort de son père a déclenché une petite guerre des gangs. Son frère a été tué pour avoir écrémé les bénéfices. »

Felipe s'interrompt et se demande s'il a le droit de révéler ces choses à Giuliani. Cela dit, beaucoup d'entre elles figurent dans les archives officielles, et le dossier d'Emilio contient probablement toutes ces informations, si ce n'est plus.

« Écoutez, dit-il, obnubilé par l'incroyable contraste entre sa vie ou celle d'Emilio, et l'existence d'hommes tels que Vincenzo Giuliani, nés dans des familles riches, puissantes, installées, il y a encore des moments où le voleur que j'avais commencé à être me paraît plus authentique que le prêtre que je suis depuis des dizaines d'années. Quand on vous tire du caniveau pour vous éduquer, on fait de vous un éternel paria... » Il cesse de parler, profondément gêné. Giuliani ne pourra jamais comprendre le prix que doivent payer les petits boursiers pour s'instruire : l'aliénation inévitable de votre famille qui ne comprend pas, de vos racines, de la personne que vous étiez avant, du « moi » originel que vous devez abandonner. Furieux, il décide de ne plus parler d'Emilio Sandoz. Giuliani n'a qu'à questionner directement ce dernier.

Mais le général prend la parole. « Alors, vous apprenez les règles par cœur et vous essayez de ne pas vous exposer aux humiliations ?

– Oui.

– Et plus vous vous sentez hors de votre élément, plus vous vous montrez guindé et grave ?

– Oui.

– Merci. Voilà qui explique beaucoup de choses. J'aurais dû m'en rendre compte... »

En passant à proximité d'un autre bateau, tandis qu'ils filent vers Naples, ils sont interrompus par une nouvelle conversation en italien. Reyes comprend vaguement qu'on parle de *bambini*. Il demande, agacé : « Ils ne pêchent donc jamais, tous ces types ?

– Non, je ne crois pas, répond Giuliani jovial. Ils savent tous manier un bateau par n'importe quel temps, mais ils ne pêchent pas. »

Perplexe à présent, Reyes le dévisage. « Vous les connaissez tous, hein ?

– Oui, la plupart sont des cousins issus de germains. » Il sourit en voyant Reyes réfléchir intensément.

« Je n'en crois pas un mot. La Mafia. Ce sont des mafiosi, je parie ! s'écrie Felipe, les yeux exorbités.

– Oh, grand Dieu, il ne faut pas dire ça ! C'est une chose qui ne se dit pas. Certes, je ne saurais affirmer avec certitude quelle est leur principale source de revenus, reconnaît Giuliani d'une voix aussi sèche et insipide que de la farine, mais je pourrais hasarder quelques hypothèses assez proches de la vérité. » Il regarde Reyes, et il a du mal à ne pas rire. « De toute façon, la Mafia est sicilienne. À Naples, c'est la Camorra. Ça revient au même, j'imagine, dit-il pensif. C'est rigolo, hein ? Mon grand-père et celui d'Emilio Sandoz travaillaient dans la même branche. Maintenant que j'y pense, d'ailleurs, Sandoz me rappelle un peu mon grand-père. Lui aussi était un homme charmant quand il était dans son élément, mais guindé et circonspect avec les gens en qui il n'avait pas confiance ou qui le mettaient mal à l'aise. Et moi, je me sentais privilégié d'appartenir au cercle de ses proches. Je me serais fait couper en morceaux pour mon grand-père. On vire de bord. »

Reyes est trop médusé pour bouger, et Giuliani doit le tirer hors de la trajectoire de la bôme. Il laisse quelques instants à Reyes pour digérer ce qu'il vient de dire, puis il reprend le fil de ses réminiscences : « Mon père était relativement propre, mais l'argent de la famille était aussi sale qu'il pouvait l'être. Je l'ai découvert quand j'avais dans les dix-sept ans. C'est un âge plein d'idéalisme. » Il jette un coup d'œil à son compagnon. « Jamais je ne cesse de m'émerveiller de la variété des motifs pour lesquels les hommes embrassent la prêtrise. J'imagine que pour moi, à l'origine, le vœu de pauvreté était une espèce d'expiation. »

Il commence à amener le foc et prend la barre, pour mettre le bateau à quai. « Le premier cotre que j'ai jamais eu m'avait été offert par mon grand-père qui l'avait acheté avec de l'argent sale. Et c'est sans doute le même argent qui a payé le bateau sur lequel nous nous trouvons. Et qui offre à Emilio Sandoz le refuge et la protection dont il a besoin, alors même que nous parlons de lui. C'est pour cette raison que nous sommes à Naples. Parce que la ville appartient à ma famille. »

« Où avez-vous donc appris à faire des gants ? » demande Emilio à John.

Ils sont assis dehors, de part et d'autre d'une table en bois, sous l'ombre verte d'une tonnelle couverte de vigne. Dans un vrombissement spasmodique de servomoteurs, Emilio s'obstine à ramasser, un par un, des cailloux posés sur la table pour les laisser choir dans une coupe qu'il vide quand elle est pleine, avant de recommencer l'exercice avec l'autre main, tandis que John Candotti coud la nouvelle paire de mitaines.

John a été presque content de remarquer que son premier modèle avait un grave défaut : une des coutures passait trop près du tissu cicatrisé entre deux doigts et mettait les chairs à vif sous l'effet du frottement. Cela lui a fourni une ouverture, un moyen de rétablir entre eux une espèce de paix. Depuis cette première et affreuse journée d'audience, Sandoz lui avait à peine adressé la parole, sinon pour l'accuser de l'avoir laissé croupir dans son aveuglement.

« Je croyais que vous étiez censé m'aider à me préparer pour cette connerie, a-t-il grommelé lorsque John est venu le trouver le lendemain. Vous m'avez laissé foncer dans la gueule du loup sans un mot, espèce de salaud. Enfin, John vous auriez quand même pu me prévenir. Me donner une petite idée de ce qu'on racontait. »

John est resté ébahi. « Mais j'ai essayé ! J'ai essayé, quoi, merde ! Et, de toute façon, vous le saviez, ce qui s'était passé... » Arrivé là, il a cru que Sandoz allait le frapper, malgré tout ce qu'un tel spectacle aurait pu avoir de grotesque : un petit bonhomme malade et furibond, incapable de se servir de ses mains, en train de l'agresser. Au lieu de quoi Sandoz a fait volte-face et s'est éloigné, refusant ensuite pendant plus d'une semaine de lui accorder ne fût-ce qu'un regard.

Finalement, sa fureur s'est consumée et aujourd'hui, Sandoz paraît simplement las et démoralisé. La matinée a été difficile. L'audience a porté sur la mort d'Alan Pace. Edward Behr a émis l'idée que le cœur du jésuite était peut-être atteint de fibrillation. On n'en aurait trouvé aucune trace à l'autopsie. Sandoz a eu l'air indifférent. Comment savoir ? Lorsque John a proposé de modifier le patron de ses mitaines et d'en refaire une paire pendant l'après-midi, Sandoz a haussé les épaules d'un air blasé, mais il a bien voulu au moins s'asseoir à la même table, pendant que Candotti travaille au nouveau patron.

« Je gagnais ma vie en confectionnant des gants et des chaussures », explique John.

Sandoz lève les yeux vers lui. « Quand je suis parti, tout était fabriqué en série.

– Ouais, eh bien, c'est toujours le cas, d'une manière générale, mais pendant quelque temps, un petit groupe dont je faisais partie a voulu rendre sa dignité au travail manuel, dit John d'un ton cynique, tout gêné d'être obligé de faire un tel aveu. Chacun de nous devait savoir faire quelque chose de ses mains et nous nous étions engagés à n'acheter que des objets faits à la main afin de créer un marché pour nos articles. Nous n'étions pas exactement des hippies, mais c'était un peu le même genre de démarche. En fabriquant un soulier, je sauve le monde, vous voyez le genre ? »

Sandoz lève les mains ; ses prothèses ont un éclat mat à l'ombre de la treille. « C'est un mouvement auquel je ne risque pas de participer. À moins que quelqu'un ne décide de commercialiser l'art de déposer des cailloux dans une coupe.

– Bah, de toute façon, ça fait longtemps qu'il n'existe plus. Et vous faites des progrès avec vos machins », lui dit John en indiquant les prothèses du bout de son dé. Il y a encore quelques petits mois, Sandoz suait littéralement sang et eau pour refermer tout simplement sa main autour d'une pierre de la taille de son poing.

« Je les déteste, dit Sandoz sans ambages.

– Ah bon ? Pourquoi ?

– Enfin une question toute simple à laquelle il est facile de répondre ! Je déteste ces prothèses parce qu'elles me font mal. Et que j'en ai assez de souffrir. » Il détourne les yeux et contemple des abeilles en train de butiner parmi les lis et les roses, en plein soleil, au-delà de la tonnelle. « Mes mains me font mal, j'ai l'impression que ma tête va éclater et les prothèses me meurtrissent les bras. Je me sens affreusement mal vingt-quatre heures sur vingt-quatre et j'en ai par-dessus la tête, John, je me sens malade à mourir. »

C'est la première fois que John Candotti l'entend se plaindre. « Mais voyons ! Laissez-moi vous les enlever, vous voulez bien ? » Il se lève et tend les mains par-dessus la table pour détacher les courroies. « Vous en avez assez fait pour aujourd'hui. Allez ! »

Sandoz hésite. Ce qu'il déteste aussi, c'est de ne pas pouvoir mettre ou enlever les prothèses tout seul et de devoir dépendre du frère Edward. Avec ce dernier, il est désormais habitué à ce genre de soins, et à bien pire, mais depuis sa sortie de l'hôpital, il a rarement permis à une autre personne de le toucher. Il doit donc se faire violence pour acquiescer à l'offre de John. Finalement, il lui présente ses mains, l'une après l'autre.

Il y a toujours un surcroît de douleur quand la pression se

relâche et que le sang revient dans les muscles tétanisés. Il ferme les yeux, attendant, le visage dur, que la sensation s'atténue, et il est tout surpris lorsque John saisit un de ses bras et commence à le masser doucement pour le désengourdir. Il se recule, redoutant que quelqu'un ne les voie et ne fasse quelque remarque insupportable. La même pensée doit effleurer Candotti, car il ne proteste pas.

« Je peux vous demander quelque chose, Emilio ?

– Oh, John, par pitié ! J'ai déjà répondu à un millier de questions aujourd'hui.

– Non, mais c'est simplement... pourquoi vous ont-ils fait ça ? C'était de la torture ? Enfin, je veux dire, ça paraît si habilement fait. »

Sandoz soupire bruyamment. « Je ne suis pas vraiment sûr d'avoir compris moi-même. C'était une opération qu'ils appelaient *hasta'akala.* » Déployant ses mains sur le bois rugueux de la table comme un marchand présentant un morceau de tissu devant un acheteur en puissance, il les contemple sans émotion apparente. « Ils n'ont pas cherché à me torturer. On m'a dit que les Jana'ata faisaient quelquefois subir ce genre d'intervention à leurs propres amis. Supaari a été surpris de voir à quel point nous souffrions. Je ne crois pas que les mains des Jana'ata soient aussi massivement innervées que les nôtres. Ils ne font aucun travail moteur délicat. Ce sont les Runa qui sont chargés de ce genre de choses. »

John, glacé, ne dit rien, mais il s'arrête de coudre pour écouter.

« Ils ont peut-être fait ça dans un but esthétique. Peut-être que les doigts très longs leur paraissent plus beaux. Ou alors c'était pour mieux nous contrôler. Nous n'avions pas besoin de travailler, mais après ça, nous n'en étions de toute façon plus capables. Il y avait des serviteurs pour s'occuper de nous. Ensuite. À ce moment-là, il ne restait plus que Marc Robichaux et moi. Je crois que c'était censé nous donner une position sociale honorable. » Sa voix change, elle se durcit, reprend un accent amer. « Encore que je ne sache pas à qui revenait l'honneur. À Supaari, j'imagine. C'était une façon de montrer qu'il était assez riche pour avoir chez lui des bouches inutiles à nourrir, je crois.

– Un peu comme de bander les pieds des femmes chez les aristocrates chinois ?

– Peut-être. Oui, c'était peut-être en effet le même genre de démarche. C'est ce qui a tué Marc. Il n'a jamais arrêté de saigner. Il... J'ai essayé de leur expliquer qu'il fallait exercer une pression sur les blessures. Mais rien n'a pu arrêter le sang. » Il contemple ses mains encore un instant, puis il détourne les yeux, en clignant rapidement des paupières.

« Vous aussi, Emilio, vous avez souffert.

– Oui, moi aussi, j'ai souffert. Je l'ai regardé mourir. »

Quelque part au loin, un chien se met à aboyer, bientôt imité par un autre. Ils entendent une femme vitupérer contre les deux animaux, puis un homme s'emporter contre la femme. Sandoz fait un quart de tour sur lui-même, pose ses pieds sur le banc et appuie son front sur ses genoux relevés. Ah non, se dit John, ça ne va pas recommencer. « Emilio ? Ça va ?

– Ouais, répond Sandoz en relevant la tête. Ce n'est qu'un mal de tête ordinaire. Si seulement j'arrivais à avoir une bonne nuit de sommeil ininterrompu...

– Les cauchemars sont revenus ?

– C'est *L'Enfer* de Dante, moins la rigolade. »

Il s'efforce de faire de l'humour, mais ni l'un ni l'autre ne sourient. Ils restent assis quelque temps, chacun perdu dans ses pensées. « Emilio, reprend John au bout d'un moment, vous nous avez dit que Marc a commencé à manger les aliments indigènes dès le début, alors qu'Anne Edwards et vous-même serviez encore de groupe témoin, je ne me trompe pas ?

– Oh, merde, John, laissez-moi respirer. » Il se lève pour partir. « Je descends à la plage, d'accord ?

– Non. Attendez ! Je suis désolé, mais c'est peut-être important. Est-ce qu'il y avait un aliment que vous mangiez, vous, et pas Marc ? » Sandoz le dévisage avec une expression impénétrable. « Peut-être que Marc Robichaux souffrait du scorbut, voyez-vous ? C'est peut-être pour ça qu'il est mort. Parce qu'il mangeait leur nourriture à eux depuis plus longtemps que vous, ou alors parce que vous, vous obteniez de la vitamine C d'un aliment qu'il ne consommait plus. C'est peut-être pour ça qu'il s'est vidé de son sang.

– C'est possible », finit par dire Sandoz. Il tourne de nouveau le dos à John, et il a déjà fait quelques pas en pleine lumière, lorsqu'il s'arrête brusquement avec un cri involontaire et reste cloué sur place.

John se lève aussitôt et fait le tour de la table, ébloui par le soleil lorsqu'il arrive près de Sandoz. « Qu'y a-t-il ? Qu'est-ce qui ne va pas ? » Sandoz est plié en deux et respire à grand bruit. Une crise cardiaque, se dit John, à présent affolé. Ou bien une de ces fractures osseuses spontanées contre lesquelles on les a mis en garde. Une côte ou une vertèbre qui cède soudain sans crier gare. « Emilio, dites-moi quelque chose. Vous souffrez ? Qu'est-ce qui vous arrive ? »

Lorsque Sandoz parle enfin, c'est avec la précision et la clarté d'un professeur de linguistique expliquant quelque chose à un de ses étudiants. « Le mot *hasta'akala* est un mot composé k'san, sans doute dérivé de la racine *sta'aka*. Le suffixe *ala* indique une ressemblance ou une analogie. Ou même une approximation. Le préfixe *ha* donne à la racine un mode actif, comme un verbe. Le *sta'aka* était une espèce de lierre, continue Sandoz, d'une voix ferme et unie, les yeux écarquillés et aveugles. Une très jolie plante. Elle grimpait le long d'autres plantes plus massives et plus fortes, comme notre lierre à nous, mais elle avait des branches qui retombaient, comme un saule pleureur. » Il lève ses mains dont les doigts retombent gracieusement à partir du poignet, comme les branches d'un arbre pleureur, ou celles du lierre *sta'aka*. « Il y avait quelque chose de symbolique là-dedans. Je le savais d'après le contexte. Je crois que Supaari a essayé de me l'expliquer, mais c'était trop abstrait. Comme je lui faisais confiance, j'ai donné mon assentiment. Ah, mon Dieu ! »

John le regarde se débattre pour amener au grand jour sa nouvelle interprétation de l'affaire. C'est un accouchement dans la douleur.

« Et j'ai accepté aussi au nom de Marc. Et il est mort. J'ai pensé que c'était de la faute de Supaari, mais en fait c'était de la mienne. » Blême et tremblant, il regarde John pour qu'il lui confirme ce qui lui apparaît comme une conclusion inéluctable. Candotti refuse résolument de suivre cette logique, répugnant à approuver un argument dont le résultat sera d'accroître le poids de culpabilité que cet homme porte déjà. Sandoz, toutefois, est inexorable. « Enfin, c'est évident, non ? *Hasta'akala* : être rendu semblable au *sta'aka*. C'est-à-dire être rendu visiblement et physiquement dépendant de quelqu'un de plus fort. Il nous a offert le *hasta'akala*. Il m'a emmené dans le jardin, m'a montré le lierre et moi, je n'ai même pas fait le rapprochement. Je croyais qu'il nous offrait sa protection et son hospitalité, à Marc et à moi. Je croyais que je pouvais lui faire confiance. Il m'a demandé mon accord et je l'ai donné. Et je l'ai remercié, en plus.

– C'était une complète méprise, Emilio, vous ne pouviez pas savoir...

– Mais si, je pouvais ! À ce moment-là, je savais déjà tout ce que je viens de vous dire. Mais je n'ai même pas réfléchi ! » John se met à protester, mais Sandoz refuse de l'écouter. « Et Marc en est mort. Bon Dieu, John ! Nom de Dieu de bon Dieu !

– Emilio, ce n'était pas de votre faute. Même si vous aviez compris le rapport avec le lierre, vous ne pouviez pas savoir qu'ils mettraient vos mains dans un état pareil, dit John en saisissant l'autre homme aux épaules pour l'aider à contrôler sa chute, tombant lui-même à genoux en même temps que Sandoz. Robichaux était sans doute déjà malade. Ce n'est pas vous qui lui avez charcuté les mains, Emilio. Ce n'est pas vous qui l'avez laissé se vider de son sang.

– C'est moi le responsable.

– Il y a une différence entre la responsabilité et la culpabilité », dit John d'un ton insistant.

C'est une distinction très subtile et qui n'apporte guère de réconfort, mais comme ça, au débotté, aux prises avec un homme effondré sur le sol, le visage tuméfié par le manque de sommeil et par le désespoir, John Candotti ne trouve rien de mieux à dire.

Il est sans doute une heure du matin passée, quelques nuits plus tard, lorsque Vincenzo Giuliani entend les premiers signes avant-coureurs du cauchemar. Il s'est assoupi le nez sur son livre, dans la chambre voisine de celle de Sandoz, ayant donné campo à Edward Behr pour la nuit. « Les vieux n'ont guère besoin de sommeil, a-t-il dit à Behr. Vous ne lui serez d'aucune utilité si vous êtes aussi épuisé que lui. »

Il y a un appareil d'écoute très discret, près du lit de Sandoz, qui transmet dans la pièce voisine les bruits de sa chambre. Comme un jeune parent inquiet guettant le moindre trouble dans le sommeil de son bébé, Giuliani se réveille instantanément dès que la respiration devient pénible et irrégulière. « Ne le réveillez pas, lui a expliqué Behr, dont les propres yeux sont cernés sous l'effet du manque de sommeil et de la tension émotionnelle engendrés par les cauchemars qui se succèdent désormais à raison de trois ou quatre par semaine. Ce n'est pas toujours le même rêve et, quelquefois, il parvient à s'en sortir tout seul. Mais soyez prêt avec la cuvette. »

Cette nuit-là, Giuliani sort dans le couloir, en enfilant son peignoir, et il tend un instant l'oreille avant d'entrer dans la chambre de Sandoz. C'est une nuit de pleine lune et ses yeux n'ont guère de mal à s'accoutumer à la pénombre. Emilio s'est calmé et le général, soulagé, est sur le point de repartir, lorsque brusquement le dormeur s'assied en suffoquant. Il se débat pour sortir du lit, ses doigts mous et sans force se prenant dans les draps, mais il ne paraît pas se rendre compte qu'il y a quelqu'un d'autre dans la pièce. Giuliani s'approche de la couche, aide Emilio à se dégager et lui tient la cuvette jusqu'à ce que le malaise soit passé.

Le frère Edward n'a pas exagéré la violence des vomissements. Vincenzo Giuliani est un marin qui a souffert plus d'une fois du mal de mer, mais jamais il n'a vomi tripes et boyaux, comme le fait Emilio à la suite de son rêve. Lorsqu'il n'a enfin plus rien à rendre, Giuliani emporte la cuvette, la rince et la rapporte en même temps qu'un verre d'eau. Sandoz l'accepte, le serrant maladroitement entre ses poignets, et le porte à ses lèvres. Il crache plusieurs fois dans la cuvette, puis il laisse le général lui reprendre le verre.

Giuliani ressort de la pièce et revient armé d'un linge humide, afin d'essuyer la sueur qui ruisselle sur le visage de Sandoz. « Ah, dit ce dernier d'un ton ironique, sainte Véronique. »

Lorsque Giuliani revient pour la troisième fois, il va s'asseoir sur la chaise en bois, dans un coin de la chambre, afin d'y attendre la suite des événements. Pendant quelque temps, Sandoz se contente de le regarder fixement à travers ses cheveux noirs et raides, humectés de transpiration, muet et tremblant, recroquevillé au bord de son lit.

« Alors, dit enfin Sandoz, vous êtes venu en touriste, peut-être ? Pour voir comment dort le prostitué. Comme vous le voyez, il dort très mal.

– Emilio, ne dites pas des choses pareilles...

– C'est le choix des mots qui vous dérange ? Moi aussi, au début. Mais j'ai changé d'avis. Qu'est-ce qu'un prostitué, sinon quelqu'un dont le corps est esquinté pour le plaisir des autres ? Moi, je suis le prostitué de Dieu, et mon corps est esquinté. » Il ne tremble plus à présent. Les effets physiques du malaise s'estompent. « Vous m'appeliez comment déjà au séminaire, bande de saligauds que vous étiez ?

– Le bien-aimé de Dieu, répond Giuliani d'une voix à peine audible, tout honteux avec soixante ans de retard.

– Oui, c'est ça. Je me demandais si vous vous le rappelleriez. Le favori de Dieu ! N'appelait-on pas les maîtresses des rois des favorites ? Ou bien on pourrait dire le mignon de Dieu. » Son rire n'est pas agréable à entendre. « Ma vie possède une certaine amusante symétrie, si on la considère avec un peu de détachement. »

Giuliani cligne des paupières. Sandoz s'en aperçoit et émet un nouveau rire sans joie. Il se détourne et, à la force des poignets, il redresse son oreiller de façon à pouvoir s'adosser confortablement à la tête de son lit. Quand il reprend la parole, sa voix tranquille, au léger accent, est froide et musicale.

« " La lune s'est couchée, ainsi que les Pléiades ; c'est le milieu de la nuit. " Cela ne vous ennuie pas d'être dans la chambre à coucher d'un prostitué notoire ? » demande Sandoz avec une insolence théâtrale. Il étend négligemment ses bras maigres et meurtris pour les appuyer sur la tête du lit et relève un genou.

La pose serait lascive s'il n'y avait pas le drap, se dit Giuliani, et en même temps il pourrait s'agir d'une imitation délibérément provocatrice de la silhouette du crucifix, juste au-dessus de la tête d'Emilio. Jadis, Vince Giuliani s'était laissé abuser par ces moqueries à double tranchant, mais c'est fini aujourd'hui, il refuse de mordre à l'hameçon. Il sait désormais que si on l'affuble d'une étiquette, Sandoz se complaît à exprimer son mépris par un humour burlesque.

« Ça ne vous ennuie pas non plus, poursuit Sandoz avec beaucoup de sincérité, de vous dire que tout seul et sans soutien, vous allez prendre une décision susceptible de faire scandale ? »

La flèche est d'une précision dévastatrice. Giuliani croit entendre sa propre voix, croit voir sa propre assurance bien-pensante, et il a du mal à ne pas baisser les yeux. « Que puis-je faire pour vous aider, Emilio ? demande-t-il.

– Est-ce qu'on rêve quand on est dans le coma ? Je me suis souvent demandé si une balle dans la tête n'arrangerait pas beaucoup de choses. »

Giuliani se raidit, furieux malgré lui. Ce diable d'homme ne lui facilite vraiment pas la tâche.

« À défaut de ce remède, peut-être pourriez-vous me fournir chaque soir assez d'alcool pour m'abrutir totalement. De toute façon, j'ai perpétuellement mal à la tête. Je ne remarquerais même pas une gueule de bois. »

Giuliani se lève et se dirige vers la porte.

« Non, ne partez pas. » Ce pourrait être un défi. Ou une supplication.

Giuliani s'arrête, puis il regagne sa chaise dans le coin. La nuit est difficile, mais les vieux n'ont guère besoin de sommeil.

21

Rakhat :
deuxième mois, prise de contact

Réduits à sept, à présent, et dégrisés par la mort d'Alan Pace, les membres de la mission jésuite se ressaisirent et commencèrent leurs préparatifs pour quitter le paradis qu'ils occupaient depuis près d'un mois.

Faisant le point de la situation, dans l'après-midi qui suivit les obsèques, tandis que les dernières notes du cantique jésuite « Prends et reçois » résonnaient encore dans sa tête, D.W. Yarbrough avait soigneusement pesé le pour et le contre d'un bref retour sur le *Stella Maris*, avant de se mettre en route pour dénicher quelques Chanteurs. Ils n'avaient qu'une quantité limitée de carburant pour le module. En se fondant sur la consommation constatée au cours du premier trajet, il estimait que les réservoirs de l'appareil pouvaient contenir de cent trois à cent cinq pour cent de la quantité nécessaire pour faire l'aller-retour entre le vaisseau et la planète, ce qui, quand on y réfléchissait, était un sacré coup de pot, se dit-il, les yeux levés vers le ciel. Il y avait à bord de l'astéroïde assez de carburant pour faire cinq allers et retours. Peut-être six, mais ce serait un peu risqué. Donc, il valait mieux dire cinq. En mettant de côté le carburant nécessaire à leur départ définitif, il fallait par conséquent compter quatre trajets sur une période de quatre ans, afin de transporter les provisions et les marchandises d'échange, ce qui ne laissait guère de marge pour les urgences.

Au point où ils en étaient actuellement, ils n'avaient aucune idée de ce qui pourrait être utile pour de possibles marchandages, mais il savait à peu près, en revanche, à quelle vitesse ils épuisaient leurs provisions. Complétées de plus en plus souvent par les aliments et l'eau de la planète, leurs rations avaient duré plus longtemps qu'ils ne l'avaient imaginé à l'origine. Seuls Anne et Emilio consommaient encore l'alimentation témoin apportée de la Terre, et aucun des deux n'était un gros mangeur. Et à présent, il y avait une bouche de moins à nourrir. Il leur restait donc aisément de quoi tenir une semaine de plus, mais D.W. décida qu'il se sentirait plus à l'aise s'ils se constituaient une généreuse réserve, avec assez de vivres pour au moins douze mois. Il avait donc mis tout le monde au travail, en demandant de dresser des listes d'articles qui n'avaient pas été inclus dans la première cargaison.

Sur celle de D.W. figurait une carabine qu'il avait l'intention de rapporter sans rien dire à personne, parce qu'il n'avait pas envie de discutailler pendant des heures à ce sujet. Ainsi qu'un surcroît de cordes. Et – bien qu'il eût préféré mourir plutôt que de l'admettre – il voulait rapporter aussi une nouvelle provision de café. Le climat de la planète s'était révélé assez favorable, même si les orages pouvaient être véritablement effrayants et s'il faisait trop chaud pour lever le petit doigt quand les soleils brillaient tous les trois en même temps. Il leur fallait donc aussi des vêtements plus légers et davantage d'écran solaire.

Mais ce qu'il voulait aller chercher par-dessus tout, c'était l'ULM. Comme tout l'équipement qu'ils avaient apporté, il fonctionnait à l'énergie solaire ; il s'agissait d'un minuscule avion biplace, dont les ailes étaient gainées d'une pellicule de polymère photovoltaïque capable d'alimenter un moteur électrique de quinze chevaux. D'une ingéniosité diabolique, c'était un vrai bijou à piloter. La première fois qu'ils étaient descendus sur la planète, avec un lot de passagers au grand complet, il n'y avait pas eu la place de l'emporter. À présent, ils avaient vraiment besoin du petit appareil pour explorer le territoire. Les cartes de Marc étaient excellentes, mais D.W. voulait aller survoler les endroits où ils comptaient se rendre et voir de ses propres yeux à quoi ils allaient se frotter, avant de se mettre en route par voie de terre.

Il prit son bloc-notes électronique sous le bras et traversa la clairière en direction d'Anne Edwards qui le vit approcher. Elle était occupée à parcourir ses propres dossiers, adossée contre un tronc d'« arbre », les genoux relevés afin de servir de pupitre à son bloc-notes, relié à la bibliothèque du *Stella Maris*.

« C'était peut-être une endocardite, dit-elle doucement

lorsqu'il fut assez près pour l'entendre. Une infection microbienne des valvules cardiaques. Il en existe une nouvelle forme dont j'ai entendu parler juste avant de partir. Capable de tuer une personne en bonne santé relativement vite, et presque indécelable à l'autopsie, même dans les meilleures conditions matérielles. »

Il émit un grognement et se laissa tomber à côté d'elle. « Et où les aurait-il ramassés, ces microbes ?

– Je n'en sais foutre rien, D.W., dit Anne en agitant la main devant son visage pour disperser une nuée de minuscules créatures semblables à des moucherons, qu'ils avaient baptisées petits-enfoirés. Il les avait peut-être en lui depuis le départ, et puis quelque chose a affaibli son système immunitaire au point que les bactéries ont pu venir à bout de ses défenses naturelles. Les rayons ultraviolets sont capables de détruire le système immunitaire et nous en recevons de sacrées doses ici.

– Mais tu n'es pas sûre qu'il s'agit de ce machin-chouette ? Cette endocouille. » Il ramassa une brindille de bois avec lequel il se mit à jouer, le faisant passer entre ses mains et le ployant petit à petit jusqu'à en faire un cerceau.

« Non. C'est simplement l'explication la plus logique qui me soit venue jusqu'ici. » Elle éteignit son bloc-notes. « J'ai du mal à croire que sa mort ne date que d'hier. Je te demande pardon pour hier soir.

– Et moi aussi », dit-il en lui jetant un coup d'œil avant de détourner le regard vers la forêt. Il jeta son bout de bois. « Ce n'était pas très malin d'asticoter une dame qui venait de passer une aussi rude journée. »

Elle lui tendit la main : « On fait la paix ?

– Affaire conclue », affirma-t-il en la prenant et en la gardant un instant dans la sienne. Puis il la relâcha et se mit debout, en geignant de sentir ses genoux protester. « Tu ne voudras peut-être plus faire ami-ami quand je t'aurai dit ce que je viens de décider pour la suite des événements. » Anne leva les yeux vers lui, fronçant les sourcils. « Je vais remonter jusqu'au *Stella Maris* et je veux George comme copilote.

– Ah, fichtre ! » s'écrie Anne. Un émile-zatopek bleu et vert se faufila autour de ses pieds et fonça dans la couche de feuilles toute proche ; dans la forêt, on entendait hurler des dominicains.

« C'était lui le meilleur au simulateur, Anne, et je veux qu'il s'habitue à piloter l'appareil lui-même. Et pendant que je chargerai les provisions, il pourra vérifier le système de survie. Il n'a pour ainsi dire pas souffert du mal de l'espace, donc il y a de fortes chances pour qu'il ne soit pas plus malade cette fois-ci que les autres. Je savais bien que ça te foutrait en rogne, mais il n'y a pas à tortiller, faut en passer par là.

– Et, en plus, il va probablement s'amuser comme un petit fou, dit Anne d'un ton désabusé. Vingt dieux, père Yarbrough, voilà une idée qu'elle me déplaît vachement.

– Je ne vous demande pas votre permission, mâme Edwards, dit-il, mais d'une voix pleine d'affection, avec un de ses sourires en coin. J'ai préféré vous prévenir, voilà tout, pour que vous puissiez m'appeler Alfred toute seule dans votre coin.

– Eh bien, je t'appelle Alfred, là, lança-t-elle, mais sans pouvoir s'empêcher de rire, en même temps qu'elle frissonnait. Baste ! Ce ne sera pas la première fois que je resterai à glander, en attendant que George se fasse tout péter à la gueule. Ou se fasse déchiqueter. Ou écrabouiller. Ou ratatiner. Quand je pense à toutes les conneries qu'il a faites, cet abruti, histoire de s'amuser ! » Elle secoua la tête en se rappelant le rafting, l'alpinisme et le motocross.

« Tu connais l'histoire du mec qui saute du haut de l'Empire State Building ? lui demanda D.W.

– Ouais, et tout au long de sa chute, on l'entend répéter : “ Jusqu'ici tout va bien. Jusqu'ici tout va bien. Jusqu'ici tout va bien. ” C'est la vie de George Edwards en quelques mots.

– Tout ira bien, Anne. C'est un excellent appareil, et George a un vrai don de pilote. Je lui referai faire une séance de simulateur avant de partir. » D.W. se gratta la joue et lui sourit. « Je te jure que je ne suis pas tenaillé par une folle envie de tomber et de brûler vif, vu qu'on ne me bombardera pas saint et martyr simplement parce qu'on aura loupé notre atterrissage et qu'on se sera écrasés comme des merdes. On fera gaffe.

– Parle pour toi, D.W. Tu ne connais pas George Edwards aussi bien que moi », l'avertit Anne.

Pour finir, le vol se déroula sans la moindre anicroche, ou presque, et George réussit un impeccable atterrissage qu'Anne, cachée derrière Emilio et Jimmy, les mains sur les yeux, eut trop peur pour regarder. Lorsqu'elle se hasarda enfin à risquer un coup d'œil entre ses doigts écartés, George était déjà descendu du module en poussant des cris de Sioux, et il courait vers elle; il la prit dans ses bras et se mit à la faire tournoyer, sans arrêter un instant de jacasser d'un ton extasié sur ce qu'il venait de vivre.

Sofia, après avoir souri à George en le croisant, courut aider D.W. à faire l'inspection d'après-vol. « Tu es un peu pâlichon, dit-elle tranquillement en vérifiant l'aile bâbord.

– Il s'en est très bien tiré, maugréa D.W., pour un bougre de couillon qui a plus de cran que de jugeote.

– Le vol a été plus mouvementé que tu ne t'y attendais », se contenta de dire Sofia d'un air grave, et seuls ses yeux sourirent lorsque D.W. émit un grognement et plongea sous le fuselage, où il s'absorba dans le réglage des systèmes de tribord jusqu'à ce que son pouls fût revenu à la normale.

Anne, encore toute tremblante, les rejoignit et prit la peine de féliciter Sofia pour l'efficacité évidente du simulateur de vol. « Je serais tentée de dire : merci, mon Dieu ! ajouta-t-elle doucement en serrant la jeune femme dans ses bras. Mais je dis : merci, ma Sofia. »

Cette dernière fut touchée de son geste. « Je reconnais volontiers que je ne suis pas fâchée non plus de les récupérer en un seul morceau.

– Sans compter que c'est rudement agréable de voir revenir le module, mes amis », dit Marc, sans faire de sentiment, tandis que Jimmy et lui hissaient une caisse hors de la soute. Et les quatre personnes qui avaient attendu avec lui firent silencieusement chorus. Il n'y avait qu'un seul moyen de quitter cette planète, tout le monde le savait.

George, tombé amoureux fou du pilotage, voulait à présent essayer aussi l'ULM, mais il dut se contenter le lendemain d'assembler l'appareil miniature et diaphane. D.W. avait déjà décidé que c'était Marc qui, en sa qualité de naturaliste, y monterait avec lui lors du premier vol, afin d'évaluer dans quelle mesure les images reçues dans l'espace correspondaient au terrain et à la végétation vus au naturel.

Pendant que George et D.W. avaient quitté la planète, le reste de l'équipage avait passé le temps à préparer une piste d'atterrissage pour l'ULM, lequel avait besoin d'une quarantaine de mètres. Il y avait encore deux souches à extraire du sol, puis il faudrait attendre qu'une quantité suffisante de pluie finît de tasser la surface trop friable, sans la transformer en marécage pour autant, si bien qu'il s'écoula près d'une semaine avant que D.W. et Marc ne fussent en mesure de s'envoler le long des gorges d'un fleuve qui traversait une petite chaîne de montagnes, au nord-est du camp établi dans la clairière.

Jusque-là, en dépit de leurs trois bruyants trajets, il ne semblait pas que quiconque fût au courant de leur présence sur la planète, ce qui était une bonne chose. Leurs trajectoires de vol avaient été soigneusement étudiées, afin de minimiser le risque de survoler des régions habitées, et il paraissait évident que les autochtones ne possédaient pas de transports aériens. Lorsqu'ils étaient encore à bord du *Stella Maris*, George avait déterminé quelles étaient les fréquences radio utilisées par les Chanteurs, et il avait recommandé que la mission jésuite s'en tînt, pour toutes ses communications avec les systèmes installés à bord de l'astéroïde et pour ses communications internes lorsque ses membres se trouveraient séparés les uns des autres, aux fréquences UHF et à un cryptage sur bande large pratiquement indécelable, afin d'éviter d'attirer prématurément l'attention. Malgré ces précautions, D.W. et Marc furent contraints d'observer un complet silence radio au cours de la dernière partie de leur premier vol de reconnaissance. Ils n'étaient pas entièrement couverts par les satellites dont ils se servaient pour relayer leurs signaux et une période de black-out coïncidait avec le moment où la piste était utilisable.

Au bout de quinze heures, dont les cinq dernières avaient été silencieuses, Jimmy entendit soudain le moteur de l'ULM et tout le monde se mit à scruter le ciel à la recherche du petit avion. « Le voilà ! » s'écria Sofia, et ils regardèrent D.W. décrire un vaste cercle avant de se laisser tomber pour un atterrissage cahoteux.

Marc se hissa hors de son siège avec un large sourire. « Nous avons découvert un village ! À six ou sept jours de marche d'ici, peut-être, en suivant le fleuve. Bâti à flanc de falaise, à environ trente mètres au-dessus de l'eau. Nous avons bien failli ne pas le voir. Une architecture très intéressante. On dirait presque les habitations troglodytiques des Anasazi, sauf qu'elles n'ont rien de géométrique.

– Enfin, Marc ! protesta Anne d'un ton geignard. On n'en a rien à cirer de l'architecture.

– Vous avez trouvé des Chanteurs ? À quoi ressemblent-ils ? s'écria George.

– Nous n'avons vu personne, leur déclara D.W. en descendant de l'appareil et en s'étirant. C'est invraisemblable. Le bled n'a pas l'air abandonné du tout. Rien à voir avec une ville fantôme. Mais nous n'avons pas vu âme qui vive.

– Oui, c'était très bizarre, reconnut Marc. Nous nous sommes posés de l'autre côté du fleuve et nous avons observé pendant très longtemps, mais il n'y avait strictement personne.

– Alors qu'est-ce qu'on fait à présent ? demanda Jimmy. On cherche un autre village avec des gens dedans ?

– Non, dit Emilio. Nous devons nous rendre dans le village que Marc et D.W. ont découvert aujourd'hui. »

Tout le monde se retourna pour le contempler avec des yeux ronds, et il se rendit compte qu'aucun d'eux ne s'était attendu à ce qu'il eût la moindre opinion là-dessus. Il ne put s'empêcher de se passer les mains dans les cheveux, mais il se redressa et reprit la parole, d'une voix plus assurée qu'à l'accoutumée : « Cela fait déjà quelque temps que nous sommes ici, complètement isolés. Afin de nous habituer à la planète, comme nous l'espérions, n'est-ce pas ? Et maintenant, nous avons la possibilité d'explorer ce village, toujours de façon très discrète. Il me semble que tout s'organise étape par étape. Et que bientôt, peut-être, nous rencontrerons ceux que nous sommes destinés à rencontrer.

– Crois-tu, demanda Marc Robichaux en rompant le silence et en se tournant vers D.W. les yeux brillants, que ce village constitue une tortue sur un piquet de clôture ? »

D.W. émit un petit grognement et un rire bref avant de se frotter la nuque, les yeux rivés au sol pendant quelques instants, regrettant amèrement d'avoir parlé un jour de ces fichues tortues. Puis il regarda les quatre civils tour à tour. George et Jimmy étaient manifestement tout prêts à enfiler leurs sacs à dos et à se mettre en route. Il secoua la tête et supplia du regard Anne et Sofia, espérant que l'une des deux femmes aurait quelque proposition logique ou pratique à soumettre. Mais Anne se contenta de hausser les épaules, les paumes tournées vers le ciel, et Sofia demanda simplement : « Pourquoi marcher quand on peut voler ? Il me semble que nous ferions mieux d'utiliser l'ULM. Pas de problème de carburant. Nous pourrons transporter le personnel et l'équipement en plusieurs fois. »

À ces mots, D.W. leva les bras et les yeux au ciel, d'un air résigné, et se mit à marcher en rond, les mains sur les hanches, en marmonnant dans sa barbe que toute cette foutue affaire le dépassait totalement. Mais pour finir, il s'immobilisa et dévisagea Emilio Sandoz, qu'il connaissait depuis plus de trente années à présent, et qu'il avait vu passer de l'enfance à l'âge adulte. Emilio, dont il entendait régulièrement les confessions étonnantes, hésitantes, murmurées, tout en luttant contre les larmes. Pendant un bref instant, il fut submergé par le sentiment d'avoir vu cette âme prendre racine, croître et s'épanouir d'une façon qu'il n'aurait jamais prévue, qu'il n'aurait guère pu espérer et qu'il comprenait à peine. Un mystique ! se dit-il, sidéré. Voilà que j'ai un putain de mystique portoricain sur les bras !

Les autres attendaient tous sa décision. « D'accord, dit-il enfin. OK. Ça me va. Pourquoi pas ? Il y a un endroit plat où je peux me poser, hors de portée de vue, à quelques kilomètres au sud du village, du même côté du fleuve. Nous emporterons l'équipement le plus lourd avec Mendes que voici, vu qu'elle ne pèse quasiment rien. Et Quinn se chargera des brosses à dents. »

Il y eut des hourras et des triples bans, accompagnés du sentiment général qu'on était prêts à se mettre en branle, et tout le monde se mit à parler en même temps. Au milieu du tumulte, Emilio Sandoz se tenait silencieux, comme s'il écoutait, mais il n'entendait rien de la discussion qui faisait rage tout autour de lui, concernant les plans et les méthodes d'action. Lorsqu'il finit par revenir des confins où il s'était égaré, la première personne qu'il vit fut Sofia Mendes, à une faible distance, se tenant tout comme lui à l'écart des autres et l'observant de ses yeux intelligents et perspicaces. Le regard d'Emilio croisa le sien sans la moindre gêne. Puis le moment passa.

Un par un, ils furent transportés au-dessus de la forêt, longeant le cours du fleuve jusqu'à un terrain plus sec, du côté abrité de la montagne, où se trouvait le petit plateau repéré par D.W. Ils emportèrent avec eux le matériel de campement et de communication, ainsi que deux mois de vivres, laissant le gros de leur cargaison dans le module d'atterrissage que D.W. verrouilla avant de le camoufler. Le dernier endroit vers lequel chacun tourna les yeux en quittant la piste pour s'élever vers le ciel fut celui où se trouvait la tombe d'Alan Pace. Personne ne fit le moindre commentaire, personne n'avoua que c'était lui qui y avait déposé des fleurs.

À l'est des montagnes, tout paraissait un peu plus étriqué, un peu plus terne que dans la forêt. Les bleus, les verts et les lavandes étaient plus atténués et poussiéreux, les espèces animales avaient davantage tendance à se tapir et à se dissimuler pour assurer leur sécurité. Il y avait des plantes, largement espacées, qui ressemblaient à des arbres, mais elles avaient plusieurs troncs et formaient un véritable enchevêtrement de branches, au lieu des dais gracieux de la forêt. Ce soir-là, entre le deuxième et le troisième coucher de soleil, George découvrit un endroit, au milieu des rochers, où il pourrait dissimuler l'ULM démantelé, tandis que les autres mettraient leurs vivres en sécurité dans un nouveau dépôt. Ils étaient constamment surpris, dans leurs activités, par des petits animaux gris bleuté, presque invisibles jusqu'au moment où l'on manquait leur marcher dessus ; Anne les baptisa infarctus, eu égard à leur habitude de vous exploser brutalement à la figure, comme des coqs de bruyère, lors de leurs brèves envolées à quelques mètres du sol. Les membres de la mission avaient l'impression d'avoir des voix de stentor, même lorsqu'ils baissaient le ton. Ce soir-là, sans se consulter, ils plantèrent leurs tentes tout près les unes des autres. Pour la première fois depuis leur arrivée, ils se sentirent étrangers, intrus et un peu effrayés, en se glissant dans leurs sacs de couchage pour essayer de prendre un peu de repos.

Le lendemain matin, Marc les entraîna prudemment le long du fleuve vers un endroit bien abrité d'où ils pouvaient apercevoir le village, même si de prime abord aucun d'eux ne parvint à distinguer ce qu'il leur indiquait. Il était d'ailleurs surprenant, pour ne pas dire miraculeux, qu'il fût parvenu à le repérer en le survolant à bord de l'ULM. L'endroit était conçu pour se fondre dans le paysage, car le travail de maçonnerie et les terrasses s'intégraient de façon presque invisible à la roche stratifiée de la falaise découpée par le fleuve. Les lignes des toits comportaient de brusques ruptures, changeant de hauteur et de matériau pour imiter les dénivellations et les glissements de la paroi rocheuse. Les ouvertures n'étaient ni carrées ni uniformes mais variaient, en harmonie avec les saillies ombreuses, là où la roche effritée était tombée dans le fleuve.

Même à distance, ils pouvaient apercevoir de nombreuses pièces qui ouvraient directement sur des terrasses dominant la vallée. Il y avait de grands parasols en roseaux tressés, presque invisibles au milieu des vignes et des feuillages environnants, qui fournissaient de l'ombre sous le soleil de midi. Ces constructions relativement légères confirmaient que D.W. avait sans doute eu raison de supposer que le village avait été habité encore tout récemment, car jamais elles n'auraient pu résister à de nombreux orages sans être entretenues.

« La peste ? » demanda doucement Jimmy à Anne. Il n'y avait toujours aucune trace des villageois et la vue de leurs habitations vides faisait indubitablement froid dans le dos.

« Non, je ne crois pas, répondit-elle de même. Il y aurait des cadavres un peu partout, ou des gens pour les pleurer, ou quelque chose. Peut-être qu'une guerre est en cours et qu'on les a tous évacués ? »

Ils restèrent quelque temps à observer, émettant diverses hypothèses tandis qu'ils étudiaient les lieux, s'efforçant d'estimer l'importance de la population absente et tirant à son sujet, de tout ce qu'ils voyaient, de sinistres conclusions qu'ils se confiaient à voix basse.

« Bon, d'accord, d'accord, on va aller y regarder de plus près », finit par marmonner D.W.

Il chargea George et Jimmy de faire le guet, armés d'émetteurs-récepteurs radio et postés en hauteur loin au-dessus du village, ce qui leur permettait de voir le fleuve et la plaine qui descendait vers l'est depuis le sommet des falaises. Puis il autorisa Marc à guider le reste du groupe jusqu'au village, où ils commencèrent à faire furtivement le tour de toutes les habitations dans lesquelles il leur était possible de pénétrer par les terrasses sans rien déranger.

« J'ai l'impression d'être Boucle d'Or, chuchota Anne, tandis qu'ils passaient le nez dans diverses pièces, suivaient des couloirs et se faufilaient le long de passerelles extérieures, taillées dans le roc.

– J'espérais trouver des œuvres d'art qui nous montreraient à quoi ils ressemblent », avoua Marc. Les murs étaient nus, la pierre apparente n'était ni enduite de plâtre ni peinte. Il n'y avait pas de sculptures. Ni aucune espèce d'art figuratif. Il y avait dans l'ensemble fort peu de mobilier, mais l'artisanat avait laissé partout sa marque. De grands coussins recouverts de housses superbement tissées, dans des couleurs vives, remplissaient certains espaces ; dans d'autres pièces, il y avait des plates-formes basses dans une matière grenue proche du bois, qui auraient pu servir de tables. Ou peut-être de bancs. En tout cas, la menuiserie était de première qualité.

Pour autant qu'ils pussent en juger, le départ des habitants ne s'était pas fait dans la panique. Il y avait des pièces, ou des zones de certaines pièces, qui paraissaient servir à la préparation de la nourriture, mais aucun aliment n'était resté abandonné. Ils découvrirent des récipients fermés qui contenaient sans doute les denrées courantes, mais ils n'ouvrirent rien car ils ne voulaient pas risquer d'endommager quoi que ce fût. Des marmites, des bols, des assiettes, des récipients en céramique de toutes sortes étaient rangés sur de hautes étagères taillées dans le roc, et des couverts étaient suspendus à des grilles fixées aux poutres, loin au-dessus de leurs têtes.

« En tout cas, ils ont des mains, dit Anne en regardant les manches des couteaux. Je n'arrive pas tout à fait à comprendre de quelle façon je tiendrais un de ces machins, mais il est certain qu'il faut posséder des doigts.

– Ils doivent être plutôt de la taille de Jimmy que de la nôtre », lui fit remarquer Sofia. Presque toutes les aires de rangement étaient situées en hauteur, hors de sa portée. La chose était vraie aussi sur terre, mais ici c'était encore plus marqué. Elle trouva curieux que tout fût ainsi placé très bas ou très haut.

Pour autant qu'ils pussent s'en rendre compte à leur premier passage, les pièces ne semblaient pas disposées selon le moindre schéma d'ensemble. Les espaces variaient par la taille et la forme, suivant souvent les creux naturels de la paroi rocheuse, mais avec de subtils agrandissements de volume. Dans une pièce particulièrement vaste, ils découvrirent une importante collection de gigantesques paniers. Dans une autre, plus petite, de ravissants objets en verre, munis de bouchons polis à l'émeri et remplis de liquides. Ils continuèrent à déambuler ainsi pendant quelque temps, dans un silence troublant, s'attendant à tout moment à se trouver face à face avec Dieu sait qui ou quoi. Au moment où ils s'apprêtaient à repartir, la voix de George Edwards, à laquelle le minuscule haut-parleur du récepteur radio donnait une sonorité métallique, vint rompre le silence.

« D.W. ? »

Anne fit un véritable bond en entendant la voix de son propre mari, ce qui déclencha une cascade de rires nerveux que D.W. fit taire d'un seul regard meurtrier à la ronde.

« J'écoute.
– Devine qui vient dîner.
– Ils sont loin ? Et combien ?
– J'aperçois à peine les premiers qui contournent une colline à environ huit kilomètres au nord-est d'ici. » Il y eut un bref silence. « Bigre. Il y en a un véritable bataillon. À pied. Des grands et des petits. On dirait des familles. Ils portent des trucs. Des paniers, me semble-t-il. » Il y eut encore un bref silence. « Qu'est-ce qu'on fait »

Très vite, D.W. passa mentalement en revue toutes les possibilités, et il était sur le point de parler, lorsque Emilio sortit sur la terrasse la plus proche et continua sur sa lancée, s'arrêtant momentanément et inexplicablement pour cueillir au passage des petites fleurs qui poussaient dans les vignes, avant de se mettre en route vers le poste de guet de George. D.W. le regarda s'éloigner, bouche bée, puis il se tourna vers Anne, Marc et Sofia. Ensuite, il lança dans son émetteur radio : « Nous montons te trouver. Tu nous verras bien arriver. »

Ils rattrapèrent Emilio au moment où il quittait le village pour la plaine qui s'étendait au-dessus des gorges du fleuve, et presque aussitôt George et Jimmy vinrent les rejoindre. De cet endroit qui dominait le paysage, ils pouvaient voir la route non pavée qui menait à un groupe de plusieurs centaines d'individus avançant dans leur direction. Obéissant à quelque voix intérieure, Emilio s'était déjà engagé sur ce sentier d'un pas égal, couvrant le terrain sans hâte et sans hésitation.

« Je crois que ce n'est plus moi qui donne les ordres », murmura D.W. sans s'adresser à personne en particulier. Ce fut Marc qui répondit : « Ah, mon ami, il me semble que c'est nous à présent qui sommes sur un piquet de clôture, et nous n'y sommes pas arrivés tout seuls. *Deus qui incepit, ipse perficiet.* »

Dieu, qui a commencé, parfera son œuvre, traduisit Anne intérieurement, et elle frissonna sous le soleil.

Les six autres membres de la mission emboîtèrent le pas à Emilio et le regardèrent se pencher pour ramasser des petits cailloux colorés, des feuilles, tout ce qui lui tombait sous la main. Comme s'il avait conscience de se comporter de façon anormale, il se retourna une fois vers eux pour leur adresser un bref sourire, le regard lumineux. Puis, sans leur laisser le temps de parler, il reprit sa route jusqu'à ce qu'il eût couvert la moitié de la distance qui le séparait des villageois. Arrivé là, il s'arrêta, le souffle un peu précipité, en partie parce qu'il avait marché assez vite, en partie à cause de l'importance du moment. Les autres s'approchèrent, mais, lui cédant d'un commun accord la primauté dans cette démarche, ils s'immobilisèrent à quelques pas derrière lui et le laissèrent se dresser tout seul, ses cheveux noir et argenté soulevés et décoiffés par la brise.

Ils entendaient les voix à présent, aiguës et mélodieuses, car le vent capricieux leur apportait des bribes de phrases. Au début, ils avaient eu l'impression que les arrivants marchaient dans le désordre le plus complet, puis D.W. se rendit compte que les petits étaient tous agglutinés vers le centre de cette foule hétéroclite et qu'il y avait des individus de haute et puissante stature aux extrémités et le long des flancs ; pour autant qu'il pût le voir, ils n'étaient pas armés, mais ils semblaient être sur le qui-vive et ils regardaient droit vers les membres de la mission jésuite.

« Pas de surprise, pas de gestes brusques, conseilla à mi-voix D.W., en veillant à se faire entendre de tous les siens, y compris d'Emilio, qui se tenait immobile, mince silhouette noire, le dos bien droit. Ne vous serrez pas trop les uns contre les autres, pour qu'ils vous voient clairement, et tenez vos mains bien en évidence. »

Il n'y eut pas de panique dans l'un ni l'autre camp. Les villageois s'arrêtèrent à quelques centaines de pas d'Emilio et posèrent au sol les grands paniers fort habilement faits, remplis d'un contenu qui ne devait pas être bien lourd, à en juger par l'aisance avec laquelle les maniaient même les petits éléments de la bande. Ils ne portaient pas de vêtements, mais beaucoup avaient autour des membres et du cou des rubans de couleurs vives, qui ondulaient et flottaient au vent. Au même instant, la brise s'intensifia et D.W. perçut soudain un parfum exquis, floral, lui sembla-t-il, émanant de la foule. Il regarda plus attentivement les paniers tressés et se rendit compte qu'ils étaient remplis de fleurs blanches.

Pendant quelques instants, les deux groupes restèrent plantés l'un en face de l'autre à se dévisager, les adultes faisant taire les voix flûtées des jeunes, les murmures et les commentaires sombrant progressivement dans le silence. La foule des villageois s'étant apaisée, D.W. eu tout loisir de remarquer qui parlait et qui se taisait dans la discussion qui suivit. Les individus postés le long des flancs et aux extrémités restèrent aux aguets, sans prendre part aux délibérations.

Tandis que D.W. notait la structure hiérarchique des arrivants, Anne Edwards, de son côté, étudiait leur anatomie. Les deux espèces, l'humaine et l'extraterrestre, n'étaient pas grotesque l'une par rapport à l'autre. Elles partageaient un même aspect général : il s'agissait dans les deux cas de bipèdes dont les membres supérieurs étaient spécialisés pour la préhension et la manipulation. Les visages aussi présentaient une certaine similitude et, aux yeux d'Anne, les différences n'étaient ni choquantes ni hideuses ; à l'instar de nombreuses autres espèces, tant sur la planète où ils se trouvaient à présent que sur la Terre, elle trouvait les villageois fort beaux. Ils avaient de grandes oreilles mobiles, dressées et portées haut de chaque côté du crâne ; des yeux magnifiques, immenses, ourlés de cils épais, aussi calmes que ceux des chameaux. Le nez était convexe, large à l'extrémité, suivant une courbe régulière pour aller à la rencontre du museau qui faisait saillie de façon nettement plus accentuée que tout ce qu'on pouvait voir chez les êtres humains. La bouche était large et dépourvue de lèvres.

Il y avait des différences, bien sûr. À un niveau global, la plus frappante était que les humains n'avaient pas de queue, ce qui était aussi une anomalie sur leur propre planète, puisque la grande majorité des vertébrés terrestres en avaient une ; Anne n'avait d'ailleurs jamais compris pourquoi les primates et les cochons d'Inde avaient perdu la leur. Puis, ici comme sur terre, une autre singularité humaine crevait les yeux : la relative absence de poils. Les villageois, en effet, étaient entièrement couverts d'un pelage lisse et dense, plaqué contre leurs corps musclés. Aussi élégants que des chats siamois, ils avaient une robe beige, ornée autour des yeux de ravissants dessins brun foncé qui faisaient penser au khôl de Cléopâtre, et le long de l'échine d'une large bande plus sombre.

« Mais qu'ils sont beaux ! » souffla Anne, et elle se demanda, avec désarroi, si ce peuple d'une beauté presque uniforme n'allait pas trouver les êtres humains repoussants, avec leurs visages plats et laids, leurs ridicules touffes de cheveux et de poils blancs, roux, bruns ou noirs, leurs tailles si variables, leurs joues barbues ou glabres, et leur dimorphisme sexuel pour parachever le tout. Nous avons l'air tombés du ciel, se dit-elle, au sens le plus exact du terme...

Du centre de la foule s'avança un individu de taille moyenne et de sexe incertain. Anne, osant à peine respirer, le regarda se détacher de ses congénères pour s'approcher d'eux. Elle se rendit compte alors que Marc avait été occupé à faire une évaluation biologique analogue à la sienne, car au moment où le villageois arriva près d'eux, il s'écria tout doucement : « Les yeux, Anne ! » Chaque orbite contenait un double iris, disposé horizontalement en huit autour de deux pupilles de taille variable, évoquant l'œil étrange de la seiche. Ce genre de phénomène ne leur était pas inconnu. Ce qui tétanisa Anne, ce fut la couleur : un bleu foncé, presque violet, aussi lumineux que celui des vitraux de Chartres.

Emilio était toujours immobile, laissant l'être qui se tenait devant lui prendre l'initiative. Finalement, ce dernier prononça quelques mots.

C'était une langue chantante et accentuée, avec beaucoup de voyelles et des consonnes douces et bourdonnantes, fluides et évanescentes, dans laquelle on ne retrouvait ni les coups de glotte saccadés ni le rythme heurté de la langue des chants extraterrestres. Elle était plus belle, décida Anne, qui se sentit néanmoins découragée. Cet idiome ressemblait aussi peu à celui des Chanteurs que l'italien au chinois. Tout ce travail pour rien ! se dit-elle. George, qui avait, comme eux tous, été formé par Emilio à reconnaître la langue des Chanteurs, devait se dire la même chose. Il se pencha à l'oreille de sa femme pour chuchoter : « Merde alors ! Dans *Star Trek*, tout le monde parlait anglais ! » Elle lui envoya un coup de coude, mais elle sourit dans sa barbe, lui prit la main, tout en écoutant la langue indigène, et la serra de toutes ses forces lorsque le porte-parole se tut et qu'ils attendirent la réponse d'Emilio.

« Je ne comprends pas votre langue, dit Emilio d'une voix douce et claire, mais je l'apprendrai si vous voulez bien me l'enseigner. »

Suivit alors un petit manège qui suscita la perplexité de toute la mission jésuite à l'exception de Sandoz. Un par un, le porte-parole fit sortir de la foule un certain nombre de ses congénères, dont plusieurs adolescents. Chacun adressa quelques mots à Emilio, qui répéta chaque fois, en les regardant dans les yeux de son regard paisible : « Je ne comprends pas. » Il était presque certain que chacun lui avait parlé une langue ou un dialecte différent, dont l'un était bel et bien celui des Chanteurs, et il comprit qu'il s'agissait d'interprètes et que le chef s'efforçait de trouver une langue qu'ils pourraient avoir en commun. N'y étant pas parvenu, l'adulte retourna auprès de la foule et entama une discussion qui dura un certain temps. Alors, une enfant, beaucoup plus jeune que les adolescents qui avaient parlé un peu plus tôt, s'avança, accompagnée d'un adulte qui lui adressa quelques mots rassurants avant de la pousser doucement en avant, afin qu'elle approchât seule d'Emilio.

C'était une petite créature malingre, frêle et peu engageante. En la voyant venir vers lui, effrayée mais résolue, Emilio se laissa lentement tomber à genoux, afin de ne pas la dominer de trop haut, comme l'adulte l'avait dominé lui. Ils étaient, pour le moment, seuls tous les deux, ayant oublié leurs frères de race, leur attention totalement absorbée l'un par l'autre. Lorsque la petite fut tout près, Emilio tendit une main, la paume tournée vers le ciel, et dit : « Salut. » L'enfant n'hésita qu'un très bref instant avant de mettre sa main chaude aux longs doigts dans celle d'Emilio, en répétant : « Salut. » Puis elle ajouta d'une voix aussi claire et douce que celle du jésuite : *« Challalla khaeri. »* Et, se penchant en avant, elle posa sa tête contre le cou d'Emilio qui l'entendit inspirer bruyamment en faisant ce geste.

« Challalla khaeri », répéta Emilio, et il reproduisit gravement le geste de la petite avec la plus grande exactitude.

De brusques éclats de voix fusèrent de la foule des villageois. Surpris, les humains reculèrent légèrement, mais Emilio, qui gardait les yeux fixés sur l'enfant, vit qu'elle n'avait pas peur et ne cherchait pas à fuir son contact. Il tenait toujours la petite main dans la sienne et il la posa doucement contre sa propre poitrine en disant : « Emilio. » Une fois de plus, l'enfant répéta le mot, mais buta cette fois sur les voyelles trop difficiles : « Milo. »

Souriant, Sandoz s'abstint de corriger, et se dit *in petto* : C'est à peu près ça, *chiquita*, pas mal du tout. Car sans trop savoir comment, il en était arrivé à la conclusion qu'il avait affaire à une petite fille et il était déjà profondément amoureux, son âme entière s'ouvrant à elle. Il se contenta d'attendre, sachant qu'elle allait à présent attirer sa propre main contre elle. Ce qu'elle fit, mais en la portant à son front plutôt qu'à sa poitrine. « Askama », lui dit-elle, et il répéta le mot, avec l'accent sur la première syllabe, les deux autres étant rapidement avalées presque ensemble, tandis que la mélodie descendait légèrement.

Il quitta alors la position agenouillée pour s'asseoir en tailleur dans la fine poussière ocre du sentier. Askama bougea elle aussi légèrement, lui faisant face, et Emilio savait qu'ils pouvaient être vus de profil par les deux groupes, autochtones et étrangers.

Avant de passer à l'étape suivante, il tourna la tête pour établir un contact oculaire avec l'adulte qui avait poussé la petite fille vers lui et qui se tenait non loin d'eux, à la limite du groupe des villageois, sans quitter Askama des yeux. Bien le bonjour, maman, dit-il intérieurement. Puis il reporta son attention sur la fillette qui lui faisait vis-à-vis. Se reculant avec une surprise simulée, il poussa un petit cri et demanda, les yeux écarquillés : « Askama, c'est quoi, ça ? » Passant derrière l'oreille de la petite, la main d'Emilio parut cueillir une fleur dans l'air.

« *Si zhao !* s'exclama l'enfant, oubliant dans son étonnement d'adhérer au schéma répétitif.

– *Si zhao*, répéta Emilio. Une fleur. » Il jeta un coup d'œil vers l'adulte, dont la bouche grande ouverte formait un ovale. Elle ne bougea pas, cependant, si bien qu'il continua, tirant cette fois deux fleurs du néant.

« *Sa zhay !* » s'écria Askama, donnant à Emilio une idée de ce qu'était sans doute la formation du pluriel.

– Eh oui, *chiquita*, tu l'as dit, *sa zhay* », murmura-t-il en souriant.

Bientôt d'autres enfants s'avancèrent et leurs parents se rapprochèrent aussi, jusqu'à ce que les deux groupes, humain et indigène, sous le charme, eussent fusionné autour d'Emilio et d'Askama, tandis que le jésuite multipliait les cailloux, les feuilles et les fleurs, les faisant apparaître et disparaître, récoltant au passage des nombres et des mots possibles, et, ce qui était plus important, des expressions de surprise, de perplexité et de ravissement, observant le visage d'Askama pendant qu'il faisait ses tours, sans cesser de jeter de brefs coups d'œil aux adultes et aux autres enfants afin de vérifier leurs réactions, absorbant déjà le langage corporel et le reproduisant dans une véritable danse de découverte.

Souriant, débordant d'amour envers Dieu et toutes ses œuvres, Emilio tendit enfin les bras et Askama vint volontiers s'installer sur ses genoux, sa longue queue musclée, effilée s'enroulant confortablement autour d'elle, tandis qu'elle se blottissait contre le jésuite et le regardait saluer d'autres enfants et commencer à apprendre leurs noms, sous le triple soleil qui venait de percer à travers les nuages. Emilio avait l'impression d'être un prisme, captant l'amour de Dieu comme une lumière blanche et le dispersant dans toutes les directions, et la sensation devint presque physique, à mesure qu'il saisissait et répétait tout ce qu'on lui disait, pour autant qu'il en fût capable, s'imprégnant de la musique et des cadences, attrapant au vol le schéma des phonèmes, acceptant et répétant gravement les douces corrections d'Askama quand il s'embrouillait.

Lorsque l'entretien vira au tohu-bohu, il prit un risque et se mit à répondre n'importe quoi aux enfants, en imitant la mélodie et la sonorité globales de leurs phrases avec un sérieux parfait, mais désormais sans essayer de les reproduire avec exactitude. C'était une tactique qui avait fort bien marché avec les Kikuyus, mais les habitants des îles Carolines, en revanche, l'avaient fort mal prise. À son profond soulagement, les adultes de la planète parurent trouver ça drôle ; il n'y eut ni cris ni gestes de menace, et les enfants hurlaient de joie et se bousculaient pour l'entendre leur « parler » de cette façon hilarante.

Emilio n'avait aucune idée du temps qui s'était écoulé ainsi, mais au bout d'un moment, il finit par s'apercevoir que son dos était ankylosé et ses jambes paralysées par le poids d'Askama. La remettant doucement sur ses pieds, il se leva en chancelant, mais il garda sa main dans la sienne tandis qu'il regardait autour de lui comme s'il remarquait le spectacle pour la première fois. Il repéra Jimmy, puis Sofia qui lui cria : « De la magie ! Tu m'as caché des trucs, Sandoz ! », car les tours ne figuraient absolument pas dans son programme d'IA. Et il trouva ensuite Marc Robichaux, englouti au milieu de la foule, un petit indigène sur les épaules pour lui permettre de voir par-dessus les adultes. Il vit aussi D.W. dont les yeux – chose surprenante – étaient pleins de larmes. Il chercha du regard George et Anne Edwards, qu'il finit par apercevoir, bras dessus, bras dessous ; Anne aussi pleurait, mais George lui adressa un sourire rayonnant et lança, en haussant le ton pour couvrir le boucan que faisaient les enfants : « Si quelqu'un te demande, j'ai cent seize ans ! »

Emilio Sandoz rejeta la tête en arrière et éclata de rire. « Dieu ! » hurla-t-il en direction du soleil, et il se pencha pour embrasser le sommet du crâne d'Askama et la prendre dans ses bras dans une étreinte qui englobait la création tout entière. « Dieu, chuchota-t-il une seconde fois, les yeux fermés, tandis que l'enfant se calait sur sa hanche. Voilà ce pour quoi je suis né ! »

C'était la vérité pure et simple. Rien d'autre n'expliquait sa vie.

22

Naples : juin 2060

« Alors, cette petite fille a été chargée d'apprendre votre langue et de vous enseigner la sienne, c'est bien cela ? demande Johannes Voelker.

– Pour l'essentiel, oui. Les Runa sont un peuple de marchands et ont besoin de parler de nombreuses langues pour leurs affaires. Comme les nôtres, leurs enfants apprennent les langues vite et facilement, si bien qu'ils en profitent, n'est-ce pas ? Chaque fois qu'une nouvelle association commerciale est contractée, un enfant est élevé en commun par sa famille et la délégation étrangère, qui compte elle aussi un enfant. Il ne faut guère que deux ans environ pour instaurer des communications relativement complexes. Après quoi, la langue en question est transmise à l'intérieur des lignées runa. Ainsi, des relations tout à fait stables se forment sur plusieurs générations avec des partenaires commerciaux bien établis. »

Il fait un temps gris, sans un souffle de vent. Ils ont laissé les fenêtres ouvertes à la tiédeur du mois de juin et au tambourinement rythmé de la pluie, qui est à l'unisson du débit doux et régulier d'Emilio Sandoz. Vincenzo Giuliani a modifié les horaires, de façon à ce que les audiences aient lieu l'après-midi, ce qui permet à Sandoz de dormir pendant la matinée, si sa nuit a été mauvaise. Cela paraît lui faciliter les choses.

« Et ils s'imaginaient que vous étiez un enfant remplissant la même fonction ? poursuit Voelker.

– Oui.

– Sans doute parce que vous étiez un peu plus petit que d'autres membres du groupe ? subodore Felipe Reyes.

– Oui. Et parce que c'était moi qui m'étais chargé de toutes les premières tentatives de communication, comme l'aurait fait automatiquement un de leurs interprètes. À vrai dire, pendant assez longtemps, seul M. Quinn a été perçu par eux comme un adulte. Il faisait à peu près la même taille que la moyenne des Runa.

– Et au début, ils n'ont pas eu peur ? Enfin, ils n'avaient jamais dû voir rien ni personne qui vous ressemblât, s'étonne Giuliani. Je trouve ça incroyable.

– Les Runa sont très ouverts à la nouveauté. Et il est bien évident que nous ne représentions pas pour eux une menace physique. Manifestement, ils sont partis du principe que nous étions venus commercer avec eux, qui que nous fussions. C'est en se fondant sur cette prémisse qu'ils nous ont insérés dans leur vision du monde.

– Quel âge diriez-vous qu'avait cette petite Askama au moment où vous êtes entrés en conctat ? » reprend Voelker, qui en revient toujours à l'enfant. Sandoz ne se raidit pas, note Giuliani. Tout au long de la séance, sa voix est restée calme et unie.

« Au commencement, le Dr Edwards pensait qu'Askama était l'équivalent d'un enfant humain de sept ou huit ans. Par la suite, nous en sommes venus à la conclusion qu'elle n'avait que cinq ans. C'est difficile de comparer les deux espèces, mais nous avons eu l'impression que chez les Runa le rythme de la maturation est relativement accéléré. »

Voelker note cette réponse par écrit, tandis que Giuliani remarque : « J'avais toujours cru comprendre que l'intelligence était inversement proportionnelle à la vitesse de maturation.

– Oui. Le père Robichaux et le Dr Edwards en ont discuté. Je crois qu'ils ont fini par décider qu'il ne s'agissait pas d'une corrélation très serrée, que ce soit entre deux espèces ou à l'intérieur d'une seule. Mais peut-être que je me trompe. De toute façon, il est fort possible qu'une telle généralisation ne soit pas valable dans d'autres systèmes biologiques.

– Quelle impression vous a laissée l'intelligence des Runa en général ? demande Felipe. À votre avis, les Runa sont-ils nos égaux sur ce plan, ou bien nous sont-ils supérieurs, ou inférieurs ? »

Pour la première fois de la séance, Sandoz hésite. « Ils sont différents, dit-il enfin en ôtant ses bras de la table pour les poser sur ses genoux. C'est difficile à dire. » Il se tait, s'efforçant visiblement d'en arriver à une conclusion dans son esprit. « Non, je suis désolé. C'est une question à laquelle je ne peux pas répondre de façon catégorique. Les variations de l'intelligence peuvent aller d'un extrême à l'autre. Comme chez nous.

– Dr Sandoz, reprend Johannes Voelker, quel genre de rapports aviez-vous précisément avec Askama ?

– Exaspérants », répond Emilio du tac au tac. Ce qui soulève un éclat de rire général, et Felipe Reyes se rend alors compte que c'est la première fois depuis qu'il est arrivé à Naples qu'il voit se manifester l'humour de Sandoz.

Souriant malgré lui, du bout des lèvres, Voelker insiste : « Auriez-vous l'obligeance de vous étendre un peu plus là-dessus ?

– Elle était à la fois mon professeur et mon élève, et elle collaborait aussi à mes recherches, à son corps défendant. Elle était culottée et intelligente. Elle était également tenace, inflexible et pouvait être une véritable enquiquineuse. Elle me rendait fou. Je l'aimais de tout mon cœur.

– Et elle vous aimait aussi ? » demande Voelker dans le silence qui accueille la dernière phrase de Sandoz. Car enfin, n'a-t-il pas avoué avoir tué Askama ? John Candotti retient son souffle.

« Encore une question épineuse, comme votre : “ Les Runa sont-ils plus ou moins intelligents que nous ? ”, dit Sandoz d'un ton neutre. M'aimait-elle ? Pas comme une adulte, bien sûr. En tout cas, pas au début. C'était une enfant, n'est-ce pas ? Elle adorait les tours de magie. J'étais le plus beau jouet qu'elle aurait pu imaginer. Elle était ravie de l'intérêt que je lui portais, fort contente de sa position d'amie de l'Étranger ; et puis elle prenait un malin plaisir à me mener à la baguette, à corriger mes fautes, à m'apprendre les bonnes manières. Marc Robichaux pensait qu'il y avait un élément d'identification – qu'il y avait chez elle un facteur biologique qui l'incitait à vouloir être tout le temps avec moi, mais c'était aussi un choix conscient. Il lui arrivait de se fâcher contre moi et de m'en vouloir quand je refusais de céder à ses caprices, ce qui perturbait tout le monde. Mais en définitive, oui, je crois qu'elle m'aimait.

– Vous avez dit qu'elle collaborait à vos recherches “ à son corps défendant ”. Qu'entendez-vous par là ? demande Voelker. Vous aviez recours à la coercition ?

– Non. Je voulais simplement dire que mes recherches l'ennuyaient et qu'elle s'impatientait contre moi lorsque j'insistais. Moi aussi, je la rendais folle, reconnut Sandoz. Comprenez-vous la différence qu'il y a entre un polyglotte et un linguiste ? »

Un murmure s'élève. Tout le monde connaît les deux mots, mais sans jamais avoir eu à préciser la distinction.

« L'aptitude à parler parfaitement une langue ne nous permet pas automatiquement de la comprendre sur le plan linguistique, explique Sandoz, de même qu'on peut être un très bon joueur de billard sans vraiment comprendre la physique newtonienne, n'est-ce pas ? J'ai reçu une formation très poussée dans le domaine de la linguistique anthropologique, si bien que mon but en travaillant avec Askama n'était pas seulement d'être capable de demander à quelqu'un de me passer le sel, si vous voulez, mais d'obtenir certains aperçus des *a priori* culturels sous-jacents et du psychisme de son peuple. »

Il se tortille sur sa chaise et déplace de nouveau ses mains, car il ne parvient jamais à trouver une position confortable pour ses bras quand il porte ses prothèses. « Je vous donne un exemple. Un jour, Askama m'a montré un ravissant flacon de verre en prononçant le mot *azhawasi*. Au premier essai, j'ai cru deviner que ce mot équivalait plus ou moins à notre mot " pot ", ou " récipient ", ou " bouteille ". Mais on ne peut jamais être certain de rien, donc il faut s'assurer qu'on a bien compris. J'ai indiqué les flancs du flacon et j'ai demandé si c'était cela qu'elle appelait *azhawasi*. Non, ça, ça n'avait pas de nom. Alors j'ai montré le goulot et j'ai répété ma question, mais ça non plus n'avait pas de nom. J'ai montré le fond. Encore faux. Askama s'est énervée parce que je lui posais des questions idiotes. Et moi aussi, j'étais agacé, n'est-ce pas ? Je ne savais pas si elle voulait me faire marcher, ou si je n'avais pas compris et si *azhawasi* était en réalité la forme du flacon peut-être, ou bien son style, ou même son prix. Au bout du compte, j'ai fini par comprendre que ce mot désignait l'espace contenu dans l'objet. L'élément important, c'était la faculté de contenir, pas l'objet lui-même.

– C'est passionnant », déclare Giuliani, et il ne fait pas seulement allusion au concept linguistique. Enfin lancé sur son propre terrain, Sandoz fait preuve d'une aisance, pour ne pas dire d'une faconde, inattendue. Et il a habilement détourné la conversation d'Askama, comme l'avait annoncé Voelker. Il est intéressant de noter que, parmi eux tous, c'est Voelker qui paraît avoir le chic pour prédire les réactions d'Emilio.

Il y a un silence tandis que Sandoz referme avec précaution et lenteur une de ses mains métalliques sur sa tasse de café et la porte à ses lèvres. Il la repose avec un peu de brusquerie, perdant presque le contrôle de ses doigts, et le bruit de la tasse heurtant la soucoupe résonne dans la pièce silencieuse. Ces petits gestes précis sont encore difficiles pour lui. Les autres évitent de le regarder.

« De façon assez voisine, ils ont un mot pour l'espace que nous appellerions une pièce, mais ils n'en ont pas pour le mur, le plafond ou le plancher en tant que tels, continue-t-il en posant ses bras sur la table, veillant à ne pas endommager la surface polie avec les fils de fer qui soutiennent ses mains. Ce qu'on nomme, c'est la fonction d'un objet. Ainsi, on peut désigner le plafond, par exemple, en notant qu'il empêche la pluie de tomber dans l'espace qui se trouve dessous. En outre, le concept de frontières, comme celles qui séparent nos nations, n'existe pas chez eux. Pour désigner les régions géographiques, ils se réfèrent à ce qui pousse à l'intérieur de leurs limites – une fleur pour fabriquer telle distillation, ou une plante dont on extrait telle teinture. Au bout d'un certain temps, j'ai fini par comprendre que les Runa n'avaient pas de vocabulaire pour les limites que nous percevons et qui séparent un élément d'un autre. Ce qui reflète leur structure sociale et leur perception du monde physique, et jusqu'à leur statut politique. »

Sa voix commence à trembler. Il se tait un moment et jette un coup d'œil à Edward Behr, qui opine et se dirige vers un coin du bureau où seul le général peut le voir se passer un doigt en travers de la gorge.

« Voilà donc, essentiellement, ce qu'implique ce genre d'analyse linguistique », poursuit Sandoz doucement. Il remet ses mains sur ses genoux. « Il faut trouver le schéma mental qui sous-tend la grammaire et le vocabulaire, puis établir une relation entre ce schéma et la culture des locuteurs.

– Et Askama ne comprenait pas pourquoi vous aviez du mal à saisir des concepts aussi simples ? demande Felipe Reyes d'un ton sec.

– Non. De même que j'étais, moi, horripilé par son incapacité à comprendre que j'avais besoin d'être seul à certains moments du jour et de la nuit. Les Runa sont des êtres excessivement sociables. Le père Robichaux et le Dr Edwards pensaient que leur structure sociale était plus proche de celle du troupeau que des parentés plus lâches et des alliances sociales qui caractérisent les sociétés de primates. Ils avaient du mal à accepter le fait que nous voulions parfois rester seuls. C'était épuisant. »

Il a envie de s'en aller. Ses mains lui brûlent comme si elles étaient ébouillantées et il a de plus en plus de mal à chasser de son esprit les nouvelles reçues le matin même. Le fait d'avoir à parler d'un sujet impersonnel, de faire un cours, l'a aidé, mais cela fait trois heures à présent qu'ils sont autour de la table, et il parvient difficilement à se concentrer.

L'ennui avec les illusions, se dit-il, c'est qu'on ne se rend pas compte qu'on en a jusqu'au moment où on vous les enlève. Ce matin, un nouveau médecin est venu le voir et lui a infligé plusieurs heures de tests. Il devrait être possible d'améliorer ses mains sur le plan esthétique, mais pas sur le plan fonctionnel; cela fait trop longtemps que les nerfs ont été sectionnés, la destruction des muscles a été trop massive. La sensation de brûlure qu'il éprouve à présent et qui va et vient de façon tout à fait imprévisible s'apparente probablement aux souffrances endurées par les amputés; c'est un peu le phénomène du membre fantôme. Il est capable de tendre les doigts presque normalement et il possède une faculté de préhension fort utile dans deux doigts de chaque main. Un point c'est tout. Il n'aura jamais rien de plus...

Il se rend compte alors que Johannes Voelker vient de parler et qu'un silence encore plus dense s'est abattu dans la pièce. Il tend de nouveau la main vers sa tasse de café, pour essayer de gagner du temps. « Excusez-moi, dit-il en dévisageant Voelker pendant quelques instants. Vous avez dit quelque chose ?

– Oui. J'ai dit qu'il était intéressant de voir avec quelle constance vous changiez de sujet dès qu'il était question de l'enfant que vous avez tuée. Et je me demandais si vous n'étiez pas en train de sentir monter une autre de ces migraines si commodes ? »

La tasse se brise en mille morceaux dans la main d'Emilio. Ce qui déclenche un certain remue-ménage; Edward Behr apporte un chiffon pour essuyer le café renversé, tandis que John Candotti ramasse les débris de porcelaine. Voelker reste assis, sans quitter des yeux Sandoz qui a l'air changé en pierre.

Qu'ils sont donc différents, se dit Vincenzo Giuliani en observant les deux hommes assis l'un en face de l'autre, de part et d'autre de la table. L'un semble fait d'obsidienne et d'argent;

l'autre de beurre et de sable. Il se demande si Emilio a la moindre idée de la jalousie que lui porte Voelker. Et si Voelker lui-même en a conscience.

« ... brusque surtension du courant, est en train de dire Felipe Reyes, pour leur expliquer l'accident d'Emilio et dissiper la gêne. Quand les muscles sont fatigués, on a parfois des potentiels électriques assez anarchiques. Ça m'arrivait tout le temps, ce genre de déboires...

– Si je reste debout, Felipe, crache Sandoz, pourquoi te crois-tu obligé de ramper à ma place ?

– Voyons, Emilio, j'ai simplement... »

Il y a un bref échange, en espagnol sorti tout droit du caniveau. « Je crois que cela suffira pour aujourd'hui, messieurs, dit le général d'un ton aérien. Emilio, j'ai un mot à vous dire, s'il vous plaît. Les autres peuvent disposer. »

Sandoz reste assis et attend sans broncher, tandis que Voelker, Candotti et Felipe Reyes, le visage blême, quittent la pièce. Edward Behr hésite près de la porte et adresse au père général un petit regard d'avertissement que celui-ci ne paraît pas remarquer. Une fois seul, le général reprend : « Vous semblez souffrir. Vous avez mal à la tête ?

– Non, mon père. » Les yeux noirs se tournent vers lui, aussi froids que de la pierre.

– Me le diriez-vous si c'était le cas ? » La question ne rime à rien. Il sait avant même de l'avoir prononcée qu'après ce que Voelker vient de laisser entendre, jamais plus Sandoz ne reconnaîtra qu'il a la migraine.

« Les tapis ne risquent rien, lui assure Sandoz sans chercher à voiler son insolence.

– Je suis ravi de l'entendre, réplique le général d'un ton jovial. La table n'est pas indemne. Vous êtes sans pitié pour le mobilier et vous avez été sans pitié pour Reyes.

– Il n'avait pas à parler en mon nom, aboie Sandoz dont la colère est visiblement ravivée.

– Il cherche à vous aider, Emilio.

– Quand j'aurai besoin d'aide, j'en demanderai.

– Vraiment ? Ou bien continuerez-vous tout simplement à vous dévorer vivant, nuit après nuit ? » Sandoz cligne des paupières. « J'ai eu un entretien avec le Dr Kaufmann ce matin. Son pronostic a dû vous secouer sérieusement. Elle ne comprend même pas comment vous avez pu supporter ces prothèses pendant si longtemps. Elles sont trop lourdes et mal conçues, me dit-elle. Pourquoi n'avez-vous pas demandé qu'on tente de les améliorer ? Vous ne vouliez pas faire de peine au père Singh ? Ou bien s'agissait-il d'un orgueil mal placé de supermâle d'Amérique latine ? »

C'est assez subtil, mais on se rend compte parfois qu'on a mis dans le mille. La respiration de Sandoz change de rythme. L'effort qu'il fait pour se contrôler transparaît un tout petit peu plus. Brusquement, Giuliani s'aperçoit qu'il n'a plus aucune patience pour l'imbuvable côté macho de Sandoz et il redemande d'un ton sec : « Souffrez-vous ? Oui ou non ?

– Suis-je obligé de répondre, mon père ? » Le ton est clairement railleur, la cible de la moquerie est moins évidente.

« Oui, vous l'êtes, nom d'un chien. Dites-moi si vous souffrez.

– Mes mains me font mal. » Il y a un silence. « Et les prothèses me blessent les bras. »

Giuliani observe le soulèvement rapide et superficiel de la poitrine et il se dit : Bon Dieu, ce que ça peut lui coûter à ce type de reconnaître qu'il souffre !

Avec brusquerie, le général se lève et s'éloigne de la table, pour se laisser le temps de réfléchir. La transpiration et les vomissements d'Emilio lui sont familiers, la fragilité de son corps impitoyablement exposée. Giuliani s'est occupé de lui pendant ses terreurs nocturnes, il a été le témoin horrifié des efforts qu'il doit faire pour reprendre le contrôle de lui-même et maintenir tous les morceaux en place. Tout cela est impossible à oublier, même lorsque Sandoz se montre particulièrement exaspérant, même lorsqu'on a l'impression qu'il perçoit le moindre effort fait pour l'aider comme une insulte et une brimade.

Pour la première fois de sa vie, Vince Giuliani songe à se demander quel effet cela peut faire d'être dans un état physique si précaire, alors qu'on est censé être dans la force de l'âge. Il n'a jamais eu de maladie plus grave qu'un rhume de cerveau, jamais de blessure plus méchante qu'un doigt cassé. Peut-être que si j'étais à la place de Sandoz, se dit-il, moi aussi je cacherais mes souffrances et je recevrais les marques de sollicitude en montrant les dents...

« Écoutez, Emilio, dit-il en se radoucissant soudain et en regagnant la table, vous êtes, sans aucune exception, le plus coriace de tous les durs de durs qu'il m'ait jamais été donné d'approcher. J'admire votre courage. » Furieux, Sandoz le foudroie du regard. « Je ne fais pas de sarcasme ! proteste Giuliani. Moi qui vous parle, on m'a déjà vu réclamer une anesthésie générale après m'être coupé le doigt. » Sandoz rit. D'un rire qui sonne vrai. Encouragé par ce petit triomphe, le général hasarde une prière directe. « Vous êtes descendu aux enfers et vous avez abondamment prouvé que vous n'étiez pas un pleurnichard. Mais enfin, Emilio, comment voulez-vous qu'on vous aide, si vous refusez de dire à quiconque ce qui ne va pas ? »

Lorsque Sandoz répond enfin, sa voix est à peine audible : « J'ai parlé à John. Pour mes mains. »

Giuliani soupire. « Ah bon ? Eh bien, vous avez là la preuve que Candotti sait respecter les confidences qu'on lui fait. » Quel abruti ! Ce n'est pas le genre d'aveu qui doit être protégé par le sceau de la confession. Même si c'est peut-être ce qu'a pensé Sandoz, comprend-il soudain.

Giuliani se lève et passe dans le cabinet de toilette particulier attenant à son bureau. Il en revient avec un verre d'eau et deux cachets qu'il place sur la table devant Sandoz. « Vous voyez que je ne fais pas partie de ces gens qui croient qu'il est noble de souffrir inutilement, dit-il d'un ton paisible. À partir de maintenant, chaque fois que vos mains vous feront mal, prenez un calmant. » Il regarde Emilio ramasser les cachets à grand-peine, un par un, et les avaler à l'aide d'une gorgée d'eau. « Si celui-ci ne fait pas d'effet, dites-le-moi, c'est compris ? Nous vous trouverons quelque chose de plus fort. J'ai déjà convoqué le père Singh. Je veux que vous lui expliquiez précisément tout ce que vous reprochez à vos prothèses. Et s'il ne parvient pas à rectifier le tir, nous trouverons quelqu'un d'autre. »

Il ramasse le verre et le remporte dans le cabinet de toilette où il s'attarde quelques instants. Lorsqu'il revient enfin, Sandoz est toujours assis à la table, le visage pâle, l'air absent. Cédant à une impulsion, le général passe derrière sa table de travail et en rapporte un bloc-notes électronique sur lequel il tape un code, afin de faire apparaître un fichier auquel il est le seul à avoir eu accès, avec deux autres hommes, aujourd'hui disparus.

« Emilio, j'ai parcouru la transcription de tous les rapports envoyés par le père Yarbrough. Je les ai lus l'année dernière, lorsque nous avons appris par les gens d'Ohbayashi qu'on vous avait retrouvé, mais à présent, bien sûr, je les relis avec d'autant plus d'attention, explique Vincenzo Giuliani. Dans les grandes lignes, la façon dont le père Yarbrough a décrit votre rencontre initiale avec la petite Askama et les villageois runa concorde tout à fait avec votre version. Je dois dire cependant que son récit était beaucoup plus poétique que le vôtre. À vrai dire, l'expérience l'a profondément ému. Comme elle m'a ému moi-même, quand j'ai pris connaissance de son texte. » Sandoz n'a aucune réaction et Giuliani se demande s'il l'écoute. « Emilio ? » Sandoz le regarde, si bien qu'il continue aussitôt. « À la fin de sa description de ce premier contact, transmise par fichier codé et confidentiel, le père Yarbrough a ajouté un commentaire destiné exclusivement au général de l'époque. Il a écrit, en parlant de vous : " Je crois qu'il était inspiré par le Saint-Esprit. Aujourd'hui, j'ai peut-être contemplé le visage d'un saint. "

– Assez !

– Plaît-il ? » Giuliani lève les yeux de l'écran, interloqué, peu habitué à être apostrophé de la sorte, même en privé, même par un homme dont les nuits font désormais partie de ses nuits, dont les rêves interrompent son propre sommeil.

« Assez. Laissez-moi au moins quelque chose. » Sandoz tremble de tous ses membres. « Ne vous acharnez pas sur ma dépouille, Vince. »

Il y a un long silence, durant lequel Giuliani affronte le terrible regard et saisit peu à peu tout ce que sous-entend cette exclamation de Sandoz. « Je suis désolé, Emilio, dit-il enfin. Je vous demande pardon. »

Sandoz reste assis à le dévisager encore un moment, détournant légèrement la tête, toujours agité d'un tremblement incoercible. « Vous ne pouvez pas savoir ce que j'ai vécu. Je n'ai aucun moyen de vous le faire comprendre. »

Giuliani devine que c'est sa façon à lui de s'excuser. « Peut-être pourriez-vous essayer de m'expliquer, souffle-t-il très doucement.

– Comment expliquer ce que moi-même je ne comprends pas ? » s'écrie Sandoz. Il se lève brusquement et fait quelques pas, puis il se retourne vers le général. On est toujours surpris de voir Sandoz craquer. Son visage est comme figé. « Passer de là où j'en étais alors à là où j'en suis à présent – je ne sais vraiment pas quoi penser de ce qui m'est arrivé, Vince ! » Il lève les mains et les laisse retomber, vaincu. Vincenzo Giuliani, qui, au fil des années, a entendu bien des confessions, garde le silence et attend. « Savez-vous ce qu'il y a de pire ? C'est que j'aimais Dieu ! » dit Emilio d'une voix effilochée par l'incompréhension. Les larmes se tarissent aussi soudainement qu'elles ont jailli. Il reste debout un long moment, les yeux dans le vide, pour autant que Giuliani puisse en juger, puis il s'approche de la fenêtre pour regarder tomber la pluie. « Tout n'est que cendres, à présent ! Tout n'est que cendres. »

Et alors, chose incroyable, il se met à rire. Ces accès d'hilarité sont aussi déconcertants que ses crises de larmes.

« Je crois, dit le général, que je pourrais vous être plus utile si je savais si vous considérez toute cette affaire comme une comédie ou comme une tragédie. »

Emilio ne répond pas tout de suite. Au temps, est-il en train de se dire, pour ce qui est de taire ce qu'on ne peut pas changer ! Au temps pour son orgueil de supermâle d'Amérique latine ! Quelquefois, il a l'impression d'être un duvet de pissenlit qui s'éparpille, déchiqueté par un petit souffle d'air. L'humiliation est presque insupportable. Il croit, et parfois il espère, qu'il va en mourir, que son cœur va bel et bien s'arrêter. Peut-être cela fait-il partie de la plaisanterie, se dit-il amèrement. Il tourne le dos à la fenêtre pour regarder, de l'autre côté de la pièce, le vieillard qui l'observe, calmement assis à l'extrémité de la superbe table ancienne.

« Si je le savais, dit Emilio Sandoz, s'approchant aussi près qu'il en est capable du centre de son âme et d'un aveu qui l'emplit de honte, j'imagine que je n'aurais pas besoin de votre aide. »

D'une certaine façon, Vincenzo Giuliani considère qu'il s'agit d'un grand et terrible privilège que d'essayer de comprendre Emilio, maintenant, à ce stade de leurs existences si bizarrement décalées. Savoir comment prendre Sandoz est aussi fascinant que de naviguer à la voile par gros temps. Il faut faire de constants ajustements pour parer aux incessants changements de force et de direction, et le danger de faire naufrage et de sombrer vous guette à tout moment. C'est un défi comme on n'en rencontre qu'un dans sa vie.

Au début, il n'a pas voulu tenir compte de l'opinion de Yarbrough quant à l'état spirituel de Sandoz. Il a jugé que son évaluation était à la fois inexacte et excessive. Il se méfie du mysticisme, en dépit du fait que c'est là-dessus que son ordre a été fondé. Et pourtant, il est prêt à accepter comme postulat de départ l'idée qu'Emilio Sandoz se considère comme quelqu'un d'authentiquement religieux, comme une âme qui cherche Dieu, pour reprendre la formule d'Edward Behr. Et Sandoz a dû, à un moment donné, avoir le sentiment d'avoir trouvé Dieu et de l'avoir trahi. Ce qu'il y a de pire, a dit Sandoz, c'est qu'il aimait Dieu. Cette vérité posée, Giuliani voit bien le côté tragique de l'aventure : tomber si bas d'un tel état de grâce, brûler de l'amour de Dieu et le laisser se réduire en cendres. Avoir reçu de Dieu un tel bienfait et le remercier en s'abaissant jusqu'à la prostitution et au meurtre.

Enfin, se dit Giuliani, il devait sûrement y avoir une autre solution ! Pourquoi Sandoz s'est-il adonné à la prostitution ? Même privé de l'usage de ses mains, il devait y avoir un autre moyen de survivre. Mendier, voler de quoi manger, n'importe quoi.

Certains morceaux du puzzle lui apparaissent clairement. Emilio se sent injustement condamné par des hommes qui n'ont jamais été mis à l'épreuve dans des conditions aussi inhumaines d'isolement et de solitude. Giuliani reconnaît volontiers que dans de telles circonstances son échec lui-même donne au malheureux une espèce d'autorité morale. Et pour cette raison, il n'a aucun mal à demander pardon à Sandoz et à lui accorder, dans une certaine mesure, son respect. La tactique paraît porter ses fruits. Il y a, de temps à autre, des moments de véritable contact, des instants où Sandoz est prêt à hasarder une petite révélation dans l'espoir d'être compris ou de comprendre lui-même quelque chose. Mais Giuliani sait que le rescapé le maintient à bonne distance, comme s'il y avait quelque chose que Sandoz lui-même était incapable de regarder en face, et encore moins de laisser voir à d'autres. Quelque chose dont il peut rêver, mais pas parler, fût-ce au plus noir de la nuit. Quelque chose qu'il faudra absolument faire remonter au grand jour.

Il est nécessaire d'envisager la possibilité qu'Edward Behr ait tort et que Johannes Voelker ait raison. Peut-être que, livré à lui-même, Sandoz s'est tourné vers la prostitution parce qu'il en retirait du plaisir. Il aimait Dieu, mais il trouvait les brutalités sexuelles... gratifiantes... Voir une pareille vérité, une vérité ancrée au cœur même de son identité, offerte en pâture aux regards scrutateurs de tout un chacun, voilà qui est susceptible de hanter ses rêves et de le rendre malade. Quelquefois, comme aime à le répéter John Candotti, la solution la plus simple est la meilleure. Un observateur de la condition humaine, et non des moindres, puisqu'il s'agissait de Jésus en personne, n'a-t-il pas dit un jour : « La porte de la perdition est large, et le chemin qui y mène est spacieux, et il y en a beaucoup qui s'y engagent ? »

Patience, se dit Giuliani. C'est une vertu de vieux marin. Il faut savoir changer d'amures, louvoyer au plus près du vent.

Ses collaborateurs, à Rome, soigneusement cultivés et formés depuis dix ans, sont compétents. Il est temps, et plus que temps, pour lui de déléguer une plus grande partie du pouvoir de décision, de laisser des hommes plus jeunes s'affermir, tandis qu'il garde une main légère sur le timon. Il est temps pour le vieux prêtre qu'est devenu Vince Giuliani, de concentrer l'expérience et le savoir d'une vie entière sur un unique problème humain, de faire appel à toute la sagesse qu'il a pu engranger au fil des ans afin d'aider une âme en peine, un homme qui prétend lui-même, dans son amertume, être le prostitué de Dieu. Patience. Cela prendra aussi longtemps qu'il le faudra.

Vincenzo Giuliani se lève enfin et se dirige vers la fenêtre où Sandoz, aussi gris que le temps, s'attarde toujours à regarder tomber la pluie. Giuliani se plante devant lui et ne bouge plus, attendant que Sandoz veuille bien le remarquer, car il a appris qu'il ne faut jamais lui faire peur en s'approchant derrière son dos.

« Allez, venez, Emilio, dit doucement Vince Giuliani. Je vous offre une bière. »

23

Ville de Gayjur : deuxième Na'alpa
Village de Kashan :
sept semaines après la prise de contact

Supaari VaGayjur tira profit de la présence de la mission jésuite sur Rakhat avant même d'être au courant de son existence. Ce qui était à la fois caractéristique de ses façons de faire, et tout à fait inhabituel. Caractéristique en ce qu'il avait su reconnaître avant quiconque un engouement runa en puissance, si bien qu'il avait pris les mesures nécessaires pour accaparer le marché juste avant que la nouvelle mode ne fît rage à Gayjur. Inhabituel en ce qu'il n'était pas au courant des faits sous-jacents avant d'agir. Cela ne lui ressemblait guère d'investir autant d'argent avant d'avoir mené une enquête préalable. Le coup de dés avait été extrêmement payant, mais, alors même qu'il faisait le compte de ses gains, il ne pouvait s'empêcher d'éprouver un certain malaise, un peu comme s'il avait été à deux doigts d'être tué au cours d'un duel *ha'aran* engagé en état d'ivresse.

En parcourant l'entrepôt avec Awijan, sa secrétaire runa, qui notait par écrit ses ordres et ses demandes, Supaari avait remarqué une des habitantes du village de Kashan, une femme du nom de Chaypas, debout à l'une des portes, attendant la permission de lui parler. Elle portait une multitude de rubans attachés à la petite couronne qui lui ceignait la tête : on aurait dit une véritable cascade de couleurs gracieusement déployée le long de son dos. C'était ravissant, et cela quintuplerait le nombre de rubans en double longueur que pourraient vouloir se procurer toutes les personnes qui décideraient d'adopter cette mode. Il se tourna vers Awijan. « Appelle les coursiers. Qu'ils achètent des rubans et qu'ils en prennent aussitôt livraison. Passe contrat pour tout le stock disponible... » Supaari hésita. Combien de temps cela durerait-il ?

« On vous conseille de ne pas prolonger les contrats au-delà du huitième Na'alpa. »

Supaari VaGayjur était trop avisé pour ne pas faire confiance à Awijan en ce qui concernait les décisions de cet ordre. « Très bien. Quand tu reviendras, demande à Sapalla de débarrasser une partie des marchandises, afin de faire de la place pour les livraisons, même si cela nous oblige à consentir des pertes sur le *berinje*. Je veux être livré après la lumière rouge, c'est compris ? » Un des nombreux avantages qu'il y avait à travailler avec les Runa, comme Supaari avait pu le constater au fil des ans, c'était que, si les Jana'ata n'y voyaient pas bien en période de lumière rouge, les Runa, eux, n'avaient pas ce problème. Cela permettait des manœuvres secrètes que les concurrents de Supaari, qui dormaient pendant toutes les heures rouges et noires, ne soupçonnaient même pas.

Il regarda Awijan pénétrer dans la cour et y réunir les coursiers. Ayant amorcé la transaction, Supaari se dirigea benoîtement vers la femme de Kashan, Chaypas, et la salua d'une voix douce dans sa propre langue, en lui tendant les deux mains. « *Challala Khaeri*, Chaypas. » Il se pencha pour inhaler son odeur, à laquelle se mêlait celle des rubans parfumés.

Chaypas VaKashan, villageoise insolite qui n'hésitait pas à voyager seule et à traiter directement avec Supaari VaGayjur dans sa propre enclave, lui rendit son salut sans crainte. Vus de loin, par un œil distrait, ils se ressemblaient assez, leur accoutrement mis à part, pour être pris pour des sœurs ou des proches cousines. Dans l'ensemble, Supaari était plus musclé, légèrement plus grand et plus fort, ce qu'accentuaient sa robe rembourrée, en tissu matelassé et raidi par les broderies, les socques qui rehaussaient sa taille de la largeur d'une main, et son couvre-chef qui le grandissait encore, tout en indiquant qu'il était marchand, et de ce fait troisième-né de sa famille. Aujourd'hui, ses vêtements soulignaient les différences qui existaient entre eux, mais quand il le désirait, Supaari pouvait se faire passer pour un Runao, en enfilant les manchettes tombantes et les bottes des Runa de la ville. Ce n'était pas illégal, mais ça ne se faisait pas. La plupart des Jana'ata, et même la plupart des troisièmes, auraient préféré mourir plutôt que d'être pris pour des Runa. La plupart des Jana'ata, et même la plupart des troisièmes, étaient loin d'être aussi riches que Supaari VaGayjur. Cette opulence, c'était à la fois sa honte et son réconfort.

Il persuada Chaypas de le suivre à l'intérieur, loin des allées et venues qui permettraient à ses sœurs de race de remarquer ses rubans, avant qu'il n'ait eu, lui, l'occasion de s'emparer du marché. Tout en bavardant, il la précéda à travers l'entrepôt pour lui montrer le chemin de son bureau, comme si elle n'y était pas déjà souvent venue, et il la laissa réagencer les coussins de la façon qu'elle trouvait la plus confortable, tandis qu'il préparait pour elle un thé au *yasapa* dont il la savait particulièrement friande. Il le lui apporta lui-même et alla jusqu'à remplir sa tasse, en signe de respect : Supaari VaGayjur suivait son petit et rentable bonhomme de chemin.

Se plaçant en face de Chaypas, il se renversa sur les coussins, en prenant soin d'imiter de son mieux la posture de son invitée. Ils devisèrent aimablement, passant de ce que promettait la moisson de *sinonja* à la santé de Manuzhai, le mari de Chaypas, puis de là aux possibilités de résoudre une dispute qui couvait entre Kashan et Lanjeri, à propos d'un nouveau champ de *k'jip*. Supaari offrit de servir de médiateur, si les aînés ne parvenaient pas à s'entendre. Il ne souhaitait nullement s'imposer aux villageois et n'avait aucune envie d'entreprendre le long trajet jusqu'à Kashan, mais cela en vaudrait la peine si cela lui permettait de maintenir son odeur bien présente aux narines de tout un chacun.

« *Sipaj*, Supaari, dit Chaypas en passant enfin à la raison de sa visite, on a une curiosité pour toi. » Elle fouilla dans une sacoche tissée et en sortit un petit paquet fait de feuilles repliées de façon fort compliquée les unes sur les autres. Elle le lui tendit, mais il baissa les oreilles pour marquer son regret : ses mains étaient incapables de déballer délicatement l'objet ainsi enveloppé. De gêne, les oreilles de Chaypas s'aplatirent aussitôt, mais Supaari prit son geste comme un compliment. Quelquefois, les villageois va-kashani oubliaient qu'il était un Jana'ata. D'une certaine façon, dans le contexte de leurs rapports, c'était extrêmement flatteur, se dit Supaari, mais son frère aîné aurait fait tuer Chaypas pour son outrecuidance, et son frère puîné l'aurait fait emprisonner.

Il regarda Chaypas écarter gracieusement les diverses couches de feuilles, avec toute la dextérité que donnaient aux Runa leurs longs doigts fuselés. Elle révéla enfin sept objets qu'il prit au premier regard pour des scarabées ou des *kintai* anormalement petits. Puis il se pencha pour inhaler.

C'était la chose la plus extraordinaire à laquelle il eût jamais été confronté. Il reconnaissait des esters et des aldéhydes, ainsi que l'odeur de sucres caramélisés, à n'en pas douter, mais ce parfum était d'une complexité renversante. Que de richesses émanant d'une minuscule poignée de petits objets bruns, ovales, que fendait un trait dans le sens de la longueur ! Il masqua son soudain intérêt avec l'aisance d'un homme qui gagne sa vie à dissimuler tout ce qu'il pense. Ce qui ne l'empêcha pas de ressentir un choc à l'idée qu'il avait là enfin, peut-être, quelque chose qui pourrait retenir l'attention de Hlavin Kitheri, reshtar de Galatna.

« On a le cœur tout rempli de joie, dit Supaari à Chaypas en levant la queue pour marquer son plaisir, mais pas trop, de crainte de l'alarmer. C'est une odeur remarquable, toute pleine de curiosité, comme tu le dis.

– *Sipaj*, Supaari ! On a reçu ces *kafay* de certains étrangers. » Elle utilisa un mot ruanja qui signifiait « des gens venus de la vallée voisine », mais elle avait les yeux écarquillés et sa queue était agitée de petits soubresauts. Il y avait, comprit aussitôt Supaari, quelque savoureuse plaisanterie là-dessous, mais il la laissa se divertir à ses dépens. « C'est Askama qui sert d'interprète ! ajouta-t-elle.

– Askama ! s'exclama-t-il, en levant les mains, dans un cliquetis de griffes élégant, pour marquer son ravissement. Une excellente petite qui apprend vite. » Et qui était plus laide qu'un bouillonnement d'écume au fond d'une gorge étroite, mais cela n'avait aucune importance. Si c'était la famille de Chaypas qui faisait office d'interprète pour la coopérative de Kashan, Supaari aurait, par la force des coutumes runa sinon par celle des lois jana'ata, des rapports commerciaux exclusifs avec la nouvelle délégation ; et dans des cas comme celui-ci, seules comptaient les coutumes runa. Il avait fondé sa vie entière sur cet état de choses, ce qui ne lui valait peut-être pas d'honneurs mais lui procurait, en revanche, beaucoup de choses qu'il goûtait énormément : le risque de la chasse, un défi intellectuel et une certaine déférence que lui accordaient ses pairs à contrecœur.

Ils bavardèrent encore quelques instants. Supaari découvrit que ces petits *kafay* n'étaient qu'un échantillon d'une réserve beaucoup plus importante de marchandises insolites qu'avaient apportées les étrangers qui résidaient actuellement à Kashan, dans la propre maison de Chaypas. Et il apprit aussi, avec un intérêt croissant, qu'ils ne paraissaient avoir aucune notion du profit et distribuaient leurs denrées à tort et à travers, en échange de la nourriture et du toit qui leur revenaient de droit, en tant que voyageurs. Était-ce de la ruse, se demanda-t-il, ou bien s'agissait-il d'un des derniers groupes de nomades qui pratiquaient encore le bon vieux troc à l'ancienne ?

Il mit le petit paquet de côté, et, toujours discipliné, ne s'autorisa pas à suivre à la trace et à capturer l'idée qu'il avait reniflée au loin : la postérité et un moyen d'échapper à la mort vivante à laquelle il était promis. Au lieu de cela, il se leva et remplit de nouveau la tasse de Chaypas, en s'enquérant de ses projets. Elle lui dit qu'elle comptait visiter des partenaires commerciaux dans le quartier d'Ezao. Elle n'était pas pressée de rentrer chez elle. Tous les autres VaKashani ne devaient pas tarder à quitter le village pour aller récolter les racines de *pik*.

« Et les Étrangers ? » demanda Supaari. Déjà, il réglait dans son esprit tous les détails du voyage, peut-être à la mi-Partan, après les pluies. Mais il fallait d'abord s'occuper de Kitheri. Tout dépendait de Hlavin Kitheri.

« Tantôt ils viennent avec nous, tantôt ils restent à Kashan. Ils sont comme des enfants, lui confia Chaypas non sans perplexité. Ils sont trop petits pour voyager comme des adultes, mais il n'y en a qu'un d'entre eux qui soit capable de porter les autres, et il les laisse marcher ! »

Si Supaari avait été curieux auparavant, il était à présent interdit, mais Chaypas commençait à trahir une certaine nervosité, se dandinant d'une fesse sur l'autre, comme cela lui arrivait souvent lorsqu'elle restait trop longtemps dans les maisons fantômes.

« *Sipaj*, Chaypas, dit-il en quittant souplement ses coussins, calculant qu'Awijan avait sûrement eu le temps de faire affaire avec les fournisseurs de rubans. Quel long voyage tu as fait ! On aurait le cœur content de t'envoyer à Ezao dans une chaise à porteurs. »

La queue de Chaypas se dressa de plaisir et son corps fut même parcouru d'un petit frisson, tandis qu'elle détournait les yeux et les fermait. Tout cela frôlait la coquetterie et l'idée que cette femme était fort attirante traversa l'esprit de Supaari. Mais il étouffa l'étincelle avant qu'elle n'eût pris feu. Quoique troisième-né, il avait quand même ses propres critères, lesquels étaient nettement plus élevés que ceux de ses supérieurs sur le plan social. Courtois et raffiné sous bien des rapports, Supaari VaGayjur était sous d'autres fondamentalement bourgeois.

Il envoya un coursier chercher une chaise et, tout en refoulant ses bâillements, il attendit dans la cour, en compagnie de Chaypas, son arrivée, laquelle suivit de peu le deuxième coucher de soleil. Il la distinguait à peine lorsqu'elle grimpa dans le véhicule, mais la fragrance de ses rubans était délicieuse ; elle possédait un goût exquis en matière de parfums, une élégance naturelle qu'il admirait. « *Sipaj*, Chaypas, lança-t-il doucement, fais bon voyage jusqu'à Ezao et de là jusque chez toi. » Elle lui rendit son salut, avec un rire de gorge, tandis que les porteurs soulevaient les bâtons, en faisait osciller la chaise.

C'était un luxe auquel peu de Runa avaient l'occasion de goûter, d'être ainsi portée, comme un seigneur, à travers les rues étroites de la ville. Supaari était sincèrement content d'offrir à Chaypas une soirée dont elle garderait le souvenir, fendant la foule des Runa urbains qui, dans la lumière rosissante du soir, tandis que les Jana'ata dormaient, pouvaient vaquer en toute sécurité à leurs affaires personnelles. La brise qui soufflait de la baie ferait voler ses rubans derrière elle, comme autant de cirrus, et leur parfum s'élèverait, pareil à la vapeur d'eau d'une cataracte. Dès demain, des marchands de tous les quartiers de Gayjur se mettraient en quête de rubans à n'importe quel prix, et ils les trouveraient tous, jusqu'au dernier petit morceau, chez Supaari VaGayjur.

Sofia Mendes était née, semblait-il, pour enrichir des investisseurs qu'elle ne connaissait même pas. La lourde chevelure noire qui avait inspiré à Chaypas la création d'une nouvelle mode était à ce moment précis négligemment repoussée en arrière, tandis que les rubans qu'Askama avait tressés dedans commençaient à se dénouer. Irascible comme elle l'était, Sofia Mendes aurait tout coupé sans y regarder à deux fois, cheveux et rubans, si elle avait eu des ciseaux sous la main. Par habitude, elle s'était fait une tasse de café turc, mais il était en train de refroidir à côté d'elle, trop brûlant encore pour qu'elle pût le boire ; bientôt, une telle gabegie confinerait au scandale. Pour le moment, cependant, la beauté, les ornements et la richesse étaient encore plus loin de l'esprit de Sofia qu'ils ne l'étaient d'ordinaire, ce qui les mettait à une distance vraiment considérable. Son intellect était totalement accaparé par une tâche : trouver une réplique suffisamment acerbe pour river son clou à Emilio Sandoz qui venait de laisser entendre qu'elle se montrait idiote.

« Je peux te l'expliquer encore une fois, mais je ne peux pas le comprendre pour toi.

– Tu es imbuvable, chuchota-t-elle.

– Je ne suis pas imbuvable, je suis dans le vrai, répondit-il sur le même ton. Si tu préfères apprendre chaque déclinaison séparément, vas-y, je t'en prie. Mais la structure est parfaitement apparente.

– C'est une généralisation abusive. Ça ne rime à rien.

– Ah bon ? Alors que le fait de donner un genre à des tables, des chaises ou des chapeaux et de décliner les noms à partir de cette prémisse rime à quelque chose ? Le langage est arbitraire de par sa nature, lui rappela-t-il. Si tu veux de la logique, étudie donc le calcul.

– Le sarcasme n'est pas un argument, Sandoz. »

Emilio inspira profondément et recommença, avec une impatience qu'il ne cherchait pas à cacher. « Très bien. Je reprends. Il n'est pas question ici d'abstrait ni de concret. Si tu essaies d'imposer cette règle au ruanja, tu feras erreur sur erreur. Il est question de spatial et de non-vu ou non-visuel. » Il tendit la main vers le bloc-notes électronique posé sur la table entre eux et frappa du doigt une section du texte affiché, en veillant à ne pas secouer Askama qui venait de s'endormir dans ses bras. « Prenons ce groupe. Animal, végétal ou minéral : ces mots dénotent tous quelque chose qui occupe l'espace d'une façon ou d'une autre et ils se déclinent tous selon ce modèle. Tu me suis ? » Il indiqua une autre partie de l'écran. « Par contraste, les noms que voici ne sont pas spatiaux : pensée, espoir, affection, savoir. Ce groupe se décline donc selon le deuxième modèle. C'est clair jusque-là ? »

Concret et abstrait, quoi, merde ! se dit-elle, entêtée. « Oui, tout à fait. Ce que je ne comprends pas...

– Je le sais, ce que tu ne comprends pas ! Arrête donc de discuter et écoute ! » Il fit comme s'il n'avait pas remarqué son regard furibond. « La règle générale est la suivante : tout ce qu'on peut voir est toujours classé parmi les éléments qui occupent l'espace, parce que c'est en voyant les choses qu'on sait qu'elles sont spatiales, donc on suit la première déclinaison. Le truc, c'est de comprendre que tout ce qu'on ne voit pas, y compris les choses non visuelles, mais sans se limiter à elles, suit la seconde déclinaison. » Il se renversa brutalement contre son dossier, puis il baissa les yeux vers Askama, soulagé de constater qu'elle continuait à dormir. « Et maintenant, je t'invite à prouver le contraire. S'il te plaît. Essaie, tu verras. »

Elle le tenait. Le visage aussi lumineux que de l'ivoire au soleil, elle se pencha en avant et se prépara à délivrer le coup de grâce. « Il n'y a pas dix minutes, Askama a dit : *Chaypas-ru zhari washan* et elle a utilisé ce que tu appelles la déclinaison non visuelle. Pourtant Chaypas est un grand gaillard. Chaypas occupe, à n'en pas douter, beaucoup d'espace...

– Mais oui. Bravo ! Parfait. Et maintenant, réfléchis ! »

Il la traitait comme une enfant. Elle le dévisagea, la bouche ouverte, près d'exploser, lorsque soudain tout s'éclaircit. Laissant brusquement tomber sa tête dans ses mains, elle marmonna : « Mais Chaypas est parti. Si bien qu'on ne le voit plus. Donc, on n'utilise plus la déclinaison spatiale, mais la déclinaison non visuelle, en dépit du fait que Chaypas est concret et non abstrait. » Elle leva la tête. Il avait un sourire jusqu'aux oreilles. « J'ai horreur de te voir jubiler. »

Les yeux sombres et joyeux étaient triomphants. Emilio Sandoz n'avait pas fait vœu de fausse modestie. C'était un brillant exercice d'analyse et il n'était pas peu content de lui-même, d'autant qu'il n'avait pas manqué de remarquer qu'il avait gagné le pari proposé par Sofia à Alan Pace. Il n'y avait que sept semaines qu'ils étaient entrés en contact avec les Runa, mais déjà il possédait les rudiments de leur grammaire. Merde, je suis bon, se dit-il en son for intérieur, et son sourire s'élargit, tandis que Sofia continuait à le regarder fixement, les yeux rétrécis, en s'efforçant de trouver un exemple qui ne se conformerait pas au modèle.

« Bon, d'accord, d'accord, dit-elle de mauvaise grâce en prenant son bloc-notes, je reconnais que tu as raison. Laisse-moi quelques minutes, le temps de tout noter. »

Ils formaient une fine équipe, tous les deux. Sandoz était passé maître dans la connaissance linguistique, mais Sofia écrivait nettement mieux que lui, avec rapidité et clarté. Déjà, trois articles portant les signatures de « E.J. Sandoz et S.R. Mendes » avaient été expédiés jusque sur terre par radio, pour y être soumis à des publications spécialisées.

Ayant terminé ses notes, Sofia leva le nez et sourit. Elle avait déjà rencontré, chez des étudiants de *yeshiva* que ses parents invitaient souvent à dîner lorsqu'elle était enfant, ce mélange d'intelligence aigüe et d'esprit rêveur, ce côté intellectuel joyeusement combatif et cette tendance à s'immerger totalement dans son monde intérieur. Jambes nues, pieds nus, Sandoz avait pris au feu des trois soleils la couleur d'un bâton de cannelle, vêtu du large short kaki et du tee-shirt noir qui avaient remplacé la soutane, importable par une telle chaleur. Sofia, pareillement hâlée, pareillement brune et mince, s'habillait tout aussi simplement, et elle comprenait fort bien pourquoi Manuzhai avait cru au début qu'Emilio et elle étaient issus de la même « portée ». Cette idée lui avait paru à la fois drôle et gênante, tout comme la pantomime à laquelle s'était livrée leur hôtesse pour leur expliquer le mot, mais elle voyait bien comment la Runao avait pu en arriver à cette conclusion.

Askama poussa un soupir, en s'étirant légèrement. Emilio sortit de sa rêverie pour regarder Sofia avec des yeux arrondis par l'inquiétude. Askama était adorable, mais elle babillait sans jamais s'arrêter, et les petites siestes comme celle qu'elle faisait à présent apportaient un soulagement bienvenu. « Je me demande, dit Sofia tout doucement, lorsqu'il fut clair que la fillette ne se réveillerait pas, si un Runao aveugle utiliserait systématiquement la déclinaison non visuelle.

– Tiens, voilà une question intéressante », dit Emilio en penchant la tête d'un air respectueux, et elle se réjouit, non sans acrimonie, à l'idée de se voir reconnaître de nouveau le droit à l'intelligence. Il réfléchit un moment, en balançant doucement la chaise-hamac, son pied brun à l'ossature délicate appuyé contre une tige de *hampiy*, ses doigts caressant la fourrure si douce derrière les oreilles d'Askama. Le sourire éclatant comme un lever de soleil reparut. « Si l'on peut toucher une chose, on sait automatiquement qu'elle occupe l'espace ! Cherche quelque chose qui a un contour ou une forme ou une texture. On parie ?

– Le *lejano*, peut-être, ou le *tinguen*, proposa-t-elle. On ne parie pas.

– Dégonflée ! Je pourrais me tromper, dit-il gaiement, mais ça m'étonnerait. Essaie d'abord le *lejano*. » Il baissa les yeux vers la tête d'Askama, en souriant, avant de replonger dans sa contemplation du petit troupeau de *piyanot* qui broutaient dans la plaine, au-delà des tiges de l'abri de *hampiy*.

« Ils font un joli couple, hein ? dit Anne tout en se promenant avec D.W. au bord de la falaise qui dominait les gorges du fleuve, au-dessus du village.

– Oui, mâme, reconnut D.W., c'est bien vrai, très joli. » Tous les autres étaient occupés ou assoupis, et ils s'étaient retrouvés tous les deux à tourner en rond. Anne avait proposé une petite balade et D.W. avait été ravi de l'accompagner. Manuzhai leur avait souvent déconseillé à tous de se promener seuls, car ils risquaient d'être la proie d'une mystérieuse créature appelée *djanada* ; ils déambulaient donc deux par deux, davantage pour rassurer Manuzhai et les autres Runa que parce qu'ils craignaient sérieusement les prédateurs et les croque-mitaines.

« Tu es jaloux ? demanda-t-elle. D'une certaine façon, tu les as formés tous les deux, non ?

– Oh, je ne crois pas que " jaloux " soit le terme qui convienne », répondit D.W. qui s'arrêta un instant pour contempler de ses yeux bigles Sofia et Emilio occupés à jouer aux parents modèles avec Askama, dans le bosquet de *hampiy*. Il se retourna vers Anne avec un bref sourire de travers, avant de tourner le regard vers l'ouest, de l'autre côté du fleuve. « C'est un peu comme d'assister à un match entre les équipes de Notre-Dame de La Nouvelle-Orléans et de l'université du Texas en championnat de football. Je ne sais jamais ce que je dois espérer. »

Anne eut un rire appréciateur et elle appuya la tête contre l'épaule de son compagnon. « Ah, mon D.W., que je t'aime. Vraiment, je t'aime. Il faut dire que j'ai toujours eu un faible pour les mecs en uniforme. »

C'était une perche qu'elle lui tendait et il l'empoigna aussitôt en souriant : « Ah bon ? Toi aussi ?

– " Les marines recherchent des gars à la hauteur ", psalmodia Anne, citant le bon vieux slogan des services de recrutement, tandis qu'ils avançaient vers le sud.

– Ouais. Ben j'en faisais autant. » Il continua à regarder à peu près droit devant lui, en chantonnant tout bas : « Mais c'était il y a très longtemps et bien loin d'ici.

– Exactement, dit Anne avec un sourire. Mon chéri, les raisons de tenir tes préférences secrètes se situent à quatre années-lumière un tiers d'ici. Sofia est au courant. Moi aussi. Marc...

– ...est mon confesseur.

– Jimmy et George ne se doutent de rien, mais ça ne leur ferait ni chaud ni froid, à l'un comme à l'autre, reprit Anne. Ce qui nous laisse Emilio. »

D.W. se laissa lentement tomber à genoux, en faisant signe à Anne de rester en arrière. Avec beaucoup de précautions, il leva la main au-dessus d'une petite touffe de feuillage lavande poussiéreux et la garda ainsi plusieurs secondes. Puis il l'abattit à toute vitesse, coinçant soigneusement, avant de le soulever, un petit bipède quasi indécelable, connu d'eux sous le nom de coude-serpent, qui était en train de se faufiler lentement dans le terrier d'un autre animal dans l'espoir d'y trouver de quoi déjeuner. D.W. se releva et tendit sa prise à Anne.

« Oh, comme il est mignon ! Regarde, on aperçoit deux petites pattes antérieures atrophiées sur celui-ci ! s'écria-t-elle en tenant le petit animal de façon à lui laisser voir ce dont elle parlait. Moi, je n'arrive jamais à les attraper, ces bestioles. Tu es étonnant.

– Quand on grandit là où j'ai grandi, mâme, on finit par en savoir drôlement long sur le camouflage.

– Je te crois sur parole », répondit-elle. Elle reposa le coude-serpent à côté du terrier, et ils reprirent leur marche. « Emilio a énormément d'admiration et d'affection pour toi, D.W., tu ne l'ignores pas. Bon, d'accord, je sais : il a sans doute l'esprit encombré par quelques préjugés machistes à la gomme qu'il ferait bien de remettre en question, mais il est tout à fait capable de modifier sa façon de voir.

– Je le sais, bon Dieu, dit D.W. Et je n'ai pas honte d'être comme je suis. Mais s'il l'avait su quand il était môme, il ne m'aurait jamais laissé l'approcher. Et au bout de tant d'années, ça servirait à quoi de le mettre au courant ?

– À te soulager d'un poids. À être accepté tel qu'en toi-même. » À ces mots, il sourit sans regarder Anne et passa un bras autour de ses épaules. « Tu n'imagines quand même pas qu'il en aurait plus mauvaise opinion de toi !

– Écoute donc, Anne, c'est justement là que le bât blesse. J'aurais peur qu'il n'en ait au contraire encore meilleure opinion de moi. Ce qui revient à dire que je crains que toute cette histoire ne le préoccupe dans une certaine mesure, et en ce moment je n'ai aucune envie de le distraire de sa tâche avec des crétineries sans importance. Bien entendu, il ferait le tour de la question et il se rendrait compte que je n'ai jamais cherché à l'empapaouter...

– À aucun sens du terme. »

Il rit. « Le mot était malheureux. » Il s'arrêta pour exhumer un rocher du sol, du bout de son bottillon. « Ce n'est pas comme si je lui avais raconté des histoires. C'est un sujet que nous n'avons jamais abordé, voilà tout. Je ne lui ai jamais demandé quels étaient ses goûts en la matière et il m'a rendu la politesse. La seule fois où il en a très vaguement été question, c'est quand il m'a interrogé au sujet d'un autre type, il y a des années. Et je lui ai juste répondu : “ Figure-toi qu'on ne s'abstient pas tous des mêmes pratiques. ”

– Et comment l'a-t-il pris ? demanda Anne en souriant.

– Pour argent comptant. » D.W. contempla les montagnes qui s'élevaient vers le sud. Quelque part de l'autre côté de cette chaîne se trouvait la tombe d'Alan Pace. « Écoute, Anne. Les choses sont très bien comme elles sont. Je ne veux rien d'Emilio. Ce qui m'a trotté dans la tête il y a bien des années ne regarde que moi. Et c'est de l'histoire ancienne. »

Anne n'avait rien à répondre à cela. Elle aurait pu en dire autant elle-même, si elle s'était trouvée à la place de Yarbrough. « D'accord, c'est vu. Message reçu cinq sur cinq.

– J'apprécie ta pensée, Anne, tu peux me croire, et en d'autres circonstances, tu aurais peut-être raison. Mais ici, maintenant... » D.W. se pencha pour ramasser le caillou qu'il avait dégagé et le projeta de l'autre côté des gorges, d'un geste souple et précis. Il n'atteignit pas tout à fait l'autre versant et ils l'entendirent rebondir le long de la paroi jusqu'au fleuve loin au-dessous d'eux. « Ce qui m'intéresse, pour le moment, c'est notre aventure. Tu sais aussi bien que moi que tout ce qui a concerné la présente mission a frôlé le miracle de sacrément près. Or, Emilio en est la clef. Je ne veux surtout pas faire de vagues ! Je ne veux pas qu'il se mette à penser à moi. Non plus que Mendes, d'ailleurs. Je ne vais pas faire d'histoires à propos de leur collaboration, vu qu'ils s'en tirent très bien pour le moment. Et qu'ils font de l'excellent travail de recherche. Mais je ne te cacherai pas que je retiens mon souffle. »

Il y eut un silence, et Anne s'assit, les jambes pendant dans le vide. D.W. resta quelque temps debout à côté d'elle, moins confiant dans la stabilité de la formation rocheuse, mais il finit par suivre son exemple et par occuper ses mains en balançant des cailloux au fond du gouffre.

« Tu sais, D.W., je ne te cherche pas noise. Je m'informe, c'est tout. » Comme il opinait, elle continua. « Si on disait que l'ère des miracles n'est pas encore tout à fait révolue, hein ? Juste histoire de discuter. Bon, alors nous sommes bien d'accord pour dire qu'Emilio est quelqu'un de très spécial. Mais Sofia aussi, non ?

– Ce n'est pas moi qui dirai le contraire.

– Eh bien, il me semble, à moi, qu'il existe des arguments théologiques fichtrement puissants en faveur de l'amour, du sexe et de la famille. Je crois me rappeler qu'un personnage non dénué d'autorité a observé jadis qu'il n'est pas bon pour l'homme de rester seul. Or, Rome est bien loin d'ici, de même que les raisons de garder tes préférences pour toi, fit-elle remarquer malicieusement. Ça fait presque vingt ans que nous sommes partis. Peut-être que les prêtres ont le droit de se marier à l'heure qu'il est ! Et, de toute façon, je veux bien être pendue si je vois en quoi Emilio lèserait Dieu le moins du monde en aimant Sofia.

– Annie, tu nous sors un argument usé jusqu'à la corde. » Il tendit le bras derrière lui pour ramasser une nouvelle poignée de cailloux. Son visage se crispa brièvement dans une expression douloureuse qu'Anne mit sur le compte de leur discussion. « Ah, merde, je n'en sais rien. Peut-être que ça ne ferait pas la moindre espèce de différence. Peut-être qu'ils seraient heureux tout simplement, et qu'ils auraient des tas de beaux enfants, et que Dieu les aimerait tous... »

Ils restèrent assis à écouter le murmure du fleuve et à contempler le ciel vers l'ouest, embrasé par les couleurs du premier coucher de soleil. D.W. paraissait occupé à démêler un problème, si bien qu'Anne préféra attendre qu'il fût prêt à reprendre la parole.

« Bon, sois patiente, je t'en prie, parce que pour le moment je me contente de touiller tout ça du bout de mon bâton pour voir ce qui en sort. Mais écoute, Anne, continua-t-il à mi-voix, il me semble que la sainteté, tout comme le génie, a ses racines dans une espèce d'obstination inspirée. Elle revient à vouloir une certaine chose avec constance. Or c'est justement ce genre de constance, de concentration, que je crois voir à l'œuvre chez Emilio.

– D.W., tu plaisantes ou quoi ? » Anne se figea, les yeux écarquillés. « Tu penses vraiment qu'Emilio est un s...

– Je n'ai pas dit ça ! Je parle dans l'abstrait en ce moment. Mais nous avons ruminé tout ça, Marc et moi, et oui, je vois en lui un saint en puissance, et c'est mon boulot de protéger cette possibilité, Anne. » Il hésita un instant avant d'avouer : « Je n'aurais peut-être pas dû, mais je suis bien obligé de reconnaître que j'ai bel et bien utilisé le mot auquel tu penses dans un rapport que j'ai adressé à la Compagnie. Je leur ai dit qu'à mon avis nous avions sur les bras un au-then-ti-que mystique de la plus belle eau. La phrase que j'ai employée est : " Uni à Dieu et, par moments, en communion totale avec l'amour divin. " » Il lâcha dans l'abîme ses derniers cailloux, fit tomber la terre qui souillait ses mains et se pencha pour regarder les petits fragments de roc dévaler bruyamment la pente, les coudes sur les genoux, ses grosses mains noueuses pendant entre ses jambes. « Tu parles d'une vacherie à gérer ! dit-il au bout d'un moment. On ne vous prépare pas du tout à ce genre de truc, là-bas, chez nous, à la célèbre école des pères supérieurs. »

Anne s'aperçut qu'elle ne trouvait rien à dire. Elle garda les yeux fixés sur les nuages vers l'ouest, amoncelés comme de grosses cuillerées de crème fouettée diversement teintée par du jus de fraise, de myrtille ou de mangue. Elle ne se lassait pas des couleurs qu'elle découvrait sur la planète.

« Et puis tu sais, Anne, continua D.W. d'un ton pensif, je me fais aussi beaucoup de mouron pour Mendes dans toute cette histoire. J'ai énormément d'affection pour cette petite, et je ne veux pas qu'elle soit malheureuse. Vue de l'extérieur, on a l'impression qu'elle est tout en tripes et en cervelle, que Dieu la bénisse, mais à l'intérieur, c'est du verre brisé, cette pauvre gosse. S'il doit choisir, Milio optera pour Dieu, et je ne veux même pas penser à la façon dont Sofia prendrait la chose. Alors, surtout, ne va pas l'encourager à faire les premiers pas, c'est compris ? » D.W. se remit sur ses pieds et Anne remarqua soudain qu'il paraissait un peu pâle, mais la remarque qu'il lâcha alors la surprit tellement qu'elle en oublia de lui demander s'il se sentait bien. « C'est quand même dommage qu'elle ne se soit pas entichée du jeune Quinn ou de Robichaux. »

Anne se leva à son tour et fronça les sourcils, perplexe. « Bon, Jimmy, c'est sûr, mais Marc ? Je croyais qu'il était... enfin, tu vois ce que je veux dire. Je croyais...

– Tu croyais que Robichaux était de la jaquette ? » D.W. rugit de rire et une demi-douzaine d'infarctus fusèrent dans les airs. Il posa un bras osseux sur les épaules d'Anne, visiblement amusé au plus haut point par cette idée. « Ah, bigre ! Non, non, non,

non, non ! Tu es bien loin du compte ! Marc Robichaux, lui apprit-il tout en se remettant en route d'un pas nonchalant, est amoureux de la Nature avec un grand N, et en ce qui le concerne, les femmes sont ce qu'il y a de plus beau dans la nature. Il adore les dames. À sa façon, ce cher vieux Marc est lui aussi une espèce de mystique. Pour lui, la réalité de Dieu est partout. Sa théologie est presque islamique. Robichaux ne fait aucune distinction entre le naturel et le surnaturel. À ses yeux, c'est tout un, et il adore l'ensemble. Surtout si c'est du genre féminin. » Il baissa les yeux vers Anne, qui le regardait, le menton tombant, et se remit à rire. « Alors là, tu parles d'une vacherie à gérer ! Son provincial a été obligé de lui dégoter un poste dans une école de garçons pour l'empêcher de se fourrer dans les pires guêpiers. Ce n'était jamais lui qui commençait, bien sûr, mais il porte beau, l'animal, et une chose en amène une autre. Quand une gonzesse le cherchait, il ne savait pas dire non. Et je peux te garantir qu'elles ne se gênaient pas. À ce qu'on m'a dit, il passait pour le meilleur coup du Québec, à titre purement thérapeutique bien sûr.

– Je tâcherai de ne pas l'oublier », hoqueta Anne, elle aussi pliée en deux ; mais elle ne put s'empêcher d'ajouter : « Donc, la chasteté est facultative.

– Ma foi, dans un certain sens, c'était peut-être vrai pour Marc, au début de sa carrière. Le moment est venu, toutefois, où il est rentré dans le droit chemin. Mais écoute un peu ce que je vais te dire ! Tout cela illustre ma thèse concernant Emilio, continua D.W. avec emphase. Pour Emilio, la distinction entre naturel et surnaturel est fondamentale. Dieu n'est pas partout. Il n'est pas immanent. Dieu est là, quelque part, et c'est vers lui que nous devons tendre, c'est après lui que nous devons soupirer. Or, je peux te dire, et là-dessus il va falloir que tu me croies sur parole, que pour Emilio la chasteté fait partie du marché. C'est une façon de se concentrer, de braquer toute sa vie sur une seule chose. Et, à mon avis, ça lui a réussi. Je ne sais pas si c'est lui qui a découvert Dieu ou si c'est Dieu qui est venu le chercher... »

À présent, ils voyaient de nouveau l'abri de *hampiy*, dans lequel les rayons du soleil, arrivant de l'ouest, se déversaient comme du cuivre fondu. Askama, toujours blottie dans le giron d'Emilio, paraissait dormir. Sofia était penchée sur son bloc-notes électronique. Emilio les aperçut et agita la main. Ils lui rendirent son salut. « Bon, d'accord, d'accord, je vois où tu veux en venir, dit Anne. Je n'irai pas y fourrer mon nez. Peut-être que ça s'arrangera tout seul.

– Je l'espère. Il y a des tas de choses en jeu, pour l'un comme pour l'autre. Et pour nous tous. » Il pressa la main contre son ventre et fit une grimace. « Merde.

– Ça ne va pas ?

– Si, si. C'est nerveux. Je réagis toujours avec mes tripes. Je savais que tu savais, mais ce n'est pas pareil quand on en parle.

– À quoi ressemble ta théologie, D.W. ? demanda Anne en s'arrêtant en haut du sentier qui menait jusqu'au fond de la vallée.

– Ah, fichtre ! Dans mes meilleurs jours ? Je m'efforce de garder l'esprit tendu tout autour des deux expériences de Dieu : la transcendante et l'intime. Et en dehors de ça, ajouta-t-il avec un bref sourire, il y a les jours où je me dis qu'au fond, Dieu est forcément un comique cosmique. » Anne le regarda en haussant les sourcils. « Réfléchis donc, Anne, le bon Dieu a décidé de faire de D.W. Yarbrough un catholique – libéral, laid comme un pou, pédé de surcroît, bon poète à ses heures ; et puis il l'a fait naître à Waco, au Texas. Alors, veux-tu me dire, s'il te plaît, si c'est là le geste d'une divinité sérieuse ? » Et ils descendirent en riant les marches menant à l'appartement taillé dans le roc, où ils se sentaient désormais chez eux.

Le principal sujet de cette conversation ne savait pas à quel point l'état d'exaltation de son âme attirait l'attention. Avec Askama pelotonnée sur ses genoux, irradiant autant de chaleur qu'un quatrième soleil en cette fin d'après-midi, Emilio Sandoz transpirait à grosses gouttes. Si, au lieu de s'imaginer aussitôt qu'il méditait sur la gloire de Dieu ou qu'il synthétisait dans sa tête quelque nouveau modèle puissamment raisonné de grammaire ruanja, quelqu'un lui avait demandé tout de go à quoi il pensait, il aurait répondu sans hésitation : « Je me disais que je me taperais bien une petite bière. »

Siroter une bière en écoutant à la radio d'une oreille distraite un match de base-ball pendant qu'il travaillait : il n'imaginait rien de plus parfait. Mais même en l'absence de ces deux composantes de la béatitude, il était pleinement heureux, et il le savait.

Les dernières semaines avaient été inondées de révélations. Chez lui, dans son île, ou bien au Soudan, ou dans les régions arctiques, il avait été témoin d'actes de générosité, d'altruisme, de profonde spiritualité, et à ces moments-là il s'était senti tout près de connaître Dieu. Pourquoi, s'était-il un jour demandé, un Dieu parfait aurait-il créé l'univers ? Pour se montrer généreux envers cet univers, croyait-il à présent. Pour le plaisir de voir des purs cadeaux pleinement appréciés. Peut-être était-ce cela qu'on appelait « trouver Dieu » : voir ce qui vous a été donné, connaître la générosité divine, goûter les grandes choses et les petites...

Le sentiment d'être englouti – saturé et ensorcelé – lui était passé, bien évidemment. Personne ne peut vivre longtemps ainsi. Il était encore abasourdi par le souvenir de ces instants, il sentait parfois le courant sous-jacent happer une couche profondément enfouie de son âme. Il y avait même eu un temps où il ne pouvait pas finir une seule prière – où il pouvait à peine la commencer, où les paroles l'émouvaient trop. Mais les jours s'étaient écoulés, ils étaient devenus plus ordinaires, et même cela, il lui semblait que c'était un don de Dieu. Ici, il avait tout. Son travail, ses amis, la véritable félicité. Quelquefois, la conscience de cette réalité le balayait et l'intensité de sa gratitude lui comprimait la poitrine.

Les moments les plus simples recelaient un infini contentement. Comme l'instant présent, assis avec Sofia et Askama à l'abri d'un *hampiy*, là, dans la plaine, où ils pouvaient travailler tout l'après-midi pendant que les autres dormaient, sans être constamment interrompus par tous les gens qui venaient mettre leur grain de sel. Chaypas leur avait montré comment fabriquer un merveilleux abri, délicieusement aéré par la brise, en taillant tout simplement un petit couloir vers la clairière naturelle qui existait au milieu des arbres. Les plus anciens mesuraient facilement de cinq à sept mètres de diamètre avec trente ou quarante tiges bien droites formant une espèce de buisson surmonté d'un parasol de feuillage. Ce plafond verdoyant était si dense qu'il empêchait toutes les averses, hormis les plus violentes, d'atteindre la région centrale de l'arbre, si bien que les tiges du milieu mouraient de mort naturelle, laissant sur le pourtour un cercle de tiges bien vivantes. Il n'y avait plus qu'à nettoyer un peu le cœur de cet abri, avant d'apporter des coussins et des hamacs à suspendre aux branches, au-dessus de votre tête.

Bercée par la chaleur de l'après-midi, par les discussions assommantes et par le ton bizarrement monocorde de la langue étrangère, Askama se détendait, et il sentait sa respiration se ralentir et le poids délicieux du petit corps s'abandonner contre sa poitrine. Sofia souriait, indiquant l'enfant de la tête, et ils baissaient encore la voix. Quelquefois, ils restaient simplement assis à la regarder dormir, savourant ce silence si rare.

Les autres membres de la mission se plaignaient du constant babil des Runa, de leur goût pour la promiscuité, de cette façon qu'ils avaient de se serrer les uns contre les autres et contre les Étrangers, dos contre dos, la tête de l'un sur les genoux de l'autre, le bras passé autour des épaules, les queues enroulées autour des jambes, dans un méli-mélo de chaleur et de douceur, à l'intérieur des fraîches habitations creusées dans la colline. Emilio trouvait cela très beau. Il ne s'était pas rendu compte à quel point il était affamé de contacts physiques, à quel point il avait été isolé depuis près d'un quart de siècle, ceint d'une barrière invisible, environné d'une couche d'air. Les Runa étaient instinctivement physiques et affectueux. Comme Anne, se dit-il, mais encore plus.

D'une main, Emilio repoussa les cheveux collés à son front et il baissa les yeux vers la petite Askama, en se tortillant dans la chaise-hamac que George avait conçue pour lui. C'était Manuzhai qui l'avait fabriquée, d'après l'esquisse de George, en perfectionnant le modèle imaginé, ses mains étonnantes tressant des dessins compliqués dans l'entrelacs de roseaux. Manuzhai venait souvent les rejoindre, Sofia, Askama et lui-même, sous le *hampiy*, et il aimait sa voix grave et rauque – qui ressemblait à celle de Sofia, maintenant qu'il y songeait, mais qui était peu commune parmi le peuple de Manuzhai. Et il adorait la mélodie du ruanja. Son rythme et ses sonorités lui rappelaient le portugais, si doux, si lyrique. C'était une langue sur laquelle il était vraiment agréable de travailler, une langue pleine de surprises structurelles et de délices conceptuelles...

Sofia bougonna et il sut qu'il avait raison lorsqu'elle se renversa contre son dossier pour lui adresser un regard torve. « *Lejano'nta banalja*, lut-elle. *Tinguen'ta sinoa da*. Déclinaison spatiale, pour les deux.

– Je te prierais de bien vouloir remarquer, dit Emilio Sandoz, le visage grave et l'œil malicieux, avec quelle totale absence d'autosatisfaction j'accueille cette nouvelle. »

Sofia Mendes adressa un charmant sourire à celui qu'elle se satisfaisait presque d'appeler son collègue et ami. « Bouffe de la merde, lui conseilla-t-elle, et crève.

– Le Dr Edwards a eu une influence lamentable sur ton vocabulaire », dit-il d'un ton guindé et réprobateur, avant d'enchaîner aussitôt : « Mais, puisque tu en parles, la merde serait, bien sûr, gouvernée par la règle générale concernant la déclinaison : spatial ou non-visuel, mais qu'en serait-il du pet ? Le pet serait-il décliné selon le mode non visuel, ou bien un Runao considérerait-il que son odeur le place d'emblée dans une catégorie sous-entendant l'existence de quelque chose de solide ? Ton hilarité est déplacée, Mendes. Il s'agit d'une question linguistique tout à fait sérieuse. Je te fiche mon billet que nous allons pouvoir trouver là matière à un nouvel article. »

Sofia s'essuyait les yeux. « Et où comptes-tu le publier ? Dans la *Revue interplanétaire des gaz intestinaux et des borborygmes inconvenants* ?

– Attends ! Il y a une autre catégorie. Celle des bruits. Fastoche. Non visuel, forcément. Enfin, peut-être pas. Essaie *enroa*.

– Bon, ça suffit comme ça ! J'arrête. J'en ai ma claque, déclara Sofia. Il fait trop chaud et tout ça est vraiment trop bête.

– Au moins, là tu ne peux pas dire que je suis ramenard », fit-il remarquer.

Askama, réveillée par leurs éclats de rire, bâilla et se renversa en arrière pour regarder Emilio. « *Sipaj*, Milo. C'est quoi ramenard ?

– On va regarder dans le dico, lança Sofia d'un ton dégagé, en s'amusant à consulter son dictionnaire électronique et en utilisant volontairement des mots qu'Askama ne pouvait pas comprendre. Nous y voilà ! Ramenard. Je lis : Reportez-vous à Sandoz, virgule Emilio ; ainsi qu'à Imbuvable. »

Sans faire attention à elle, Emilio baissa les yeux vers Askama et lui assura avec un parfait aplomb : « C'est un petit nom affectueux. »

Ils ramassèrent les joujoux d'Askama, les blocs-notes électroniques et la tasse de café turc que Sofia vida d'un trait, puis, dans la lumière oblique, ils repartirent en direction des habitations à flanc de colline ; un des soleils était couché, le deuxième déclinait très vite, seul le troisième soleil, le rouge, beaucoup moins lumineux, restait relativement haut dans le ciel. Malgré la chaleur accablante qui avait régné ces derniers jours, Jimmy était d'avis que le temps pourrait bientôt changer. Les pluies diminuaient, de torrentielles elles devenaient simplement fortes, et récemment la chaleur avait été plus sèche, moins énervante. Il n'y avait pas grand-chose à tirer des Runa dans ce domaine. Le temps était tel qu'il était et aucun d'eux n'en parlait beaucoup, sauf pendant les orages qui leur faisaient très peur et paraissaient déclencher d'interminables conciliabules.

Sofia atteignit la demeure bien avant Emilio et Askama, car elle n'avait pas été retardée par la nuée de petits enfants qui s'agglutinaient toujours autour de Sandoz, pour le cajoler et le taquiner, espérant voir apparaître entre ses mains quelque nouvelle merveille ou quelque surprise inconnue. Au plus fort de la chaleur, la plupart des VaKashani faisaient un petit somme et le village commençait tout juste à se réveiller pour sa deuxième période d'activités quotidiennes. Emilio s'arrêta le long des étroites passerelles pour parler aux gens, s'attardant en chemin sur les terrasses, admirant les progrès d'un tout-petit qui apprenait à marcher, flattant un bambin par quelque question qui lui permettait de faire admirer ses nouvelles compétences, acceptant quelques bouchées à grignoter, quelques gorgées d'une boisson douce. Quand il arriva enfin à destination, il faisait assez sombre pour qu'Anne eût déjà allumé les lampes-tempête, lesquelles faisaient l'objet d'un intérêt assez tiède de la part des Runa qui étaient peut-être horrifiés par les yeux minuscules et l'unique iris de leurs invités, mais qui se contentaient d'observer timidement, à la dérobée, la technologie grâce à laquelle ils compensaient ce handicap.

« Le petit d'Aycha commence déjà à marcher », annonça Emilio en se baissant pour franchir l'ouverture qui séparait la terrasse de l'intérieur, suivi d'Askama et de trois de ses amis, cramponnés à l'un ou l'autre de ses membres, et parlant tous à la fois.

Anne leva les yeux. « Celui de Suway aussi. Il est à croquer, non ? Juste au moment où un bébé humain se laisserait tomber sur son cul, les petits bonshommes d'ici tendent la queue pour se rattraper. Il n'y a pour ainsi dire rien d'aussi charmant que le fonctionnement inepte d'un système nerveux immature.

– Est-ce que quelqu'un a vu ici un seul nouveau-né ? » demanda Marc depuis le coin qu'il occupait dans la vaste pièce irrégulière. Il avait achevé le matin même un recensement approximatif de la population ; pour être honnête, il fallait bien dire qu'il avait du mal à distinguer les villageois les uns des autres. « La structure démographique que l'on trouve ici est tout à fait curieuse, à moins qu'il n'y ait une saison bien définie pour la reproduction – il y a d'énormes groupes d'individus du même âge, séparés par des intervalles importants. Et j'ai comme l'impression qu'il devrait y avoir beaucoup plus d'enfants, étant donné le nombre d'adultes en âge de se reproduire.

– Eh bien moi, j'ai comme l'impression qu'ils en ont des multitudes, d'enfants, protesta Emilio d'un ton las, en élevant la voix par-dessus l'incroyable vacarme que pouvaient faire quatre petits bouts de chou. Des légions. Des hordes. Des armées. »

Anne et Marc se lancèrent dans une discussion sur la mortalité infantile; Emilio s'efforça de suivre leurs propos, mais sans y parvenir, car Askama lui tirait le bras et Kinsa essayait de lui grimper sur le dos. « Voyons, ils ont tous l'air si bien portants, disait Anne.

– Bien portants et bruyants, renchérit Emilio. *Sipaj, Askama! Asukar hawas Djordj. Kinsa, tupa sinchiz k'jna, je?* George, par pitié, dix minutes? Jimmy? »

George enleva Askama dans ses bras et Jimmy attira l'attention des autres petits assez longtemps pour qu'Emilio pût descendre jusqu'au bord du fleuve faire un brin de toilette dans l'intimité, avant le dîner. Lorsqu'il regagna l'habitation, il découvrit qu'il y avait ce soir-là un peu moins de monde que d'habitude. Askama était allée jouer avec ses amis, comme elle le faisait souvent quand elle perdait Emilio de vue pendant un certain temps. Manuzhai était en visite à l'extérieur. Peut-être ne reviendrait-elle pas de la nuit; mais peut-être aussi, et ce n'était pas moins probable, rentrerait-elle avec cinq ou six invités qui resteraient jusqu'au lendemain. Chaypas était parti en voyage pour une raison et une période indéterminées. Les villageois disparaissaient souvent de la sorte, pendant des heures, des jours, voire des semaines. Le temps qui passait semblait n'avoir aucune importance pour les Runa. Ils n'avaient ni calendriers ni horloges. Ce qu'Emilio avait trouvé de plus proche de cette notion, en matière de vocabulaire, était une série de mots ayant trait au mûrissement.

« Mâme Mendes, que voici, nous assure que tu as passé ta journée à être génial », lança D.W. d'une voix traînante, tandis qu'Emilio s'asseyait pour manger.

– Je n'ai rien dit de pareil, rétorqua Sofia. J'ai dit qu'il avait passé l'après-midi à faire de l'autosatisfaction une authentique forme d'art. C'est son analyse qui était géniale.

– Le distinguo est subtil », fit remarquer Anne en posant un saladier sur la table et en se laissant tomber sur un coussin à côté de George, puis elle ajouta : « Je dois reconnaître qu'il est à gifler quand il a raison.

– Je suis un grand garçon tout simple qui essaie tout bonnement de faire son boulot », déclara Emilio d'un ton plaintif, avant de continuer sous les huées : « Moyennant quoi on déverse sur ma tête des torrents de mépris et de sarcasmes.

– Et alors, c'est quoi, cette analyse si géniale ? demanda D.W. d'un ton rogue. J'ai des rapports à écrire, fiston. » Il avait repoussé son assiette presque tout de suite, et à présent, c'était Emilio qui en faisait autant, car il s'était coupé l'appétit avec toutes les petites friandises qu'on lui avait présentées avec insistance lorsqu'il avait traversé le village. À l'instar de Jimmy Quinn, avait un jour observé Yarbrough, les Runa bouffaient à peu près n'importe quelles saletés de façon quasi ininterrompue, et il n'y avait pas moyen de rendre visite à qui que ce fût sans être aussitôt gavé, car l'expression « je n'ai pas faim » n'avait pas cours chez eux. Cela voulait dire que les vivres apportés de la Terre dureraient nettement plus longtemps qu'ils ne s'y étaient attendus. Malheureusement, cela ne rendait pas l'alimentation des Runa plus appétissante pour autant, même si elle paraissait suffisamment nutritive.

Emilio passa les dix minutes suivantes à expliquer les règles qu'il avait élaborées ce matin-là sur le chapitre des déclinaisons. Pour la plus grande satisfaction de Sofia, toute la tablée commença, comme elle, par confondre ses idées avec des noms abstraits et concrets. Une fois qu'ils eurent tous compris le raisonnement qui sous-tendait la règle, elle leur parut tout à fait raisonnable, et Anne décréta qu'Emilio avait le droit de se sentir supérieur pendant une demi-heure montre en main, offrant aussitôt de le chronométrer. Il refusa cet honneur, en reconnaissant joyeusement qu'il s'était déjà payé le luxe de s'autocongratuler tant et plus.

« Je n'aurais jamais pu en arriver là aussi vite sans l'aide d'Askama. Et de toute façon, dit-il en reprenant son sérieux, il y a encore des zones entières du ruanja qui me restent fermées. Par exemple, je ne suis toujours pas foutu de faire la différence entre le masculin et le féminin. »

Jimmy s'écroula de rire, tandis que D.W. grommelait : « Ne compte pas sur moi pour t'aider. » À ces mots, Anne s'étrangla avec sa salade et les cinq autres pouffèrent à qui mieux mieux. Emilio rougit et leur conseilla de renoncer à l'humour de potache.

« Je me demande quelle règle ils appliqueraient à un affichage audio-vidéo. Ou à ces machins de réalité virtuelle », dit George en tapant sur le dos de sa femme qui toussait et gloussait sans pouvoir s'arrêter. Ils avaient fait très attention à la façon dont ils utilisaient leurs appareils devant les autochtones. Tout le monde poursuivait des recherches pour lesquelles un ordinateur était indispensable, mais, dans la mesure du possible, ils vivaient de la même façon que les Runa.

« Marc, quelle déclinaison emploient-ils pour parler de tes dessins ? demanda Emilio. Tu crées l'illusion de l'espace. Ils se serviraient de la déclinaison spatiale pour le papier lui-même, j'imagine, mais qu'en est-il des images ?

– Je ne me rappelle pas. Je ferai plus attention la prochaine fois qu'ils m'en parleront, promit Marc. Est-ce que l'un d'entre vous a vu ce que fait Kanchay ? Il m'a regardé travailler à un portrait, il y a quelques semaines, et il m'a demandé de lui prêter de quoi dessiner. Je crois bien qu'il n'avait encore jamais vu une représentation des volumes en deux dimensions, mais il a déjà fait du travail superbe.

– Ah bon, c'est donc comme ça que tout a commencé ? » s'écria George. Il avait eu l'impression d'avoir affaire à une espèce de combustion spontanée. Brusquement, du papier, de l'encre et des pigments avaient fait leur apparition dans les bateaux de commerce et tout le monde s'était mis à dessiner. Ce genre d'engouement se répandait dans le village comme une traînée de poudre. C'était parfois déconcertant. On finissait par hésiter à se moucher, de peur de voir toute la population adopter cette pratique en masse, en guise de passe-temps.

« Vous savez quoi ? Eh bien, je commence vraiment à croire que Dieu préfère ces cocos-là, déclara Anne, en prenant une voix de petite fille jalouse. *Primo*, leur planète est bien plus chouette que la nôtre. Ils ont des plantes ravissantes et de plus jolies couleurs. *Secundo*, ils sont beaucoup plus beaux que nous. *Tertio*, leurs mains sont nettement plus perfectionnées. » Les Runa avaient cinq doigts, eux aussi, mais les deux doigts extérieurs pouvaient pleinement s'opposer à chacun des trois doigts centraux, si bien qu'on avait un peu l'impression qu'ils étaient en mesure de travailler simultanément avec quatre mains humaines.

Anne était fascinée de voir les doigts d'Askama, installée sur les genoux d'Emilio, s'activer au milieu de ses rubans qu'elle tressait selon toutes sortes de dessins, les uns après les autres. Chaque ruban avait un parfum différent et la combinaison des couleurs, des senteurs et des dessins constituait à elle seule une grande partie de la mode runa. Pour autant qu'Anne pût en juger, le reste était constitué avant tout des objets autour desquels on arrangeait les rubans. « Enfin, je veux dire, on faisait vachement les fiérots avec nos pouces, mais les Runa doivent nous prendre pour des espèces de handicapés.

– Non, je ne crois pas, dit Sofia. J'ai demandé un jour à Warsoa si nos mains lui paraissaient étranges et il m'a dit : " Si tu es capable de prendre ta nourriture, tes mains sont assez habiles. " Très pragmatique, comme façon de voir les choses.

– Leur artisanat est époustouflant, reconnut Marc.

– Je te l'accorde, dit George d'un ton désabusé. Sur le plan manuel, ils sont fantastiques, mais ce ne sont pas ces mecs-là qui ont inventé la radio. Ni rien de ce qui est tant soit peu plus compliqué qu'un ciseau à bois.

– Ils ont du verre, du métal et des poteries, fit remarquer Marc.

– Ce sont des monnaies d'échange, déclara George. On ne fabrique rien de tout ça au village. Je suis navré de vous dire ça, mes petits choux, mais franchement je ne crois pas qu'ils soient très futes-futes dans l'ensemble. »

Emilio était sur le point de protester qu'Askama comprenait très vite, quand il se dit que la remarque de George n'était pas dénuée de fondement. Les Runa ne manquaient pas de perspicacité, mais il trouvait à l'occasion certains d'entre eux – ma foi, pas vraiment bouchés, mais limités d'une certaine façon.

« La base technologique de leur société est la cueillette, continua George d'un air dégoûté. Ils ramassent des aliments. Et des fleurs, nom d'un petit bonhomme. Et je veux bien être pendu si je sais ce qu'ils en foutent, de leurs fleurs !

– C'est pour le commerce du parfum, dit Sofia. J'ai l'impression qu'il y a énormément de manufactures en ville. Sandoz, est-ce que je t'ai dit que j'avais découvert le nom de la ville ? C'est Gaiger ou Gaidjur, quelque chose comme ça. De toute manière, chaque village est spécialisé dans le commerce d'un article quelconque. » Sofia était autorisée à assister aux discussions de ce qui paraissait être le conseil municipal, grâce à quoi elle avait glané toutes sortes d'informations. « À Kashan, il s'agit des fleurs pour l'industrie du parfum. Je crois que les Runa s'intéressent beaucoup plus aux odeurs que nous. C'est pour ça que le café a tant de valeur. »

Anne se racla la gorge et fit un petit geste de la tête en direction de D.W., avec un large sourire.

Yarbrough grogna, refusant de se laisser chambrer. Pour son éternelle irritation, le café était la plus précieuse de leurs monnaies d'échange. Pis encore, ce n'était même pas le café proprement dit, mais son arôme. Lorsque Sofia concoctait sa foutue cochonnerie de mixture turque, Manuzhai aimait prendre la tasse dans ses mains pour la humer, après quoi elle la faisait circuler parmi ses autres invités. Une fois que le breuvage avait refroidi, on le rendait à Sofia qui avalait cette saloperie. La mission jésuite était en mesure de se payer presque n'importe quoi en partageant une tasse de café avec le vendeur.

« Mais George a quand même raison », insista Jimmy, qui, à l'instar de George, était dangereusement près de trouver les Runa très ennuyeux. Pour le moment, les deux hommes travaillaient surtout sur des données astronomiques et météorologiques recueillies par satellite, mais la grande ville et ses émetteurs les attiraient. « Il n'y a pour ainsi dire pas la moindre technologie de pointe ici. Pour autant que j'aie pu voir, ils n'écoutent même pas la radio. Ces gens-là ne sont sûrement pas nos Chanteurs. Ils n'aiment pas la musique ! »

D.W. grogna de nouveau en signe d'assentiment. Il n'y avait pas eu de messe chantée depuis la première à laquelle avaient assisté les Runa, laquelle les avait plongés dans l'agitation et le désarroi. Au début, Yarbrough avait cru que c'était l'aspect rituel de la célébration qui leur déplaisait ; il ne paraissait y avoir, parmi les Runa, ni spécialistes de la théologie ni cérémonies religieuses. Il s'était aperçu, cependant, que lorsque les jésuites se contentaient de dire la messe, sans la chanter, les Runa ne bronchaient pas. Et ils aimaient beaucoup l'encens. Ce n'étaient donc pas les rites, mais, à l'évidence, les chants eux-mêmes qui les troublaient.

« Il y a bien quelqu'un qui fabrique les bateaux, le verre, et tout le bataclan, dit Marc. Réfléchissez un peu à ce qui se passe sur terre. Si vous vous rendez sur les hauts plateaux de Bolivie, vous avez l'impression de débarquer en plein Moyen Âge. Allez donc à La Paz, et vous constaterez qu'on y fabrique des pièces détachées pour satellites et des produits pharmaceutiques de synthèse. Le village où nous sommes est tout simplement à la périphérie de la culture plus avancée.

– Et pour être juste, il faut reconnaître qu'il n'y a guère besoin d'industries par ici, déclara Anne. Il fait jour presque tout le temps – alors à quoi servirait l'électricité ? Il y a des cours d'eau dans tous les coins – pourquoi s'enquiquiner avec des voies carrossables et des transports routiers ? Ils mangent une telle variété d'aliments qu'ils n'ont qu'à attendre que l'un ou l'autre soit mûr. Pourquoi labourer quand il suffit de cueillir ?

– S'il n'y avait que des gens comme toi aux commandes, répliqua George, on vivrait encore dans les cavernes.

– CQFD », fit remarquer Jimmy, en désignant d'un geste ample les murs de pierre qui les entouraient, ce qui déclencha une salve d'applaudissements de la part de tous ses camarades sauf Anne.

Emilio rit, mais tout aussitôt il perdit le fil de la discussion, comme cela arrivait souvent lorsque trop de gens nourrissaient des opinions catégoriques et savaient les exprimer avec éloquence ; il avait toujours détesté les séminaires. Où donc est Askama ? se demanda-t-il, car elle lui manquait déjà. Elle était si constamment à ses côtés qu'il avait l'impression, sous certains rapports, de s'être substitué à ses parents, et cette pseudo-paternité étrange et hybride avait des aspects profondément satisfaisants. Mais bien que les Va-kashani l'appelassent généralement par son nom, ils utilisaient aussi un terme de parenté qui semblait faire de lui le frère aîné d'Askama. Et parfois, lorsqu'il commettait une infraction involontaire, Manuzhai le réprimandait d'un ton assez sec, comme s'il était, lui aussi, son enfant. En même temps, leurs rapports avaient un aspect commercial, lié aux échanges de marchandises, et ce que les Runa attendaient de lui ne lui paraissait pas clair du tout.

Par instants, sa position parmi ses amis humains était tout aussi difficile à définir. La première fois qu'il s'était effondré pendant la messe, l'expérience l'avait effrayé, mais ni Marc ni D.W. n'en avaient paru surpris ou gênés ; au contraire, curieusement, ils étaient désormais aux petits soins pour lui, comme s'il attendait un enfant – c'était la seule comparaison qui lui venait à l'esprit. Sofia avait trouvé les mots capables d'exprimer ce qu'il ressentait : « Tu es saoul, Sandoz, saoul de Dieu », lui avait-elle dit carrément un après-midi, et il avait alors compris que ce qu'il avait cru être tout à fait intérieur était en réalité plus visible qu'il ne se l'était imaginé. Il aurait bien aimé pouvoir mûrement réfléchir à tout cela, mais il se passait trop de choses, tout simplement, et même quand le rythme, de temps à autre, devenait un peu moins trépidant, ses pensées avaient tendance à s'attarder sur une petite bière et un match de base-ball.

Un caillou atterrit sur sa poitrine. « Sandoz, lança Sofia, écoute donc ce qu'on te dit ! »

Il se souleva sur ses coudes. « Quoi ?

– La question qu'on t'a posée était la suivante : le ruanja est-il apparenté à la langue des Chanteurs ?

– Ça m'étonnerait. À mon avis, ce ne sont même pas des langues voisines.

– Là ! Vous voyez bien ! s'écria George. Je vous dis qu'il faut essayer de se rendre en ville... »

Happé dans la discussion qui s'ensuivit, Emilio s'aperçut que l'idée de gagner la ville l'effarouchait. Il se sentait si bien ici même. Peut-être s'agissait-il simplement d'un attachement émotionnel envers Askama et les siens, mais il ne se sentait pas de taille à entreprendre sans délai l'apprentissage d'une nouvelle langue. Il avait déjà été obligé d'apprendre deux, et parfois trois langues simultanément, mais il y avait toujours eu sur place quelqu'un qui parlait le latin ou l'anglais. Sans Askama ou un interprète du même genre, il aurait beaucoup de mal à maîtriser la langue des Chanteurs. Il attendit une pause dans la conversation pour lâcher : « Moi, je trouve que c'est encore trop tôt. Pour partir en ville. »

Ce fut D.W. qui demanda : « Pourquoi dis-tu ça, fiston ?

– Ça ne fait que sept semaines ! J'avoue que je ne me sens pas encore prêt à affronter une autre langue et une autre culture. Je pourrais le faire, s'il le fallait absolument, mais j'aimerais mieux d'abord consolider ma connaissance du ruanja. Non, excusez-moi, continua-t-il aussitôt. Je retarde tout le monde. Ça ne fait rien. Je me débrouillerai. Si vous préférez tous partir pour la ville, allons-y. »

Le regard de Marc se détourna lentement du visage d'Emilio pour aller se poser sur celui de D.W. « Jusqu'à présent, l'instinct d'Emilio a été très fiable. Nous avons procédé étape par étape et nous nous en sommes fort bien trouvés. Nous avons encore des tas de choses à apprendre ici. Plutôt que de précipiter Emilio dans l'apprentissage d'une autre langue, continua Robichaux en s'éclaircissant la voix, nous ferions peut-être mieux de nous fixer à Kashan pour quelque temps.

– Mais nous sommes venus à cause des chants, insista Jimmy avec entêtement. Nous sommes venus découvrir qui étaient les Chanteurs.

– C'est vrai », dit Emilio à Marc en haussant les épaules. Il était prêt à partir ou à rester.

« Bon, d'accord, d'accord, intervint D.W. en levant la main. Nous n'allons pas prendre une décision ce soir, mais il est temps de songer à notre prochaine étape.

– George, je reconnais que la façon de penser des Runa a quelque chose d'un peu simpliste, mais nous baragouinons à peine leur langue et nous ne les connaissons pour ainsi dire pas, reprit Emilio. S'ils nous paraissent simples, c'est peut-être parce que nous ne savons pas reconnaître leur subtilité. Et, quelquefois, il est très difficile de distinguer l'ignorance du manque d'intelligence. Il n'est pas impossible que les Runa nous trouvent nous aussi un peu niais. » Il se renversa de nouveau sur son coussin.

« Bien vu ! renchérit Anne. Remâchez donc ça, bande de technocrates à la gomme !

– J'aime franchement mieux remâcher ça, comme tu dis, que remâcher ceci », rétorqua George en indiquant un saladier encore à moitié plein de ce qu'il ne pouvait s'empêcher de ranger sous le nom de fourrage et que leur avait préparé avec beaucoup de considération Manuzhai, qui serait vexée s'il en restait une feuille. « Parce qu'on ne les mange pas, ces machins-là, on les rumine.

– Ça passera un peu mieux si tu te dis qu c'est de la salade, conseilla Emilio, le regard au plafond. Mais un peu seulement.

– Il faudrait une bonne sauce au roquefort », maugréa Marc. Il prit une feuille et l'examina d'un œil critique. Puis, conscient de son ingratitude, il se creusa le crâne pour trouver un compliment. « La cuisine runa a peut-être un petit je-ne-sais-quoi.

– Beaucoup trop petit, à mon goût », riposta D.W. d'un ton acide.

Cette remarque fit sourire Emilio, qui s'apprêtait à faire un commentaire lorsqu'il s'aperçut que D.W. avait fermé les yeux, ce qui lui parut étrange. « Emilio, reprit Marc en coupant net le fil de ses pensées, as-tu songé à demander à quelqu'un si nous pouvions créer un jardin expérimental ? C'est un projet que j'aimerais bien mettre en train.

– Si nous faisions pousser nos propres aliments, peut-être cesseraient-ils de se croire obligés de nous offrir leurs saletés », dit George. Il savait que, s'ils commençaient un jardin, ils seraient coincés ici pendant quelque temps, mais George Edwards avait été un fanatique du jardinage lorsqu'il habitait Cleveland, et l'idée de tenter de faire pousser des plantes sur cette planète n'était pas sans lui faire miroiter certaines compensations. Jimmy aurait du mal à tenir en place, mais c'était son problème. « Peut-être qu'ils font ça par politesse. »

Anne hocha la tête. « Dieu sait que je ne suis pas très difficile, mais d'un autre côté, je ne suis pas non plus Bambi ; il y a vraiment trop de brindilles là-dedans.

– Mais les brindilles, c'est justement ce qu'il y a de meilleur ! » protesta Jimmy. Anne le regarda, horrifiée. « Mais si, je t'assure ! Elles me font penser aux nouilles frites de la cuisine chinoise.

– En tout cas, moi, j'aime bien leur alimentation », déclara Sofia. Il y eut un tollé général, mais Jimmy parut vaguement content de ce soutien. « Sérieusement. J'aime ça. Ça me fait penser à ce qu'on mange à Kyoto ou à Osaka.

– *De gustibus non est disputandum* », grogna D.W., avant d'ajouter d'un air sombre : « Mais faut croire qu'il y a des gens qui aiment la merde. C'est parfaitement dégueulasse, ce machin. »

Emilio s'assit sur son séant et regarda enfin Yarbrough bien en face, mais il se contenta de dire qu'il sonderait Manuzhai à propos de leur projet de jardin. La conversation changea de sujet et, au bout d'un moment, Jimmy commença à desservir, tâche qui lui incombait à présent que les linguistes avaient remplacé les astronomes en première ligne. Emilio attendit que la pièce se fût un peu vidée, chacun partant vaquer à ses habituelles occupations d'après-dîner, puis il s'approcha de D.W., recroquevillé sur lui-même et silencieux à côté de son assiette encore pleine. *« ¿ Padre ?* dit-il en se laissant tomber tout près de son mentor, de façon à pouvoir regarder son visage raviné, caché à présent derrière ses doigts osseux. *¿ Estás enfermo ?* »

Anne entendit la question et vint les rejoindre. La respiration de D.W. était précipitée, mais lorsque Emilio leva la main pour la lui poser sur l'épaule, il fit un bond, comme s'il avait été piqué avec un aiguillon, en criant : « Non ! » Anne se glissa entre les deux hommes et s'adressa d'un ton calme à D.W., qui répondit à ses questions par des monosyllabes et se tint immobile, jusqu'au moment où il se plia soudain en deux en gémissant, cramponné malgré lui au bras d'Emilio.

24

Village de Kashan et ville de Gayjur : du troisième au cinquième Na'alpa

Dans l'heure qui suivit, il devint évident que D.W. Yarbrough était gravement malade. Emilio, espérant que Manuzhai pourrait leur être d'un certain secours, partit à sa recherche et la trouva dans une des salles les plus vastes du village, entourée d'autres Runa et plongée dans une discussion ayant trait à une denrée appelée *pik*. Tout le monde le regarda d'un air interrogateur, les oreilles dressées, lorsqu'il pénétra dans la pièce, si bien qu'il s'efforça d'expliquer de quoi souffrait D.W., avant de demander si quelqu'un connaissait cette maladie, ou savait ce qui la causait, et si l'on pouvait lui indiquer un remède efficace.

« C'est comme toutes les maladies, répondit Manuzhai. Son cœur désire quelque chose qu'il ne peut pas avoir.

– Il n'y a pas d'animal dont la morsure provoquerait ces douleurs ? insista Emilio. Ses tripes, son ventre lui font mal : comme ça. » Il crispa les mains sur son abdomen. « Y aurait-il une plante qui fait cela, quelquefois ? »

Cette question déclencha une discussion interminable concernant des pratiques qui faisaient irrésistiblement songer aux règles mystérieuses régissant les aliments casher ; discussion au cours de laquelle chacun ressortit des anecdotes au sujet d'Untel qui était tombé malade une fois après avoir mélangé des aliments longs aux aliments ronds, suivies de commentaires sceptiques de la part de ceux qui pensaient que ce n'était pas vrai et qu'Untel avait simplement cherché à jouer les tire-au-flanc, et d'ailleurs, assurèrent plusieurs membres de l'assistance, eux-mêmes n'arrêtaient pas de mélanger du long et du rond et ils n'étaient jamais malades. Pour finir, Emilio se mit à se dandiner de droite et de gauche pour indiquer qu'il commençait à être inquiet. Tout ceci ne menait à rien.

Manuzhai, semblant comprendre son besoin de retourner auprès de ses compagnons, se leva et prit congé des autres pour le raccompagner jusque chez elle, redoutant qu'il ne tombât des étroites passerelles qui reliaient les habitations et les terrasses ; quoi qu'on pût lui dire, elle restait convaincue que les Étrangers n'y voyaient rien dans la mauvaise lumière rouge du plus petit soleil de Rakhat. Askama leur emboîta le pas, cramponnée à sa mère pour changer, mais elle leva les yeux vers Emilio et demanda avec la brutalité des petits enfants : « *Sipaj*, Milo, il ne sera plus là, Di, demain matin ! »

Emilio ne trouva rien à répondre. Sa règle absolue était de toujours dire la vérité et, à vrai dire, après la mort d'Alan Pace, il ne semblait que trop possible que Yarbrough ne passât pas la nuit, mais il ne parvint pas à trouver les mots lui permettant d'exprimer tout haut une telle pensée.

« Peut-être, répondit Manuzhai pour lui, en levant la queue puis en la laissant retomber, geste dans lequel Emilio croyait bien reconnaître l'équivalent d'un haussement d'épaules. À moins d'obtenir ce que son cœur désire. »

Retrouvant sa voix, Emilio déclara : « On pense que c'est plutôt quelque chose que Di a mangé ou bu qui l'a rendu malade.

– Quelquefois, ce qu'on avale vous rend malade, mais beaucoup de gens ont mangé la même chose que Di et il n'y a que lui de malade, rétorqua Manuzhai avec une logique irréfutable. Tu ferais mieux de découvrir ce qu'il veut et de le lui donner. »

Il n'y avait pas vraiment moyen de se tenir à l'écart chez les Runa. Tout au plus les habitations comportaient-elles des alcôves ou des irrégularités susceptibles d'isoler un endroit habituellement réservé à un usage spécial. Personne ne paraissait être propriétaire d'une demeure en particulier, sinon en vertu du droit de l'occupant. Des familles partaient quelquefois visiter d'autres villages et leurs pièces restaient vides pendant quelque temps, mais si les lieux plaisaient à une autre famille, celle-ci s'y installait ; à leur retour, les voyageurs allaient tout simplement loger ailleurs dans le village. Anne et George Edwards étaient fort gênés par l'absence de porte dans leur chambre à coucher, et ils s'étaient approprié le coin le moins accessible de l'habitation de Manuzhai et de Chaypas, allant jusqu'à dresser une tente à l'intérieur. Les autres installaient leurs lits de camp à des endroits différents toutes les nuits, ou, si par hasard l'appartement était rempli d'invités, il leur arrivait de dormir sur les coussins des Runa, là où ils trouvaient de la place.

La couche de D.W. se trouvait d'ordinaire vers le fond de la demeure, mais Anne l'avait fait déplacer près de l'entrée, de façon qu'il pût sortir au plus vite. Il avait déjà eu plusieurs crises intestinales, et il gisait à présent sur son lit, recroquevillé autour d'une pierre chauffée entourée de tissu, les yeux fermés, le visage crispé. Assise par terre à côté de lui, Anne posa la main sur son front pour en écarter les cheveux humides de sueur et dit : « Tu m'appelles si tu as besoin de moi, compris ? » Aucune réaction ne vint montrer qu'il eût entendu, mais elle se leva quand même et s'en fut trouver Emilio qui revenait tout juste, accompagné de Manuzhai et d'Askama. « Tu as découvert quelque chose ? demanda-t-elle, en lui faisant signe de s'éloigner de D.W. pour gagner la terrasse où ils pourraient parler.

– Rien d'utile sur le plan médical, répondit-il avant de lui répéter ce qu'avait dit Manuzhai.

– Un désir inassouvi, dis-tu ? Mon Dieu, que c'est freudien ! » remarqua Anne doucement. C'était une notion qu'elle avait déjà rencontrée chez les Runa, et elle pensait qu'il s'agissait peut-être d'un paradigme fondamental de leur vie sociale. Il serait bon de l'étudier plus tard, lorsqu'elle aurait suffisamment retrouvé ses esprits pour pouvoir y réfléchir en qualité d'anthropologue.

Sofia vint les rejoindre sur la terrasse. « Bon, je vais être franche, dit Anne sans émotion apparente, ça l'a pris très brusquement, la diarrhée est extrêmement violente et je suis inquiète. Ça ressemble presque au choléra bengali. S'il se met aussi à vomir et qu'il se déshydrate beaucoup, ça pourrait être très sérieux.

– Écoute, Anne, nous avons tous eu la diarrhée et mal au ventre de temps à autre, protesta Emilio. Peut-être qu'il va juste passer une mauvaise nuit et qu'il sera tout à fait remis demain matin.

– Mais. » Anne le regarda, le visage grave.

« Oui, finit par reconnaître Emilio. Mais.

– Alors. Qu'est-ce qu'on fait ? demanda Sofia.

– On fait bouillir de l'eau et on siffle dans le noir », répondit

Anne. Elle s'approcha du bord de la terrasse et contempla l'autre côté de la gorge. Il faisait une nuit comme on n'en voyait pas souvent sur Rakhat, claire et étoilée, avec une seule lune presque pleine. Elle entendait le fleuve au-dessous d'elle, éclaboussant les rochers dans un ruissellement d'eau et d'écume, et de quelque part sur l'autre versant leur parvenait le grincement métallique d'une grille de fer rouillée agitée par le vent – c'était l'appel bizarre d'un *moranor* de la lumière rouge. « Si nous étions sur terre, je le mettrais sous perfusion intraveineuse et je le bourrerais de drogues. Je pourrais fabriquer de quoi le réhydrater, mais les produits dont il aurait vraiment besoin sont dans le module. » Merde, se dit Anne, avant de se retourner pour regarder Sofia. « Si George assemble l'ULM, est-ce que tu pourrais...

– Personne ne retourne jusqu'au module en ULM ! » lança D.W. Il souffrait le martyre, mais il n'était ni comateux ni sourd et il avait entendu une partie au moins de ce que disaient les autres. « Ça fait des semaines que nous n'y sommes pas retournés et la piste est probablement complètement envahie par les mauvaises herbes. Je ne veux pas que l'un de vous se tue uniquement pour soulager mon fichu mal au bide. »

Sofia alla s'agenouiller à côté de son lit. « Je suis capable de me poser en terrain difficile. Il faudra bien retourner là-bas à un moment donné. Plus nous attendrons, plus la piste se détériorera. Si tu as besoin de sérum physiologique et d'antibiotiques, j'y retourne dès ce soir. »

Le débat était public désormais, et chacun avait son mot à dire. D.W. s'efforça de s'asseoir sur son séant pour montrer à Sofia qu'il n'était pas très malade, Jimmy et George se mêlèrent à la discussion, et Marc vint lui aussi mettre son grain de sel. Ils auraient dû songer à tout cela plus tôt, mais le temps avait passé très vite, et ils avaient en outre hésité à exhiber leur machine volante devant les Runa. Ils étaient obligés d'improviser au fur et à mesure ; ils n'avaient rien pour les guider, hormis l'exemple à ne pas suivre que leur avaient donné leurs prédécesseurs sur terre, en s'immisçant de façon désastreuse dans la vie de cultures peu avancées sur le plan technologique. Ils n'avaient aucune envie d'être pris pour des dieux, ni d'être à l'origine d'un culte sur Rakhat. Cela dit, il faudrait bien retourner quand même chercher des provision à un moment ou à un autre, ce qui impliquait de remettre bientôt la piste en état, alors pourquoi pas ce soir ?

Manuzhai, qui se dandinait dans son coin tant la discussion la mettait mal à l'aise, prit Askama par la main et quitta la pièce pour aller s'asseoir sur la terrasse. Emilio lui demanda pardon à mi-voix lorsqu'elle passa devant lui, puis il entra dans la demeure.

« Ça suffit », dit-il doucement, et un silence s'établit. « D.W., rallonge-toi et tiens-toi tranquille. Et arrêtez tous de vous chamailler. Vous dérangez nos hôtes et, de toute façon, cette discussion ne rime à rien. L'ULM ne peut pas voler de nuit, ou est-ce que je me trompe ? » Il y eut un éclat de rire général et penaud. Dans l'affolement qui régnait, personne d'autre n'y avait songé. Emilio se passa les mains dans les cheveux. « Bon. Il sera bien assez tôt demain pour un vol de reconnaissance que nous tenterons, même si D.W. va bien. J'arriverai sûrement à leur expliquer l'avion d'une façon ou d'une autre. Anne, je vais prendre la garde de nuit. Allez donc vous coucher, mes enfants, et dormir un peu. »

Au début, personne ne bougea. Des ordres directs de la bouche d'Emilio Sandoz, se dit Sofia Mendez, sidérée. À l'évidence, D.W. Yarbrough s'était fait la même réflexion, car il se laissa aller sur le dos en riant faiblement et lança : « Et moi qui croyais que tu n'étais pas du bois dont on fait les cadres. » Emilio lui répondit par un gros mot espagnol, et le petit groupe inquiet, réuni autour du lit de Yarbrough, se dispersa. Emilio et D.W. finirent par se retrouver seuls, avec les instructions réitérées d'Anne sonnant à leurs oreilles : obliger le malade à ingurgiter du liquide et la consulter aussitôt si la diarrhée se doublait de vomissements.

Cette nuit-là, ils furent tous réveillés à de multiples reprises par le bruit inévitable que faisait D.W. chaque fois qu'il était obligé de se lever en catastrophe, et son état empira d'heure en heure. Et puis, juste avant l'aube, ils furent de nouveau tirés du sommeil, cette fois par une odeur qui ne trompait pas, accompagnée d'un « Oh, bon Dieu ! » proféré par Yarbrough d'une voix gémissante ; chacun resta allongé dans son lit et fit semblant de ne s'apercevoir de rien, tout en écoutant les mots rassurants que prononçait Emilio d'une voix douce en espagnol et les sanglots d'humiliation de D.W.

Askama continua à dormir, mais Manuzhai se leva brusquement et quitta la demeure. Anne resta étendue à côté de George, raide comme un piquet, écoutant attentivement et pesant le pour et le contre, tandis qu'Emilio réparait les dégâts, aussi efficace qu'une infirmière de nuit et non moins imperturbable. D.W. était d'ores et déjà mortifié. Trente années de tabou interdisant tout contact physique entre Emilio et lui venaient d'être rompues. La présence d'une femme ne ferait qu'aggraver les choses, se dit-elle. Elle entendit Sandoz insister pour faire avaler au malade une nouvelle quantité d'eau bouillie, additionnée de sucre et de sel. Le mélange était infect et D.W. en avait le cœur soulevé, mais Emilio lui rappela que la déshydratation était parfois mortelle, si bien qu'avec une aisance née de ses années d'internat, Anne se rendormit, se fiant à la jugeote d'Emilio, sinon à la volonté de Dieu.

Quelques instants plus tard, Manuzhai revint avec une pile de nattes très simplement tressées, dont les Runa tapissaient les lits de leurs nourrissons. Emilio aida D.W. à soulever les hanches et en glissa une sous lui avant de le recouvrir. Manuzhai, qui s'était régulièrement levée pour escorter les deux Étrangers jusqu'au fleuve, le long du sentier escarpé plongé dans l'ombre, et qui avait vu de quels soins affectueux l'un entourait l'autre, tapota le bras de Yarbrough d'un geste rassurant, étrangement humain, et partit passer le reste de la nuit ailleurs.

Bien des années auparavant, Marc Robichaux avait observé qu'une tendance naturelle à se réveiller tôt le matin était peut-être une des conditions nécessaires, quoique insuffisante, pour qu'un candidat à la prêtrise survécût au stade de la formation et atteignît celui de l'ordination. Il avait connu plusieurs garçons qui auraient pu devenir prêtres, si la nécessité de se réveiller à l'aube n'avait pas fait une telle violence à leur besoin naturel de sommeil.

Parmi la mission jésuite sur Rakhat, Marc était d'ordinaire l'alpha dans ce domaine et Jimmy Quinn l'oméga, si bien que la demeure était, comme à l'ordinaire, silencieuse lorsque le Canadien s'assit dans son lit et regarda autour de lui. Au cours des brefs instants de vacuité mentale qui affectent au réveil même les plus lève-tôt d'entre nous, il oublia les événements de la nuit; puis il aperçut Sandoz endormi dans un sac de couchage à côté du lit du père supérieur et la mémoire lui revint. Ses yeux se tournèrent aussitôt vers Yarbrough et il constata, avec soulagement, qu'il dormait lui aussi.

Marc enfila un short kaki et, pieds nus, il sortit sans faire de bruit sur la terrasse où Anne était paisiblement assise, en compagnie d'Askama, qui essayait de lui enseigner la version incroyablement compliquée du jeu de berceau à laquelle jouaient les Runa. Il regarda Anne d'un air interrogateur; elle lui sourit, leva les yeux au ciel, et secoua la tête en songeant à ses craintes.

« Et quelquefois ils guérissent, on ne sait pas pourquoi, dit-il.

– *Deus vult* », répondit-elle sur un ton ironique.

Il lui rendit son sourire et prit le sentier qui descendait au bord du fleuve.

La précarité de leur existence sur cette planète se retrouvait encore une fois au premier rang de leurs préoccupations, et le rétablissement probable de D.W. ne faisait pas disparaître l'impression de vivre sur la corde raide. Lorsque Emilio parut enfin sur la terrasse, en se frottant la figure d'un air vaseux, vers le milieu de la matinée, George et Sofia essayaient de décider s'ils étaient capables de fabriquer une espèce d'échelle de corde qui permettrait à l'un d'entre eux de sauter de l'ULM, tandis qu'elle survolerait la clairière le plus lentement possible, afin de dégager la piste avant qu'elle n'essayât de se poser. Anne leur fournissait des descriptions détaillées des nombreuses sortes de fractures multiples et fort intéressantes qui résulteraient probablement de telles acrobaties, alors que Marc faisait valoir qu'il lui serait peut-être possible de déterminer depuis l'appareil si la végétation qui avait très certainement commencé à recouvrir la piste était ligneuse ou herbacée. Emilio, hébété, les contempla quelques instants, avant de se raviser et de retourner se coucher, après un bref passage au bord du fleuve.

Il dormit pendant deux heures encore, et lorsqu'il ressortit sur la terrasse, D.W. lui-même était levé, le teint pâle, les traits creusés, mais en meilleure forme et capable de lancer quelques plaisanteries concernant la turista extraterrestre. Jimmy était revenu de ses pérégrinations, et, à ce qu'il semblait, un de leurs problèmes, au moins, allait se trouver résolu, puisqu'il avait appris le matin même que les villageois étaient sur le point de partir faire une récolte.

« De la racine de *pik*, dit Emilio en bâillant. Je les ai entendus en parler hier soir.

– Ils veulent savoir si nous comptons les accompagner, annonça Jimmy.

– Ils y tiennent ? s'enquit George.

– Je n'en ai pas l'impression. Quelqu'un a dit que c'était un long trajet et m'a demandé si j'avais l'intention de vous porter tous, expliqua Jimmy. Les autres l'ont visiblement trouvée vachement bonne. Et que j'agite la queue, et que je souffle à perdre haleine ! Je ne crois pas qu'ils se vexeront si nous décidons de rester ici. » À vrai dire, il avait même le sentiment que les Runa seraient très contents si les Étrangers se désistaient. La troupe entière, en effet, avançait au pas du plus lent, lequel avait souvent été Anne ou Sofia. Personne ne s'était plaint, mais lorsqu'ils étaient enfin arrivés à destination, les membres de la mission avaient bien vu que certaines des fleurs qu'ils venaient cueillir commençaient à se faner.

« S'ils s'en vont tous, nous n'aurons pas besoin de leur expliquer l'avion », dit Emilio en s'asseyant. Le ciel était légèrement brumeux et l'on sentait que la journée allait être très chaude. Sofia lui tendit une tasse de café. Askama l'aperçut, à deux terrasses de là, et elle arriva en courant, pour le bombarder de questions concernant D.W., qui l'intimidait trop pour qu'elle s'adresse à lui directement ; après quoi elle voulut savoir pourquoi Milo avait dormi si tard et si tous les visiteurs allaient venir récolter de la racine de *pik*.

« *Sipaj*, Askama, répondit Emilio. Di a été très malade. On pense que nous allons tous rester avec lui pendant qu'il se repose. » La petite prit l'air désolé, les oreilles en berne, la queue pendante, mais, sans se laisser abattre, elle passa la demi-heure suivante à les cajoler pour essayer de les persuader de venir. Lorsqu'il devint évident qu'elle n'y parviendrait pas, elle déclara qu'elle était *porai* et menaça de tomber malade comme Di, parce que son cœur était triste. Anne vit là une excellente occasion de commencer à démêler à quoi rimaient toutes ces histoires de ce que « désirait le cœur » et de *porai*, et elle emmena Askama sur une autre terrasse.

« Bon, écoutez, vous autres », dit D.W. lorsque Askama et Anne furent hors de portée de voix. Il se sentait encore assez mal en point, mais il était important de reprendre le commandement. « Le plan A est le suivant : dès que la voie est libre, George remonte l'ULM et Sofia que voici part avec Robichaux voir un peu de quoi il retourne. Nous comptons sur la peur qu'aura

Marc de mourir prématurément pour faire contrepoids à la confiance excessive que peut avoir Sofia dans ses qualités de pilote. S'il estime qu'ils peuvent se poser sans dommage, elle fait une tentative. S'ils parviennent à ne pas s'écraser au sol, une récompense les attend : ils ont le droit de nettoyer la piste. Si Marc décide que c'est de la folie, tu fais demi-tour, Sofia. Sans discuter.

– Et ensuite ? demanda Sofia.

– Ensuite, on se rabat sur le plan B.

– Qui est ?

– Je n'en sais encore foutre rien. Merde, quoi ! rétorqua Dalton Wesley Yarbrough, père supérieur de la mission jésuite dans le village de Kashan, sur Rakhat, au milieu des clameurs de dérision. Foutez-moi la paix. Je suis gravement malade, non mais des fois ! »

Chez les Runa, les discussions avaient tendance à se prolonger pendant des journées entières, mais une fois que la décision était prise, tout le village se mobilisait avec une efficacité impressionnante. George et Sofia attendirent à peine que le dernier bout de queue eût disparu avant de se mettre en route dans la direction opposée, pour aller retirer l'ULM de sa cachette. En moins d'une heure le petit avion fut remonté et Sofia fit aussitôt un court vol d'essai. Jimmy, relié aux systèmes de bord du *Stella Maris*, s'assura que le temps était relativement calme des deux côtés de la chaîne de montagnes. Il restait environ sept heures de lumière solaire suffisamment puissante pour permettre à l'engin de fonctionner.

Avec une hâte qui frisait la précipitation, Marc et Sofia montèrent à bord, attachèrent leurs harnais de sécurité et s'apprêtèrent à décoller, tandis que leurs camarades regardaient Yarbrough, penché à l'intérieur du petit cockpit, faire de grands gestes des deux mains pour mimer les manœuvres nécessaires à un atterrissage en catastrophe. Lorsque Sofia fit tourner le moteur, D.W. se recula et brailla avec une sévérité factice : « Interdit de se planter, compris ? C'est un ordre. Nous n'en avons pas d'autre, de ces foutus ULM. Revenez sains et saufs ! »

Sofia rit et hurla à son tour : « Et vous, soyez là sains et saufs quand nous reviendrons ! » Et presque aussitôt, elle décolla ; le petit appareil s'éleva rapidement dans le ciel, battant deux fois de l'aile en guise d'adieu.

« Mon Dieu, que je n'aime pas ça, dit Anne lorsqu'ils n'entendirent plus le bruit du moteur.

– Ce que tu peux être bileuse, quand même », dit George, en l'entourant de ses bras par-derrière et en lui embrassant le sommet du crâne.

Jimmy ne dit rien, mais il regrettait à présent de ne pas avoir demandé à George de jeter un coup d'œil au front nuageux qui arrivait du sud-ouest, avant de donner le feu vert.

« Je suis sûr que tout ira bien », dit Emilio. Et D.W. ajouta : « Elle se pose là comme pilote.

– N'empêche, répéta Anne, têtue, que je n'aime vraiment pas ça. »

À sept journées de voyage au nord de Kashan, dans son enclave sur les quais, qui dominait la haute digue mitoyenne de ses terres, Supaari VaGayjur commença cette journée avec un sentiment analogue de la précarité de son existence. Il était sur le point de risquer non pas sa vie, mais sa position et sa dignité. S'il échouait, c'était la fin de rêves qu'il osait à peine reconnaître en son for intérieur. Sous ce rapport, l'enjeu était énorme.

Son déjeuner fut somptueux et il se reput avec prudence : il mangea assez pour ne pas être obligé de réclamer une nouvelle ration de viande ce jour-là, mais pas suffisamment pour ralentir son activité intellectuelle. Il passa la matinée à vaquer à ses affaires, avec la concentration intense d'un militaire premier-né et la minutie tatillonne d'un bureaucrate deuxième-né. Son seul moment de distraction survint lorsqu'il traversa la cour pour rejoindre une de ses resserres. Il ne put s'empêcher de jeter un coup d'œil vers le palais de Galatna, qui se dressait à l'écart, comme ses habitants, splendide et inutile.

Tout autour de lui, la ville résonnait, vibrait, grondait du vacarme de l'industrie et du commerce ; les tintements sonores et les grincements aigus de la métallurgie étaient momentanément couverts par le sourd et tonitruant grondement des roues sur les pavés, juste devant son entrepôt, le tohu-bohu des artisans et des commerçants se fondant avec le bruit en provenance des docks, où six cents vaisseaux chargés de marchandises, arrivant de tous les coins de la côte sud du plus vaste continent de Rakhat, se pressaient vers les quais de Gayjur, leur plus gros marché.

Chassé très tôt de la propriété où il était né, Supaari avait été attiré vers Gayjur comme la mer est attirée vers le rivage lors d'une marée de deux lunes. Il s'était embarqué à bord d'une barge runa qui suivait le fleuve vers l'aval, emportant jusqu'à la ville de gigantesques paniers de *datinsa* carmin et violets. L'orgueil était un luxe qu'il ne pouvait s'offrir : pour payer son passage, il aida le cuisinier runa à préparer les repas des marins. Il s'attendait à être humilié et rejeté, car il n'avait jamais rien connu d'autre. Mais, au cours des quatre jours qu'il passa sur ce bateau, regardant se dérouler la longue dentelle que la mer avait sculptée dans les rochers de la côte de Masna'a Tafa'i, Supaari rencontra davantage de bonté et d'amitié qu'il n'en avait rencontré pendant toute son enfance. Les Runa étaient méprisés, mais lui aussi l'était, et lorsqu'il huma enfin les vapeurs âpres et métalliques, les senteurs huileuses de Gayjur, tandis que leur embarcation pénétrait dans la baie de Radina, le cuisinier l'appelait frère et, au lieu de se sentir un tout jeune garçon condamné à l'exil, il se sentait dans la peau d'un homme sur le point de découvrir un trésor, pourvu qu'il eût assez de jugeote pour le reconnaître.

En l'espace d'une saison, grisé par les défis et les risques du commerce dans la plus vaste cité marchande du monde, il sut qu'il avait trouvé sa place et il avait officiellement pris son nom d'habitant de la ville, VaGayjur. Il commença comme coursier, travaillant pour un autre troisième-né qui n'était à Gayjur que depuis cinq ans et qui déjà avait prospéré au-delà de tout ce que le jeune Supaari était capable d'imaginer. Il apprit les lois universelles du commerce : acheter au plus bas et vendre au plus haut ; faire la part du feu et laisser courir les bénéfices ; flairer les engouements du marché, mais sans y céder. Et il découvrit sa propre spécialité : il était content, il était même désireux d'apprendre ce que les Runa avaient à lui enseigner, de parler leur langue, de respecter leurs coutumes et de traiter directement avec eux.

Il bâtit sa fortune sur une remarque fortuite lâchée par une Runao du Centre, venue en visite à Gayjur afin d'y trouver de meilleurs débouchés pour les vanneries de son village. Il y avait eu des précipitations inhabituelles sur le haut plateau de Sintaron, avait-elle dit, ajoutant : « Les *rakari* devraient être bons cette année. » Plus tard ce jour-là, Supaari avait consulté divers mariniers qui travaillaient le long du fleuve qu'on appelait Pon. Ils faisaient le trajet en moins de cinq jours. Les eaux du fleuve étaient très hautes, lui apprirent-ils, avec un bon courant rapide. Mobilisant toutes ses économies et proposant deux années de travail en guise de garantie, Supaari s'engagea par contrat à fournir des *rakari* à trois *bhali* la botte à la fin de la saison. Il quitta son emploi de coursier, partit vers l'intérieur jusqu'aux champs de *rakar*, où l'on était en train de récolter cette moisson record, et il offrit un demi-*bhal* pour chaque botte. Les moissonneurs furent ravis d'être si bien payés, les traiteurs de *rakar* furent obligés de verser la somme convenue par contrat, et Supaari VaGayjur put acheter son premier entrepôt grâce aux bénéfices ainsi réalisés.

Il acquit bientôt la réputation d'être au courant de ce qui se passait chez les Runa et, bien que ce savoir lui fût profitable et que sa richesse fît beaucoup d'envieux, la source de ce pactole était méprisée et il resta au ban de la bonne société jana'ata de Gayjur. Son univers était peuplé d'autres troisièmes, qui étaient ses concurrents, et de Runa qui, malgré tout le plaisir qu'il prenait à leur compagnie, étaient ses proies.

Il était ulcéré d'être ainsi exclu du grand monde, mais il avait une raison plus fondamentale encore d'être mécontent – un manque qui privait sa vie de toute saveur, qui l'incitait à se demander à quoi rimaient tous ses efforts. Ses frères, que leur héritage enchaînait à la petite ville arriérée où ils avaient vu le jour, lui paraissaient désormais moins dignes d'envie, lorsqu'il parcourait du regard sa propriété vaste et bien gérée, avec ses domestiques et ses travailleurs runa, ses coursiers, ses employés de bureau, ses activités trépidantes. Et pourtant ses frères possédaient ce qui était refusé à tous les troisièmes : des descendants, des héritiers, une postérité.

Il existait des moyens de sortir de cette impasse. La mort sans enfants d'un frère aîné pouvait ouvrir la voie à un troisième-né, pourvu qu'il pût prouver qu'il n'avait pas assassiné le défunt. La stérilité d'un frère plus âgé, si ce dernier acceptait de déclarer publiquement la permanence de son état et de céder sa position à son cadet, pouvait aussi permettre de fonder une famille. Et, dans des cas extrêmement rares, un troisième pouvait être nommé fondateur et établir une nouvelle lignée.

C'était à cette dernière possibilité – ainsi qu'à sept petites graines brunes au parfum extraordinaire et à l'ennui qui accablait de son poids exquis Hlavin Kitheri – que Supaari VaGayjur accrochait à présent tous ses espoirs.

Dès midi, ayant réglé ses affaires ordinaires, il était prêt à louer une embarcation légère pour se faire transporter à travers la baie jusqu'à l'île de Fatzna, quartier des verriers. Tandis que le bateau à fond plat glissait sur le fin sable blanc, la pensée lui vint, un peu tard, qu'il aurait peut-être bien fait d'amener Chaypas avec lui, pour le conseiller sur le choix d'un flacon. Tant pis. Il paya la personne qui maniait la perche et lui demanda de revenir le chercher après le coucher du soleil. Puis il commença une recherche systématique à travers toutes les boutiques. Pour finir, il acheta non pas un mais trois petits flacons de présentation, dont chacun était à son avis le plus beau de son espèce, allant de l'ornementation chargée du style classique à la pure simplicité du cristal.

Lorsque son bateau revint, il demanda à être déposé près d'Ezao. Remarquant avec satisfaction le grand nombre de Runa qui portaient déjà la cascade de rubans, il finit par dénicher Chaypas dans l'une des échoppes de cuisinier et, lui expliquant brièvement de quoi il retournait, il lui demanda conseil sur le choix du flacon.

Chaypas se leva. Laissant derrière elle son repas et Supaari, elle sortit dans la rue qu'elle remonta jusqu'à un petit promontoire d'où elle apercevait le palais de Galatna, avec ses colonnes en marbre torsadées, ses grilles finement ouvragées et argentées, ses stores de soie, ses murs de céramique dorée, étincelant au milieu des reflets projetés par les paires de fontaines triangulaires qui envoyaient des gouttelettes d'huiles précieuses et parfumées comme autant d'étincelles dans la lumière du soleil.

« Pendant les inondations, le cœur soupire après la sécheresse », dit-elle en revenant, et elle posa devant lui le plus simple des trois flacons. Puis elle lui tendit ses deux mains et, avec une chaleur qui le toucha jusqu'au fond de l'âme, elle s'écria : « *Sipaj*, Supaari, puisses-tu avoir des enfants ! »

Hlavin Kitheri était un poète, et il lui avait toujours paru particulièrement scandaleux que son titre de reshtar possédât une sonorité si grandiose et si imposante.

Reshtar. Quand on le proférait, le mot sortait en deux moitiés, lentement, avec dignité. Impossible de le dire vite, ou d'un ton méprisant. Il évoquait une espèce de majesté que le rang correspondant n'avait jamais eue. Il signifiait tout simplement « supplémentaire » ou « en surnombre ». Car, de même que le marchand Supaari VaGayjur, Hlavin Kitheri était un troisième-né.

Les deux hommes avaient d'autres caractéristiques en commun. Ils étaient nés pendant la même saison, une trentaine d'années auparavant. En tant que troisièmes, ils vivaient dans un état de stérilité réglementaire – ni l'un ni l'autre n'était légalement autorisé à se marier et à procréer. Mais ils avaient, l'un et l'autre, su se forger une existence plus riche qu'on n'aurait pu s'y attendre, compte tenu de leur naissance. Et pourtant, du fait que leur gloire était liée davantage à ce qu'ils avaient accompli qu'à ce dont ils avaient hérité, ils vivaient tous deux, dans une large mesure, en marge de leur société.

Là s'arrêtaient les ressemblances. Par contraste avec les origines indéniablement modestes de Supaari, Hlavin Kitheri était le descendant de la plus ancienne et la plus noble dynastie de Rakhat, jadis troisième dans l'ordre de succession au rang de souverain d'Inbrokar. S'agissant d'un reshtar, le fait d'être troisième-né n'était pas un scandale familial, mais la conséquence malheureuse d'une procréation aristocratique mal calculée. Selon la tradition, les dames de haute naissance devaient avoir une progéniture nombreuse, car leurs fils mouraient en quantité. Les parents de Supaari n'avaient pas une telle excuse pour justifier leur faute. Et, alors que des hommes tels que Supaari se demandaient souvent pourquoi ils étaient nés, la raison d'être d'un reshtar était bien connue : il devait se tenir, en tant que suppléant, prêt à prendre la place d'un frère aîné si celui-ci était tué ou rendu incapable de se reproduire avant la naissance d'un héritier. Par conséquent, les reshtari recevaient une formation les préparant aussi bien à faire la guerre qu'à gouverner ; car ils pouvaient être appelés à faire l'un ou l'autre, ou ni l'un ni l'autre.

Dans l'ancien temps, un reshtar avait d'excellentes chances de succéder à un frère aîné. À présent, dans la paix durable de la Triple Alliance, la plupart des troisièmes de la haute noblesse devaient se contenter de vivre une vie inutile : adoucie par les serviteurs, engourdie par la facilité, émoussée par le plaisir stérile.

Il y avait, cependant, une autre voie ouverte aux reshtari, que l'on appelait, fort opportunément, la Troisième Voie : c'était la voie de l'érudition. L'histoire et la littérature, la chimie, la physique, la génétique, à la fois pures et appliquées, l'architecture et la décoration, la poésie et la musique, toutes étaient venues des troisièmes-nés de l'aristocratie. Écartés – ou libérés – des devoirs dynastiques, les reshtari de Rakhat avaient le loisir – ou le besoin – de donner un sens à leur vie d'une autre façon. Si, pendant son exil, un reshtar veillait à ne pas regrouper autour de lui de faction dangereuse et s'il n'éveillait pas les soupçons d'un frère presque immanquablement paranoïaque, il était parfois en mesure de donner naissance à une sorte de progéniture intellectuelle, grâce à quelque contribution durable et importante aux sciences et aux arts.

Ainsi, les princes troisièmes-nés de Rakhat étaient-ils les éléments volatils, les électrons libres de la haute culture des Jana'ata, tout comme les bourgeois troisièmes-nés, tels que Supaari VaGayjur, constituaient l'élément commercial dynamique de la société. L'écrasante restriction qui pesait sur leur existence s'apparentait à la pression qui transforme le charbon en diamant. La plupart étaient perdus, broyés en fine poussière ; quelques-uns émergeaient de la gangue, étincelants et infiniment précieux.

Le reshtar du palais de Galatna, Hlavin Kitheri, était de ceux chez qui l'adversité avait opéré cette transformation. D'une façon tout à fait sans précédent, il avait racheté sa vie, lui avait donné un sens. N'ayant pas d'avenir, il devint un connaisseur de l'éphémère. Personnage singulier, il se consacrait à l'étude de ce qui était unique. Il ne songeait qu'à vivre l'instant présent, épousant sa précarité, et, paradoxalement, l'immortalisant dans des chants. Ses journées étaient une forme d'art née d'une esthétique de l'évanescence. Il donnait de la beauté à ce qui était fade, du poids à ce qui était creux, de l'éloquence à ce qui était vide. La vie de Hlavin Kitheri était le triomphe de l'art sur le destin.

Ses premiers poèmes étaient d'une originalité confondante. Dans une culture imprégnée de parfums et d'encens depuis les temps les plus anciens, Hlavin Kitheri s'intéressa d'abord aux puanteurs les plus honnies. Confronté à la hideuse, malodorante et bruyante cité de son exil, il composa des chants qui capturaient et exaltaient les vapeurs métalliques des carrières de marbre, la nauséabonde morsure alcaline des marécages rougeâtres, les fumées sulfureuses, les étranges fermentations, les fantasmes méphitiques qui émanaient des mines et des usines, les mixtures bouillonnantes de composés huileux et salins qui suintaient des docks de Gayjur. L'odorat ! Capricieux et perdurable, avant-garde du goût, instrument de la vigilance, essence de l'intimité et du souvenir, l'odorat était l'esprit du monde, chantait Hlavin Kitheri. La plus belle partie de son œuvre était une poésie lancinante peuplée d'orages, des chants qui parlaient du relâchement, de la raréfaction, de l'élasticité de telles odeurs, transformées par les éclairs et la pluie, tandis que le vent dansait. Ces chants étaient si ensorcelants que l'on commença à diffuser ses concerts ; ce fut la première fois dans l'histoire du pays que l'on utilisa la radio à des fins autres que militaires.

L'adulation ne nuisit nullement à la puissance de sa poésie. Il accepta en elle la validation de son art et, se sentant d'autant plus fort, il consacra ses facultés mentales et artistiques à un examen impavide de la mort vivante d'un reshtar. Il survécut à sa propre existence en la disséquant sans faiblir. De l'avis de bien des gens, c'était grâce aux poèmes nés de cette étude, écrits par Kitheri à l'âge de vingt-six ans seulement, qu'il devait avoir le plus d'influence sur la culture de son peuple.

Privée de toute possibilité de reproduction, dépourvue d'avenir, la sexualité d'un reshtar se réduisait à son aspect physique le plus élémentaire et n'était pas plus satisfaisante pour l'âme qu'un éternuement ou que le soulagement de la vessie. Dans sa jeunesse, Hlavin Kitheri était tombé dans le piège auquel s'étaient pris tant d'autres de son espèce, compensant la totale vacuité de la chose par sa multiplication, espérant lui rendre par simple effet de répétition ce qui lui manquait en profondeur et en signification. Dans sa maturité, il en vint à mépriser le harem de courtisanes stériles ou de partenaires appartenant à d'autres espèces, que ses frères lui fournissaient, et il le vit pour ce qu'il était : un hochet qu'on lui jetait pour dissiper l'envie que faisait naître en lui la fécondité de ses aînés.

Aussi tourna-t-il son exquise sensibilité vers l'expérience de l'orgasme et trouva-t-il le courage de chanter ce moment évanescent qui, pour les êtres fertiles, fait peser le passé de tout son poids sur l'avenir, ce moment qui tient tous les autres dans son étreinte, ce moment qui relie les ancêtres à la postérité, par une chaîne d'existence d'où il était exclu et exilé. Avec sa poésie, il isola ce moment du cours de l'histoire génétique, le porta au-delà du besoin physique de se reproduire et de la nécessité généalogique de se perpétuer ; concentrant sur lui son intellect et son âme, il découvrit dans la jouissance un réservoir de poignante beauté érotique que personne d'autre, dans l'histoire de sa race, n'avait soupçonné.

Dans une culture cloisonnée par la tradition, lourde de stabilité, Hlavin Kitheri créa une nouvelle subtilité, une délicatesse, une perception neuve de cette expérience dans ce qu'elle avait de plus cru. Ce qui avait été naguère simplement détestable ou ignoré était à présent du théâtre et du chant : l'opéra voilé et caché de l'odorat. Ce qui n'avait naguère été qu'un devoir dynastique ou une expérience charnelle vide de sens était transcendé et purifié, élevé à une volupté esthétique qui n'avait jamais existé jusque-là sur Rakhat. Et, au scandale de certains, le reshtar de Galatna attirait vers une vie artistique à l'éclat passager et stérile jusqu'à ceux qui auraient pu se perpétuer de façon productive, car il avait changé pour toujours le monde de ceux qui écoutaient ses chants. L'on vit poindre une génération de poètes qui étaient les enfants de son âme, et leurs œuvres – destinées tantôt aux chœurs, tantôt aux solistes, bien souvent calquées sur le modèle de l'antienne et du répons des anciens chants –, en se propageant à travers l'espace sur des ondes invisibles, atteignirent un monde qu'ils n'imaginaient même pas, et là aussi elles transformèrent des vies.

Ce fut à cet homme, Hlavin Kitheri, reshtar du palais de Galatna, que Supaari VaGayjur envoya, dans un flacon de cristal d'une étonnante simplicité, sept petites graines brunes au parfum extraordinaire.

Ouvrant le flacon, Kitheri eut le nez chatouillé par un bouquet d'odeurs subtiles et variées.

Poète ne possédant pas de mots pour décrire des beautés organiques dont il ne pouvait aucunement soupçonner l'origine, Hlavin Kitheri sut simplement qu'il devait en savoir plus. Et, pour cette raison, des vies furent encore une fois transformées.

25

Naples : juillet 2060

Depuis le palier, John Candotti et Edward Behr entendent clairement la moitié de la conversation qui se déroule dans le bureau du général des Jésuites. Il n'est pas nécessaire de tendre l'oreille. Il suffit de ne pas être sourd.

« Rien n'a été publié ? Vous me dites que pas un seul des articles que nous avons transmis n'a été soumis...

– Je n'aurais peut-être pas dû lui dire, chuchote John en frottant la bosse laissée par sa fracture du nez.

– Il l'aurait forcément appris un jour ou l'autre », répond le frère Edward d'un ton placide. La colère, pense-t-il, est plus saine que la dépression. « Vous avez bien fait. À mon avis, il s'en sort plutôt bien. »

Pourquoi, a demandé Sandoz à John pendant le déjeuner, pourquoi le questionne-t-on ainsi sur des faits qui figurent dans les dossiers envoyés sur terre depuis Rakhat ? Pourquoi ne pas lire tout simplement les rapports quotidiens et les articles scientifiques ? John lui a expliqué que seul le général avait accès à ces rapports. « Soit, mais pourquoi ne consulte-t-on pas tout ce qui a été publié ? » a demandé Sandoz, et lorsqu'il a entendu la réponse, il a quitté la table, le visage impassible, bouillonnant de rage, et il s'est rendu droit dans le bureau de Giuliani.

Candotti et Behr se retournent en entendant les pas de Johannes Voelker. Il les rejoint devant la porte et, sans cacher son intérêt, il écoute Sandoz lancer d'un ton sarcastique : « Ah, parfait ! Alors, comme ça, l'astronomie et la botanique se sont faufilées à travers les trous de la passoire. Je suis ravi de l'apprendre, mais cela laisse quand même quatre-vingt-dix pour cent de ce que nous avons fait... » Nouveau silence. « Vince, plusieurs personnes sont mortes pour obtenir ces données ! »

À ces mots, Voelker hausse un sourcil. Ça le fait sans doute chier d'entendre Sandoz appeler Giuliani par son prénom, se dit John. Voelker insiste toujours pour imprégner le généralat des Jésuites d'un maximum de gloire impériale, de façon à pouvoir mieux jouer les grands vizirs, selon l'opinion – partiale, il faut bien le reconnaître – de John Candotti.

« Pour obtenir ces données ? répète Voelker d'un ton sec et surpris. Elles ne sont pas mortes pour le Christ ?

– Comment peut-on espérer justifier... » Il y a une pause et ils entendent la voix posée du général, mais il est impossible de distinguer les mots qu'il prononce sans appuyer l'oreille contre le battant de la porte, extrémité à laquelle aucun des trois hommes n'est disposé à se porter en présence des deux autres.

Felipe Reyes arrive, haussant les sourcils d'un air interrogateur, et s'arrête brutalement en entendant Sandoz vitupérer : « Jamais de la vie ! Vous n'arriverez pas à me faire porter le chapeau. Vous pouvez toujours aligner vos arguments à la noix – non, laissez-moi finir ! Je me fous pas mal de ce que vous pensez de moi. Rien ne peut justifier la suppression du travail scientifique que nous avons accompli. Il était de tout premier ordre ! »

« On dirait que votre chouchou est dans tous ses états, Candotti, souffle benoîtement Voelker, avec un petit sourire.

– C'est un scientifique et son travail a été passé à la trappe, Voelker. Il a le droit d'être dans tous ses états, réplique John sur le même ton, avec le même sourire mielleux. Ça marche bien, le secrétariat, en ce moment ? Vous avez réussi à prendre quelques rendez-vous de tout premier ordre, ces temps derniers. »

La discussion s'envenimerait, si Felipe Reyes ne les arrêtait pas d'un regard. Entre ces deux-là, se dit Reyes, c'est presque une question d'hormones. Dès qu'on met Voelker et Candotti dans la même pièce, on a l'impression de voir au moins dix cors métaphysiques leur pousser sur le crâne.

Ils s'aperçoivent alors que les éclats de voix ont cessé et, pendant un long moment, rien ne leur laisse deviner ce qui se passe à l'intérieur du bureau. Finalement, Voelker consulte la pendule en haut de son bloc-notes électronique et tend les bras devant John pour frapper à la porte.

Ce dernier est profondément satisfait d'entendre le général hurler : « Ce n'est pas le moment, nom d'un chien ! »

À l'intérieur du bureau, Emilio Sandoz contemple Vincenzo Giuliani d'un regard totalement incrédule.

« Donc, vous voyez bien, rétrospectivement, que c'était une sage décision, est en train de dire le général en écartant les mains d'un geste conciliant. Si nous avions tout publié au fur et à mesure que les données nous parvenaient, la situation aurait été encore pire par la suite, quand la vérité a éclaté. »

Sandoz se tient devant lui, raide comme un piquet, presque incapable de comprendre ce qu'il vient d'entendre. Il s'efforce de croire que cela ne fait aucune différence, mais ce n'est pas vrai. Cela change tout, et il cherche à se rappeler toutes les conversations qu'ils ont eues, Sofia et lui, défaillant presque tant il a peur d'avoir dit, sans le savoir, quelque chose qui aurait pu la blesser.

Giuliani lui avance un siège. « Asseyez-vous, Emilio. Je vois bien que cela vous a fait un choc. » Lui-même scientifique de haute volée, Giuliani n'a pas accepté de gaieté de cœur la suppression de tous les travaux de la mission, mais il y a des questions plus importantes à considérer, des choses qu'il est impossible de révéler à Sandoz. Il a un peu honte d'avoir mêlé Sofia Mendez à la discussion, mais elle peut fournir une diversion utile et lui permettra peut-être de saisir quelques aperçus pertinents, si jamais il parvient à faire enfin parler Sandoz. « Vous ne le saviez donc pas ? »

Sandoz secoue la tête, toujours abasourdi. « Elle a dit quelque chose, un jour. Qu'elle préférait être liée par contrat à un agent plutôt que de se prostituer. J'ai cru que c'était une façon de parler. Je n'avais pas la moindre idée... Elle devait être encore une enfant ! » chuchote-t-il, horrifié. Comment avait-elle survécu à une expérience pareille ? Une expérience qui l'a détruit, lui qui avait pourtant à sa disposition toutes les ressources d'un adulte.

Sofia lui a sauvé la vie, puisque ce sont ses programmes de navigation par IA qui ont rapatrié le *Stella Maris* jusqu'au système solaire, près d'un an après sa propre mort sur Rakhat. Il était un homme brisé, seul, incapable, même avant d'être réduit à cet état d'épave, de venir à bout des problèmes de navigation. Les programmes de Sofia avaient tout pris en charge : aussi efficaces, aussi logiques, aussi performants que celle qui les avait créés. Quelquefois, pendant le voyage, il était revenu à l'affichage initial, celui qui mettait en branle tout le programme d'IA, et il avait regardé fixement le message qu'elle avait laissé en hébreu. « Vis et rappelle-toi », avait-elle écrit. Cette seule pensée lui est insupportable et il s'oblige à la chasser, luttant pour ne pas sombrer dans la migraine. Elle est morte, et c'est bien dommage que je ne sois pas mort, moi aussi, se dit-il. Mais notre travail ne mérite pas d'être enseveli avec nous.

« Ça ne change rien du tout, reprend-il d'un ton insistant, et Giuliani se rend compte que la manœuvre de diversion n'a pas réussi. Je veux qu'on publie nos travaux. L'indignation morale concernant la vie privée des auteurs n'a rien à voir dans l'affaire. Et aussi les articles d'Anne et ceux de D.W. ! Je veux que tout soit publié. Nous avons renvoyé sur terre quelque chose comme deux cents articles en l'espace de trois ans. C'est tout ce qui reste de notre mission, Vince...

– Je sais, je sais. Calmez-vous. Nous pourrons revenir à ce problème plus tard. L'enjeu est plus important que vous ne le croyez. Non, taisez-vous, dit Giuliani d'un ton péremptoire en voyant Sandoz ouvrir la bouche. Nous parlons ici d'authentiques données scientifiques, pas de pêches bien mûres. Elles ne risquent pas de se détériorer. Nous avons déjà différé leur publication pendant vingt ans, Emilio, pour des raisons qui ont paru valables à trois généraux successifs. » Il n'hésite pas à faire pression quand il faut. « Plus tôt nos audiences seront terminées, nous permettant de savoir ce qui s'est passé sur Rakhat et pourquoi, plus tôt la Compagnie sera en mesure de décider s'il est sage de publier. Et je vous promets que vous serez consulté.

– Consulté ! s'écrie Sandoz. Écoutez-moi bien : j'exige que ces travaux soient publiés et si...

– Père Sandoz, lui rappelle le général de la Compagnie de Jésus, les mains jointes sur la table, ces données ne vous appartiennent pas. »

Après un instant de silence hébété, Sandoz se tasse sur son siège et se détourne, les yeux fermés, la bouche dure – échec et mat, sans bavure. Au bout d'une minute ou deux, involontairement, il porte une de ses mains gantés à sa tête et la presse contre sa tempe. Giuliani se lève et passe dans le cabinet de toilette pour y prendre le flacon de Prograïne qu'il garde à présent à portée de main, ainsi qu'un verre d'eau.

« Un ou deux ? » demande-t-il en revenant. Un cachet ne jugule pas totalement le mal, mais deux mettent Sandoz sur le flanc pour plusieurs heures.

« Un seul, espèce de saligaud. »

Giuliani dépose le cachet dans la paume du gant que Sandoz lui tend brusquement et le regarde jeter le médicament au fond de sa bouche et prendre le verre entre ses poignets. Avec les mitaines bricolées par Candotti, il maîtrise assez bien certains gestes. Ces mitaines rappellent à Giuliani les gants que portaient dans le temps les coureurs cyclistes : si on n'y prend pas garde, cette comparaison sportive donne l'impression que Sandoz est moins handicapé sans ses prothèses. On est en train de lui en fabriquer de nouvelles.

Giuliani remporte le verre dans le cabinet de toilette et, quand il revient, il trouve Sandoz les coudes sur la table, la tête appuyée contre les paumes de ses mains. En entendant le pas du général, il dit dans un murmure : « Éteignez la lumière. »

Giuliani obtempère et se dirige vers les fenêtres pour tirer les lourds rideaux. Il fait encore très gris aujourd'hui, mais, même atténuée, la lumière du jour semble indisposer Emilio quand sa tête le fait souffrir. « Vous voulez vous allonger ?

– Non. Merde. Donnez-moi un peu de temps. »

Giuliani regagne sa table de travail. Plutôt que d'ouvrir la porte et d'informer lui-même les autres de sa décision, il adresse un message au concierge, à l'entrée de la demeure, pour lui demander de prévenir le petit groupe qui attend devant son bureau : la séance de l'après-midi est annulée et le frère Edward est prié d'attendre le père Sandoz sur le palier.

Pour passer le temps, Giuliani se penche sur ce qu'il appelle toujours ses paperasses, en son for intérieur, relisant plusieurs lettres sur son écran avant d'en autoriser la transmission. Dans le silence qui s'est à présent établi dans le bureau, il entend le vieux jardinier, le père Crosby, qui sifflote un air monocorde devant les fenêtres, en arrachant les fleurs fanées et en pinçant les chrysanthèmes. Au bout d'une vingtaine de minutes peut-être, Sandoz relève la tête et se redresse avec précaution sur sa chaise, la paume de la main toujours pressée avec force contre sa tempe. Giuliani ferme le fichier auquel il travaillait et retourne s'installer à la grande table, sur une chaise placée en face de celle d'Emilio.

Les yeux de Sandoz restent fermés, mais en entendant le général tirer la chaise pour s'asseoir, il murmure d'une voix presque inaudible : « Je ne suis pas obligé de rester ici.

– Non, pas du tout, convient Giuliani d'un ton neutre.

– Je veux que tous ces travaux soient publiés. Je pourrais tout réécrire.

– Oui, en effet.
– Il y a sûrement quelqu'un qui serait prêt à me les acheter. John m'a dit que les journaux paieraient pour m'interviewer. Je pourrais vivre par mes propres moyens.
– J'en suis persuadé. »
Sandoz, entrouvrant les paupières avec difficulté dans la lumière douloureusement éblouissante, regarde son vis-à-vis droit dans les yeux : « Alors, donnez-moi une bonne raison pour ne pas vous envoyer paître, Vince. Pourquoi est-ce que je resterais ici ?
– Pourquoi êtes-vous parti ? » demande simplement Giuliani.
Sandoz le regarde, ébahi, sans comprendre.
« Pourquoi êtes-vous parti sur Rakhat, Emilio ? répète doucement Giuliani. C'était simplement une expédition scientifique ? Vous y êtes allé uniquement parce que vous étiez linguiste et que le projet paraissait intéressant ? Vous n'étiez qu'un spécialiste parmi d'autres, à l'affût d'une bonne occasion de faire publier ses travaux ? Vos amis sont vraiment morts juste pour réunir toutes ces données ? »
Les yeux se ferment et Sandoz laisse s'écouler un long moment avant que ses lèvres ne forment le mot : « Non.
– Non, c'est bien que ce que je pensais. » Giuliani respire à fond et lâche enfin le morceau : « Emilio, tout ce que j'ai pu apprendre concernant cette mission me laisse à penser que vous êtes parti pour la plus grande gloire de Dieu. Vous pensiez que vous-même et vos compagnons aviez été rassemblés par la volonté de Dieu. Que vous étiez arrivés à bon port par la grâce de Dieu. Au début, tout ce que vous avez fait a été fait pour l'amour de Dieu. J'ai le témoignage de deux de vos supérieurs qui croyaient sincèrement que vous aviez connu sur Rakhat une expérience sortant tout à fait de l'ordinaire, que vous... » Il hésite, ne sachant pas jusqu'où il peut aller. « Emilio, ils croyaient tous les deux que vous aviez, d'une certaine façon, vu Dieu en face... »
Sandoz se lève et fait demi-tour pour sortir. Giuliani tend la main et la referme sur son bras pour l'empêcher de s'enfuir, mais il le lâche aussitôt, surpris par le cri étranglé qui échappe à Sandoz, tandis qu'il se dégage violemment. « Emilio, je vous en prie, ne partez pas. Je vous demande sincèrement pardon. Ne partez pas. » Il a déjà vu cette expression de panique, cette terreur qui engloutit parfois le malheureux au moment où l'on s'y attend le

moins. C'est sûrement lié à la vérité, se dit-il. « Emilio, que vous est-il donc arrivé là-bas ? Qu'est-ce qui a tout changé ?

– Ce n'est pas à moi qu'il faut le demander, Vince, répond Sandoz d'un ton amer. C'est à Dieu. »

Il sait que c'est Edward Behr qui lui a emboîté le pas. Il reconnaît sa respiration sifflante. Il a descendu à tâtons l'escalier de pierre, aveuglé par les larmes et la douleur lancinante, et lorsqu'il se rend compte que quelqu'un le suit, il jure comme un charretier et dit à Edward de bien vouloir lui fiche la paix.

« C'est l'astéroïde qui vous manque ? demande celui-ci avec curiosité. Vous y étiez tout seul. »

Emilio rit malgré lui. « Non. L'astéroïde ne me manque pas du tout », dit-il aussi sèchement que peut le faire un homme qui pleure. Il s'assied là où il se trouve, car il se sent soudain comme un pantin désarticulé, complètement abandonné, et il laisse tomber sa tête dans ce qui reste de ses mains. « C'est un abîme sans fond.

– Mais vous allez mieux, vous savez », dit Edward en s'asseyant à son tour. Emilio contemple la Méditerranée, bleu acier et huileuse sous le lourd ciel d'étain. « Vous avez de bons et de mauvais jours, bien sûr, mais vous êtes beaucoup plus solide que vous ne l'étiez il y a seulement quelques mois. Jamais vous n'auriez pu supporter une pareille scène au début. Ni physiquement ni mentalement. »

S'essuyant les yeux sur le dos de ses gants, Emilio répond d'une voix furieuse : « Je ne me sens pas plus solide. J'ai l'impression que ça n'en finira jamais. J'ai l'impression que je n'arriverai jamais à m'en remettre.

– Écoutez, moi, je ne veux vous parler que du chagrin. Vous avez perdu tant de bienfaits et tant d'êtres chers là-bas. » Edward le voit sangloter plutôt qu'il ne l'entend, et il résiste à son envie de tendre la main vers lui ; Sandoz a horreur qu'on les touche. « Si les choses suivent un cours plus ou moins normal, il faut bien un an, quand on perd quelqu'un qu'on aimait vraiment. Un an avant que le pire soit passé, je veux dire. Moi, je me suis aperçu que le plus dur, c'étaient les anniversaires. Pas seulement les occasions officielles, comme les anniversaires de mariage, comprenez-vous. Souvent, je suivais mon petit bonhomme de chemin, je me sentais plutôt bien en réalité, et puis tout à coup je me disais : Aujourd'hui, ça aurait fait juste dix ans qu'on s'est rencontrés, ou six ans qu'on est partis s'installer à Londres, ou deux ans depuis notre voyage en France. Ça me fichait vraiment par terre, ce genre de petits anniversaires.

– De quoi est-elle morte, votre femme ? » demande Sandoz. Il s'est ressaisi. Le frère Edward aimerait mieux qu'il se laisse aller, mais il paraît éprouver un besoin impérieux de garder le contrôle, il y a en lui une souffrance qui ne peut pas s'écouler avec les larmes. « Vous n'êtes pas obligé de répondre, ajoute aussitôt Sandoz. Excusez-moi. Je n'ai pas demandé ça par curiosité malsaine.

– Oh, ça ne m'ennuie pas du tout. À vrai dire, cela me fait même du bien de parler d'elle. D'une certaine façon, ça me donne l'impression qu'elle est encore là. » Il se penche en avant, appuyant ses coudes dodus sur ses genoux, la tête proche de celle d'Emilio à présent. « Ça a été un de ces accidents idiots. Je fouillais dans le compartiment à gants, je cherchais un mouchoir en papier pour me moucher. Vous vous rendez compte ? J'avais un rhume. Le coup de déveine, quoi ! C'est le genre de truc qu'on fait des dizaines de fois et il n'arrive jamais rien, et puis là, par un beau matin d'hiver, il est arrivé le pire. J'ai roulé sur un nid-de-poule et j'ai perdu le contrôle de la voiture. Ma femme a été tuée net, et moi, j'ai eu à peine une égratignure.

– Je suis désolé. » Il y a un long silence. « Vous vous entendiez bien ?

– Oh, il y a eu des hauts et des bas. En fait, quand l'accident a eu lieu, ça n'allait pas très fort, mais je crois que nous serions parvenus à surmonter la crise. Nous n'étions pas du genre à baisser les bras, ni l'un ni l'autre. Il me semble que nous nous en serions sortis.

– Et vous vous en êtes voulu à vous ? Ou vous en avez voulu à Dieu ?

– C'est drôle que vous demandiez ça, répond Edward d'un ton pensif. J'en avais après des tas de gens à l'époque, mais l'idée ne m'est jamais venue d'en vouloir à Dieu. Je m'en suis voulu à moi, bien sûr. Et puis aux autorités qui n'étaient même pas fichues d'entretenir la route. Et puis au petit crétin de l'étage au-dessus qui m'avait refilé son rhume. Et même à Laura, pour m'avoir laissé conduire alors que j'étais mal foutu. »

Ils écoutent quelque temps les cris plaintifs des mouettes qui tournent en rond au-dessus d'eux. La mer est trop loin pour qu'on entende le ressac, mais le spectacle de cette eau qui afflue et reflue selon un rythme immuable est presque aussi apaisant, et la migraine commence à refluer à son tour. « Comment en êtes-vous venu à embrasser cette existence ? demande Emilio.

– Eh bien, étant enfant, j'étais assez attiré par la religon. Et puis j'ai été athée pendant un certain temps. Je crois qu'on appelle cette période du développement spirituel l'" adolescence ", dit-il d'un ton sec. Et puis, deux ans environ après la mort de Laura, un ami m'a persuadé de faire une retraite chez les jésuites. Et quand nous en sommes arrivés à l'idée de suivre l'étendard du Christ, je me suis dit : Ma foi, pourquoi pas ? Je vais essayer. Je ne savais plus où j'en étais, voyez-vous. Mais ce n'était pas vraiment le chemin de Damas. Ça manquait de voix. Et vous, mon père ?

– Pas de voix non plus, dit Sandoz, d'un ton normal à présent, et même un peu dur. Je n'ai jamais entendu de voix et les migraines ne me donnent pas l'impression d'avoir des cercles métalliques autour de la tête. Je ne suis pas psychotique.

– Personne n'a laissé entendre que vous l'étiez, pour autant que je le sache, mon père, répond le frère Edward d'un ton égal. Je me demandais simplement comment vous étiez venu à la prêtrise. »

Il y a une pause assez longue avant que Sandoz réponde d'une voix monocorde et neutre : « À l'époque, ça m'a paru une bonne idée. »

Le frère Edward se dit que c'est peut-être la fin de leur conversation, mais au bout de quelques minutes, Sandoz reprend : « Vous avez connu les deux vies. Laquelle est la meilleure ?

– Jamais je n'aurais renoncé aux années que j'ai vécues avec Laura, mais maintenant je suis tout à fait à ma place ici. » Il hésite, puis il se dit que c'est peut-être le moment idéal pour aborder le sujet. « Parlez-moi de Mlle Mendes. J'ai vu des photos d'elle. Elle était très belle.

– Très belle, très intelligente, et très, très courageuse », répond Sandoz dont la voix devient blanche. Il s'éclaircit la gorge, et passe un bras sur ses yeux.

« Il faudrait être idiot pour ne pas aimer quelqu'un qui possède ces trois qualités », dit doucement Edward Behr. Certains prêtres sont si durs pour eux-mêmes.

« Oui, il faudrait être idiot », convient Sandoz, avant d'ajouter : « Mais à l'époque, je ne le pensais pas. » C'est une phrase déroutante, que Sandoz fait suivre d'une autre remarque tout aussi inattendue : « Vous ne vous êtes jamais interrogé sur l'histoire de Caïn ? Il a fait son sacrifice en toute bonne foi. Pourquoi Dieu l'a-t-il refusé ? »

Sandoz se lève et, sans se retourner, descend la longue volée de marches jusqu'à la mer. Il est déjà tout petit, écrasé par la perspective, ayant parcouru la moitié de la plage en direction de l'énorme masse rocheuse où il aime souvent aller se réfugier, lorsque Edward Behr prend soudain conscience de ce qu'il vient d'entendre.

26

Village de Kashan et Grande Forêt du Sud : huit semaines après la prise de contact

Cette nuit-là, Anne se réveilla sans savoir ce qui l'avait dérangée dans son sommeil. Sa première pensée, accompagnée par une forte poussée d'adrénaline qui lui fit brutalement ouvrir les yeux dans le noir, fut que D.W. avait fait une rechute ou qu'un autre membre du groupe était victime de la turista extraterrestre. Elle tendit l'oreille pour essayer de discerner le moindre bruit révélateur, mais elle n'entendit que George qui ronflotait doucement, plongé dans un sommeil lourd et sans rêves. Sachant pertinemment qu'elle ne pourrait pas se rendormir tant qu'elle n'aurait pas constaté que tout le monde dormait paisiblement, elle soupira et se dit : Voilà que je suis devenue une espèce de semi-mère poule, affublée d'une marmaille pour le moins insolite. Elle enfila donc un des tee-shirts de Jimmy et se faufila hors de la tente.

Elle se rendit d'abord auprès de D.W. puis, rassurée, elle passa à la forme endormie de Jimmy, dans un autre coin. Le cœur serré, elle contempla les lits vides de Marc et de Sofia, regrettant de ne pas faire partie des gens qui priaient, car ainsi leur absence ne l'aurait pas remplie d'angoisse impuissante. Puis elle vit qu'un troisième lit était vide, mais avant même de sentir son cœur bondir dans sa poitrine, elle commença à distinguer le léger cliquetis d'un clavier. Après s'être faufilée d'un pied précautionneux le long d'un sentier de pierre que seule une chèvre aurait pu apprécier, elle se baissa pour pénétrer chez Aycha et aperçut son semi-enfant préféré à genoux devant une table basse, telle une geisha, occupé à taper rapidement sur le clavier d'un ordinateur.

« Emilio ! lança-t-elle à mi-voix. Mais qu'est-ce que tu fous donc... »

Il secoua la tête sans lever les yeux et sans interrompre son activité. Elle se laissa tomber sur un coussin à côté de lui, écoutant les bruits de la nuit. Elle avait l'impression de discerner une odeur de pluie, mais les pierres étaient toujours sèches. Tiens, se dit-elle en remarquant un récepteur radio posé à côté d'Emilio, je ne suis pas la seule à me faire du mouron.

Marc et Sofia avaient fait savoir qu'ils s'apprêtaient à tenter de se poser. Depuis, il n'y avait plus eu qu'un silence éprouvant. Jimmy pensait que c'était peut-être dû à la violence de l'orage, de l'autre côté des montagnes, mais George avait dit que l'orage n'aurait pu que troubler les signaux, pas les supprimer tout à fait. Personne n'avait prononcé tout haut le mot « accident ».

Emilio tapa encore quelques phrases, puis il ferma son fichier, sûr d'en avoir noté assez pour être capable de rebâtir la logique de son raisonnement le lendemain matin. « Excuse-moi, Anne. J'avais quatre langues qui me trottaient dans la tête à la fois et si on en avait ajouté une cinquième... » Ses doigts se séparèrent brutalement et il fit un bruit d'explosion.

« Comment fais-tu pour ne pas tout emmêler ? »

Il bâilla et se frotta le visage. « Il y a des fois où je fais des salades. C'est rigolo, du reste. Il m'est arrivé de suivre une conversation entière en arabe, ou en amharique, ou en ruanja, ou en Dieu sait quoi, sans perdre un seul mot, ni confondre les idées, mais parfois dans mon souvenir elle s'est déroulée en espagnol. Et je sens que je suis en train d'oublier le polonais et l'inupik.

– Ça, c'était en Alaska, entre Chuuk et le Soudan, non ? »

Il opina et se renversa sur un coussin, en s'enfonçant les poings dans les yeux. « Peut-être que je ne les ai pas très bien appris, ni l'un ni l'autre, parce que j'en voulais à la terre entière d'être obligé de les apprendre. Jamais je n'ai pu m'habituer au froid et aux nuits interminables, et j'avais vraiment l'impression qu'on gaspillait mes capacités. Pour moi, ça n'avait aucun sens. » Il écarta ses mains de son visage et coula vers Anne un regard en coin. « Ce n'est pas facile d'obéir quand on soupçonne ses supérieurs d'être des couillons. »

Anne émit un petit grognement amusé. Ce n'est pas franchement pieux, comme remarque, se dit-elle. « Au moins, au Soudan, il faisait chaud.

– Non, pas chaud. Étouffant. Même pour moi, étouffant. Et quand j'ai fini par débarquer en Afrique, j'étais mieux armé pour apprendre les langues sur le terrain. Et puis – eh bien, je dois dire que la contrariété professionnelle me paraissait une chose assez secondaire. » Il se redressa et son regard se perdit dans l'obscurité. « C'était épouvantable, Anne. On n'avait le temps de rien faire d'autre que de nourrir les gens. D'essayer de maintenir les bébés en vie. » Il secoua les épaules. « Je suis encore tout ébahi d'avoir réussi à apprendre trois langues cette année-là. Ça s'est fait tout seul. J'ai arrêté de me dire que j'étais un linguiste.

– Tu te disais que tu étais quoi, alors ?

– Un prêtre, répondit-il simplement. C'est à ce moment-là que j'ai vraiment commencé à croire ce qu'on nous dit pendant l'ordination : *Tu es sacerdote in aeternum.* »

Prêtre pour l'éternité, se dit Anne. Maintenant et à tout jamais. Elle étudia le visage multiforme : Espagnol, Taïno, linguiste, prêtre, fils, bien-aimé, ami, saint... « Et à présent ? demanda-t-elle doucement. Qu'es-tu à présent, Emilio ?

– Mort de sommeil. » Il lui prit le cou affectueusement et l'attira vers lui pour déposer un rapide baiser sur sa chevelure, libérée de sa natte pour la nuit, luisant d'un éclat vermeil à la lumière de la lampe-tempête.

Anne indiqua la radio. « Tu n'as rien entendu ?

– Je l'aurais dit, Anne. À haute et intelligible voix.

– S'il leur est arrivé quelque chose, jamais D.W. ne se le pardonnera.

– Ils vont revenir.

– Comment en es-tu si certain, gros malin ? »

Il cita du fond du cœur et de ses souvenirs le livre du Deutéronome : « “ Vous avez vu de vos yeux ce que le Seigneur votre Dieu a fait. ”

– Moi, j'ai vu ce que les hommes sont capables de faire...

– Tu as vu ce qu'ils font, concéda Emilio, mais pas pourquoi ils le font ! C'est là qu'est Dieu, Anne. Dans le pourquoi – dans la raison des choses. » Il la dévisagea et comprit le scepticisme et le doute qui l'habitaient. Il y avait eu au-dedans de lui tant de joie, un tel épanouissement... « Bon, d'accord. Essaie plutôt cette formule : “ La poésie est dans le pourquoi. ”

– Et si Sofia et Marc gisent au milieu d'un tas de débris à l'heure qu'il est ? demanda Anne. Elle est où, la poésie de Dieu ? Où était-elle quand Alan est mort, Emilio ?

– Dieu le sait, dit-il, et le ton de sa voix était à la fois un aveu de défaite et une déclaration de foi.

– Tu vois, pour moi, c'est là que tout s'effondre ! s'écria Anne. Ce qui me reste en travers de la gorge, c'est que Dieu reçoit toujours les louanges et jamais le blâme. Moi, ce genre de sucre d'orge théologique, il n'y a pas moyen que je l'avale. Ou bien Dieu est aux commandes, ou il n'y est pas. Qu'est-ce que tu faisais quand les bébés mouraient, Emilio ?

– Je pleurais, reconnut-il. Je crois que quelquefois Dieu a besoin de nous faire pleurer ses propres larmes. » Il y eut un long silence. « Et j'essayais de comprendre.

– Et maintenant ? Tu comprends ? » Il y avait dans sa voix une intonation presque suppliante. S'il lui avait dit oui, elle l'aurait cru. Elle aurait tant aimé que quelqu'un fût capable de lui expliquer tous ces mystères, et si quelqu'un de sa connaissance était capable de les percer à jour, c'était sans doute Emilio Sandoz. « Maintenant, tu trouves ne fût-ce qu'un semblant de poésie dans la mort des bébés ?

– Non », dit-il enfin. Puis il ajouta : « Pas encore. La poésie est parfois tragique. Et elle est peut-être plus difficile à apprécier. »

Sur ces mots, Anne se releva, fatiguée, car c'était le milieu de la nuit, et elle était sur le point de retourner se coucher, lorsque, en jetant un coup d'œil en arrière, elle remarqua sur le visage d'Emilio une expression familière. « À quoi penses-tu ? voulut-elle savoir. À quoi ?

– À rien. » Il haussa les épaules, car il connaissait à fond la congrégation à qui il avait affaire. « Simplement à ceci : s'il n'y a que ça qui t'empêche d'avoir la foi, peut-être que tu ne devrais pas te gêner et que tu devrais blâmer Dieu chaque fois que tu trouves ça justifié. »

Un lent sourire illumina le visage d'Anne et elle se rassit sur son coussin à côté de lui, d'un air songeur.

« À quoi penses-tu ? » Cette fois, c'était au tour d'Emilio de poser la question. Anne arborait à présent un sourire démoniaque. « À quoi penses-tu, Anne ?

– Bof, je songe simplement à quelques sentiments distingués dont j'aimerais faire agréer l'expression à Dieu », dit-elle d'une voix sucrée, puis elle posa les deux mains sur sa bouche pour ne pas rire tout fort. « Ah, Emilio, mon enfant chéri, lança-t-elle d'une voix fantomatique et pleine de malice, je crois bien que tu viens de mettre le doigt sur une théologie dont je pourrais m'accommoder ! J'ai bien votre permission pour ce que je vais faire, mon père, je ne me trompe pas ? Vous êtes prêt à vous mouiller dans cette affaire comme complice ?

– Jusqu'à quel degré de grossièreté comptes-tu aller ? » Emilio eut un rire circonspect, mais son visage à présent débordait de vie. « Je ne suis qu'un simple prêtre ! Peut-être qu'on devrait consulter un évêque, ou mieux encore...

– Arrête tes conneries ! s'écria-t-elle. Tu ne peux plus me laisser tomber maintenant ! » Et, dressée sur ses genoux, elle se mit à lui taper la poitrine de l'index de façon répétée, tout en débitant une litanie d'accusations tout ce qu'il y a de plus ordurier et virulent, quant aux souffrances et à la mort prématurée des innocents, au sort de l'équipe de Cleveland lors du championnat de base-ball de 2018, à la persistance du mal et des Républicains texans dans un univers régi par une divinité qui avait le culot de se proclamer toute-puissante et juste, litanie qu'Emilio, d'un air pénétré, traduisit aussitôt, grâce à un vocabulaire merveilleusement ampoulé et latinisant, en platitudes insipides et obséquieuses. Très vite ils se retrouvèrent cramponnés l'un à l'autre, hurlant de rire comme deux déments, et leur duo devint de plus en plus bruyant et échevelé, jusqu'au moment où George Edwards, vaguement dérangé par le vacarme qu'ils faisaient, fut réveillé pour de bon en entendant son épouse glapir : « Non, arrête, Emilio ! Les vieilles bonnes femmes ont la vessie fragile !

– Sandoz, hurla George, qu'est-ce que tu fabriques avec ma moitié ?

– Nous parlons de théologie, mon chéri, chantonna Anne hors d'haleine, en inspirant de grandes goulées d'air.

– Oh, pour l'amour du ciel !

– Nous travaillons toujours à la théodicée ! lança Emilio. Nous n'en sommes pas encore à l'incarnation divine. » Et de s'écrouler de rire, imité par Anne.

« Tue-les, George, conseilla D.W. d'une voix forte. C'est ce qu'on appelle la légitime défense.

– Auriez-vous tous l'amabilité de fermer vos gueules ? brailla Jimmy, ce qui, pour une raison inconnue, eut le don de faire glousser Anne et Emilio encore plus fort.

– C'est ce qu'on appelle l'écho new-yorkais ! s'écria Emilio. Coucou-ou-ou !

– Fermez vos gueu-eu-eules ! répondit Anne, pliée en deux.

Oh, bon, et puis merde, après tout. Je vais essayer de me remettre à la religion, continua-t-elle tout bas en s'essuyant les yeux tandis que le rire purificateur s'éteignait et qu'ils reprenaient leur respiration. Tu crois que Dieu est capable d'encaisser le genre de savon que je risque de lui passer ? »

Emilio resta allongé sur les coussins, épuisé et heureux. « Anne, dit-il en croisant ses mains derrière sa tête, je crois que Dieu sera enchanté de te voir revenir. »

La dernière pensée cohérente du père Marc Robichaux avant de s'écraser au sol fut : « Merde. Le père supérieur va être furax. »

L'atterrissage lui avait pourtant paru possible. La piste était encore tout à fait distincte et la végétation avait l'air moelleuse et feuillue. Il pensait même que les racines des plantes avaient dû contribuer à stabiliser le sol, de sorte que les roues de leur appareil ne s'y enfonceraient pas trop. Sofia s'était posée sur toutes sortes de terrains pendant son stage de formation et paraissait croire qu'elle parviendrait à atterrir ici sans encombre. Ils avaient donc décidé de risquer le coup.

Seulement, ni Marc ni Sofia n'avaient tenu compte des lianes. Elles devaient être ligneuses, comme des sarments de vigne, sinon elles auraient cédé sous l'impact des roues. Au lieu de quoi, elles s'étaient agrippées avec une vigueur maléfique au train d'atterrissage du fragile petit avion, et la soudaine immobilisation avait projeté les deux occupants brutalement contre leurs harnais de sécurité. Assis à l'avant, Marc avait eu une vision terrifiante du sol qui paraissait monter à sa rencontre, mais il avait perdu conscience avant que l'ULM ne volât en éclats, lorsque leurs ceintures avaient déchiré l'ossature brusquement stationnaire, alors que leurs deux corps continuaient à foncer vers l'avant.

Il n'avait pas la moindre idée de la durée de son évanouissement. Au moment de l'accident, il faisait encore jour. À présent les deux lunes étaient levées. Pendant quelque temps, il resta immobile, se concentrant sur chacun de ses membres et sur la douleur dans sa poitrine pour tâcher d'évaluer la gravité de ses blessures. Il ne sentait plus ses jambes et, le cœur battant à se rompre, il se demanda, horrifié, s'il ne s'était pas brisé le dos. Mais lorsqu'il bougea prudemment la tête, il s'aperçut que Sofia avait été projetée sur lui par la violence du choc et que l'engourdissement de ses jambes était simplement dû au fait que le poids de la jeune femme empêchait le sang de circuler librement.

Elle avait du sang plein la figure, mais elle respirait. Il réussit à sortir de sous elle par lentes reptations, en faisant de son mieux pour ne pas l'ébranler, car toutes les descriptions apocalyptiques d'Anne concernant les fractures multiples lui revenaient en mémoire. Il fut enfin en mesure de se retourner et d'immobiliser la tête de Sofia dans ses bras pendant qu'il achevait de dégager ses jambes; et dans son anxiété pour elle, il oublia de s'inquiéter pour son propre corps. Il était déjà à genoux lorsqu'il se rendit compte qu'il n'était sûrement pas très gravement blessé, sans quoi la douleur aurait été bien pire.

Il releva sa chemise pour voir pourquoi sa poitrine le faisait souffrir à ce point, et au clair des lunes il distingua les contours exacts de son harnais de sécurité reproduits à même la peau sous forme d'écorchures et de vilaines meurtrissures; il faillit reperdre conscience mais, après s'être penché en avant pendant quelques instants, la tête contre les genoux, il se sentit mieux. Il se tourna alors vers Sofia et entreprit de la débarrasser de l'amas de perches creuses, de filins et de pellicule de polymère qui constituait les seuls vestiges reconnaissables de l'ULM. Lorsqu'elle fut enfin dégagée, il se leva et se dirigea vers le module, dont il déverrouilla la porte avant d'allumer la lampe intérieure alimentée par une pile. Dès que son regard se fut habitué, il dénicha la trousse de premiers soins, une lampe-tempête et un lot de couvertures de survie qu'il rapporta auprès de Sofia.

Tout au long des mois qu'ils venaient de passer ensemble, Marc s'était tenu à distance de Sofia Mendes. Sa froideur l'intimidait, sa complète autonomie le dérangeait, son manque de féminité le déroutait, mais par moments sa beauté physique lui coupait le souffle. Jamais il ne s'était permis de la dessiner, de palper ses formes de ses mains, gardant de chastes distances même sur le papier.

À présent, il s'agenouillait auprès d'elle. Je te demande bien pardon, chère amie, se dit-il, puis, avec tout le détachement possible, durement secoué comme il l'était lui-même, il se mit à lui tâter les bras et les jambes, en quête de fractures ou de plaies. Le torse de Sofia était sans aucun doute en aussi mauvais état que le sien, mais pour plusieurs raisons il se sentit incapable d'essayer de déterminer si elle souffrait de côtes cassées ou de blessures internes. De toute façon, il n'était pas en mesure de les soigner. Il déplia donc une des couvertures, traîna Sofia dessus avec précaution et l'enveloppa avec soin dans l'autre, avant de se frayer un chemin jusqu'au ruisseau pour y remplir un récipient d'eau.

Il revint auprès de Sofia et humecta un linge propre qu'il avait tiré de la trousse pour nettoyer le sang, séché et frais, qui lui couvrait le visage. Il en découvrit la source qui suintait encore : le cuir chevelu était fendu. Refoulant une nausée à la vue de toute cette hémoglobine, il s'obligea à suivre du doigt les lèvres de la plaie. Il n'en était pas tout à fait sûr, mais il lui semblait bien que le crâne lui-même était intact. Vaillamment concentré sur sa tâche, il ne s'aperçut pas qu'elle avait ouvert les yeux jusqu'au moment où il l'entendit dire : « Si tu en as profité pour me baptiser, Robichaux, tu n'as pas fini d'en entendre parler.

– Mon Dieu ! » hurla-t-il avec un geste de recul convulsif qui lui fit renverser le récipient d'eau, laissant échapper son linge sous le choc.

Pendant quelques minutes, Sofia eut droit à un intéressant aperçu de la surexcitation française. Sa connaissance de la langue était purement scolaire et l'accent canadien de Robichaux lui était déjà presque incompréhensible quand ce dernier n'était pas en proie à l'affolement. Elle comprit néanmoins tout à fait clairement qu'il oscillait entre le profond soulagement et la colère homérique. « Je suis désolée de t'avoir fait peur », s'empressa-t-elle de dire dès qu'il commença à se calmer.

Il leva une main, en déglutissant avec peine, et secoua la tête, le souffle toujours précipité. « Ce n'est rien. » Il lui fallut encore un moment avant de pouvoir en revenir à l'anglais. « Je t'en prie, Mendes. Ne me refais jamais une chose pareille.

– Je tâcherai, mais je ne pense pas que nous risquons de nous trouver souvent dans la même situation, répondit-elle sèchement. Je suis blessée ? Et toi ?

– Pour autant que j'aie pu le déterminer, nous sommes couverts d'ecchymoses et d'écorchures, mais rien de pire. Comment te sens-tu ? » Il souleva brièvement sa chemise pour lui faire voir les marques laissées par le harnais. « Nous avons été projetés en avant avec une grande violence. Crois-tu avoir des côtes cassées ? »

Elle bougea sous la couverture et il vit son visage prendre une expression distraite qui ne lui était pas habituelle. « Je dois dire que ça me fait un mal de chien, avoua-t-elle. Et en plus, j'ai une migraine atroce. Mais je crois que c'est tout. »

Marc agita mollement la main en direction des débris. « Soit nous sommes tous les deux bien-aimés du Seigneur, soit nous avons un pot du diable. »

Elle se souleva légèrement pour regarder ce qui restait de l'ULM. « À l'évidence, les petits avions ne sont pas bien-aimés du Seigneur. En revanche, ils le sont de D.W. Yarbrough. Il va être furibond. » Marc haussa les yeux au ciel, en signe d'acquiescement. En contemplant l'épave, Sofia se rendit compte que la désintégration de l'appareil leur avait sauvé la vie ; son ossature était conçue pour voler en éclats et absorber l'impact d'une collision. Elle se rallongea, car la tête lui tournait légèrement, et elle se mit à calculer le nombre d'heures qui avaient pu s'écouler depuis l'accident. « Marc, est-ce que la radio fonctionne encore ? Les autres doivent se faire un sang d'encre. »

Il porta la paume d'une main à son front et, marmonnant entre ses dents en français, il se dirigea vers les restes de l'avion où il commença à fouiller sans succès parmi les morceaux. Le vent fraîchissait à présent et des lambeaux de polymère ondulaient et fouettaient l'air.

« Robichaux, laisse tomber ! lança Sofia. Il y a un émetteur-récepteur dans le module. » Elle s'assit sur son séant, avec beaucoup de précautions, à l'écoute de son corps. Des pieds à la tête, chaque partie de son anatomie gémissait, mais aucune ne hurlait. Repoussant la couverture, elle tira sur le col de sa chemise et regarda à l'intérieur. « C'est la version en Technicolor », fit-elle remarquer, avant d'ajouter d'un ton guilleret : « Nous avons des poitrines assorties.

– La topographie en diffère considérablement », répondit le prêtre avec un semblant d'humour. Il revint près d'elle et s'assit un peu brusquement par terre à ses côtés, penché en avant de nouveau, la tête entre les jambes. Au bout de quelques instants, il se redressa : « Je parle, bien entendu, par déduction, et non à la suite d'une observation directe.

– Marc, dit-elle, pince-sans-rire, la prochaine fois que nous aurons un accident d'avion ensemble, je t'en prie, n'hésite pas à t'assurer que je n'ai pas la cage thoracique enfoncée. La pudeur n'a vraiment pas sa place en cas d'urgence médicale. » Peut-être rougit-il : c'était difficile à dire à la lueur orangée de la lampe-tempête. Il y eut un roulement de tonnerre et Sofia jeta un regard aux arbres qui les environnaient et qui ployaient au vent. « On ferait mieux de monter dans le module. »

Ils ramassèrent les couvertures et la trousse de premiers soins, puis, à la lumière de la lampe, ils hissèrent leurs carcasses endolories par la porte de la soute, située à bâbord. Le vent venant de l'autre côté, ils purent la laisser ouverte pour regarder les éléments se déchaîner. Au début, l'orage fut très violent, mais il ne tarda pas à se transformer en grosse pluie régulière qui tambourinait contre le toit du module avec un son somme toute réconfortant.

« Alors, reprit Sofia quand le bruit diminua quelque peu d'intensité, tu l'as fait ?

– Pardon ? répondit Marc, apparemment désorienté par sa question.

– Tu m'as baptisée ?

– Ah ! » fit-il, avant d'ajouter, non sans indignation : « Non, bien sûr que non !

– Je suis ravie de l'apprendre », répondit-elle, mais elle était intriguée. S'il s'était agi de Sandoz, elle aurait volontiers fait assaut de plaisanteries avec lui. Tu parles d'un missionnaire, l'aurait-elle charrié, en se fiant à son sens de l'ironie. Mais elle était moins sûre de ce qu'elle pouvait dire à Marc, qui paraissait en outre profondément choqué par leur accident. Elle-même se sentait d'humeur remarquablement joviale, dans l'ensemble. « Tu n'aurais pas dû ?

– Absolument pas. J'aurais manqué à toutes les règles de la déontologie. »

Il avait l'air d'être mieux, de se ressaisir davantage quand il parlait, si bien qu'elle décida de prolonger la conversation. « Mais si j'avais été en train de mourir, tu n'aurais pas eu le devoir de sauver mon âme ?

– Nous ne sommes plus au XVIIe siècle, ma chère. Nous ne nous mêlons plus de courir le monde pour arracher les âmes des païens à la perdition », dit-il d'un air vexé avant de continuer d'une voix plus amène : « Si tu avais manifesté auparavant un désir sincère d'être baptisée, mais sans avoir encore suivi de cours d'instruction religieuse, je t'aurais baptisée, certes, par respect pour tes intentions. Ou bien si tu avais repris conscience et que tu me l'aies demandé, j'aurais exaucé ta prière. Mais sans la moindre permission ? Sans déclaration d'intention préalable ? Jamais. »

Il était encore un peu groggy, mais il se sentait mieux à présent et il se mit debout lentement, en poussant des petits grognements. Debout devant une console, il afficha une carte photographique de la région qui séparait le camp, au milieu de la forêt, du village de Kashan. « Ça va être un vrai parcours du combattant. »

Il se retourna en entendant le rire de gorge de sa compagne. Encore à demi souillé de sang, constellé d'ecchymoses qui fonçaient d'heure en heure, le superbe visage séfarade restait flegmatique et indéchiffrable, mais les yeux souriaient, tandis que Sofia Mendes regardait autour d'elle. « Pourquoi marcher, dit-elle en haussant les sourcils, quand on peut voler ? »

Ils s'endormirent peu après et se réveillèrent tard, les muscles noués, le corps douloureux, réconfortés toutefois de voir le soleil après l'orage et d'avoir survécu. Ils prirent un petit déjeuner très simple, prélevé sur les provisions du module, puis Sofia refit connaissance avec l'appareil, en exécutant tous les exercices de décollage et d'atterrissage sur le simulateur. Marc, pendant ce temps, entreprit un bref examen des formes de vie sylvestre qu'il avait étudiées pendant les premières semaines sur Rakhat, et nota par écrit les changements, peut-être saisonniers. Et il se rendit sur la tombe d'Alan Pace, pour la nettoyer et prier quelques instants.

Vers le milieu de la matinée, Sofia descendit du module et vint le rejoindre, la démarche raide : « Nous devrions être prêts à décoller d'ici deux heures. »

Aussitôt, Marc se redressa. C'était une erreur, et il geignit avant de demander : « Tu as contacté les autres ou pas encore ?

– Ah, bon Dieu ! Ils doivent nous croire morts à l'heure qu'il est ! s'écria Sofia, désemparée. Je voulais le faire hier soir, et puis ça m'est complètement sorti de la tête. Oh, Marc, ils doivent être dans tous leurs états ! »

C'était la première fois que Marc la voyait perdre un peu de son sang-froid. Cela la rendait plus humaine, et il se dit qu'il l'aimait vraiment beaucoup. « Sofia, s'écria-t-il en imitant le ton pince-sans-rire qu'elle avait pris la veille, la prochaine fois que nous aurons un accident d'avion ensemble, je suis sûr que tu n'oublieras pas de faire savoir par radio que nous ne sommes pas morts. Après tout, nous sommes de simples amateurs en matière de catastrophes aériennes. Nous avons bien le droit de faire quelques bourdes.

– J'ai dû être plus ébranlée que je ne le pensais. » Elle secoua la tête. « Allez, viens. Mieux vaut tard que jamais. »

Ils regagnèrent le module et s'efforcèrent de contacter leurs camarades à Kashan, mais la radio resta muette. « C'est le black-out », dit Sofia, l'air dégoûté. Il s'agissait d'un de ces hiatus horripilants dans les transmissions par relais satellites. « Il y en a pour quatre heures avant qu'on récupère un signal porteur.

– Bah, nous serons bientôt auprès d'eux, comme deux Lazares ressuscités d'entre les morts ! » s'écria Marc gaiement. Puis il ajouta sur un ton de conspirateur. « Peut-être que, sous l'effet de la surprise, le père supérieur ne remarquera pas qu'on a complètement bousillé son petit avion. »

Renvoyant Marc à ses chères plantes, Sofia entama une rigoureuse inspection en prévision du vol. Il y avait des centaines de dangers en puissance : des nids de petits-mecs-en-vert dans les moteurs, des richard-nixons en train de couver dans le train d'atterrissage, des essaims d'enfoirés dans les boîtes électroniques. Lorsqu'elle fut enfin aussi sûre qu'elle pouvait l'être que l'appareil était en état de fonctionner, elle se rendit à la porte de la soute, d'où elle héla Robichaux : « Je vais faire un essai de démarrage, et puis je décollerai pour quelques manœuvres d'exercice. Tu veux monter tout de suite ou tu as eu ton content d'acrobaties pour la semaine ?

– Je crois que je préfère cueillir quelques échantillons pendant ce temps. »

Si elle avait eu affaire à Sandoz, elle se serait écriée : Poule mouillée ! Elle sourit à Marc : « Je serai de retour d'ici une demi-heure. »

Il l'aida à assujettir la porte, puis il fila jusqu'à la lisière de la forêt, hors de portée de la mise à feu des moteurs. Lorsqu'il se retourna, il la vit, à travers la fenêtre du cockpit, qui faisait la grimace en serrant les courroies du harnais sur un corps aussi meurtri que le sien. Elle le regarda et il leva ses deux mains jointes au-dessus de sa tête, dans un douloureux geste d'encouragement. Elle hocha la tête et commença le compte à rebours.

Chez un ex-pilote de chasse tel tel que D.W. Yarbrough, les mots « porté disparu » déclenchaient toujours un sentiment d'horreur qui le prenait aux tripes. Les avions s'écrasaient sans qu'on sût où ni pourquoi. On connaissait les dangers, mais jamais la vérité. Et la décision à prendre ensuite était atrocement lourde de risques savamment calculés. Fallait-il mettre d'autres hommes en péril dans l'espoir d'effectuer un improbable sauvetage, ou bien fallait-il accepter la réalité des pertes inévitables ? D'un côté comme de l'autre, il y avait un prix à payer.

D.W. n'avait jamais été du genre à se flageller avec la discipline du regret et de la sagacité rétrospective. Il était néanmoins fort marri d'avoir cédé aux pressions et laissé Marc et Sofia partir à bord de l'ULM. Il aurait dû attendre et entreprendre lui-même le vol, dès qu'il aurait été rétabli.

À mesure que les heures s'égrenaient interminablement sans apporter la moindre nouvelle d'eux, il ne put se raccrocher qu'au plus froid des réconforts : sur le moment, l'idée avait paru bonne. Pour autant qu'il pût le deviner, ils avaient dû s'écraser en voulant se poser près du module. Peut-être avaient-ils survécu mais étaient-ils trop blessés pour bouger ? Il faudrait plus d'une semaine de marche en terrain inconnu pour les rejoindre, morts ou vivants. Il n'y avait aucune bonne solution. Il savait bien qu'il n'était pas en assez bon état pour faire lui-même le déplacement dans ces conditions. L'intervention d'Anne serait sans doute nécessaire, mais il hésitait à l'envoyer si loin à pied. Emilio avait de bonnes connaissances médicales et il était solide, mais il manquait de force physique. Mieux vaudrait envoyer Jimmy, qui avait reçu une formation de secouriste presque aussi poussée que celle d'Emilio. Si Marc ou Sofia survivaient aux sept ou huit jours qu'il faudrait compter pour les atteindre, ils vivraient sans doute un jour de plus sans recevoir de soins spécialisés. Donc, il valait mieux se rabattre sur Jimmy, qui était un colosse, et sur George, qui était un coriace et qui avait parfaitement maîtrisé le module lors du précédent voyage jusqu'à l'astéroïde. Ce dernier aurait ordre d'emmener les survivants directement dans le *Stella Maris*, où il les laisserait avec Jimmy et referait le plein de carburant. Ensuite il reviendrait à Kashan prendre Anne et la conduire auprès des blessés. Cela diminuerait singulièrement leur liberté de mouvement. Il ne leur resterait plus assez de carburant pour accomplir plus de trois autres vols, mais c'était comme ça et pas autrement.

Merde, se dit-il. Si les survivants étaient gravement blessés, ils souffriraient peut-être encore plus en état d'apesanteur, à supposer que le mal de l'espace les reprît. Il soupira, et il était sur le point d'aller consulter Anne sur les caprices du malaise en question, lorsqu'il eut la surprise d'entendre un roulement de tonnerre. Pourtant, l'orage avait atteint le stade où, d'ordinaire, on n'entendait plus que le crépitement régulier de la pluie sur les dalles des terrasses et le rugissement assourdi du fleuve au-dessous d'eux, qui se gonflait et tourbillonnait sous l'effet du ruissellement.

« C'est le module », dit Emilio.

Tu prends tes désirs pour des réalités fut la première réaction de D.W. Puis son cœur se mit à battre à coups redoublés, lorsqu'il comprit soudain qu'Emilio avait sans doute raison. Il se leva et sortit sur la terrasse, glacé jusqu'à la moelle des os. « Mon Dieu, pria-t-il en scrutant le ciel, faites que ce ne soit pas le module. Je vous en supplie, pas le module. » Il écouta intensément et, déchiré par des sentiments ambivalents, il reconnut le son du moteur.

Les autres l'entouraient à présent, hurlant de joie. Il gravit à leur suite les marches de pierre luisante ; Jimmy escalada la falaise à grandes foulées, George sur ses talons. En se sentant mourir un peu, D.W. entendit Emilio hurler d'un ton jubilatoire : « Je te l'avais bien dit, ô femme de peu de foi ! » à l'intention d'Anne, hilare, soulagée, qui répliqua aussitôt : « Bon, d'accord, d'accord, *Deus vult*, je le reconnais ! », tandis qu'ils franchissaient les marches au-dessus de lui. Plissant les yeux pour essayer de voir à travers le rideau de pluie, il resta à la traîne du petit défilé trempé et exubérant, encore mal remis de sa maladie et désireux d'avoir un peu de temps pour s'accoutumer au désastre, avant d'annoncer la nouvelle aux autres.

Lorsqu'il parvint enfin à distinguer le module, Jimmy avait déjà ouvert la porte de la soute et il avait pris Sofia dans ses bras pour la descendre de l'appareil. Marc parvint à atteindre le sol sans l'aide de quiconque. Même de loin, D.W. pouvait discerner les yeux au beurre noir, les visages tuméfiés et la douloureuse lenteur avec laquelle bougeaient les deux rescapés. Pourquoi n'avaient-ils pas attendu ? Pourquoi n'avaient-ils pas contacté Kashan par radio pour lui demander ses instructions ? Il aurait pu les mettre en garde ! Puis, comme il avait horreur de rejeter la faute sur les autres, il se demanda à lui-même comment il se faisait qu'il n'eût pas prévu ce cas de figure. Il s'était dit qu'ils reviendraient directement avec l'ULM, si la piste n'était pas praticable, ou bien qu'ils se poseraient sans encombre. L'esprit encore embrumé par la fièvre, il n'avait pas songé une seconde que Sofia déciderait peut-être tout simplement de revenir aux commandes du module s'il arrivait quelque chose à l'ULM.

Sofia l'aperçut et elle quitta les autres pour se diriger vers lui, le visage radieux, mouillé, tuméfié par des blessures qu'elle traitait par le mépris, après un choc qui avait dû être fort violent. Qu'elle est belle ! se dit-il. Et il avait fallu un cran énorme pour faire ce qu'elle avait fait. Elle avait de la logique à revendre, sa petite Sofia, et du courage : toute en cervelle et en tripes. Et George aussi. Il avait pris tant de plaisir intrépide à faire ses tonneaux et ses loopings, sans se rendre compte qu'il réduisait d'autant leur marge de manœuvre. Ce ne sont pas nos faiblesses, mais nos forces qui nous ont mis en péril, se dit-il, et il chercha un moyen d'amortir l'impact pour Sofia, pour George, pour tout le monde.

« Eh bien, lança Sofia avec un large sourire en arrivant près de lui, nous voici revenus, tel Élie dans son chariot de feu ! »

Il lui ouvrit les bras et elle vint s'y nicher, mais, grimaçant aussitôt, dès le premier contact avec son corps meurtri, elle recula et se mit à lui décrire l'accident, de pilote à pilote, s'exprimant avec la volubilité hystérique de quelqu'un qui a trompé la mort. Les autres se rassemblèrent autour d'eux pour écouter le récit. Finalement, alors que la pluie commençait à faiblir et que le besoin de raconter l'aventure s'atténuait lui aussi, D.W. la vit se rendre compte qu'il y avait un problème. « Qu'est-ce que c'est ? demanda-t-elle. Qu'est-ce qui ne va pas ? »

Il regarda George, puis la fille spirituelle qu'il n'avait jamais pensé avoir un jour. Il y avait quand même une chance infime. Si elle avait circulé à vitesse réduite. Si elle était venue directement à Kashan. Si le vent arrière avait été assez puissant. Si Dieu était dans leur camp. « Sofia, c'est de ma faute ! Je suis entièrement responsable. J'aurais dû t'avertir...

– De quoi ? balbutia-t-elle, désormais affolée. M'avertir de quoi ?

– Sofia, ma chérie, dit-il doucement, voyant qu'il n'y avait plus moyen de tergiverser, combien de carburant reste-t-il ? »

Il fallut un petit moment. Puis elle porta les mains à sa bouche et blêmit sous les ecchymoses. Il la tint dans ses bras, tandis qu'elle sanglotait, en se disant qu'il n'avait peut-être jamais autant aimé aucun de ses semblables. Tout le monde comprit. Ils n'avaient plus aucun moyen de quitter Rakhat.

Jimmy fut le premier à se ressaisir. « Sofia, dit-il d'un ton posé, lui parlant à l'oreille, Sofia, regarde-moi. » Elle leva les yeux, à présent gonflés par autre chose que la tuméfaction. Tremblante, toujours blottie dans les bras de D.W., elle plongea son regard dans les yeux bleus limpides, profondément enfoncés au fond des orbites, des yeux intelligents dans un visage qui se savait ingrat, encadré par des spirales parfaitement comiques de cheveux roux tout mouillés. « Sofia, reprit Jimmy avec conviction, sans ciller, nous avons tout ce qu'il nous faut ici même. Nous avons avec nous tous les gens que nous aimons. Nous sommes ici chez nous, Sofia. Tu es la bienvenue. »

D.W. céda la place à Jimmy et s'assit lourdement dans la boue, tandis que Sofia, pleurant à présent pour une raison différente, se laissait aller entre les gigantesques bras. Tout autour d'eux, le reste du groupe sortait un peu de son état de choc : George rappela à Sofia qu'il était fautif lui aussi, tandis qu'Anne et Emilio lançaient déjà quelques plaisanteries, faisant valoir leur statut de résidents venus d'une autre planète et demandant où il fallait aller chercher son permis de séjour, et que Marc lui assurait que c'était sûrement la volonté de Dieu.

Seigneur, implora silencieusement D.W. Yarbrough, j'ai devant moi le plus étonnant groupe de primates sans queue que peut offrir ton univers. J'espère que tu es fier d'eux. Moi, en tout cas, je le suis sacrément.

Environné de plantes dans des tons de bleu et de violet poudrés, écoutant ses protégés affronter la réalité et resserrer les rangs, D.W. enfonça ses mains dans la boue derrière lui et se renversa en arrière pour offrir son visage à la pluie. Marc a peut être raison, se dit-il. C'est peut-être bien la volonté de Dieu.

27

Village de Kashan : septième Na'alpa – cinquième Partan

Lorsqu'ils rentrèrent enfin s'abriter de la pluie, Anne prit les choses en main : elle examina la condition physique des deux blessés, confirmant le diagnostic qu'avait établi Marc, dans sa relative ignorance, et annonça à D.W. qu'il faisait peur à voir. Tandis que la nuit tombait, George, Emilio et Jimmy l'aidèrent à laver, sécher, réchauffer, nourrir et coucher les trois semi-invalides. Puis, lorsqu'il fut évident qu'il ne pouvait plus être d'aucune utilité à sa femme, George Edwards emporta son bloc-notes électronique dans l'appartement voisin, chez Aycha. Anne le vit s'éclipser et, quand elle eut fini de s'occuper des autres, elle rejoignit son mari et, s'agenouillant sur le coussin derrière lui, elle leva les mains pour lui masser la nuque, avant de lui passer les deux bras autour des épaules. Il lui sourit lorsqu'elle s'installa à côté de lui et se pencha pour l'embrasser, mais il reprit aussitôt son travail sans rien dire.

Après quarante-cinq ans de vie commune, ils possédaient un noyau de certitudes l'un envers l'autre, sinon envers la vie elle-même. Leur mariage était l'union pleine de camaraderie de deux égaux, compétents et autonomes, et il arrivait rarement que l'un fît appel à l'autre pour lui réclamer de l'aide ou des soins. Anne était habituée à la façon dont George réagissait aux crises : pas de panique ; on étudie les éléments l'un après l'autre ; on sauve les meubles dans la mesure du possible. Mais elle savait aussi qu'il avait eu pendant des années, punaisé au mur au-dessus de son bureau, un dessin humoristique de Dilbert, qu'il affectionnait : « Le but de tout ingénieur est de prendre sa retraite sans être tenu pour responsable d'une catastrophe. » Pas moyen de se mettre la tête sous l'aile. Ce qui était arrivé était, dans une large mesure, de sa faute.

Le premier souci de George avait été d'empêcher D.W. et Sofia de se culpabiliser à l'idée que le module avait désormais franchi le point de non-retour, faute de carburant. Sofia avait consommé celui-ci de façon tout à fait raisonnable, alors qu'il s'était, lui, livré à un sot gaspillage pour se faire plaisir : il s'était amusé, il avait fait le mariolle devant D.W., en tentant des manœuvres qu'il avait essayées sur le simulateur et qu'il voulait accomplir « pour de vrai », et il avait, ce faisant, rogné une petite marge de sécurité à laquelle il n'avait même pas pensé. Il avait donc veillé à s'assurer que Sofia comprenait bien que c'était lui, George, qui les avait mis dans ce pétrin, et non pas elle. Quant au fait que D.W. n'avait pas su prévoir ce qui s'était passé et n'avait donc pas mis Sofia en garde, George fit remarquer qu'aucun d'eux n'y avait songé. « Nous avons ici un QI collectif qui dépasse les mille, avait-il dit à Yarbrough en regagnant la demeure, et pas un de nous, ensemble ou séparément, n'a prévu le coup. Arrête donc de te flageller. »

Quand ils se plantent dans les grandes largeurs, les ingénieurs ne s'en vont pas au confessionnal le plus proche battre leur coulpe ; ils se dépêchent de réparer les dégâts. Anne regarda donc George s'efforcer de vaincre sa peur et son sentiment de culpabilité en commençant à égrener le chapelet de l'ingénieur : une série de calculs dans lesquels entraient le poids du module, sa traînée, sa portance, sa poussée, les vents dominants, l'altitude à laquelle ils se trouvaient au-dessus du niveau de la mer, le surcroît de propulsion rotative que leur donnerait la latitude de leur emplacement sur Rakhat, et la distance qui les séparait du *Stella Maris* lorsqu'il se trouvait le plus près de leur position actuelle. Elle savait que c'était sa façon de demander pardon aux autres, de les supplier de l'absoudre.

Jimmy resta auprès de Sofia jusqu'à ce qu'il fût certain qu'elle s'était endormie, puis il partit presque aussitôt rejoindre Anne et George. Emilio apporta du café pour tout le monde et s'assit sans bruit un peu plus loin, tandis que Jimmy et George considéraient les diverses variables. Combien de poids pouvaient-ils éliminer s'ils vidaient le module de tout le matériel qui n'était pas essentiel à son fonctionnement ; s'ils n'envoyaient qu'un seul pilote ; et lequel ? D.W. avait infiniment plus d'expérience, mais il pesait presque deux fois plus que Sofia. Et s'ils essayaient de déplacer le *Stella Maris* jusqu'à une orbite plus favorable ? Était-ce seulement faisable par télécommande ? Ne serait-il pas possible de reprogrammer le moteur du module, afin qu'il parvînt à extraire encore un peu plus d'énergie du carburant qui restait ?

Quelques heures plus tard, le résultat de toutes ces cogitations était aussi évident que prévisible. La loi de Murphy, selon laquelle dans une situation donnée tout ce qui peut aller de travers ne manquera pas de le faire, était aussi valable sur Rakhat. Les estimations les plus optimistes les plaçaient dans une zone d'ambiguïté. Même si les vents étaient favorables, même si Sofia pilotait l'engin, il faudrait quand même attirer le *Stella Maris* vers une orbite inférieure.

« Nous pourrons en parler à D.W. quand il se réveillera, mais je ne crois pas que ce soit une bonne idée. » Jimmy se renversa sur les coussins, la tête appuyée contre le mur, allongeant ses immenses jambes devant lui. « L'astéroïde était une vraie saloperie à piloter. Il suffirait de pas grand-chose pour le faire basculer dans le puits de gravitation.

– Et alors, c'est au tour de Rakhat de nous faire le coup des dinosaures ? » Anne noua les bras autour de ses genoux pliés sur lesquels elle appuya son menton. « Pas terrible. Le jeu n'en vaut pas la chandelle.

– Le coup des dinosaures ? demanda Emilio, sortant enfin de son mutisme.

– Une des meilleures thèses quant à la raison pour laquelle les dinosaures ont disparu, c'est qu'un astéroïde de grande taille est entré en collision avec la Terre, lui expliqua Anne. Il en a radicalement modifié le climat, éliminant d'un seul coup d'énormes maillons de la chaîne alimentaire. »

Emilio leva la main. « Oui, bien sûr. Je le savais. Excuse-moi. Je n'écoutais pas assez attentivement. Donc, si le *Stella Maris* entrait en collision avec Rakhat, la planète serait foutue ?

– Non. Ce ne serait pas aussi grave que ça, dit George. Nous avons considérablement réduit sa vitesse quand nous sommes venus nous mettre dans l'orbite de Rakhat. Si notre vaisseau s'abîmait dans l'océan, il ne ferait pas tellement de dégâts. Il déclencherait peut-être un raz de marée, mais il ne détruirait pas tout l'écosystème.

– Moi, je trouve qu'il serait immoral de risquer ne fût-ce qu'un raz de marée, déclara doucement Emilio. Nous sommes sept. Il y a une population entière sur la côte.

– De toute façon, je ne jurerais pas que nous pourrons trouver une orbite plus favorable, si nous avons besoin d'un amerrissage, dit Jimmy. Ce n'est peut-être pas impossible, mais ça nous limiterait à une zone orbitale vraiment étroite.

– Bon, eh bien, mes petits enfants, je suis tout à fait désolé, mais je suis prêt à parier à huit contre un que nous sommes coincés ici. » George se passa les mains sur le visage et haussa les épaules, tout en sauvegardant ses calculs pour les montrer à D.W. ultérieurement. « Nous pouvons envoyer un message radio sur terre, mais il faudra compter un peu plus de quatre ans pour qu'ils reçoivent la nouvelle, deux ou trois bonnes années pour choisir et équiper un nouveau vaisseau et dix-sept ans de voyage jusqu'ici. » Les plus jeunes avaient une chance de revoir la Terre. C'était déjà quelque chose.

« Quand même, il reste une petite marge de manœuvre, et la situation pourrait être encore bien pire », déclara Jimmy d'un ton raisonnable. Il fit apparaître les listes d'approvisionnement que chacun avait établies à l'intention de George et de D.W., lors du dernier trajet depuis l'astéroïde. « Nous avions tablé sur une année entière de provisions pour la réserve de vivres et nous avons apporté tout le matériel dont nous pensions nous servir le plus souvent. Marc avait des graines sur sa liste. Nous pouvons survivre en consommant des aliments indigènes, mais si nous parvenons à planter un jardin et à éviter qu'il ne soit noyé sous ces pluies incessantes, nous aurons aussi nos propres plantes. À mon avis, nous devrions pouvoir nous débrouiller. »

Brusquement, George se redressa. « Dites donc, vous savez quoi, peut-être qu'on pourrait fabriquer un surplus de carburant pour le module ? Nous sommes à peu près sûrs que les Chanteurs ont des connaissances en matière de chimie, non ? dit-il en regardant autour de lui. Avec un peu de chance, quand on sera entrés en contact avec eux, on pourra mettre quelque chose au point. »

C'était la première idée qui offrît un réel espoir. Jimmy et Anne se dévisagèrent fixement, avant de se tourner tous les deux vers George qui avait l'air d'un homme que l'on vient de gracier *in extremis*. Il s'était déjà remis au travail et cherchait les fichiers sur les composants du carburant.

« Combien de temps est-ce que le tube Wolverton pourra fonctionner sans être entretenu ? » lui demanda Anne.

Il leva les yeux. « Il est conçu de façon à s'auto-entretenir, mais *grosso modo*, nous perdrons à peu près vingt pour cent de plantes par an. Marc pourra te dire ça mieux que moi. Nous ne sommes plus que sept à présent, donc les besoins en oxygène seront réduits d'autant. Si nous parvenons à fabriquer assez de carburant pour retourner là-haut ne serait-ce qu'une fois, Marc ou moi pourrions aller optimiser les systèmes avant que les autres ne regagnent le bord. Et nous pourrions peut-être utiliser certains végétaux de Rakhat en remplacement, maintenant que j'y pense. » Aussitôt, il se sentit mieux. Ils n'étaient pas nécessairement condamnés.

« Et en attendant, dit Jimmy avec une gaieté mesurée, nous avons toujours à notre disposition certaines ressources du *Stella Maris*. Les systèmes informatiques du bord et les relais radio. » Il regarda Sandoz, qui n'avait pour ainsi dire pas pris part à la discussion.

Emilio était préoccupé, mais il avait suivi la plupart des échanges, sinon les calculs sur lesquels ceux-ci étaient fondés. Brusquement, il frissonna, puis il parut sortir complètement de sa rêverie. « Il me semble que notre mission est intacte. Nous sommes venus apprendre et nous sommes toujours en mesure de renvoyer nos données sur terre. » Le visage équivoque sourit, mais pour une fois le sourire s'arrêta aux lèvres. « Comme tu l'as dit, nous avons ici tout ce dont nous avons besoin et tous ceux que nous aimons.

– Et puis, tout compte fait, les brindilles ne sont pas si mauvaises, dit Anne d'un ton résolu. Je suis sûre que je finirai par aimer ça.

– Et de toute façon, lança George, je vais peut-être parvenir à tirer un lapin du chapeau, après tout. »

Sofia Mendes se réveilla quelque douze heures plus tard, totalement désorientée. Pour Dieu sait quelle raison, elle avait rêvé de Porto Rico, reconnaissant l'endroit davantage à la douceur de l'air qu'à cause d'un quelconque indice géographique. Dans son rêve, il y avait de la musique et elle demandait : « Mais si quelqu'un chante, il va avoir des ennuis ? » À quoi Alan Pace répondait : « Non, pas si on apporte des fleurs », ce qui, même dans le contexte du rêve, semblait n'avoir ni rime ni raison.

Lorsqu'elle ouvrit les yeux, il lui fallut un bon moment pour savoir où elle était, mais la douleur de chacune de ses articulations et de chacun de ses muscles vint lui rappeler ce qui s'était passé au cours des deux derniers jours. Elle s'immobilisa ; elle avait encore plus mal que la veille, dans la forêt, et elle se mit à essayer de comprendre pourquoi elle avait rêvé de Porto Rico. Quelqu'un faisait rissoler un *sofrito* et elle discernait l'odeur rustique des haricots. La musique aussi était réelle, répercutée jusqu'à eux depuis la discothèque du *Stella Maris*. Les Runa étaient partis, se souvint-elle, si bien qu'on pouvait écouter de la musique en toute impunité. Elle s'assit dans son lit avec une infinité de précautions et fut tout étonnée d'entendre Jimmy Quinn, assis à côté d'elle, annoncer : « La Belle au bois dormant vient de se réveiller ! »

D.W. fut le premier à pénétrer dans la pièce, en se penchant pour franchir la porte, et à la contempler bouche bée : « Je ne pensais pas avoir un jour l'occasion de te dire une chose pareille, Mendes, mais tu as une tronche à faire tourner une sauce blanche. Comment te sens-tu ?

– Comme si j'avais une tronche à faire tourner deux sauces blanches, rétorqua-t-elle. Comment va Marc ?

– Touché, mais pas coulé, lança-t-il depuis la terrasse. Et trop courbatu pour venir te souhaiter le bonjour, Mendes.

– Vingt dieux, ma fille, ce n'est pas une vessie que tu as, c'est un jéroboam, déclara Anne en venant les rejoindre. Permets-moi de t'escorter jusqu'au bord du fleuve le plus proche. Tu peux marcher, ou bien veux-tu que je demande aux taxis Quinn de te véhiculer ? »

Non sans hésitation, Sofia fit passer ses jambes par-dessus le bord de son lit du camp, pour voir, et attendit quelques instants que la tête eût cessé de lui tourner. Jimmy se leva et se pencha pour lui offrir un bras auquel elle s'agrippa afin de se hisser debout. « J'ai aussi mal que si je m'étais cassé la gueule en avion », dit-elle, étonnée de constater qu'on pouvait se sentir pulvérisée à ce point sans avoir la moindre fracture. Elle fit quelques pas, pliée en deux, en gémissant et en riant tout à la fois, ce qu'elle regretta aussitôt tant sa poitrine lui faisait mal. « C'est monstrueux. »

George fit son entrée. Ancien combattant sorti vaincu de nombreux conflits spectaculaires avec des objets rigoureusement immuables, tels que des planètes, il regarda d'un œil averti Sofia claudiquer devant eux et lui annonça : « Le pire, c'est le troisième jour. »

Elle s'immobilisa, toujours courbée en deux comme une vieillarde, et leva vers lui un regard torve : « Aujourd'hui, ça compte comme le deuxième jour ou le troisième ? »

Il eut un rire compatissant. « Tu le sauras demain. »

Elle leva les yeux au ciel – c'étaient les seules parties de son corps qui ne lui fissent pas un mal de chien – et sortit lentement sur la terrasse, cramponnée au bras de Jimmy. Le regard de Marc rencontra le sien, mais autrement il se tenait parfaitement immobile, car son visage lui-même était trop sévèrement meurtri pour lui permettre de sourire sans douleur. « Robichaux, tu es à faire peur ! s'écria-t-elle, sincèrement horrifiée.

– Merci. Toi aussi.

– George a une nouvelle idée pour se lancer dans les affaires, annonça Emilio le plus sérieusement du monde. Nous allons bâtir des cathédrales. Nous avons réussi à vous dégoter des emplois de gargouilles. » Il leva la cafetière. « Regarde, Mendes, il y a encore des raisons de vivre.

– Je ne suis pas certaine qu'elles suffisent. » Elle contempla d'un air de doute la longue descente jusqu'au fleuve.

Jimmy, dont le regard bleu ne l'avait pas quittée un seul instant depuis son réveil, vit ce coup d'œil. L'avoir tenue dans ses bras une fois en vingt-quatre heures lui suffisait. L'amitié, se dit-il, je n'en demande pas plus. « J'ai descendu Marc dans mes bras, lui dit-il sans avoir l'air d'y toucher.

– C'est la pure vérité, Mendes », lui assura Emilio, le visage souriant, le regard insondable.

Elle aurait volontiers haussé les épaules mais, compte tenu de ce qu'elle ressentait lorsqu'elle restait sans bouger, un tel geste paraissait d'une folle imprudence. « Bon, d'accord. Vous avez une nouvelle cliente, monsieur Quinn. » Et il la souleva aussitôt, sans plus d'effort que si elle avait été une petite fille.

Au cours des jours qui suivirent, ils se contentèrent de se reposer, chacun occupé par-devers lui à s'accoutumer à la situation, apprenant à modérer les brusques sautes d'espoir et de découragement, s'efforçant de trouver un juste milieu entre l'optimisme habituel et une résignation raisonnable. Outre cela, ils avaient besoin de se ressaisir pour aborder la phase suivante de leur existence sur Rakhat. Le travail intense et difficile qu'ils avaient accompli au cours des récentes années et le changement inexorable avaient laissé des traces : chacun d'eux était plus proche des limites de l'épuisement mental et émotionnel que ne l'avait compris quiconque, hormis Emilio. Les autres avaient tous, à un moment ou à un autre, abandonné leur pays natal et leur langue maternelle pour affronter une culture différente de la leur, mais ils avaient travaillé dans le cadre de la culture internationale et universelle de la science et de la technologie. Emilio, quant à lui, avait été catapulté à plusieurs reprises dans des modes de vie totalement inconnus, sans autres ressources, ou presque, que sa propre résistance et sa propre intelligence, et il savait à quel point cela pouvait vous vider de vos forces.

Il se félicita donc de ce répit, qui lui apparut comme un véritable don du ciel, et il en remercia Dieu. Marc et Sofia passèrent une grande partie du temps à dormir. D.W. aussi. Anne se faisait du souci à l'idée que Yarbrough avait attrapé un parasite intestinal. Il souffrait de crises de diarrhées cycliques, d'une faiblesse générale et d'un manque d'appétit inquiétant. Elle avait désormais accès, grâce à la pharmacie du module, à un vaste éventail de parasitotropes, et elle avait commencé à lui en administrer des doses, en espérant que ce qui sur terre tuait les vers tuerait ici l'organisme qui sapait les forces du père supérieur. Elle surveillait les autres, à l'affût du moindre symptôme, mais pour le moment, seul D.W. semblait touché.

George était abattu. Son antidote était de s'ingénier à représenter graphiquement les formules du carburant nécessaire au module, en prévision du moment où ils trouveraient quelqu'un qui fût capable et désireux de les aider, une fois qu'ils auraient pris contact avec les habitants de la ville. Il se sentait plus déprimé qu'il ne le laissait paraître, mais il avait Anne, dont les yeux revenaient souvent se poser sur lui, même si elle n'était pas sans cesse à le dorloter. George, se disait Emilio, s'en sortirait.

De tout le groupe, Jimmy paraissait le plus serein, et la raison en était évidente. À mesure que Sofia se rétablissait, il se montrait discrètement attentionné, toujours prêt à prévenir ses besoins, mais aussi ceux de Marc. La cour qu'il faisait à la jeune femme, car c'était bel et bien de cela qu'il s'agissait à présent, se caractérisait par une désinvolture et une bonne humeur pleines de séduction. Tout ce qu'avait dit et fait Jimmy depuis le retour de Sofia était si réfléchi, si généreux, si débordant de respect qu'il ne pouvait, se disait Emilio, manquer d'être apprécié à sa juste valeur. Et alors, songeait-il, peut-être que l'amour qui sous-tendait chacun de ses gestes deviendrait réciproque.

L'idée vint à Emilio qu'il y aurait peut-être un jour un enfant, des enfants humains, sur Rakhat. Et cela, se dit-il, serait une bonne chose. Pour Sofia et Jimmy. Pour eux tous.

Et ce fut ainsi qu'au cours des jours paisibles qui suivirent l'accident, Emilio Sandoz, s'adonnant momentanément à l'introspection, tenta de cerner le sentiment de deuil qui s'était emparé de lui, s'efforça de comprendre pourquoi il avait si fortement l'impression que quelque chose était en train de mourir audedans de lui.

Comme eux tous, il avait été durement secoué par l'idée qu'ils ne reverraient peut-être jamais la Terre. Mais à mesure que le choc s'estompait, cette sensation engourdissante d'avoir subi une perte s'estompa avec lui. Jimmy avait raison. La situation aurait pu être bien pire ; ils avaient tout ce qu'il leur fallait. Peut-être parviendraient-ils finalement à regagner le *Stella Maris* et, si cela s'avérait impossible, il y avait quand même une possibilité réelle de survie à long terme sur Rakhat. Et pas seulement de survie, mais d'une bonne vie, pleine de savoir, pleine d'amour, se dit-il, et il fit encore un pas vers la mort qu'il sentait au fond de lui-même.

Au cours des mois écoulés, depuis leur arrivée sur la planète, il avait connu un vaste océan d'amour et il s'y était volontiers laissé dériver, sans distinguer entre les degrés d'intensité de cette émotion. Il était indéniable qu'il prenait plaisir à se trouver en compagnie de Sofia, mais cela n'avait rien de nouveau. Il avait été, comme toujours, scrupuleux dans son comportement et jusque dans ses pensées. Il avait dissimulé ses propres sentiments, il les avait maîtrisés, et il en était venu à bout une seconde fois, lorsqu'il s'était rendu compte qu'elle était à son tour tombée amoureuse de lui. Ils avaient partagé des instants de travail, d'humour, de camaraderie, et ils avaient partagé aussi une même retenue que chacun s'était volontairement imposée. Et cela n'avait fait qu'accroître son estime pour elle, il n'en avait eu que plus de mal à ne pas l'aimer comme George aimait Anne.

D'elle-même, la pensée se présenta à son esprit. Les rabbins se mariaient. Les pasteurs aussi. Et il se dit que oui, en effet, s'il était rabbin ou pasteur, il aimerait pleinement Sofia et remercierait Dieu chaque jour de la lui avoir donnée. Et s'il était aztèque, se dit-il impitoyablement, il arracherait le cœur palpitant de la poitrine de ses ennemis encore vivants et offrirait leur sang au soleil. Et s'il était tibétain, il ferait tourner des moulins à prières.

Mais il n'était rien de tout cela. Il était jésuite, et la voie qu'il devait suivre était tout autre.

Ce qui était en train de mourir, comprit-il au cours de ces heures si calmes, c'était la possibilité pour lui d'être un mari et un père. Et plus encore : d'être le mari de Sofia et le père de ses enfants. Il ne s'était pas vraiment rendu compte qu'il avait gardé une partie de son âme ouverte à cette possibilité jusqu'au moment où il avait vu Sofia dans les bras de Jimmy Quinn, sous la pluie, et où il s'était senti submergé par une vague glacée de jalousie à l'état pur.

C'était, se dit-il, la première fois que son vœu de chasteté le priverait véritablement de quelque chose. Avant cela, il avait eu conscience de la clarté, de la polarisation de sa volonté, de la concentration de son énergie, de tous les bienfaits dont l'avait comblé la discipline nécessaire. À présent, il avait une conscience beaucoup plus profonde non pas de sa famine sexuelle, qui lui était familière, mais de la perte d'une possible intimité, du sacrifice des liens étroits qui peuvent unir deux êtres humains. Il sentait avec une souffrance presque physique ce qu'il lui en coûterait de renoncer à cette dernière occasion d'aimer Sofia, ce qu'il lui en coûterait de la rendre libre d'aimer Jimmy, qui à coup sûr la chérirait aussi tendrement qu'il aurait pu le faire lui-même. Car Emilio ne cherchait pas à s'abuser : avant de se tourner vers un autre, Sofia guetterait un signe de lui. S'il faisait quoi que ce fût pour encourager l'amour qu'elle lui portait, il devait être prêt à l'accueillir de tout son être. Il savait que D.W. et Marc s'inclineraient, que George et Anne se réjouiraient. Et que Jimmy lui-même, pensait-il, accepterait peut-être la situation de bonne grâce...

Il fallait donc décider. Le moment était venu de ratifier ou de répudier un vœu fait dans l'ignorance de la jeunesse pour être respecté dans toute connaissance de la maturité. Le moment était venu de mettre en balance la beauté extraordinaire, spirituelle, insondable que lui avait montrée Dieu, et la douceur ordinaire, temporelle, incalculable de l'amour humain et de la famille. Le moment était venu de se demander s'il était prêt à échanger tout ce qu'il avait espéré et reçu en tant que prêtre contre tout ce qu'il convoitait et désirait en tant qu'homme.

Il ne recula pas devant le couteau. Il coupa net le fil ; il serait prêtre à perpétuité. Dieu avait été généreux avec lui. Il ne pouvait pas se montrer regardant en retour. L'idée ne lui vint pas, alors, de se demander si Sofia Mendes n'avait pas été un don de Dieu, au même titre que tout le reste de l'amour qui lui avait été offert, ou bien si c'était lui-même qui avait été un don de Dieu pour elle. Vingt siècles de théologie, cinq cents années de tradition jésuite, sa propre vie jusqu'à cet instant, tous firent entendre leur voix.

Sur ce point, Dieu garda le silence.

Plus tard, ce jour-là, les yeux de Sofia croisèrent les siens, tandis qu'il la regardait accepter une tasse de café et un sandwich des mains de Jimmy, qui affichait avec un zèle comique sa qualité de chevalier servant. Emilio vit aussitôt qu'elle lisait dans son cœur, puis qu'elle se tournait vers Jimmy : un ami déjà cher, solide, bon, fort, patient. Il la vit s'immobiliser et réfléchir, et à cet instant précis il eut l'impression d'être une femme qui cède son enfant à des parents adoptifs – certaine que c'est ce qu'il faut faire, que c'est la meilleure solution pour l'enfant bien-aimé et pour tout le monde. Mais le chagrin était réel.

Ayant pris sa décision, il attendit sans se presser le moment idéal pour annoncer ce qu'il entendait faire à présent. Ce moment se présenta dans le calme d'un milieu de matinée, une semaine plus tard environ, alors que Marc et Sofia, dont les ecchymoses avaient pâli, virant au jaune et au vert, se déplaçaient sans faire entendre leur habituel concert de lamentations, que D.W. avait repris meilleure mine et que George avait cessé de broyer du noir. Tout le monde paraissait reposé.

« J'ai beaucoup réfléchi à ma présente situation », commença Emilio Sandoz. Tous les autres le regardèrent avec curiosité, surpris de l'entendre faire une déclaration aussi personnelle. Anne seule décela le ton particulier de sa voix et un léger sourire flottait déjà sur ses lèvres, tandis qu'elle attendait la chute inévitable. « J'ai décidé que j'étais plus heureux que je ne l'avais jamais été de ma vie. Et pourtant, leur assura-t-il avec une profonde et solennelle sincérité, je serais prêt à me traîner sur vos cadavres calcinés si cela pouvait me permettre de m'approcher d'un plat de friture, de friture de n'importe quoi.

– *Bacalaitos fritos* », dit Jimmy. Emilio geignit à l'unisson.

« Des beignets saupoudrés de sucre, dit Marc d'une voix nostalgique.

– Des frites, soupira George.

– Des croquettes au fromage, lança Anne avec conviction.

– Du poulet frit ! » s'écria D.W., avant d'ajouter : « Non, merde. Du poulet, point final. »

Sofia se leva, avec une certaine raideur, et se dirigea vers la terrasse.

« Mendes, où t'en vas-tu ? demanda D.W.

– À l'épicerie. »

Yarbrough la contempla comme s'il venait de lui pousser une seconde tête, mais Anne lui emboîta aussitôt le pas. « Elle s'en va fouiller dans le garde-manger le plus avancé qui soit sur le plan de la haute technologie, expliqua-t-elle de façon sibylline, avant de se décider à mettre les points sur les i. Elle va jusqu'au module, voyons, D.W. ! Pour préparer une petite fête. »

Emilio frappa dans ses mains, enchanté d'avoir été compris, et aussitôt tous les hommes bondirent sur leurs pieds pour suivre Anne et Sofia, à l'exception de Marc, qui préféra éviter de bondir mais qui se leva avec enthousiasme. C'était en fait exactement l'antidote qu'aurait pu recommander le médecin, mais c'était Emilio qui y avait pensé. Ce dont il avait besoin, ce dont ils avaient tous besoin, décida-t-il, c'était d'un sentiment d'exubérance, d'un grand souffle de liberté, pour faire pendant au sentiment d'être coincés, de ne plus avoir de choix.

Ils gravirent la colline en masse et défilèrent triomphalement jusqu'au module bourré de nourritures terrestres, en discutant avec verve les possibilités de menus, jusqu'au moment où ils tombèrent d'accord, chemin faisant, pour dire que chacun n'avait qu'à fouiller de son côté à la recherche de son péché mignon. Et, au fil de leurs bavardages, il devint évident que D.W. n'était pas seul de son espèce et que tout le monde avait des idées de viande. En l'absence des Runa, ils avaient tout loisir de faire brailler la musique, de danser et de s'empiffrer de bidoche, nom de Dieu, et ils ne demandaient pas mieux. Les Runa étaient végétariens, et il y avait eu un véritable tollé la seule et unique fois où leurs visiteurs avaient ouvert en leur présence un paquet de bœuf sous vide. D'une façon qu'ils n'avaient absolument pas comprise, l'habitation où ils se trouvaient avait été déclarée insalubre et abandonnée aussitôt – de façon permanente ou temporaire, ils n'en savaient rien. Par conséquent, pendant toutes ces semaines, les membres de la mission jésuite étaient devenus végétariens à leur tour, et sur le *Stella Maris* ils avaient mangé surtout du poisson.

Se dirigeant à grands pas vers le module, content de voir que D.W. avançait lui aussi avec une bonne partie de son ancienne énergie, Emilio se rappela la carabine qu'il avait vue et proposa soudain à Yarbrough d'abattre un *piyanot;* l'idée souleva des hurlements d'approbation chez tout le monde, à l'exception de Sofia qui les étonna tous en déclarant que les juifs ne mangeaient pas de gibier, mais qu'elle trouverait sûrement quelque denrée à son goût dans les réserves de la navette. Tous les autres s'arrêtèrent pour la regarder.

« La chasse n'est pas casher », leur dit-elle. Ses camarades tombaient des nues. D'un geste de la main, elle envoya promener sa première objection. « Je ne mange pas casher, comme vous le savez, continua-t-elle d'un ton un peu gêné, mais je n'ai pourtant jamais pu avaler de porc, ni de crustacés, et je n'ai jamais goûté au gibier. Cela dit, si D.W. parvient à tuer l'animal proprement, je veux bien croire que ça n'a pas d'importance.

– Ma petite chérie, s'il ne te faut que cela, je serai ravi de te faire ce plaisir », déclara D.W. en atteignant le module. Il ouvrit à la volée la porte de la soute, en prenant une pose avantageuse, et s'en fut chercher sa carabine, une merveilleuse vieille winchester dont son grand-père lui avait appris à se servir et qu'il avait apportée dans un accès de sentimentalité. Il la vérifia soigneusement, la chargea et s'éloigna de quelques dizaines de mètres, en direction d'un des troupeaux de *piyanots* qui paissaient sur la plaine, au-dessus du fleuve. S'asseyant par terre, il se servit de ses propres genoux comme d'un trépied. En le regardant viser attentivement, Anne se demanda encore une fois, avec curiosité, comment il n'était pas dérouté par les images divergentes que devaient enregistrer ses yeux, mais il descendit un jeune *piyanot* du premier coup à trois cents mètres ; le bruit de la détonation ricocha à flanc de colline vers le nord.

« Bigre ! dit George.

– C'est du travail assez propre pour moi », ajouta Sofia, impressionnée.

D.W., qui dut supporter pendant quelques heures le titre de grand chasseur devant l'Éternel, s'en fut d'un pas nonchalant débiter la dépouille avec l'aide d'Anne, qui déclara par la suite que l'opération avait été un intéressant exercice d'anatomie pratique, tandis que les autres préparaient un barbecue. Quand vint le début de l'après-midi, ils étaient aussi heureux et détendus qu'une bande de chasseurs préhistoriques, bourrés de protéines et de graisses d'autant plus désirables qu'elles ne leur étaient plus habituelles, habités par le sentiment d'être enfin véritablement repus pour la première fois depuis des mois. Au plus profond de leurs gènes, ils étaient des créatures de la savane, et, d'une façon assez vague, ils avaient l'impression d'être à leur place au milieu de ces plates étendues de prairies, largement parsemées d'arbres. Les plantes de ces plaines leur étaient à présent familières et ils en connaissaient plusieurs dont ils pouvaient vivre. Les infarctus les faisaient toujours rire, les morsures de cou-de-serpent étaient, ils le savaient, simplement douloureuses, mais sans risques pour eux, même si elles s'accompagnaient indéniablement d'un venin qui tuait les proies de ces petits animaux. Ils commençaient à se sentir chez eux dans la contrée qui les entourait, aussi bien sur le plan affectif que sur le plan purement pratique, et ils ne souffraient plus de se sentir si vulnérables.

Ils avaient donc l'impression de savoir à quoi s'en tenir sur Rakhat, si bien que lorsqu'ils remarquèrent, l'un après l'autre, un Runao solitaire, vêtu d'une longue robe, qui approchait, ils furent juste un peu surpris de voir un étranger s'avancer vers eux à grands pas, d'un air décidé, s'imaginant qu'un des bateliers qui commerçaient sur le fleuve était venu chercher des fleurs, sans se douter que les VaKashani étaient tous partis Dieu seul savait où récolter des racines de *pik*. Et ils n'eurent pas un moment d'inquiétude, bien sûr, puisque les Runa étaient aussi inoffensifs qu'un troupeau de biches.

Plus tard, D.W. devait se rappeler avec quel soin Alan Pace avait réfléchi, afin de décider quelle musique il ferait entendre en premier aux Chanteurs pour représenter la culture humaine. Les subtiles joies mathématiques d'une cantate de Bach, les harmonies grisantes du sextuor de *Lucie di Lammermoor*, les beautés paisiblement évocatrices de Saint-Saëns, la majesté d'une symphonie de Beethoven ou la perfection inspirée d'un quatuor de Mozart – toutes avaient été considérées tour à tour. En l'occurrence, l'événement devait être marqué par le souvenir fortuit d'Alan Pace. C'était George, dont les goûts étaient aussi éclectiques que ceux d'Alan, qui avait choisi la musique que répercutait le système de sonorisation du module au moment où Supaari VaGayjur arriva auprès d'eux. Et même si Alan n'aurait jamais eu l'idée de sélectionner le morceau en question pour faire connaître la musique terrestre sur Rakhat, ce qu'entendit

Supaari en arrivant était une œuvre dont Alan Pace avait été féru : il s'agissait de la puissance rythmique, des envolées chorales, de la virtuosité instrumentale, non pas de la *Neuvième* de Beethoven, mais du chef-d'œuvre rock de Van Halen, *5150*. Et le passage, devait se dire Anne *a posteriori*, était tout à fait approprié, puisque l'air qui retentissait à ce moment précis s'intitulait *Le Meilleur des deux mondes*.

Emilio tournait le dos à l'arrivant et, tout occupé à brailler avec le chœur, il fut le dernier à se rendre compte, d'après la direction des regards soudain affolés de ses compagnons, qu'il y avait au-dessus de lui quelque chose de gigantesque et d'effrayant. Il se leva à demi et se retourna juste à temps pour voir venir l'attaque.

Le coup, s'il avait été assené à n'importe lequel des autres, aurait suffi à défigurer, sinon à tuer. Mais Emilio Sandoz connaissait depuis sa plus tendre enfance l'expression d'un être bien décidé à massacrer son prochain, à l'anéantir purement et simplement. Sans même réfléchir, il se laissa tomber au-dessous de la trajectoire du bras puissant, qui fendit l'air au-dessus de sa tête sans lui faire de mal, et, en utilisant toute la force de ses jambes, il se redressa pour envoyer son épaule en plein dans le plexus de son agresseur, ravi d'entendre le grognement explosif qui lui apprit qu'il avait vidé les poumons de l'air qu'ils contenaient. Il suivit le mouvement du corps qui s'effondrait lourdement, lui coinçant les bras sous ses genoux, et il fit peser son avant-bras comme une barre d'acier sur la gorge de sa victime. Ses yeux transmirent une menace sans équivoque, même pour quelqu'un qui n'avait jamais vu de tels yeux : il lui suffisait de bouger son bras de quelques centimètres, de profiter de son poids pour écraser la fragile trachée-artère et pour rendre permanente la présente suffocation.

Il y eut un brusque silence – Anne s'était ruée dans le module pour couper la musique, afin d'atténuer le bruit et la pure folie de la situation –, puis Sandoz entendit le claquement métallique de la winchester dont D.W. armait le chien, mais il ne détourna pas un instant les yeux du visage de celui qu'il était en train d'asphyxier. « Déjà, à quatorze ans, je ne me laissais plus emmerder par les gugusses de ton espèce », dit-il tranquillement en espagnol pour sa propre satisfaction. Puis il continua en faisant entendre les accents mélodieux du ruanja : « On est désolé de ta fâcheuse posture. Néanmoins, toute agression est interdite. Si l'on te laisse te relever, ton cœur sera-t-il plus paisible ? »

Il y eut un léger mouvement du menton vers le haut, ce qui en langage corporel indiquait l'assentiment ou l'accord. Lentement, Sandoz relâcha son emprise, guettant chez son adversaire la moindre velléité de profiter de sa taille et de sa force pour renouveler son attaque. Il avait appris à ses dépens qu'à partir du moment où un pareil colosse reprenait le dessus, il pouvait s'attendre à se faire étriller sans plus de façons, et la stratégie qu'il avait adoptée dès sa prime jeunesse était de frapper vite, et au-dessous de la ceinture si possible, de façon à mettre le type d'en face hors d'état de nuire sans lui laisser le temps de voir venir les coups. Il n'avait guère eu d'occasions de la mettre en application ces temps derniers, mais il n'avait pas perdu son savoir-faire.

Supaari VaGayjur, pour sa part, était en état de choc : muet de surprise, l'œil larmoyant, le souffle court et rauque, il se contentait de regarder fixement le... la... la *chose* accroupie au-dessus de lui. Finalement, il parvint à reprendre haleine et à se ressaisir suffisamment pour demander : « Vous êtes quoi ?

– Des Étrangers, dit le monstre d'un ton amical en descendant de sa poitrine.

– Sans doute, dit Supaari en se frottant la gorge avec précaution, est-ce le moins que l'on puisse dire. » Il fut stupéfait d'entendre l'autre éclater de rire.

« Tu es dans le vrai, dit-il en retroussant ses lèvres sur des dents blanches et étrangement régulières. Peut-on t'offrir du café ?

– Du *kafay* ! C'est justement du *kafay* qu'on est venu chercher ici », répondit Supaari d'un ton presque aussi aimable, en retrouvant quelques débris de sa courtoisie coutumière qui avait volé en éclats sous le double effet de la surprise et de l'horreur.

L'invraisemblable créature se mit debout et lui tendit une main bizarre, visiblement pour l'aider à se relever. Supaari leva sa propre main. Il y eut une brève pause, et le visage à demi nu de l'Étranger changea brutalement de couleur, d'une façon que Supaari n'avait pas de mots pour décrire, mais il n'eut même pas le temps d'y réfléchir, car son attention fut aussitôt attirée par le fait que le monstre n'avait pas de queue. Supaari fut si abasourdi par l'inquiétante précarité de cette position debout, sans aucun point d'appui, qu'il remarqua à peine que l'Étranger avait saisi son poignet à deux mains, dans une étreinte relativement puissante, et l'avait aidé à se relever. Alors, il fut à nouveau éberlué, cette fois par la taille du monstre, qui rendait son indéniable faculté de réduire à l'impuissance un Jana'ata mâle adulte d'autant plus confondante.

Il ne pouvait pas deviner que le monstre en question, obligé de renverser la tête en arrière pour le regarder, était justement rendu coi par une réflexion analogue. À vrai dire, en apercevant les griffes longues de près de huit centimètres qui se seraient enfoncées dans son cou comme dans du beurre s'il avait hésité ne fût-ce qu'un instant avant de se baisser, Emilio avait été à deux doigts de s'évanouir pour la deuxième fois de sa vie.

Supaari, pendant ce temps, s'efforçait désespérément d'assimiler un choc bien plus sévère encore que celui encaissé par Emilio Sandoz. Ce dernier, en effet, s'était attendu, en se rendant sur Rakhat, à rencontrer des créatures d'un autre monde. Supaari VaGayjur, en revanche, était venu à Kashan avec la seule idée de faire connaissance avec une nouvelle délégation de marchands, et il s'était imaginé que les Étrangers et leur *kafay* étaient originaires d'une zone encore inexplorée de la forêt, loin au sud du village.

En arrivant au débarcadère de Kashan, il n'avait pas été surpris de trouver l'endroit désert, puisque Chaypas lui avait parlé de la récolte du *pik*. Il avait aussitôt décelé l'odeur de viande rôtie, mêlée à un troublant magma d'hydrocarbures calcinés, qui s'estompait, et à des effluves plus présents de carbones en chaîne ouverte et d'amines ; la viande lui avait révélé que les commerçants devaient être des Jana'ata, mais les autres senteurs étaient des plus bizarres.

Il n'était pas homme à tolérer le braconnage, bien qu'il fût prêt à transiger, pour peu que la délégation lui offrît une compensation valable. Mais ensuite, arrivé au pas de course en haut de la gorge, il avait trébuché en apercevant un gigantesque engin mécanique, d'une nature tout à fait inexplicable, posé dans la plaine, à un demi-*cha'ar* des gorges du fleuve, et, humant le vent plus attentivement, il s'était rendu compte qu'il avait devant lui la source de cette puanteur aux hydrocarbures. L'odeur de transpiration, qu'il ne connaissait pas, émanait du cercle de créatures assises près de la machine. À cet instant, alors qu'il continuait à marcher sur elles, de nombreuses émotions l'agitaient : un reliquat de colère à l'idée du gibier illicitement tué, le dégoût face aux odeurs infectes et au bruit épouvantable que faisait la machine, la fatigue après un long voyage solitaire, une certaine nervosité devant l'étrangeté de la scène qu'il avait sous les yeux, le désir de se contrôler en raison des immenses possibilités de profit, s'il parvenait à s'arroger la position de fournisseur du reshtar de Galatna, et enfin, à mesure qu'il approchait, une fascination abasourdie en constatant que les créatures en question n'étaient ni des Jana'ata, ni des Runa, ni rien d'autre qu'il fût en mesure d'identifier.

Son besoin irrépressible d'attaquer avait été fondamental. De même qu'un être humain aurait pu manifester de l'horreur ou de la crainte en voyant soudain apparaître au milieu d'un camp un scorpion ou un serpent à sonnette, il voulait non seulement tuer la menace que représentaient ces êtres inconnus, mais la détruire, la pulvériser. Et c'était dans cet état d'esprit qu'il avait cherché, sans succès, à décapiter Emilio Sandoz.

Ce fut Sofia Mendez qui les tira de l'impasse. Prenant l'immobilité abasourdie d'Emilio pour un calme impérial, elle apporta à leur visiteur la tasse de café que le jésuite lui avait proposée. « La plupart des Runa préfèrent se contenter d'inhaler, dit-elle, en levant le bras presque à la verticale pour tendre la tasse à Supaari. Peut-être essaieras-tu de boire, comme nous le faisons, nous », continua-t-elle, eu égard aux évidentes différences qui existaient entre son interlocuteur et les Runa.

Supaari baissa les yeux vers cette nouvelle apparition, ce microbe auquel il n'arrivait pas à croire et qui venait de lui parler dans un ruanja plus que passable. La créature avait le visage et les bras nus, mais le crâne couvert d'une crinière de cheveux noirs. Les rubans ! se dit-il, en se rappelant la nouvelle mode inaugurée par Chaypas.

« On te remercie », dit-il enfin. Il brossa son vêtement du plat de la main pour en faire tomber la poussière, puis il accepta la tasse, qu'il coinça par le bord et le fond entre sa première et sa troisième griffe, tandis que la griffe centrale la stabilisait gracieusement, et il s'efforça d'oublier qu'il était invité à avaler une infusion de *kafay* qui devait bien équivaloir à quelque quarante mille *bahli*.

« C'est très chaud, lui fit savoir l'infime particule. Et très amer. »

Supaari avala une gorgée. Il fronça le nez, mais il déclara : « Le parfum est fort agréable. »

Plein de tact, se dit Anne en prenant bonne note de ses dents et de ses griffes de carnassier. Nom de Zeus de bordel de Zeus, un carnivore plein de tact ! Le geste de Sofia, toutefois, la tira de son immobilité. « S'il te plaît, nos cœurs seront heureux si tu acceptes de partager notre repas », lança-t-elle en entonnant la formule ruanja qu'ils connaissaient tous à présent. Non, ce n'est pas possible, je n'y crois pas, se dit-elle *in petto*. Me voilà en train de jouer les parfaites femmes du monde à l'intention d'un extraterrestre plein de tact, qui vient d'essayer de couper Emilio en deux.

Supaari se tourna vers cette troisième créature et aperçut une autre merveille au visage nu, dans la crinière blanche de qui étaient aussi tressés plusieurs rubans. Sans répondre à l'invitation d'Anne, il regarda pour la première fois autour de lui et, remarquant Jimmy Quinn, il demanda d'un ton incrédule : « Ce sont tes enfants ?

– Non, répondit Jimmy. Celui qui te parle est le plus jeune. »

Les Runa avaient immanquablement considéré cette affirmation comme une preuve de l'étonnant sens de l'humour de Jimmy. Supaari l'accepta aussitôt. Ce fut cela, tout autant que ses griffes et sa denture terrifiantes, qui leur révéla à tous qu'ils avaient affaire à une espèce radicalement différente.

Le nouveau venu contempla le groupe. « Mais alors qui est l'Aîné ? »

Emilio s'éclaircit la gorge, à la fois pour s'assurer qu'il avait retrouvé l'usage de la parole et pour attirer l'attention de Supaari. Il se tourna vers D.W. Yarbrough et fit un geste dans sa direction.

D.W., le cœur battant à se rompre, n'avait ni bougé ni parlé depuis le moment où il avait bondi sur sa winchester et s'était préparé, prêtre ou pas prêtre, à expédier droit en enfer le salaud d'extraterrestre qui se dressait devant lui. Il avait cru que la tête d'Emilio décapitée allait rouler jusqu'à ses pieds, et il lui semblait qu'il n'oublierait jamais cet instant, ni le brusque torrent de rage aveugle qui aurait mis fin à l'existence de Supaari si Emilio n'avait pas été aussi prompt à prendre lui-même la situation en main.

« Voici notre Aîné, bien qu'il ne soit pas le plus âgé d'entre nous, entendit-il Emilio annoncer. Ses décisions sont valables pour nous tous. »

Supaari ne vit qu'un monstre de taille moyenne, tenant un bâton qui empestait l'acier, le soufre et le plomb. N'ayant auprès de lui personne pour décliner son identité, Supaari prit l'initiative et porta brièvement les mains à son front. « L'homme que voici s'appelle Supaari, troisième-né de la lignée des Gaha'ana, VaGayjur, du nom de son pays. » Il tourna les yeux vers Emilio, en dressant les oreilles.

Sandoz devina qu'en sa qualité d'interprète, il était censé présenter Yarbrough. « Notre Aîné s'appelle Di, premier-né de la lignée des Yarbrough, VaWaco du nom de son pays », annonça-t-il sans reprendre haleine.

Un guerrier, se dit Supaari, sautant pour de mauvaises raisons à la bonne conclusion. Du fait que le ruanja était le seul langage qu'ils eussent en commun, il tendit les deux mains, ne sachant pas quoi faire d'autre : *« Challala khaeri,* Di. »

Yarbrough remit sa carabine à George, avec un regard qui signifiait clairement : sers-t'en si besoin est. Puis il s'avança et posa les mains au milieu des longues griffes retournées du visiteur.

« Challala khaeri, Supaari *»,* dit-il, le regard plus divergent que jamais, avec un fort accent du Texas et une attitude qui sous-entendait clairement : espèce de foutu salopard.

Anne fut tentée d'éclater de rire, mais elle se contint ; on n'oublie pas comme ça quarante-cinq années de dîners mondains. Au lieu de s'esclaffer, elle s'approcha de leur invité et le salua à la manière des Runa, sans sourciller. En retirant ses mains, elle s'écria : « *Sipaj*, Supaari ! Tu as sûrement faim après ton voyage. Ne veux-tu pas manger avec nous, à présent ? »

Il voulait bien. L'un dans l'autre, ce fut une de ces journées qui comptent dans la vie des gens.

28

Naples : août 2060

En s'orientant à vue de nez, d'après les vagues instructions du concierge, John Candotti se fraie un chemin jusque dans les entrailles de la demeure et il arrive dans un cellier mal éclairé, reconverti en buanderie moderne dans les années 1930, remis au goût du jour une centaine d'années plus tard et demeuré en l'état depuis. La Compagnie de Jésus, note John, est prête à se lancer dans des voyages interstellaires avec moins de deux semaines de préavis, mais lorsqu'il s'agit d'acquérir des lave-linge, elle n'a garde de foncer tête baissée. Les modèles à ultrasons qu'il aperçoit font figure d'antiquités à l'heure qu'il est, mais ils fonctionnent encore fort bien. Quand le soleil brille, on met toujours le linge mouillé à sécher dehors sur un fil. L'installation tout entière lui rappelle la buanderie située au sous-sol de la maison de sa grand-mère, même s'il est bien entendu que l'aïeule en question utilisait son sèche-linge à micro-ondes par tous les temps.

Il était sur le point de dépasser l'endroit, lorsque en prêtant l'oreille il s'est rendu compte qu'il venait d'entendre Emilio Sandoz fredonner un air. À vrai dire, il n'est pas tout à fait sûr qu'il s'agit bien de Sandoz, car jamais il ne l'a entendu émettre un son qui ressemble de près ou de loin à une chanson. Et pourtant, c'est bien lui, pas rasé, très à l'aise dans les vieux vêtements de Dieu sait qui, occupé à extraire d'une des machines des draps humides qu'il empile dans un panier en rotin sans doute plus vieux que le palais du Vatican.

John se racle la gorge. En l'entendant, Emilio se retourne et prend l'air sévère : « J'espère que vous ne comptez pas entrer dans mon bureau comme dans un moulin et me voir sans rendez-vous, jeune homme. »

John sourit et regarde autour de lui : « Le frère Edward m'a appris qu'on vous avait trouvé du travail dans les profondeurs. C'est sympa. Dans le style Bauhaus.

– La fonction crée la forme. Le linge sale appelle ce genre d'ambiance. » Emilio brandit une taie d'oreiller mouillée. « Préparez-vous à être ébloui. » Il parvient à la plier remarquablement bien avant de la lancer sur la pile dans le panier.

« Ah, voilà donc les nouvelles prothèses ! » Les audiences ont été suspendues pour quelques semaines, pendant que Sandoz travaille avec Paola Marino, ingénieur originaire de Milan, à qui le général a fait appel en constatant que le père Singh ne parvenait pas à corriger les défauts des prothèses originales. C'est à contrecœur que Sandoz a accepté de se laisser voir par quelqu'un de nouveau, mais Giuliani a insisté. Tout s'est bien passé, semble-t-il.

« Je suis ébloui, en effet, c'est merveilleux.

– Oui. Et je jongle aussi avec les serviettes-éponges, mais j'ai mes limites. » Emilio se retourne vers les machines. « Les chaussettes, par exemple. Quand vous me les envoyez, tous autant que vous êtes, elles sont à l'envers ; eh bien, elles remontent propres, mais dans le même état.

– Tiens, mon père avait établi la même règle à la maison. » John regarde Sandoz s'activer. Ses prises ne sont pas très sûres et il doit toujours se concentrer sur ses gestes, mais l'amélioration n'en est pas moins étonnante. « Elles sont vraiment chouettes, hein, ces prothèses ?

– Beaucoup plus faciles à contrôler. Plus légères. Regardez : les meurtrissures commencent à s'estomper. » Emilio se retourne et tend les bras sous le nez de John. Les nouvelles prothèses sont radicalement différentes ; il s'agit moins d'une cage que d'une série d'éclisses enserrant le poignet, munies de commandes électroniques. Les doigts sont soutenus par en dessous grâce à des bandes ultraplates, articulées mais placées contre la main. Il y a aussi des bandes plus fines qui s'entrecroisent par-dessus les phalanges et une série de trois attaches plates qui maintiennent les éclisses fixées aux métacarpes, aux poignets et aux avant-bras. John s'efforce de ne pas remarquer à quel point les muscles sont atrophiés et se concentre sur les prothèses, à mesure que Sandoz lui en explique les mécanismes.

« Mes mains et mes bras me font mal, mais je crois que c'est parce que je m'en sers davantage, explique Emilio en se redressant. Et vous n'avez pas vu le plus beau. Regardez. »

Sandoz se dirige vers une grande table, où l'on trie et plie la lessive, et il se penche, posant un de ses avant-bras à plat contre le bois. Il fait pivoter le membre très légèrement vers l'extérieur, afin d'appuyer sur un petit interrupteur, et la prothèse s'ouvre aussitôt, car elle est entièrement articulée du côté opposé au pouce. Sandoz dégage sa main, puis il parvient à la remettre en place sans aucune aide, même s'il doit faire un certain effort, les sourcils froncés, pour actionner de nouveau l'interrupteur et refermer la prothèse.

« Je sais le faire tout seul », dit-il en zozotant comme un enfant de trois ans, avant d'ajouter de sa voix normale : « Vous ne pouvez pas vous imaginer ce que ça signifie pour moi. »

John lui adresse un sourire rayonnant, enchanté de voir à quel point Sandoz paraît heureux. Tout le monde a sous-estimé l'effet démoralisant du *hasta'akala*, se dit-il, et sans doute jusqu'à Sandoz lui-même. Pour la première fois depuis la mutilation, Emilio découvre toutes les choses qu'il peut encore faire, au lieu de découvrir celles qu'il ne peut plus faire. Comme s'il lisait dans l'esprit de son compagnon, Sandoz se penche et, avec un sourire gouailleur, il soulève son panier et reste là, attendant les commentaires.

« Estomaquant », reconnaît John. Sandoz emporte le panier jusqu'à la porte battante qu'il repousse en s'y adossant. John le suit dehors, où est tendue une corde à linge. « Ça doit bien peser dans les sept ou huit kilos, non ?

– Les micromécanismes sont mieux conçus », déclare Emilio en commençant à étendre son linge. La besogne ne progresse pas vite. Il ne se débrouille pas si mal, mais les pinces à linge ont tendance à lui sauter d'entre les doigts. « Peut-être que la signorina Marino va devoir ajouter des petits tampons antidérapants au pouce et à l'index », dit-il d'un ton légèrement irrité, la quatrième fois que cela se produit.

Et c'est cet homme-là qui a supporté les anciennes prothèses pendant des mois sans jamais se plaindre ! Il est fort agréable de le voir enfin se détendre. Finalement, se dit John, il lui suffirait de se laisser aller à pester un peu contre tous ses bobos pour que tout aille beaucoup mieux. Il sait bien que, dans l'euphorie du moment, il a tendance à trop simplifier, mais il est tellement content de voir Sandoz faire des progrès. « Ma remarque va vous paraître idiote, s'excuse John d'avance, mais je dois dire que ces prothèses sont vraiment très belles.

– Le chic italien », dit Emilio d'un ton admiratif. Il tend une main devant lui, comme une jeune fiancée qui contemple sa nouvelle bague, et il lance avec un accent anglais et désinvolte : « L'année prochaine, on ne portera plus que ça.

– *Princess Bride !* » s'écrie John qui reconnaît aussitôt la réplique. Il s'asseoit sur un mur bas en pierre qui borde la petite cour et se penche en arrière, les mains serrées autour d'un de ses genoux. « C'est formidable, mon vieux. Jamais je n'aurais cru que je vous verrais en si bonne forme. »

Emilio s'immobilise, un drap à la main, quelque peu secoué de se rendre compte qu'il est en train de passer un excellent moment. Cela lui donne à réfléchir. Il ne sait trop quoi faire de cette sensation. Il y a en lui une réaction presque automatique, une envie de rendre grâce à Dieu. Il la ravale à grand-peine, s'en tenant obstinément aux faits : il s'occupe de la lessive, tout en parlant de *Princess Bride* avec John Candotti, et cela lui permet de passer un bon moment. Voilà tout. C'est Paola Marino qu'il faut remercier, pas Dieu. Sans compter qu'il s'est aidé lui-même. Dès qu'il a eu compris à quel point les nouvelles prothèses amélioraient son état, il a demandé à être chargé de la lessive. Il a besoin d'une occupation et celle-ci lui permettra de faire travailler ses mains en douceur, lui offrira une thérapeutique naturelle. Depuis, il mange et dort mieux, passe des nuits moins difficiles. Et il retrouve un peu de vigueur. Certes, il est obligé de s'arrêter de temps à autre, un peu étourdi à force de se pencher et de se redresser, les bras tendus au-dessus de la tête, mais il progresse...

John quitte son perchoir sur le mur, troublé, comme toujours, par l'immobilité de cet état de transe. « Tenez, je vais vous donner un coup de main, dit-il d'un ton jovial, pour rompre le silence, et il empoigne un drap.

– Non ! »

John lâche le drap et recule.

Sandoz reste quelques instants cloué sur place, respirant à grand bruit. « Bon, je vous prie de m'excuser, dit-il enfin. J'ai été surpris. Je ne m'attendais pas à vous voir si proche. Et puis, je n'ai pas besoin d'aide ! Tout le monde veut toujours me donner un coup de main ! Pardonnez-moi de vous le dire, mais j'ai horreur de ça. Si vous vouliez tout simplement avoir la courtoisie de me laisser seul juge... » Il se détourne, exaspéré, au bord des larmes. Puis il finit par répéter d'un ton plus calme : « Je vous prie de m'excuser. Je suis souvent odieux avec vous, mais je ne sais plus où j'en suis, John. Il y a tant de choses qui viennent se greffer là-dessus. »

Gêné et honteux de s'être emporté à ce point, il se penche sur son panier et reprend son travail. Au bout de quelques minutes, il lance par-dessus son épaule : « Ne restez donc pas là à gober les mouches. Donnez-moi un coup de main, voulez-vous ? »

Les yeux écarquillés, John secoue la tête et expire bruyamment, mais il saisit une taie d'oreiller qu'il accroche à la corde.

Ils finissent la pile en silence et regagnent la pénombre du cellier pour y prendre un nouveau chargement de linge. Posant le panier, Emilio attend que John l'ait rejoint, puis il pousse un gros soupir en regardant de nouveau ses prothèses. « Oui, c'est un énorme progrès par rapport aux autres, mais je ne peux toujours pas jouer du violon... »

John est déjà au milieu de son petit murmure de commisération, lorsque le sourire canaille d'Emilio l'interrompt. « Ah, merde ! s'esclaffe-t-il, et la tension entre eux s'évapore. Je n'en reviens pas de m'être laissé piéger. Vous n'avez jamais joué du violon, je parie ?

– Au base-ball, John. Je n'ai jamais su jouer qu'au base-ball. » Il ouvre une autre machine et commence à empiler des serviettes de toilette dans son panier, avec le sentiment d'avoir repris le dessus. « J'étais assez bon à la batte, dans le temps. Je n'étais pas un crack, mais j'adorais ça.

– Le général prétend qu'il a encore à la cheville des marques que vous lui avez faites. Il dit que vous étiez un vrai sauvage.

– C'est de la pure calomnie ! s'écrie Emilio, indigné, en poussant la porte pour sortir avec son panier. J'étais motivé, ça oui. Peut-être même farouche. Mais je ne me conduisais en vrai sauvage que quand le score était serré. »

Ils vident le panier, de conserve, en écoutant les bruits de cette fin de matinée, les tintements de marmites et de casseroles en provenance de la cuisine toute proche, où le frère Cosimo commence à préparer le déjeuner. À présent, leur silence est amical.

« Vous vous intéressez au base-ball, John ? demande Sandoz derrière les rangées de tissu mouillé.

– Je suis un supporter de Chicago, marmonne Candotti, mais ça fait des siècles qu'ils sont dans les choux.

– Ah bon ? » Sandoz réfléchit en silence. « Alors ça explique pourquoi Giuliani vous a fait venir. » Et, tout à coup, Candotti entend la voix du général : « Voelker, j'ai besoin de quelqu'un pour s'occuper d'une pauvre épave sans espoir qui revient de Rakhat. Trouvez-moi donc un supporter de Chicago.

– Vous n'êtes pas sans espoir, Emilio.

– John, je pourrais vous dire sur l'absence d'espoir des choses qu'aucun supporter de Chicago ne serait fichu de comprendre.

– Chiche ! »

Mais lorsqu'il reprend la parole, Sandoz change de sujet. « Et l'équipe de San Juan, elle se débrouille bien cette année ?

– Pas trop mal. Ils ont été champions en 58 », répond John, ravi d'avoir une bonne nouvelle à annoncer. La tête de Sandoz paraît entre deux serviettes, un sourire béat aux lèvres, puis il reprend son travail, satisfait. John interrompt le sien un instant, pour regarder son compagnon à travers un interstice entre deux draps. « Vous savez que c'est la première fois que vous m'interrogez sur l'actualité ? Permettez-moi de vous dire que ça m'a rendu chèvre ! Enfin, vous êtes parti depuis avant ma naissance ! Vous n'avez donc pas envie de savoir ce qui s'est passé ? Quelles guerres sont finies, qui les a gagnées, et j'en passe ? Les révolutions technologiques, les progrès de la médecine ? Vous n'êtes donc pas curieux ? »

Sandoz le contemple fixement, bouche bée. Puis il finit par laisser retomber dans le panier la serviette qu'il a empoignée et par reculer jusqu'au muret de pierre pour s'y asseoir, brusquement épuisé. Il fait entendre un petit rire et secoue la tête, avant de contempler John à travers le voile de cheveux poivre et sel qui lui tombe dans les yeux. « Mon très cher père Candotti, s'exclame-t-il d'un ton las, permettez-moi de vous expliquer quelque chose. Au cours des quinze dernières années, j'ai dû habiter... combien ? Disons trente endroits différents. Quatre continents, deux îles. Deux planètes, aussi ! Un astéroïde ! Sept ou huit écosystèmes, du désert à la toundra. Des dortoirs, des huttes, des cavernes, des tentes, des cabanes, des *hampiys*... J'ai été obligé de fonctionner dans plus d'une douzaine de langues étrangères, et bien souvent trois à la fois. J'ai dû affronter des milliers d'étrangers, au sein de cultures comptant trois espèces conscientes et une bonne vingtaine de nationalités. Je suis navré de vous décevoir, mais mes réserves de curiosité sont entièrement épuisées. » Emilio soupire et enfouit son visage dans ses mains, en prenant soin de ne pas coincer les mécanismes des articulations dans ses cheveux. « John, s'il ne tenait qu'à moi, jamais plus, aussi longtemps que je vivrais, il ne m'arriverait quoi que ce soit de nouveau ou d'intéressant. La lessive est à peu près l'activité qu'il me faut. Pas de mouvements brusques, pas de bruits soudains, pas d'effort intellectuel.

– Et pas de foutues questions ? termine John d'un ton penaud, en s'asseyant à côté de lui sur le muret.

– Pas de foutues questions », acquiesce Emilio. Il lève les yeux vers les collines rocailleuses à l'est. « Et le moins possible de mort, de destruction et de dégradation, mon ami. Je viens de vivre deux années bien dures. »

John Candotti n'est plus surpris de constater que les gens se confessent facilement à lui. Il est tolérant face aux faiblesses humaines et il a rarement du mal à dire : « Bon, eh bien, vous avez été au-dessous de tout. Ça nous arrive à tous, un jour ou l'autre. Ce n'est pas grave. » Sa plus grande satisfaction de prêtre est de donner l'absolution, d'aider les autres à se pardonner de n'être pas parfaits, à faire amende honorable et à reprendre le fil de leur existence. Peut-être est-ce l'ouverture que nous attendions, se dit-il. « Vous avez envie de m'en parler ? »

Sandoz se lève et retourne à son panier de linge. Quand il est vide, il jette un œil et voit que Candotti n'a pas bougé. « Je finirai tout seul », lance-t-il d'un ton sec, et il disparaît dans le cellier.

Pendant tout ce temps, Vincenzo Giuliani n'a pas été oisif, et l'enquête sur les événements de Rakhat n'est pas restée au point mort. Le général a profité de l'interruption pour repenser sa stratégie. La situation exige un changement de cap et davantage de voile, décide-t-il, aussi organise-t-il une réunion à laquelle il convoque Candotti, Behr, Reyes et Voelker. Au cours des audiences, leur annonce-t-il, ils doivent remplir une double tâche. L'une, institutionnelle, est de recueillir des informations sur la mission proprement dite, ainsi que sur Rakhat et ses habitants. L'autre, en revanche, est pastorale. Un de leurs frères, un autre prêtre, a traversé une expérience extraordinaire et il a besoin d'aide, qu'il soit prêt à l'admettre ou non.

« Après mûre réflexion, continue le général, j'ai décidé de vous remettre à chacun des copies des rapports de mission envoyés depuis Rakhat par Yarbrough et Robichaux, ainsi que diverses communications privées de leur main. » Il leur donne les mots de passe nécessaires pour avoir accès aux fichiers. « Je sais que je n'ai pas besoin de vous dire que toutes ces informations sont confidentielles. Vous vous apercevrez en lisant qu'Emilio ne nous a rien caché concernant le travail de la mission. Je crois qu'il a l'intention de nous accorder sa pleine et entière coopération pour la première de nos tâches. Il nous dira tout ce qui s'est passé sur Rakhat, tant que cela ne concerne pas son propre état mental, passé ou présent. Ce qui nous amène à la seconde de nos tâches. »

Giuliani se lève. « Il me paraît désormais évident que les problèmes émotionnels de Sandoz ont une dimension théologique tout à fait privée. Je suis convaincu, pour ma part, de la sincérité de son engagement spiriruel au début de la mission. » Giuliani cesse de faire les cent pas et vient s'arrêter juste en face de Voelker, de l'autre côté de la table. « Je ne vous demande pas de croire tout ce que vous lirez dans les rapports de mission, mais je vous demande en revanche d'accepter d'envisager que les déclarations de ses supérieurs à ce propos aient été parfaitement fondées. » Voelker hoche la tête, mais il reste sur son quant-à-soi, et Giuliani reprend sa déambulation à travers la pièce pour aller se planter près de la fenêtre. Il repousse le voilage et regarde au-dehors. « Il lui est arrivé quelque chose. Quelque chose qui a tout changé. Et tant que nous ne saurons pas ce que c'est, nous serons dans le noir. »

À mesure que les jours passent, Giuliani observe la métamorphose qui s'opère chez Sandoz, et il y répond. L'état de santé général d'Emilio recommence à s'améliorer, d'une part parce qu'il est moins déprimé, et aussi grâce à un ensemble de bâtonnets semi-perméables que l'on vient de lui implanter et qui libèrent directement dans le sang des doses régulières de vitamines C et D, ainsi que des dérivés de calcitonine et des inhibiteurs d'ostéoclastes. Peu à peu la fatigue se fait moins intense, même si l'on ne sait pas précisément si ce progrès est dû au fait qu'il se sent mieux et qu'il est plus actif, ou au fait que son état physiologique s'est rapproché de la normale. Ce qui est certain, c'est que sa peau est moins facilement meurtrie et que les risques de fractures osseuses spontanées commencent à s'estomper.

Sur les conseils du frère Edward, Sandoz peut désormais avoir accès à volonté aux drogues qu'il utilise régulièrement : la Progaïne et les composés de dihydroergotamine pour soulager les douleurs musculaires, lesquelles sont dues à présent plus souvent au surmenage, à mesure qu'il se refait une musculature, qu'aux effets persistants du scorbut. Edward a le sentiment que Sandoz saura prendre ses médicaments avec modération et qu'il se sentira plus libre d'y recourir s'il n'a pas besoin de les quémander à quelqu'un.

Après quoi, Sandoz demande s'il peut aussi avoir des somnifères. Le général a décidé d'accéder à toutes les requêtes raisonnables, mais plusieurs fois Emilio a évoqué un possible suicide et Giuliani ne peut pas prendre le risque de se tromper sur ce point. Il propose donc un compromis : Sandoz sera autorisé à user de tels produits, pourvu qu'il accepte d'avaler les cachets devant témoin. Emilio refuse. Il est difficile de savoir s'il trouve cette offre trop humiliante pour s'y conformer ou simplement inacceptable parce qu'il avait justement espéré pouvoir subtiliser des cachets en prévision d'une future tentative d'attenter à ses jours.

Quoi qu'il en soit, Sandoz n'autorise plus personne à pénétrer dans sa chambre. Il découvre et débranche l'appareil de surveillance à côté de son lit. Ses rêves et leurs séquelles n'appartiennent désormais qu'à lui. Peut-être les vomissements ont-ils cessé, ou peut-être a-t-il appris à les maîtriser eux aussi, de même qu'il maîtrise à présent ses mains, son visage et sa voix, et vomit-il désormais sans bruit, endurant tout seul derrière sa porte ses angoisses nocturnes. L'unique indication permettant de penser que les rêves continuent est l'heure à laquelle il se lève le matin. Si tout s'est bien passé, il est debout dès l'aube. Sinon, il est souvent plus près de dix heures lorsqu'il se présente au réfectoire pour un maigre petit déjeuner qu'il tient désormais à préparer lui-même. Après le premier matin, le frère Cosimo n'a plus proposé de l'aider.

Felipe Reyes le questionne sur le syndrome du membre fantôme ; Sandoz reconnaît avec raideur qu'il en souffre et demande à Reyes s'il a dû lui aussi faire face à ce type de névralgies. Felipe a eu la chance d'y échapper, mais il connaît d'autres amputés qui sont moins heureux, et il sait à quel point cela peut être pénible. Pour certains, explique-t-il à Sandoz, la douleur est sans rémission. À l'évidence, Emilio est atterré par cette précision, ce qui permet à son interlocuteur de comprendre la sévérité de ses souffrances intermittentes. Reyes suggère à Emilio de mettre tout simplement fin aux audiences chaque fois qu'il aura trop mal pour continuer. Fort de ce conseil, Sandoz sollicite du général, qui la lui donne, l'assurance qu'il pourra dorénavant quitter les séances à sa guise, sans fournir la moindre justification. Il a manifestement décidé qu'il vaut mieux en passer par là, plutôt que de s'obstiner coûte que coûte et de risquer le genre de mésaventure qui a eu lieu le jour où il a brisé la tasse.

En tête à tête, le général fait comprendre à Johannes Voelker que Sandoz ne doit jamais être accusé de simuler la maladie. Voelker se soumet et reconnaît, ce qui ne laisse pas de surprendre Giuliani, qu'une telle attitude ne peut pas être fructueuse. Les autres sont mis en garde à leur tour : lorsque Sandoz se dérobe, aucune pression ne doit être exercée sur lui. En effet, il n'y a pas jusqu'à la douce insistance de John Candotti qui n'incite Emilio à se mettre à l'écart de tout et de tous.

Lorsque les audiences reprennent, après cette interruption, le changement crève les yeux. Les assistants remarquent tout d'abord un signe extérieur. À présent, Sandoz est plus adroit dans le maniement du rasoir. La barbe bien taillée refait son apparition, presque entièrement noire, mais avec toutefois deux nouvelles traînées grises qui mettent la longue bouche entre parenthèses, de même que les yeux sombres et désormais inexpressifs sont encadrés par deux mèches de cheveux argentés.

La majeure partie du temps, ils voient à présent l'homme que Sandoz veut bien leur laisser voir. Tantôt ils ont affaire à un grand d'Espagne, invulnérable et aristocratique, un homme qui a rebâti les murs de son château et découvert quelque nouveau bastion d'où défendre son intégrité, un homme dont le calme ne peut être troublé par les questions impertinentes concernant des enfants bien-aimés, désormais défunts, tantôt à Méphistophélès, arborant l'œil sec et la réserve d'un être à qui les plus abjectes profondeurs de l'enfer sont connues, familières et vidées des eaux marécageuses de l'émotion. Le plus souvent, ils ont devant eux le Dr Emilio Sandoz, linguiste, érudit, homme d'expérience, qui assiste à un assommant colloque ayant vaguement trait à sa spécialité, après lequel son travail et celui de ses collègues pourra enfin être publié.

Sous ce nouveau régime, le coup d'envoi des séances est donné par une question du professeur Reyes, spécialiste de théologie comparée, qui aimerait savoir si les Runa possèdent sous une forme quelconque le concept d'âme. Le Dr Sandoz, linguiste distingué, est sur son terrain et il cite les catégories grammaticales qu'emploient les Runa lorsqu'ils veulent faire référence à des choses qui ne sont pas visibles et pas visuelles. Reyes pense que cela indique peut-être la faculté de comprendre le concept d'âme, même si celui-ci n'a pas cours chez eux.

« C'est fort probable, convient Sandoz. En comparaison des Jana'ata ou de notre propre espèce, les Runa ne sont pas des penseurs bien créatifs. Ou peut-être devrais-je dire bien originaux. Une fois qu'une idée de base leur a été fournie, ils se montrent souvent très créatifs lorsqu'il s'agit de la développer.

– Il me semble, dit Felipe, que cette idée de “ cœur ” qui revient constamment pourrait être analogue à l'idée d'âme.

– Vous comprenez bien que “ cœur ” n'est que ma traduction, n'est-ce pas ? C'est peut-être proche de la notion d'âme à l'intérieur d'un être vivant, mais je ne sais pas si les Runa croient que l'essence d'un individu persiste au-delà de la mort... » Il s'interrompt. Ses muscles se contractent comme s'il allait se lever, puis tout à coup c'est le grand d'Espagne qui continue : « Lorsqu'il y a eu mort d'homme, je n'étais pas en mesure de m'enquérir du système de croyance des Runa. » Et c'est le Dr Sandoz qui reprend, quelques instants plus tard, en se tournant vers Giuliani : « Anne Edwards a envoyé plusieurs articles au sujet du “ cœur ”. Puis-je résumer ses observations, mon père ? Ou bien cela constituerait-il une espèce de publication prématurée ?

– Rien de ce qui se dit ici n'est destiné à la publication. Je vous en prie. »

Sandoz en revient à Felipe. « Le Dr Edwards pensait que le concept de “ cœur ” et la théorie des Runa sur la maladie étaient étroitement liés, et qu'ils faisaient tous deux office de moyen de contrôle social relativement bienveillant. Les Runa ne sont pas ouvertement agressifs et ils prétendent ne jamais se mettre en colère. Si, par exemple, l'un d'eux se voit refuser une demande justifiée, ou s'il est frustré ou déçu d'une manière ou d'une autre, il sombre dans un état qu'ils appellent *porai.* Si vous êtes *porai*, votre cœur est triste et vous risquez de tomber malade ou d'être victime d'accidents. Or, il est très mal vu de rendre quelqu'un d'autre malade, n'est-ce pas ? Si, à cause de vous, un de vos congénères est *porai*, vous êtes soumis à une pression sociale considérable, visant à vous persuader d'accéder à la demande de la victime supposée ou de lui accorder une compensation : il faut vous excuser ou lui faire un cadeau qui fera renaître le bonheur dans son cœur.

– Voilà un concept qui paraît se prêter à toutes sortes de mauvais usages, remarque Voelker. Qu'est-ce qui empêche les gens de prétendre qu'ils sont *porai* uniquement pour obtenir des cadeaux ?

– Les Runa ne sont presque jamais seuls. Il n'y a pour ainsi dire pas la moindre interaction sociale qui n'ait des témoins, donc il est fort malaisé de mentir à propos des faits. Toutefois, je dois dire qu'il y avait souvent des désaccords quant à la gravité de l'état de *porai* de la victime et à la quantité ou à la nature de la compensation qui lui était due. Si la discussion s'envenimait, les parties en présence s'entendaient dire qu'elles faisaient un *fierno* – c'est-à-dire beaucoup de bruit, n'est-ce pas ? Or, si vous faites un *fierno*, le vacarme est censé attirer les orages qui peuvent être violents et terrifiants. »

Il s'arrête pour boire une gorgée d'eau, portant son verre à ses lèvres avec une dextérité notablement accrue, même s'il est obligé de cesser de parler pour se concentrer sur sa tâche. Il lève le verre en direction de John, comme s'il portait un toast : « J'ai les nouveaux tampons antidérapants », fait-il remarquer. John opine avec intérêt et Emilio reprend : « Les parents se servent des orages comme d'une menace sans gravité pour apprendre à leurs enfants à ne pas se disputer, à ne pas faire d'histoires pour obtenir gain de cause : “ Rends donc la paix à ton cœur, sans quoi nous aurons bientôt un orage. ” Les orages sont fréquents là-bas. Il n'est pas difficile de faire croire aux petits qu'il y a une relation de cause à effet entre le boucan qu'ils font et le mauvais temps.

– Et que dit-on s'il y a un orage alors que personne ne s'est disputé ? » veut savoir John.

Emilio hausse les épaules et prend un air qui signifie clairement : enfin c'est évident, voyons. « On dit qu'un habitant d'un village voisin a dû faire un *fierno*. » Cet argument imparable fait sourire tout le monde.

« Avant l'arrivée de Supaari VaGayjur, aviez-vous la moindre idée de la présence sur Rakhat d'une autre espèce consciente ? » demande Johannes Voelker.

Le changement de sujet paraît brutal et c'est le grand d'Espagne qui se tourne vers lui, s'attendant à une attaque et prêt à la parer. « Non. Il y avait des indications, pourtant, que nous n'avons pas su reconnaître. Par exemple, les Runa ont dix doigts, mais le système numérique avait pour base le chiffre six. Ce que nous avons enfin compris, quand nous avons découvert que la main des Jana'ata n'a que trois doigts. Et dès le départ, M. Edwards et M. Quinn ont remarqué un net décalage entre la culture runa que nous pouvions observer à Kashan et la culture capable de produire les signaux radio qui nous avaient amenés sur Rakhat. »

L'Autrichien se montre étonnamment conciliant. « Ah, oui. Pour autant qu'il m'en souvienne, le père Robichaux attribuait cette anomalie à des différences culturelles dans le développement économique et technique. Je pense à une chose, au sujet de la particularité de la langue des Runa, selon laquelle ce qu'on ne voit pas pour le moment est grammaticalement identique à ce qui n'est jamais visible. Cela a dû contribuer à votre surprise. Car même si les Runa vous avaient parlé des Jana'ata, vous n'aviez aucun moyen de savoir qu'ils étaient réels et non mythiques. »

Sandoz le regarde un long moment, comme s'il était en train de décider de quelle façon il doit prendre ce soudain revirement. « Oui, dit-il enfin. En fait, ils nous ont dit de nous méfier du *djanada*. Il s'agit à l'évidence d'un mot apparenté. Nous pensions que le *djanada* était une espèce de croque-mitaine, que l'on évoquait pour dissuader les enfants de partir tout seuls à l'aventure. Nous y avons vu une nouvelle preuve du fait que les Runa pendant très longtemps ne nous ont pas considérés comme des adultes, à l'exception de M. Quinn.

– Le père Yarbrough a signalé dans un rapport que la première fois que vous avez vu Supaari VaGayjur, vous l'avez pris pour un Runa. Les deux espèces sont donc si semblables ? Ou bien était-ce simplement parce que vous ne vous attendiez pas à rencontrer une autre espèce ? reprend Voelker.

– Au début, c'était parce que nous n'étions pas prêts à imaginer que les Jana'ata existaient. Une fois que nous avons su ce qu'il fallait chercher, nous avons remarqué des tas de différences fort subtiles. Néanmoins, il est certain que les Jana'ata mâles ressemblent beaucoup, par leur aspect général et leur taille, aux femelles runa.

– Que c'est donc curieux ! Uniquement les mâles ? demande Felipe.

– Les femelles de l'espèce sont séquestrées et gardées de fort près. Je ne saurais dire à quel point elles ressemblent aux Runa, mâles ou femelles. Les Runa des deux sexes, leur rappelle-t-il, sont très semblables, mais les mâles sont en moyenne beaucoup plus petits. C'est à cause de cela que nous sommes restés longtemps dans l'erreur sur ce point, et aussi parce que leur rôle sexuel ne correspondait pas à notre attente. À ce propos, je me permets de vous signaler que *La Madone à l'enfant* de Robichaux devrait sans doute être rebaptisée *Saint Joseph à l'enfant*. Manuzhai était un mâle. » On entend fuser quelques rires et commentaires, tandis que les autres jésuites confient à quel point ils ont été surpris de lire cela dans les rapports de la mission. « C'était Manuzhai qui élevait Askama et il était plus petit que sa femme, si bien que nous l'avons pris pour une femelle. Chaypas, en revanche, voyageait énormément et se chargeait de tous les aspects commerciaux, ce qui nous a conduits à penser qu'elle était un mâle. D'ailleurs les Runa pataugeaient tout autant à notre sujet.

– Mais si les Runa n'ont guère que quelques rubans pour tout vêtement, fait remarquer John en s'éclaircissant la voix, il ne vous était donc pas possible de... euh... de voir... ?

– Les organes sexuels des Runa sont pour ainsi dire invisibles, à moins que l'accouplement ne soit imminent », déclare Sandoz, avant de poursuivre d'un ton neutre : « Avec la denture et les griffes, c'est une des différences les plus voyantes entre les mâles de l'espèce jana'ata et les Runa des deux sexes. Nous ne nous en sommes pas rendu compte tout de suite, parce que les Jana'ata sont généralement habillés. »

Edward Behr, assis comme d'habitude en face de Sandoz, à l'autre bout de la pièce, est soudain secoué par une quinte de toux. On dirait, songe le général, que Sandoz est en train de se mettre à l'épreuve, de voir jusqu'à quel point il est capable de redescendre dans l'arène. « Nous devons donc en déduire que, pour leur part, les organes sexuels des Jana'ata du sexe fort ne passent pas inaperçus. Cherchez-vous à nous choquer, père Sandoz ? demande Giuliani d'un ton léger, blasé, qu'il espère convaincant.

– Je ne me permettrais pas de préjuger de ce qui peut vous choquer, mon père. J'expliquais simplement jusqu'où vont les ressemblances entre les deux espèces.

– Ce Supaari VaGayjur, reprend Johannes Voelker, il était propriétaire du village de Kashan ? »

Giuliani lève le nez. Tiens, tiens, qui est-ce qui change de sujet, à présent ? remarque-t-il en son for intérieur.

« Non. Enfin, peut-être que si, d'une certaine façon. Ni les propriétés foncières ni les habitants du village ne lui appartenaient, répond Sandoz en secouant la tête, plus sûr de lui à mesure qu'il réfléchit. Non. D'après ce que j'ai cru comprendre, il détenait le droit de commercer avec eux. S'ils n'étaient pas satisfaits, les VaKashani avaient la ressource d'approcher un autre marchand pour le prier de racheter ce droit à Supaari, mais ce dernier se serait d'abord vu offrir une occasion de rectifier les termes de son contrat avec les VaKashani, de façon à tenir compte de leurs griefs. Sous bien des rapports, c'était un arrangement très équitable.

– Comment payait-il les Runa ? demande brusquement Felipe. Les descriptions de leur village semblent indiquer qu'ils n'étaient pas très matérialistes.

– En échange de leurs récoltes de fleurs, ils recevaient des produits industriels. Des parfums, des bateaux, des poteries, des rubans et ainsi de suite. Il y avait un système bancaire, grâce auquel les profits s'accumulaient. Les revenus d'un village étaient tous regroupés sur un même compte. Je ne sais pas quelles mesures étaient prises quand une famille quittait un village pour un autre. » Sandoz s'interrompt, et paraît frappé par cette idée pour la première fois. « J'imagine que si l'on savait qu'un village donné avait un compte bien approvisionné et que d'autres personnes venaient s'y installer pour en profiter, de nombreux cœurs seraient devenus *porai* et que les pique-assiettes auraient été mis très mal à l'aise.

– Qui veillait à l'application des contrats entre les Runa et les marchands tels que Supaari ? demande Giuliani.

– Le gouvernement jana'ata. Il existe une bureaucratie héréditaire, dirigée par les fils deuxièmes-nés, qui supervise les aspects juriques du commerce, ainsi que des tribunaux spéciaux pour les litiges entre les deux espèces. Les jugements sont imposés par la police militaire, composée de Jana'ata premiers-nés.

– Et ce sont les Runa qui font tout le travail de production, devine John, ulcéré.

– Oui. Les marchands troisièmes-nés, comme Supaari VaGayjur, servent d'intermédiaires entre les deux espèces. Les marchands, de même que les coopératives villageoises des Runa, sont taxés pour entretenir la population jana'ata.

– Et les Runa parviennent à obtenir gain de cause devant les tribunaux jana'ata ? interroge Felipe.

– Je n'ai eu que des occasions très limitées d'observer tout cela. On m'a dit que les Jana'ata prisent énormément l'honneur et la justice. Ils se considèrent comme des régisseurs et comme les tuteurs des Runa. Ils sont fiers d'accomplir leur devoir envers ceux qui leur sont inférieurs et qui dépendent d'eux. » Il se tait quelques instants, puis ajoute : « En tout cas, pour la plupart. Il convient, en outre, de noter que les Jana'ata ne constituent que trois à quatre pour cent de la population va-rakhati. Si leur gouvernement devait se rendre odieux, on peut penser que les Runa parviendraient à se soulever contre lui.

– Mais les Runa sont adeptes de la non-violence ! » s'écrie Felipe Reyes. Il s'est fait une image mentale des Runa qu'il imagine désormais sous les traits de paisibles innocents vivant dans un jardin d'Éden, ce qui est en contradiction flagrante avec les rapports du Consortium d'entrée en contact. C'est là, pour Felipe, une des plus importantes énigmes de la mission.

« J'ai vu les Runa défendre leurs enfants. » Sandoz fait une pause et Giuliani discerne une certaine tension lorsqu'il continue : « D'après ce que j'ai pu lire dans le rapport de Wu et d'Isley, certains Runa ont atteint les limites de leur tolérance. Leur seule arme est leur nombre. Les Jana'ata de la police militaire sont sans pitié. C'est inévitable. Ils sont trop peu nombreux pour qu'il en soit autrement. »

Giuliani se rend compte qu'ils viennent d'aborder un territoire vierge.

« Emilio, peut-être vous rappelez-vous que Supaari VaGayjur aurait dit à Wu et à Isley qu'il n'y avait jamais eu de heurts entre Jana'ata et Runa avant l'arrivée de notre mission.

– Peut-être Supaari aimait-il à le penser. Les Runa n'écrivent pas de chroniques. » Sandoz s'arrête un instant pour boire. Il lève la tête, haussant les sourcils au-dessus d'un regard sans passion. « Je me contente de vous signaler une analogie, messieurs. Il n'y a jamais eu d'historien taïno, arawak, ni karib, mais il y a certainement eu plus d'un conflit dans les Caraïbes, que ce soit avant ou après l'arrivée de Christophe Colomb. »

C'est Voelker qui rompt le silence qui s'est abattu à ces mots, pour en revenir à son idée première : « Avouez quand même qu'il est inhabituel que deux espèces se ressemblent autant. Sont-elles apparentées non seulement sur le plan culturel, mais aussi sur le plan biologique ?

– Le Dr Edwards a pu se procurer des échantillons sanguins pour une analyse génétique. Il lui semblait presque certain que les deux espèces n'étaient pas apparentées, sinon de façon très lointaine, comme pourraient l'être des mammifères tels que le lion et le zèbre par exemple. Le père Robichaux et elle pensaient que les ressemblances pouvaient être dues à une convergence : une sélection naturelle dans l'évolution de la conscience qui aurait amené les deux espèces à des traits similaires, tant du point de vue de la morphologie que du comportement. Moi, je ne le crois pas. » Il s'arrête et regarde Giuliani, un érudit qui devrait comprendre, lui semble-t-il, pourquoi il est mal à l'aise. « Bien entendu, je ne fais qu'émettre une hypothèse, n'est-ce pas ? Et ce n'est pas ma spécialité, mais...

– Bien sûr. »

Sandoz se lève et gagne la fenêtre. « Les Jana'ata sont carnivores et possèdent une denture et des membres supérieurs faits pour tuer. Leur intelligence et leur capacité à mettre au point une organisation sociale complexe se sont sans doute développées dans le contexte de chasses coopératives. Les Runa sont des végétariens, avec une alimentation extrêmement variée. Il est probable que leur motricité d'une grande finesse provient d'une adresse manuelle associée à l'exploitation de petites graines, à la cueillette de fleurs et ainsi de suite. Leur mémoire en trois dimensions est excellente ; ils ont en tête des cartes très précises de leur environnement et de la disposition changeante des ressources saisonnières. Cela pourrait expliquer l'évolution de leur intelligence, mais en partie seulement. » Sandoz se tait et regarde au-dehors pendant quelques instants. Il commence à être fatigué, se dit Edward Behr, mais il tient bien le coup. « La paléontologie de notre propre planète regorge d'exemples de prédateurs et de proies prisonniers de leur conflit et happés dans une spirale ascendante d'intelligence et d'adaptation de plus en plus complexes. On pourrait presque parler de course aux armements biologique. À mon avis, sur Rakhat, ce conflit a eu pour résultat l'évolution de deux espèces conscientes.

– Vous voulez dire que les Runa seraient les proies ? » s'exclame John, horrifié.

Sandoz se retourne, le visage impassible. « Bien sûr. Je crois, quant à moi, que la morphologie des Jana'ata est une espèce d'imitation, sélectionnée au fil des siècles passés à chasser les troupeaux de Runa. Encore maintenant, ces derniers préfèrent se déplacer en groupes nombreux, avec les mâles et les jeunes plus petits rassemblés au centre et les femelles adultes plus grandes sur le pourtour. Il y a cent mille ans – ou même deux cent mille –, la ressemblance entre les deux espèces était sans doute loin d'être aussi frappante. Mais c'étaient les Jana'ata qui parvenaient le mieux à se mêler aux femelles runa, à la périphérie du troupeau, qui connaissaient le plus de succès à la chasse. Les Jana'ata ont des pieds préhensiles. » Sandoz fait une nouvelle pause et, une fois de plus, Giuliani se rend compte de l'effort qu'il doit déployer pour continuer. « J'imagine qu'ils avaient l'habitude de s'approcher d'une femelle vers l'arrière du troupeau, puis de tendre le pied pour lui attraper la cheville et la faire tomber. Plus le chasseur ressemblait à sa proie par son aspect, son comportement, son odeur, plus il avait de chances de parvenir à la surprendre et à la tuer.

– Pourtant, de nos jours, ils collaborent. Les Jana'ata gouvernent, mais ils ont des échanges commerciaux avec les Runa, ils travaillent ensemble... » Felipe ne sait plus s'il faut déplorer la préhistoire ou se féliciter de la situation actuelle.

– Oh, certes. Il est bien évident que la situation a grandement évolué depuis cette époque, tout comme les espèces elles-mêmes. Et de toute façon, ce n'est qu'une hypothèse, même si elle colle parfaitement avec tous les faits que j'ai pu observer. »

Sandoz regagne la table et se rassoit. « Messieurs, les Runa remplissent de nombreuses fonctions dans la culture jana'ata. Ce sont des artisans d'une grande habileté, mais aussi des commerçants, des serviteurs, des ouvriers, des comptables, des assistants pour diverses recherches. Et même des concubins. » Il s'attend au tollé général, il s'y est préparé, il a mentalement répété la façon dont il présentera sa thèse et il continue de façon péremptoire et sans aucune émotion : « C'est une forme de contrôle des naissances. Supaari VaGayjur m'a expliqué la chose. Du fait que ce sont eux qui gèrent leur univers commun, les Jana'ata imposent des critères démographiques extrêmement stricts. Les couples jana'ata peuvent avoir plus de deux enfants, mais seuls les deux aînés sont autorisés à se marier et à fonder une famille ; les autres n'ont pas le droit de se reproduire. S'il leur arrive de procréer, ils sont légalement stérilisés, ainsi que leur progéniture. »

Les cinq autres se taisent, médusés. Supaari, évidemment, avait trouvé le système parfaitement raisonnable.

« Les Jana'ata dont la stérilité est reconnue, qui sont souvent des troisièmes-nés castrés, font parfois office de prostitués. Mais les rapports sexuels entre les deux espèces sont, par définition, stériles, continue posément Sandoz. En forniquant avec un ou une Runa, les Jana'ata ne courent donc aucun risque de procréation, ni même de maladie, pour autant que je le sache. C'est pour cela que les individus dont les familles sont assez nombreuses ou qui n'ont pas le droit de se reproduire font appel à des partenaires runa pour assouvir leurs besoins dans ce domaine. »

Felipe, outré, demande : « Et les Runa acceptent ? »

C'est Méphistophélès qui fait entendre un rire sardonique. « Là n'est pas la question. On élève des concubins uniquement dans ce but. » Il les regarde tous, l'un après l'autre, tandis qu'ils assimilent tout ce que ces mots impliquent, puis il leur assène un nouveau coup. « Les Runa sont loin d'être inintelligents et nombre d'entre eux ont énormément de talent, mais ce sont essentiellement des animaux domestiques. Les Jana'ata en font l'élevage, comme nous faisons celui des chiens. »

29

Village de Kashan : an II

Supaari VaGayjur était, ils s'en aperçurent, la perle des informateurs, un homme qui évoluait avec aisance et savoir entre Runa et Jana'ata, capable d'envisager les deux modes de vie d'un point de vue que partageaient bien peu d'individus, dans l'une ou l'autre société. L'ironie et l'objectivité formaient les deux lignes convergentes de sa perspective. Sagace et plein d'humour, il voyait ce que faisaient les gens, et non pas simplement ce qu'ils prétendaient faire ; il était donc le personnage rêvé pour interpréter sa culture à l'intention des Étrangers.

Anne, non moins sagace et pleine d'humour, fixa le commencement de son affection pour lui au moment où il parvint à dire à Sofia que l'arôme du café était « agréable », alors même qu'il pensait très certainement que le goût en était exécrable. C'est ça, le savoir-vivre des extraterrestres, se dit-elle avec admiration, tout en le regardant se remettre d'un choc qui avait dû être colossal. Un aplomb admirable. Quel type, ce Supaari !

Ce qui ravissait le plus Anne Edwards, c'était de se dire que les humains et les VaRakhati des deux espèces éprouvaient les mêmes émotions fondamentales, car, bien qu'elle fût une femme dont l'intelligence avait été intensément cultivée, elle passait toutes les expériences au filtre de son cœur. Du temps où elle était anthropologue, elle avait aimé avec une férocité presque gênante pour elle les fossiles du Neandertal qu'elle avait étudiés, les considérant comme des êtres calomniés et méconnus uniquement parce qu'ils étaient laids. À ses yeux, leurs fronts bas et fuyants et leur lourde ossature sombraient dans l'insignifiance en comparaison du soin qu'ils prenaient de leurs infirmes et de l'amour avec lequel ils donnaient une sépulture aux enfants qu'ils perdaient en grand nombre vers l'âge de quatre ou cinq ans. Anne avait bien failli fondre en larmes, un jour, dans un musée belge, lorsque l'idée lui était venue que ces enfants étaient sans doute morts au printemps, remplacés au sein par des frères ou des sœurs plus jeunes, et trop petits pour survivre aux rigueurs de la plus maigre saison de l'année sans le secours du lait maternel. Quelle importance avaient les différences physiques, quand on savait que ces enfants étaient ensevelis avec des fleurs et des branches d'arbres à feuilles persistantes ?

Elle oublia donc les griffes et les dents de Supaari, elle se désintéressa du fait qu'il avait une queue, et elle ne prit qu'un intérêt purement anatomique à ses pieds préhensiles, qu'il leur révéla lorsqu'il se sentit suffisamment à l'aise pour ôter ses bottes après le repas, l'après-midi de leur rencontre. Ce qui le lui rendit éminemment sympathique, ce fut sa faculté de rire, d'être stupéfait, d'être sceptique et gêné, d'être fier et furieux et bon.

Il était incapable de prononcer son nom, pourtant tout simple. Elle devint donc Ha'an et ils passèrent ensemble des heures innombrables, au cours de ces premières semaines, posant chacun des milliers de questions et y répondant de leur mieux. C'était à la fois épuisant et grisant, une espèce de coup de foudre prolongé qui rendait George grincheux et quelque peu jaloux. Quelquefois, Supaari et Anne étaient saisis par tout ce que leur situation avait d'intrinsèquement étrange et ils étaient rassurés de voir qu'à ces moments-là, leur première réaction, à l'un comme à l'autre, était de se mettre à rire.

En dépit de toute cette bonne volonté, ils se retrouvaient souvent dans une impasse. Parfois, le ruanja ne possédait pas de mots pour véhiculer un concept jana'ata que Supaari s'efforçait d'expliquer, ou bien le vocabulaire d'Anne était trop limité pour lui permettre de suivre la pensée de son interlocuteur. Emilio s'asseyait auprès d'eux, traduisant lorsque sa connaissance du ruanja était supérieure à celle d'Anne, élargissant sa pratique de la langue, commençant à balbutier l'idiome de Supaari, le k'san, qu'il soupçonnait déjà d'avoir une grammaire monstrueusement difficile. Sofia, elle aussi, participait à ces entretiens, car son vocabulaire était riche en termes pratiques et elle comprenait déjà assez bien les aspects commerciaux des rapports entre Runa et Jana'ata, bien qu'elle eût cru au départ que les différences entre les deux groupes relevaient simplement de la dichotomie campagnard-citadin.

On appelait souvent Marc pour lui demander de dessiner un objet ou une situation de la vie runa, pour lesquels les Terriens n'avaient pas de mots et que Supaari parvenait généralement à élucider, une fois qu'il se fut remis de la surprise initiale que lui avaient causée ces croquis. Dès qu'on eut surmonté cet obstacle, Jimmy et George firent apparaître sur l'écran de leurs blocs-notes électroniques toutes sortes d'images. Tantôt Supaari était frappé par les parallèles, tantôt il leur décrivait les différences. « Ici, on procède de la même manière », leur disait-il ; ou bien : « Nous n'avons rien qui ressemble à cet objet » ; ou encore : « Lorsqu'il arrive une chose pareille, voici ce que nous faisons. » Quand Anne estima que Supaari était mûr pour le supporter, George modifia un visiocasque à son intention et commença à lui montrer les réalités virtuelles de la planète Terre. Le VaRakhati trouva cela encore plus effrayant qu'Anne ne s'y était attendue, et il arracha plus d'une fois le casque de sa tête, mais il y revenait toujours avec une espèce de fascination horrifiée.

D.W., qui avait ses opinions bien à lui, ne parvint jamais à trouver Supaari sympathique, mais la carabine finit par être rangée dans le module. Au cours des entretiens avec le Jana'ata, Yarbrough n'avait pas grand-chose à dire, mais souvent, une fois que Supaari était parti dormir, en bâillant à se décrocher la mâchoire, après le coucher du deuxième soleil, il proposait des idées à creuser pour le lendemain. La mission comptait sept personnes, alors que Supaari était tout seul de son espèce, si bien qu'ils se retenaient souvent de poser des questions, de peur que leurs conversations ne finissent par ressembler à des interrogatoires. Après tout, Supaari n'avait pas encore complètement assimilé l'idée même de leur existence, de celle de leur planète, l'idée qu'ils avaient franchi une distance incompréhensible grâce à un moyen de transport qu'il ne parvenait absolument pas à appréhender, uniquement pour en apprendre plus sur lui-même et son univers. Jamais une pareille notion ne lui était seulement venue à l'esprit.

Depuis qu'ils avaient fait sa connaissance, il leur paraissait probable que les Jana'ata étaient l'espèce dominante sur Rakhat. Ils étaient habitués à voir les carnivores tout en haut des chaînes alimentaires, habitués aussi à ce qu'une espèce prédatrice gouvernât la planète. Et, pour être tout à fait francs, ils avaient été vaguement déçus par les Runa. La dignité, la délibération, la placidité de leur existence donnaient presque aux humains l'impression d'être drogués ; leur manie de manger à toute heure, de ne jamais arrêter de parler, de se toucher continuellement les uns les autres sapait l'énergie de leurs visiteurs. « Ils sont charmants, avait dit Anne un soir. – Ils sont chiants comme la pluie », avait répondu George. Et Anne avait bien voulu reconnaître, dans le secret de leur tente, que, lors des interminables discussions auxquelles se livraient les Runa, elle était souvent tentée de hurler : « Oh, pour l'amour du ciel, on s'en contrefout ! Allez, on ne va pas y passer la nuit ! »

Donc, en dépit de leur premier contact si peu prometteur avec Supaari, ils étaient contents d'avoir affaire à quelqu'un qui fût capable de prendre une décision tout seul, même s'il s'agissait d'arracher la tête d'un membre de la mission. Ils étaient ravis de trouver sur Rakhat quelqu'un qui pigeait tout au quart de tour, qui saisissait les plaisanteries et qui en faisait lui-même, qui savait lire entre les lignes. Il bougeait plus vite qu'un Runao, accomplissait plus de choses en une journée sans en faire tout un fromage. Ses niveaux d'énergie se rapprochaient davantage des leurs. À vrai dire, c'était parfois lui qui les épuisait. Mais ensuite, dès le coucher du deuxième soleil, il s'écroulait et dormait comme un gigantesque bébé carnivore pendant une quinzaine d'heures.

Le fait que les rapports entre Jana'ata et Runa étaient asymétriques leur fut prouvé sans équivoque possible lorsque les VaKashani regagnèrent le village, avec leurs énormes paniers remplis de *pik*, quelques jours après l'arrivée de Supaari. Le Jana'ata fut traité avec une extrême déférence. La façon dont il recevait les familles runa, posant la main sur la tête des enfants, faisait irrésistiblement penser à un parrain de la Mafia ou à un baron du Moyen Âge. Mais il y avait aussi une certaine affection. Son autorité, si c'était en effet le mot qui convenait, était bienveillante. Il écoutait attentivement et patiemment tous ceux qui venaient le trouver, proposait en cas de différend des solutions que tout le monde trouvait justes, aiguillait les participants vers une conclusion qui paraissait logique. Les VaKashani n'avaient pas peur de lui.

Les Étrangers n'avaient aucun moyen de savoir à quel point toutes ces apparences étaient trompeuses, à quel point Supaari sortait de l'ordinaire. Ayant bâti sa fortune tout seul, à la force du poignet, Supaari parlait volontiers de sa jeunesse et de sa situation actuelle, et comme tous les membres encore en vie de la mission jésuite appartenaient sur terre à des cultures qui estimaient ce genre de personnage et méprisaient les privilèges héréditaires, ils étaient tout disposés à le voir sous un jour quelque peu héroïque, à admirer en lui le garçon débrouillard qui avait réussi.

Peut-être, du fait que la Grande-Bretagne conservait encore certains traits caractéristiques d'une culture au sein de laquelle il est important d'avoir un pedigree, Alan Pace aurait-il été mieux armé pour démêler les questions de classes dans la société rakhati. Il aurait pu saisir à quel point Supaari était véritablement marginal, combien peu il avait accès aux cercles du pouvoir, et avec quelle avidité il devait chercher à s'en rapprocher. Mais Alan était mort.

Après ces premières semaines extraordinaires, lorsque le moment fut venu de voir repartir le Jana'ata, vers la fin du Partan, toute la population de Kashan – autochtones et visiteurs d'un autre monde – l'accompagna jusqu'à l'embarcadère ou se pressa sur les terrasses pour lui crier des mots d'adieu, lancer des fleurs dans l'eau et laisser flotter au vent de longs rubans parfumés.

« *Sipaj*, Supaari ! lui dit Anne doucement au milieu du brouhaha et de la cohue des Runa, alors qu'il se préparait à appareiller. Est-il permis de te montrer comment on dit au revoir aux êtres chers, chez notre peuple ? »

Il fut touché de l'entendre formuler un tel souhait.

« Sans hésitation, Ha'an », répondit-il de la voix grave et légèrement rocailleuse qu'elle connaissait à présent si bien. Elle lui fit signe de rapprocher sa tête et il se pencha très bas, ne sachant trop à quoi s'attendre. Elle se mit sur la pointe des pieds, ses bras vinrent entourer le cou de Supaari et il sentit qu'elle les serrait brièvement avant de le relâcher. Lorsqu'elle s'écarta de lui, il remarqua que ses yeux bleus, dont la couleur lui paraissait presque normale, luisaient d'un éclat inusité.

« On espère que tu reviendras bientôt ici, Supaari, dit-elle.

– On aura le cœur tout joyeux de te revoir, Ha'an. » Il se rendit compte, non sans surprise, qu'il la quittait à contrecœur. Il descendit dans le cockpit de son bateau à moteur et leva les yeux vers les autres êtres de l'espèce de Ha'an, tous si différents, chacun constituant à lui seul une énigme. Brusquement, parce que Ha'an le souhaitait, il eut envie de faire plaisir aux autres, et il prit enfin une décision qui lui avait donné bien du fil à retordre. Il regarda autour de lui et trouva l'Aîné. « On fera tous les arrangements nécessaires pour que vous puissiez visiter Gayjur, lança-t-il à D.W. Il y a de nombreux facteurs à prendre en considération, mais on réfléchira à la meilleure façon de procéder. »

« Eh bien, mes enfants chéris, annonça Anne d'un ton guilleret, cherchant à chasser la tristesse que lui causait ce départ, tandis que le bateau de Supaari disparaissait à leur vue vers le nord, caché par les méandres du fleuve, il est temps que nous ayons un petit entretien sur les choses du sexe, vous et moi.

– Je ne me souviens plus de rien », dit Emilio, pince-sans-rire, et Marc s'esclaffa.

« On pourrait peut-être faire une séance de révision ? » lança Jimmy, plein de bonne volonté. Sofia sourit et secoua la tête ; le cœur de Jimmy bondit dans sa poitrine, avant de revenir sagement à sa place.

« Qu'est-ce que c'est que ces histoires de sexe ? demanda George, en faisant taire Askama avant de se retourner pour regarder sa moitié.

– Bon Dieu, ma pauvre femme, tu ne penses donc qu'à ça ? » s'écria D.W.

Anne lui décocha un sourire énigmatique, tandis qu'ils commençaient à gravir la colline tous les deux.

« Attends donc un peu de savoir ce que m'a dit Supaari hier ! » À cet endroit, le sentier se rétrécissait et ils durent avancer en file indienne ; Askama continua à babiller avec George, au sujet d'une histoire longue et compliquée qu'ils venaient d'inventer ensemble, jusqu'au moment où elle aperçut Kinsa et Fayer et partit jouer avec eux.

« À ce qu'il paraît, mes chéris, nous nous sommes empêtrés dans un sexisme de mauvais aloi, mais nos hôtes en ont fait autant », leur annonça Anne lorsqu'ils atteignirent leur demeure. Celle-ci était remplie de Runa, mais à présent ils avaient pris l'habitude de parler par-dessus le brouhaha, et elle prêta à peine l'oreille aux autres conversations. « Jimmy, les Runa te prennent pour une dame qui serait d'ailleurs notre mère à tous. Toi, Sofia, tu passes pour un mâle immature, alors qu'Emilio serait une femelle du même acabit. Ils ne savent pas trop quoi penser de D.W., de Marc et de moi qui vous parle, mais ils sont à peu près sûrs que George est un mâle. C'est pas chouette, ça, mon trésor ?

– Je n'en sais trop rien, dit George d'un ton soupçonneux en se laissant tomber sur un coussin. Comment décident-ils qui est quoi ?

– Ma foi, tout cela n'est pas sans une certaine logique. Emilio, tu as, semble-t-il, mis dans le mille en devinant qu'Askama est une petite fille. C'était du cinquante-cinquante et tu ne t'es pas trompé. Mais l'affaire se corse quand on en arrive à la mère d'Askama, qui n'est pas du tout Manuzhai, mais Chaypas. Eh oui, mes enfants, vous avez bien entendu ! insista-t-elle en voyant qu'ils la dévisageaient, éberlués. Je vais y revenir dans un instant. En tout cas, Supaari m'a expliqué que c'étaient les femelles runa qui géraient toutes les affaires du village. Écoute un peu ça, Sofia, c'est assez savoureux. Leurs grossesses ne durent pas très longtemps et ne les gênent guère. Dès que le bébé est né, maman refile le petit bout de chou à papa et retourne vaquer à ses affaires sans perdre une seconde.

– Je m'explique à présent pourquoi je ne comprenais rien à la distribution des genres dans leur langue ! s'exclama Emilio. Alors, Askama est déjà en train d'apprendre son métier de commerçante, et c'est pour ça qu'ils s'imaginent que moi aussi je suis une fille. Parce que je suis l'interprète officiel de notre groupe, c'est ça ?

– Tu l'as dit, bouffi. Et ils pensent que Jimmy est notre maman, parce qu'il est le seul d'entre nous dont la taille permet de penser qu'il est une femelle adulte. C'est peut-être pour cela qu'ils lui demandent toujours de prendre les décisions pour nous tous. Ils croient que c'est par pure politesse qu'il consulte D.W. » Yarbrough émit un petit ricanement, et Anne eut un sourire épanoui. « Bon, et à présent voilà le pompon. Manuzhai est le mari de Chaypas, d'accord ? Mais ce n'est pas le père biologique d'Askama. Les dames runa épousent des messieurs qui seront, pensent-elles, de bons pères du point de vue social, comme l'est Manuzhai. Mais Supaari me dit que leurs partenaires sexuels sont choisis selon (elle se racla la gorge) un ensemble de critères tout à fait différents.

– Elles choisissent un bon étalon, dit D.W.

– Ne sois pas vulgaire, mon cher », répondit Anne. Chaypas et ses invités décidèrent de s'en aller manger chez Aycha et tout à coup la pièce se vida. Une fois qu'ils furent seuls, Anne se pencha en avant et continua dans un murmure de conspirateur : « Mais oui, en effet, c'est bien ce que sa remarque sous-entendait. Je dois dire que cette coutume n'est pas dénuée d'un certain attrait un peu fruste. De façon purement théorique, bien sûr, ajouta-t-elle en voyant George faire la moue.

– Alors, dans ce cas, pourquoi sont-ils seulement " à peu près sûrs " que je suis un mâle ? demanda-t-il d'un ton boudeur, en voyant sa virilité attaquée de toutes parts.

– Eh bien, mon amour, parce que, mis à part ta beauté typiquement virile, ils ont remarqué que tu t'y prenais à merveille avec les enfants, expliqua sa femme. Seulement, tu ne t'intéresses guère à la cueillette des fleurs, alors ils sont quelque peu perplexes à ton égard. Et c'est la même chose pour Marc, D.W. et moi. Ils pensent que je suis peut-être un mâle parce que c'est presque toujours moi qui fais la cuisine. Et s'ils me prenaient pour le papa ? Dis donc, Jimmy, tu crois qu'ils s'imaginent qu'on est mariés, toi et moi ? Il est bien évident qu'ils n'ont pas la moindre idée de nos âges respectifs. »

Emilio était devenu de plus en plus songeur, et D.W., qui l'observait, se mit à glousser. Au début, Emilio resta grave, mais il finit par se dérider.

« Qu'est-ce qu'il y a de si drôle ? voulut savoir Anne.

– Je ne sais pas si c'est le mot qui convient », répondit D.W., l'œil droit sur Emilio, le sourcil relevé d'un air interrogateur.

Emilio haussa les épaules. « Il n'y a rien. Seulement, cette idée de séparer les deux rôles du père, biologique et social, aurait été fort utile dans ma famille.

– Elle aurait pu t'éviter de te faire botter trop souvent ton pauvre petit cul », convint D.W.

Emilio rit un peu jaune et se passa les mains dans les cheveux. À présent, tous les autres le regardaient, sans chercher à cacher leur curiosité. Il hésita, sondant d'anciennes blessures, et s'aperçut qu'elles étaient en voie de cicatrisation. « Ma mère était une femme extrêmement chaleureuse qui avait le sang vif, leur dit-il, en choisissant soigneusement ses mots. Son mari était un bel homme, grand et fort. Brun de poil, mais le teint clair, n'est-ce pas. Ma mère aussi avait la peau très blanche. » Il s'arrêta pour les laisser digérer ce qu'il venait de dire ; il n'y avait pas besoin d'être généticien pour comprendre ce qu'il sous-entendait. « Le mari de ma mère s'est absenté quelques années...

– Mis à l'ombre pour possession et trafic de stupéfiants, précisa D.W.

– ... et quand il est revenu, il a découvert qu'il avait un

deuxième fils qui avait presque un an. Et qui était un vrai pruneau. » Il s'immobilisa. On aurait entendu voler une mouche. « Ils n'ont pas divorcé. Il devait être très amoureux de ma mère. » Cette idée ne lui était jamais venue auparavant et il ne savait pas du tout ce qu'il devait en penser. « Elle était charmante, voyez-vous ? C'était facile de l'aimer, comme dirait Anne.

– Alors, c'est toi qui as payé pour elle, fit remarquer Anne, sagace, en se disant qu'elle détestait cette femme pour avoir toléré une chose pareille, et en maudissant Dieu *in petto* pour avoir donné un tel fils à une mère qui ne le méritait pas.

– Bien sûr. C'était de très mauvais goût d'avoir voulu naître ainsi, sans rien demander à personne. » Le regard d'Emilio croisa brièvement celui d'Anne avant de se dérober. C'était une erreur, se dit-il, d'avoir abordé le sujet. Il avait tellement cherché à comprendre, mais comment un enfant aurait-il pu savoir ? Il haussa les épaules, encore une fois, et dévia la conversation vers un autre sujet. « Avec le mari de ma mère, je jouais à un jeu qui s'appelait " Foutons une branlée au petit bâtard ". J'avais dans les onze ans quand j'ai trouvé le nom de ce jeu, n'est-ce pas ? » Il se redressa et, d'un coup de tête, écarta les cheveux de ses yeux. « Et j'en avais quatorze quand j'ai décidé de changer les règles », reprit-il, en savourant la chose, même après toutes ces années.

D.W., qui connaissait la suite, sourit en dépit de lui-même. Il avait déploré la violence gratuite qui régnait à La Perla et s'était donné beaucoup de mal pour permettre à des gosses tels qu'Emilio de régler leurs comptes sans larder quiconque de coups de couteau. Ce qui n'était pas du gâteau dans un quartier où les pères disaient à leurs fils : « Si quelqu'un t'emmerde, balafre-lui donc la gueule. » Le conseil étant donné à un gamin de huit ans le jour de la rentrée des classes.

« Notre révéré père supérieur, entendit-il Emilio expliquer aux autres d'un ton ravi, était à cette époque curé de la paroisse de La Perla. Inutile de vous dire qu'il ne tolérait pas les bagarres entre membres d'une même famille, même si les liens qui les unissaient étaient des plus ténus. Néanmoins, le père Yarbrough n'hésitait pas à glisser quelques paroles empreintes de sagesse à l'oreille de ses jeunes acolytes. Entre autres, le précepte que voici : lorsqu'il y a une importante différence de taille entre deux adversaires, le plus grand des deux se montre déloyal du fait même qu'il entend se mesurer à quelqu'un de nettement plus petit...

– Alors, tu as tout intérêt à river le clou à ce salopard avant même qu'il n'ait mis la main sur toi », termina D.W., d'un ton qui laissait clairement entendre que la sagacité d'une telle recommandation coulait de source. Il avait bel et bien emmené le gamin au gymnase, afin de lui enseigner quelques bonnes ruses de guerre. Du fait qu'Emilio était petit, l'élément de surprise était indispensable à certaines de ces manœuvres. Là où il avait dû déployer toute sa subtilité, c'était pour faire comprendre au garçon qu'il avait raison de se défendre lorsque Miguel rentrait à la maison pris de boisson et féroce, mais qu'il n'était pas obligé, en revanche, de s'empoigner avec tous les mioches du quartier qui se moquaient de lui.

« ... et bien que l'on puisse éprouver une certaine satisfaction en faisant mordre la poussière à un trou-du-cul, continua Emilio avec un respect serein envers son mentor, il ne s'agit pas de se livrer à cette occupation sans modération et sans miséricorde.

– Je me demandais aussi où tu avais appris le tour de cochon que tu as joué à Supaari, dit Jimmy. C'était assez étonnant, dans son genre. »

La conversation dérapa vers des histoires concernant un prêtre que Jimmy avait connu dans le sud de Boston et qui avait participé aux épreuves de boxe des jeux Olympiques, après quoi D.W. aborda le sujet de certains sergents qu'il avait côtoyés dans les marines. Anne et Sofia mirent le déjeuner en route, pendant qu'elles écoutaient, en secouant la tête, Marc leur décrire certaines manœuvres illicites, mais remarquablement efficaces, pratiquées par les gardiens de but démerdards dans le championnat de hockey du Québec. Ils en revinrent, cependant, à la poignée de main du Jana'ata, comme ils avaient baptisé l'agression de Supaari contre Sandoz, et lorsqu'il fut de nouveau question de l'enfance d'Emilio, ce dernier se leva. « On ne peut jamais savoir quand les choses qu'on a apprises tout gamin vont vous servir », déclara-t-il d'un ton à la fois nerveux et sans réplique en se dirigeant vers la terrasse. Puis il s'arrêta et se mit à rire en ajoutant d'une voix onctueuse : « Les voies du Seigneur sont impénétrables. »

Et bien malin qui aurait su dire s'il plaisantait ou s'il parlait sérieusement.

Supaari eut l'impression que le trajet de retour le long du fleuve était plus court que le voyage aller. Le premier jour, il s'efforça de ne penser à rien, accordant toute son attention aux tourbillons et aux débris de bois qui flottaient au fil du courant, aux bancs de sable et aux rochers. Mais le deuxième jour qu'il passa sur l'eau fut consacré à d'intenses réflexions, teintées d'émerveillement.

Il venait d'être soumis à un véritable déluge de faits nouveaux, d'idées nouvelles, de possibilités nouvelles, mais il avait toujours été prompt à saisir les occasions et prêt à se faire des amis là où il les trouvait. Les Étrangers, tout comme les Runa, étaient quelquefois incroyablement différents de son propre peuple et souvent incompréhensibles, mais il aimait beaucoup Ha'an – il lui trouvait l'esprit vif et stimulant. Les autres lui apparaissaient moins clairement ; ils n'étaient que des pièces rapportées venant se greffer sur ses entretiens avec Ha'an pour traduire, illustrer, fournir à boire et à manger à des intervalles bizarres et agaçants. Et, pour être honnête, ils sentaient presque tous la même chose.

Dès son retour, décida-t-il, en regardant un *kivnest* aquatique de bonne taille émerger et se rouler dans l'eau non loin de lui, il achèterait le bateau de location sur lequel il se trouvait. Le prix en était désormais insignifiant ; ayant examiné les marchandises étrangères, il connaissait à présent l'ampleur du commerce dont il allait avoir le courtage. Une richesse incalculable lui était garantie. Ce seul voyage lui avait déjà valu une fortune, sous forme de denrées exotiques. Il avait expliqué ses activités aux Étrangers et ceux-ci n'avaient été que trop heureux de lui fournir toutes sortes de petits paquets de produits aromatiques dont les noms étaient aussi merveilleux que les parfums. Clou de girofle, vanille, levure, sauge, thym, cumin, encens. Des bâtons bruns de cannelle, des cylindres blancs appelés bougies de cire, auxquels on pouvait mettre le feu afin de dégager une lumière parfumée que Supaari trouvait délicieuse. Et ils lui avaient donné plusieurs « paysages » que l'un des Étrangers réalisait sur du papier. Ils étaient superbes, vraiment remarquables. Supaari espérait presque que le reshtar n'en voudrait pas, tant il aurait aimé les garder pour lui.

À l'évidence, les Étrangers n'avaient pas la moindre idée de la valeur de leurs marchandises, mais Supaari VaGayjur était un homme d'honneur et il avait offert un bon prix à l'interprète, à savoir un douzième de ce que lui paierait Kitheri, ce qui représenterait sûrement une somme substantielle. Il s'en était suivi un tas d'imbroglios plutôt gênants. Ha'an avait voulu avec insistance lui faire cadeau des marchandises, idée désastreuse qui l'aurait empêché, lui, de les revendre. Le petit interprète brun et sa sœur à crinière noire avaient réussi à éviter la catastrophe, mais ensuite – comment s'appelait-il ? Suhn ? Suhndos ? – avait essayé de remettre les paquets directement à Supaari ! Enfin, comment avaient-ils été élevés, ces gens-là ? Si Askama n'avait pas guidé la main de son homologue vers celle de Chaypas pour le transfert des marchandises, les VaKashani auraient été entièrement éliminés de la transaction. Les manières des nouveaux venus laissaient vraiment à désirer, même si l'interprète avait eu l'élégance de s'excuser platement quand il avait compris son erreur.

Puisque les VaKashani étaient les hôtes de la délégation étrangère et avaient droit, de ce fait, à un pourcentage des bénéfices réalisés par Supaari, le village allait gagner près d'une année dans le programme qui devait autoriser ses habitants à procréer. Supaari en était ravi pour eux, et légèrement envieux. Si la vie était aussi simple et sans complication pour un Jana'ata troisième-né que pour une coopérative runa, son propre problème serait désormais résolu. Il n'aurait qu'à acheter le droit de procréer et se mettre en devoir de le faire, après avoir prouvé sa responsabilité fiscale et son obéissance envers le gouvernement. Mais la vie des Jana'ata n'était jamais simple. Enfouie au plus profond de leur âme, ils étaient habités par la conviction presque inébranlable que tout devait être contrôlé, mûrement réfléchi, exécuté dans les règles, et qu'il n'y avait dans la vie guère de marge d'erreur. La tradition représentait la sécurité, le changement constituait un danger. Supaari lui-même le ressentait, bien qu'il lui arrivât souvent de l'oublier, pour son plus grand profit.

Les conteurs prétendaient que les cinq premiers chasseurs jana'ata et les cinq premiers troupeaux runa avaient été créés par Ingwy sur une île où l'équilibre pouvait très facilement être rompu et où l'annihilation était le prix à payer en cas de mauvaise gestion. Par cinq fois, les chasseurs et leurs épouses s'étaient fourvoyés : ils s'en étaient remis au hasard, ils avaient tué sans réfléchir, ils avaient laissé leur propre nombre croître sans contrôle, et tout avait été perdu. À la sixième tentative, Tikat, le Père-de-nous-tous, avait appris l'art d'élever les Runa, Sa'arhi, Notre-Mère, était devenue son épouse, ils avaient été transportés jusqu'au continent sur lequel ils régnaient en maîtres.

Il y avait d'autres histoires concernant Pa'au et Tiha'ai et les premiers frères, et ainsi de suite. Comment savoir ? Peut-être y avait-il là-dedans une parcelle de vérité, mais Supaari restait sceptique. Le Cycle d'Ingwy était une explication qui tombait vraiment trop à propos pour qui cherchait à expliquer la duogéniture, une mythologie trop commode permettant aux premiers et deuxièmes-nés de justifier leur mainmise sur le monde.

Cela n'avait aucune importance. Que les légendes eussent germé d'une vérité ancienne ou qu'elles fussent sorties tout armées de l'esprit des dirigeants pour servir leurs intérêts, se dit Supaari, les choses étaient ce qu'elles étaient. Il était un troisième-né ; cela posé, comment convaincre le reshtar de Galatna du fait que Supaari VaGayjur était digne d'être élevé au rang de fondateur ? C'était une affaire délicate qui demandait de la subtilité et de la ruse, car les reshtari n'étaient guère généreux lorsqu'il s'agissait d'accorder à d'autres la prérogative qui leur était justement refusée. D'une façon ou d'une autre, il fallait amener Hlavin Kitheri à croire qu'il avait tout intérêt à accorder ce privilège. C'était un fort joli casse-tête pour Supaari VaGayjur.

Il le laissa momentanément de côté, car la poursuite risque souvent de mettre la proie définitivement en fuite. Mieux valait suivre son petit bonhomme de chemin, en guettant les bonnes occasions, sans gaspiller sa peine à se ruer à l'aveuglette ou à pourchasser maladroitement. Si l'on était patient, il le savait, quelque chose finissait toujours par passer à votre portée.

Après la première visite de Supaari, la mission jésuite adopta une routine qui rendit sa deuxième année sur Rakhat aussi productive et satisfaisante que ses membres auraient pu l'espérer.

Grâce au Jana'ata, qui avait arrangé la chose après qu'Anne lui eut confié qu'il leur pesait d'être sans cesse avec les Runa, ils se virent attribuer leurs propres habitations, au nombre de deux. Elle révéla aussi à Supaari, en privé, que D.W. n'était pas bien portant et qu'il trouvait parfois le trajet jusqu'au fleuve difficile. Il fut incapable de deviner ce qui pouvait bien causer la maladie de l'Aîné, et *a fortiori* ce qui avait des chances de le guérir, mais il prit soin de réclamer pour eux des appartements situés plus bas que la demeure de Manuzhai.

Sofia habitait avec Anne et George. L'appartement voisin

devint un dortoir pour les hommes célibataires et un bureau pour tous les membres de la mission. Du côté de chez Anne, c'était la chaleur du foyer. Ils constatèrent que cette répartition réfléchie des différentes fonctions était un net progrès par rapport aux perpétuels arrangements *ad hoc* faits au jour le jour, du temps où ils vivaient chez Manuzhai et Chaypas.

Ils savaient désormais, par l'intermédiaire de Supaari, qu'ils n'étaient pas seulement tolérés parmi les VaKashani, mais bienvenus. Ils s'étaient parfaitement insérés dans la structure économique de la communauté, en fournissant à Supaari des marchandises qui profitaient au village tout entier et, dans leur esprit, cela les autorisait à se montrer plus fermes en réclamant divers petits accommodements, par exemple certaines restrictions quant au nombre de visiteurs désireux de passer la nuit chez eux, ou bien diverses périodes de solitude dans le courant de la journée. Il y avait encore beaucoup de visites et ils recevaient souvent des amis pour la nuit, surtout Manuzhai et l'incontournable Askama, mais ils pouvaient désormais plus fréquemment s'isoler. Ils furent sidérés du soulagement que cela leur apporta.

Cette année-là, Anne, Sofia et D.W. consacrèrent la majeure partie de leur temps à la rédaction de leurs entretiens avec Supaari, en insistant sur la biologie des Runa, sur leur structure sociale et leur économie, ainsi que sur la coopération entre Runa et Jana'ata. Chacun des paragraphes qu'ils écrivaient engendrait une centaine de nouvelles questions, mais ils s'y attaquaient méthodiquement, et un flot d'articles et de documents partirent vers Rome, semaine après semaine, mois après mois. Désireuse d'officialiser ce qui lui apparaissait comme son association avec Supaari, Anne proposa de le citer comme coauteur de tous leurs travaux. Sofia, qui avait pour exemple la générosité d'Emilio dans ce domaine, accepta immédiatement. Et, pour finir, D.W. en prit lui aussi l'habitude.

Emilio Sandoz, telle une araignée béate tapie au centre de sa toile intellectuelle, faisait sa moisson de lexèmes, de champs sémantiques, de prosodie et d'idiotismes, de sémantique et de structure profonde. Il répondait aux questions, traduisait, participait aux recherches de tout le monde, collaborant en outre avec Sofia à la création de programmes d'enseignement du ruanja, et avec Askama et Manuzhai à celle d'un dictionnaire de ruanja. Marc avait commencé à dessiner et à peindre les Runa et leur vie quotidienne quelques jours à peine après leur arrivée, et il poursuivit cette activité à mesure que la ronde des saisons se déroulait. Emilio fut enchanté de constater que leurs nouveaux amis utilisaient, pour désigner les images que créait Marc, la déclinaison spatiale. À présent, lorsque les femmes partaient commercer, elles commandaient à Marc ou à ses apprentis un portrait d'elles, afin, expliqua Chaypas, de pouvoir rester auprès de leur famille même quand elles voyageaient. Les mères étaient désormais absentes, mais pas invisibles.

George et Jimmy improvisèrent tout un système de plomberie, ainsi qu'un dispositif de poulies pour monter et descendre les charges le long de la falaise. Les Runa ne tardèrent pas à équiper leurs propres demeures d'installations analogues. Et il y avait en outre, au bord du fleuve, le complexe de toboggans et d'autres jeux aquatiques que George avait créé et qu'il ne cessait d'agrandir ; les enfants l'adoraient et tout le monde, autochtones et visiteurs, y travaillait de façon sporadique.

Les Runa accueillaient toutes les nouveautés sans sourciller. Rien ne paraissait jamais les surprendre, et leurs invités commençaient à se dire que l'étonnement était un sentiment inconnu d'eux. Mais vers la fin de la première visite de Supaari, Marc avait demandé au marchand s'il existait la moindre objection à la plantation d'un jardin. Emilio avait découvert que le ruanja n'avait pas de mots pour désigner les plantes qui poussaient dans un écosystème artificiel, si bien qu'ils montrèrent à Supaari des images de jardins. La notion lui était familière et, ayant abordé le sujet auprès des aînés de Kashan, il obtint pour Marc la permission de créer son potager.

Ainsi, sans raison apparente, pour autant que les VaKashani pussent l'imaginer, Marc Robichaux, George Edwards et Jimmy Quinn se mirent à creuser le sol là où ne poussait pas une seule racine utile. À l'aide de cuillers géantes, ils soulevaient de gigantesques bouchées de terre avant de les reposer tout bêtement là où ils les avaient prises, mais à l'envers. Les Runa en restèrent complètement ébahis.

Ce qui rendait l'affaire encore plus comique, c'était que cette mystérieuse activité représentait un pénible labeur physique pour les Étrangers. Quand George s'arrêtait pour s'essuyer le front, les Runa se tenaient les côtes. Quand Marc s'asseyait un instant pour reprendre son souffle, les Runa étaient pliés en deux de rire. Jimmy poursuivait obstinément sa tâche, la sueur perlant au bout de ses spirales de cheveux roux, et les observateurs runa faisaient aimablement remarquer : « Ah oui, la terre est beaucoup mieux dans ce sens-là, voilà qui change tout ! », avant de se trémousser dans un transport d'hilarité. Les Runa savaient ce que c'était que le sarcasme.

Bientôt, les Runa d'autres villages vinrent contempler les jardiniers, tandis que leurs enfants jouaient dans le complexe aquatique, et George se mit à éprouver une compassion rétroactive pour les fermiers amish de l'Ohio, devenus à leur corps défendant une attraction pour les touristes qui se déplaçaient pour les regarder sous le nez et les montrer du doigt. Toutefois, les quolibets initiaux s'éteignirent à mesure que le jardin prenait forme et que les Runa commencèrent à percevoir le plan géométrique qui sous-tendait l'inexplicable travail des Étrangers. Le jardin était une expérience scientifique des plus sérieuses, si bien que les chiffres concernant la germination et le rendement seraient soigneusement notés, mais tout ce que faisait Marc Robichaux était marqué au sceau de la beauté, et il avait disposé dans son jardin une succession de parterres en losange et en rond, encastrés les uns dans les autres, soulignés par une bordure de fines herbes. George et Jimmy construisirent des treillages, et ils s'inspirèrent des parasols qui protégeaient les terrasses des Runa pour faire de l'ombre aux laitues et aux petits pois et pour contrôler les violentes averses de pluie. Manuzhai, à présent intrigué, leur donna un coup de main et les structures qui résultèrent de leurs efforts étaient ravissantes.

La saison « sèche » sur Rakhat se révéla assez clémente pour la culture des plantes terrestres. À mesure que la saison avançait, on voyait que les rangées et les monticules de légumes avaient été soigneusement agencés. Les bettes à tige rouge s'élevaient au-dessus de plates-bandes d'épinards vert émeraude. Courgettes, maïs et pommes de terre, tomates, choux et radis, concombres et carottes, avec leur fin plumet de verdure, betteraves rouges et navets violacés – tous étaient incorporés aux parterres débordant de vie, et des fleurs comestibles poussaient dans les espaces vides : des pensées et des tournesols, des soucis et des capucines. C'était magnifique.

Supaari revenait régulièrement à Kashan, et il admira comme de juste le potager florissant, lors de sa troisième visite. « Nous autres, Jana'ata, nous avons aussi de tels jardins. Leurs senteurs sont différentes des vôtres, dit-il avec tact, car certaines odeurs émanant du plot étranger lui semblaient nauséabondes, mais celui-ci est beaucoup plus agréable à l'œil. » Après quoi il n'y fit plus attention, car il n'y voyait qu'une inoffensive excentricité de la part des nouveaux venus.

Ceux-ci remarquèrent que Supaari apportait sa propre nourriture de la ville et mangeait de son côté, dans la cabine de son bateau. Quelquefois, il amenait aussi avec lui des Runa citadins, des spécialistes de la mémoire qui faisaient apparemment office de livres vivants et pouvaient répondre aux questions plus techniques que posaient les Étrangers. Et il y avait aussi des documents écrits, mais en langue k'san, si bien qu'ils étaient totalement incompréhensibles, à l'exception des diagrammes. George et Jimmy s'intéressaient particulièrement à la radio et voulaient être informés sur la production d'énergie, les signaux utilisés, le matériel récepteur, et ainsi de suite. Supaari trouvait leur curiosité compréhensible, puisqu'il savait de façon assez floue que les Étrangers étaient venus sur Rakhat parce qu'ils avaient entendu, d'une façon quelconque, les concerts de Galatna, mais il n'était guère en mesure de les renseigner. La radio, il ne la connaissait qu'en qualité d'auditeur. Les technophiles se sentaient frustrés par son ignorance.

« Il est marchand, pas ingénieur, dit Anne en prenant sa défense. D'ailleurs, le dernier homme qui ait clairement saisi tous les tenants et aboutissants de la technologie dont il se servait, c'était sans doute Léonard de Vinci. » Et d'inviter George, qui ronchonnait, à expliquer à leur visiteur comment fonctionnait l'aspirine.

Supaari fut du moins capable de leur expliquer pourquoi les Runa n'aimaient pas la musique. « Nous autres, Jana'ata, nous utilisons les chants pour organiser les activités », dit-il à Anne et Emilio, un jour où ils étaient assis dans un des *hampiys* équipés de coussins, sans se soucier du fin crachin qui tombait sans discontinuer. Il paraissait avoir du mal à exprimer convenablement son idée en ruanja. « C'est une chose que nous ne faisons qu'entre nous. Et qui fait peur aux Runa.

– Ce sont les chants ou les activités qu'ils organisent qui leur font peur ? demanda Anne.

– Les deux, à ce qu'on pense. Et nous avons aussi – il n'y a pas de mots en ruanja – nous avons aussi des *ba'ardali basnu charpi*. Il y a deux groupes : un ici, l'autre là. » Du geste, il indiqua que les deux groupes se tenaient l'un en face de l'autre. « Ils chantent, d'abord l'un, et puis l'autre. Et quelqu'un juge et décerne une récompense. Les Runa n'aiment pas du tout ce genre de chose.

– Des concours de chant choral ! s'écria Anne en anglais. Qu'en penses-tu, Emilio ? Ça te paraît vraisemblable ? J'ai bien l'impression que c'est de ça qu'il veut parler. Il y avait des concours de ce genre au pays de Galles. Avec des chœurs extraordinaires.

– Oui. J'imagine que les Runa éviteraient ce genre d'affrontement comme la peste. C'est le *porai* assuré. Tous les concurrents voudraient remporter le prix. » Emilio reprit en ruanja : « On pense que les Runa deviendraient peut-être *porai* si un des groupes était récompensé et pas l'autre », hasarda-t-il, et il expliqua son raisonnement à Supaari pour voir s'il tenait la route.

« Oui, Ha'an », répondit le Jana'ata qui croyait qu'Emilio s'était contenté de traduire. Il était confortablement appuyé sur un coude et il ajouta sur un ton qu'Anne trouva pince-sans-rire : « Nous autres, Jana'ata, n'avons pas le cœur ainsi fait. »

Supaari, cependant, n'amena jamais avec lui le moindre Jana'ata, et il se déroba toutes les fois où George et Jimmy demandèrent à se rendre en ville et à rencontrer d'autres membres de son peuple.

« Les Jana'ata ne parlent que le k'san », finit-il par dire lorsqu'ils insistèrent. Il leur laissa entendre qu'il était tout à fait inhabituel d'apprendre le ruanja comme il l'avait fait ; d'ordinaire, c'étaient les Runa qui étaient obligés d'apprendre les langues des Jana'ata. L'excuse était assez piteuse pour qu'ils en conclussent qu'il s'agissait d'un pieux mensonge ; D.W. subodora que ce bon vieux Supaari tenait sans doute leur existence secrète afin de préserver son monopole commercial. Le capitalisme était familier aux membres de la mission jésuite, si bien qu'ils n'en voulaient pas au marchand d'accaparer le marché du café et des épices. Donc, bien que Yarbrough commençât à être fort désireux de rencontrer un représentant de l'autorité, ils s'efforcèrent d'être patients. Après tout, *Cunctando regitur mundis*, n'est-ce pas ? Et pendant ce temps, Emilio en profita pour faire des progrès en k'san.

Le jour vint enfin, un an et demi après leur arrivée à Kashan selon le calendrier rakhati, où Supaari leur annonça qu'il avait trouvé le moyen de leur faire visiter Gayjur. Il faudrait attendre encore un peu ; il y avait des tas de dispositions à prendre et la visite ne pourrait pas avoir lieu avant la saison des pluies suivante. Dans l'intervalle, il ne lui serait pas possible de remonter le fleuve pour venir les voir, mais il reviendrait au début du Partan et les emmènerait en ville. D'une certaine manière, le projet tout entier dépendait de leur faculté de voir dans la lumière rouge, mais il ne voulut pas leur expliquer directement pourquoi.

De toute façon, ils étaient plus ou moins satisfaits de la situation existante. Chacun s'employait de façon productive. Supaari s'était montré merveilleusement coopératif sous toutes sortes de rapports, et ils ne voulaient pas abuser de sa gentillesse. « Au coup par coup », disait Emilio, et Marc ajoutait : « Tout va pour le mieux. »

Pendant tout ce temps, la santé des membres de la mission resta bonne dans l'ensemble. Ils n'avaient à craindre aucune maladie virale, puisqu'il n'existait pas sur Rakhat de réservoir à virus susceptibles de s'attaquer à eux. Jimmy se cassa un doigt. Marc fut cruellement mordu par une créature qu'il découvrit en fourrageant dans l'herbe, alors qu'il déplaçait des rochers ; la bête s'enfuit avant qu'on ne pût voir à quoi elle ressemblait, mais Robichaux se remit. George concrétisa les craintes de Manuzhai en tombant d'une des passerelles, une nuit, mais il ne se blessa pas sérieusement. Il y eut l'habituel lot de coupures, meurtrissures, ampoules et autres muscles froissés. Pendant quelque temps, Sofia souffrit de violentes migraines, lorsqu'elle tenta de diminuer sa consommation de café, car à présent les VaKashani se dandinaient de désespoir chaque fois que les Étrangers buvaient cette denrée au lieu de la vendre. Après avoir passé un mois à lui distribuer des analgésiques, Anne conseilla à son amie de se contenter de boire son café en cachette. Sofia fut soulagée d'obtempérer.

L'un dans l'autre, c'était une petite consultation sans histoire pour le Dr Anne Edwards, que seul venait troubler le désespoir que lui inspirait un de ses patients. Mentalement et intellectuellement, D.W. Yarbrough restait inébranlable, mais son corps en revanche commençait à se détraquer de partout et, pour autant qu'elle pût en juger, Anne ne pouvait strictement rien y faire.

Ils auraient dû s'attendre, songèrent-ils *a posteriori*, à voir les Runa se mettre à jardiner. Une fois que ces derniers eurent vu tout ce que le labeur hilarant de leurs visiteurs avait produit, une fois qu'ils eurent admiré la beauté de leur jardin, une fois qu'ils surent que l'on pouvait faire pousser ainsi de la nourriture tout près de chez soi, ils se mirent au jardinage avec leur créativité et leur enthousiasme coutumiers. Depuis Kashan, la nouvelle mode se propagea le long du fleuve et de ses affluents jusqu'à d'autres villages, et se répandit même jusqu'à la côte, en direction de Gayjur. Anne, en interrogeant les Runa de passage et en utilisant des données collectées par satellite, parvint à suivre à la trace la diffusion du phénomène et, déclarant qu'il s'agissait d'un modèle idéal, elle rédigea un mémoire à ce sujet.

Marc et George accompagnèrent les premiers jardiniers runa dans leurs expéditions vers les champs de *pik* et de *k'jip* et les aidèrent à rapporter des spécimens à transplanter. On récolta des graines, on fit des boutures qui s'enracinèrent. Certaines tentatives échouèrent, mais d'autres furent couronnées de succès. On ajouta de nouvelles plantes. Les Étrangers fournirent bien volontiers des pommes de terre, que les Runa adoraient, et proposèrent de partager avec eux les betteraves et même le popcorn qui fit un véritable malheur, à la fois en tant que distraction et en tant qu'aliment. Lorsque Sofia demanda si cette mise en commun de graines et de végétaux transplantés depuis la Terre ne risquait pas de déclencher quelque désastre écologique, Marc répondit : « Toutes les variétés que j'ai apportées ont des taux de germination spontanée extrêmement bas. Si les Runa ou nous-mêmes cessons de nous occuper des jardins, ces plantes mourront dans l'année. »

Libérés du besoin d'accomplir leur interminable va-et-vient entre le village et les sources naturelles de nourriture, bénéficiant désormais d'un régime alimentaire étoffé par le produit de leurs jambes, les VaKashani et leurs voisins devinrent physiquement opulents. Les niveaux de graisse montèrent en flèche. La production d'hormones atteignit des concentrations qui déclenchèrent l'œstrus, et la vie devint beaucoup plus intéressante qu'avant à Kashan et dans les villages environnants. Même si Supaari n'avait pas renseigné Anne sur le fonctionnement général de la sexualité des Runa, elle aurait pu le déduire elle-même des observations qu'elle fit cette année-là : il n'y avait pas de vie vraiment privée chez les Runa.

Et ces derniers, découvrit-elle, étaient de leur côté fort curieux de savoir d'où venaient, si l'on pouvait dire, les petits Étrangers. Et il n'était pas question de leur répondre : « De la Terre. »

Donc, à mesure que les rapports sexuels, les grossesses et les nouveaux ménages suscitaient soudain un intérêt universel, Anne expliqua certains aspects du comportement, de la physiologie et de l'anatomie des êtres humains. Ce qui entraîna très vite une exactitude nouvelle dans la façon dont les pronoms personnels ruanja étaient appliqués aux visiteurs.

Et, bien que les yeux à un seul iris fussent affectueusement détournés et les commentaires des voix humaines soigneusement circonspects, dans l'atmosphère chargée de sexualité de Kashan, il était parfaitement impossible à Jimmy Quinn de faire sa cour à Sofia Mendes à l'insu de tous. Le jeune couple faisait le bonheur des VaKashani, lesquels exprimaient leurs sentiments en chahutant et en lançant des remarques grivoises qui franchissaient souvent les bornes du sous-entendu pour entrer dans le royaume de la grosse cavalerie. Jimmy et Sofia prenaient la chose dans le même esprit bon enfant. La pudeur n'était pas un luxe qu'ils avaient le loisir de s'offrir. Et à vrai dire, tandis que l'amitié devenait plus profonde et que l'amour avait enfin le droit de s'épanouir, il n'y avait guère qu'une seule personne auprès de qui ils éprouvaient un peu de gêne. Pas un mot ne fut prononcé par l'un des trois ; parler n'aurait servi qu'à solidifier des vérités qu'ils étaient parvenus, en se donnant beaucoup de mal, à garder impalpables. Emilio ne se joignait jamais au chœur de remarques salaces et de plaisanteries, comme il aurait pu le faire avec un autre couple. Mais de temps à autre, lorsque les deux jeunes gens revenaient ensemble d'une promenade ou lorsqu'ils levaient la tête et l'apercevaient de l'autre côté de la pièce, ils devinaient que son regard avait été fixé sur eux et ils lisaient sur son visage serein et dans ses yeux paisibles une bénédiction.

Lorsqu'elle arriva enfin, deux bons mois après que Sofia se fut préparée à la recevoir, la demande en mariage de Jimmy fut aussi cocasse qu'on pouvait s'y attendre et la réponse de la jeune femme non moins directe. « Sofia, commença-t-il, je me rends douloureusement compte du fait que je suis, techniquement parlant, le dernier homme qui reste au monde...

– Oui », répondit-elle.

Et ce fut ainsi que le cinquième jour du Stan'ja, soit à peu près le 26 novembre 2041, dans le village de Kashan, au sud de la province d'Inbrokar, sur la planète de Rakhat, lavande, bleu et vert, James Connor Quinn et Sofia Rachel Mendes convolèrent sous un *'huppah*, comme on appelle le dais traditionnel des mariages juifs, un *'huppah* dont les coins étaient décorés de longs rubans soyeux jaunes et améthyste, verts et aigue-marine, cornaline et lilas, parfumés de senteurs qui rappelaient le gardénia et le lis.

La mariée portait une robe très simple qu'Anne avait taillée dans une étoffe runa pareille à de la soie, fournie par Supaari. Ce fut Manuzhai qui confectionna le petit diadème de rubans et de fleurs qui encerclait la tête de Sofia, d'où partaient des rubans de toutes les couleurs, cascadant jusqu'au sol. D.W., qui ne pesait à présent guère plus que la jeune femme et qui paraissait infiniment frêle, la mena à l'autel. George était le témoin du marié. Anne, qui était censée assurer les fonctions de demoiselle d'honneur, préféra verser les larmes de circonstance. Askama fut, bien entendu, chargée de tenir le bouquet de la mariée, et les VaKashani furent enchantés par tout cet aspect du rituel, si proche de leur propre esthétique. Ce fut Marc Robichaux qui célébra la cérémonie œcuménique et qui parvint à intégrer quelques ravissants poèmes en ruanja à la messe nuptiale. Anne savait qu'à la fin d'une cérémonie juive, le marié devait briser un verre en le piétinant, mais tout ce qu'elle put lui proposer, pour respecter la tradition, fut un des flacons de parfum des Runa. Aussitôt, D.W. déclara qu'étant donné l'amour immodéré de Sofia pour cette denrée, une tasse à café serait beaucoup plus symbolique et l'on se rangea à son avis. Marc termina le service par le *Shehe'heyanu*, la prière hébraïque célébrant les premiers fruits et les commencements. Sofia écarquilla les yeux, en reconnaissant les paroles sous son accent français, puis elle remarqua que Marc ne quittait pas des yeux les lèvres de son répétiteur d'hébreu. Lorsqu'elle se retourna vers Emilio Sandoz, qui se tenait à quelques pas d'elle, il lui sourit et ce fut ainsi qu'elle reçut son cadeau de mariage.

Il y eut un banquet, où l'on consomma force brindilles et pop-corn. Et il y eut des jeux et des courses, à l'issue desquels il y eut des gagnants et des perdants, mais personne n'en fut *porai* pour autant, parce qu'il n'y avait pas de prix. Ce fut un curieux mais sympathique amalgame des cuisines et des coutumes propres aux Runa et aux Terriens. Après quoi, Anne, qui avait pris en main l'essentiel de l'organisation avec autant de zèle qu'aurait pu le faire sur terre la mère de la mariée, fit clairement savoir que pesonne ne devait importuner Jimmy et Sofia pendant leur nuit de noces. Gagnés à sa cause, les VaKashani construisirent une porte pour la demeure octroyée aux jeunes époux : un treillage de feuilles de vigne entrelacées, décoré de fleurs et de rubans. Jimmy et Sofia furent escortés jusque chez eux et les remercièrent tous, en riant aux éclats, de leurs précieuses recommandations avant de se retrouver enfin seuls, tandis que la rumeur des réjouissances générales s'estompait pour se fondre dans des divertissements un peu plus discrets, alors que le troisième soleil se couchait.

Bien des vérités avaient été révélées longtemps avant cette première nuit. Au cours des délicieux jours d'attente qu'ils s'étaient accordés tandis que l'on préparait tout autour d'eux la fête nuptiale, les deux fiancés avaient passé des heures dans la lumière tamisée d'un *hampiy* pavé de coussins. Ils avaient tant des choses à se raconter : des légendes familiales, des histoires drôles, de simples détails biographiques. Un après-midi, Jimmy s'était allongé auprès de Sofia, s'émerveillant de sa minuscule perfection et de la chance qu'il avait. Pas un instant il ne s'était imaginé qu'il épousait une oie blanche, aussi, tout en suivant du bout du doigt la ligne pure de son profil, il baissa vers elle ses yeux qui souriaient, profondément enfoncés dans leurs orbites, reflétant toutes sortes de spéculations érotiques, et il demanda d'une voix chargée d'intimité sur le ton de laquelle il n'y avait pas à se méprendre : « Qu'est-ce que tu aimes, Sofia ? »

À ces mots, elle éclata en sanglots et dit : « Je n'en sais rien », car jamais l'idée ne lui était venue qu'on pourrait un jour lui demander une chose pareille. Surpris, il sécha les larmes salées de ses baisers et déclara : « Dans ce cas, nous pourrons le découvrir ensemble. » Toutefois, intrigué par la violence de sa réaction, il comprit que cet éclat cachait quelque chose et il la dévisagea longuement, cherchant à lire sur son visage.

Elle avait eu l'intention de garder pour elle cette seule région de son passé, mais la dernière barrière qui subsistait entre eux s'écroula. Lorsqu'il entendit son récit, Jimmy eut l'impression que son cœur allait se briser de pitié, mais il resta assis en la serrant contre lui, blottie entre ses longs bras et ses jambes interminables comme dans un nid, et il attendit qu'elle se fût calmée. Puis il lui sourit et demanda, du ton sec et didactique de l'astronome qui aborde une question théorique avec un de ses collègues : « Combien de temps crois-tu que je vais pouvoir continuer à t'aimer un peu plus fort chaque jour ? » Et il mit au point pour elle un calcul de l'amour qui approchait de l'infini, ramenant ainsi le sourire sur ses lèvres.

Maintenant, donc, en ce cinquième jour du Stan'ja, un mois qui marque le début de l'été sur Rakhat, un mois où les nuits sont très courtes, pleines d'étoiles, de nuages rapides et de lunes, il n'y avait plus de paroi à escalader, plus de forteresse à défendre. Cette première nuit, cependant, fut assez longue pour permettre à Jimmy d'entraîner son épouse dans une danse nuptiale secrète, en cherchant à suivre le rythme de son cœur. Et le clair de lune, qui filtrait à travers les fleurs, les feuilles de vigne et les rubans colorés et parfumés, était juste suffisant pour qu'ils pussent découvrir ensemble les chemins menant à des moments dignes du chant d'un poète rakhati.

Et plus tard cet été-là, tandis que la pluie tombait, un de ces moments chatoyants s'arrêta en plein vol au bord de l'abîme, et commença alors la danse ancienne des nombres : deux, quatre, huit, seize, trente-deux..., et une nouvelle vie prit racine et se mit à croître, et ainsi les générations passées vinrent se joindre au futur insondable.

30

Village de Kashan et cité de Gayjur : an III

« Alors, qu'en dis-tu ? Il ne pleuvra sans doute plus aujourd'hui. Tu te sens le courage de faire un petit tour ? demanda Anne à D.W.

– Eh bien, écoute, je dois dire que je ne suis pas d'humeur à prendre une décision pareille à la légère. » Il avala une gorgée du bouillon de viande qu'Anne lui avait apporté, puis il appuya de nouveau sa tête contre le dossier de son fauteuil. Suivant des yeux la longue et sinueuse arête de son nez, il fixa sur sa compagne un regard empreint de judicieuse considération. « Je m'étais dit que je ferais bien de conserver toute mon énergie pour regarder un peu de boue sécher au soleil, tout à l'heure. »

Elle sourit, et il se sentit gratifié de constater qu'il était encore capable de faire sourire les gens.

Il garda quelque temps son bol entre ses mains, pour les réchauffer, mais il eut bientôt peur de le laisser échapper, si bien qu'il le posa sur la petite table que Sofia et Emilio avaient naguère utilisée comme bureau dans ce même *hampiy*. À présent l'abri lui était réservé, il y passait même le plus clair de ses journées, sauf quand il faisait vraiment mauvais. Il aimait s'asseoir là, d'où il pouvait contempler les montagnes au sud, ou tourner le regard vers le nord-est et découvrir la ligne d'horizon, à l'endroit où les plaines rejoignaient le ciel. Si le temps devenait menaçant, Manuzhai ou Jimmy l'emportaient dans l'appartement, pour le ramener dans le *hampiy* quand la tourmente s'apaisait ; désormais, il n'était plus capable de gravir tout seul la colline. Emilio passait la nuit auprès de lui, pour qu'il ne fût pas seul. D.W.

s'était rongé les sangs à l'idée d'être un poids pour tout son entourage, mais il s'était rasséréné lorsque Sofia lui avait déclaré : « C'est ton devoir de nous laisser t'aider. Ton Jésus lui-même le savait : prendre soin des malades est un de ses commandements. Pour nous, c'est une *mitzvah.* »

« Finis donc ta soupe, dit Anne en interrompant sa rêverie. Ordre du médecin.

– Finis ta soupe ! Te voilà bien cavalière », rétorqua-t-il d'un ton indigné, mais il empoigna son bol à deux mains et s'obligea à boire jusqu'à ce qu'il l'eût entièrement vidé. Il fit une grimace, laquelle relevait un peu du pléonasme, compte tenu de l'aspect habituel de sa physionomie. « Tout a un goût de métal, déclara-t-il.

– Je sais, mais les protéines te font du bien. » Anne tendit la main et la posa sur le poignet de son ami, qu'elle pressa brièvement.

Elle avait essayé tout ce qui lui était venu à l'esprit. Elle l'avait à moitié occis à coups de parasiticides. Mis à un régime exclusivement terrestre, en puisant dans les réserves du module. Elle avait fait bouillir l'eau de pluie qu'il buvait, après l'avoir passée à travers tous les filtres et soumise à tous les traitements chimiques possibles. Puis elle avait interrompu les traitements chimiques, en se disant qu'ils ne faisaient peut-être qu'empirer les choses. Deux ou trois fois, elle avait bien cru être venue à bout de cette saloperie, quelle qu'elle fût. Il avait commencé à reprendre du poids, des couleurs, de l'énergie, et puis chaque fois il avait rechuté.

Il était le seul malade. Si bien qu'ils se demandaient, évidemment, tous les deux, si ce n'était pas plutôt quelque chose qu'il avait apporté avec lui, quelque chose qu'il couvait déjà en quittant la Terre. Pourtant, avant leur départ, tous les membres de l'équipage avaient été passés au tamis ultrafin des examens médicaux, et D.W. Yarbrough avait naguère joui d'une santé de fer ; il avait été aussi fort qu'un vieux pur-sang efflanqué. Peut-être qu'une de ses fonctions physiologiques s'était subtilement détraquée : son corps s'était mis à retenir quelque chose qu'il excrétait d'habitude, ou bien un de ses processus enzymatiques avait pété un plomb.

« Ce n'est pas si terrible, Annie, lui avait-il confié un jour. La plupart du temps, ça se borne à une grande fatigue.

– Si tu m'aimais vraiment, tu guérirais, quoi, merde. J'ai horreur de ces patients qui refusent de donner l'impression que leur médecin est tout-puissant. C'est d'une muflerie ! »

Il savait reconnaître les accents de quelqu'un qui crânait. « Les hommes sont mortels, lui avait-il dit. Nous savons bien, toi et moi, qu'il y a beaucoup de manières bien pires de s'en aller. »

Anne s'était détournée, en clignant des paupières, mais elle avait reniflé un bon coup et réussi à se ressaisir. Lorsqu'elle avait répondu, sa voix était ferme et courroucée : « Ce n'est pas la réalité de la chose, ni la manière, c'est le moment que tu choisis qui me fout les boules. »

Il revint au temps présent avec un sursaut, en se demandant s'il s'était assoupi. « Allez, viens, dit-il en faisant glisser son postérieur jusqu'au bord de son siège et en s'y arrêtant un instant avant de se mettre debout. Allons faire un tour. Aujourd'hui, je vais la faire voltiger, la boue.

– Chiche ! » Anne se frappa le genou du plat de la main et se leva à son tour, en chassant son inquiétude. « J'ai toujours été une adepte du “ Ça passe ou ça casse ”. Il faut profiter du moment. »

Ils avançaient lentement, presque en silence, longeant le bord de la gorge vers les montagnes au sud. Anne, réglant son pas sur celui de D.W., l'observait attentivement du coin de l'œil ; elle savait qu'ils ne devaient pas s'aventurer bien loin, car D.W. devrait revenir à pied. D'ordinaire, elle pouvait compter sur quelqu'un pour venir le porter, s'il se sentait à bout de forces, mais ce jour-là, ils étaient seuls à Kashan pour la première fois depuis le désastre. Les Runa étaient partis récolter une fleur qu'ils appelaient *anukar*. Quant à George, Marc et Jimmy, Supaari était enfin venu les chercher pour leur montrer la ville de Gayjur. Il n'y avait donc personne pour les aider en dehors de Sofia, enceinte et vomissante, et d'Emilio qui dormait. Il avait passé la majeure partie de la nuit à s'occuper de D.W., dont le sommeil avait été encore une fois particulièrement troublé.

À la surprise d'Anne, et peut-être aussi à la sienne, D.W. fit le petit trajet sans difficulté. Ils réussirent à gagner leur endroit préféré à flanc de paroi, où il y avait un grand rebord plat très confortable et une superbe vue du ravin et du ciel vers l'ouest.

« Si je m'assois, crois-tu que tu seras capable de m'aider à relever ma vieille carcasse ? demanda D.W.

– Je te ferai le coup du levier, mon vieux. Si tu parviens à caler tes talons, je te remettrai sur tes pieds. » Il se cramponna à son bras et elle se pencha en arrière pour l'aider à s'asseoir sans à-coup, puis elle se laissa tomber à côté de lui. Ils se turent un moment, tandis que Yarbrough reprenait son souffle.

« Quand je ne serai plus là... », commença-t-il. Anne ouvrit la bouche, mais il la fit taire d'un regard. « Quand je ne serai plus là, et j'ai l'impression que ce sera d'ici trois ou quatre jours à présent, c'est Marc Robichaux qui deviendra automatiquement le père supérieur de la mission. Je ne peux pas le nommer, mais il faudra pas loin de neuf ans avant qu'un ordre nous arrive par radio du général à Rome. » Il se tut et, par habitude, il fouilla dans la poussière avec sa main, à la recherche de cailloux, mais cela faisait longtemps qu'il avait expédié dans l'abîme tous ceux qu'il y avait eu à cet endroit précis, si bien qu'il renonça et posa ses mains sur ses genoux. « Alors, écoute-moi. Marc est un type bien, mais ce n'est pas un chef, Anne. Emilio me surprend parfois, mais il est perdu dans son propre univers une grande partie du temps. Ni l'un ni l'autre ne sont à leur avantage en cas de crise...

– Il faut dire qu'ils ont toujours eu – toi ou un autre – supérieur sur qui compter. Peut-être qu'ils sauraient se montrer à la hauteur, s'il le fallait.

– Ouais, j'y ai pensé. Mais j'ai tendance à me faire du souci. George est un excellent homme d'état-major, mais je ne le vois pas dans la peau du commandant. Si vous ne parvenez pas à repartir, Anne, si cette idée de carburant se casse la gueule, si vous êtes coincés ici pour de bon, vous aurez besoin d'une structure quelconque pour ne pas devenir mabouls. » Il fit une pause. « J'ai beaucoup cogité à ce sujet. Il faut une seule voix pour donner les ordres. Je n'ai rien contre la concertation, chacun doit donner son avis, mais vous êtes trop isolés et trop vulnérables pour pouvoir vous passer d'une véritable chaîne de commandement. Il faut une seule voix. Mais pas forcément celle d'un jésuite – tu me suis ? Et à mon avis, c'est Sofia et toi qui serez les cerveaux du groupe. Non, ne commence pas à discuter, je n'ai ni le temps ni l'énergie nécessaires pour te répondre. Le petit Quinn est solide comme le roc. Je veux que tu interviennes pour que les autres acceptent de laisser Jimmy prendre les décisions. »

Elle voulut protester, mais au même instant, elle se rappela les heures qui avaient suivi la mort d'Alan, et aussi la façon dont Jimmy s'était imposé, lorsqu'ils s'étaient rendu compte qu'ils étaient naufragés sur Rakhat. Elle opina.

« Bon. J'ai déjà abordé le sujet auprès de Marc et d'Emilio. Pas dans les mêmes termes, mais ils ont compris où je voulais en venir. La vraie difficulté, ce sera de convaincre Jimmy lui-même d'accepter qu'il est fait pour ce rôle. Il voudra que vous preniez les rênes, toi ou Sofia. » Yarbrough s'interrompit. Il leva le bras dans l'intention de le passer autour des épaules d'Anne, mais l'effort était trop rude pour lui, alors il se contenta de poser sa main sur la sienne. « Annie, tu es trop émotive, et Sofia pense trop vite pour son propre bien. Jim possède un bel équilibre. Il faudra que tu le fasses profiter de ton intuition, de ton intelligence, de son savoir. Mais laisse-le prendre les décisions.

– Alors, comme ça, Jimmy deviendra notre Aîné, en quelque sorte », fit-elle remarquer, en tâchant de détendre un peu l'atmosphère. Mais l'heure n'était pas à la détente, si bien qu'elle ajouta : « C'est une excellente idée, D.W., et je ferai de mon mieux pour qu'elle puisse voir le jour. »

D.W. lui sourit et elle sentit sa main se crisper légèrement autour de la sienne, mais il se contenta de regarder le ciel, sans avoir la force de parler davantage.

Il aurait voulu lui raconter l'histoire de sa grand-mère qui avait vécu jusqu'à quatre-vingt-quatorze ans et qui ne recommandait à personne d'en faire autant. Lui conseiller de prendre garde à ce satané Supaari : il était un peu louche, ce bonhomme, et Anne ne devait pas se laisser aveugler par sa sentimentalité. Il aurait voulu lui confier aussi combien il avait été heureux, vraiment heureux, même au cours de ces derniers mois. Il croyait avoir encore quelques jours à vivre. Mais la mort suit son propre rythme, sa propre logique, et elle les prit tous les deux par surprise, leur laissant moins de temps que prévu pour se préparer à l'accueillir.

« Bon Dieu, souffla George, nous y voilà.

– Jésus, Marie, Joseph, murmura Jimmy. Ça valait le coup d'attendre. »

Marc Robichaux s'arracha à la contemplation du panorama pour tourner les yeux vers Supaari VaGayjur, qui pilotait d'une main sereine le petit bateau à moteur vers la cité, à travers les chenaux balisés.

« *Sipaj*, Supaari. Nous te savons gré de tout ceci », dit-il doucement.

Le menton du marchand jana'ata se leva légèrement pour

montrer qu'il avait entendu. Il avait soigneusement programmé leur arrivée qui devait leur permettre de contourner le cap et d'entrer dans la baie de Radina quelques instants avant le coucher du deuxième soleil. Encerclée par trois montagnes, constituée principalement de pierre blanche et de brique rouge qui luisaient dans la lumière nacrée, Gayjur englobait l'anse semi-circulaire du port dans une vaste étendue orientée sud-est-nord-ouest ; l'obscurité croissante occultait l'enchevêtrement de bateaux, de grues, d'entrepôts et de boutiques proches des docks, et le regard était attiré vers les hauteurs où s'élevait le palais de Galatna, serti comme un joyau dans la végétation touffue de la montagne centrale, couleur d'aigue-marine. C'était la meilleure heure de la journée pour voir la ville – l'heure où le ciel se diaprait de teintes qui rappelaient toujours à Supaari le marbre de Gardhan. C'était aussi l'heure la plus sûre pour amener les trois Étrangers dans le port.

Marc sourit à Jimmy et à George, médusés par cette vision, et il se réjouit pour eux. Pendant près de six années de temps subjectif, les deux hommes avaient rêvé de voir cette Cité des Chants qui s'appelait, ils le savaient à présent, Gayjur. Chaque fois que Supaari se trouvait à Kashan, ils avaient laissé tomber des allusions, offert des compensations, ils avaient bien failli lui ordonner et ils l'avaient presque supplié de les y emmener. Ils voulaient voir une vraie cité, lui avaient-ils dit. Ils avaient eu du mal à lui expliquer pourquoi ils désiraient tellement s'y rendre. Il n'y avait pas de mots en ruanja pour une grande partie de ce qui les intéressait, à savoir à peu près tout. Ils voulaient découvrir à quoi ressemblaient les édifices, voir d'où venait la nourriture, où s'en allaient les égouts, comment étaient gérés les universités, le gouvernement, les hôpitaux, à quoi ressemblaient les transports, comment l'électricité était produite, stockée et utilisée. Ils voulaient parler aux chimistes, aux physiciens, aux astronomes, aux mathématiciens. Voir comment on se servait sur cette planète des principes de la roue, du levier et du plan incliné. Tout. Ils voulaient tout savoir.

Marc, pour sa part, avait éprouvé une envie moins frénétique de sortir de Kashan, mais il était lui aussi tenaillé par un puissant désir de découvrir l'architecture et les arts, d'entendre la musique et de voir les curiosités. Y avait-il des parcs publics ? des musées, des zoos ? Supaari prétendait qu'il y avait des jardins. À la française ou à l'anglaise, utilitaires ou purement décoratifs ? Y avait-il des maisons de dévotion ? Qui les fréquentait ? Existait-il des spécialistes de la religion – des prêtres ou des prêtresses, des moines, des adeptes ? Croyaient-ils à la magie, en un Dieu ou en plusieurs, croyaient-ils au hasard, à la destinée, au bien récompensé et au mal puni ? Comment marquait-on les dates importantes de la vie ? Par des cérémonies bien réglées ou des annonces brèves et officieuses ? Et la nourriture ? Était-elle meilleure dans la cité ? Quel genre de costumes portait-on ? Les gens étaient-ils polis ou grossiers, pointilleux ou désinvoltes ? Quels étaient les crimes ? Et les châtiments ? Où était la vertu, et où le vice ? À quoi s'amusait-on ? Tout. Marc aussi voulait tout savoir.

Finalement, après les avoir fait lanterner pendant toute une année rakhati, Supaari VaGayjur avait estimé que le pour et le contre avaient été mûrement pesés, les arrangements soigneusement mis au point, et que le moment était enfin propice pour leur faire visiter sa ville d'adoption. Pendant les trois jours de voyage depuis Kashan, tout en dépassant les lentes barges des commerçants et les petits esquifs, il avait répondu dans la mesure de ses moyens à toutes les questions qu'ils posaient. Ils étaient intéressés par les accumulateurs au soufre et à l'aluminium qui alimentaient le moteur de son embarcation, par le matériau dont la coque était faite, par les enduits étanches, par les instruments de navigation. Lorsqu'il parvint enfin à les convaincre qu'il se contentait d'utiliser le bateau, mais qu'il ne l'avait pas construit, ils se mirent à le questionner sur la cité, et lorsque, incapable de supporter plus longtemps leur interrogatoire, il leur dit d'un ton péremptoire : « Attendez ! Vous verrez bientôt tout ce qu'il y a à voir », ils continuèrent à parler entre eux en h'anglais, sans jamais mettre un frein à leur curiosité.

Ils s'arrêtèrent dans deux villages pour y passer la nuit, le premier juste au-dessus du delta du Pon, le second sur la côte de Masna'a Tafa'i, à une douzaine d'heures de Gayjur. Tout comme à Kashan, les Étrangers furent acceptés par les Runa sans le moindre problème. Supaari les présenta tout simplement comme des marchands venus de très loin. Il comptait bien trouver le même accueil bienveillant parmi les Runa VaGayjuri, et il fut réconforté de le voir se concrétiser dans ces villages de campagne, après tant d'inquiétude à ce sujet. Il se prit à espérer que tout se passerait bien. Mais encore une fois, il fit promettre aux Étrangers de ne sortir qu'à la lumière rouge et même alors, toujours accompagnés par sa secrétaire runa, Awijan. Il était important que les autres Jana'ata ne les voient pas.

Cette restriction était en contradiction flagrante avec les désirs de D.W. Yarbrough, qui souhaitait une prise de contact avec le gouvernement jana'ata. Il en était plus que temps, estimait-il. Si la mission jésuite tardait encore à faire connaître sa présence, les autorités risquaient de penser qu'elle avait de mauvaises intentions, et de se demander pourquoi ses membres avaient préféré garder le secret pendant tous ces longs mois. Toutefois, ils avaient envers Supaari une dette pour toute l'aide qu'il leur avait apportée, et pour finir D.W. avait décidé qu'ils devaient respecter ses consignes.

« Cette fois-ci, avait-il dit à Marc, George et Jimmy, contentez-vous de prendre des repères. Quand vous rentrerez, vous en parlerez tous ensemble et vous déciderez ce qu'il convient de faire ensuite. » Il savait bien qu'il ne participerait pas à ces discussions. Il n'ignorait pas qu'il était aux portes de la mort. Ils en avaient tous conscience.

À présent, confrontés à la réalité de Gayjur, les trois habitants de la Terre comprirent que ce serait déjà une ample tâche que d'acquérir une impression superficielle de la cité en l'espace des six jours de visite que leur avait octroyés Supaari. Marc Robichaux commença à se dire que c'était encore une de ces expériences au coup par coup qu'ils étaient censés faire.

En arrivant en vue de sa propriété, Supaari envoya un message radio à Awijan, pour lui annoncer leur approche, et il se faufila au milieu des gigantesques navires qui les environnaient de toutes parts. Il accosta avec une adresse pleine d'insouciance, en étouffant un bâillement, et leur indiqua l'entrée de sa propriété avec une fierté nonchalante, comptant sur sa taille impressionnante et sur les signes évidents de prospérité pour faire comprendre à ses visiteurs qu'ils avaient affaire à un personnage important.

« Voulez-vous vous reposer à présent ou sortir en ville ? » leur demanda-t-il, en sachant pertinemment ce qu'ils répondraient. Quand ils l'eurent fait, il les plaça sous la conduite de sa secrétaire et leur dit de faire confiance à Awijan qui saurait les escorter en toute sécurité et répondre à leurs questions. Quant à lui, il allait dormir à présent et il les verrait le lendemain matin, au lever du deuxième soleil.

Ce fut ainsi que Marc Robichaux, Jimmy Quinn et George Edwards, aussi bien préparés qu'ils pouvaient espérer l'être, se plongèrent pour la première fois dans la vie d'une cité extraterrestre. C'était une chose que de s'attendre à être étonné et déconcerté, mais à vivre, l'expérience fut pour eux de la démence pure et simple. Ils furent assaillis par les odeurs et le bruit de Gayjur : les entrepôts imprégnés des senteurs douceâtres, épicées ou fleuries des composantes de nombreux parfums ; les docks et les chantiers navals qui sentaient la voile mouillée, la vie marine en décomposition, les vernis et la peinture ; les marins et les dockers qui vociféraient ; les restaurants, les éventaires de rue et les usines qui tour à tour embaumaient et empuantissaient l'air avec leurs soupes et leur ammoniaque, leurs sautés de légumes et leurs dissolvants. Il y avait énormément d'échanges en cours, d'achats et de ventes, d'affaires conclues dans des baraques temporaires, mais extrêmement bien faites et richement décorées, appuyées à des murs de pierre superbement construits. Des marchands ambulants poussaient des charrettes, d'une grande simplicité et d'un parfait équilibre, dans lesquelles ils transportaient des objets impossiblcs à identifier. En suivant les petites rues bondées, ils apercevaient par les portes entrebâillées des Runa au travail, les oreilles hermétiquement fermées au milieu du vacarme assourdissant des marteaux et des ciseaux, des perceuses et des scies électriques.

Tout se faisait sur un rythme beaucoup plus trépidant qu'à Kashan, et Marc remarqua que les types physiques étaient nettement plus variés. Les dockers étaient plus trapus, plus robustes, avec des oreilles pendantes ; il y avait d'autres personnes, habillées comme l'avait été Supaari lorsqu'ils avaient fait sa connaissance, mais assez petites, présentant des visages subtilement différents, vigilants, à l'ossature délicate, avec un regard direct et troublant ; Awijan en faisait partie. Et il y avait aussi des différences de pelage : les couleurs et les textures variaient, les uns étaient rêches et frisés, d'autres plus soyeux et plus longs que ceux que l'on voyait normalement à Kashan. Sans doute s'agissait-il de différences régionales, se dit Marc. Peut-être étaient-ce des populations d'immigrants, comme on pouvait s'y attendre dans une cité portuaire.

Il leur paraissait très bizarre de déambuler ainsi au vu et au su de tout le monde, eux dont l'aspect était si incontestablement étrange, et pourtant aucun attroupement ne se forma, pas un enfant ne hurla, ne les montra du doigt, ne courut se cacher. On les remarquait et on faisait un discret commentaire en les voyant passer dans la rue, mais lorsque Awijan offrit de leur acheter des brochettes de légumes rôtis, le vendeur se contenta de les leur tendre avec une courtoisie tout à fait ordinaire. Ils auraient aussi bien pu être en train d'acheter des bretzels à Philadelphie.

À la nuit tombante, Awijan les ramena chez Supaari et leur fit traverser une cour ouverte ; ils passèrent devant une infinité de petits bâtiments où l'on stockait des marchandises, avant de longer le devant d'un gigantesque entrepôt et d'atteindre enfin les pièces d'habitation, assez nues, dont les murs sobres disparaissaient derrière des tentures aux couleurs vives et dont le sol était recouvert d'épais tapis. Après tant de mois passés à dormir en compagnie des Runa blottis les uns contre les autres, ils furent tout étonnés de se voir attribuer des petites chambres particulières et ils trouvèrent que le lit circulaire, installé sur une plate-forme, avait de faux airs de nid et qu'on pouvait s'y pelotonner très agréablement. Ils dormirent à poings fermés et n'ouvrirent l'œil que bien après le lever du premier soleil.

Il était midi lorsque Supaari vint les rejoindre pour le petit déjeuner qui était pour eux le premier repas de la journée, et le seul pour le Jana'ata. Il leur fit prendre place sur des oreillers et des coussins le long des murs, après quoi on apporta une table longue et basse que l'on chargea d'un flot d'assiettes, de bols et de plats en provenance de la cuisine. Il y avait des viandes rôties, des soupes, des mets extraordinaires qui semblaient être des pains de poisson ou de crustacés farcis de pâtes salées et coupés en tranches, et aussi des fruits qu'ils n'avaient jamais vus auparavant, de nombreuses sortes de légumes, nature ou en sauce, habilement taillés ou laissés entiers. Il y avait des saveurs corsées, ou délicates, ou insipides, ou épicées. Le service était silencieux et discret, le repas dura des heures. Awijan, assise à quelque distance, observait en grignotant ; Marc remarqua le lendemain que les plats qui n'avaient plu à aucun d'entre eux ne figuraient pas ce jour-là au menu et que ceux que les invités avaient particulièrement aimés leur étaient de nouveau offerts, à la place d'honneur, entourés d'autres qu'ils ne connaissaient pas encore.

Le deuxième soir, Awijan emmena les étrangers plus près du centre-ville et ce fut lors de cette visite qu'ils commencèrent à se faire une idée de la disposition étrangement hybride de la cité. Il y avait, ils s'en rendaient compte à présent, l'ossature d'un plan rationnel, un système rectilinéaire d'artères principales, bien pavées de pierres lourdes et lisses, et un système de canaux qui quadrillaient la ville et permettaient de diriger les cargaisons en provenance de la campagne ou de l'océan vers les centres de traitement et de distribution à l'intérieur de la métropole.

Celle-ci ne grouillait pas de monde comme les ports surpeuplés de la Terre. Il n'y avait pas de mendiants, de culs-de-jatte ou de manchots, pas de clochards solitaires et émaciés fouillant dans les ordures, pas d'enfants au ventre distendu tirant par leurs vêtements des parents las et désespérés. Il y avait un contraste de plus en plus évident entre riches et pauvres à mesure qu'ils escaladaient la colline, que la foule se raréfiait et que les édifices devenaient plus imposants, mais ce contraste ne dérangeait pas les trois êtres humains comme auraient pu le faire ceux de Rio ou de Calcutta, de Lima ou de New York. Ici, on avait l'impression que la prospérité était à la portée de tout un chacun ; que les gens étaient compétents et sûrs d'eux, et qu'ils étaient soit en pleine ascension, soit satisfaits de leur sort. Les marchés improvisés et l'affairement paraissaient dus à un désir de passer aux choses sérieuses sans se donner un mal inutile pour l'étalage. Et il y avait là-dedans une espèce de beauté.

Ils ne virent pas d'écoles, mais beaucoup de petites échoppes, de petites fabriques, de mini-fonderies où des apprentis étaient en train d'acquérir leur savoir-faire en s'exerçant patiemment. Les rues avaient beau être pleines de mouvement et de bousculade, de nombreuses portes ouvraient sur des petites cours où l'on pouvait voir des familles entières au repos, occupées à manger sous les longues avancées des toits, abritées de la pluie mais profitant néanmoins de l'air nocturne. Parfois, lorsque les visiteurs n'entendaient que le bruit des pieds chaussés de semelles élastiques, les voix musicales des Runa et le flic-flac incessant de la pluie, en déambulant dans les quartiers où les activités, par exemple celles des tailleurs et des brodeuses, ne nécessitaient pas l'emploi du métal, le calme était presque irréel.

Le troisième jour, Awijan leur fit traverser la baie pour se rendre dans le quartier des verriers, afin d'y observer la fabrication de la vaisselle spectaculaire dont divers exemples ornaient la table chez Supaari : du verre transparent, lourd, poli, avec des rubans étincelants d'aventurine couleur de bronze, qui serpentaient à l'intérieur. Marc eut l'impression qu'il y avait deux grandes traditions esthétiques, l'une incrustée et surchargée de décorations, l'autre plutôt sobre et nette. Destinées aux Jana'ata et aux Runa respectivement, devina-t-il, en contemplant de l'autre côté de la baie le palais de Galatna et les grandes propriétés à flanc de colline qui l'environnaient, avec leurs mosaïques et leurs bassins, leur hautes murailles à créneaux et encorbellements, leurs façades qui disparaissaient sous une croûte d'ornements. Plus d'argent que de goût, se dit-il, peu charitable. Galatna souffrait de cet excès de raffinement que l'on trouvait dans l'architecture chinoise classique et qui donnait l'impression qu'on y avait travaillé trop longtemps, rajouté plus de couches et de détails que l'édifice n'en pouvait vraiment supporter.

Il questionna Awijan à ce sujet, tandis qu'ils faisaient le tour d'une autre boutique. « La plupart des Jana'ata préfèrent ce genre de choses », lui déclara-t-elle en indiquant les articles tarabiscotés, avant d'ajouter sur un ton confidentiel : « Les yeux se fatiguent rien qu'à les regarder. » Ce qui confirma Marc dans son admiration du bon goût des Runa.

Et pourtant, lors de son dernier jour en ville, il fut obligé de revenir sur son mépris pour l'art jana'ata. George et Jimmy avaient enfin réussi à faire clairement comprendre que ce qu'ils devaient faire sans faute, c'était parler à un chimiste au sujet du carburant du module. Cela nécessita de longues explications, mais Supaari finit par saisir ce qu'ils cherchaient à lui dire et Awijan envoya un coursier chez un distilleur de parfum du quartier, d'où il ramena un chimiste au visage maigre, en proie à une apparente nervosité. Avec l'aide de graphiques de la table périodique des éléments, pour établir ce qu'ils avaient en commun, puis d'affichages en trois dimensions des composants du carburant sur lesquels travailler, le chimiste ne mit pas longtemps à comprendre le problème. À l'extrême soulagement des Étrangers, la formule ne parut pas l'impressionner le moins du monde.

Le visage de Marc, cependant, commença à se figer pendant la discussion technique qui s'ensuivit, et Supaari, qu'elle assommait tout autant, demanda si par hasard Robichaux avait envie d'avoir un aperçu de l'art jana'ata. La proposition fut faite sur un ton si désinvolte que Marc, qui commençait à connaître Supaari, subodora aussitôt qu'il l'avait préparée à l'avance. Une chaise à deux places fut demandée et Marc dut se draper dans un long manteau à capuche, beaucoup trop grand pour lui, avant de monter dans le véhicule clos par des rideaux. Supaari déclara qu'il accompagnerait lui-même l'Étranger lors de cette excursion, laissant Awijan aider George et Jimmy dans leurs démêlés avec le chimiste.

Il faisait encore grand jour et Marc, risquant un œil à travers les interstices des rideaux tandis qu'on les emportait vers le centre de la ville, aperçut de nouveaux quartiers qui lui donnèrent de Gayjur une impression tout à fait différente. Ici, les Jana'ata étaient partout et très en vue. « Dans leurs robes aussi lourdes que leurs responsabilités, murmura Supaari d'un ton vaguement sarcastique, et leurs couvre-chefs aussi élevés que leurs idéaux. » Les visages ressemblaient beaucoup à ceux des Runa avec lesquels Marc était familiarisé, mais ils avaient les joues creuses et quelque chose de carnassier qui le mettait mal à l'aise. À l'encontre de Supaari, ils ne dégageaient pas de gaieté, mais une intensité qui faisait peur à voir ; pas de gentillesse, mais une courtoise froideur ; pas de sens de l'humour, mais un sens aigu de l'observation ; et ils semblaient par-dessus tout inapprochables. Partout, les Runa s'écartaient sur leur passage, s'inclinaient, courbaient la tête, se détournaient. Marc prit soin de rester tapi à l'abri des rideaux, soudain envahi par la conviction intime que Supaari avait eu de bonnes raisons de les mettre constamment en garde contre les autres Jana'ata, et il remercia Dieu d'avoir placé d'abord les Runa sur leur chemin.

Le tohu-bohu de la ville s'estompa à mesure qu'ils continuaient à gravir la colline et bifurquaient vers la montagne située au sud de Gayjur. Ils arrivèrent finalement devant un édifice en pierre isolé, bâti en forme de longère, avec des balcons extérieurs et un toit très pentu. Supaari recommanda à Marc d'attendre sans se faire voir, puis il disparut quelque temps. À son retour, il chuchota : « Tu es une vieille dame jana'ata venue observer la cérémonie pour gagner en sérénité. Tu dois donc rester seule. Tu comprends ? » Marc leva le menton, comprenant parfaitement. Les Jana'ata étaient capables de mensonge, nota-t-il, non sans amusement. Supaari continua d'une voix très basse : « On t'a acheté l'exclusivité du spectacle. Ils vont faire évacuer la cour pour que tu puisses gagner le balcon. Il est interdit de parler le ruanja ici. Ne dis rien. »

Lorsqu'ils furent seuls, à l'exception des porteurs runa, Supaari aida Marc à descendre de la chaise et l'entraîna à l'intérieur, la tête enfouie au fond de sa capuche, écrasé par ses gigantesques draperies de Jana'ata comme un enfant qui se déguise avec des vêtements d'adulte. Ils traversèrent une cour centrale ornée de jets d'eau parfumée, puis, ayant soulevé son long manteau tout en gardant ses mains cachées sous les manches, Marc se retrouva en train de suivre une rampe qui menait au balcon. Il faisait tellement attention à ne pas se prendre les pieds et à ne pas laisser dépasser la moindre partie de son étrange anatomie qu'il jeta à peine un coup d'œil à ce qui l'entourait jusqu'à ce qu'ils fussent arrivés dans une petite pièce munie de rideaux, comme une loge d'opéra. Supaari entra la premier et prit sa place avant de fermer soigneusement les rideaux de devant. Puis il fit signe à Marc d'entrer et ferma ceux de derrière, plongeant la loge dans la pénombre, et d'un geste il fit savoir à l'étranger qu'il pouvait en toute sécurité baisser sa capuche.

« Tiens-toi un peu en retrait, mais observe attentivement, chuchota-t-il. C'est très beau. Comme tes “ paysages ”. »

Marc fut charmé par ce compliment, mais il s'inquiétait énormément à l'idée qu'ils prenaient peut-être un risque épouvantable. Avant qu'il n'eût le temps de répondre, la cérémonie commença, et comme ils étaient déjà tout à fait compromis, s'imaginait-il, il décida de s'abandonner à la sagacité de Supaari et à la volonté de Dieu.

Se déplaçant légèrement afin de voir par la fente entre les deux rideaux, il aperçut une petite pièce d'une sobre perfection : des murs en pierre grise taillée, aux joints presque invisibles, luisant comme du granit poli, un sol en dalles d'une matière veinée comme du marbre rose. Il y avait une grande vasque en pierre noire, assez basse, remplie d'un liquide incolore, autour de laquelle étaient agenouillés six Jana'ata vêtus de robes très simples. Devant les genoux de chaque participant était disposé tout un assortiment de coupes en terre cuite contenant des pigments, et derrière chacun se trouvait un petit brasero dans lequel on faisait brûler une espèce d'encens. Les effluves en parvinrent à Marc au moment où les premiers chants résonnèrent, et bien que Supaari lui eût dit qu'il s'agissait d'artistes, la scène évoquait plutôt pour lui l'atmosphère et le cérémonial d'un culte.

Puis, suivant le débit rythmique d'une ancienne épopée, chacun des adeptes plongea ses griffes fines comme des stylets dans les coupes de pigment et, se penchant vers la vasque noire dans un gracieux mouvement du corps et du bras, effleura la surface de son contenu. Pendant un instant exquis, des couleurs apparurent : elles se fondirent, se répandirent et se dispersèrent en un radieux mandala. Encore et encore, à d'innombrables reprises, les artistes, psalmodiant, trempant leurs griffes et se balançant en mesure, touchèrent la surface liquide de leurs couleurs et de leur magie, et les dessins chatoyants changèrent à chacun des couplets hypnotiques, tandis que le parfum de l'encens se faisait de plus en plus puissant...

Par la suite, Marc ne devait pas se souvenir d'avoir quitté la loge pour remonter dans la chaise. Le balancement cadencé qu'imposaient les porteurs au véhiule se confondait dans son esprit avec la poésie qu'il venait d'entendre, et le trajet de retour jusqu'à la propriété de Supaari VaGayjur, à deux pas du port, resta dans sa mémoire un mélange de visions à demi rêvées et d'impalpables instants de réalité. Écroulé contre Supaari, le regard fixe et dilaté au fond de son cocon de tissu, Marc remarqua à un moment donné, avec un intérêt vague et distant, qu'ils passaient devant une espèce de place publique, et il vit par l'interstice des rideaux la mise à mort de trois Runa agenouillés, tournant le dos aux bourreaux jana'ata qui, debout derrière eux, tranchèrent de leurs lourdes griffes la gorge de leurs victimes aussi proprement que des bouchers casher, sans aucune cruauté.

Ce tableau s'imprima dans son cerveau à un certain niveau, mais Robichaux ne savait pas trop s'il était vrai ou s'il s'agissait d'une hallucination due à la drogue. Sans lui laisser le temps de formuler la moindre question, l'image partit à la dérive, perdue dans les éclatantes pulsations de couleurs flamboyantes et de chants cadencés.

À l'évidence, la journée ne devait pas être marquée au sceau de la sobriété.

Certains désormais de pouvoir faire reproduire le carburant du module, George et Jimmy se sentaient tantôt flageolants sous l'effet du soulagement, tantôt surexcités sous celui de la jubilation. Awijan ne saisit pas complètement le motif de la transaction qui venait d'avoir lieu, mais elle vit bien que les Étrangers avaient besoin de fêter l'événement, et elle eut envie de les mettre en mesure de le faire.

Pendant quelque temps, elle réprima cette envie, car cette Runao anormalement maîtresse de soi et peu spontanée était le résultat de plusieurs centaines de générations de reproduction sélectionnée, et le fruit d'une éducation extrêmement poussée.

D'abord surveillante du premier entrepôt de Supaari, elle s'était rapidement élevée au rang de secrétaire particulière et il l'avait toujours traitée d'égal à égale, en subordonnée mais pas en inférieure ; à vrai dire, les lignées dont descendait Awijan étaient plus anciennes que celles de Supaari et sous certains rapports supérieures, ironie qu'il n'avait pas manqué d'observer avec un certain amusement. Et, bien que les autres marchands jana'ata désapprouvassent les rapports presque égalitaires que Supaari entretenait avec les Runa en général, bien que des rumeurs sans fondement circulassent sur ses rapports avec Awijan en particulier, celle-ci avait pu utiliser au maximum ses capacités et jouir d'un considérable bien-être matériel. C'était de sa solitude qu'elle payait le prix de son avancement social. Elle n'avait pas d'égaux, personne à qui demander conseil. Elle s'aventurait rarement hors de la propriété de Supaari, sinon pour affaires, arborant les signes nécessaires à son identification et prenant soin de se montrer déférente aussi bien envers les Jana'ata qu'envers les Runa. Elle n'avait aucune envie de provoquer le scandale ou l'envie. La vie qu'elle menait était donc tendue et étriquée. Elle exigeait une échappatoire.

« Demain, vous regagnez Kashan, dit-elle aux Étrangers qui l'avaient traitée avec respect et bonté. On aimerait vous inviter à partager un repas. La chose vous paraît-elle acceptable ? »

Tout à fait. Des plus acceptables, même. Ainsi, alors que Marc Robichaux, plongé dans la torpeur, était transporté à travers les rues de Gayjur en direction de la baie de Radina, Jimmy Quinn et George Edwards quittaient à la suite d'Awijan la propriété de Supaari, pour s'aventurer dans un quartier runa assez proche du port. S'arrêtant aux côtés de la secrétaire devant une entrée de maison, ils découvrirent une espèce de restaurant, ou peut-être de club privé, rempli de Runa de toutes sortes, plus exubérants et plus bruyants que ceux auxquels ils étaient habitués.

« Bigre, ça me rappelle mon mariage », lança Jimmy avec un grand sourire.

Ils entrèrent et Awijan les entraîna dans un coin où on leur fit de la place à même le sol capitonné. D'énormes plats de nourriture circulaient de main en main parmi la foule, ainsi que de ravissants récipients contenant des espèces de pâtes de fruits tout à fait délicieuses, comme George et Jimmy eurent l'occasion de le constater. Il n'y avait ni danse ni musique, mais il y avait en revanche un conteur et, tout autour de la pièce, on se livrait à des jeux d'adresse et de hasard, tandis que de l'argent changeait de mains sans équivoque. Poussant le coude de Jimmy, tandis qu'ils s'installaient sur les coussins, George murmura : « On dirait que les Runa de la ville ne sont pas aussi sensibles au *porai* que ceux de la campagne. »

Bientôt, Awijan elle-même, d'ordinaire si réservée et taciturne, se laissa aller et se joignit aux commentaires tapageurs qui ponctuaient le récit du conteur ; et les deux Étrangers furent enchantés de découvrir qu'ils parlaient assez bien le ruanja pour comprendre les passages cocasses. George, Jimmy et Awijan continuèrent à manger, à regarder, à écouter et à parler, et, à un moment donné, un des Runa vint défier Jimmy à une sorte de bras de fer. Jimmy chercha à s'y soustraire, en disant : « On serait désolé de rendre votre cœur *porai.* » Il avait voulu faire preuve de courtoisie, mais c'était en fait exactement le genre d'insulte détournée dont tous ces gens raffolaient. Les deux concurrents mal assortis s'assirent donc de part et d'autre d'une table basse, et Awijan se mit en devoir d'abreuver Jimmy de conseils techniques incroyablement inutiles, tandis que George, déchaîné, faisait entendre des glapissements de triomphe en voyant son camarade remporter deux manches sur cinq, alors qu'il était handicapé par son absence de queue stabilisatrice. Après quoi, ils consommèrent tous les trois encore un peu de ces pâtes de fruits, à la fois sucrées, acides et rafraîchissantes, pour fêter l'événement.

L'attention de l'assistance se reporta alors sur une autre paire de joyeux combattants et Jimmy finit par s'allonger de tout son long à plat dos, les jambes tendues devant lui, les mains derrière la tête, souriant d'un air serein, d'abord à Awijan, puis à George, assis en tailleur, immobile, à côté de lui. C'est vraiment un type magnifique, se dit brusquement Jimmy. Avec sa crinière blanche rejetée en arrière, en vagues soyeuses, découvrant un superbe vieux visage cuivré, George Edwards était l'incarnation de la vénérable dignité : un Sénèque au milieu d'une réunion d'hommes d'État allongés sur des lits romains, abstraction faite de toutes les queues, évidemment.

Comme s'il sentait le regard de Jimmy posé sur lui, George se tourna vers son cadet. Il y eut un silence lourd de signification. « Je ne sens plus mes lèvres, annonça George, avant de pouffer.

– Moi non plus. Mais je sens quelque chose, pourtant. » Jimmy réfléchit à la chose. Il dut faire appel à toutes ses facultés de concentration pour comprendre ce qu'il éprouvait. « Je me sens soudain terrassé par un besoin sidérant de chanter *Danny Boy*. »

George se roula en boule, convulsé de rire, frappant de ses poings les coussins situés de part et d'autre de ses genoux. Jimmy s'assit sur son séant et tendit un long bras serpentin pour attraper au vol une autre pâte de fruits sur un plateau qui passait à sa portée. Il la contempla, les sourcils froncés, le regard vague, mais débordant d'intérêt scientifique. « Jéjus, Marie, Jojeph ! Mais ch'est quoi ches machins-là ?

– Des chtupéfiants ekchtraterrechtres », chantonna George, à court de souffle. Il se pencha vers Jimmy pour lui chuchoter quelques mots mais, incapable d'évaluer son centre de gravité, il bascula. « L'Oncle Cham cherait chi fier de nous ! ajouta-t-il du coin des lèvres.

– Et qui ch'est, che connard d'Oncle Cham ? » s'enquit Jimmy. Sans attendre la réponse, il cligna de l'œil avec la lenteur délibérée d'une chouette et confia à George avec son accent sud-bostonien : « Chuis chlache. »

George Edwards parlait passablement le ruanja, fort bien l'espagnol et parfaitement l'anglais. Il réfléchit à ce « chlache ». Il compara sa sonorité à celle de nombreux modèles mentaux. Et il trouva le bon. « Schlass ! s'écria-t-il triomphalement, toujours écroulé sur le côté. Bourré. Pété. Chargé. Camé. Poivré. Chnouffé. Défoncé. Déchiré. »

Jimmy baissa les yeux vers la petite bombe à retardement gélatineuse qui chatoyait innocemment dans sa main sans force. « Ch'est géant, che truc, déclara-t-il à la cantonade pendant que George continuait à débiter sa litanie de synonymes, sans s'offusquer du fait que personne ne l'écoutait. On n'a même pas bejoin de quitter la fête pour chortir picher un coup. »

Et Awijan, qui ne comprenait pas un traître mot à ce que braillaient ses invités, les contemplait néanmoins avec un plaisir bienveillant, tout à fait détendue et parfaitement détachée de sa vie étrange et des tensions qui l'accompagnaient presque sans relâche ; elle était paisiblement, intentionnellement et magnifiquement ivre, au milieu de ses amis.

Supaari connaissait le besoin qu'avait sa secrétaire de dissiper à l'occasion le sentiment de malaise qui l'envahissait et, quoique surpris d'apprendre qu'elle avait emmené les Étrangers dans son club, il n'en fut pas fâché. À vrai dire, il se félicita même du silence presque complet dans lequel se déroula la première journée de leur voyage de retour vers Kashan.

Le deuxième jour fut un peu plus animé, mais à présent les Étrangers étaient pensifs. Supaari subodorait qu'ils auraient beaucoup à se dire, lorsqu'ils auraient retrouvé l'intimité de leurs demeures et les compagnons qu'ils avaient laissés à Kashan. Il savait, d'après les conversations qu'ils avaient eues ensemble pendant les repas, d'après leurs questions et leurs commentaires, que Gayjur ne les avait pas déçus et que son hospitalité avait été appréciée. Cela lui faisait plaisir. Il se réjouissait à présent à l'idée de pouvoir bientôt en faire autant pour Ha'an et pour les autres, plus sûr qu'il était de parvenir à contrôler la situation en ville.

Le Jana'ata se rendit compte que le silence qui régna pendant le troisième et dernier jour de voyage était encore d'une autre sorte, même s'il ne savait pas pourquoi. À vrai dire, lorsqu'ils suivirent la dernière boucle du fleuve et que le bateau vint se ranger le long de l'embarcadère de Kashan, Marc Robichaux, George Edwards et Jimmy Quinn s'attendaient à être accueillis par des visages de deuil.

Sachant pertinemment que D.W. était tout près de sa fin, les trois voyageurs avaient offert de différer leur visite, mais le père supérieur avait insisté pour qu'ils partissent, car il redoutait que Supaari ne répétât pas son invitation, après les avoir fait lanterner pendant une année entière. Ils lui avaient donc fait leurs adieux avant de se mettre en route. En arrivant, ils virent Sofia repérer le bateau depuis la terrasse des Quinn, et ils la regardèrent descendre le versant jusqu'à eux, accompagnée de Sandoz. Leurs visages ravagés en disaient assez long, pensèrent les arrivants. Sortant du bateau, Jimmy s'approcha de sa femme en larmes et se pencha très bas pour la serrer contre lui. Marc Robichaux, sans aller chercher plus loin, dit doucement : « Notre père supérieur. » Muet, Emilio opina, sans cesser de regarder George qu'il n'avait pas quitté des yeux depuis l'instant où il était sorti de l'appartement des Quinn et où il avait aperçu les trois hommes qui revenaient.

« Et Anne », dit George, sans comprendre, mais avec certitude, en sentant son cœur s'arrêter de battre.

Encore une fois, Emilio opina.

Les Runa étaient toujours absents, occupés à récolter l'*anukar*. Les membres de la mission étaient donc seuls au village. Supaari les suivit chez Sofia et Jimmy, sachant simplement que Ha'an et l'Aîné avaient été tués. Il était consterné et voyait la détresse de ceux qui l'entouraient. Ces gens-là s'aiment, se dit-il, sans trop savoir s'il devait les envier ou les plaindre.

Ce fut Fia, la minuscule créature à crinière noire, qui raconta ce qui s'était passé. Sachant que Supaari avait eu beaucoup d'affection pour Ha'an, elle répéta certaines parties en ruanja à son intention. Di et Ha'an avaient été tués par une bête d'une espèce indéterminée, lui dit-elle. « Manuzhai et les autres nous ont souvent dit de nous méfier des *djanada*. On pense que c'est un *djanada* qui les a attaqués.

– Ce n'est pas une bête. Les *djanada* sont des Jana'ata, comprenez-vous ? Mais ce sont des hommes sans honneur. Le tueur était un VaHaptaa, expliqua Supaari avec un évident mépris. Comprenez-vous ce mot ? *Haptaa ?* En ruanja, ça se dit *brai noa.* »

Le petit interprète brun intervint pour la première fois, en ruanja, afin de faire savoir à Supaari qu'il comprenait, puis il ajouta en h'anglais à l'intention de ses amis : « *Brai noa.* Sans foyer. *VaHaptaa* veut dire “ de nulle part ”. Peut-être sans terre. »

Sandoz, se rappela brusquement Supaari. Il avait lentement appris les noms des compagnons de Ha'an, mais il avait eu beaucoup de mal à retenir celui de l'interprète. Les Runa l'appelaient Milo. Ha'an disait Emilio. L'Aîné, Fiston. Et les autres, Sandoz. Que de noms ! Au début, Supaari s'était embrouillé. « Les VaHaptaa sont des criminels, expliqua le Jana'ata. Ils n'ont pas de lieu. Ce sont des exclus : *n'jorni.* » Il chercha un exemple très simple. « Vous vous rappelez le premier jour où nous nous sommes rencontrés ? On était en colère parce qu'il n'est pas permis de prendre de la viande sans autorisation. Cela s'appelle *khukurik*.

– Du braconnage, dit Sandoz, en levant le menton pour montrer qu'il avait compris.

– Les VaHaptaa prennent sans autorisation. Le *khukurik* n'est pas permis. Si vous le revoyez, celui-là, il faut le tuer, leur dit Supaari. On vous remercierait d'un tel service. Et les VaKashani aussi vous en seraient reconnaissants. Les VaHaptaa sont dangereux pour eux : *djanada*, comprenez-vous ? »

À présent, ils comprenaient, se dirent-ils. Trop tard, mais ils comprenaient.

Supaari leur fit alors ses adieux, sentant bien qu'il était temps de laisser les Étrangers à leurs propres rites mortuaires. Sandoz l'accompagna jusqu'à l'embarcadère, toujours courtois lorsqu'il savait comment exprimer son respect. Supaari connaissait à présent suffisamment les Étrangers pour savoir qu'une insulte de leur part était invariablement due à l'ignorance et non à la malveillance. « *Sipaj*, Sandoz. On est bien triste de votre perte », dit-il en descendant dans son embarcation.

Sandoz le regarda. Les étranges yeux bruns dérangeaient moins Supaari maintenant ; il s'était habitué à ces minuscules iris arrondis et il savait que Sandoz et les autres ne voyaient pas grâce à la sorcellerie, mais de façon tout à fait normale. « Tu es très bon, dit enfin Sandoz.

– On reviendra avant la fin du Partan.

– Nos cœurs s'en réjouiront. »

Supaari largua les amarres et fit reculer son bateau le long de l'embarcadère, avant de lui faire prendre le chenal du sud, en direction du village de Lanjeri où il avait à faire. Il jeta un regard en arrière avant d'amorcer son virage et il vit l'Étranger toujours planté sur l'embarcadère, petite silhouette noire se détachant sur la colline de Kashan.

La longue soirée s'écoula. George, tantôt assis, tantôt déambulant, éclatait brusquement en sanglots, puis se mettait à rire à travers ses larmes, en racontant des souvenirs d'Anne et de leur mariage à Jimmy et Sofia, après quoi il sombrait dans le silence. Il lui était presque impossible de rentrer chez eux, où Anne n'était plus, mais il fit enfin mine de partir. Sofia se remit à pleurer à chaudes larmes, terrassée par des réminiscences du chagrin de son père veuf, par sa propre tristesse et par l'idée qu'un jour elle perdrait peut-être Jimmy comme George venait de perdre Anne. Pressant la main de George contre son ventre, elle lui dit avec une violente conviction : « Tu es le grand-père de notre bébé. Tu vivras avec nous. » Et elle le serra dans ses bras jusqu'à ce que leurs larmes se fussent taries, avant de l'aider à se coucher dans le lit que Jimmy lui avait préparé. Ni l'un ni l'autre ne le quittèrent tant qu'il ne fut pas enfin endormi.

« Moi, ça va, chuchota-t-elle alors à Jimmy. Va voir Emilio. Ç'a été affreux, Jimmy. Tu ne peux pas t'imaginer. Ç'a été monstrueux. »

Jimmy hocha la tête et l'embrassa, avant de partir voir ce que devenaient les deux jésuites qu'ils n'avaient pas revus depuis des heures. Se penchant pour regarder à l'intérieur de leur habitation, il comprit aussitôt la situation et fit signe à Marc de le rejoindre au-dehors. « D.W. te dirait de rédiger le foutu rapport, dit Jimmy très bas, en reculant jusqu'au bout de la terrasse avec Marc. Mais ça peut sans doute attendre demain, si tu ne t'en sens pas le courage. »

Un pauvre sourire flotta sur le visage de Marc, blême au clair de lune. Il comprit que Jimmy lui offrait une excellente excuse pour se dérober à son véritable devoir, qui était de réconforter tant bien que mal Emilio. Il déplorait son propre manque d'expérience pastorale. Que dire ? Sandoz, il le savait, avait été préparé à la mort du père supérieur, mais pas à celle d'Anne – c'était un coup épouvantable de les perdre tous les deux ensemble, surtout d'une manière aussi atroce. « Merci, répondit-il à Jimmy. Je vais écrire le rapport dès ce soir. Ça me fera du bien d'avoir quelque chose à faire. »

Robichaux rentra un instant prendre son bloc-notes électronique. Il hésita, puis il saisit celui du père supérieur, avec ses codes de transmission préprogrammés ; Yarbrough, sachant sa fin prochaine, lui avait montré comment s'en servir. Il regarda Sandoz, craignant que cette preuve tangible de la disparition de D.W. ne l'accablât davantage, mais Emilio ne paraissait même pas s'être aperçu que Marc était revenu dans la pièce. Regagnant la terrasse, ce dernier dit doucement à Quinn : « Je serai chez Aycha. » Il se tourna encore une fois vers Emilio, puis il regarda Jimmy avec un petit haussement d'épaules.

Jimmy posa la main sur son bras et contempla derrière lui Sandoz, assis dans la pénombre. « Ne t'inquiète pas. Je vais voir ce que je peux faire. »

Il passa à l'intérieur. Pendant quelque temps, il se sentit aussi impuissant que Marc l'avait été, incapable d'imaginer ce qui empêchait Emilio de s'effondrer. Lors des veillées funèbres, les Irlandais pleurent, boivent, chantent, parlent, si bien que la réaction de George avait paru à Jimmy normale et prévisible ; c'était un chagrin qu'il pouvait comprendre. Mais celui d'Emilio... Pauvre couillon de macho, se dit-il soudain, comprenant que

Sandoz voulait sans doute se retrouver tout seul pour pouvoir pleurer sans témoins et sans honte. Jimmy se leva, puis il s'accroupit sur ses talons afin de pouvoir distinguer le visage d'Emilio. « *¿ Quieres compañeros o estar solo ?* demanda-t-il gentiment, afin d'être sûr avant de le laisser seul.

– *Soy solo.* »

Jimmy était déjà presque dehors, lorsqu'il se rendit compte de ce qu'avait dit Emilio, et il rentra aussitôt. « *Mírame, 'mano.* Regarde-moi ! » dit-il en se laissant retomber au niveau de Sandoz. Il posa ses deux mains sur ses épaules et le secoua légèrement. De très loin, les yeux d'Emilio convergèrent dans sa direction. « Tu n'es pas tout seul, Emilio. Sofia les aimait, et moi aussi. Tu m'entends ? Peut-être pas depuis aussi longtemps, ni aussi profondément, mais sincèrement. » Ce ne fut qu'alors, en disant ces mots, que la réalité des deux décès frappa Jimmy de plein fouet, et nul encombrant stoïcisme ne vint faire barrage à ses larmes. Les yeux d'Emilio se fermèrent, il détourna la tête, et alors, enfin, Jimmy comprit le reste. « Oh, bon Dieu, tu n'es pas tout seul, Emilio. Je t'aime. Sofia t'aime. Et notre gosse aura besoin d'un oncle, mon vieux. Tu n'es pas tout seul. Tu nous as, voyons ! Bon Dieu ! répéta-t-il en prenant Sandoz dans ses bras. Ah, ça va mieux comme ça. Dieu merci ! Ça va mieux comme ça... »

La crise ne dura pas aussi longtemps que Jimmy l'avait espéré, pour le bien d'Emilio, mais du moins la tension s'était-elle un peu relâchée. Jimmy attendit ce qu'il considérait comme le moment propice, puis, s'essuyant les yeux sur sa manche, il obligea Sandoz à se lever. « Allez, viens. Personne ne doit dormir tout seul, cette nuit. Viens avec moi. » Il guida le jésuite hors de l'appartement, puis, d'une voix éraillée par les larmes, il lança à Robichaux : « Marc, monte donc chez nous, toi aussi. Personne ne doit dormir tout seul, cette nuit ! »

Lorsque Jimmy ramena Emilio et Marc chez lui, Sofia ne dormait pas encore ; ses yeux sombres paraissaient énormes dans son petit visage, ses lèvres et ses paupières étaient gonflées. Elle avait entendu ce que son mari avait crié à Marc et deviné la raison de cette invitation. Submergée par un flot d'amour, elle se dit : J'ai bien choisi. Trop épuisée pour l'aider, elle regarda Jimmy installer des lits de fortune pour les deux prêtres. Marc était éteint, mais il allait bien. Emilio, elle le savait, n'allait pas bien du tout, mais il était à bout de forces et il s'endormit dès que Jimmy l'eut recouvert d'une couette.

Une fois qu'il eut fini de s'occuper de tout le monde, Jimmy vint retrouver sa femme et elle lui prit la main en se mettant debout avec lassitude. Ils sortirent sur leur terrasse et s'assirent l'un contre l'autre dans la balancelle à deux places que George et Manuzhai avaient fabriquée. Sofia se blottit contre le bras de son mari et posa sa petite main sur sa cuisse. Jimmy mit le siège en mouvement, et, pendant quelque temps, ils se balancèrent dans un silence lourd d'affection. Le ciel se couvrait. Les lunes, qui avaient brillé d'un vif éclat une demi-heure auparavant, étaient déjà réduites à l'état de disques flous luisant dans le ciel. Sofia sentit le bébé bouger à nouveau; elle attira la main de Jimmy sur son ventre et regarda son visage s'éclairer, ses yeux rougis perdus dans le vague, tandis qu'il écoutait du bout des doigts la danse au-dedans d'elle.

Ils se mirent à parler, alors, avec l'intimité chaleureuse et ordinaire des gens bien mariés, dans l'œil du cyclone. George ne s'en sortait pas trop mal, compte tenu des circonstances. Marc était en train de prendre ses marques. Emilio paraissait hébété, mais il avait réussi à pleurer un petit peu.

« Et toi, Sofia ? Tu as l'air épuisée », dit Jimmy, inquiet pour elle et pour l'enfant. Nom de Dieu, se dit-il brusquement. Qu'est-ce qu'on va faire sans Anne ? Et si le bébé se présente par le siège ? Oh, mon Dieu, je vous en supplie, faites que ce soit une fille, une toute petite fille qui ressemble à Sofia et à ma mère. Faites que ce soit un accouchement facile, mon Dieu, par pitié. Et il se demanda s'ils parviendraient à regagner la Terre avant qu'elle ne fût à terme, si l'on pourrait fabriquer assez rapidement du carburant pour le module. Mais il se contenta de dire : « Tu veux tout me raconter ce soir ou tu préfères attendre plus tard ? »

Elle avait juré qu'elle ne lui cacherait plus jamais rien. Elle se l'était promis à elle-même autant qu'à lui : elle ne porterait plus de fardeaux sans l'aide de personne. Elle commença donc, d'une voix très basse, à lui décrire les deux derniers jours.

« Sandoz ? Je suis désolée. » Elle l'avait vu se réveiller péniblement, affreusement gênée de le tirer du sommeil. « Je suis vraiment désolée », avait-elle répété tandis qu'il s'asseyait dans son lit en clignant des yeux.

Il avait regardé autour de lui, sans trop savoir où il était. Puis ses yeux s'étaient ouverts tout grands et il avait demandé avec inquiétude : « C'est D.W. ? »

Elle avait secoué la tête et haussé les épaules. « Non, c'est simplement que j'ai entendu un drôle de bruit il y a un moment. Je suis sans doute alarmiste, mais ça fait longtemps qu'Anne et D.W. sont partis. Je crois qu'on devrait aller les retrouver. »

Toujours dans le brouillard, il avait opiné avec alacrité : bien sûr, mais comment donc, si ça peut te rassurer. Puis il avait cherché ses vêtements du regard et sa main s'était posée sur sa chemise, qu'il avait contemplée quelques instants, comme s'il n'avait pas la moindre idée de ce qu'il fallait en faire. Finalement, il avait paru reprendre tout à fait ses esprits. Sofia lui avait dit : « Je t'attends dehors. »

Tandis qu'il s'habillait, elle s'était reproché d'être timorée. « J'aurais dû aller voir toute seule, avait-elle lancé. Je n'aurais pas dû te réveiller. »

Emilio paraissait se ressentir des nuits plus ou moins blanches qu'il passait à s'occuper de D.W., et il avait besoin de toutes les heures de sommeil qu'il parvenait à grappiller dans la journée. Elle se faisait l'effet d'une caricature de femme enceinte, terrifiée au moindre bruit, près de fondre en larmes sans aucune raison. Les premières semaines de sa grossesse avaient été marquées par des sautes d'humeur embarrassantes.

« Non, non, ça ne fait rien. Tu as eu raison. » Presque aussitôt, Sandoz était sorti sur la terrasse, en relativement bonne forme. Il avait dû avoir quatre ou cinq heures de sommeil.

Ils étaient d'abord allés voir dans le *hampiy*, où ils avaient trouvé le bol au fond duquel séchaient quelques traces de bouillon. Quand ils en étaient ressortis, Emilio avait regardé autour de lui. « Tout est calme par ici, avait-il dit du coin des lèvres en plissant les yeux, comme le héros d'un vieux western. Trop calme. » Il avait dit ça pour la faire rire, et elle avait gloussé, mais elle aurait préféré apercevoir Anne et D.W. quelque part.

« D'habitude, ils vont par là, avait-il ajouté en montrant vaguement le sud. Reste ici. Je me débrouillerai très bien tout seul. » D.W. était si maigre à présent qu'Emilio était presque capable de le porter sans l'aide de quiconque. Anne et lui pourraient le ramener assis sur leurs mains réunies.

« Non, avait-elle dit en envisageant sous l'angle pratique, comme toujours, sa propre fragilité émotionnelle. Je vais me faire un sang d'encre. Je ferais aussi bien de venir. » Comme il la regardait d'un air dubitatif, elle avait insisté : « Ça va, tu sais. Je me sens très bien. Je t'assure. »

Ils étaient encore au nord du module, lorsqu'ils avaient commencé à se douter qu'il s'était passé quelque chose. Le vent avait dû tourner, car le premier signe qui était venu leur annoncer l'événement avait été l'odeur, la fade odeur du sang, reconnaissable entre mille. Emilio s'était approché de l'appareil et avait ouvert sans bruit la porte de la soute de quelques centimètres, juste assez pour passer la main à l'intérieur et empoigner la winchester de D.W. « Monte là-dedans, ferme la porte à clef et n'en bouge plus », avait-il ordonné à Sofia. Il s'était assuré que l'arme était chargée, qu'un projectile était engagé dans le magasin, puis il avait contourné le module sans regarder derrière lui.

Elle ne savait pas très bien ce qui l'avait poussée à lui désobéir. Peut-être avait-elle eu peur de rester seule, sans rien savoir, ou bien était-elle simplement résolue à ne pas se dérober devant ce qui les attendait ; toujours est-il qu'elle l'avait suivi de l'autre côté du module et qu'elle avait vu alors, en même temps que lui, le carnage, sans pouvoir bien distinguer les détails à distance. Toutefois, même de là où ils se tenaient, certaines choses étaient évidentes. Quoi que Sandoz eût voulu faire avec sa carabine, il était trop tard. Il s'était retourné, blême, et l'avait vue. « Reste là », avait-il dit, et cette fois, elle avait obtempéré, clouée sur place par des souvenirs du cadavre de sa mère.

Elle avait regardé Emilio s'avancer vers les deux corps, vu la carabine lui tomber des mains, vu sa tête s'affaisser et se détourner. Presque aussitôt, il avait reporté les yeux sur ce qu'il avait devant lui et elle l'avait vu lever ses mains jusqu'à son front, tandis qu'il enregistrait tous les détails. Elle avait brusquement su qu'il ne supporterait pas plus longtemps de rester seul avec cette horreur. Je suis une Mendes, s'était-elle dit, et elle s'était contrainte à avancer, mais elle avait trébuché en apercevant le spectacle et elle avait dû lutter contre la nausée. Nemrod, s'était-elle dit, pétrifiée. Le chasseur de la Genèse, dont la proie était l'homme.

Emilio s'était retourné et l'avait vue se diriger vers lui. Elle avait eu l'intention de l'arracher à sa contemplation, ou de le serrer dans ses bras, mais avant qu'elle n'eût pu approcher davantage, il avait dit d'une voix calme et unie : « Il y a des bâches et une pelle dans le module. » Il avait fixé sur elle un regard ferme et sec, jusqu'au moment où elle avait enfin compris pourquoi il voulait l'éloigner. Lâchement, elle avait regagné l'engin. Quand elle était revenue, Emilio était souillé, badigeonné, imprégné de sang, car il avait arrangé les dépouilles, remis les membres à leur place. Il avait essuyé ses mains écarlates sur sa chemise, puis tendu le bras pour fermer les yeux, lisser les cheveux.

Elle était presque aveuglée par les larmes, à présent, mais aussi muette qu'Emilio. Elle aurait voulu l'aider à déplier les bâches, mais ses bras avaient refusé de bouger, et c'était seul qu'il avait recouvert les cadavres mutilés du père de son âme et de la mère de son cœur. Terrassée par l'émotion, Sofia s'était approchée du bord de la falaise pour vomir en contrebas. Tout ce qu'elle était parvenue à se dire, c'était qu'ils avaient dû offrir une bien maigre pitance.

Les tombes avaient été longues à creuser; la terre était rocailleuse et peu accueillante. Emilio les avait ouvertes tout près des deux cadavres, car il n'était pas pensable de transporter ceux-ci morceau par morceau. Il avait été trop pris par ses recherches linguistiques pour aider à cultiver le jardin, si bien que ses mains n'étaient pas habituées à manier la pelle; au bout d'un moment, Sofia s'était rendu compte qu'il avait besoin de gants et elle était retournée en chercher, contente de pouvoir lui apporter un semblant d'aide. Elle avait ensuite décidé d'assembler un tas de pierres, afin d'en recouvrir les tombes, le moment venu. Quand elle avait eu fini, elle s'était assise et avait regardé Emilio. Au bout d'une nouvelle heure, elle était partie remplir une gourde pour lui. Tandis que la longue soirée rakhati s'écoulait, il s'arrêtait de creuser de temps à autre et laissait ses yeux mornes errer dans le vide, et à ces moments-là il acceptait sans un mot l'eau qu'elle lui faisait boire. Puis il se remettait au travail, et le bruit inexorable de la pelle emplissait le monde. Au crépuscule, elle avait rapporté une lampe-tempête du module et elle était restée avec lui jusqu'à ce qu'il eût fini, un peu après minuit.

Après s'être hissé hors de la deuxième fosse, il était resté assis par terre quelque temps, roulé en boule, la tête dans les mains. Puis il avait bougé et s'était remis debout. Sofia avait enfin réussi à rassembler tout ce qui lui restait de courage. Ensemble, ils avaient descendu dans leur dernière demeure les dépouilles de D.W. Yarbrough et d'Anne Edwards, puis le bruit de la pelle s'était fait de nouveau entendre.

Quand les deux monticules avaient été recouverts de pierres, la nuit brève et interminable était passée, et ils étaient demeurés debout à contempler les tombes, trop épuisés pour penser ou parler. Sofia s'était penchée pour éteindre la lampe, dont la lueur orangée se perdait dans la lumière du matin. Quand elle s'était redressée, son regard avait plongé directement dans les yeux d'Emilio Sandoz et elle avait été atterrée par ce qu'elle y avait vu.

Depuis combien de temps se connaissaient-ils ? Dix ans ? Et depuis tant d'années, pas une seule fois elle ne l'avait appelé par son nom de baptême... Elle avait essayé de trouver des mots à lui dire, une façon de lui faire savoir qu'elle comprenait toute l'étendue de sa perte, tout son poids, toute sa profondeur, toute son ampleur, et qu'elle la partageait.

« Emilio, avait-elle dit enfin, je suis ta sœur et nous sommes orphelins. »

Il était, pensait-elle, trop fatigué pour pleurer, le choc avait été trop violent, mais il l'avait regardée et avait incliné la tête, acceptant ce qu'elle venait de dire ; elle devait donc aller à lui, alors, et le prendre dans ses bras. Quand ils s'étaient enfin étreints, elle était mariée, grosse de l'enfant de son ami, et il était prêtre à perpétuité, ravagé par le chagrin ; ils s'étaient cramponnés l'un à l'autre, dans leur détresse silencieuse et abasourdie.

Elle l'avait pris par la main et entraîné tout en bas, au bord du fleuve, après avoir ramassé des vêtements propres au passage. Ils avaient fait disparaître de leurs corps le sang, la poussière et la sueur, puis ils s'étaient rhabillés, et elle l'avait ramené chez elle, dans sa demeure où régnait un silence aussi irréel qu'au premier jour de leur arrivée dans cet étrange et superbe village. Elle avait préparé un repas pour eux deux ; il avait commencé par refuser, mais elle avait insisté : « C'est une loi juive. Il faut manger. La vie continue. » Une fois qu'il avait eu avalé la première bouchée, il avait été pris d'une véritable fringale et il avait dévoré tout ce qu'elle posait devant lui.

Elle savait aussi clairement que son mari le lendemain que personne ne devait dormir tout seul, pas maintenant, après toutes ces horreurs, alors elle l'avait couché à la place de Jimmy, puis elle avait mis un semblant d'ordre avant de s'étendre à côté de lui. C'était alors qu'elle avait senti le bébé bouger pour la première fois. Elle était restée un instant immobile, étonnée et absorbée. Puis elle avait tendu la main pour prendre celle d'Emilio et la poser sur son ventre. Il y avait eu une pause, au cours de laquelle elle n'avait pas osé respirer, et puis de nouveau ce mouvement, ce jaillissement. La vie continue, voulait-elle lui faire comprendre. Elle fait contrepoids à la mort.

« Je ne voulais pas être cruelle, dit-elle à Jimmy le lendemain, d'un ton désespéré, en serrant les poings. Je voulais simplement lui faire sentir qu'il faisait de nouveau partie de la vie. »

Emilio s'était redressé, comme mû par un ressort, et s'était violemment détourné d'elle, tandis que son calme se rompait enfin en mille morceaux. Elle s'était rendu compte alors de l'effet que son geste avait dû lui faire, et elle l'avait supplié de lui pardonner, en s'efforçant d'expliquer. Il avait compris, mais la sensation était si forte, son isolement lui paraissait désormais si total qu'il avait été incapable d'articuler un mot. Elle s'était mise à genoux derrière lui et l'avait serré dans ses bras aussi fort qu'elle le pouvait, comme pour empêcher son corps de voler en éclats. Il était mort de fatigue, mais il avait sangloté longtemps. Finalement, il s'était rallongé en lui tournant le dos, le visage dans les mains. « Dieu, l'avait-elle entendu murmurer à d'innombrables reprises. Dieu. »

Elle s'était allongée derrière lui, avait remonté les genoux, et bercé ce corps secoué de sanglots jusqu'à ce qu'elle eût senti les frissons spasmodiques diminuer enfin, jusqu'à ce qu'elle eût entendu la respiration devenir plus lente et plus régulière. Et ils s'étaient endormis ainsi, orphelins et épuisés, avec le deuil pour chaperon.

31

Naples : août 2060

C'est une version squelettique du récit de Sofia que le général et ses collègues entendent des lèvres d'Emilio, mais ils ont lu le rapport écrit par Marc Robichaux le soir de son retour et les jours suivants.

« Les VaKashani ont été très gentils, leur dit Sandoz. Quand ils sont revenus et qu'ils ont découvert ce qui s'était passé, ils ont veillé à ce que personne ne reste seul. C'était, je crois, dû en partie au désir de nous consoler, mais à mon avis, ils s'inquiétaient aussi à l'idée que le chasseur va-haptaa qui avait tué Anne et D.W. puisse se trouver encore dans la région, en quête de proies plus faciles. Ils tremblaient pour leurs enfants, bien sûr, mais en même temps pour nous, parce que à l'évidence nous n'étions pas capables de nous défendre. Et que nous avions attiré les ennuis. »

Il avait souffert de migraines épouvantables, qui arrivaient par à-coups, à quelques heures de distance à peine, broyant toute pensée et toute prière ; sous leur pression, son chagrin lui-même lui sortait de l'esprit. Les Runa s'attendaient à voir la détresse mentale causer une maladie, mais ils se désolaient de ne pouvoir trouver aucun moyen de le réconforter. Askama venait s'allonger à côté de lui dans le noir, attendant avec lui que le mal voulût bien passer, et en se réveillant il la trouvait occupée à le dévisager, guettant avidement quelque signe de guérison. Elle était plus âgée, à présent, plus mûre. « Milo, tu ne pourras donc plus jamais être content ? avait-elle demandé en anglais un matin. J'ai très peur de te voir mourir. » Cette phrase avait été un tournant, une bouée à laquelle il avait pu se raccrocher, et il en avait remercié Dieu. Il ne voulait pas faire peur à sa petite amie.

« Le père Robichaux a signalé dans ses rapports qu'il y avait énormément de bébés à cette époque », fait remarquer John. Il lui a semblé, en lisant les documents en question, que ces naissances avaient pu engendrer une certaine impression de renouveau. D'ailleurs, Robichaux lui-même l'avait senti et s'était étonné d'avoir oublié, pour reprendre ses propres mots, la joie que peut représenter un nouveau-né, le plaisir tout simple que l'on éprouve à sentir la tête humide d'un tout-petit contre son épaule. Dans le dernier rapport qu'il avait envoyé sur terre, environ deux semaines après la mort d'Anne Edwards et de D.W. Yarbrough, Marc avait écrit que George Edwards avait repris courage grâce aux nourrissons qu'on lui avait mis dans les bras, grâce au débordement de vie nouvelle tout autour de lui. Les Quinn, eux aussi, attendaient un heureux événement.

Mais en entendant la remarque de John, Emilio plaque sur son visage l'expression soigneusement neutre indiquant, ils le savent tous à présent, qu'il fait un gros effort pour se maîtriser. « Oui. Il y avait beaucoup de bébés. » Il reste assis, tout à fait immobile, mais il regarde sans ciller Johannes Voelker. « C'étaient les jardins. »

Sachant que c'est sûrement pour une bonne raison que Sandoz s'adresse directement à lui, mais incapable de la comprendre, Voelker secoue la tête. « Excusez-moi. Je n'ai pas suivi.

– L'erreur. Ce que vous attendez depuis le début. L'erreur fatale. »

Voelker s'empourpre et jette un coup d'œil au général, qui reste impassible, puis il regarde à nouveau Sandoz. « Je veux bien croire que je méritais cette remarque. » Sandoz attend. « Je la méritais, répète Voelker sans réserve.

– En fait, nous disposions de toutes les informations nécessaires. Tout était là. Seulement, nous n'avons pas compris. Je crois que même si on nous l'avait dit en face, nous n'aurions peut-être pas compris. »

Tout en écoutant l'horloge égrener les secondes, ils observent Sandoz, sans trop savoir s'il va continuer ou quitter la pièce. Puis il redescend de son nuage et se remet à parler.

Ils avaient d'abord entendu les chants. Martiaux et fortement scandés. Arrivant au début par bribes très lointaines, apportées par le vent. Aussitôt, les VaKashani s'étaient mis en branle et rassemblés, afin de monter dans la plaine guetter l'arrivée de la patrouille. Pourquoi n'étaient-ils pas restés dans leurs habitations ? Pourquoi ne s'étaient-ils pas enfuis ? Ils auraient pu cacher les bébés, s'était-il dit plus tard. Mais, d'un autre côté, ils auraient laissé derrière eux des traces que tout prédateur moyennement compétent n'aurait eu aucun mal à suivre. À quoi cela aurait-il servi ? Alors, ils avaient fait un cercle – les tout-petits, les enfants et les pères au centre – et ils avaient attendu dans la plaine l'approche des soldats.

Plus tard, après avoir vécu quelque temps à Gayjur, Emilio avait mieux compris les restrictions imposées aux Runa de la campagne ; sur le moment, la scène lui avait paru incompréhensible. Ils avaient livré leurs bébés. Ils avaient dû savoir, quelque part au fond d'eux-mêmes, qu'ils ne seraient pas autorisés à les garder, mais lorsque la sève de la vie était montée en eux, ils avaient choisi leurs propres conjoints et la Nature, artificiellement aidée par le jardinage des Étrangers et par toute cette nourriture plus riche qu'ils avaient sous la main, prête à être consommée, avait suivi son cours.

« Ils se reproduisent selon ce qu'ils ont à manger, voyez-vous, explique Sandoz aux autres jésuites. Je l'ai compris ensuite et Supaari me l'a confirmé. Le système est soigneusement équilibré, de façon qu'en temps ordinaire les Runa ne soient pas perturbés par le désir sexuel. Ils ont une vie de famille, mais ils ne se reproduisent que si les Jana'ata le veulent. Normalement, leur taux de graisse reste très bas. Ils doivent se déplacer jusqu'aux endroits où leurs ressources poussent à l'état naturel, ce qui les oblige à dépenser de l'énergie, n'est-ce pas ? Les jardins ont détruit cet équilibre. » Il regarde les visages l'un après l'autre, pour voir si tout le monde a bien saisi. « C'est difficile à accepter, hein ? Voyez-vous, les Jana'ata ne gardent pas les Runa dans des basses-cours et ils ne les réduisent pas non plus en esclavage. Les Runa travaillent dans le cadre de la culture jana'ata parce qu'ils le veulent bien. Ils sont élevés pour cela et la chose leur paraît normale. Quand les revenus globaux d'un village atteignent un certain niveau, on fournit aux habitants un supplément de nourriture, de calories, et cela suffit à déclencher l'œstrus chez les femelles. »

Brusquement, une phrase lue dans un rapport revient à l'esprit de Giuliani. « La voix passive ! s'exclame-t-il. Je me suis interrogé à ce sujet quand j'ai lu ce paragraphe. Le Dr Edwards disait que les partenaires sexuels *étaient choisis* selon un ensemble de critères tout à fait différents de ceux utilisés pour choisir les époux.

– En effet. Très subtil, n'est-ce pas ? Leurs partenaires sexuels étaient choisis pour elles par des généticiens jana'ata. Les Runa choisissent celui ou celle qu'ils souhaitent épouser, mais pour la reproduction les Jana'ata leur imposent certains critères. » Il rit, mais le son est grinçant. « D'une certaine façon, c'est un système tout à fait bienveillant, comparé à la façon dont nous élevons, nous, les animaux de boucherie. »

Felipe Reyes blêmit et souffle : « Ah, mon Dieu...

– Eh oui. Vous comprenez à présent, n'est-ce pas ? » Sandoz regarde Voelker qui n'avait pas encore saisi. Puis les yeux de l'Autrichien se ferment. « Oui, vous comprenez », répète Sandoz en observant cette réaction. « Les critères appliqués en ville par les spécialistes sont extrêmement élevés. Mais rien n'est gaspillé. Si le résultat d'un accouplement n'est pas d'assez bonne qualité, le produit est éliminé dès que possible, avant même qu'un lien d'attachement n'ait pu se former. C'est comme une espèce de veau, si vous voulez. » Johannes Voelker paraît sur le point de vomir. « Sous certains rapports, les Runa de la campagne sont les plus heureux. Ils récoltent des aliments, des fibres et d'autres produits végétaux, exactement comme ils pourraient le faire si les Jana'ata ne se mêlaient pas de régir leur existence. Leur reproduction est strictement contrôlée, mais ils ne sont plus victimes de prédateurs, comme ils l'étaient durant la préhistoire, à l'exception d'un braconnier va-haptaa de temps à autre, qui continue à exploiter illégalement les Runa comme on le faisait jadis, pour se nourrir. C'est Supaari qui nous l'a expliqué. Quand donc ? Environ deux jours après la mort d'Anne et de D.W. C'est moi qui ai utilisé le mot " braconnage ". Seulement, je ne me rendais pas compte qu'il impliquait l'existence d'une exploitation légale de la viande.

– Cela n'aurait fait aucune différence, Emilio », dit John.

Brusquement, Sandoz se lève et se met à déambuler. « Non. Aucune. Je le comprends bien, John. Il était déjà trop tard. Les jardins avaient été plantés. Les bébés conçus. Partout. Dans tout l'Inbrokar. Même si j'avais compris, le jour où Supaari nous l'a expliqué, cela n'aurait fait aucune différence. » Il vient s'arrêter en face de Voelker. « Nous avons demandé l'autorisation. Nous avons réfléchi aux conséquences écologiques. Nous voulions tout simplement produire de quoi manger, ne pas être un fardeau pour les villageois. » Il s'interrompt, puis, en toute honnêteté, il ajoute : « Et puis nous voulions aussi avoir des aliments qui nous fussent familiers. Personne n'y a vu le moindre mal. Pas même Supaari. Mais il était carnivore ! Il croyait qu'il s'agissait simplement de jardins d'ornement. Jamais l'idée ne lui est venue que nous pourrions y faire pousser des aliments. »

Le général se renverse contre le dossier de son siège. « Dites-nous ce qui s'est passé. »

Emilio s'immobilise et dévisage Giuliani pendant de longues minutes, comme s'il ne savait plus où il en était. Puis il leur raconte.

De toute évidence, l'officier jana'ata était au courant des naissances non autorisées et il avait ordonné aux Runa de lui remettre les bébés. Ce qu'ils avaient fait dans un silence presque complet; seuls quelques-uns des enfants plus âgés, comme Askama, avaient fait entendre des plaintes. Leurs visiteurs humains avaient été dissimulés au centre du groupe. À en croire Sandoz, peut-être n'auraient-ils pas été découverts si Sofia ne s'était pas avancée. Mais peut-être l'auraient-ils été quand même, à cause de leur odeur facilement repérable.

« Nous n'avions aucune idée de ce qui allait se passer. Nous sommes allés dans la plaine parce que tout le village s'y était rendu, explique Sandoz. Marc était le seul d'entre nous qui avait vu d'autres Jana'ata que Supaari, et la patrouille l'inquiétait énormément. Les VaKashani nous ont demandé de rester au centre sans rien dire et Marc estimait qu'ils avaient raison. Il était très agité, voyez-vous. Il m'a dit qu'il avait vu quelque chose en ville, mais qu'il n'était pas tout à fait sûr de l'avoir bien compris. Manuzhai nous a priés de nous taire, si bien que je n'ai jamais su de quoi il voulait parler. Tout ce que je sais, c'est que Marc avait peur, mais que les Runa paraissaient prendre la situation assez calmement. Et puis la patrouille s'est mise à tuer les bébés. »

Emilio s'assoit et cache sa figure dans ses mains. Le frère Edward passe dans le cabinet de toilette pour y prendre de la Prograïne, mais, lorsqu'il regagne le bureau, Sandoz s'est déjà remis à parler et il ne regarde même pas le flacon de cachets qu'Edward pose à côté de lui.

« Il existe une expression hébraïque, est-il en train de dire. *Eshet'hayil* : une femme courageuse. Sofia s'est rendu compte avant nous de ce qui se passait.

– Et elle a résisté, dit Giuliani en comprenant tout à coup comment l'idée de violence s'est attachée à la mission jésuite.

– Oui. Je l'ai entendue dire la phrase la première, mais aussitôt les VaKashani l'ont reprise en chœur et c'est devenu une espèce de mélopée : “ Nous sommes nombreux, ils sont très peu. ” Elle a lancé ces mots et puis elle s'est avancée. » La nuit, il la voit encore, dans ses rêves : la tête haute, la démarche princière. « Elle a ramassé un des bébés posés à terre. Je crois que le commandant jana'ata a été tellement estomaqué par sa seule existence qu'au début il est demeuré cloué sur place. Mais à ce moment-là le village tout entier s'est rué en avant pour reprendre ses enfants, et dès que les Runa ont commencé à bouger, la patrouille a réagi très vite. » Il reste assis, le souffle rauque, les yeux écarquillés rivés sur la table. « Il y a eu un bain de sang », dit-il enfin.

Voelker se penche en avant. « Peut-être préférez-vous vous arrêter maintenant ?

– Non. Non, j'ai besoin d'en finir. » Sandoz relève la tête et regarde le flacon de Prograïne, mais sans y toucher. « Je crois que les soldats ont complètement perdu le contrôle d'eux-mêmes pendant quelque temps tellement ils étaient secoués à la fois par notre présence et par leur fureur de voir les Runa se dresser contre eux. Et puis ce qu'avait dit Sofia était terrifiant pour eux, n'est-ce pas ? Il faut comprendre que les Jana'ata eux aussi limitent strictement leurs naissances, afin de n'avoir que le nombre d'individus dont le système peut assurer la subsistance. Leur structure démographique est presque exactement celle d'une espèce prédatrice à l'état sauvage, soit environ quatre pour cent de la population qui leur sert de proie. C'est Supaari qui m'a tout expliqué. Alors, en entendant les Runa chanter : “ Nous sommes nombreux. Ils sont très peu ! ”, ils ont dû avoir l'impression de sombrer en plein cauchemar.

– Je ne peux pas croire que vous le défendiez ! », s'écrie Felipe, horrifié. Brusquement, tout le monde se met à parler à la fois, il est question du syndrome de Stockholm. Emilio se bouche les oreilles. Brusquement, il abat son poing sur la table, mais avec délicatesse, en prenant soin de ne pas abîmer ses prothèses, et dit d'une voix calme et précise : « Si vous continuez à faire autant de bruit, je serai obligé de sortir. »

Ils se taisent et il inspire avec précaution. « Je ne les défends pas. J'essaie de vous expliquer ce qui est arrivé ce jour-là et pourquoi. De toute façon, c'est leur société et ils paient leur propre prix pour le mode de vie qu'ils ont choisi. » Il dévisage Felipe Reyes, le regard dur, et il demande : « À combien se monte la population du globe aujourd'hui, Felipe ? Quatorze ou quinze milliards ?

– Presque seize, dit Felipe d'une voix sourde.

– Il n'y a pas de mendiants sur Rakhat. Pas de chômage. Pas du surpopulation. Pas de famine. Pas de dégradation de l'environnement. Pas de maladies génétiques. Les vieux ne sombrent pas dans le gâtisme. Les gens atteints de maladies incurables ne meurent pas à petit feu. Ils paient ce système un prix terrible, mais nous aussi nous payons, Felipe, et notre monnaie, c'est la souffrance des enfants. Combien de gosses sont morts de faim cet après-midi, pendant que nous étions assis ici ? Ce n'est pas parce que leurs cadavres ne servent de pâture à personne que notre espèce est plus morale ! »

Giuliani le laisse donner libre cours à sa colère. Lorsque Sandoz s'est ressaisi, le général répète : « Dites-nous ce qui s'est passé. »

Emilio le contemple, comme s'il était perdu, puis il comprend soudain qu'il est sorti du sujet. « Je pense qu'à l'origine la patrouille voulait simplement tuer les bébés. Supaari m'a expliqué par la suite que si les villageois s'étaient reproduits une seconde fois sans autorisation, les mères auraient été passibles de la peine capitale. Mais comme les Runa résistaient, les soldats ont sans doute réagi trop violemment. À l'évidence, ils voulaient écraser la révolte dans l'œuf.

– Combien y a-t-il eu de victimes ? demande Giuliani d'un ton uni.

– Je ne sais pas. Peut-être un tiers des VaKashani. Peut-être davantage. » Il détourne les yeux. « Et Sofia. Et Jimmy. Et George. » Finalement, Emilio cède et tend la main vers le flacon de Prograïne. Il est sans doute trop tard pour que cette saleté lui fasse le moindre bien. Les autres le regardent avaler deux cachets et vider le verre d'eau.

« Et où étiez-vous ? demande Giuliani.

– Vers le centre du groupe. Askama était terrifiée. Quand le massacre a commencé, Manuzhai et moi avons essayé de la protéger de nos corps. Chaypas a été tuée en nous défendant.

– Et le père Robichaux ?

– Il s'est enfui. » Sandoz regarde Felipe et il dit doucement : « Je ne le défends pas non plus, mais il n'aurait rien pu faire. Nous avions la taille d'enfants de dix ans et le village entier avait sombré dans le chaos. Pour les Jana'ata, il n'était pas question de faire du sentiment. Tous ceux qui passaient à leur portée étaient éliminés. » Il les suppliait presque de comprendre. « Nous n'étions absolument pas préparés à une scène pareille ! Supaari était tellement différent. Essayez un peu d'imaginer comment c'était !

– Les militaires jana'ata sont le bras armé d'une espèce consciente et prédatrice, dit Voelker doucement, et ils voulaient défendre la civilisation telle qu'ils la concevaient. La scène a dû être terrifiante.

– Oui. » Emilio a de plus en plus de mal à poursuivre. « Je ne supporte plus cette lumière. » Voelker se lève pour éteindre l'électricité. « Racontez-nous, insiste le général.

– J'ai été fait prisonnier immédiatement. » Il avait entendu Askama hurler son nom. « Marc a été rattrapé sans difficulté. La patrouille jana'ata nous a emmenés. De village en village. Je ne pense pas qu'ils avaient nécessairement compris que c'était nous qui étions responsables des jardins. Ils ne savaient pas quoi penser de nous. Ils avaient un devoir à accomplir et ils nous ont emmenés avec eux. À mon avis, ils avaient probablement l'intention de nous conduire jusqu'à la cité d'Inbrokar, qui est la capitale du pays. Dans tous les villages où nous sommes passés, ils ont incendié les jardins et massacré les innocents. Il faut que j'en finisse, à présent. » Il se tait et se concentre pour régulariser sa respiration. « Marc... Vous avez bien compris que les jardins étaient l'idée de Marc, n'est-ce pas ? Alors, d'être témoin de ces massacres... » Nouvelle pause. « Les Jana'ata ne mangent qu'une fois par jour. Chaque matin, on nous servait un repas, et puis c'était une marche forcée, pendant de nombreuses heures. Marc a refusé de manger. J'ai essayé de le persuader, mais il me répondait en français. Toujours les mêmes mots. »

Il écarte les mains de son visage et tente de regarder les autres. « Je suis illettré dans plusieurs langues, explique-t-il. J'ai appris à parler l'arabe, l'amharique, le k'san, mais je ne sais ni les lire ni les écrire. Le français, en revanche, est la seule langue que je sache lire, mais pas parler. La prononciation et la graphie sont assez différentes, n'est-ce pas ? » La lumière est encore trop vive.

Il referme les yeux. « Quand j'essayais de faire manger Marc, il me disait quelque chose qui sonnait à mes oreilles comme *Seson less and sawn*. J'aurais dû comprendre plus vite...

– Ce sont les innocents. » C'est la voix de Giuliani. « Il est bien difficile de penser l'impensable. Ils vous servaient la viande des innocents. »

À présent, Sandoz tremble de tous ses membres. « Oui. Plus tard, j'ai vu de mes yeux ce que... Il ne fallait rien laisser perdre. Edward ? » Il parvient à se retenir jusqu'à ce que le frère Edward l'ait emmené jusqu'au cabinet de toilette. Quand la crise est passée, Behr lui administre une piqûre pour remplacer la Prograïne qu'il a vomie. Il ne sait pas du tout qui le transporte jusque dans sa chambre, mais avant de sombrer dans l'inconscience, il dit : « Quelquefois, j'en rêve. »

Quand il se réveille, Voelker est à son chevet, égrenant entre ses doigts les grains de son chapelet. « Pardonnez-moi », dit-il.

Il faut attendre deux jours avant que Sandoz ne soit capable de continuer.

« Vous nous avez dit qu'à votre avis, les militaires voulaient vous amener dans la capitale, commence Giuliani. Si j'ai bien compris, jamais vous n'avez atteint... (il consulte ses notes)... Inbrokar.

– Non. Supaari m'a dit ensuite qu'il était arrivé à Kashan deux jours environ après le massacre. Il s'est occupé d'y remettre un semblant d'ordre, puis il s'est lancé à notre poursuite. J'imagine qu'il a dû deviner quelle route nous avions prise. Il me semble que nous avons marché à peu près deux semaines avant qu'il ne réussisse à nous rejoindre. C'était une période extrêmement confuse. Et en plus, nous étions dans un piteux état. Je n'arrivais pas à faire manger Marc. Je... Il en était littéralement incapable. Au bout de quelque temps, j'ai renoncé.

– Mais vous avez mangé cette viande, dit John. Après avoir compris.

– Oui. » Il s'interrompt et cherche un moyen d'expliquer. « Il y a eu une époque, dans l'histoire militaire de l'Angleterre, où il était possible de punir un homme en lui infligeant huit cents coups de fouet. Vous avez entendu ce genre de récits ? Or, il y a des hommes qui ont survécu à une épreuve pareille, et ils disaient qu'au bout d'un certain temps, ils ne sentaient même plus la douleur. Ils sentaient simplement une espèce de martèlement. Eh bien, dans mon âme c'était la même chose. Comprenez-vous ? De voir massacrer les bébés, de manger leur viande. Au bout de quelque temps, ce n'était plus qu'une espèce de martèlement. » Il hausse les épaules. Ils font ce qu'ils peuvent, mais il sait bien qu'ils ne sont pas capables de s'imaginer la réalité. « Quoi qu'il en soit, Supaari a rejoint la patrouille. Le temps qu'il nous rattrape, Marc était devenu très faible. Je crois que le commandant était sur le point de le faire exécuter. Il ralentissait leur marche. » Il n'y avait pas eu la moindre trace d'émotion quand il avait vu Supaari. Marc et lui s'étaient simplement laissés tomber par terre, trop épuisés pour penser, espérer, prier. Même en acceptant de manger la viande, il était à bout de forces. Il savait pertinemment qu'il ne pourrait pas soutenir Marc beaucoup plus longtemps, qu'il était lui-même au bord de l'effondrement. « Je pense que Supaari a soudoyé le commandant. Il y a eu une longue discussion. Dans une langue que je ne connaissais pas.

– Et alors Supaari vous a ramenés à Kashan ? » souffle John, voyant que le silence s'éternise.

Sandoz sort de sa torpeur. « Non. Je ne sais pas si nous y aurions été les bienvenus. Non, ils nous a emmenés à Gayjur. Chez lui. Je ne suis jamais retourné à Kashan.

– Si l'on en croit les rapports qu'a envoyés le père Robichaux après sa visite dans cette ville, vous deviez y être relativement en sécurité, tant que vous restiez cachés, dit le père général. Ou peut-être ai-je mal compris ?

– Je crois que Supaari avait l'intention de nous mettre en sécurité. Sans doute ne comprenait-il pas très bien lui-même les mobiles auxquels il obéissait. Peut-être se sentait-il redevable envers nous. Il avait une vive et sincère affection pour Anne, me semble-t-il. Et nous l'avions rendu très riche. Et puis, pour un Jana'ata, il savait se mettre dans la peau des gens. Je crois qu'il était capable d'imaginer dans une certaine mesure ce qu'on pouvait éprouver à se sentir tout seul et sans le moindre soutien. »

Vincenzo Giuliani se fige, mais Sandoz ne s'en aperçoit pas. Je l'ai mérité, se dit le général, faisant écho à la remarque de Johannes Voelker quelques jours plus tôt, même si le reproche de Sandoz n'a pas été voulu.

« De toute façon, poursuit ce dernier, il avait décidé à l'évidence de nous rançonner, alors il nous a conduits chez lui et nous a pris sous son entière responsabilité. Nous faisions désormais partie de ses gens.

– C'est à ce moment-là qu'il vous a emmenés voir le lierre, le *sta'aka* ? demande John.

– Oui. »

Pour une fois, Emilio n'a pas besoin d'expliquer. Il reste assis, impassible, laissant son esprit vagabonder, tandis que John Candotti met les autres au courant du *hasta'akala*, précisant de quelle façon on donne aux mains l'aspect de branches de lierre, qui poussent sur d'autres végétaux plus robustes, afin de symboliser et d'imposer la dépendance. John Candotti comprend soudain de quoi Marc est mort. « Et si Marc avait souffert du scorbut ? » avait-il naguère demandé à Sandoz. Mais ce n'était pas le scorbut qui avait tué Marc Robichaux. C'étaient la faim et l'anémie. Et peut-être aussi le désespoir.

Il avait sombré dans un état de choc, lorsque la destruction de sa main gauche avait été à moitié terminée, mais il ne l'avait compris qu'après coup. Au cours des jours suivants, il avait repris connaissance de temps à autre, trempé de sueur et glacé, torturé par la soif comme il ne l'avait jamais été auparavant. Il lui paraissait impossible d'avaler des quantités d'air suffisantes et, quand il dormait, son sommeil était hanté par des songes de suffocation et de noyade. Quelquefois, en rêvant, il cherchait à se cramponner à quelque chose, à remonter à la surface, et ses mains étaient parcourues de spasmes, exactement comme les pattes d'un chien sont agitées de tressautements lorsqu'il rêve qu'il court ; il se réveillait en hurlant, chaque fois que ces gestes involontaires envoyaient des décharges de souffrance tout le long des nerfs de ses bras.

Pendant quelque temps, la lourde immobilité de ceux qui ont perdu beaucoup de sang l'avait empêché de voir ce qu'on lui avait fait. Il sentait ses mains mutilées, enflées, toutes palpitantes de douleur, mais il ne parvenait pas à relever la tête pour les regarder. Périodiquement on venait lui faire faire des exercices digitaux, en allongeant ses doigts bien à plat. Il ne savait absolument pas pourquoi. Il savait seulement que ces mouvements étaient une torture et il suppliait en sanglotant qu'on voulût bien arrêter. Ses prières étaient dites en espagnol, si bien que personne ne les comprenait, mais même si elles avaient été formulées dans le haut k'san le plus parfait et le plus pur, cela n'aurait fait aucune différence. On pensait que la chose était nécessaire pour empêcher les contractures de gâter la ligne selon laquelle les doigts devaient pendre au bout du poignet. Alors on le laissait hurler.

À mesure que son corps reconstituait lentement le sang qu'il avait perdu, il avait pu recommencer à bouger, mais cela ne lui avait servi à rien. La cicatrisation était alors en cours et les démangeaisons qui annonçaient que les chairs se refermaient le rendaient fou. On l'avait attaché pour l'empêcher d'arracher les bandages avec ses dents. Il est fort possible qu'en se débattant contre ses liens, il eût évité la formation de caillots dans ses jambes, lesquels auraient pu se détacher et provoquer une thrombose mortelle. Et puis, que Dieu lui pardonne, il avait mangé la viande pendant la marche forcée avec la patrouille, si bien qu'il n'était pas sous-alimenté lorsqu'il avait subi le *hasta'akala*. Pour le meilleur ou pour le pire, tous ces facteurs lui avaient sans doute sauvé la vie.

Sa première phrase en ruanja avait été pour demander comment allait Marc. « Celui-là est bien faible », lui avait-on dit, mais, trop épuisé par l'effort qu'il avait dû faire pour poser la question, il n'avait pas entendu la réponse et, pour une fois, son sommeil n'avait pas été troublé par les rêves.

À son réveil, il avait les idées claires et il était seul, libre de ses mouvements, dans une chambre ensoleillée. Au prix d'un gros effort, il était parvenu à s'asseoir et à regarder ses mains pour la première fois. Il ne lui restait plus de force pour réagir ; il était même trop affaibli pour se demander à quoi rimait tout cela.

Il était toujours assis, blême et recroquevillé, les yeux dans le vague, lorsqu'un des domestiques runa était entré. « On va avoir le cœur brisé si on ne voit pas Marc », avait annoncé Sandoz de sa voix la plus ferme.

Comme des jumeaux nouveau-nés que l'on met dans des chambres différentes pour éviter qu'ils ne se réveillent l'un l'autre, on avait séparé les deux Étrangers. Les Runa savaient, rien qu'à l'entendre hurler, que le plus petit des deux possédait une vigueur physique probablement suffisante pour survivre. Quant à celui qui ne proférait aucun son, ils avaient pour lui un semblant d'espoir, mais pas davantage, et ils l'avaient isolé de peur que la constante agitation de l'autre ne sapât ce qui lui restait de force. « Celui-là dort, avait dit Awijan à Sandoz. On t'emmènera auprès de lui quand il se réveillera. »

Deux jours plus tard, il s'était de nouveau assis pour attendre Awijan, bien décidé à présent à aller retrouver Marc, quoi qu'il advînt. « On sent que son cœur va mourir si on ne voit pas Marc », avait-il insisté, et, sortant du lit, il s'était avancé vers la porte de sa chambre, sur ses jambes maigres et flageolantes. La Runao l'avait rattrapé au vol, dans sa chute, et l'avait emporté en maugréant jusque dans la pièce où dormait Marc.

La chambre entière empestait le sang, et la peau de Marc était couleur de pluie. Emilio s'était assis au bord de la couche en forme de nid, posant ses mains mutilées sur ses genoux, et il avait appelé Robichaux par son nom. Les yeux de Marc s'étaient ouverts et il y avait vu une lueur de compréhension.

Il n'avait pas la moindre idée de ce qu'avait dit Marc au cours de ses dernières heures. En latin, il lui avait demandé s'il voulait se confesser. Il y avait eu encore quelques murmures en français. Quand ils s'étaient tus, il lui avait donné l'absolution. Marc s'était alors rendormi, et il en avait fait autant, assis par terre à côté de la couche, la tête posée près de la main droite de Marc d'où le sang continuait à suinter. Pendant la nuit, il avait senti quelque chose lui effleurer les cheveux, entendu une voix dire *Deus vult*. C'était peut-être un rêve.

Le matin, quand le soleil était venu frapper son visage, il s'était réveillé, tout ankylosé et souffrant le martyre. Ayant repris ses esprits, il avait quitté la pièce et essayé de persuader un Runao d'aller chercher un médecin ou d'appliquer un tourniquet pour arrêter le sang qui coulait des blessures entre les doigts de Marc. Mais Awijan l'avait regardé sans comprendre. Par la suite, il s'était demandé s'il avait pensé à parler ruanja. Peut-être avait-il utilisé de nouveau l'espagnol. Il ne le saurait jamais.

Marc Robichaux était mort deux heures plus tard environ, sans reprendre conscience.

« Le père Robichaux était en très mauvais état physique lorsque l'opération a eu lieu, dit John, et il n'y a pas survécu. »

Emilio lève les yeux et s'aperçoit que tout le monde est occupé à contempler ses mains. Il les cache sur ses genoux.

« Vous avez dû traverser des moments très pénibles, dit le père général.

– Oui.

– Et ensuite, vous vous êtes retrouvé tout seul.

– Ah non, dit doucement Emilio. Non. Je croyais que Dieu était avec moi. » Il dit ces mots avec beaucoup de sincérité et, pour cette raison, il est impossible de savoir s'il parle sérieusement ou s'il raille. Il plante son regard dans celui de Vincenzo Giuliani. « Vous croyez que c'est vrai ? Vous croyez que Dieu était avec moi ? » Son regard fait le tour de la pièce : John Candotti, Felipe Reyes, Johannes Voelker, Edward Behr ; puis il revient se poser sur Giuliani qui ne parvient pas à articuler un mot.

Sandoz se lève, s'approche de la porte, l'ouvre. Puis il s'arrête, frappé par une brusque pensée. « Ni une comédie ni une tragédie », dit-il. Et il éclate de rire, d'un rire sauvage, tout à fait dépourvu d'humour. « Une farce, peut-être ? » lance-t-il avant de disparaître.

32

Naples : août 2060

« Je crois que j'ai dû considérablement décevoir Supaari, confie Sandoz aux autres jésuites le lendemain. Pour lui, ç'avait été un vrai bonheur de travailler avec Anne, et ils avaient pris beaucoup de plaisir à être ensemble. Moi, j'étais loin d'être aussi amusant.

– Vous étiez désespéré, terrifié, à demi mort », proteste Voelker aussitôt. Et John opine vigoureusement, d'accord pour une fois avec le secrétaire.

« Oui. Pas vraiment le convive idéal. » Cet après-midi, la voix de Sandoz a un ton vif et cassant. Giuliani ne cache pas que cette étrange humeur étincelante lui déplaît. Sandoz n'en a cure. « Je ne suis pas sûr que Supaari ait mûrement réfléchi à cette idée de faire de moi un de ses dépendants officiels. Ce n'a peut-être été qu'un geste spontané de bonne volonté interplanétaire. Peut-être regrettait-il finalement de m'avoir soustrait aux autorités gouvernementales. » Sandoz hausse les épaules. « De toute façon, il paraissait avant tout intéressé par les aspects commerciaux de la situation et je lui étais pas d'une grande utilité en tant que conseiller financier. Il m'a demandé si je pensais que d'autres missions allaient venir depuis la Terre. Je lui ai répondu que nous avions envoyé par radio des rapports sur notre situation à nos supérieurs et qu'il était donc possible que d'autres hommes suivent notre exemple. Mais qu'il n'y avait aucun moyen de savoir quand. Il a décidé de prendre des leçons d'anglais avec moi, parce que c'est notre langue universelle. Il avait déjà commencé à l'apprendre avec Anne.

– Ah bon ? Vous aviez donc un emploi de linguiste, dit Giuliani d'un ton léger. En tout cas, temporairement.

– Oui. Supaari cherchait à profiter de l'occasion, j'imagine. Une fois que j'ai été suffisamment rétabli pour savoir quelle langue j'étais censé parler, nous avons eu de nombreux entretiens. Pour lui, c'était un excellent exercice pratique et il m'a expliqué beaucoup de choses. Vous devriez lui en être reconnaissant. La majeure partie de ce que je comprends à présent au sujet de ce qui est arrivé me vient de lui. Il m'a énormément aidé.

– Combien de temps êtes-vous resté auprès de lui ? demande Giuliani.

– Je ne sais pas exactement. Peut-être six ou huit mois. J'ai appris le k'san pendant mon séjour. Une langue abominable. La plus difficile que je connaisse. Ça devait faire partie de la plaisanterie, je suppose », ajoute-t-il mystérieusement. Il se lève et se met à parcourir la pièce, nerveux et aisément distrait.

« Avez-vous jamais entendu parler des scènes de violence qu'ont signalées Wu et Isley ? questionne Giuliani en le suivant des yeux.

– Non. J'étais complètement isolé, je vous le certifie. Je veux bien croire, cependant, qu'avec leur habituelle créativité, les Runa commençaient à creuser l'idée que leur avait soufflée Sofia : ils étaient nombreux et les Jana'ata étaient très peu.

– Wu et Isley se sont enquis de vous dès qu'Askama les a eu escortés jusqu'à la propriété de Supaari », dit Giuliani, avant de s'arrêter en voyant Sandoz tressaillir. Puis il reprend : « Supaari leur a dit qu'il avait pris d'autres mesures à votre égard. Quelle était donc la phrase qu'il a employée ? Ah, voilà : “ des mesures plus conformes à sa nature ”. Pouvez-vous nous dire pourquoi il a préféré se séparer de vous ? »

Un rire désagréable lui répond. « Savez-vous ce que j'ai dit un jour à Anne Edwards ? Dieu est dans le pourquoi. » À présent, Emilio refuse de regarder qui que ce soit. Il leur tourne le dos et regarde par la fenêtre, en écartant le fin voilage, mais il prend soin de ne pas abîmer le tissu délicat avec ses prothèses. Finalement, ils l'entendent murmurer : « Non, je ne sais pas ce qu'il a voulu dire par là, sinon qu'il croyait, Dieu sait comment, que sa décision était justifiée.

– Sa décision, répète Giuliani sans élever la voix. Vous n'avez rien fait qui ait pu l'inciter à vous renvoyer ?

– Ah, bon Dieu ! » Sandoz pivote sur ses talons pour lui faire face. « Vous doutez encore ? Après tout ce que je vous ai dit ? »

Il retourne à sa place derrière la table et s'assoit, tremblant de colère. Lorsqu'il reprend la parole, sa voix est très douce, mais il lutte à l'évidence contre la rage, ses mains mutilées raidies sur ses genoux, les yeux baissés. « La position que j'occupais chez Supaari VaGayjur était celle de subordonné infirme. Supaari n'était pas une girouette, mais je pense néanmoins qu'il a dû se fatiguer de moi. Ou peut-être a-t-il tout simplement estimé, une fois qu'il a su parler couramment l'anglais, que j'avais rempli mon rôle de professeur et qu'il était donc temps pour moi de changer de situation, si l'on peut dire. » Il regarde enfin Giuliani droit dans les yeux. « À aucun moment on ne s'est enquis de mes préférences quant à mon lieu de résidence et mon occupation. Combien de points faut-il que je mette sur les i ?

Lorsqu'ils étaient venus le chercher, juste après l'aube, il dormait encore. Pris dans la toile d'araignée de son rêve, il n'avait pas vraiment su tout d'abord si les mains étaient réelles ou imaginaires ; le temps d'en être sûr, leur étreinte était inexorable. Plus tard, lorsqu'il s'était demandé s'il y aurait eu le moindre moyen de leur échapper, il avait compris que c'était une question idiote. Où serait-il allé ? Qui l'aurait abrité ? La résistance qu'il avait opposée était aussi inutile que ses demandes d'explications. Le premier coup lui avait coupé la respiration, le second l'avait presque assommé. Efficaces, ses ravisseurs n'avaient pas gaspillé plus de temps à le frapper. Moitié traîné, moitié porté, il s'était efforcé de se rappeler le chemin emprunté, les rues suivies, et il avait eu l'impression qu'ils n'avaient pas cessé de monter. Lorsqu'ils étaient enfin arrivés au palais de Galatna, il avait les idées claires et pouvait de nouveau respirer sans avoir mal.

Les bras ligotés, on l'avait fait passer devant les bassins qu'il apercevait depuis la propriété de Supaari pour gagner une entrée latérale ; à l'intérieur du palais, on lui avait fait traverser des salles dont les murs étaient recouverts de carreaux de faïence aux couleurs vives et le sol dallé de marbre et de jaspe, longeant des cours intérieures, sous des plafonds voûtés à caissons. Les lieux les plus simples du palais étaient dorés à l'or fin, les murs disparaissant sous un treillage de fils d'argent, chaque entrecroisement étant souligné par l'éclat d'une énorme gemme non taillée : émeraude, rubis, améthyste, diamant. Il avait vu au passage une pièce d'apparat aussi vaste qu'une nef d'église, où se dressait un gigantesque dais de tissu jaune d'aspect soyeux, brodé dans des tons de turquoise, carmin et vert vif, orné de glands et de franges en fils d'or, à la richesse duquel faisaient écho les piles de coussins, ivoire, rouges et bleus, dont le tissu pelucheux était festonné de splendides galons et passepoils.

Les salles se succédaient : pas une ligne droite quand elle pouvait être courbe, pas une surface unie quand elle pouvait être enjolivée d'un dessin, pas une once de blanc quand il pouvait y avoir de la couleur. L'air lui-même était embelli ! Partout, il embaumait : une centaine de parfums et de senteurs qu'Emilio n'aurait pu ni nommer ni reconnaître.

Cet endroit, s'était-il dit bizarrement, représentait le comble de la vulgarité. À voir et à sentir, il ressemblait à un lupanar de bas étage, à cette différence près que les joyaux n'étaient pas en toc et que chaque goutte de parfum avait sans doute coûté ce que gagnait en une année une coopérative villageoise.

Chaque fois qu'ils avaient croisé quelqu'un de nouveau, il l'avait interpellé, d'abord en ruanja, puis en k'san, mais personne n'avait voulu répondre, et il avait cru dans un premier temps que tous les domestiques étaient muets. À mesure que la journée s'écoulait, on lui avait donné des ordres brefs dans une forme de k'san qui ne lui était pas familière, un peu comme aurait pu l'être du haut allemand pour quelqu'un ne parlant que le bas allemand. Mets-toi là. Assieds-toi. Attends. Il avait fait de son mieux pour obéir ; quand il ne comprenait pas, il recevait un coup. C'était lui qui était devenu muet.

Au cours des jours suivants, il avait été soumis à un étonnant mélange de liberté et de contrainte. Il y avait d'autres personnes enfermées comme lui à l'intérieur de cages subtiles mais efficaces. Ils étaient en mesure de passer d'une cage à l'autre, mais pas d'évoluer à l'intérieur du palais. Un zoo, s'était-il dit en essayant de donner un sens à sa mésaventure. Je suis dans une espèce de zoo privé.

Les autres étaient un groupe de Runa étranges, mais d'une grande beauté, ainsi que quelques Jana'ata, et il y avait même une poignée d'individus dont l'espèce lui paraissait douteuse. Les Runa qui partageaient sa luxueuse captivité lui venaient en aide lorsqu'il en avait besoin, à cause de ses mains. Ils étaient incroyablement affectueux et amicaux, et s'efforçaient de lui faire sentir qu'il était membre à part entière de la curieuse société qui existait à l'intérieur des murs richement ornementés du palais de Galatna. À leur façon, ils étaient très bons, mais ils paraissaient presque idiots, comme si on les reproduisait uniquement selon des critères esthétiques ; ils avaient des pelages de couleur inhabituelle, tavelés ou pie, il y en avait même un rayé comme un zèbre. La plupart avaient des visages à la fine ossature, presque dégénérés, quelques-uns avaient des crinières, certains n'avaient plus qu'un embryon de queue. Aucun ne parlait le dialecte ruanja qu'il avait appris à Kashan.

Les captifs jana'ata étaient enfermés dans une enceinte séparée et ne lui prêtaient pas la moindre attention, bien qu'il fût incapable de déceler la moindre différence quant au rang qu'ils occupaient à l'intérieur du zoo. Ils portaient de lourdes robes et des couvre-chefs qui leur cachaient le visage, et ils étaient plus petits que Supaari. Il avait découvert plus tard qu'il s'agissait de femelles, et plus tard encore qu'elles devaient être les partenaires sexuelles stériles dont Supaari lui avait parlé. Emilio s'était adressé à elles en k'san, leur avait demandé de lui expliquer quelle était sa position, mais elles refusaient de se mélanger. Jamais il n'avait réussi à leur arracher un mot, dans quelque langue que ce fût.

Chez Supaari, il avait été nourri de façon irrégulière, mais abondante, comme l'animal favori d'un enfant qui a réclamé un petit chien puis s'en désintéresse. Ici, la nourriture leur était sans doute fournie à volonté, s'était-il dit, car la plupart de ses compagnons étaient des Runa qui avaient besoin de manger beaucoup plus fréquemment que les Jana'ata. En principe, cela devait mieux lui convenir, mais il n'avait aucun appétit. Les Runa manifestaient toujours une joie touchante quand il acceptait la nourriture qu'ils lui tendaient. Alors, il avait mangé pour les remercier de leur gentillesse.

L'idée lui était venue qu'il était à présent parfaitement inutile, et qu'on ne le gardait sans doute qu'à titre de curiosité, aussi unique et étrange que les babioles voyantes qu'il avait aperçues en quantités incroyables dans les alcôves et sur les étagères du palais le jour de son arrivée. Et puis, on lui avait passé au cou un collier serti de pierres précieuses et son humiliation avait été totale. Il était, avait-il songé, le pendant exact d'un petit singe capucin tenu au bout d'une chaîne d'or par quelque aristocrate européen du XVIe siècle.

Supaari, si indifférent et énigmatique fût-il, lui avait du moins offert une compagnie intellectuelle. À présent, il devait essayer de s'endurcir contre les effets prévisibles de son isolement absolu, accepter avec patience le sentiment d'irréalité qu'il éprouvait. Il avait fait du calcul mental, chanté des chansons et tenté de prier, mais il s'était arrêté lorsqu'il s'était rendu compte qu'il faisait des salades linguistiques. Il n'était plus très sûr, désormais, des différences entre l'espagnol et le ruanja, et cela lui faisait au moins aussi peur que tout ce qui lui était arrivé jusqu'alors. Le pire avait été de s'apercevoir qu'il ne parvenait pas à se rappeler le nom de son quartier à Porto Rico. Je suis en train de devenir fou, s'était-il dit, égrenant les mots l'un après l'autre.

Il avait tout le temps l'esprit confus, tout le temps peur, mais il s'obligeait à suivre une espèce d'emploi du temps, à faire de l'exercice physique. Cela faisait tordre de rire ses compagnons runa, mais il ne leur prêtait aucune attention. Il y avait des bains parfumés, aussi atroces dans leur excès de raffinement que tout ce qui existait à l'intérieur du palais. Comme personne ne lui donnait d'ordre à ce sujet, il choisissait toujours celui dont les effluves étaient le moins écœurants et faisait de son mieux pour se tenir propre.

« Racontez-nous, entend-il le général ordonner.

– J'ai cru que j'avais été vendu comme spécimen zoologique », dit Emilio Sandoz, qui tremble violemment à présent, les yeux fixés sur la table, et chacun des mots qu'il murmure est un petit miracle de contrôle de soi. « J'ai cru pendant quelque temps que j'étais dans une ménagerie appartenant au reshtar de Galatna. Un aristocrate. Un grand poète. L'auteur de nombreux chants, n'est-ce pas. Un monsieur aux goûts tout à fait catholiques. En réalité, c'était une espèce de sérail. Telle Clytemnestre, j'ai dû apprendre la soumission. »

Au bout de trois semaines, ou peut-être un mois, un des gardes s'était approché de la cage et avait parlé aux autres, qui s'étaient mis à piailler et à s'agiter, en se pressant autour d'Emilio. Il n'avait pas la moindre idée de ce qu'ils racontaient, car il n'avait fait aucun effort pour apprendre autre chose que les termes les plus rudimentaires de la langue qu'on parlait en ce lieu. C'était une espèce de refus de la situation, pensait-il. S'il n'apprenait pas la langue, il ne serait pas obligé de rester. C'était complètement idiot, bien sûr. Pour des raisons qu'il n'aurait pu préciser, il avait eu soudain très peur, mais il s'était calmé avec le secours des pensées qui allaient bientôt lui briser l'âme. Il s'était dit tout bas : Je suis entre les mains de Dieu. Quoi qu'il m'arrive à présent, c'est la volonté de Dieu.

On lui avait donné une robe, visiblement faite pour lui et taillée à ses mesures. Elle était épouvantablement lourde et chaude, mais cela valait mieux que d'être promené tout nu. En le tenant solidement par les bras, on l'avait emmené dans une pièce vide, entièrement blanche, sans parfum et sans meubles. C'était étonnant. Il avait éprouvé un tel soulagement en se retrouvant ainsi hors du chahut, sorti de toute cette confusion, visuelle, olfactive, auditive, qu'il avait failli tomber à genoux. Et puis, il avait entendu la voix de Supaari et, le cœur battant à coups redoublés, il avait été submergé par une bouffée d'espoir, en se disant qu'il allait sûrement être délivré. Supaari va me ramener chez lui, à présent, s'était-il dit. Il s'agissait certainement d'une erreur, et il avait pardonné à son ancien ami de ne pas être venu plus tôt.

Quand Supaari était entré dans la pièce, il avait voulu parler, mais le garde lui avait envoyé une calotte sur la nuque, qui l'avait fait trébucher et tomber, déséquilibré par le poids inusité de sa robe. Cela faisait déjà longtemps que ces brutalités avaient cessé de provoquer sa colère, et il s'était simplement senti honteux de sa maladresse. En se relevant, il avait de nouveau cherché Supaari du regard et l'avait aperçu, mais avec lui il avait vu un Jana'ata de taille moyenne et d'une infinie dignité, dont les yeux violets d'une sublime beauté avaient cherché et retenu ses yeux par un regard si direct, si scrutateur qu'il avait pour finir dû détourner le sien. C'était le reshtar, avait-il soudain compris. Un homme érudit et artiste, il le savait. Supaari lui avait parlé du reshtar : un grand poète. L'auteur des chants sublimes et sacrés qui avaient amené Emilio Sandoz et ses compagnons sur Rakhat...

Et alors, brusquement, tout avait pris un sens dans son esprit, et la joie de cet instant lui avait coupé le souffle. Il avait été amené jusqu'ici, après toutes ces épreuves, pour rencontrer cet homme : Hlavin Kitheri, un poète – peut-être même un prophète – qui, seul de toute son espèce, pouvait connaître le Dieu que servait Emilio Sandoz. Il avait connu un moment de rédemption si profonde qu'il avait failli fondre en larmes, honteux de se dire que sa foi avait été aussi affreusement érodée par la peur et l'isolement. Il s'était efforcé de se ressaisir, en regrettant de n'être pas plus fort, plus endurant, de n'être pas un meilleur instrument pour les desseins de son Dieu. Et pourtant, il s'était senti, d'une certaine façon, purifié, dépouillé de toute autre raison d'être.

« Il y a des instants, dirait-il au reshtar, où nous sommes au milieu de la vie – des instants où nous sommes confrontés à la naissance ou à la mort, ou bien des instants de beauté où la nature, l'amour nous sont pleinement révélés, ou encore des instants de terrible solitude, des moments où une conscience sainte et effrayante s'empare de nous. Elle peut prendre la forme d'une profonde immobilité intérieure ou bien d'un violent débordement d'émotions. Elle peut paraître venir d'au-delà de nous, sans que rien l'ait provoquée, ou bien du fond de nous-mêmes, éveillée par la musique ou par un enfant endormi. Et si, en de tels moments, nous ouvrons notre cœur, la création se révèle à nous dans toute son unité et sa plénitude. Et lorsque nous revenons d'un tel moment de conscience, nos cœurs brûlent du désir de le capturer à tout jamais au moyen de la parole, afin de pouvoir rester fidèles à sa vérité supérieure. »

Il dirait au reshtar : « Lorsque mon peuple cherche un nom à donner à la vérité que nous sentons en de tels moments, nous l'appelons Dieu, et lorsque nous capturons cet entendement grâce à une immortelle poésie, nous appelons cela une prière. Et quand nous avons entendu vos chants, nous avons su que vous aussi vous aviez trouvé une langue pour nommer et préserver de tels moments de vérité. Quand nous avons entendu vos chants, nous avons su qu'ils étaient un appel de Dieu pour nous amener jusqu'ici, afin de vous connaître... »

Il dirait au reshtar : « Je suis ici pour apprendre votre poésie et vos chants, et peut-être pour vous enseigner les nôtres. »

C'est pour cela que je suis encore vivant, s'était-il dit, et de toute son âme il avait remercié Dieu de lui avoir permis d'être ici à ce moment précis, de comprendre enfin tout cela...

Obnubilé par le flot de pensées qui déferlaient dans son esprit, ainsi que par la certitude et la justesse de ses sentiments, il n'avait guère fait d'efforts pour suivre ce qui se disait à deux pas de lui, bien que Supaari et son compagnon se fussent exprimés dans le dialecte k'san qu'il connaissait. Il n'avait pas été choqué quand on lui avait ôté sa robe. Il était habitué à la nudité, à présent. Il savait qu'il était d'une autre espèce, que, pour un homme érudit, son corps était aussi intéressant que son esprit.

Quel homme cultivé ne serait pas curieux en apercevant pour la première fois une nouvelle espèce consciente ? Comment ne pas y aller de son commentaire sur la bizarrerie de cette peau presque complètement nue, sur ce nez à peine formé ? Sur ces étranges yeux bruns... sur cette étonnante absence de queue...

« ... mais les proportions sont agréables, la musculature élégante », avait déclaré le reshtar. Admirant sa compacité nette et gracieuse, il avait tourné d'un air pensif tout autour de ce corps exotique, laissant pendre une main dont les griffes acérées avaient laissé sur la poitrine glabre de fines rayures, bientôt soulignées de perles rouges. Il avait passé la main autour de l'épaule et, observant la courbe de la nuque, il l'avait encerclée de sa main, en remarquant sa délicatesse : tenez, d'un seul geste, on aurait pu lui rompre l'échine. La main se remit en mouvement, caressant légèrement le dos nu, descendant plus bas, jusqu'à ce curieux vide, jusqu'à l'immobilité et à la vulnérabilité fascinante de cette absence de queue.

Ayant reculé, il avait vu que l'Étranger s'était mis à trembler. Surpris par la rapidité de cette réaction, le reshtar avait aussitôt voulu voir s'il était prêt, soulevant le menton du captif et plongeant son regard droit dans les yeux sombres et indéchiffrables. Ses propres yeux s'étaient rétrécis en observant le résultat : la tête détournée presque tout de suite en gage de soumission, les yeux fermés, le corps entier agité par un tremblement incoercible. C'était pitoyable, d'une certaine façon, et fruste, mais fort séduisant.

« Seigneur ? » C'était le marchand. « Mon présent est-il acceptable ? Es-tu satisfait ?

– Oui », avait répondu distraitement le reshtar. Il avait regardé Supaari et ajouté d'un ton impatient : « Oui. Mon secrétaire a en main tous les documents juridiques. Tu peux contracter l'union avec ma sœur à la date qui te semblera le plus propice. Mon frère, puissiez-vous avoir des enfants ! » Son regard était revenu se poser sur l'Étranger. « À présent, laisse-moi », avait-il dit, et Supaari VaGayjur, ainsi fait fondateur d'une nouvelle lignée pour services rendus au reshtar de Galatna, était sorti à reculons de la pièce, en compagnie du garde qui avait amené Sandoz du sérail.

Resté seul, le reshtar avait encore une fois fait le tour de l'Étranger, puis il était venu se placer derrière lui. Il avait alors laissé tomber sa propre robe et était resté un instant à se concentrer, les yeux fermés, sur les nouveaux effluves qui émanaient de la créature qu'il avait devant lui, plus intenses, plus complexes qu'auparavant. Une fragrance puissante, troublante, sans pareille, irrésistible. Un parfum musqué, gorgé d'amines inconnues, d'étranges chaînes carbonées butyriques et capryliques, voilé par les simples et chastes dioxydes de la respiration saccadée, et balayé par des vagues d'odeur de sang, riche en fer.

Hlavin Kitheri, reshtar du palais de Galatna, le plus grand poète de son temps, qui avait ennobli ce qui était vil, glorifié ce qui était ordinaire, immortalisé ce qui était éphémère, cet être singulier dont le génie artistique était magnifié par tout ce qui était incomparable et sans précédent, avait inspiré profondément. Nous chanterons ce moment pendant des générations, avait-il pensé.

Le langage, qui était le travail et le bonheur de toute sa vie, et qui avait échappé mot après mot à Emilio Sandoz, l'avait à présent totalement abandonné. Secoué de violents tremblements, il avait senti la puanteur écœurante et glandulaire de son irrépressible terreur. Muet, il n'avait même plus été capable de formuler mentalement le mot correspondant au rite immonde et sans joie qui se préparait, pas même quand le reshtar lui avait empoigné les bras par-derrière. Mais quand les puissants pieds préhensiles s'étaient refermés sur ses chevilles, que le ventre était venu se coller contre lui et que l'organe tumescent avait commencé à chercher une entrée, il était devenu rigide de panique et d'horreur insondable, comprenant enfin ce qui allait se passer. La pénétration, quand elle avait eu lieu, lui avait arraché un hurlement. Ensuite, c'était devenu bien pire.

Dix minutes après, peut-être, on l'avait traîné, sanguinolent et sanglotant, dans une pièce qu'il ne connaissait pas. Une fois seul, il avait vomi jusqu'à ce qu'il n'eût plus la moindre force. Pendant longtemps, il avait été incapable de penser et s'était contenté de rester allongé, les yeux grands ouverts, dans les ténèbres qui s'épaississaient. Finalement, un domestique était venu l'emmener aux bains. Désormais, sa vie avait été irrévocablement scindée entre l'avant et l'après.

Rompant le silence qui règne dans le bureau du général, Johannes Voelker est le seul à parler. « Je ne comprends pas. Que voulait-il, ce reshtar ? »

Bon Dieu, se dit Giuliani, le génie a peut-être ses limites, mais la bêtise ne souffre pas du même handicap. Comment ai-je pu croire ?... Les yeux fermés, il entend la voix d'Emilio, douce, musicale, vide, qui répond : « Ce qu'il voulait ? Mais ce qu'un pédéraste recherche auprès d'un petit garçon, j'imagine. Un petit orifice bien serré. »

Dans le silence choqué qui suit ces mots, Giuliani relève la tête. *Romanità*, se dit-il. Savoir ce qu'on veut et agir inexorablement à son heure. « Vous avez vos défauts, mais vous n'êtes pas un lâche, dit le général à Emilio Sandoz. Regardez la vérité en face. Dites-la-nous.

– Je vous l'ai dite.

– Faites-la-nous comprendre.

– Je me fiche de ce que vous comprenez. Ça ne changera rien. Croyez donc ce que vous voudrez. »

Giuliani cherche à se rappeler le nom d'un tableau du Greco : il s'agit du portrait mortuaire d'un noble espagnol. La *romanità* exclut l'émotion, le doute. Il faut que ce soit maintenant et ici. « Pour le bien de votre âme, dites-le.

– Je ne me suis pas vendu, répond Sandoz dans un chuchotis furieux, sans regarder personne. J'ai été vendu.

– Cela ne suffit pas. Dites-le ! »

Sandoz se fige, les yeux dans le vague, respirant avec une régularité mécanique, comme si chaque souffle était soigneusement prévu et exécuté, jusqu'au moment où il s'écarte de la table, pose un pied contre le bord et la renverse d'un coup, fracassant le bois qui se fend sous cette volcanique explosion de rage, dispersant les autres hommes vers le pourtour de la pièce. Seul le général est resté à sa place, et tous les bruits de l'univers se réduisent soudain au tic-tac d'une horloge ancienne et à la respiration sifflante et pénible de l'homme qui se tient seul au centre de la pièce et dont les lèvres forment des mots qu'ils entendent à peine. « Je n'ai pas consenti.

– Dites-le, répète Giuliani, impitoyable. Que nous l'entendions.

– Je ne me suis pas prostitué.

– Non. En effet. Alors que vous est-il arrivé ? Dites-le, Emilio. »

Les mots leur parviennent un à un et le fil ténu de la voix se brise sur le dernier : « J'ai été violé. »

Ils voient tous ce qu'il lui en coûte, l'effort terrible qu'il doit faire pour le dire. Il chancelle légèrement, son visage s'affaisse. John Candotti lance tout bas : « Mon Dieu ! », et, quelque part au-dedans de lui-même, Emilio Sandoz trouve le ressort nécessaire pour tourner la tête et supporter, sans broncher, la compassion qu'il lit dans les yeux de l'autre.

« Croyez-vous, John ? Est-ce là votre Dieu ? demande-t-il avec une douceur terrifiante. Parce que, voyez-vous, c'est justement mon dilemme. Si Dieu m'a enseigné à l'aimer, pas à pas, comme je l'ai cru, si j'accepte que la beauté et le ravissement étaient réels et vrais, alors le reste aussi a dû être la volonté de Dieu, et c'est là, messieurs, une cause d'amertume. Mais si je ne suis qu'un primate abusé qui a pris bien trop au sérieux quelques vieux contes de bonne femme, alors c'est moi qui ai attiré tous ces déboires sur ma tête et celles de mes compagnons, et l'affaire entière devient une gigantesque farce, ou je me trompe fort. Dans de telles circonstances, continue-t-il avec une précision presque pédante, gravant chaque mot dans l'air au moyen d'une goutte d'acide, le problème avec l'athéisme, me semble-t-il, c'est que je n'ai personne à mépriser hormis moi-même. En revanche, si je choisis de croire que Dieu est malfaisant, j'ai au moins la consolation de pouvoir le haïr. »

Les dévisageant tour à tour, il observe la compréhension qui se fait jour jusqu'à leur esprit. Que peuvent-ils lui répondre, tous autant qu'ils sont ? Il a presque envie de rire. « Pouvez-vous deviner ce que j'ai pensé, juste avant d'être forcé pour la première fois ? leur demande-t-il en se remettant à faire les cent pas. C'est cocasse. Vraiment désopilant ! Voyez-vous, j'avais peur mais je ne comprenais rien à ce qui se passait. Je n'avais jamais imaginé... qui aurait pu imaginer une chose pareille ? J'ai pensé : Je suis entre les mains de Dieu. J'aimais Dieu et je me fiais à son amour. Avouez que c'est drôle. J'ai baissé ma garde. Il n'y avait rien d'autre entre moi et ce qui m'est arrivé que l'amour de Dieu. Et j'ai été violé. J'étais nu devant Dieu et j'ai été violé. »

Sa déambulation s'arrête à mesure qu'il entend ses propres mots, sa voix reste presque normale jusqu'à la fin, où elle s'éteint dans un flot de chagrin quand il mesure enfin pleinement sa propre dévastation. Mais il ne meurt pas, et lorsqu'il parvient à bouger, à respirer de nouveau, il regarde Vincenzo Giuliani qui ne dit rien, qui soutient son regard et refuse de détourner les yeux.

« Racontez-nous. » Deux mots. Jamais je n'ai rien eu d'aussi pénible à faire, se dit le général.

« Ça ne vous suffit pas ? » demande Sandoz, incrédule. Aussitôt, il se remet à marcher, incapable de rester immobile ou silencieux un instant de plus. « Oh, je peux vous fournir une infinité de détails, lance-t-il d'un ton théâtral, expansif, impitoyable à présent. Cela a duré – ma foi, je ne sais pas combien de temps. Des mois. Qui m'ont paru une éternité. Il m'a partagé avec ses amis. J'ai bientôt été très à la mode. Un certain nombre de jeunes gens exquis sont venus tâter de mes charmes. J'étais une espèce d'objet rare, je crois. Quelquefois, dit-il en s'arrêtant et en les regardant l'un après l'autre, les haïssant d'être les témoins de ses confidences, quelquefois il y avait un public. »

John Candotti ferme les yeux et détourne la tête ; Edward Behr pleure en silence.

« C'est affligeant, n'est-ce pas ? Attendez, ce n'est pas le pire, leur assure-t-il avec une sauvage jovialité, en se déplaçant à l'aveuglette. Ils récitaient des poèmes improvisés. Ils ont écrit des chants pour décrire l'expérience. Et les concerts étaient radiodiffusés, bien sûr, exactement comme ceux que nous avions entendus – est-ce qu'on les capte toujours, à Arecibo ? Vous avez dû entendre certains de ceux qui me concernaient à l'heure qu'il est. » Ce n'étaient pas des prières, nom de Dieu ! Ce n'étaient pas des prières, mais de la pornographie. « Ils étaient très beaux, reconnaît-il avec une franchise scrupuleuse. On m'obligeait à les écouter, même si je ne parvenais pas à goûter comme je l'aurais dû leur perfection artistique. »

Il les contemple tour à tour, pâles et muets. « Vous en avez entendu assez à présent ? Écoutez donc ceci : l'odeur de ma terreur et de mon sang les excitait. Vous en voulez encore ? Désirez-vous savoir jusqu'à quel degré de noirceur peut atteindre la nuit de l'âme ? demande-t-il en les provoquant. Il y a eu un jour où je me suis demandé si la bestialité est aussi un péché pour la bête, car tel était incontestablement mon rôle dans toutes ces festivités. »

Brusquement, Voelker se dirige vers la porte. « Cela vous donne envie de vomir ? s'enquiert Sandoz avec une sollicitude goguenarde, en regardant l'Autrichien quitter la pièce. Il ne faut pas avoir honte, lance-t-il. Ça m'arrive tout le temps. »

Il fait volte-face pour regarder les autres. « Il voulait, Dieu sait comment, que ce soit de ma faute, leur explique-t-il en laissant son regard s'attarder sur Candotti. Ce n'est pas un mauvais bougre, John. C'est la nature humaine. Il voulait que ce soit une erreur que j'avais faite et que lui n'aurait pas commise, que ce soit une faiblesse chez moi qu'il n'aurait pas partagée, afin de pouvoir croire que ça ne lui serait pas arrivé à lui. Mais ce n'était pas de ma faute. Ou bien c'était le hasard aveugle, borné, imbécile depuis le départ, auquel cas, messieurs, nous nous sommes trompés de métier, ou bien c'était un Dieu que je ne peux pas révérer. »

Il attend, secoué de tremblements, les mettant au défi de parler. « Pas de questions ? Pas de discussion ? Pas de réconfort pour les malheureux ? demande-t-il avec une gaieté acerbe. Je vous avais avertis. Je vous avais bien dit que vous n'aviez pas vraiment envie de savoir. À présent, le mal s'est infiltré dans vos esprits. À présent, vous allez être obligés de vivre en sachant cela. Mais moi, c'était mon corps. C'était mon sang, dit-il, suffoquant de fureur. Et c'était mon amour. »

Il s'interrompt brusquement et se détourne enfin. Personne ne bouge ; ils écoutent la respiration haletante s'arrêter, un long moment, puis reprendre rageusement. « John reste, dit-il enfin. Tous les autres, dehors ! »

Tremblant, il reste en face de John Candotti, en attendant que la pièce se soit vidée ; Giuliani contourne gracieusement les débris de la table par terre, le frère Edward hésite près de la porte, attendant que Felipe Reyes, blanc comme un linge, soit passé, puis il sort et ferme la porte derrière lui avec un faible déclic. John voudrait par-dessus tout détourner les yeux, sortir avec les autres, mais il sait pourquoi il se trouve ici, alors il reste et s'efforce d'être prêt à entendre ce qu'il va devoir écouter.

Quand ils sont seuls, Sandoz se remet à déambuler en parlant ; les paroles, douces et terribles, se déversent tandis qu'il passe sans rien voir d'un coin à l'autre de la pièce.

« Au bout de quelque temps, l'effet de nouveauté s'est dissipé, et c'étaient surtout les gardes qui venaient. À ce moment-là, j'étais enfermé dans une petite pièce aux murs de pierre, sans aucune lumière. J'étais tout seul et il n'y avait pas un bruit, je n'entendais que ma propre respiration et mon sang qui me tintait aux oreilles. Et puis la porte s'ouvrait et j'apercevais une lueur qui brillait dehors. » Il s'arrête alors, revoyant la scène, ne sachant plus désormais ce qui est réel et ce qui n'est qu'un rêve devenu cauchemar. « Je ne savais jamais s'ils m'apportaient à manger ou si... si... Ils me gardaient au secret parce que mes hurlements dérangeaient les autres. Mes collègues. Ceux que vous avez vus sur ce dessin, quand nous étions à Rome, vous vous rappelez ? C'est sans doute un des membres du sérail qui l'a dessiné. Je l'ai trouvé avec ma nourriture un jour. Vous ne pouvez pas vous imaginer ce qu'il a signifié pour moi. Dieu m'avait quitté, mais quelqu'un se rappelait encore où j'étais. »

Il se tait et regarde, droit dans les yeux, John Candotti qui reste paralysé, comme un oiseau fasciné par un cobra.

« Finalement, j'ai décidé de tuer la prochaine personne qui franchirait le seuil de ma porte, la prochaine personne qui voudrait... me toucher. » Et il se remet à marcher, ses mains montent et descendent tandis qu'il cherche à expliquer, à faire comprendre à John. « Je... Il n'y avait pas moyen de m'échapper. Mais je me suis dit : Si je deviens dangereux, ils me ficheront la paix. Ils me tueront. Je me suis dit : La prochaine fois que quelqu'un entre ici, l'un de nous deux mourra, je me fous bien de savoir qui. Mais c'était un mensonge. Parce que je ne m'en foutais pas du tout. Ils m'ont martyrisé, John. Ils m'ont martyrisé. Je voulais mourir. »

Il se tait de nouveau et dévisage Candotti d'un air impuissant. « Je voulais mourir, mais c'est elle que Dieu a prise à ma place. Pourquoi, John ? »

Ce dernier ne suit pas le fil du discours. Mais c'est une question à laquelle il a déjà eu à répondre, posée bien souvent par des survivants, et il parvient donc à dire : « Parce que, à ce que j'imagine, les âmes ne sont pas interchangeables. On ne peut pas dire à Dieu : Prenez-moi plutôt. »

Sandoz ne l'écoute pas. « Je n'ai pas dormi, pendant des heures et des heures. J'attendais que la porte s'ouvre et je réfléchissais à la manière dont je pourrais tuer quelqu'un sans l'usage de mes mains... » Il est toujours debout, mais il ne voit plus John Candotti. « Alors j'ai attendu. Et parfois je m'endormais quelques minutes, je crois. Mais il faisait si noir. Je n'arrivais même plus à savoir quand mes yeux étaient ouverts. Et puis, j'ai entendu des pas de l'autre côté de la porte, je me suis levé et je me suis mis dans le coin le plus éloigné de ma cellule, de façon à profiter de tout mon élan ; la porte s'est ouverte et j'ai vu une silhouette. C'était tellement étrange. Mes yeux savaient déjà, mais mon corps n'obéissait plus. C'était comme si... comme si mes nerfs m'avaient catapulté sans que je leur en donne l'ordre. Je l'ai heurtée avec une telle force... j'ai entendu craquer les os de sa poitrine, John. »

Il avait essayé, désespérément, d'interposer ses mains mutilées, d'amortir le coup, mais avant même qu'il ne fût parvenu à lever les bras, ils avaient tous les deux été projetés contre le mur de pierre et Askama avait été écrasée sous le choc.

Il s'était retrouvé sur le sol, dressé sur les genoux et les avant-bras, la petite gisant au-dessous de lui, le visage si proche du sien qu'il pouvait entendre ce qu'elle lui murmurait. Elle lui avait souri, tandis que des bulles de sang jaillissaient du coin de ses lèvres et suintaient d'une de ses narines. « Tu vois, Milo ? Ta famille est venue te chercher. C'est moi qui les ai aidés à te retrouver. »

Il avait entendu les voix, alors, des voix humaines, et il avait levé les yeux du cadavre d'Askama, à demi aveuglé par la lumière étincelante de la deuxième aube qui se déversait par la porte de la pièce. Il avait vu leurs yeux, leurs yeux à un seul iris, qui lui avaient paru aussi effrayants que ses propres yeux avaient dû le paraître à Askama la première fois qu'elle l'avait vu. Il avait lu dans ces yeux le choc hébété, puis la révulsion.

« Mon Dieu, vous l'avez tuée ! » s'était écrié le plus âgé avant de sombrer dans le silence en remarquant le collier orné de pierres précieuses, le corps nu décoré de rubans parfumés, les traces séchées et sanguinolentes qui indiquaient la plus récente occupation du prêtre. « Mon Dieu », avait-il répété.

Le plus jeune des deux toussait, plaquant sa manche contre son nez, afin de filtrer les odeurs nauséabondes de sang, de sueur et de parfum. « Je m'appelle Wu Xing-Ren et voici mon collègue, Trevor Isley. Comité des affaires externes des Nations unies », avait-il dit enfin. Il avait presque réussi à empêcher le mépris de percer dans sa voix, en ajoutant : « Vous êtes sans doute le père Sandoz. »

Il y avait eu un bruit qui avait d'abord été un rire, aussi choquant, aussi outrageux que tout ce qu'ils pouvaient voir ou sentir dans cette pièce, et qui s'était achevé sur une note plus douloureuse à entendre. La crise avait duré un certain temps. Mais, même après que l'hystérie eut pris fin, ils n'avaient pu tirer du jésuite rien de raisonnable.

« Pourquoi, John ? Pourquoi tout s'est-il passé ainsi, si Dieu ne l'a pas voulu ? Je croyais que je comprenais... » Sa voix s'éteint et Candotti attend, sans trop savoir quoi dire ni quoi faire. « Ça fait combien de temps pour vous, John ? »

Surpris de cette brusque diversion, John contemple Sandoz les sourcils froncés et secoue la tête, essayant de comprendre, mais incapable de suivre le cheminement de sa pensée.

« J'ai fait le calcul, une fois. Vingt-neuf ans. Je m'emmêle un peu dans les dates, mais j'avais quinze ans et maintenant je suis censé en avoir quarante-cinq, je crois. » Les nerfs fragilisés qui le soutiennent cèdent brusquement et il s'effondre sur le sol. John s'approche de lui, s'agenouille et écoute. Emilio pleure, en murmurant d'une voix fluette et argentine : « Voyez-vous, je sais bien que beaucoup de types ont des petits arrangements. Ils trouvent quelqu'un... quelqu'un... pour les aider. Mais ce qui compte, c'est que moi, je n'ai pas triché. Et je... je croyais comprendre. C'était une voie jusqu'à Dieu, et je croyais comprendre. Il y a des moments, John, où l'âme est comme une boule de feu, et elle se tend également vers tout et tout le monde. Je croyais comprendre. »

Et puis soudain Emilio s'essuie les yeux, prend une respiration hoquetante et, lorsqu'il se remet à parler, sa voix est normale, banale, fatiguée, et pour cette raison plus triste encore que tout ce que John Candotti a entendu jusque-là. « Bon, en tout cas, j'avais à peu près quarante-quatre ans, je pense, quand c'est... quand... c'est arrivé, alors ça devait faire vingt-neuf ans. » Ses lèvres se retroussent dans un terrible rictus et il se met à rire, mais son regard luisant reste glacial. « John, si c'est Dieu qui a fait ça, c'est vraiment un tour de cochon à jouer à un homme chaste. Et si ce n'est pas Dieu, je suis quoi, moi, dans tout ça ? » Il hausse les épaules, découragé. « Un linguiste au chômage, avec des tas d'amis morts. »

Son visage ne bouge pas, mais les larmes se remettent à couler. « Tous ces gens morts parce que j'ai cru. John, ils sont tous morts. J'ai tellement essayé de comprendre, chuchote-t-il. Qui pourra me pardonner ? Tous ces morts... »

John Candotti l'attire à lui, le prend dans ses bras et le tient, en le berçant, tandis qu'ils pleurent tous les deux. Au bout de quelque temps, John chuchote : « Je te pardonne », et il entonne les paroles de l'ancienne absolution : *« Absolvo te – absolvo te... »,* mais cela doit suffire car il est incapable de prononcer le reste.

« C'est un abus de pouvoir, crache Felipe Reyes. Vous n'aviez pas le droit – bon Dieu, comment avez-vous pu lui faire une chose pareille ?

– C'était nécessaire. » Le général a quitté la maison, s'éloignant d'un pas rapide de son bureau le long du vestibule sonore, ouvrant à la volée la porte-fenêtre et passant dans le jardin avec l'espoir de parvenir à ordonner ses pensées dans le calme, sous la lumière du soleil. Mais Reyes l'a suivi, furieux, scandalisé d'avoir vu Emilio Sandoz obligé de tout raconter devant autant de témoins.

« Comment avez-vous pu lui imposer une épreuve pareille ? insiste Reyes, implacable. Avez-vous donc tiré une espèce de plaisir pervers à l'écouter... »

Giuliani fait volte-face et réduit l'autre prêtre au silence par un regard qui gèle les mots sur ses lèvres. « C'était nécessaire, vous dis-je. S'il était peintre, je lui aurais ordonné de peindre son expérience. S'il était poète, de la mettre en vers. Mais, parce qu'il est l'homme qu'il est, je lui ai ordonné de la raconter. C'était nécessaire. Et il était nécessaire, aussi que nous l'entendions. »

Felipe Reyes contemple son supérieur encore un moment, puis tout à coup il se laisse tomber sur la pierre fraîche d'un banc de jardin, environné de fleurs sous le soleil éclatant, secoué, écœuré, sans vraiment croire qu'il y avait la moindre nécessité. Il aperçoit des tournesols et des marguerites d'un jaune lumineux, des delphiniums, des liatris, des glaïeuls, et un parfum de rose lui arrive d'un endroit tout proche. Les hirondelles sont sorties, à présent que le soir approche, et le bruit des insectes est en train de changer. Le général s'assoit à côté de lui.

« Vous êtes déjà allé à Florence, Reyes ? »

Felipe se laisse aller contre le dossier, bouche bée, plein d'une incompréhension dégoûtée. « Non, réplique-t-il d'un ton acerbe. Je n'ai pas vraiment eu envie de jouer les touristes, mon père.

– Vous devriez y aller. Il y a là-bas une sculpture de Michel-Ange que vous auriez tout intérêt à voir. Elle s'appelle *Les Captifs*. Hors d'une énorme masse de roche informe, on voit émerger des silhouettes d'esclaves : les têtes, les épaules, les torses, qui luttent pour se libérer, mais que la roche retient prisonniers. Il y a des âmes qui sont dans ce cas, Reyes. Des âmes qui cherchent à s'arracher à leur propre masse informe. Tout brisé et mutilé qu'il est, Emilio Sandoz essaie encore de donner un sens à ce qui lui est arrivé. Il s'efforce encore de trouver Dieu dans tout cela. »

Il faut un certain temps à Felipe Reyes, qui cligne des yeux, éberlué, pour entendre ce qu'on vient de lui dire, et s'il est trop rancunier pour regarder Giuliani tout de suite, il parvient néanmoins à reconnaître qu'il a compris. « Et en l'écoutant, nous l'aidons.

– Oui. Nous l'aidons. Il faudra qu'il le redise encore et encore, et nous devrons en entendre plus, toujours plus, jusqu'à ce qu'il ait trouvé le sens. » À cet instant, après une vie entière de raison, de modération, de bon sens, d'équilibre, Vincenzo Giuliani a l'impression d'être aussi léger et impalpable qu'une cendre. « C'est un vrai, Reyes, un pur. Il l'a toujours été. Il est encore prisonnier de la roche informe, mais il est en ce moment même plus proche de Dieu que je ne l'ai jamais été de ma vie. Et je n'ai même pas le courage de l'envier. »

Ils restent assis là de longues minutes, en cette fin d'après-midi du mois d'août, dans la lumière dorée et la douceur de l'air ; les petits bruits tout proches de la vie du jardin sont ponctués par les aboiements d'un chien au loin. Au bout de quelque temps, John Candotti vient les rejoindre. Il s'assoit lourdement sur le sol, de l'autre côté de l'allée par rapport à leur banc, et laisse tomber sa tête dans ses mains.

« C'était dur, dit le général.

– Oui, très dur.

– L'enfant ?

– Le terme juridique le plus proche serait sans doute " homicide involontaire ". » John s'allonge à plat dos, incapable de se soutenir plus longtemps, écrasant la végétation. « Non, reprend-il au bout d'un moment. Ce n'était pas un accident. Il voulait tuer, mais pour se défendre. Le fait que ç'ait justement été Askama – ça, c'était un accident.

– Où est-il à présent ? »

Candotti, vidé, lève les yeux vers eux. « Je l'ai porté jusque dans sa chambre, profondément endormi. Edward est avec lui. » Il y a un silence. « Je crois que ça lui a fait du bien. Je peux vous garantir qu'à moi, ça ne m'a fait aucun bien de l'entendre, mais je crois vraiment qu'il va mieux à présent. » Il se couvre les yeux de ses mains. « Dire qu'il rêve de tout ça. Et des enfants... Maintenant, nous savons.

– Oui, maintenant, nous savons, convient Giuliani. Tel que vous me voyez, je suis en train d'essayer de comprendre pourquoi ça me paraissait moins affreux quand je croyais qu'il s'était prostitué. C'est le même acte physique. » Ce n'est plus le général des Jésuites qui parle. C'est simplement Vince Giuliani, qui n'a aucune réponse à ses questions. Sans le savoir, il foule le sentier de la raison que Sofia Mendes a suivi tant d'années auparavant. « J'imagine que quelqu'un qui se prostitue a tout au moins l'illusion de contrôler la situation. C'est une transaction. Il y a une espèce de consentement.

– Il est moins dégradant, suggère mollement Felipe Reyes, de se prostituer que d'être victime d'un viol collectif. Même si les violeurs sont des poètes. »

Giuliani porte soudain les mains à sa bouche. « Quel désert spirituel que de croire que l'on a été séduit et violé par Dieu ! » Et, par-dessus le marché, de revenir sur terre, pour y être livré à nos tendres soins, ajoute-t-il tristement en son for intérieur.

John s'assoit et foudroie le général du regard de ses yeux rougis. « Laissez-moi vous dire une chose. S'il faut choisir entre mépriser Emilio et haïr Dieu... »

De façon surprenante, c'est Felipe Reyes qui l'interrompt avant qu'il n'ait pu prononcer des paroles qu'il risque de regretter. « Emilio n'est pas méprisable. Mais Dieu ne l'a pas violé, même si c'est ainsi qu'il voit la chose à présent. » Il se carre sur son banc et contemple les très anciens oliviers qui délimitent le pourtour du jardin. « Il existe un vieux conte juif qui dit qu'au commencement, Dieu était partout et toute chose, qu'il était une totalité. Mais pour faire la création, Dieu a dû se retirer d'une partie de l'univers, afin que quelque chose d'autre que lui-même puisse exister. Alors il a pris une respiration et aux endroits ainsi laissés vides, la création existe.

– Alors, Dieu se retire, tout simplement ? demande John, exaspéré au lieu d'être désolé comme Emilio. Il abandonne la création ? Ça y est, les primates, à présent vous êtes tout seuls. Démerdez-vous et bonne chance.

– Non. Il observe. Il se réjouit. Il pleure. Il assiste au drame moral de la vie humaine et lui donne un sens en nous aimant passionnément, et en se rappelant.

– Matthieu, chapitre dix, verset vingt-neuf, dit doucement Vincenzo Giuliani. " Pas un moineau ne peut tomber à terre sans que votre Père le sache. "
– Mais le moineau tombe quand même », dit Felipe.

Ils restent assis encore quelque temps, chacun absorbé dans ses propres pensées.

« Vous savez, il a toujours été un très bon prêtre, leur dit Felipe, plongé dans ses souvenirs, mais ce devait être vers l'époque où ils ont commencé à préparer la mission que quelque chose a changé chez lui. C'était comme si, je ne sais pas, moi, quelquefois on aurait dit qu'il... qu'il prenait feu. » Les mains de Felipe s'écartent comme pour décrire un feu d'artifice. « Il y avait sur son visage quelque chose de tellement beau. Et je me suis dit : Si c'est ça, être prêtre... On aurait dit qu'il était tombé amoureux de Dieu.

– À vue de nez, dit le général avec lassitude, d'une voix aussi sèche que l'herbe du mois d'août, je dirais que la lune de miel est terminée. »

Le soleil est déjà assez haut dans le ciel, lorsque Edward Behr se réveille en entendant une tasse à café tinter contre une soucoupe. Clignant des paupières, il se redresse sur le siège en bois où il a passé la nuit, et il geint. Il voit Emilio Sandoz debout près de la table de nuit, en train de reposer avec soin la tasse que les servomoteurs lâchent presque aussi vite qu'aurait pu le faire un mouvement naturel.

« Quelle heure est-il ? demande Ed en se massant le cou.

– Un peu plus de huit heures », lui répond Sandoz. Vêtu d'un tee-shirt et d'un pantalon vague, assis au bord de son lit, il regarde le frère Edward s'étirer et se frotter les yeux de ses mains dodues. « Merci. Merci d'être resté auprès de moi. »

Le frère Edward le regarde, prenant la mesure de la situation. « Comment vous sentez-vous ?

– Ça va, répond simplement Emilio Sandoz. Ça va bien. »

Il se lève et gagne la fenêtre, écartant les rideaux, mais il ne voit pas grand-chose : rien que le garage et un petit morceau de colline. « Dans le temps, j'étais un assez bon coureur de demi-fond, dit-il sur le ton de la conversation. Ce matin, j'ai parcouru à peu près cinq cents mètres. Et encore, il a fallu que je marche la plupart du temps. » Il hausse les épaules. « C'est un début.

– Oui, c'est un début, renchérit Edward Behr. Et vous vous en êtes bien tiré aussi pour le café.

– Ouais. Je n'ai pas écrabouillé la tasse. J'ai juste renversé quelques gouttes. » Il laisse retomber le rideau. « Bon. À présent, je vais faire ma toilette.

– Vous avez besoin d'un coup de main ?

– Non merci. Je peux me débrouiller seul. »

Pas de colère, remarque le frère Edward. Il regarde Emilio ouvrir le tiroir et sortir des vêtements propres. Il lui faut un certain temps, mais il y arrive très bien. En voyant Sandoz s'approcher de la porte, le frère Edward le met en garde : « Ce n'est pas fini, vous savez. On ne se remet pas d'un truc pareil d'un seul coup. »

Sandoz contemple un instant le sol, puis il lève les yeux. « Oui, je sais. » Il reste un instant immobile, puis il demande : « Vous étiez quoi, avant ? Infirmier ? Psychothérapeute ? »

Edward Behr pousse un petit gloussement amusé et tend la main vers la cafetière. « Rien de semblable. J'étais agent de change. Spécialisé dans les firmes sous-estimées. » Il ne s'attend pas à ce que Sandoz comprenne. La majorité des prêtres, ayant fait vœu de pauvreté, sont d'une ignorance confondante en matière de finance. « Il fallait savoir reconnaître la valeur de choses que tout le monde prenait pour de la camelote. »

Emilio ne fait pas le rapprochement. « Vous étiez calé ?

– Oh oui. J'étais très fort. » Le frère Edward brandit sa tasse et dit : « Merci pour le café. »

Il regarde Sandoz sortir, puis, assis sans bouger, en silence, Edward Behr commence ses prières du matin.

À dix heures, on frappe avec un bruit métallique à la porte du général, et quand il lance : « Entrez », il n'est pas surpris de voir Emilio Sandoz pénétrer dans son bureau, maniant la poignée sans la moindre hésitation et fermant la porte derrière lui.

Giuliani fait mine de se lever, mais Emilio lui dit : « Non, je vous en prie, restez assis. Je voulais juste... je voulais vous remercier. Ça n'a pas dû être facile pour vous.

– J'ai dû être brutal, reconnaît Vincenzo Giuliani. Mais moi, je n'avais qu'à écouter.

– Non. Vous avez fait plus que ça. » Sandoz parcourt du regard la pièce qui paraît curieusement vide. De façon inattendue, il émet un petit rire et porte les mains à ses cheveux, comme pour y passer les doigts ; c'est un vieux tic, qui risque à présent de nuire au mécanisme de ses prothèses. Il laisse retomber ses mains. « Je suis désolé pour la table. Elle avait beaucoup de valeur.

– Elle était sans prix.

– Évidemment.

– N'en parlons plus. » Giuliani se renverse contre son dossier. « Alors ? Vous paraissez mieux.

– Oui. J'ai bien dormi. Je parie que ce pauvre John Candotti ne peut pas en dire autant, mais moi, si. » Emilio sourit, puis il ajoute d'un ton grave : « John a été formidable. Merci de l'avoir fait venir. Et Edward. Et Felipe. Et même Voelker. Je n'aurais pas pu... » Il fait la grimace et se détourne un bref instant, mais il se reprend presque aussitôt. « C'était comme... comme de vomir un poison, j'imagine. » Giuliani ne dit rien, et Emilio continue, avec seulement une pointe d'ironie : « Il me semble bien avoir lu quelque part que la confession était bonne pour les âmes. »

Les lèvres de Giuliani frémissent. « C'est en effet le principe selon lequel j'ai opéré. »

Emilio s'approche de la fenêtre. La vue est plus belle du bureau que de sa chambre. Le rang a toujours eu ses privilèges. « J'ai fait un rêve, cette nuit, dit-il d'une voix paisible. J'étais sur une route, tout seul. Et dans le rêve je disais : Je ne comprends pas, mais je peux apprendre si vous voulez bien m'enseigner. Croyez-vous que quelqu'un écoutait ? » Il garde le dos tourné.

Sans répondre, Giuliani se lève et se dirige vers une de ses bibliothèques. Choisissant un petit volume à la reliure de cuir fendillée, il tourne les pages jusqu'à ce qu'il ait trouvé le passage qu'il cherche, et il le tend à Sandoz.

Ce dernier se retourne et saisit le livre, dont il regarde d'abord le dos. « Eschyle ? »

Sans un mot, Giuliani lui indique le passage et Emilio l'étudie un moment, traduisant lentement le grec dans sa tête. Finalement, il lit : « " Dans notre sommeil, la douleur qui ne peut oublier tombe goutte à goutte sur le cœur, jusqu'au moment où, dans notre désespoir, la sagesse nous vient contre notre volonté par la grâce terrible de Dieu. "

– Singe savant ! »

Sandoz rit, mais, après s'être retourné vers la fenêtre, il relit le passage. Giuliani regagne sa table de travail et s'y rassoit, attendant que Sandoz reprenne la parole.

« Je me demandais si je pouvais rester ici encore quelque temps », dit Emilio. Il n'avait eu aucune intention de solliciter une chose pareille. Il songeait à partir. « Vous avez été très patient. Je ne veux pas vous importuner.

– Pas le moins du monde. »

Sandoz ne se retourne pas pour regarder le général, mais Giuliani entend le changement dans sa voix. « Écoutez. Je ne sais pas si je suis encore prêtre. Je ne sais pas si... Je ne sais... rien du tout avec certitude. Je ne sais même pas si je dois avoir envie de certitudes.

– Restez aussi longtemps que vous le voudrez.

– Merci. Vous avez été très patient », répète Emilio. Il se dirige vers la porte et les doigts, soutenus par leurs prothèses, se renferment avec précision sur la poignée.

« Emilio, lance le général d'une voix grave, qui porte sans peine dans la pièce silencieuse, je vais envoyer une autre mission là-bas. Sur Rakhat. J'ai pensé qu'il fallait que vous le sachiez. Votre aide nous serait précieuse. Pour les langues. Vous n'auriez pas besoin d'y retourner. »

Sandoz se fige. « C'est trop tôt, Vince. Je ne peux même pas y penser. C'est trop tôt.

– Bien sûr. Je voulais simplement que vous le sachiez. »

Il regarde Sandoz sortir. Sans s'en rendre compte, par habitude, il se lève et gagne la fenêtre, où il reste à regarder – pendant combien de temps, il n'en a pas la moindre idée –, de l'autre côté de la cour tapissée d'herbe, un panorama complexe où se côtoient des murs médiévaux et des éboulis de rochers, des jardins à la française et des arbres tordus ; c'est une scène d'une grande et belle antiquité.

Remerciements

En mon ancienne qualité d'universitaire, je suis mal à l'aise en l'absence de notes de bas de page et d'une colossale bibliographie ; et même en ma qualité nouvelle de romancière, je me sens tenue de citer quelques-unes des centaines de sources auxquelles j'ai puisé. *Hunger of Memory*, de Richard Rodriguez, m'a permis de savoir ce qu'éprouvent les jeunes boursiers. La superbe prose d'Alain Corbin dans son ouvrage *Le miasme et la jonquille* [1] m'a inspiré la description des premières œuvres poétiques du reshtar. Quant à *Molly Ivins Can't Say That, Can She ?*, peut-être Molly ne doit-elle pas dire des choses pareilles, mais mon D.W. le pouvait, lui, alors je remercie Mlle Ivins des aperçus qu'elle m'a fournis sur les Texans, les tortues et les tatous. La notion d'imitation chez les prédateurs me vient de *The New Dinosaurs*, de Douglas Dixon, de même que le cou-de-serpent, dont l'idée m'a paru trop délicieuse pour ne pas la propager. L'instant d'illumination que connaît Emilio dans le dernier chapitre m'a été inspiré par la théologie qu'a exposée Arthur Green dans *Seek My Face, Speak My Name*. Enfin, que Dorothy Dunnett veuille bien considérer *Le Moineau de Dieu* comme une longue lettre de remerciement pour sa merveilleuse série des Lymond.

Je remercie aussi ma mère, Louise Dewing Doria, qui a commencé à prôner la doctrine du « Mais fais-le donc, un point c'est tout ! » longtemps avant la publicité pour les chaussures de sport, et mon père, Richard Doria, qui m'a toujours prise au

1. Éd. Aubier-Montaigne, 1982.

sérieux. Maura Kirby a cru au livre que voici bien avant moi. Don Russell m'a extirpée des diverses ornières de l'intrigue, il a conçu le *Stella Maris*, et c'est à lui que j'ai emprunté le sens de l'humour d'Emilio. Mary Dewing m'a enseigné l'art d'écrire, nos quinze années de correspondance m'ayant servi d'apprentissage. Elle a lu, en outre, chacune des moutures du présent ouvrage et elle a toujours trouvé moyen de les améliorer, l'une après l'autre. De nombreux amis m'ont aidée à peaufiner le manuscrit ; je remercie Tomasz et Maria Rybak, Vivian Singer et Jennifer Tucker tout particulièrement pour les lectures critiques qu'ils ont faites à des moments qui ne l'étaient pas moins. Charles Nelson et Helene Fiore ont été des maillons cruciaux dans la chaîne qui m'a reliée au monde de l'édition. Stanley Schmidt m'a prodigué ses encouragements et ses précieux conseils ; Mary Fiore en a fait autant, avant de m'ouvrir les portes menant à Jennifer McGlashan, à Miriam Goderich et à mon invincible agent, Jane Dystel. Et je serai éternellement reconnaissante à David Rosenthal, chez Villard, et à Leona Nevler, chez Ivy-Fawcett, de leur soutien et de leur foi en mon livre. Je me prosterne aux pieds du personnel de chez Villard, qui a travaillé très dur à mon projet et toléré avec beaucoup de gentillesse mes affres d'auteur débutant, pour baiser l'ourlet collectif de son manteau. Ray Bucko, de la Compagnie de Jésus, a relu l'ultime version du *Moineau de Dieu* et il est la preuve vivante qu'il existe de vrais jésuites d'une drôlerie aussi extravagante et d'une bonté aussi pure et simple que les types que j'ai imaginés. S'il subsiste dans le texte la moindre vision erronée de la vie d'un jésuite, ce n'est absolument pas à lui qu'il faut l'imputer – l'auteur, c'est moi, et je suis plus gradée que lui, na ! Merci également aux dames de la Noble Branch de la bibliothèque de Cleveland Heights qui ont descendu pour les mettre à ma portée une tonne d'ouvrages de référence.

Un dernier petit mot pour Don et pour notre fils, Daniel, qui ne se sont presque jamais plaints de me voir consacrer autant d'heures, d'attention et d'amour à des personnages fictifs, alors que les deux vrais hommes de ma vie m'attendaient au rez-de-chaussée. Merci, les mecs. On ne fait pas mieux que vous.

M.D.R.

Cet ouvrage a été réalisé par la
SOCIÉTÉ NOUVELLE FIRMIN-DIDOT
Mesnil-sur-l'Estrée
pour le compte des Éditions Albin Michel
en février 1998

Imprimé en France
Dépôt légal : février 1998
N° d'édition : 17165 – N° d'impression : 40983